착한 타락

2019년 3월 18일 초판 1쇄 인쇄
2019년 3월 21일 초판 1쇄 발행

지은이 요안나
발행인 이종주

기획 편집 정시연 이은정 송영경
경영 지원 배진경
마케팅 김정수

발행처 (주)로크미디어
출판 등록 2003년 3월 24일
주소 서울시 마포구 성암로 330 DMC첨단산업센터 318호
Tel (02)3273-5135 Fax (02)3273-5134
홈페이지 rokmedia.blog.me
E-mail romance@rokmedia.com

ⓒ 요안나, 2019

값 13,500원

ISBN 979-11-354-1930-0 03810

착한 타락

피치 못한 이별 후 9년,
구원이었던 그가 꿈처럼 나타난다.

ROCODO

Contents

•••

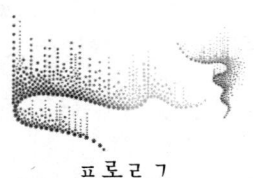

프롤로그
숨이 막힐 듯이 뜨거웠던

"나는 우석 오빠가 사랑 때문에 결혼할 줄은 정말 몰랐어. 그 누구
도 아닌, 천하의 연우석이."

하윤이 왼손을 들어 슬며시 입가를 가리고는 낮은 소리로 읊조렸
다. 그녀의 왼손 네 번째 손가락에 끼워진 반지가 찬연한 빛을 냈다.

선진은 뭐라 대꾸할 말이 떠오르지 않아서 그저 옅은 미소만 한번
머금었다. 하윤의 입에서 흘러나온 '사랑'이라는 흔하디흔한 단어에
물색없이 가슴이 조여 왔다.

"언니, 그렇지 않아? 연우석이 어떤 인간이었는지 언니도 알잖아.
세상 저만 잘났다고 살던 사람인데. 백설공주 마녀의 현대판 남자 버
전 아냐? 아마 거울 보면서 이럴걸?"

뭐가 그렇게 재미있는지 하윤이 키득거리면서 모사를 시작했다.

"거울아, 거울아! 이 세상에서 누가 제일 잘났니? 그치? 내가 제일
잘났지? 이러고도 남을 위인이라니까! 근데 저 봐, 저 봐!"

눈짓으로 신랑 자리에 서 있는 제 친척 오빠를 가리키며 빠르게 말

을 이어 나갔다.

"표정 봐 봐. 좋아 죽겠나 봐, 아주."

"평소 표정이랑 별로 차이 없는 것 같은데."

선진의 대답에 하윤은 동의할 수 없다는 듯 눈을 지그시 감고는 어깻숨을 내쉬었다.

"그래. 남들이 보기에는 그렇겠지."

핏줄만이 알아보는 포인트가 있다며 하윤은 고개를 내저었다. 선진은 이번에도 옅은 미소를 한번 지어 주는 것으로 대답을 대신하고는 버진로드로 시선을 옮겨 갔다.

순백의 웨딩드레스를 입은 신부는 무척이나 아름다웠다. 하윤의 말마따나, 그들은 재벌가에서 드물게 사랑을 바탕으로 결혼까지 한 커플이다.

인경개발 대표이자 인경그룹의 후계인 연우석이 사랑하는 여자는 평범한 집에서 나고 자란 웨딩플래너였다고 한다. 나중에는 웨딩 플래닝 사업도 여의치 않아 결국 인경개발이 소유한 호텔 I의 연회 판촉 팀에서 근무했다고. 조건만 놓고 보자면 기울어도 한참 기우는 결혼이다.

결혼을 통한 빅딜은 재벌가에서 흔한 일이고, 사업 경쟁력을 높임과 동시에 기업 간 유대감을 증진할 수 있는 가장 쉬운 방법 중 하나다.

재벌가 혼맥도는 비즈니스 트레이딩 각축장이나 다름없다. 모든 기회비용을 포기하고 사랑을 선택한다는 것은 현실적으로 어려운 게 사실이다.

그 어려운 일을 해낸 장본인들이 화사한 얼굴로 버진로드를 걸어 나오고 있었다.

연회장을 가득 메운 하객들은 신랑, 신부를 향해 박수를 보내고는 있지만, 대부분이 회의적인 눈치였다. 우석의 친척 동생이면서 자신

역시 조건이 아닌 사랑으로 결혼한 하윤조차도 그들의 결혼을 염려했다.

"나야 사업에 욕심이 있는 것도 아니고. 솔직히 우리 그이 정도면 걸어 다니는 중견기업이잖아."

얼마 전, 하윤은 한류의 중심에 서 있는 배우와 결혼했다. 저와 결혼한 남자와 우석이 결혼한 여자는 비교 대상이 될 수 없다고 떠들어 댔다. 사랑을 전제로 결혼해 놓고 두 결혼은 완전히 다르다고 말하는 모습이 선진은 다소 불편했다.

"나는 솔직히 우석 오빠는 언니 정도 되는 사람하고 결혼할 줄 알았거든."

하윤이 덧붙인 말에 선진은 가슴이 답답해져서 물 잔을 집어 올리며 물었다.

"……나 정도?"

선진의 되물음에 하윤은 고개를 끄덕이며 무구하게 웃는 얼굴로 덧붙였다.

"아니다. 솔직히 언니가 아깝지. 언니 정도면 인경보다 더…….."

하윤이 열심히 떠들어 대는 말에 선진은 귀를 기울일 수 없었다. 하윤처럼 말하는 사람들 때문에 포기해야만 했던 지난날의 설익은 설렘이 불쑥 고개를 들어 가슴이 갑갑해졌다.

"나 잠깐 바람 좀 쐬고 올게."

"어, 언니. 다녀와."

있는 집에서 곱게 자란 중에서도 하윤은 특히 어리광이 많은 편이다. 그만큼 붙임성도 좋지만, 가끔 과하다 싶을 만큼 눈치가 없기도 해서 듣고 싶지 않은 이야기라는 눈치를 줘도 말을 끊는 법을 몰랐다.

아니, 어쩌면 좀처럼 제 속을 잘 드러내는 법이 없는 선진이 주는 눈치가 다소 약해서 하윤이 알아차리지 못하는 것일 수도 있겠지 싶다.

선진은 잠시 자리를 피하는 것으로 하윤의 의미 없는 수다에서 벗어났다.

사랑, 사랑이라……. 사랑을 전제로 한 결혼이라…….

떠들썩한 연회홀과 달리 경비가 삼엄한 2층 로비는 조용했지만, 사랑이라는 단어와 결혼이라는 관계의 조화에 가슴속은 소란했다.

그리고 어김없이 사랑을 가정하며 씁쓸해질 때마다 야금야금 꺼내 들었던 기억이 머릿속을 아릿하게 스쳤다.

'이름 정도는 알려 줘도 되지 않나?'

웃음기를 머금은 나직하고 다정했던 목소리가 떠오르자 가슴이 조였다.

추위에 상기된 빨간 코끝, 차가운 대기를 은은하게 채우던 우디 계열 향수 냄새, 웃고 있지 않아도 입꼬리가 슬쩍 올라가 있던 매혹적인 입매, 그리고 초록빛 오로라를 흘려보내는 까만 하늘처럼 무지근하게 깊던 그의 눈동자까지.

눈을 감지 않아도 생생하게 떠오르는 그날의 기억은 언제나 따뜻했고, 다감했다.

로비 난간에 기대선 선진은 벽을 장식하고 있는 그림들을 무심히 응시하다 문득 느껴진 시선에 고개를 돌렸다. 멀리 서 있던 남자가 모퉁이를 돌아 사라지는 모습이 눈에 들어왔다. 선진은 남자가 사라진 공간에서 얼마간 눈을 뗄 수가 없었다.

아는 사람 같지도 않았고, 자신에게 특별한 눈길을 보낸 것도 아닌 듯한데, 왜 남자가 사라진 장소에서 눈을 뗄 수 없는지 스스로도 의아할 정도였다.

선진은 어깨가 들썩이도록 한숨을 내쉬었다.

그 남자를 떠올렸으니까 그렇지.

가시밭길 같은 현실 위에 서 있는 선진에게 유일한 도피처는 그와의 짧은 추억뿐이다. 비단 그녀의 공상은 추억을 곱씹는 데서만 그치지 않았다.

만약의 만약을 가정하며, 그와의 드라마틱한 사랑을 그려 보기도 하고, 운명처럼 그와 재회하는 장면을 수만 번 떠올려 보기도 했다.

지금 이렇게.

아무도 없는 공간에서 자신을 바라보고 있던 한 남자가 다가와서는 '혹시 페어뱅크스에서……?' 하고 말을 걸며 알은체를 해 온다면 어떻게 대답해야 할지, 그 이후에는 어떻게 진행될지, 망상과 함께 선진은 현실을 망각했다.

그래서 일면식도 없고, 그저 스치고 지나가는 남자가 사라진 자리를 미련스레 바라보았다.

"하아."

스스로가 애처로워서 한숨이 흘러 나왔다. 선진은 고개를 가볍게 내젓고는 돌아서서 자신이 기대서 있던 난간 끝에 손을 얹었다. 때마침 모퉁이를 돌아서 계단을 내려간 남자가 호텔 1층 로비를 지나고 있었다.

검은 슈트를 입은 어깨는 멀리서 보기에도 다부져 보이고, 성큼성큼 내딛는 걸음걸이가 시원스럽다

이상하게 닮았네, 저 걸음걸이.

카키색 카메라 가방을 들쳐 메고 있었던 어깨, 설원을 누비고 다니던 그 남자의 당당했던 걸음걸이와 지독히도 닮은 모습이다.

무슨 이유 때문인지 그가 멈춰 섰고, 검은색 투피스 정장을 입은 여자가 다급히 그의 뒤로 다가섰다.

뒤따르는 여자가 그를 불러 세운 듯했다. 남자를 향해 예우를 갖추

는 깍듯한 자세가 몸에 밴 여자의 행동을 비추어 볼 때, 둘이 연인 관계는 아니지 싶다. 그렇다고 여자가 호텔 직원으로 보이지는 않았다.

비서쯤 되려나. 휴일에 업무 관계를 연장해야 할 만큼 바쁘신 분인가.

결혼식이 끝나고 나면 곧장 회사로 들어가 봐야 하는 제 처지와 별반 다를 게 없어 보인다는 생각에 묘한 동질감이 일었다.

여자는 다급하게 무언가를 설명하는 듯했고, 내내 돌아보지 않고 서 있던 남자가 오른손을 들어 이마를 짚더니 어깻숨을 한 번 내쉬고는 돌아섰다.

가슴 언저리가 묵직하게 아파 왔다. 코끝에서 그가 쓰던 우디 향이 느껴지는 것만 같았다.

'흐읏. 숨이, 막혀서, 잠시만.'

그의 손길이 살갗에 닿았던 그날 밤, 신음을 내뱉으며 그에게 매달렸던 기억이 불현듯 되살아났다.

살갗이 스치고, 더는 차오를 수 없을 것만 같은 열기가 연신 솟아올랐던 순간, 그 순간을 영원으로 만들고 싶었던 밤의 잔상이 떠올라 선진은 숨을 내쉬는 것조차 잊었다.

삶에 대한 부정적 정의 끝에 죽기로 결심한 순간, 그는 선진에게 삶의 가볍고 소소한 행복을 처음 알려 주었다.

지금 이곳에 선진이 살아 숨 쉴 수 있게 해 준 남자. 그가 눈앞에 있다.

걸음을 옮기고 싶은데, 그럴 수가 없었다.

숨이 막힐 듯이 뜨거웠던, 기억 속 남자가 발목을 잡아 버렸다.

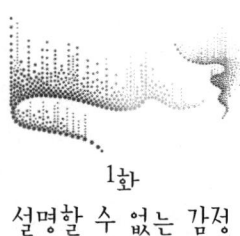

1화
설명할 수 없는 감정

"선배님이 이 호텔에 투숙 중이시라는 걸, 인경 쪽에서 알아차렸어요."

마주 선 정은의 말에 기주의 미간이 구겨졌다.

"완곡하게 거절 의사를 밝히기는 했지만, 워낙 그쪽에서 간절하게 미팅을 원하고 있어서요."

"완곡하게 거절 의사를 밝혔다."

사실 확인을 위해 되묻는 말이 아니었다. 정은의 실수를 짚어 주는 기주의 목소리는 감정 한 점 없이 건조했다. 안 그래도 낮은 그의 목소리가 더욱 깊게 가라앉은 탓에 정은은 그저 가만히 다음 말을 기다렸다.

"완곡하게 거절했다는 게 무슨 뜻이지?"

"최대한 인경 쪽에서 감정이 상하지 않도록 부드럽게 거절 의사를 밝혔으며……."

"그럼 완곡하지 않게 거절하면 되겠네."

기주는 간단한 거 아니냐는 듯이 눈썹을 한 번 들썩거리고는 돌아서서 성큼성큼 걸음을 옮겼다.

"그렇게 되면 한국에서의 선배님 입지가……. 인경은 현재 한국에서……."

"한국에서 사업을 벌인 적이 없는데, 굳이 여기서 내 입지를 걱정해야 할 이유가 있나?"

앞서 걷던 기주가 갑자기 멈춰 서는 바람에 정은은 기주의 단단한 등에 이마를 콩 찧고 말았다.

아, 신호 좀 주고 멈춰 서면 안 되나?

정은이 인상을 찌푸리며 손등으로 이마를 문질렀다. 그러자 그가 벌레라도 씹은 표정으로 정은을 내려다보며 물었다.

"내 등에 임 비서 이마 찍혀 있는 거 아냐?"

가지가지 한다는 듯이 묻는 말에 정은은 얼른 그의 등을 털어 주며 말했다.

"얼마 전에 새로 장만한 메이크업 픽서를 사용해서 화장이 묻어나지는 않았……."

"임 비서."

나지막한 부름에 정은은 입을 꾹 다물었다.

"내가 알고 싶지 않은 것까지 나한테 말하지 말고. 내가 관여하고 싶지 않은 일까지 나한테 보고도 하지 말고. 휴일이면 상사 좀 그냥 좀 내버려 두고!"

기주는 '말고, 말고, 두고!'를 강조하며 빠르게 내뱉고는 다시 돌아서서 로비를 가로질렀다. 그러다 문득 기분이 이상해서 고개를 돌렸을 때, 한 여자가 보였다.

귀신이라도 본 듯한 얼굴로 자신을 내려다보고 있는 여자.

왜 자신을 그렇게 넋 놓고 바라보고 있는지 기주는 의아했다. 곧 쓰러질 것처럼 좋지 않은 안색을 한 여자는 난간을 간신히 붙잡고 서 있는 것처럼 보였다. 기주는 눈을 가늘게 뜨고 여자를 응시했다.

아는 사람인가?

전역하고 스물셋 겨울에 미국으로 떠난 이후, 근 10년 만에 한국을 찾았다. 10년이면 강산이 변하는 세월이라고, 그동안 기주의 인생은 빠르게 변화하는 강산 못지않게 달라져 있었다.

한국을 떠나기 전 맺었던 인연 중에서 정리되지 않는 관계는 비서 직을 맡은 정은이 유일했다. 이렇다 할 연애사도 갖고 있지 않은 탓에 전 여친이라며 기주를 향해 독을 품은 눈빛을 쏘아 댈 여자도, 그렇다고 눈시울을 붉히며 촉촉하고 아련한 눈길을 보낼 여자도 없었다.

기주가 연회장이 위치한 2층 난간을 의아한 눈빛으로 올려다보자, 정은이 성큼 다가섰다.

"아는 분이세요?"

기주는 그럴 리 없다며 고개를 저었다. 그러자 옆에서 '하아' 하고 내쉬는 정은의 긴 한숨 소리가 들려왔다.

얜 또 왜 이래?

갑자기 세상 끝장난 듯 한숨을 쉬며 무언가 발동을 걸려고 하는 정은의 낌새가 불길했다. 꼭 이런 분위기에 정은이 말로 사고를 한 번씩 친다는 것을 기주는 잘 알고 있었다.

"선배님은 선배님 자신을 얼마나 잘 안다고 생각하세요?"

BC 399년에 독배를 들고 죽은 소크라테스의 영혼이 정은에게 빙의했나, 하는 창발적 착각이 들었다.

기주는 어디 더 해 보라는 듯이 왼쪽 눈썹을 추켜올렸다. 그러자 정은이 고개를 절레절레 내젓고는 또다시 한숨을 내쉬었다. 마치 그 모습은 고삐 풀린 망아지가 투레질하는 것처럼 보였다.

15

"선배님은 저 여자분 기억 못 하시는 거죠?"

모르는 여자를 기억할 수 있나.

어서 대답해 보라며 정은이 의미심장한 눈빛으로 무언의 재촉을 해 왔다.

"그러는 임 비서는 저 여자 누군지 알아?"

'선배님은 기억 못 하시지만, 저는 누군지 기억해요.'라고 말하며 여자의 이력을 읊으려나 싶었다.

"아뇨. 그럴 리가요. 선배님이 기억 못 하시는 여자분을 제가 어떻게 기억해요."

기가 막혀서 뭐라고 대꾸를 해 줘야 할지 모르겠다.

"제대로 된 연애를 안 하셨으니까, 아마 여자한테 원한 같은 거 산 적 없고. 여자 마음에 상처 준 적 없다고 생각하시는 거죠?"

"당연하지."

기주는 그게 무슨 의미가 있느냐는 듯이 대충 대꾸했다.

"그게 문제예요. 선배님은 선배님 자신을 몰라도 너무 몰라요. 고등학교 때, 선배님이랑 사진동아리 동기였던 혜슬 선배 기억하세요?"

모르겠다. 혜슬인지, 예슬인지, 다슬긴지. 기억 안 난다.

"선배님 짝사랑한다고 사진동아리에 다 소문났었던 언니요. 키 작고, 동글동글하게 생긴, 엄청 조용했던 언니요. 선배님이랑 셀카 한 번 찍고 싶어서 그 소심한 언니가 용기 내서 다가갔는데, 선배님이 사람들 다 불러서 그걸 동아리 단체 사진으로 만들어 버리셨잖아요."

"그래서?"

"그래서 그 언니 그날 엄청 많이 울었는데, 모르시죠? 알 리가 있나. 세상만사 본인 말고는 관심이 없는데. 선배님한테는 평소와 같았던 하루가, 그 언니한테는 짝사랑을 향한 희망과 용기가 무참히 짓밟힌 하루였을 거예요. 하긴 뭐 선배님이 눈치 없이 그렇게 울린 여자가 어디 한둘인가요? 이건 약과죠."

이게 좀 풀어 줬더니, 겁도 없이 기어오르려고 한다.

"고등학교 때 선배님한테 고백했던 중학생 혼내서 돌려보냈던 거
는 기억나세요?"

"어디 중학생이 고등학생을 쫓아다녀? 공부해야 할 땐데, 학업에
충실하라고 타일렀겠지."

"그렇겠죠. 선배님은 타일렀다고 생각하시겠죠. 그뿐인가요? 미국
에서는……."

"그래서 하고 싶은 말이 뭐야?"

기주가 더는 못 들어 주겠다는 듯이 정은의 말을 막았다.

"저 여자분도 선배님의 눈치 없음과 병적인 철벽 방어에 상처받은
불쌍한 영혼일 수도 있다는 뜻이죠."

기주는 내내 정은을 어이없이 바라보던 시선을 길게 끌어 난간 위
를 올려다보았다. 여자는 무슨 생각에 잠긴 건지 아까와 똑같은 자세
로 그곳에 서 있었다.

글쎄, 도무지.

"기억이 안 나는데?"

기주가 내뱉은 말에 정은이 기다렸다는 듯이 덧붙였다.

"가끔 저는 선배님이 어디 아프신 건 아닌가 걱정돼요."

한숨을 내쉬며 고개를 내젓는 모습이 가관이다. 오늘 정은이 날 잡
고 기주를 두들겨 패려나 보다.

"내가, 어디가 아파 보이는데?"

"안면인식 장애라든지, 단기 기억상실이라든지……. 왜 유독 여자
얼굴은 못 알아보실까……."

정은은 신이 나서 떠들어 댔다.

"한없이 이기적인 거죠. 기억 안 나는 사람, 모르는 사람 해 버리면

본인 마음은 편하니까. 그죠?"

고개를 갸우뚱 기울이며 묻는 정은의 말에 기주의 이맛살이 저절로 찌푸려졌다. 정은에게서 떼어 낸 시선을 다시 난간으로 돌렸을 때, 여자는 더 이상 그곳에 없었다.

"복장도 달라질 수 있는 거고, 화장을 어떻게 하느냐에 따라……."

기주는 난간에 서서 자신을 유령처럼 내려다보던 여자의 모습을 떠올려 보았다.

검은색인지 남색인지 구분이 되지 않는 짙은 색의 단정한 플레어 원피스를 입고 있던 그녀의 차림새는 특별할 게 없어 보였다. 귀밑까지 짧게 친 단발머리는 단정했고, 그녀의 얼굴은…….

그러니까, 그녀의 얼굴은…….

뒤통수를 한 대 얻어맞은 것 같다는 말은 이럴 때 하는 건가 보다. 정은의 말마따나 그녀의 복장과 헤어스타일이 너무도 달라서 상상조차 하지 못했다. 심장이 빠르게 뛰기 시작하면서 가슴이 조여 왔다. 갑작스러운 통각에 어안이 벙벙했다.

"선배님……. 저 여자분 정말 아는 분이셨어요?"

정은은 가끔 기주를 놀려 대곤 했다. 평소 업무에서는 냉엄함을 고수하는 그였지만, 이따금 틈을 보일 때 장난을 걸면 씩씩거리면서도 다 받아 주었다.

그런 그의 모습을 볼 수 있는 사람은 세상에서 오직 정은 하나뿐이었다. 그 사실이 정은에게 얼마나 큰 위안이 되는지, 그는 모를 것이다.

그런데 지금까지와 전혀 다른 반응을 보이는 기주를 마주한 정은은 뜻 모를 불안감에 입안이 바싹 말라 버렸다.

"어, 아는 사람이야."

낮게 읊조린 기주는 여자가 서 있던 곳으로 가기 위해 성큼성큼 걸음을 옮기기 시작했다. 연회장이 있는 2층 난간은 육안으로도 확인이 될 정도로 가까운 거리였으나 나선형으로 길게 돌아가는 계단을 올라야 하는 탓에 시간이 지체되었다.

오늘따라 호텔 설계가 마음에 들지 않았다. 호텔을 이따위로 설계한 인경개발 쪽과는 절대로 미팅 따위 해 주지 않으리라 다짐하며 2층에 올랐을 때, 기주는 망연히 멈춰 섰다.

기주가 마지막 계단을 오르자마자 여러 개의 연회장 문이 동시다발적으로 열리는가 싶더니 수많은 사람이 한꺼번에 쏟아져 나오기 시작한 것이다.

순간 머릿속이 멍해졌다. 갑작스럽게 몰려드는 인파에 현기증이 일 것만 같았다. 아니, 현기증의 원인은 물밀 듯이 밀려 나오는 인파 탓이 아니었다. 이따금 떠올라서 가슴속을 헤집어 놓았던 여자 때문임이 분명했다.

검은색 플레어 원피스, 단정한 단발머리.

기주는 또 한 번 한숨을 내쉬었다. 연회장에서는 결혼식이 진행되고 있었는지, 비슷한 하객룩을 입은 여자들이 너무도 많았다.

그리고 단발머리는 왜 이렇게 많아? 요즘 단발 유행이야?

'부르고 싶은 대로 불러요.'

정체를 숨기기 위해 빌린 이름 말고 본명을 알려 달라는 말에 그녀는 엷은 미소를 지으며 동그란 눈을 빛내고는 그렇게 말했었다. 이제껏 살면서 이름이 궁금해서 물었던 여자는 그 여자가 유일무이했다.

'앞으로 나는 그쪽이 불러 준 이 이름 평생 간직하고 살 거예요.'

심장이 쿵쿵 울렸다. 백방으로 수소문을 해 보았지만, 그녀를 찾을 방법이 없었다. 어디선가 우연히 마주칠 수도 있다는 생각을 해 보기도 했었다. 그런데 그저 생각만 했을 뿐이었지, 그런 일이 실제로 일어나리라고는 상상조차 하지 못했다.

꿈처럼 나타났다가 홀연히 사라진 여자.

"왜 그렇게 빨리 뛰어가세요."

정은이 뒤에서 숨을 헉헉거리며 다가왔다.

"검정 플레어 원피스, 단발머리. 찾아. 정은이 너 아까 그 여자 봤지?"

다급하게 쏟아 내는 그의 말에 정은의 심장이 철렁 내려앉았다. 그가 자신의 이름을 불러 줬던 게 언제인지 싶다.

그는 어지간히 정신이 없어 보였다. 무언가에 홀린 듯 저 멀리까지 훑었다가, 가까운 곳으로 시선을 당겨 오는 그의 이마에 식은땀이 맺혀 있었다.

186cm의 큰 키에도 불구하고 그는 답답한지 까치발까지 들며 인파 속을 헤집듯 살폈다. 인경개발 대표의 결혼식이 진행되었다는 연회장에서는 끊임없이 사람들이 쏟아져 나오고 있었다.

그리고 그들 사이에서 서너 명 남짓한 건장한 남자들의 비호를 받으며 지나가는 여자가 정은의 눈에 들어왔다.

"저, 기주 선배."

"찾았어?"

정은은 그의 시선을 돌리려 엉뚱한 곳을 손가락질했다. 마침 비슷한 복장에 비슷한 헤어스타일을 한 여자가 멀지 않은 곳을 지나가고 있었다.

"저기요! 저기! 두 번째 문 앞이요."

정은은 검은 덩치들에 가린 여자를 흘끗거렸다. 이 정도 각도라면 남자들에게 여자가 가려서 기주의 시선에 잡히지 않을 듯했다.

"아닌 것 같은데."

그가 한숨 섞인 목소리로 읊조렸다. 엄호를 받는 상황을 미루어 볼 때 여자가 예사 인물은 아니지 싶다.

지난 10여 년간 한국을 떠났던 그가 어떻게 저런 여자를 알고 있을까?

그들의 모습이 인파 속으로 완전히 사라지기 직전이었다.

정은은 고개를 돌려 기주를 올려다보았다.

저기 저쪽에……. 남자들 덩치에 가려서 보이지 않는 거라고 알려 줘야 할까?

✳

선진은 발걸음이 좀처럼 떨어지질 않았다. 그와의 물리적인 거리가 충분히 떨어져 있음에도 불구하고 두 사람만을 잡아당기는 인력引力이 존재하는 것처럼 느껴졌다. 온 신경이 그가 서 있던 곳으로 향해 있었고, 머릿속은 그의 달라진 모습을 떠올리기에 바빴다.

보헤미안 같았던 9년 전의 모습은 온데간데없고, 매끄러운 고급 슈트를 입은 그는 거물급 중역처럼 보였다. 비서로 보이는 직원의 보고를 받는 그의 얼굴은 잔뜩 굳어 있음에도 불구하고 이전보다 훨씬 근사했다.

다가가서 말을 걸어 볼까, 하는 생각을 하지 않은 것은 아니었다. 하지만 자신과 꽤 오랜 시간 눈을 맞추고 있음에도 불구하고 그는 자신을 알아보지 못하는 것처럼 보였다. 가슴이 딱딱하게 굳어 버리는 기분이었다.

그때가 언젠데.

벌써 9년이나 지난 일이다. 그가 자신을 기억하지 못하는 게 어쩌면 당연한 일인지도 모른다. 아니, 설사 기억 한 자락이 남아 있다 할지라도 수년 전 잠시 스쳐 지나간 사람이라고 여길 터였다.

나만 이렇게 끙끙 앓고 있는 거지, 뭐.

차라리 우연이라도 마주치지 않는 편이 나을 뻔했다. 애틋했던 첫사랑을 오랜 세월이 흐른 뒤 다시 만났을 때, 실망할 수도 있다는 말이 이제야 이해가 간다.

기억 속 풋풋했던 그때와 달라진 모습에 실망했다는 의미가 아니다.

삶의 버팀목이 되어 준 애틋함이 그의 무정한 시선에 퇴색된 것 같아서 속이 상할 지경이었다. 누가 뭐라고 한 것도 아닌데, 괜히 울컥하고 만다.

"이사님."

자신을 부르는 조 팀장의 나직한 목소리에 선진은 겨우 상념에서 벗어날 수 있었다.

"KJ의 실질적 대표이자 창립자인 신기주 씨가 한국에 들어와 있답니다."

이제 막 차에 올라탄 선진이 미간을 좁혔다.

"KJ라면, 글로벌 마케팅 솔루션 회사 말이죠?"

선진이 안전벨트를 하며 건넨 말에 옆자리에 오른 조 팀장이 그렇다며 고개를 끄덕이고는 덧붙었다.

"네, 사업차 방문한 건 아니고, 일신상의 이유로 잠시 한국에 들렀다고 합니다. 인경을 비롯해서 CH그룹까지, 여러 곳에서 접촉 중인 걸로 확인했습니다."

"그럼, 부명은요?"

선진의 목소리가 제법 딱딱하게 흘러나왔다. 조부가 설립하고, 친부가 날릴 뻔한 회사의 이름을 입에 올리는 선진의 목소리가 너무도 엄정해서 경건하게 들릴 정도였다.

조 팀장은 고개를 한 번 숙여 보이고는 대답했다.

"죄송합니다."

선진은 시선을 내리깐 채로 가만히 조 팀장을 바라보았다. 아직도 제 사람인지 아닌지 가늠이 되지 않는 인물. 이사 자리에 오르면서 그룹 부회장직을 맡은 작은아버지가 믿을 만한 사람이라며 보내 준 이가 조 팀장이었다.

그는 언제나 실수인 것처럼 일을 더디 진행하고, 누락시켰다. 마치 선진이 고삐를 쥐고 있는 말의 편자를 갈기는커녕 일부러 못을 비뚤게 박아서 더는 앞으로 나아가지 못하게 막는 듯한 형국이었다.

"내가 알아서 할게요."

다른 지시가 있을 거라고 생각한 모양이었는지 조 팀장이 턱을 당기며 얼굴을 굳혔다.

"저한테 맡겨 주시면……."

더는 조 팀장의 목소리를 듣고 싶지 않았다.

"회사까지 조용히 가죠. 어제 영국 쪽 GM(General Manager)이랑 콘퍼런스 하느라 잠을 설쳤더니 고단하네요."

선진은 두 눈을 지그시 감은 채로 조 팀장의 대꾸를 차단해 버렸다.

피곤해.

신경질이 나고, 짜증이 솟구쳤지만 그뿐이다.

이번에도 또 태욱의 신세를 져야 할 것 같아서 마음이 무거웠다.

이사실에 들어서자마자 선진은 태욱을 호출했다. 몇 주 동안 쉼 없이 야근을 하고 어제도 늦게까지 자신과 머리를 맞대고 있다가 모처럼 휴일을 받고 귀가했지만, 별수 없었다. 회사 근처 오피스텔에 사는 태욱은 막 피트니스 센터에 가려던 길이었다며, 트레이닝복 차림으로 나타났다.

"얼굴이 안 좋으시네요, 윤선진 이사님."

태욱이 선진의 안색을 살피며 걱정스러운 얼굴을 했다. 오늘따라 따박따박 존대를 하는 태욱의 태도가 거슬렸다. 오늘만큼은 그냥 친한 후배를 대하듯 자신을 대해 주길 바랐지만, 휴일에 부하 직원 불러 내듯 그를 호출한 상황에서 어울리지 않는 희원이기는 했다.

평소 같았으면 장난기 어린 말투로, 둘이 있을 때는 징그럽게 그러지 말라며 손을 내저었을지도 모른다. 그런데 선진의 목소리가 딱딱하게 흘러나오고 말았다.

"KJ 창립자가 한국에 와 있대."

뭐라 대꾸하려고 입을 열었던 태욱이 이내 입을 다물고는 집무실 의자에 앉아 있는 선진의 곁으로 다가왔다. 선진은 자신이 앉아 있는 의자 뒤로 자리를 잡고 서는 태욱을 그냥 내버려 두었다.

"등 좀 세워 봐."

시키는 대로 등받이에 기대고 있던 상체를 일으키자, 커다란 손이 선진의 딱딱한 어깨를 주무르기 시작했다. 악 소리가 절로 나올 정도로 어깨가 굳어 있었다. 태욱이 시원하게 손을 놀리자 가슴에 맺혀 있던 응어리가 스르륵 풀어져 내려갔다.

"체한 것 같은데, 윤선진. 손도 줘 봐."

선진은 순순히 제 손을 내밀었다. 싫다, 하지 마라, 줘라, 주물러 줄게, 승강이할 기운도 없었다.

"손도 차네."

태욱의 손은 부드럽고 따뜻했다. 제 손을 주무르고 있는 태욱의 손을 흘끗거린 선진이 피식 웃었다.

24

"왜 웃어?"

"험한 일 안 해 본 거 티 난다. 남자 손이 왜 그렇게 고와?"

"그러는 누구는 되게 험한 일 하면서 사는 것처럼 말하네."

"아아, 거기 너무 아파."

엄지와 검지로 선진의 손바닥 오동통한 살점부터 움푹 팬 곳까지 꼭꼭 누르던 태욱이 사뭇 진지한 목소리를 냈다.

"설마 했는데, 너 혹시……."

무슨 심각한 이야기를 하려나 싶어서 선진은 고개를 돌려 태욱을 올려다보았다.

태욱은 선진의 집무실 책상 모서리에 기대앉으며 긴 다리를 쭉 뻗었다. 그러고는 눈을 가늘게 뜨고 무언가를 가늠하는 듯한 눈빛으로 선진을 내려다보았다.

"혹시 뭐?"

"호텔 I 연우석 대표 짝사랑했냐?"

어이가 없어서 헛웃음이 튀어나왔다. 선진은 되지도 않는 농담은 하지 말라는 눈빛을 한번 쏘아 주고는 고개를 절레절레 내저었다.

"그게 아니면 왜 남의 결혼식 가서, 비싼 호텔 밥 먹고, 체해서 오냐?"

순간 난간 위를 올려다보던 남자의 얼굴이 눈앞을 스치고 지나갔다. 저절로 한숨이 비어져 나왔다. 이상한 낌새를 태욱은 바로 알아차린 듯 물었다.

"윤선진, 뭐 있는데?"

"있긴 뭐가 있어. 근데 선배는 오늘 같은 날 집에서 쉬지 무슨 운동을 가? 체력도 좋다."

일 때문에 불러낸 사람이 할 만한 말은 아니었지만, 선진은 화제를 바꾸기 위해 화살을 그쪽으로 돌렸다.

"이 몸은 그냥 만들어진 몸이 아니다."

태욱이 기울어졌던 상체를 곧추세우자 운동으로 단련된 상체가 도드라졌다.

"웃통이라도 벗을 기세네."

"왜, 내 벗은 몸이 궁금해?"

태욱이 장난기 가득한 눈빛을 빛내며 물었다. 선진은 꿈에라도 그런 짓은 하지 말라며 질색이라는 표정을 지었다.

"너무 그러지 마라. 이 한 몸 탐내는 여자들이 얼마나 많은데."

말 안 해도 안다. 태욱이 몸담은 부서인 전략팀뿐만 아니라 리더로 있는 상시 TF팀에서도 그의 인기는 대단했다. TF팀으로 차출되면 대부분 죽을상을 하는데, 태욱이 리더라는 말에 차출된 여직원들이 쾌재를 불렀다는 소문도 돌았다.

"KJ하고 접촉할 방법 좀 알아봐 줘."

내내 장난기가 어려 있던 태욱의 낯빛이 굳어졌다. 태욱은 미간을 좁힌 채로 팔짱을 끼며 흐음, 하는 소리를 내고는 조용히 읊조렸다.

"되게 어려운 거 시키네."

KJ는 스탠포드 대학교에 재학 중이던 학생들이 창업 프로그램을 통해 설립한 회사였다. 처음에는 스마트폰을 기반으로 한 SNS 애플리케이션으로 시작했는데, 애플리케이션이 큰 성공을 거두고 난 뒤 이를 바탕으로 수집된 빅 데이터를 활용한 마케팅 솔루션 회사를 구축하기까지 이르렀다.

북미 시장을 시작으로 전 세계 70여 개국에 지사를 두고, 종업원 수 2만여 명에 육박하는, 연 매출액 1,000억 달러의 회사로 급성장하는 동안, KJ는 한국 진출을 철저히 배제했다.

한국계인 KJ 창립자가 입양아여서 모국을 혐오한다는 설부터, 한국에 있을 때 여자에게 심하게 차였다는 설까지 다양한 가십이 떠돌

앉지만, 무엇이 진짜인지는 알 길이 없었다.

회사 경영을 위해 공개된 자료, 투자자들을 위한 IR(investor relations) 상의 정보 말고, KJ의 실질적인 대표이자 창립자인 그와 관련한 사적인 정보는 밝혀진 게 없었다. 흔한 인터뷰 한번 하지 않은 탓에 사진 한 장 돌아다니지도 않았다.

"신기주 만나게 해 주면, 넌 나한테 뭘 해 줄래?"

태욱이 다소 깊어진 시선으로 선진을 바라보았다.

이제껏 단 한 번도 드러낸 적 없던 마음이 불쑥 머리를 들었다. 잘 참고 있다고 생각했는데, 선진이 오늘처럼 위로가 필요한 가여운 얼굴로 스스로를 절제하느라 안간힘을 쓰는 모습을 마주할 때면 품 안으로 끌어당겨 힘껏 안아 주고 싶은 마음이 간절해졌다.

"흡족하실 만큼 챙겨 드릴게요, 강 수석님."

슬며시 선을 긋는 선진의 태도에 태욱은 이쯤에서 물러나야겠다고 생각했다. 태욱의 손끝에는 선진의 보드라운 살갗에 닿았던 감각이 그대로 남아 있었다.

"최대한 빨리 KJ와의 미팅 일정 잡겠습니다, 이사님."

태욱이 사무적인 인사를 건네고는 집무실을 나섰다. 길게 뻗은 뒷모습을 무심히 바라보는데, 검은색 트레이닝복을 입은 태욱의 뒷모습에 다른 남자의 뒷모습이 아스라이 겹쳐졌다.

✳

유리로 된 호텔 자동문이 열리자마자, 곧장 프런트 데스크가 보였다. 한 발 떼는 게 어려울 만큼 복통과 요통이 심해지고 있었다. 신경을 많이 쓴 탓인지 두통이 턱관절까지 내려와서 아래턱이 덜덜 떨릴 정도였다.

프런트 데스크 앞에는 검은 트레이닝복을 입은 남자가 서서 천장을 올려다보며 한숨을 내쉬고 있었다. 남자의 볼일이 얼른 끝나길 바랐다. 호텔에 도착해 있을 후지사와의 메시지를 확인한 뒤, 방으로 가서 뜨거운 물에 몸을 담그고 싶었다.

추위로 꽁꽁 언 발을 동동거리는데, 앞에 선 남자의 한숨 소리가 들려왔다.

"미치겠네, 진짜."

남자가 낮게 읊조린 한국어에 선진의 두 귀가 쫑긋 섰다.

얼마 만에 들어 보는 모국어인지 알 수 없었다. 뉴욕을 떠나 시애틀과 주노, 앵커리지를 거쳐 페어뱅크스로 숨어든 지 벌써 한 달이다. 페어뱅크스에서 머무는 동안 한국인을 직접적으로 대면한 적은 없었다. 도피 행각을 벌이고 있는 처지였기에, 동양인이 나타나면 지레 겁을 먹고 몸을 숨겼던 탓도 있기는 했다.

혹시 작은아버지가 보낸 사람인가?

만약 그렇다면, 여기서 도망치든지 아니면 붙잡혀 가든지 둘 중 하나일 것이다. 당장 몸을 숨겨야 했지만 목도리를 눈 밑까지 친친 감고 털모자를 눌러쓴 선진을 쉽게 알아볼 수는 없을 거라는 생각이 들었다. 또 섣불리 움직이는 것은 이목을 끌 수 있으니 좋은 방법이 아니었다.

일단 도주로를 확보하기 위해 머리를 굴렸다. 호텔 정문으로 나가는 것보다, 호텔 로비 왼편에 있는 레스토랑을 거쳐 복잡한 골목으로 빠져나가는 게 남자를 따돌리기엔 수월해 보였다.

선진은 아직 자신의 존재를 알아차리지 못한 남자의 말을 조금 엿들어 보기로 했다. 만약 작은아버지가 보낸 이가 맞는 거라면, 그의 움직임에 따라 도망칠 방법을 강구할 요량이었다.

"Of course I do. You can find the confirmation that you've

sent……."

　가만히 듣자 하니 호텔 홈페이지를 통해 예약하고, 방값을 미리 전부 지불한 뒤 확인서까지 받았는데, 남자의 예약 내용이 호텔 전산에 존재하지 않아 승강이가 벌어진 듯했다.

　호텔 지배인은 얼마 전 페어뱅크스 지역 호텔 홈페이지를 카피해서 사기를 친 일당이 검거된 일이 있었는데, 당신 역시 그 사기 홈페이지에서 예약을 한 것일지도 모른다고 남자에게 설명했다.

　남자는 황망한지 잠시 아무런 대꾸도 하지 못하고 그 자리에 붙박인 듯 서 있었다.

　작은아버지가 보낸 사람은 아닌 것 같았다. 성질 급한 양반이 이런 쇼까지 하면서 저를 찾을 리는 없었다. 아마도 선진의 사진을 내밀며 지배인을 매수한 뒤, 눈에 띄지 않는 곳에서 선진을 붙들었을 것이다.

　호텔 지배인은 현지 경찰의 도움을 받으라며 남자를 다독였다. 한숨을 내쉰 남자가 어깨에 메고 있던 가방에서 지갑을 꺼내 들었다. 흘끗 본 남자의 가방 안에는 전문가용 카메라가 들어 있었다.

　남자가 신용카드를 내밀며 묵을 수 있는 방을 달라고 하자, 호텔 지배인이 난색을 보였다. 페어뱅크스에서 세계 청소년 북극 환경 포럼이 열리고 있는 탓에 예약이 모두 찼다고 했다. 남자는 천장을 올려다보며 한국말로 욕지거리를 내뱉었다.

　남자는 속이 터져 죽으려고 하는데, 뒤에 선 선진은 그의 욕이 참 차지다고 생각했다.

　게다가.

　욕하는 목소리가 묘하게 매력적이다.

　남자의 음성은 질 좋은 가죽으로 만든 북을 둥둥 두드릴 때 나는 울림처럼 낮고 단정했다. 남자가 경건한 의식에나 들릴 법한 북소리처럼 엄숙한 목소리로 욕을 내뱉었을 때, 심장이 전에 없이 가볍게 움직였다.

마치 금기를 깨는 듯한 신호처럼 은밀하고 찌릿한 두근거림.

두 귀를 쫑긋 세우고 두 사람의 대화를 엿듣고 있는데, 호텔 지배인이 고개를 쭉 빼 올리며 선진을 알은체했다.

"Good evening, Fujisawa!"

순간 남자가 돌아보았고, 눈이 마주쳤다. 남자의 입장에서 볼 때 다분히 복장 터지는 상황임에도, 그는 예의 바른 미소를 보이고는 선진에게 이제 볼일 보라는 듯이 손짓하며 고개를 까딱했다. 그가 욕지거리를 내뱉었을 때부터 가볍게 나부끼기 시작했던 심장이 그의 얼굴을 마주하자 급히 내달렸다.

잘생겼다.

선진은 잘생긴 얼굴에는 이골이 난 사람이다. 호화찬란한 행사를 좋아했던 조부와 작은아버지 덕택에 그룹 행사에서 날고 긴다는 남자 연예인들은 모두 만나 보았다. 그런데 남자는 단순히 잘생겼다는 말로는 표현하기 어려운 특유의 분위기를 가지고 있었다.

바람을 맞아서 헝클어진 머리를 대충 손가락으로 빗어 넘긴 모양과 어우러진 얼굴은 선진을 멈칫하게 만들기에 충분했다.

"Fujisawa?"

지배인이 묘한 미소를 머금으며 선진을 재차 불렀다. 선진은 뉴욕에서 사귄 일본인 친구의 이름을 빌려 이 호텔에 투숙 중이었다. 정체를 들키지 않기 위해 택한 방법이 아직까지는 통하고 있는지, 선진을 찾아온 이는 없었다.

지배인은 환한 미소를 지으며 선진에게 밀봉된 카드를 건넸다. 뉴욕에 머물고 있는 진짜 후지사와에게서 온 메시지였다. 후지사와는 마치 선진의 친언니쯤 되는 것처럼 사람을 시켜서 호텔로 메시지를 보내곤 했다.

후지사와는 일본 선박 회사 사주의 손녀였고, 깜찍하게도 선진의 도피를 전폭적으로 돕고 있었다. 후지사와 덕분에 선진은 시애틀에서 출발해서 주노를 거쳐 앵커리지에 닿는 크루즈에 올라 알래스카 한복판인 페어뱅크스의 작은 호텔에 숨어들 수 있었다.

그런데 메시지를 확인한 선진은 눈앞이 캄캄해지는 것만 같았다. 뉴욕에 머물고 있는 후지사와의 신용카드가 알래스카 페어뱅크스에서 사용된 것을 확인한 조부가 카드를 정지시켰다는 내용이었다.

조부가 신용카드 결제 내역을 일일이 확인할 줄은 몰랐다며, 후지사와는 미안해했다. 도난된 카드로 확인되면 경찰에 붙잡힐 수 있으니 조심하라는 말이 덧붙여져 있었고, 이른 시일 내에 방법을 찾아서 연락하겠다고도 했다.

심장이 쿵쿵 울렸다. 사실 도피가 영원히 지속될 거라고는 생각하지 않았다. 하지만 생각했던 것보다 끝이 빨리 다가오는 것 같아서 코끝이 시큰해졌다.

세상과의 작별을 아주 조금만 더 유예하고 싶은데.

한숨을 내쉬며 시선을 옮긴 곳에 이미 남자는 없었다. 본능적으로 그가 어디 갔는지 찾기 위해 두리번거리다가 호텔 지배인과 눈이 마주치자, 지배인은 빙긋이 미소 지으며 눈동자만 움직여 레스토랑을 가리켰다.

아니, 뭐. 내가 물어봤나?

선진은 지배인의 눈짓을 알아차리지 못한 척 고개를 돌렸다. 그런데 발걸음은 의지를 배반하고 레스토랑 쪽으로 움직였다.

계산은 매우 간단했다.

남자는 방이 필요하고, 선진은 돈이 필요하다. 많이도 필요 없다. 당장 며칠만을 살아갈 수 있는 돈이면 충분했다.

선진은 레스토랑 구석에 앉아서 휴대전화를 손에 든 채로 한숨만 푹푹 내쉬고 있는 남자의 곁으로 다가갔다. 선진이 다가가자 남자는 찌푸렸던 인상을 펴고는 고갯짓을 한 번 했다. 낯선 곳에서 만난 타인에 대한 인간적인 인사일 뿐, 그 이상의 의미는 갖지 않은 행동이었다.

"방 못 구하셨죠?"

밑도 끝도 없는 질문이 튀어나오고 말았다. 질문을 들은 남자는 놀라서 테이블 옆에 서 있는 선진을 올려다보았고, 선진 역시 제 경솔함에 놀라서 애꿎은 격자무늬 테이블보만 노려보았다.

"네, 못 구했어요. 방이 없다네요."

남자는 예의 점잖은 미소를 머금고는 덧붙였다.

"그런데 한국말 잘하시네요, 후지사와 씨?"

남자가 눈썹을 추어올리며 듣기 좋은 울림이 퍼지는 목소리로 물었다. 남자의 물음이 당황스러웠지만, 선진은 정신을 차리자며 다짐했다. 죽기로 결심한 마당에 더는 앞뒤 잴 필요도 없어 보였다.

"방값 저한테 주시면, 제 방에 묵을 수 있게 해 드릴게요."

남자는 뭐라 말을 하려고 벙긋거리다가 이내 입을 다물고는 미간을 좁혔다. 선진이 던진 말의 의미를 되새김질하는 듯 보였다.

"그쪽이 체크아웃 한 후에, 제가 그 방에 들어가면 될 텐데요. 그런 방식은 아니라는 거죠?"

선진은 뻣뻣한 목을 겨우 움직여 고개를 끄덕거렸다. 목구멍이 타들어 갈 것처럼 갈증이 일었다. 그가 올려다보고 있는 선진의 얼굴이 점점 붉게 달아올랐다.

"그러니까 그쪽이 쓰고 있는 방을 셰어 해 줄 테니, 돈을 달라. 이 뜻이죠?"

남자는 눈치가 빠른 편이었다. 선진이 이번에는 아까보다 좀 덜 어색하게 고개를 끄덕거렸다.

"다는 못 주겠는데, 1인 1실과 2인 1실은 다르지 않나요?"

눈치가 빠른 만큼 계산도 빠른 남자다.

"싫으면 말고요."

선진이 '네가 아쉽지, 내가 아쉽냐?'는 투로 돌아서려던 순간이었다.

"그쪽처럼 예쁜 여자랑 한 침대에서 자면서 허튼 생각 안 할 만큼 착한 사람 아닌데요, 나."

그가 웃음기 어린 목소리로 경고하듯 내뱉은 말은 이 엉뚱한 거래를 이어 갈 생각이 있다는 의미를 담고 있었다.

"한 침대가 아니면 괜찮고요?"

선진은 냉큼 돌아서며 물었다. 황당해하는 그의 얼굴이 마음에 들었다. 아니 아까 돌아서던 순간, 그와 처음 마주친 그때부터 마음에 드는 얼굴이었다.

선진이 묵고 있는 방에는 더블침대 두 개를 붙여 놓은 할리우드 타입의 침대가 놓여 있었다.

"붙여 놓은 침대 떼어 놓으면 되죠."

선진의 말에 문가에 서서 방 안을 응시하던 남자가 그럴듯하다는 듯이 눈썹을 들썩거렸다.

"프런트에는 내가 말할게요. 조식도 추가할 거죠?"

전화기를 들고 0번을 누르기 직전 묻는 말에 남자가 그러라며 고개를 주억였다. 얼핏 본 남자의 목덜미가 붉다.

프런트에서 전화를 받은 이는 아까 그 지배인이었다. 그녀는 뭐가 그렇게 재미있는지, 페어뱅크스에서의 여행이 더 즐거워질 것 같지 않으냐며 웃어 댔다.

전화를 끊은 선진은 멀뚱히 서 있는 남자를 향해 돌아서며 말했다.

"내가 먼저 씻을게요."

순간 남자의 눈이 커다랗게 뜨였다. 남자의 표정이 급변하는 것을 마주하고 나서야 말에 담긴 의미가 다소 음란해질 수 있다는 것을 깨달았다.

"인터넷 통해 현지 투어 신청했는데, 신청 인원이 적어서 취소됐더라고요. 너무 싼 걸 예약해서 그랬는지 취소 알림도 제대로 되질 않아서 혼자 밖에서 오래 떨었어요. 발가락에 감각 없어진 지 오래여서. 얼른 뜨거운 물에 담그고 싶어서."

굳이 안 해도 되는 말들이 주절주절 튀어나왔다. 남자는 그제야 '아' 하고, 알아듣겠다는 듯이 고개를 빠르게 끄덕거렸다.

"짐은 한쪽에 풀어 두시고요."

선진이 갈아입을 옷을 챙기려고 TV 아래에 있는 서랍을 열어젖혔다.

"통성명은 하죠. 이름이 뭐예요?"

선진은 고개를 돌리지 않은 채로 대꾸했다.

"후지사와 아사미. 그쪽은요?"

"마츠모토 준이요."

일본 인기 남자 배우의 이름을 대는 남자의 대답에 선진은 트레이닝복을 집어 들던 손을 멈칫했다.

"처음엔 한국어를 잘하는 일본인인가 싶었는데, 아까 호텔 방문 앞에서 카드키 떨어뜨렸을 때 뭐라고 했는지…… 본인은 기억 안 나죠?"

선진은 고개를 돌려 남자를 바라보았다. 그의 얼굴에 희미한 미소가 걸려 있었다. 미소가 걸린 얼굴은 더욱 근사했다.

문 앞에서 있었던 일을 떠올리려 미간을 찌푸렸을 때였다.

"엄마야! 이랬죠? 아무리 한국어를 잘하는 외국인이라고 해도……
당황스러운 상황이라면 모국어가 튀어나오지 않나?"

"그래서요?"

유치한 말싸움을 하듯이 되물었다. '소데스까?'라고 물을 걸 그랬
나.

"잘 부탁한다고요, 후지사와 아사미 씨."

그가 좀 전보다 조금 더 진한 미소를 머금었다. 물색없이 가슴이
세차게 뛰기 시작해서 선진은 흐흠, 하고 목을 한번 가다듬었다.

"저도 잘 부탁해요. 마츠모토 준 씨."

뻔뻔하게 인사한 뒤 욕실로 향했다.

샤워를 마치고 나온 선진은 테이블 위에 카메라 장비를 늘어놓고
렌즈를 점검하고 있는 그를 향해 물었다.

"사진작가예요?"

그는 렌즈 캡을 열고 입으로 후후 불더니, 고개를 절레절레 내저었
다.

"영화배우도 아니고."

얄밉게 덧붙이는 말에 기가 막혀 왔다.

죽기 직전 정신 나간 짓을 벌인 자신도 제정신이 아닌 듯했지만,
거기에 장단을 맞추고 있는 저 남자도 정상은 아닌 것 같다는 생각이
들었다.

그런데 진지한 눈빛으로 카메라를 점검하는 남자가 멋있다는 생각
까지 들고 있으니, 이쪽이 조금 더 정신이 나간 듯했다.

"영화배우처럼은 안 생겼어요."

사실 웬만한 영화배우 뺨을 후려치고도 남을 만큼 잘생긴 그였지
만, 선진은 뾰로통한 목소리로 대꾸했다.

"그쪽도 연쇄살인범치고는 겁이 많아 보이고, 신분 속이고 중요한

일 하는 국정원 직원 같은 거라고 하기엔 너무 어설프고. 뭐 하는 사
람이에요?"

남자는 진심으로 궁금해서 묻는 말이라는 듯이 담백하게 물었다.
그런데 남자의 순수하지만, 결코 무겁지 않은 어조를 듣는 순간, 느
닷없이 장난기가 발동했다.

"지금, 내가 보여요?"

선진은 두 눈을 커다랗게 뜨며 놀랐다는 듯이 물었다. 그는 어이없
다는 표정으로 손에 들고 있던 카메라를 테이블 위에 올려놓으며 헛
웃음을 터뜨렸다.

"뭐, 내가 그쪽 한이라도 풀어 줘야 하는 겁니까?"

"아뇨."

단호한 대답에 그는 눈썹을 추켜올렸다. 황당해하는 남자의 얼굴
은 마치 미친 여자를 안쓰럽게 보는 듯한 표정을 짓고 있었다.

"그냥 아무것도 묻지 말고, 이 방에서 지내다가 빈방이 생기면 나
가시면 됩니다. 그리고 오늘 투숙료는 선불이고요."

손을 내밀어 흔들자 그가 지갑에서 지폐를 꺼내서 건네주었다. 선
진은 돈을 낚아채며 웃었다. 그가 주는 현금으로 유예한 시간만큼은
버틸 수 있을 듯싶었다.

"저는 이제 잘 거예요. 침대는 내가 욕실에서 가까운 쪽으로 쓸게
요."

선진은 남자가 건넨 돈을 베개 밑에 넣으며 이불 속으로 파고들었
다. 폭신한 이불이 온몸을 감싸는 동안 남자는 선진에게서 시선을 떼
지 않았다. 선진 역시도 그에게서 시선을 떼지 않은 채로 베개에 머리
를 기대었다.

그가 의미를 알 수 없는 은근한 시선으로 선진을 응시하며 나지막
이 속삭였다.

"잘 자요."

코끝이 시큰거린다. 감은 눈 안이 따끔따끔 젖어 드는 느낌이 난다.

이름조차 알지 못하는 타인이 건네는 인사는 낯선 타국의 호텔 침구만큼이나 포근했다.

숨이 멎을 것처럼 가슴이 갑자기 차올라 버렸다. 설명할 수 없는 감정. 처음 보는 남자가 건네는 인사와 연고도 없는 도시의 호텔 방에 놓인 푹신한 침구가 삶의 위안이 될 만큼, 선진은 고달픈 삶을 살아왔기 때문인지도 모른다.

낯설지만 편안한, 그래서 지나치게 매혹적인 남자와의 첫 밤이었다.

❋

"부명그룹 쪽에서 연락이 왔는데, 이것도 거절할까요?"

기주는 창밖에 시선을 고정한 채로 여자를 처음 만났던 날을 곱씹고 있었다.

"선배?"

정은의 부름에 상념에서 벗어난 기주가 한숨을 몰아쉬었다.

"무슨 생각을 그렇게 해요?"

"오랜만에 한국에 왔더니……. 방금 뭐라고 했어? 어디서 연락이 왔다고?"

"부명그룹이요."

"부명."

기주는 두 음절을 가만히 내뱉어 보고는 입을 꾹 다물었다. 공과 사는 철저히 구분하는 기주였지만, 부명이라는 이름을 듣자 가슴 한

구석이 시큰거렸다. 기주가 뜸을 들이는 이유를 알 리 없는 정은은 궁정적인 의미로 받아들였는지 조심스레 입을 열었다.

"부명에서 내건 조건이 꽤 흥미로워요. 언제까지 한국 시장을 피할 수만은 없는 노릇이고, 그 시작이 부명이라면 나쁘지 않을 것 같아요. 재계 서열 10위권 내에 드는 곳 중에 부명만큼 기업 이미지가 건전한 곳도 없고요."

"이미지가 건전하다……."

경영자와 달리 기업 이미지 관리는 제대로 하고 있나 보다. 하긴 그 일이 있었을 당시의 그 경영자는 이미 세상을 뜨고 없으니 그새 환경이 달라졌을지도 모를 일이다. 정은은 기다렸다는 듯이 태블릿 PC를 내밀었다.

"최근 부명의 3년 치 지속가능경영 보고서를 발췌 분석한 자료입니다."

시키지도 않은 보고서를 언제 준비했느냐는 듯한 시선을 보내자 정은이 어깨를 한 번 으쓱하고는 덧붙이듯 말했다.

"부명그룹 전략기획실 강태욱 수석이라는 사람이 보내온 자료 중 일부고요. 선배님께서 검토할 만한 가치가 있어 보여서요."

기주는 손가락으로 화면을 휙휙 넘기며 강태욱 수석이 보냈다는 자료를 훑어보았다. 보기 좋게 정리된 자료에는 그간 부명이 이뤄 놓은 성과들이 보기 좋게 열거되어 있었다.

"이 정도면 굳이 우리가 나설 이유가 없을 것 같은데."

"신규 사업 프로젝트와 관련하여 일종의 컨설팅이 필요하다고 했습니다. 나아가 사업 착수 시 이와 관련한 마케팅 전반을 KJ와 논의하겠답니다."

지피지기면 백전백승이라는 말은 너무도 유명한 말이다. 하지만 사람들은 지피, 다른 이를 아는 것에 더 집중한다. 사실 상대를 이기려면 지기, 자신을 아는 게 더욱 중요하다. 부명은 그런 면에서 매우 영리한 편에 속하는 듯 보였다. 강태욱 수석이 보낸 보고서에는 부명이 열세한 부분까지 명확하게 정리되어 있었다.

그러면서 글로벌 마켓에 대한 믿을 만한 마케팅 솔루션 파트너가 필요하다는 말과 함께 KJ와 업무 협약을 맺고 싶다는 말이 덧붙여져 있었다.

"부명 쪽 경영진 인사 정보 추려서 모레까지 보고해."

짧은 업무 지시를 내린 기주가 차 문을 열고 내려섰다.

울창한 숲이 우거진 간이 주차장은 한낮인데도 불구하고 햇살 한 점 들이치지 않아 어둑어둑했다. 이곳에서 2km는 걸어 올라가야 하나뿐인 누나가 잠들어 있는 구관사라는 절이 나온다.

기주는 정은을 포함한 무리를 주차장에 남겨 둔 뒤 홀로 숲길을 올랐다. 전날 비가 왔는지, 바닥에 쌓인 낙엽이 미끌미끌한 습기를 머금고 있었다.

9년 전에 누나의 위패를 들고 오를 때만 해도 진창이었는데, 통나무를 박아 넣어 만든 계단은 정장화를 신고도 오를 만했다.

마지막 통나무 계단을 오르자, 납작한 정원석을 박아 넣은 평편한 길이 나타났다. 시선을 들어 올리자 예스러운 느낌이 물씬 풍기는 작은 절이 눈에 들어왔다. 9년 전에 마주했던 스님은 딱 그만큼의 세월이 고스란히 내려앉은 얼굴로 기주를 맞았다.

"많이 좋아지셨습니다."

해사한 미소를 머금은 스님의 얼굴을 마주하자 가슴 한구석이 일렁거렸다. 눈물이 말라붙은 얼굴로 세상을 놓을 것처럼 무너져 내리던 9년 전의 기주를 다그친 것은 스님이었다.

"이제, 왔습니다."

하나뿐인 혈육인 누나의 죽음이 버거워서, 기주는 절 한편에 있는 방에서 죽은 듯이 지냈다. 사십구재가 지나도록 기주가 정신을 차리지 못하자 결국 스님은 그를 절에서 내쫓고 말았다. 그렇게 내쫓기고 나서는 쉬이 이곳을 찾을 수가 없었다.

미국으로 돌아가 일상생활이 가능해진 뒤에는 좀 더 나은 모습으로 찾아가야겠다는 생각이 들었다. 그렇게 '조금만 더' 욕심을 내다가 9년의 세월이 흐른 뒤에야 이곳에 당도했다.

"잘 오셨습니다."

누나의 위패를 마주하자, 그 부재가 실감이 났다. 한국을 떠나 있는 동안에는 마치 누나가 한국에서 아무렇지 않게 살아가고 있는 건 아닐까 하는 착각을 하기도 했었다. 어쩌면 누나의 부재를 마주하는 것이 두려워서 그동안 한국에 들어오지 못했는지 모른다.

앞으로 자주 찾겠다는 인사를 하고 돌아서려는데, 스님이 기주를 붙잡았다.

"인연을 소중히 하십시오. 그 인연으로 새 삶을 사시게 될 겁니다."

스님의 눈동자는 기주를 향해 있었지만, 그녀의 시선은 그 너머를 보는 듯했다. 기주는 다시 한 번 합장하며 허리 숙여 인사하고는 돌아섰다.

새 삶, 인연…….

인연이라면, 새로운 삶을 사는 그녀를 다시 만날 수 있을까.

부명 경영진에 관한 보고를 지시하는 기주의 표정에서 정은은 어렴풋한 불안감을 느꼈다. 뜻 모를 불안감을 품은 채로 정은은 부명에 관한 개괄적인 자료와 함께 등기 이사를 포함한 실질적인 경영진에 관한 정보를 수집하였다.

그런데 그 과정에서 거슬리는 인물이 튀어나왔다.

윤선진. 언뜻 스쳐 지나간 얼굴이었지만, 며칠 전 호텔 I에서 기주가 찾아 헤매던 인물과 동일인임이 분명했다.

부명에 날을 세우는 이유가, 다른 기업의 제안에는 콧방귀도 뀌지 않았으면서 부명이 건넨 제안에는 반응을 보인 이유가 이것 때문이었나.

그렇다면 보고를 빠뜨린다고 한들, 기주가 그 사실을 알아차리지 못할 리 없었다.

정은은 무거워지는 마음을 애써 외면하며, 정리된 자료가 담긴 태블릿 PC를 들고 기주가 묵고 있는 룸으로 향했다.

"말씀하신 부명 측 자료입니다."

소형 프로젝터에 태블릿 PC를 연결한 정은은 빠르게 브리핑을 시작했다. 간략한 회사 정보를 읊고 난 뒤, 화면이 경영진 정보 쪽으로 이동하자 의자 등받이에 등을 기대고 앉아 있던 그가 허리를 곧추세웠다.

스크린에는 사진이 첨부된 경영진의 구조도가 띄워져 있었다. 그는 눈을 가느스름하게 뜨고 화면을 응시한 채로 정은에게 손을 뻗었다. 손에 들고 있는 원자료를 내놓으라는 손짓이었다.

순간 아차 싶었다. 윤선진이라는 여자가 부명에 속한 사람이라는 것을 그도 당연히 알 거라고 생각했었다. 그런데 적잖이 당황한 듯한 그의 얼굴을 보는 순간, 어쩔 수 없는 비겁함이 고개를 들었다.

저 여자에 관한 정보를 숨겼다면…….

그는 아마 평소와 같이 한국 기업에 관한 보고를 받는 것으로 일을 마무리 지었을 것이다. 그런데 지금은 그리 쉽게 마무리 지을 수 있는 상황이 아닌 듯했다. 시한폭탄을 건네주는 기분마저 들었다.

정은은 순순히 태블릿 PC를 넘겨주었지만, 손끝이 미세하게 떨리는 것은 감출 수 없었다.

태블릿 PC를 받아 든 그는 화면을 휙휙 넘기며 정보를 빠르게 훑었다. 그리고 윤선진 이사의 프로필이 정리된 화면에서 그의 손이 멈칫했다.

"윤선진 이사……."

기주는 검은색 블라우스에 흰색 재킷을 걸치고 단정하게 미소 짓고 있는 여자의 사진을 뚫어져라 응시했다.

끝까지 알려 주지 않았던 여자의 이름은 윤선진이었다.

테이블 위에 태블릿 PC를 내려놓은 기주는 미간을 찌푸린 채로 골몰했다.

세상에 없을 사람처럼 굴었던 그녀는, 존재하지 않았던 것처럼 홀연히 사라져 버렸었다. 지극히 평온한 얼굴이었지만, 그 얼굴은 마치 존재를 버림으로써 갖는 자유처럼 보였다.

온화한 분위기는 오히려 더 아슬아슬해 보였고, 직감적으로 위험하다고 느꼈다.

하지만 그 위태로운 분위기에 단숨에 매료되었고, 그녀는 기주의 몸과 마음에 깊이 각인되어 버렸다. 그런 그녀가 갑작스레 사라지고 난 뒤, 느닷없이 찾아든 상실감은 그녀가 죽었을지도 모른다는 억측까지 하게 만들었다.

그도 그럴 것이, 어디에서도 그녀의 흔적을 찾을 수가 없었다. 진실로 이 세상에 존재하지 않았던 사람처럼, 그녀는 숨어 버렸다.

페어뱅크스를 떠나 샌프란시스코로 돌아가서 얼마간은 알래스카에서 발견되는 동양 여자의 시체에 관한 뉴스가 나오지 않을까 해서 신경을 곤두세우기까지 했다.

이후 신변의 급격한 변화를 겪으며, 기주는 그녀와의 미스터리한 과거에 대해 잠시 잊고 살았다. 하지만 그녀의 죽음에 관해 더는 생각하지 않았다는 것일 뿐, 그녀의 존재를 완전히 지워 버렸다는 의미는 아니었다.

그때나 지금이나 여전히 기주의 몸과 마음에 깊이 각인된 여자는 그녀 하나뿐이다.

"선배⋯⋯."

정은의 부름에 기주는 길지 않은 상념에서 벗어났다. 기주는 잠시 망각했던 현실로 되돌아오려 호텔 방을 한번 둘러보았다.

그런데 세련되고 현대적인 분위기를 지닌 방의 모습에 페어뱅크스의 낡은 호텔 방이 묘하게 겹쳤다. 무려 9년 전의 기억이 어제의 일처럼 생생했다.

그녀의 옷가지가 차곡차곡 쌓여 있던 TV 아래 서랍장, 모스카토 병을 올려 두었던 침대 옆 협탁, 그녀를 품에 안았던 침대 위까지, 마치 시간을 그때로 되돌린 것 같은 착각이 일 정도였다.

"윤선진⋯⋯."

기주는 입안에서 세 글자가 충분히 머물도록 그녀의 이름을 진하게 머금었다.

"특별히 지시하실 일 없으면, 이만 돌아가겠습니다."

넋을 놓은 채로 침대를 노려보고 있는 기주를 향해 정은이 침잠한 목소리로 말했다.

기주는 흐음 하는 소리가 나도록 한숨을 내쉬고는 테이블 옆에 서 있는 정은을 향해 시선을 돌렸다. 기주가 평소와 달리 혼란스러워하고 있다는 것을 눈치챈 얼굴이었다. 정은은 눈치가 빠른 편이었고, 기주가 굳이 말하지 않아도 알아서 움직여 주는 비서였다.

"윤선진 이사에 대해서 좀 더 자세히 알아봐."

일단 이 여자가 어떻게 살아왔는지, 자신이 생각하는 그 여자가 맞는지 확인이 필요했다. 그 시절 미국에 머물렀던 일이 있었는지도 알아야 했다. 세차게 뛰는 가슴은 절대적으로 그 여자일 거라고 확신했지만, 머릿속은 혼란스러웠다.

9년이라는 긴 세월이 기주를 망설이게 만들었다. 만에 하나 아니라면, 기주는 그녀의 죽음에 관해 또 고민하며, 자괴감을 느낄지도 모를 일이다.

그녀를 조금 더 힘주어 애틋하게 안아 줬어야 했다고, 그녀에게 조금 더 다정하게 웃어 줬어야 했다고, 그녀에게 조금 더 상냥하게 말해 줬어야 했다고.

이제 와서 그녀를 당장 만나 어떻게 해 보겠다는 것은 아니었다. 단지 윤선진이라는 여자가 자신의 가슴을 그을리고 사라진 여자인지 확인이 필요할 뿐이었다.

누군가를 죽음으로 기억하는 것은 가족으로 충분했다. 짧은 시간이었지만, 사랑이라고 확신했던 유일한 여자까지 그런 방식으로 여기고 싶지는 않았다.

"어디까지 알아봐야 할까요?"

정은의 물음에 기주는 저도 모르게 눈살을 찌푸리고 말았다. 정은은 한 마디를 하면 열 마디를 알아듣는 비서였다. '자세히' 알아보라는 지시를 내리면, 윤선진이라는 이름을 가진 여자의 머리카락 수까지 세어 올 정은이었다.

그런데 기주의 예사롭지 않은 분위기를 낚아챘다는 듯이 정은은 전에 없이 집요하게 굴었다. 누구나 물을 수 있는 질문이기는 했지만, 정은이라면 묻지 않았을 질문이었다. 이왕 이렇게 된 거 숨길 이유도, 숨길 필요도 없다.

기주는 잔뜩 굳혔던 표정을 풀고는 온화한 미소를 지어 보였다. 그러자 정은의 표정도 미묘하게 달라졌다. 갑자기 풀어진 얼굴을 하니 당황한 눈치였다. 기주는 조심스러운 어조로 입을 열었다.

"전부 다."

정은이 눈썹을 살짝 추켜올리며 당황한 얼굴을 했다. 다분히 감정이 섞인 듯한 기주의 지시를 재차 확인하고 싶어 하는 눈빛이었다.

"전부 다라는 말씀은……."

기주는 이게 자신에게 얼마나 중요한 일인지 알려 주겠다는 듯이 진지하게 말했다.

"태어나서부터 지금까지. 전부 다."

정은이 입을 살짝 벌리며 숨을 한번 들이마시고는 이내 입을 다물었다. 무슨 말을 해야 할지 모르겠다는 얼굴이었다.

"이틀이면 되겠지?"

한 사람의 인생 전부를 알아 오라고 하면서 기주는 짧은 시간을 제시했다. 사실 이틀이 아니라 지금 당장에 그녀의 모든 것을 낱낱이 파헤치고 싶은 심정이다.

기주는 시계를 한 번 확인했다. 밤이 늦었다. 이틀 후도 늦는다.

"내일 오후에 보고드리겠습니다."

지체 없이 내뱉는 정은의 대꾸에 기주는 진한 미소를 머금었다. 그 미소를 바라보는 정은의 가슴이 타들어 가는 것을 기주는 전혀 알지 못했다.

❀

오한이라도 든 것처럼 몸이 덜덜 떨렸다. 호텔 프런트 데스크에서 처음 본 남자를 방으로 데리고 들어온 뒤로 잠시 잊고 있었던 통증이 선진을 눈뜨게 만들었다.

협탁 위에 놓인 라디오 시계를 보니 아직 밤 10시밖에 되지 않았다. 남자는 피곤한지 혼곤히 잠이 들어 있는 듯했다.

몸을 뒤채자 끙 하고 앓는 소리가 저도 모르게 튀어나왔다. 모로 누운 선진은 두꺼운 이불 속에 있음에도 차갑게 식은 발끝을 손으로 움켜잡았다. 손끝도 차갑기는 마찬가지였다. 부질없이 차가운 손발이 비벼지는 순간 아랫배에서 묵직한 통증이 일었다.

또다시 앓는 소리가 튀어나오려고 해서 선진은 이불을 뒤집어썼다. 정수리까지 한기가 느껴지고, 온몸이 바들바들 떨렸다. 숨을 들이마시고, 내쉬는 것조차 힘이 들었다. 등허리에서 식은땀이 흘러내리며 기운이 쭉 빠져나갔다.

선진은 간신히 이불을 끌어모아 품에 안았다. 온도를 올려 줄 무언가가 절실해서 몸을 뒤챈 순간, 지척에서 말소리가 들려왔다.

"이봐요."

분명 조금 전까지 혼곤히 자고 있던 남자의 목소리였다. 선진은 머리끝까지 덮고 있던 이불을 살며시 끌어 내렸다. 남자가 협탁 위에 있는 등을 켰는지, 방 안이 어스름한 오렌지빛으로 밝혀져 있었다.

"어디 아파요?"

남자가 미간을 찌푸리며 심각한 목소리로 물었다. 선진은 윗니로 아랫입술을 꾹 깨물며 신음을 삼켰다.

"식은땀이 많이 나는데…… 어디가 아픈데요?"

집요하면서도 친절한 남자의 물음에 선진은 저도 모르게 대꾸했다.

"……생리통이……."

"잠깐 있어 봐요."

남자는 그리 말하고는 의자 위에 벗어 두었던 검은색 파일럿 코트를 입었다. 그러고는 자신이 자고 있던 침대에 있는 이불을 선진이 덮고 있는 이불 위에 덮어 주었다.

"일단 이렇게 있어요."

두꺼운 이불의 무게감 덕분인지 갑자기 온기가 차오르는 듯한 착각도 일었지만, 여전히 손발은 얼음장처럼 차가워서 따끔거릴 정도였다. 느리게 눈을 감았다 뜨는 사이, 남자가 방 밖으로 나가 버렸다.

남자가 나가고 나자, 참고 있던 앓는 소리가 터져 나왔다.

선진은 생리통이 심한 편이었다. 생리 기간만 되면 혈액 순환이 안 되어서 손발이 얼음처럼 차가워졌고, 아랫배와 허리는 도려내고 싶을 정도로 통증이 심했다. 거기에 편두통까지 겹치면 그야말로 딱 죽고 싶을 지경이었다. 그렇다고 선진이 죽을 만큼 아픈 생리통 때문에 죽기로 결심한 건 아니다.

죽기로 한 이유를 들자면, 딱히 한 가지 이유 때문만이라고 말하기는 어려웠다. 에둘러 말하자면 세상에 선진을 괴롭게 하는 것들은 너무 많았고, 그녀가 행복으로 여길 수 있는 것은 없었다.

차라리 다시 잠 속에 빠지고 싶은데, 한번 든 한기가 쉽게 물러나지 않아서 잠도 오지 않았다. 눈물이 저절로 흘러내린 순간, 방문이 열리는 소리가 들려왔다. 돌아온 남자에게선 거리의 냉기가 묻어났다.

"다행히 24시간 영업하는 드럭스토어가 있더라고요."

남자는 애드빌 한 알과 컵에 따른 생수를 들고 선진에게 다가왔다. 선진은 간신히 상체를 일으켜 앉았다. 남자가 건넨 약과 생수를 단숨에 들이켰다. 약을 삼키는 순간, 의문이 들었다.

이 남자는 왜 이 밤중에 나가서 나를 위해 약을 사 왔을까?

약을 먹는 것을 지켜본 남자는 선진의 손에 들려 있던 물컵을 받아 들고는 전기 포트가 있는 곳으로 향했다. 선진은 그 모습을 잠시 바라보고는 침대에 도로 몸을 누이며 눈을 감았다.

눈을 감은 채로 이불을 뒤집어쓰고 있는데 전기 포트에서 물 끓는 소리가 들려왔다. 잠이 깬 김에 차라도 마시려는 건가 싶었다.

"잠깐 일어나 볼래요?"

또다시 남자의 목소리가 들려왔다. 선진은 이불을 걷어 내고 상냥한 미소를 짓고 있는 남자를 올려다보았다. 약을 사다 줘서 고맙다는 인사도 하지 않았다는 사실이 불현듯 머릿속을 스쳤다.

남자는 선진에게 복주머니 모양으로 생긴 **빨간** 주머니를 내밀었다.

"핫팩이에요. 배에 대고 있으라고."

남자의 세심함에 적잖이 감동한 나머지 선진은 이번에도 고맙다는 말을 하지 못하고 핫팩만 받아 들었다. 남자가 건넨 핫팩을 아랫배 위에 올리자, 한숨이 불거져 나왔다.

생리통에 대한 처방을 너무도 잘 알고 있는 저 남자……. 혹시 유부남인가?

"핫팩 너무 뜨겁지 않아요?"

남자의 갑작스러운 물음에 당황한 선진은 하마터면 핫팩이니까 당연히 뜨겁지 않겠느냐는 멍청한 대꾸를 할 뻔했다. 그는 그저 핫팩 온도에 관해 물었을 뿐인데, 마치 남자의 신변에 관한 상상을 하고 있었던 것을 들킨 것 같은 기분이었다.

"조금 뜨겁네요."

선진은 작은 목소리로 대꾸했다. 그러자 그가 욕실로 향했고, 잠시 뒤 세면용 수건을 하나 들고 나왔다.

"이걸로 감싸서 안고 있어요, 그럼."

남자는 자상한 미소를 머금은 채로 말했다. 아픈 와중에도 그의 미소가 매혹적이라는 것만은 알아차릴 수 있었다.

선진은 순순히 그가 건네는 수건을 받아 들었다. 복주머니 모양 핫팩을 수건으로 싸서 배 위에 올리자, 아까보다 조금 더 포근한 온기가 아랫배에서 온몸으로 퍼져 나가기 시작했다. 남자는 무척이나 세심하게 선진을 신경 써 주었다.

대체 왜?

밤늦게 자다가 일어나서 나갔다 올 정도로 사려 깊은 그의 행동이 선진은 의아했다. 그리고 생리통에 대해 너무도 잘 알고 있는 남자가 혹시 유부남은 아닐까 하는 걱정도 계속되었다. 아내가 생리통으로 아팠던 것을 본 경험이 있기에, 이렇게 잘 알고 있는 것은 아닐까 하는 지레짐작이었다.

그게 아니면, 생리통에 대해 잘 아는 산부인과 의사라고 하기에 남자는 너무 젊어 보였다. 그는 이제 고작 스물한, 두 살은 되었을까 싶은 얼굴이었다. 그럼 유부남이라는 짐작도 맞지 않는 건가, 싶었다. 결혼을 하기엔 이른 나이가 아닌가.

평생 자신에게 대가 없이 호의를 베풀었던 사람은 없었다. 선진에게 다가오는 이들은 하나같이 철저히 자신의 손익 유무에 대한 계산을 마친 이들이었다.

남자는 나에게 무엇을 얻기 위해 이러는 것일까?

혹시 나를……?

그는 같은 침대에서 자면서 여자를 건드리지 않을 정도로 착한 사람은 못 된다며 농담을 했었다. 하지만 죽으러 온 마당에 마지막 순간까지 삶을 영위하기 위한 돈이 떨어졌기에, 선진은 기꺼이 남자를 방에 들였다.

그런데 남자의 세심한 배려에 덜컥 겁이 났다. 죽기 전, 선진의 버킷리스트에 모르는 남자와의 잠자리는 없었다. 그것도 가족을 두고 홀로 여행을 온 유부남과의 밀회는 더더욱 아니었다. 죄짓고 죽는 건 찝찝하지 않은가.

"혹시 결혼하셨어요?"

머릿속이 복잡하게 뒤엉킨 순간, 선진은 답답함을 참지 못하고 물었다. 머그잔에 뜨거운 물을 붓던 남자가 고개만 돌려 선진을 한 번 흘끗 보고는, 물을 마저 따랐다. 남자가 대답이 없자, 선진은 괜히 초조해졌다.

선진은 가만히 남자의 너른 어깨를 바라보았다. 그는 흰색 남방에 청바지를 입고 있었고, 평범한 복장은 그의 우월한 몸매를 여실히 드러냈다.

각이 진 채로 딱 벌어진 어깨는 운동을 많이 한 덕에 근육이 붙은 것이라기보다는 원래 골격이 큰 쪽에 가까운 듯했다. 한국에 있을 때 선진의 곁을 경호했던 이들의 키는 대략 180cm가 넘었다. 그는 그들과 비교했을 때 조금 더 크거나, 비슷한 신장을 가진 듯했다.

뒷모습을 멍하니 바라보고 있는데, 남자가 돌아섰다. 돌아선 그의 양손에는 김이 모락모락 나는 흰색 머그잔이 하나씩 각각 들려 있었다. 그는 선진이 누워 있는 침대로 성큼성큼 다가와 머그잔을 내밀고는 미소 띤 얼굴로 말했다.

"이것 좀 마셔 봐요."

선진은 천천히 몸을 일으켜 침대 헤드보드에 등을 기대었다. 그는 선진이 일어나서 자리를 잡고 앉을 때까지 가만히 기다려 주었다. 그의 얼굴에는 여전히 자상한 미소가 어려 있었다.

"고마워요."

그제야 선진은 고맙다는 말을 꺼낼 수 있었다. 손을 뻗어 머그잔을 건네받는데, 그의 손끝이 선진의 손가락 끝을 스쳤다. 뜨거운 머그잔을 들고 있었던 탓인지, 잠깐 스친 그의 손은 그의 미소만큼이나 따뜻했다.

"이게 뭐예요?"

선진은 머그잔에 담긴 수색이 옅은 차를 내려다보며 물었다.

"숙면에 도움을 주는 허브차래요. 마시고 자요."

그의 다정한 설명에 선진은 고개를 한 번 끄덕이고는 차를 한 모금 머금었다. 향긋한 허브 향이 후각을 먼저 자극했고, 그 덕분인지 숨

쉬는 게 한결 나아졌다.

선진이 깊은 한숨을 한 번 내뱉자, 그가 '손도 많이 차네.' 하고 혼잣말하듯 읊조리고는 입에 머그잔을 가져다 댔다.

차를 한 모금 마신 그는 뭐가 그리 우스운지 작게 웃음을 한번 터뜨리고는 고개를 절레절레 내저었다. 선진은 잠자코 그를 바라보았다.

"내가 어딜 봐서 유부남으로 보여요?"

아까 선진이 결혼했느냐고 물었던 것에 대한 답이었다.

"아, 그게……."

아까 혼곤할 정도로 아플 때는 '생리통'이라는 말이 남자 앞에서 잘도 나왔다. 그런데 그가 사다 준 약을 먹고, 핫팩을 배에 올린 뒤, 허브차를 마시는 지금, 왜 그런 질문을 했는지에 대한 이유가 갑자기 민망해졌다.

선진은 남자와 마주하고 있던 시선을 슬쩍 내려 머그잔 안에 담긴 차를 내려다보았다. 향긋한 허브 향 아래로 포근한 우디 향이 느껴졌다. 아무래도 그의 향수 냄새가 그가 덮고 있던 이불에 밴 듯했다.

향기마저도 따뜻한 남자다. 그런 생각이 들자 선진은 괜히 가슴이 뭉클했다. 그리고 이렇게 따뜻한 남자가 아직은 짝이 있는 유부남이 아니라는 사실에 기묘한 안도감이 몰려왔다.

여전히 설명할 수 없는 감정. 갑자기 복잡하게 벅차오르는 기분을 이기지 못하고 선진은 조심스레 입을 열었다.

"내가 뭐가 필요한지 말하지도 않았는데, 생리통에 대해서 너무 잘 아는 것 같아서 그랬어요."

남자는 '아' 하는 소리를 내며, 그럴 수도 있겠다는 듯이 고개를 끄덕이고는 입을 열었다.

"누나가 한 명 있는데, 생리통이 좀 심해요. 그래서 어려서부터 약

심부름, 핫팩 심부름 같은 거 많이 했어요. 오밤중에 생리대 사러 편의점 간 적도 있고."

친누나에 대해 말하는 그의 눈동자가 맑게 빛났다. 깊은 애정이 배어나는 눈빛이었다.

"누나랑 사이가 좋았나 보네요."

"사이가 좋았다기보다…… 누나를 챙길 사람이 나밖에 없었어요."

내내 미소만 머금고 있던 남자의 얼굴에 아주 잠깐 우울한 기운이 스쳤다가 이내 사라졌다. 무슨 사연이 있는지 궁금했지만, 더는 물을 수 없었다. 그의 신변에 관해 물으면, 자신에 관한 이야기도 해야 할 것 같아서 선진은 묻는 것을 포기했다.

"아무튼, 고마워요. 덕분에 많이 좋아졌어요."

선진이 그리 이야기하자, 남자가 큼큼 소리를 내며 목을 가다듬고는 다시금 머그잔을 입에 가져다 댔다. 남자의 목덜미가 붉다. 자신이 알고 있는 대로 선의를 베풀기는 했지만, 공치사는 부끄러워하는 눈치였다.

방에 들여놓고도 질이 안 좋은 사람이면 어쩌나 걱정했는데, 그는 마치 순백의 설원처럼 순수해 보였다. 남자가 허브차를 삼키는 듯 목울대가 한 번 움직였다. 선진은 그 모습을 홀린 듯 바라보았다.

남자다운 목선을 따라 시선을 내리자, 단추를 두어 개 풀어 낸 셔츠 안쪽으로 도드라진 쇄골 선이 분명하게 보였다. 아까 예상했던 대로 남자는 근육을 단련한 몸이 아니라, 원래 골격이 큰 체형이 맞는 것 같았다.

"옆에 있는 사람 아픈데 모른 척할 만큼 나쁜 놈은 아니거든요."

그의 목덜미와 아슬아슬하게 드러난 가슴 윗부분을 관찰하는 중에 들려온 목소리에 선진은 흠칫 놀라서 얼른 시선을 돌렸다.

그의 목소리는 '그쪽처럼 예쁜 여자랑 한 침대에서 자면서 허튼 생각 안 할 만큼 착한 사람 아닌데요, 나.'라고 말할 때처럼 장난기가 묻어났다. 아주 짧은 시간 그를 관찰했지만, 그는 민망한 순간에 장난을 던져서 분위기를 부드럽게 만드는 재주가 있는 듯했다.

그리고 그 농담을 다른 이는 어떻게 생각할지 모르겠지만, 선진은 아주 마음에 들었다.

"난 또 나한테 바라는 게 있어서 잘해 주는 줄 알았죠."

그의 장난으로 마음에 꼭꼭 걸어 두었던 빗장이 풀어진 탓일까, 선진은 저도 모르게 장난인 듯 본심을 내뱉었다. 얼마간의 침묵이 흘렀는데도 불구하고 그가 대답이 없자, 선진은 침대 끝을 바라보고 있던 시선을 들어 남자에게 옮겼다.

그와 눈이 마주친 순간, 심장이 덜컥 뛰어 올랐다. 그의 눈동자는 극지방의 밤하늘만큼이나 어둡고 깊었다. 그런데 그 어둠이 결코 두렵다거나, 위험해 보이지는 않았다.

심각한 눈빛과 달리 그의 입매는 미소를 머금고 있는 듯해서 의아했는데, 자세히 보니 그는 웃고 있지 않아도 미소를 머금고 있는 듯 입꼬리가 살짝 올라간 입매를 가지고 있었다.

진중한 눈빛과 매혹적인 입매에 매료된 선진은 잠시간 아무 말도 없이 그를 응시했다. 그러자 그가 낮게 가라앉은 목소리로 입을 열었다.

"만약 내가 바라는 게 있다면, 들어줄 생각 있어요?"

숨이 턱 막힐 정도로 매혹적인 음성이었다. 그의 음성은 평소보다 낮았으나 떨리는 기색 하나 없이 분명했고, 미묘한 감정을 담지 않은 어조임에도 불구하고 심장이 두근거릴 정도로 유혹적이었다.

선진은 어떻게 대답을 해야 할지 잠시 망설였다. 다른 누군가가 선진에게 이런 질문을 던졌다면, 단호히 아니라며 고개를 내저었을 것이다. 그런데 남자가 자신에게 베푼 호의를 생각하자 단숨에 거절하기가 어려웠다.

명확히 말하자면, 당장에 그렇다고 대답하고 싶을 만큼 참을 수 없는 욕구가 일기 시작했다. 그 욕구의 정체가 호의에 대한 보답인지, 유혹에 대한 대답인지 확실치 않을 뿐이었다.

그리고 그가 내비친 호의는 분명했지만, 유혹은 선진의 착각일 수도 있었다.

모든 게 분명하지 않은 상황이었지만, 한 가지 분명한 것은 긍정적인 대답을 주고 싶다는 것이었다.

"들어줄게요. 바라는 게 뭔데요?"

선진의 담백한 목소리가 흘러나오자, 남자가 짐짓 당황한 듯 구부리고 있던 상체를 곧추세웠다. 선진을 바라보는 그의 눈동자는 여전히 깊고 어두웠다.

자신이 그렇게 말해 놓고도 남자는 당황한 기색이 역력했다. 선진은 그런 그의 모습을 보면서 저도 모르게 미소를 머금었다. 남자가 순수한 내면을 내비칠 때마다, 차가웠던 손끝과 발끝에 온기가 번져 가는 것처럼 느껴졌다.

그가 자신을 따뜻하게 만들고 있다고 선진은 생각했다.

"왜 그렇게 당황해요? 바라는 게 있으면, 들어줄 생각 있냐고 먼저 물은 건 그쪽인데."

혼자 죽으러 올 용기를 발휘할 수 있을 만큼 선진은 원래 강단 있는 성격이었다. 하지만 그렇다고 해서 매혹적인 남자와 밀당을 해 본 적이 있는 것은 아니었다. 그런데도 말이 술술 잘도 흘러나왔다. 조금 전에 생리통을 입에 올리면서 쭈뼛거렸던 게 맞나 싶을 정도로 선진의 목소리는 또렷했다.

"이렇게 순순히 대답할 거라고는 예상 못 했거든요."

그런데 남자에게서는 뜻밖에 대답이 흘러나왔다. 어설픈 수작을 부리려다가 선진에게 전세를 역전당한 게 아니라는 의미였다. 남자가 당황한 이유는 선진의 대답이 너무 쉬웠기 때문이었다고 말하고 있었다.

"은혜 입고 안면 몰수하는 성격은 아니라서요."

선진은 그가 장난스럽게 말할 때 사용하는 화법을 빌려서 대꾸했다. 그러자 남자가 눈썹을 추켜올리며 오묘한 미소를 머금었다. 이번에는 분명히 입꼬리가 올라가 있었다. 이제 그가 미소를 지을 때의 입매와 무표정할 때의 입매가 조금 구분이 되는 것 같았다.

선진은 그의 입매에 미혹된 듯 넋을 놓고 바라보았다. 그의 윗입술은 입술산이 분명했고, 아랫입술은 손가락으로 꾹 눌러 보고 싶을 만큼 도톰했다. 또 손을 댔다가 떼어 내면 붉은 기가 묻어날 것처럼 발긋했다.

탐스러운 입술이 슬쩍 벌어지는가 싶더니 새하얀 치아와 연분홍빛 입안이 눈에 들어왔다. 그가 무어라 말하고 있는데, 선진은 그의 말에 귀를 기울일 수가 없었다.

"……나랑 하는 거, 어때요?"

내가 지금 무슨 말을 들은 걸까.

선진은 넋을 놓고 그의 입술을 바라보다가 들은 마지막 문장에 소스라치게 놀라고 말았다.

"방금 뭐라고 했어요?"

평소보다 반 옥타브는 높은 목소리로 선진이 물었다. 남자는 분명 '나랑 하는 거, 어때요?'라고 물었다.

그에게 현혹된 탓인지, 아니면 이슥한 밤 중 밀폐된 공간 안에 자신을 현혹한 남자와 함께 있는 탓인지, 아니면 무의식중에 그런 것들을 의식하다가 이렇게 되어 버린 것인지……. 선진의 머릿속에 그가 하자는 거는 딱 한 가지로 점철되었다.

가슴이 제멋대로 쿵쿵거려서 선진은 심호흡을 한 번 했다. 약 기운이 오른 건지, 그가 만들어 준 핫팩 덕분인지, 또는 그가 타 준 뜨거운 허브차를 들이켠 덕분인지…… 좀 전까지만 해도 손발이 차가워서 통증이 일 정도였는데, 지금은 몸에 열기가 치솟는 게 느껴질 정도다.

느닷없이 치솟은 신열은 두 뺨에서도 느껴졌다. 보지 않아도 느낄 수 있었다. 선진은 지금 제 뺨이 붉게 물들어 있을 거라고 확신했다.

선진이 재차 묻는 듯한 눈빛으로 그를 바라보았다. 그러자 그가 무구한 미소를 지으며, 이게 그렇게 놀랄 일이냐는 듯이 입을 열었다.

"페어뱅크스에 있는 동안, 여행 같이하자고요."

그가 내뱉은 말에 선진은 맥이 탁 풀리는 기분이었다. 혼자서 대체 무슨 상상을 해 버린 건지 민망해졌다. 남자는 레스토랑에서 내뱉었던 말과 달리 순수하고, 사려 깊고, 건전하고, 바른 사람이었다.

그런 사람을 두고 음험한 상상을 한 선진은 쥐구멍에라도 숨고 싶은 심정이었다. 그런 말도 안 되는 상상 때문에 얼굴을 붉혔다는 사실을 그가 눈치채지 못했기를 바랄 뿐이었다.

"생각이 많은 얼굴이네요."

그는 미간을 구긴 채로 아랫입술을 꾹 깨물고 있는 선진의 모습을 다행히 평범한 방식으로 해석한 듯했다. 선진은 그가 맞게 해석했다는 듯이 심각하게 고개를 끄덕거렸다.

"이 얘긴 내일 다시 하는 거로 하죠. 몸은 좀 괜찮아졌어요? 혈색은 아까보다 훨씬 좋은데."

붉어진 뺨 위에 그의 시선이 머무는 게 느껴졌다. 선진은 그의 말처럼 몸이 좋아져서 혈색이 나아졌다는 듯이 굴기로 했다. 분명히 하자면, 아까보다 몸 상태가 훨씬 좋아진 것도 사실이었다.

선진이 아까보다 훨씬 좋아졌다는 말을 내뱉으려고 했을 때, 그가 앉아 있던 침대에서 몸을 일으키는가 싶더니 성큼성큼 다가왔다.

느닷없이 가까워지는 그의 모습을 바라보며 숨을 멈추었다. 심장은 아까 그가 '나랑 하는 거, 어때요?'라는 말을 내뱉었을 때만큼이나 크게 요동치고 있었다.

"왜, 왜……?"

침대 헤드보드에 등을 바짝 기대며 짐짓 당황한 목소리로 물었다. 저도 모르게 어깨가 움츠러들었고, 턱을 수그린 탓에 잔뜩 겁에 질린 표정으로 그를 올려다보고 말았다.

"머그잔 이리 주고, 그만 자요."

그는 그리 말하고는 선진의 손에 들려 있던 머그잔을 조심스레 빼냈다. 순순히 머그잔을 건네주고는 잠시 멍해졌다.

아무래도 자율신경계에 이상이 생긴 것만 같았다. 교감신경과 부교감신경의 조화가 깨지고 완벽한 불균형을 이루며 선진을 혼란에 빠뜨렸다. 자기 통제력을 완전히 잃어버린 듯 심장이 날뛰었고, 시선은 제멋대로 그를 집요하게 좇았다.

그런데 정말 미치고 팔짝 뛸 만한 일이 벌어졌다. 선진의 입가에 저도 모르게 미소가 번지고 있었다.

죽기 직전에 먼저 까무러치기로 결심한 건 아닌데.

"잘 자요. 어디 불편하면 말하고. 아픈 사람 옆에 두고 그냥 자는 나쁜 놈 되고 싶지는 않으니까."

그는 선진이 미안해할까 봐 일부러 그렇게 말하는 것 같았다. 선진은 제 목소리가 혹여 떨리지는 않을까 걱정하면서 대꾸했다.

"알겠어요. 잘 자요."

그리 대꾸하면서 스스로도 놀라고 말았다. 목소리에서 전에는 없었던 밝은 기운이 느껴졌다. 자신이 듣기에도 퍽 부드럽고 상냥했으며, 다정한 음성이었다.

그의 인간적인 호의에 꽁꽁 얼어붙었던 마음이 그저 눅진해진 거라고 치부하기엔, 심장이 너무 빠르게 뛰고 있었다.

설명할 수 없는 감정, 나쁘지는 않다.

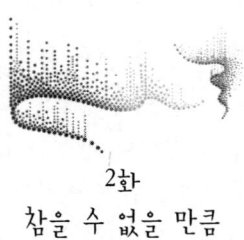

2화
참을 수 없을 만큼

아파트 현관에 들어서자, 노랗게 빛나는 센서 등만이 선진을 반겨 주었다. 반짝반짝 윤이 나는 현관 대리석 바닥 위에 놓인 신발은 단한 켤레도 없었다. 선진은 공허하리만큼 하얀빛을 내고 있는 공간에 제 신발을 벗어 두었다.

실내화를 신는 대신 얇은 스타킹만 신은 발을 대리석 바닥 위에 올리자, 차가운 기운이 발끝에서 정수리까지 단번에 치고 올라왔다. 한숨을 훅 내쉬며 한 걸음 내딛자 위잉 하는 소리와 함께 유리문이 열렸다.

긴 복도를 걸어 들어가는 동안 벽 아래쪽으로 매립된 센서 등이 하나둘씩 켜지기 시작했다. 일과를 마치고 집으로 돌아온 선진을 반기는 것은 자동으로 켜지는 조명들뿐이었다.

곧장 부엌으로 향한 선진은 와인 바에서 모스카토 한 병을 집어 들었다. 캘리포니아 나파밸리에 있는 와이너리인 로버트 몬다비에서 나오는 저가 와인이었다.

스템리스 잔에 짙색 와인을 가득 채우고는 단숨에 들이켰다. 입가에 흘러내리는 달콤한 액체를 손등으로 닦아 내며 바 스툴에 털썩 주저앉았다. 바 위에 놓인 모스카토 병을 집어 들고 와인 라벨이 붙어 있는 부분을 엄지로 한번 훑어보았다.

생산연도는 달랐지만, 페어뱅크스에서 그와 함께 마셨던 것과 같은 와인이었다. 이후 이 와인을 즐겨 마시기는 했지만, 오늘처럼 심각한 감상에 빠졌던 적은 없었다. 며칠 전 그와 우연히 마주쳤던 탓인지, 그때의 기억들이 자꾸만 머릿속을 헤집어 놓았다.

그리고 잊은 줄로만 알았던 감각들이 너무도 생생하게 떠올라서 당황스러울 정도였다. 달콤한 와인이 입안으로 넘어오던 순간 느껴졌던 뜨거운 숨결과 목덜미를 부드럽게 쓸어내리던 손길까지, 모두 생생했다.

이 와인을 처음 맛본 것은 그의 입술을 통해서였다. 그때는 와인이 달콤한 것인지, 그의 입술이 달콤한 것인지 구분할 수 없었다. 그런데 지금은 확실히 알 것 같다. 달콤했던 건 와인이 아니라 그의 입술이었다는 것을 말이다.

추억을 곱씹는 선진의 얼굴에 아스라한 미소가 떠올랐다가 사라졌다.

헤라클레이토스는 만물은 흐르고 있으며, 단 한 순간도 멈출 수는 없다고 주장했다. 그래서 그는 '같은 강물에 발을 두 번 담글 수는 없다'고 말했다. 같은 강이라 할지라도 물은 이미 흘러가 버리고 없기에, 똑같은 강물이 아니라는 의미였다.

그때와 비슷한 박자로 날뛰는 심장을 가라앉히기 위해 한숨을 한번 내쉬었다. 심장이 두근거린다 한들, 그때와는 다른 강물에 발을 담그고 있는 두 사람이었다. 다시 그를 찾아내서 만난다고 한들, 그때와는 같을 수 없을 것이다.

저녁 식사도 하지 않은 채로 와인 두 잔을 연거푸 마셨더니 속이 쓰렸다. 생리 끝물인 탓에 편두통이 겹쳐서 어지럽기까지 했다. 간단하게 요기를 할까, 아니면 이대로 샤워만 하고 잘까 고민하고 있는 찰나에 휴대전화가 울렸다.

발신인은 태욱이었다. 이름만으로 믿음이 가는 존재가 있다면, 지금 선진에게는 태욱이 유일하다.

"여보세요?"

— 저녁은?

다정하지만, 진득한 감정이 묻은 질문은 아니었다.

"먹을까, 건너뛸까 고민 중."

— 뭐 사다 줄까?

태욱의 목소리는 반가웠지만, 그가 이곳에 오는 것은 반갑지 않았다. 지금 누군가를 마주한다면 복받쳐 오른 감정이 저도 모르게 새어 나올 것만 같았다.

"아니, 그냥 속이 좀 안 좋아. 말만 고맙게 받을게. 이 시간에 무슨 일이야?"

— 꼭 용건이 있어야만 전화해?

선진은 저도 모르게 작게 웃었다. 태욱이 이렇게 나올 때는 어떻게 해야 할지 난감했다.

— 그래. 용건이 있어서 전화했다. KJ 쪽에서 만나고 싶다고 연락이 왔어.

혼란스러운 감정이 버거울 때는 일에 집중해서 신경을 분산시키는 것도 좋은 방법이다. KJ에서 긍정적인 답변을 보내왔다는 태욱의 말에 앞으로 며칠간은 일에만 집중해야겠다고 생각했다.

감정이 가라앉을 때까지 조금만 기다리면 되겠지.

"언제?"

– 한 달 후쯤이 좋을 것 같다고 연락이 왔어. 그 전에는 일정이 전부 차 있다고 했고.

당장 KJ와의 업무 협약을 위한 미팅을 한다면 준비할 게 많아 보였다. 그런데 KJ에서 제시한 미팅 시기는 무려 한 달 후였다. 업무적으로는 충분한 준비를 할 수 있는 시간이었지만, 지금 선진의 감정 상태에는 그다지 도움이 되지 않는 사치스러운 여유였다.

"한 달 후면 아직 시간이 많네. 잘 좀 준비해 줘."

다른 일로 포커스를 돌려야 할 것 같아서 선진은 이 일을 전적으로 태욱에게 위임했다.

– 내가 다 알아서 하라고? 윤선진 이사님. 강 수석을 너무 믿으시는 거 아닙니까? 강 수석이랑 무슨 특별한 사이라도 돼요? 이런 말 나올 텐데.

태욱이 또다시 장난스럽게 대꾸했다.

"강 수석같이 유능한 사람이 있어야, 윤선진 이사가 상무도 하고, 전무도 하고, 사장도 해 먹지 않겠습니까?"

선진의 건조한 어조에 휴대전화 너머에서 '흐음' 하고 한숨을 내쉬는 소리가 들려왔다. 태욱과는 언제나 지키는 선이라는 게 존재했다. 서로 호감이 없는 것은 아니었지만, 말 그대로 좋은 감정일 뿐이었다.

선진은 선진대로, 태욱은 태욱대로 가시가 잔뜩 돋친 장미와 같은 존재였다. 가까워지면 가까워질수록 찌를 수도, 찔릴 수도 있는 사람들이었다.

철저히 독신을 고수하고 있는 선진이 만약 결혼을 한다면 서로 지켜 주려 노력하지 않아도 상처를 입지 않을 위치에 있는 사람이어야만 했다. 이 말인즉슨 비슷한 물에 발을 담그고 있는 사람이어야 한다는 뜻이다.

그런 측면에서 볼 때, 태욱은 그를 받치고 있는 배경이 선진과는 너무도 다른 사람이었다. 선진이 태욱을 좀 더 가까이에 두기라도 한 다면, 그를 선진의 약점으로 생각하고 공격할 이들이 너무도 많았다. 부명그룹의 부회장직을 맡은 작은아버지가 그 유력 후보 중 하나였다.

또 태욱은 앞으로 무한히 성장할 수 있는 가능성을 갖추고 있었다. 승승장구 중인 태욱이 선진과 결혼한다면 아마 그 능력을 충분히 발휘하지 못하고, 아내의 그늘 아래서 짓눌리게 될 게 분명했다. 태욱은 선진의 남편이 아닌 그룹의 사위로 살아가야 할 테니까.

태욱이 선진에게 직접적인 고백을 해 온 것은 아니었지만, 그걸 말로 하지 않는다고 해서 관계의 진전에 관해 점쳐 볼 수 없는 것은 아니다. 계산이 빠른 두 사람이었다. 이 이상의 진전은 서로에게 득이 될 게 없다고 암묵적 동의를 한 것인지도 모른다.

9년 전만 해도 감히 상상도 할 수 없었던, 인간관계에 관한 가치관이다. 머릿속에 이런 생각이 정립되기까지 선진은 수많은 일을 겪었다.

그때 그 시절 그를 마주했던 선진은 무척 순수하고, 여렸다. 오래전 날들을 떠올리는 선진의 입가에 씁쓸한 미소가 자리했다.

같은 강물에 발을 두 번 담글 수는 없다.

헤라클레이토스의 말이 끊임없이 머릿속을 맴돌았다.

— 그래. 이래야 윤선진이지.

태욱의 음성에서 씁쓸한 분위기가 묻어났지만, 그뿐이었다. 그는 푹 쉬라는 말을 끝으로 전화를 끊었다. 통화를 마치고 나자, 크기를 가늠할 수 없는 공허함이 선진을 집어삼킬 듯 찾아들었다.

마치 우주인이 된 듯하다. 우주선에서 홀로 떨어져 나와 우주를 떠돌고 있는 느낌이랄까. 중력이 존재하지 않는 공간을 둥둥 떠다니며 자신을 옭아맬 수 있는 무언가를 잡기 위해 허우적대고 있는 기분이었다.

스스로 올가미를 드리워야겠다며, 선진은 조 팀장에게 전화를 걸었다. 신호가 채 한 번도 울리기 전에 조 팀장의 목소리가 들려왔다.

– 예, 이사님. 찾으셨습니까?

딱딱하고 사무적인 응대였지만, 예의를 갖춘 어조였다.

"저녁 시간에 전화해서 미안해요. 영국 GM하고 현지 미팅 건, 누가 가기로 되어 있다고 했죠?"

조 팀장에게서 즉각 대답이 흘러나왔다. 선진은 고민도 하지 않고 말했다.

"내가 직접 갈게요. 한 번은 가야겠다고 생각했는데, 이번에 가는 편이 낫겠어요."

영국 지사의 총괄을 맡고 있는 GM은 본사에서 근무하다가 파견된 직원이 아닌, 현지에서 채용된 영국인이었다. 부명건설이 영국 내, 도시 재생 사업에 뛰어들면서 원활한 현지 자금 조달과 업무 처리를 위해 영란은행과 연이 닿아 있다는 인물을 채용한 것이었다.

하지만 지사 총괄 자리에 있음에도 불구하고 그는 본사에 굉장히 비협조적인 인물이었다. 게다가 '노 딜 브렉시트'가 화두에 오르면서 도시 재생 사업의 난항이 예고되는 상황이기까지 했다.

– 일주일 후에 출국인데, 괜찮으시겠습니까?

마음 같아서는 당장 내일이라도 그가 있는 서울을 벗어나고 싶었다. 9년 전 페어뱅크스로 도망쳤던 이후로, 어딘가로 사라지고 싶다는 기분이 드는 것은 처음이었다.

"괜찮아요. 일정 조율 부탁해요."

– 네, 그럼 편히 쉬십시오. 이사님.

전화를 끊은 선진은 눈을 지그시 감으며 한숨을 내쉬었다. 내쉬는 숨결에는 모스카토의 달콤한 향이 배어 있었다. 그리고 와인 향의 여

착한
타락

요안나 장편소설

운 때문인지 머릿속은 이미 페어뱅크스 어딘가를 헤매는 중이었다.

❋

페어뱅크스는 지금 오전 10시가 되어서야 해가 뜨는 계절이다. 선진은 어스름히 밝아 오는 창밖을 바라보며 몸을 일으켰다.

어젯밤 그가 건넨 약을 먹은 뒤, 허브차로 따뜻하게 데워진 몸으로 핫팩을 꼭 끌어안고 잤더니, 오랜만에 잠을 깊이 잘 수 있었다. 며칠 동안이나 노곤했던 몸이 단번에 가벼워진 것 같은 착각이 일 정도였다.

그가 잠들었던 침대는 말끔하게 정리되어 있었다. 그가 씻고 방을 나설 때까지 선진은 기척도 느끼지 못하고 잤나 보다. 아니면 사려 깊은 그가 선진이 잠에서 깨지 않도록 조용히 채비를 마치고 나갔을 것이다.

선진은 버킷리스트를 적어 두었던 메모지를 꺼내 들었다. 거창하게 적고 싶지는 않아서 노란색 리포트 패드를 쭉 찢어서 만들어 둔 것이다. 이미 행동에 옮긴 것에는 줄이 쭉 그어져 있었다.

줄이 그어진 목록은 다음과 같았다.

혼자 여행 떠나기, 숙소에서 혼자 자 보기, 식당에서 혼자 밥 먹기, 대중교통 이용해서 혼자 이동하기 등등 대부분이 혼자 여행하면서 할 수 있는 것들이었다.

그리고 아직 줄이 그어지지 않은 목록은 다음과 같았다.

아무도 밟지 않은 눈밭에 발자국 남기기.
죽기 전에 어딘가에 발자국을 남기고 싶다.

오로라 보기.

죽기 전에 꼭 올려다보고 싶은 하늘의 모습이다.

자작나무 숲길 트레킹.

아무도 없는 숲길에 들어가서 고요히 사라질 생각이다.

눈밭에 발자국을 남기고 오로라를 본 뒤, 마지막.

이제는 해질 대로 해진 노란색 종이를 곱게 접어서 도로 지갑 안에 넣었다.

일단 아침 겸 점심을 먹은 뒤, 현지 오로라 투어를 알아봐야겠다. 인터넷을 통해 값이 싼 현지 투어를 예약했다가 헛걸음을 한 어제는 한참 동안을 오들오들 떨어야만 했었다.

이번에는 인터넷이 아닌 현지 여행사에서 운영하는 좀 믿을 만한 투어에 참여할 생각이다. 투어 비용은 남자가 준 방값으로 충당하면 될 것이다.

페어뱅크스는 금과 석유 등의 자원이 풍부한 도시다. 황금의 땅 엘도라도와 비견되는 이유도 그 때문이었다. 풍부한 자원 덕분에 페어뱅크스 시민들은 대부분이 여유로운 생활을 하는 편에 속했다.

느리게 흘러가는 정체된 겨울의 이미지를 가지고 있는 여유로운 페어뱅크스에서 선진은 천천히 마지막을 준비했다. 그들이 주는 느긋함은 선진에게 큰 위안을 주었다.

이제껏 서둘러 앞서가야 한다는 강박관념에 사로잡혀서 살아왔었다. 하지만 여유가 넘치는 곳에 머물면서 자신의 모든 것을 스스로 결정할 수 있는 힘이 생긴 것만 같았다.

아이러니하게도 그게 세상과의 작별을 고하는 순간이 될 테지만.

호텔을 나서자마자, 멀지 않은 곳에 위치한 레스토랑으로 향했다.

호텔과 거리가 가깝고, 주인이 친절해서 여러 번 들른 곳이었다.

유리문을 밀고 들어가자, 달콤하고 포근한 팬케이크 냄새가 맞아 주었다. 그리고 선진을 맞는 이가 한 명 더 있었다.

여행 책자를 들여다보다 말고 문이 열리는 소리에 이쪽으로 시선을 옮긴 남자.

그는 어젯밤 자다 깬 상태에서 선진을 위해 찬 바람을 맞으며 외출하는 것도 마다치 않았던 남자였다.

아침을 먹기에는 늦었고, 점심 식사를 하기에는 이른 시간이어서 그런지 그가 앉아 있는 테이블을 제외하고는 전부 비어 있었다.

뻔히 아는 사람을 눈앞에 두고 다른 빈 테이블에 앉아야 하는지, 아니면 어색하게 남자와 마주 앉아서 식사를 해야 하는 건지 난감했다.

선진이 당황한 것을 눈치챘는지, 남자가 먼저 알은체를 해 왔다.

"여기 팬케이크 맛있대요. 근데 반죽이 다 떨어져서 이게 전부라고 했어요."

그는 테이블 위에 놓인 접시를 가리켰다. 접시 위에는 아직 손도 대지 않은 원형 그대로의 팬케이크 세 조각이 놓여 있었다.

아침 식사로는 팬케이크를 판매하고, 점심에는 커피 등의 따뜻한 음료만 내놓은 식당이었기에 반죽이 떨어졌다는 말에는 믿음이 갔다.

"앉아요. 마실 거 주문할까요?"

그가 들고 있는 커피 잔을 바라보자, 웃음기가 섞인 다정한 목소리가 들려왔다.

"커피는 카페인 때문에 생리통에 안 좋을 것 같은데, 다른 거 마셔요."

아침에 일어나서 그가 없는 방 안을 둘러보았을 때, 밤에 있었던 일이 꿈인가 싶었다. 꿈이라고 여겨질 만큼 그의 존재가 비현실적으로 따뜻한 탓이었다.

그런데 꿈이 아니라는 듯이 다정한 그의 미소에는 생동감이 넘쳤다.

페어뱅크스에 도착하자마자, 버스를 잘못 타는 바람에 페어뱅크스에서 남쪽으로 조금 떨어진 곳에 있는 노스폴에 도착했었다. 그곳에는 동화 속에나 나올 법한 산타클로스 하우스가 있었다.

딱히 정해진 일정이 있는 것도 아니었기에, 선진은 산타클로스 하우스를 한번 둘러보았다. 그곳에서 영롱하게 빛나는 크리스마스 전구로 휘감긴 거대한 트리를 보고 빌었던 소원이 불현듯 생각났다.

'따뜻한 마음으로 떠날 수 있게 해 주세요. 그래서 다음 생에는 따뜻한 곳에서 태어나 행복한 삶을 살 수 있도록요.'

어느 종교에서건 스스로 생명을 저버린 영혼은 구원되지 않는다. 그렇지만 선진은 혹시나 있을지도 모르는 자신의 다음 생을 상상하며 위로받고 싶었다.

때마침 크리스마스트리를 보고 빈 소원이 이루어진 것처럼, 마음을 따뜻하게 데워 주는 음성이 들려왔다.

"이거 어때요? 허니 밀크라는 게 메뉴에 있네요."

포근한 그의 목소리에 선진은 잠시 젖어 있던 상념에서 벗어나 얼른 고개를 끄덕거렸다. 이윽고 따뜻하게 데운 우유에 꿀을 타고, 그 위에 시나몬 가루와 바닐라 가루를 듬뿍 뿌린 허니 밀크가 나왔다.

달콤하고 쌉싸름한 시나몬 향기는 눈으로 뒤덮인 페어뱅크스 분위기와 무척이나 잘 어울렸다. 선진은 부드러운 향을 풍기는 우유를 한 모금 머금었다.

"흐음."

콧소리가 저절로 나올 정도로 위안이 되는 맛이었다. 평생 마셔 온 우유와 똑같은 우유인데도 불구하고 꿀, 시나몬, 바닐라가 어우러지자 그 맛은 전혀 다른 종류의 것이 되었다.

평생 살아온 날들과 똑같은 날을 사는데도 불구하고, 눈앞에 있는 남자 때문에 전혀 다른 감상에 젖게 되는 것처럼.

선진이 신기하다는 듯이 가만히 머그잔 안을 들여다보고 있는데, 남자의 목소리가 들려왔다.

"어제 그건, 생각 좀 해 봤어요?"

다시 물어볼 거라고 여겼지만, 이렇게 빨리 질문이 날아들 줄은 몰랐다. 아직 생각을 정리할 겨를이 없었기에 선진은 잠시 머뭇거렸다.

이 남자와 여행을 함께해서 좋을 게 뭐가 있을까?

가슴 뛰는 시간을 공유할 수 있다는 것? 그게 무슨 의미가 있을까.

막연하게나마 선을 그어야겠다는 생각이 들었다. 그저 평범하게 받아들이기에 그는 너무도 매혹적이었고, 몹시도 다정했으며, 한 번쯤 기대 보고 싶을 만큼 따뜻했다.

어제 있었던 일을 돌이켜 보건대, 그와 더 얽혔다가는 선진이 어렵게 결심한 일이 무너지고 가치관이 뒤흔들릴 것 같은 예감이 들었다.

"안 될 것 같아요. 저도 제가 세워 놓은 계획이 있어서요."

그는 이해한다는 듯이 고개를 끄덕거렸다. 선진은 말없이 머그잔을 다 비우고는 자리에서 일어났다. 그러는 동안 둘 중 누구도 팬케이크에는 손을 대지 않았다.

"저, 그만 일어나야겠어요. 가 볼 데가 있어서."

"그래요. 이따 호텔에서 봐요."

그가 빙긋이 웃으며 건네는 말에 가슴 한구석이 텅 비어 버리는 것 같은 착각이 일었다. 그를 알게 된 지 고작 스무 시간도 되지 않았는데, 선득해지고 말았다. 그의 제안을 거절한 자신이 원망스러울 정도로 낯설고 아쉬운 기분.

미련스럽게 다시 생각해 보겠다는 말이 튀어나올 것 같아서 선진은 서둘러 작별 인사를 하고 자리에서 일어났다.

레스토랑 유리문을 밀고 나오자 차갑고 건조한 공기가 폐부를 찌를 듯 스몄다. 가슴을 때리고 들어오는 시린 공기, 그의 제안을 거절하길 잘했다는 생각이 든다.

떠나기로 결심했다는 것은 머물 수 없다는 의미다.

그게 장소 건, 사람 마음이건, 시간이건, 추억이건.

선진은 오랜만에 택시를 잡아탔다. 그가 건넨 숙박비 덕분에 오랜만에 교통수단에 대한 사치를 부릴 수 있었다. 미리 인터넷으로 알아봐 둔 현지 여행사의 위치를 알려 주자, 택시 기사가 대뜸 한국어로 물어 왔다.

"혹시 한국 사람이에요?"

발음은 어눌했지만, 충분히 알아들을 수 있는 정도였다.

"네."

이제껏 일본인인 것처럼 행동하고 다녔지만, 갑작스러운 한국어에 저도 모르게 긍정의 대답이 튀어나왔다.

"그거 혹시 한국 인터넷으로 찾았어요?"

"네."

한국 인터넷 검색 엔진을 통해 찾은 곳이었고, 여러 블로거가 호평을 남겨 놓은 현지 투어를 취급하는 여행사였기에 당연히 괜찮을 거라고 생각했다.

"거기 별로예요. 돈 주고 SNS 광고 한 거예요. 일본 사람이 운영하는 곳인데, 일본 사람들은 옵션 공짜로 해 주고, 한국 사람한테는 돈 받고 그래."

"아, 몰랐어요. 그럼 어디로 가야 할까요?"

그는 페어뱅크스 한인 교민 협회에 가입되어 있는 믿을 만한 업체가 있다며 그곳으로 가겠다고 했다.

"혹시 여행 혼자 해요?"

택시 기사는 40대 중후반쯤 되는 아주머니였다. 아주머니의 목소리에는 걱정이 가득했다.

"네."

"어머, 용감해라. 이거 내 명함이에요. 한국 여행객들 오면 내가 많이 도와주고 그랬어요. 혹시 어디 아파서 병원 갈 일 생기거나, 도움 필요한 일 있으면 나한테 연락해요."

선진은 기사가 건넨 명함을 얼결에 받아 들었다. 갑작스러운 호의에 기분이 이상해진다.

이 기사님은 뭘 바라고 이런 일을 하는 걸까?

"내가 한국에서 온 사람들 많이 도와줬어. 생판 모르는 아프리카 아이들한테 후원도 하는 세상인데, 멀리서 만난 고향 사람 어려운 일 생기면 서로 도와야지. 안 그래요?"

아주머니의 인상은 그녀가 내뱉는 말만큼이나 푸근했다.

"감사합니다."

인사를 건네자, 아주머니께서 지금까지와 다른 목소리로 입을 열었다.

"학생."

룸 미러를 통해 아주머니와 눈이 마주쳤다. 선한 눈가에는 웃음 주름이 가득했다. 찡그릴 때 생기는 못난 주름은 하나도 없는 맑은 인상이었다.

"떠나는 건 쉬워요. 어디론가 사라져 버리는 건 쉬운 일이야. 떠나기 전에 용기를 내기까지가 힘들 뿐인지, 막상 또 가 보면 아무것도 아니라는 생각이 들 때도 있거든요. 모든 일에는 시작과 끝이 있잖아요? 용기 내서 왔으면, 다시 그 용기로 되돌아가 봐요. 분명 달라져 있을 거야. 그때의 학생과 다시 돌아갔을 때, 학생이 세상을 보는 눈은 달라져 있을걸요."

관광객을 많이 대한 택시 기사님다운 조언이라고 치부하기에는 말에 뼈가 있었다. 선진은 자신이 그렇게 죽을상을 하고 돌아다니고 있나 하는 생각이 들어서 일부러 밝은 표정을 짓기 위해 눈썹을 한번 추켜올렸다가 내렸다.

그 순간 불현듯 남자의 얼굴이 눈앞을 스치고 지나갔다. 그 남자의 제안을 거절하고 오는 길이라, 표정이 어두웠던 걸까?

5분여를 더 달린 택시는 '서울여행사'라는 간판이 걸린 건물 앞에 멈춰 섰다.

"여기예요. 내 명함 보여 주면 아마 더 잘해 줄 거야. 즐거운 여행 해요."

선진은 더 밝은 표정을 지으려 노력하며 눈인사를 건넸다. 아주머니께서 걱정하는 일은 없을 거라고 괜히 안심시켜 주고 싶은 생각이 들었다. 좋은 분처럼 보이는데, 괜한 짐을 지우고 싶지는 않았다.

정작 진정으로 걱정해야 하는 가족은 자신의 안위 따위 신경도 쓰고 있지 않을 텐데.

택시에서 내린 선진은 유리벽에 조잡한 광고물이 잔뜩 붙어 있는 여행사 문을 열고 들어갔다.

"안녕하세요? 오로라 투어 예약하려고 하는데요."

컴퓨터 앞에 앉아서 사무를 보고 있던, 택시 기사와 비슷한 연배로 보이는 아주머니께서 선진에게 시선을 옮겼다.

"학생 혼자 할 거예요?"

"네, 그러려고요."

아주머니께서 권하는 의자에 앉으려고 하는데, 여행사 유리문에 걸려 있던 풍경 소리가 들려오는가 싶더니 누군가 여행사 안으로 들어섰다.

무심결에 고개를 돌린 선진은 문 앞에 오도카니 서 있는 남자를 발견하고는 저도 모르게 입을 열었다.

"여기 어떻게 왔어요?"

갑작스러운 그의 등장이 당황스러웠다. 그런데 그보다 더 당황스러운 건 순간 그가 반갑다는 생각이 들었다는 것이다.

"투어 예약하려고 왔죠."

남자는 당연한 걸 묻느냐는 듯이 대꾸하고는, 희미한 미소를 머금은 채로 선진이 앉아 있는 의자 옆에 섰다.

"학생 혼자 하는 거 아니고, 일행이 있었어요?"

아주머니께서 손에 묻은 무언가를 털어 내리는 듯 손바닥을 여러 번 부딪쳐서 탈탈 털어 댔다.

"아니요. 일행 아니에요. 따로 예약할 거예요."

아주머니는 손을 털다 말고 의아한 시선으로 선진과 남자를 한 번씩 번갈아 보았다. 사랑싸움이라고 생각하는 눈치였지만, 아주머니는 이내 관심을 거두고는 선진을 향해 물었다.

"그럼, 여기 학생부터."

"최대한 빨리 예약할 수 있는 날짜로요."

"내일 밤까지는 예약이 다 찼고, 그다음은 주말이라 단체객이 있고. 다음 주 월요일에나 가능할 것 같네요."

"그럼, 그때로 해 주세요."

"한국 사람, 맞죠? 그럼 중간에 옵션 하나 무료로 선택할 수 있어요."

선진은 난감했다. 그가 뻔히 보고 있기에 이번에도 후지사와의 신상을 빌리는 수밖에 없었다.

73

"아뇨. 일본이요."

컴퓨터 자판을 요란하게 두드리던 아주머니께서 이런 경우는 또 처음 본다는 눈빛으로 선진을 바라보았다. 뭔가 묻고 싶어 하는 얼굴인데, 딱히 뭐라고 물어야 할지는 모르겠는지 고개를 한 번 갸우뚱 기울이고는 다시 예약 작업을 속개했다.

"예약금 10%만 오늘 결제하면 되고요. 나머지는 그날 와서 결제하세요. 여기로 밤 10시까지 오시고. 자동차로 이동해야 해서 보험 때문에 여권 사본 필요하니까, 여권 주세요."

"여권이요?"

주저하는 목소리가 튀어나왔다. 후지사와의 신분을 사용할 때는 딱히 어려울 게 없었다. 후지사와 이름으로 미국에서 발행된 신용카드를 사용했기에 결제 시에 따로 신분증을 요청하는 일도 없었고, 여권 사본을 요청하는 현지 투어 역시도 없었다.

"아⋯⋯. 그게. 호텔에 놓고 왔어요. 투어 할 때 갖고 올게요."

"그래요, 그럼."

선진이 속으로 안도의 한숨을 집어삼킬 때였다.

"총각은 언제?"

"저도 가능한 빠른 날짜요."

아주머니는 그럴 줄 알았다며 한쪽 입꼬리만 올라가도록 회심의 미소를 지었다.

"그럼, 총각도 다음 주 월요일 밤."

선진은 고개를 돌려 남자를 올려다보았다. 그는 어깨를 한 번 으쓱하고는 웃었다. 그의 웃는 얼굴은 얄미울 정도로 마음이 기우는 다정한 모습이었다.

그는 어젯밤처럼 깊은 눈빛으로 내려다보고 있었다. 그 찬연한 눈빛에 매료되어 잠시 그를 응시했다. 그 역시도 시선을 피하지 않고 선진을 계속 바라보았다.

흐르는 시간이 멈춘 듯한 착각이 일었다. 이곳이 어디인지 잊게 할 만큼 그의 묵직하고 그윽한 눈빛은 선진의 온 정신을 빼앗아 갔다.

문득 그가 자신을 내려다보면서 무슨 생각을 하는 건지 궁금해졌다. 저 맑고, 아름다운 눈빛을 가진 남자의 다정한 마음을 조금 더 느껴 보고 싶다는 욕구까지 일어서 가슴이 두근거리기 시작했다. 아니 정확히 말하자면, 심장은 그가 이곳 여행사 문을 열고 들어온 순간부터 세차게 뛰고 있었다.

그리고 어떻게 이런 우연한 만남이 생길 수 있는지도 의아했다. 선진의 나이 이제 겨우 스무 살이었다. 운명이라는 단어가 주는 낭만을 희구하는 데 거리낌 없을 시기이기도 했다.

만약 자신이 특정한 목적을 가지고 떠나온 게 아니었다면, 이 남자에게 반해 버렸을지도 모르겠다는 생각이 들었다. 아니, 특정한 목적이 있었기에 이곳으로 떠나올 수 있었고, 그래서 남자를 만날 수 있었으니, 이 모든 일이 낭만적인 단어로 설명될 수 있는 운명인가 싶었다.

"학생은 여권 있어요?"

아주머니의 물음에 그는 뭉근하게 타오르는 시선을 옮겨 가지 않은 채로 대꾸했다.

"네, 있어요."

그러고는 선진을 향해 눈이 반으로 접히도록 진한 미소를 한 번 지어 보인 뒤, 가방으로 시선을 옮겨 갔다. 가방에서 꺼낸 여권을 아주머니께 공손히 건넨 그가 넌지시 물었다.

"오후 일정이 어떻게 돼요?"

갑작스러운 물음에 잠시 머뭇거렸다. 사실 일정이라고 내세울 만한 이렇다 할 이벤트가 없었다. 하지만 아무런 일정도 없다고 하면,

그는 자신과 함께 시간을 보내는 건 어떻겠냐고 물어 올 것 같았다.

마음은 끌리지만, 머리는 안 된다고 말하고 있었다.

"잠시 들를 곳이 있어요. 그럼 예약 마저 하고 가세요."

선진은 예약금에 해당하는 금액을 아주머니께 건넨 뒤, 여행사를 빠져나왔다.

여행사 유리문을 밀고 나오자, 이번에도 차가운 공기가 코끝을 스치고 들어오며 정신이 번쩍 들었다.

존재가 분명한 기시감.

아까 레스토랑에서, 그리고 지금.

이번에도 선진은 자신의 결정이 옳았다고 여겼다.

갈 곳을 정해 두지 않은 채로 걷기 시작했다. 보송보송한 양털 부츠 안에 있는 발가락이 얼어서 감각이 사라질 때까지 걸었다. 두 뺨이 발갛게 상기되어 따끔거렸고, 이렇게 거리를 걸어 다닐 생각은 없었던 탓에 모자도 쓰지 않아서 귀가 떨어져 나갈 것처럼 얼어붙었다.

그런 와중에도 심장은 제멋대로 날뛰어서 춥다는 생각을 전혀 할 수가 없었다. 자꾸만 뜨거운 기운을 왈칵 쏟아 내는 심장 때문에 가슴 속이 들끓었다. 휘몰아치는 감정을 감당할 수가 없었다. 태어나서 처음 겪어 보는 열기를 발산하고 싶은 마음만이 굴뚝같았다.

차가운 공기를 계속 들이마신 탓에 폐부까지 얼어붙은 기분이 들었을 때가 돼서야 눈앞에 보이는 펍으로 들어갔다. 당장에 마실 것을 삼키지 않으면 목구멍이 말라비틀어질지도 모른다는 생각이 들었다.

바 스툴에 앉은 선진은 맥주를 한 병 주문했다. 이윽고 바텐더는 소금기가 가득한 땅콩 접시와 함께 라벨에 범선이 그려진 알래스칸 엠버 맥주 한 병을 가져다주었다. 혼자 술집에 들어온 것도 처음, 알래스카에 와서 맥주를 입에 대는 것도 처음이었다.

광장에 묶여 있다가 에스메랄다가 건넨 물을 허겁지겁 들이마신 콰지모도처럼 급히 맥주를 들이켰다. 알코올 함량이 5.3%밖에 되지 않는 술이었지만, 목이 타들어 가는 듯했다. 단숨에 반병을 비우고 나자, 비명 같은 한숨이 터져 나왔다.

"하아."

긴 한숨을 내뱉는 순간, 등골이 오싹했다. 선진은 제 발로 걸어 들어온 공간을 조심스레 둘러보았다. 그제야 펍 안의 을씨년스러운 풍경이 눈 안에 들어왔다.

덥수룩한 수염이 제멋대로 난 바텐더는 마른 수건으로 유리잔을 닦으며 선진을 흘끗거렸고, 펍 한쪽에서는 다트 판에 핀을 던지는 무리가 껄렁거리며 선진을 향해 손짓하고 있었다. 그리고 홀 가운데 자리한 테이블에는 술 취한 무리가 듬성듬성 앉아서 선진을 주시하고 있었다.

이곳 술집 안에 존재하는 유일한 여자. 직감적으로 위험한 상황이라는 것이 느껴졌다.

차가운 맥주병 주둥이를 움켜잡았다. 죽기 직전이지만, 이곳에서 험한 꼴을 당하고 싶지는 않았다.

우아하고 깨끗한 죽음에 대한 선택을, 선진은 자신만의 고유한 권리라고 여겼다.

지금 당장 자리를 뜨는 것이 오히려 더 시선을 끌 것 같았다. 맥주병을 입에 가져다 대고 마저 마시기 시작했다. 목이 말라서 맥주 한잔하려고 들어왔다가, 자연스레 자리를 뜨는 것처럼 행동하기 위해서였다.

조금 전과 달리 맥주 맛이 텁텁했다. 목 안으로 흘러 들어간 맥주가 역류할 것 같은 기분이 든 순간, 누군가 선진이 들고 있던 맥주병을 빼앗아 갔다.

심장이 덜컥 내려앉았다. 손등으로 입가에 흐르는 맥주를 닦아 내며 돌아보았다. 사실 돌아보지 않아도 이미 포근하게 코끝을 감싼 우디 향으로 알 수 있었다. 맥주병을 빼앗아 간 남자가 누군지.

"커피 마시지 말라고 했더니, 술을 마시고 있어요?"

이게 다 누구 때문인지 아느냐고 묻고 싶었다. 말없이 손을 내밀었다. 빼앗아 간 맥주병을 달라는 의미였다.

"오늘 밤에는 또 무슨 고생을 시키려고."

그리 말하는 남자의 목소리는 마치 에스메랄다가 춤을 추는 모습처럼 매혹적이었다.

가만히 그를 응시했다. 아름다운 남자를 향한 열망은 가득하지만, 감히 그를 탐할 수는 없는 처지, 마치 콰지모도가 된 기분이었다. 흉측했다는 콰지모도의 얼굴처럼 더는 맞서지 못하고 죽으려 하는 자신이 흉측하다고 생각했다.

"이것만 마시고 일어나려고 했어요."

점퍼 주머니에서 지갑을 꺼내서, 술값을 땅콩 접시 옆에 두었다. 그러고는 바텐더에게 눈짓을 보내자, 바텐더는 수염이 기묘한 모양으로 움직이도록 고개를 끄덕거렸다. 바 스툴에서 내려서는데, 몸이 휘청 기울었다.

"어이쿠. 조심해요."

그가 어깨를 붙잡으며 넘어지지 않도록 지탱해 주었다. 그의 커다란 손이 닿은 어깨에 열기가 고이기 시작했다.

선진은 그의 손길을 조심스럽게 털어 내며 대꾸했다.

"고마워요."

"배고프지 않아요? 아까 우유 한 잔이랑, 지금 맥주 한 병 마신 게 다죠?"

본의 아니게 일과 전체를 그와 공유하고 있었다. 맥주 한 잔에 취기가 오르는지 속이 거북했다. 그와 함께 후각도 예민해졌는지 남자에게서 풍기는 우디 향이 너무 진하다는 생각까지 들었다.

마치 그는 바람결에 흩어지는 향기 같았다. 무심결에 맡은 향기에 매혹되는 것처럼 느닷없이 나타난 그에게 선진은 속절없이 매혹되고 말았다.

결단을 내려야겠다. 이대로 가다가는 그의 향기에 주체하지 못하고 흔들려 버릴 것 같다. 흔들리는 것을 막을 수 없다면 제진 장치라도 미리 해 두고 싶었다. 타이베이 101 빌딩에 가면 지진에 대비해 설치해 놓은 댐퍼 보이라는 이름을 가진, 600톤의 거대한 원형 추가 있다. 건물이 흔들린다고 해도, 거대한 추가 그 중심을 잡아 주는 역할을 하는 것이다.

가슴속 깊은 곳에 거대한 추를 심을 수 없다면 눈에 보이는 방어막이라도 필요한데…….

"배고파요. 뭐 먹을래요?"

선진의 대답이 생각보다 순순히 나왔다고 생각했는지 그가 의외라는 듯 눈을 가늘게 뜨며 웃었다.

"또 먹기 싫다고 튕길 줄 알았더니."

그가 놀리듯 능청스럽게 대꾸했다. 선진에게로 쏠렸던 시선들은 체격이 건장한 그가 나타난 이후부터 원래 있던 곳으로 되돌아갔다. 불안하게 뛰던 심장이 그의 등장으로 인해 다른 의미로 두근거리기 시작했다. 추나 방어막 따위가 무슨 소용이 있냐는 듯, 그저 머리만 밀어내려고 수를 쓰고 있다는 듯이 심장이 비웃어 댔다.

"먹자고요. 뭐 먹을까요?"

"피곤해 보이는데, 일단 호텔로 갈까요?"

고개를 끄덕거리며 발걸음을 옮기려는 순간, 어두운 펍 안에서 시야 확보가 제대로 되지 않은 탓인지 옆에 있던 의자 다리에 발이 걸려서 선진의 몸이 또다시 휘청 기울었다.

"어이쿠. 술이 많이 약한가 보네. 맥주 한 잔에 이래요?"

술이 센 편은 아니었지만, 그렇다고 맥주 한 잔에 취할 정도는 아니었다. 그런데 오늘따라 왜 이렇게 발이 꼬이는지 모르겠다. 그리고 아까는 어깨를 잡아서 지탱해 주었던 그가 이번에는 손을 덥석 잡았다.

"손은 또 왜 이렇게 차."

차가운 살갗에 그의 손에서 전해져 오는 온기가 느껴지자 찌릿찌릿 전기가 오르는 듯했다. 그는 음험한 의도를 가지고 손을 잡은 것은 아니라는 듯이 금방 손을 놓아주었다. 그의 손아귀에서 벗어난 순간, 가슴속이 텅 비어 버리는 듯한 착각이 일었다.

누군가의 따뜻한 온기를 느껴 보는 게 얼마 만인가 싶었다. 그래서였을까?

"저기."

손을 뻗어 멀어져 가는 그의 손을 덥석 잡고는 눈을 지그시 감았다.

"제가 좀 어지러워서요. 펍 나갈 때까지만 좀 부탁해요."

손에서 땀이 배어나는 건 아닌가 싶을 정도로 바짝 긴장한 목소리가 흘러나왔다. 그는 선진이 진심으로 어지러워서 간신히 내는 목소리라고 여기는 듯 대꾸했다.

"괜찮아요? 부축해 줄까요?"

저도 모르게 고개를 끄덕였고, 그는 선진의 왼손을 자신의 왼손으로 가볍게 옮겨 쥐며, 작은 어깨를 감싸고는 펍을 나섰다. 오른쪽 어깨가 그의 오른쪽 가슴에 닿아 있었다. 심장이 쿵쿵 울렸다.

조금 전까지 댐퍼 보이니, 어쩌니 했던 생각들은 충동적인 말 한마디로 물거품이 된 것만 같았다. 또다시 마음이 갈팡질팡 갈피를 못 잡고 흔들렸다.

펍을 나와서 찬 공기를 쐬자 심장은 더욱 두근거렸지만, 무거웠던 머릿속은 한결 가벼워진 것 같았다. 그리고 맑은 공기를 들이마시기 위해 길게 숨을 들이마신 순간, 믿을 수 없을 정도로 산뜻한 결론이 머릿속에 떠올랐다.

일단 호텔로 가서 따뜻한 물로 씻고 정신을 차린 뒤, 그와 이야기를 해야 할 것 같다고 생각했다. 아직 오후 3시밖에 되지 않았는데, 대기는 벌써 저녁의 쓸쓸한 냄새를 품고 있었다. 밤이 긴 계절을 지나고 있는 알래스카였다.

"호텔까지 택시로 갈까요?"

어지럽다고 연기를 해 버렸으니, 일단 호텔까지는 이어 가야겠다는 생각에 물은 질문이었다.

"차 렌트했어요. 내 차로 가죠."

그는 펍 앞 주차장에 주차된 빨간색 쉐보레 SUV 앞으로 선진을 이끌었다. 친절하게 조수석 쪽 문을 열어 준 그는 선진이 높은 차체로 오를 수 있도록 도와주기까지 했다. 이성과의 관계에 무딘 성격이라고는 하지만 그도 자신에게 호감을 느끼고 있다는 것쯤은 느껴졌다.

제법 멀리 떨어진 곳에 있다고 생각했는데, 차로 겨우 10분 거리밖에 되지 않는 곳에 두 사람이 머무는 호텔이 있었다.

그와 호텔 유리문을 밀고 함께 들어서는데, 프런트 데스크에 있던 직원이 선진에게 묘한 눈빛을 보내며 인사했다.

"Good afternoon, Fujisawa. I've got the message for you."

전할 메시지가 있다는 말에 선진은 그에게 먼저 방에 올라가 있으라는 말을 하고는 프런트 데스크로 다가갔다. 그러자 프런트 데스크 직원이 목소리를 낮추며 물었다.

"Is he a K-pop Idol?"

40대 중반으로 보이는, 멜리사라는 이름의 직원은 오른쪽으로 땋아 내린 빨간 머리끝을 붙잡고 수줍게 얼굴을 붉혔다.

선진은 눈을 가늘게 뜨며 아니라고 고개를 내저었다. 멜리사는 유튜브에서 본 K-POP 아이돌 그룹의 리더와 똑같이 생겼다며 호들갑을 떨어 댔다. 아니, 그보다 더 잘생긴 것 같다고 두 눈을 반짝반짝 빛냈다.

메시지에 대해 묻자, 그가 아이돌인지 아닌지 확인하는 게 메시지였다며 멜리사는 키득거렸다. 어이가 없어서 선진은 그만 함께 웃음을 터뜨리고 말았다.

멜리사는 후지사와, 그러니까 선진이 한국 아이돌과 몰래 연애를 하고 있고, 알래스카 페어뱅크스까지 날아와서 밀회하는 중일 거라 상상했다고도 했다.

상상력 풍부한 멜리사 덕에 선진은 오랜만에 소리 내어 웃은 것 같은 기분이었다. 좋은 시간 보냈으면 한다는 멜리사의 눈에는 이미 하트가 동동 떠올라 있는 것처럼 보였다. 머릿속으로 선진과 그를 두고 대체 얼마나 달콤한 상상을 하고 있는지는 가늠조차 할 수 없었다.

물론 그건 선진도 마찬가지였다. 아까 펍을 나서면서 내린 결론은 그런 상상을 허락하기에 충분했다.

호텔 방 안으로 들어서자, 그가 젖은 머리를 털어 내며 선진을 맞아 주었다. 이제 막 샤워를 마치고 나왔는지, 말간 뺨은 매끈했고, 촉촉이 젖은 머리카락 끝에는 물방울이 맺혀 있었다.

"기다리다가, 내가 먼저 씻는 게 나을 것 같아서 욕실 먼저 썼어요. 깨끗하게 썼으니까, 기분 나빠 하지 말고요."

선진은 자신이 그렇게 예민한 성격은 아니라며 대꾸하려다 그만두었다. 자신을 예민한 사람 취급하는 게 아니라, 사려 깊은 그의 성격 탓에 나온 말 같았다.

"미안한데, 그럼 나 씻는 동안 룸서비스 좀 주문해 줄래요? 나는 따뜻한 수프 정도면 괜찮을 것 같아요."

그저 룸서비스에 대해 부탁을 하고, 선진은 욕실로 들어섰다.

욕실 안은 그의 말마따나 깔끔했지만, 그가 쓰는 향수 냄새로 가득 차 있었다. 습기를 머금은 향기의 밀도가 평소보다 훨씬 높아서 폐부를 벨 듯 각인되었다.

그의 향기로 채워진 공간에서 옷을 벗으려니 잠시 잊고 있었던 열기가 몸 안에서 치솟았다. 그와 대면하고 있을 때는 오히려 감당할 수 있었던 신열이 그와 잠시 떨어지자 당황스러울 만큼 위태롭게 타올랐다.

꽁꽁 언 몸을 따뜻한 물에 오랫동안 담그고 싶었지만, 그의 향기만이 남아 있는 밀폐된 욕실에서 빨리 벗어나 그가 있는 곳으로 나가고 싶어서 미지근한 물로 대충 샤워를 마쳤다.

머리도 대충 말리고 욕실 밖으로 나가자 익숙한 냄새가 코를 찔렀다.

"이게 뭐예요?"

그가 분주하게 움직이고 있는 2인용 테이블 앞으로 다가갔다. 테이블 위에는 통조림에 들어 있는 소고기 장조림과 깻잎지, 배추김치 그리고 종이 사발에 물을 부어 먹는 누룽지가 놓여 있었다.

"수프보다 이게 더 낫지 않겠어요?"

여행하면서 한식이 그리울 때 먹으려고 챙겨 온 것들처럼 보였다. 그걸 내놨다고 생각하니 미안한 마음이 들었지만, 말은 전혀 다른 방향으로 흘러나갔다.

"비상식량 내놨다고 방값 깎아 줄 생각 없는데요?"

그는 어이가 없다는 듯이 천장을 한번 올려다보고는 웃었다. 맑은 웃음소리가 듣기 좋아서 선진의 입가에도 은근한 미소가 번졌다.

"일단 앉아서 먹어요. 배고플 텐데."

사려 깊고, 자상한 행동이 이렇게 몸에 밴 사람은 처음 보았다. 높은 연봉을 받고 선진의 곁을 지켰던 사람들도 이렇게 사려 깊지는 않았다.

어떤 환경에서 자라면, 어떤 부모님 아래서 교육을 받고 자랐으면 이렇게 반듯하고 따뜻한 사람이 될 수 있을까?

제 정체는 숨기고 싶은 선진이었지만, 비겁하게도 남자가 어떤 사람인지 궁금해졌다. 선진은 조심스레 입을 뗐다.

"여행한 지는 얼마나 됐어요?"

두 손으로 누룽지가 든 종이 사발의 뚜껑을 누르고 있던 그가 고개를 갸우뚱 기울이며 물었다.

"이제 서로 그런 거 막 물어봐도 되는 거예요?"

"그건 아니고요."

당황한 나머지 마주하고 있던 시선을 테이블 위로 내렸다. 말없이 조촐한 식사가 시작되었다. 한국에서는 거들떠보지도 않았던 인스턴트 식품들이 그와 마주한 채로 먹으니 기가 막히게 맛있었다.

"맛있어요?"

먼저 식사를 마친 그가 정신없이 누룽지를 해치우고 있는 선진을 향해 물었다. 입안에 누룽지를 가득 물고 있는 탓에 고개를 끄덕거리는 것으로 대답을 대신했다.

"원래 배고플 때 먹는 건, 다 맛있어요."

그가 웃으며 덧붙였다. 그의 웃음기는 지독한 전염성이 있었다. 선진도 그에 동의한다는 듯이 고개를 한 번 더 끄덕였다. 식사를 마치는 동안, 그는 자리를 뜨지 않고 가만히 기다려 주었다.

그렇다고 뚫어져라 바라보면서 부담스럽게 한다든지, 지루한 티를 내며 무료해하지도 않았다. 적당히 시선을 옮기기도 하고, 가벼운 농담을 던지며 선진을 편하게 대해 주었다. 그 때문인지 이 세상에서 존재하는 그 누구보다도 남자가 가깝게 느껴졌다.

종이 사발을 깨끗이 비워 내자 그가 만족스러운 미소를 지으며 바라보았다.

"같이해요, 여행."

에둘러 말하고 싶지 않아서 단도직입적인 말로 물꼬를 터 버렸다. 그러자 그가 뜻밖의 말을 들었다는 듯이 눈썹을 추켜올렸다. 입꼬리가 지독히도 매혹적인 선을 그리며 뺨을 타고 올랐다.

"좋아요."

그는 바라던 바라며 고개를 끄덕거렸다. 혹시나 어제 그가 던진 말이 충동에서 비롯된 것은 아닐까 걱정했다. 같은 방을 쓰며, 같은 장소를 여행하는 이방인의 입장에서 지나가는 말로 제안할 수 있는 종류의 것이기 때문이었다.

혹은 자신을 오해하고 있지는 않을까, 하는 걱정이 되었다. 방 세어를 목적으로 돈을 요구했으니, 방을 핑계로 다른 음험한 생각을 품고 있을 거라고 오해하는 중이라면 그것도 바로잡아야 했다.

"대신 조건이 있어요."

그는 선진이 순순히 함께할 거라는 생각은 하지 않았는지 고개를 끄덕였다.

"무슨 조건이요? 후지사와 씨가 페어뱅크스에 먼저 왔으니까, 뭐 여행 가이드 조로 돈을 내라, 그런 거예요?"

단도직입적으로 조건이 있다고 말한 탓인지, 그는 그것을 돈이라고 생각하는 눈치였다. 다소 당혹스러웠지만, 그가 그렇게 생각할 수도 있다고 예상하였기에 크게 놀라지는 않았다.

"아니거든요. 내가 돈에 환장한 사람으로 보여요?"

발끈해서 화를 낸 것은 아니지만, 충분히 단호한 어조로 물었다.

그런데 그가 이내 깊어진 시선으로 바라보기 시작했다. 그가 자신에게 여행 가이드 조로 돈을 내야 하냐고 물었을 때보다 더 당황하고 말았다.

자신을 바라보는 그의 눈빛에는 온갖 감정들이 뒤섞여 있는 듯했다. 그것이 안쓰러운 인간에 대한 인류애적 연민인지, 아니면 홀로 페어뱅크스를 돌아다니고 있는 여자에 대한 호기심인지, 그도 아니면 이성적 관심인지……. 정확히 구분할 수는 없었다.

아마도 그 역시 지금 자신이 느끼는 감정의 색깔과 정의를 명확하게 하지 못하리라.

인간에 대한 호기심의 발현은 여러 가지에서 비롯된다. 그 호기심이 관심이 되고 관심이 연심이 되는 과정이 이성 사이에 존재할 수 있다는 것쯤은 안다.

그리고 이 남자는 여자의 호기심을 다음 단계로 발전시킬 수 있을 만큼 충분히 매력적이다.

그는 선진의 얼굴을 바라보며 생각을 정리하는 듯 보였다.

자신이 함께 여행하는 것을 제안하기는 했지만, 다짜고짜 조건을 걸어 오는 여자를 믿고 움직여야 하는지 고민하는 눈치였다. 그게 아니라면…….

처음부터 그런 말을 했던 것을 후회하고 있을까?

미리부터 조건을 내걸지는 말 걸, 그랬나?

선진은 불쑥 솟아난 의문을 지워 내려고 애썼다. 만약 서로 감정이 무르익게 되었을 때, 그의 물음을 거절하는 것보다 이편이 더 나을 것이다.

생각이 많아진다. 점점 혼란스러워진다. 잘하는 짓인지도 모르겠다. 머리를 기민하게 쓰려고 하는데, 심장이 급하게 반응해서 당혹스럽기까지 하다.

그가 침묵하고 있는 잠시간이 억겁처럼 느껴졌다. 조건이 무엇인지 들을 생각이 없는 거냐고 물으려는 찰나, 그가 입을 열었다.

"조건이 뭔데요?"

그의 어조는 차분했고, 눈빛은 따뜻했다. 내거는 조건이 뭐든 다 들어줄 것만 같은 얼굴이기도 했다. 막상 대답하려고 하니 입안이 바짝 말랐다.

그는 따뜻하지만, 여전히 감정의 종류가 분명하지 않은 시선으로 선진을 바라보고 있었다.

자신보다는 분명히 어려 보이는 그녀는 기껏 해 봐야 이제 갓 스무 살을 넘긴 것처럼 앳된 얼굴이다. 몸에 밴 듯한 절제되고 고아한 행동 양식은 나이보다 성숙해 보여서 눈길을 끌었고, 단아하고 맑은 인상은 비슷한 또래의 남자 가슴을 두근거리게 하기에 충분했다.

무엇이 먼저인지는 알 수 없었다.

위태로운 사람을 도와주고 싶은 보편적인 인류애가 먼저였는지, 아니면 아름다운 그녀가 아스라이 사라져 버릴 것만 같아서 품어 버리고 싶은 마음이 먼저였는지.

오늘 오전, 여자가 레스토랑에서 나가자마자 서둘러 계산을 마치고는 밖으로 향했다. 차를 렌트하지 않으면 이동이 쉽지 않은 곳에서 그녀는 대중교통을 이용하여 돌아다니고 있는 듯했다.

길모퉁이에 있는 은행 앞 거리를 걷고 있는 그녀를 발견한 순간, 무작정 뒤를 따라야겠다는 생각이 들었다. 이름조차도 제대로 알려주지 않는 그녀는 말 못 할 사연을 가슴속 깊은 곳에 품고 있는 것만 같았다.

사연이야 어찌 되었건 간에 위태로워 보이는 그 모습을 그냥 두고만 볼 수는 없었다. 직감적으로 알아차린 건지도 모르겠다. 이 여자는 지금 떠날 준비를 하고 있다는 것을. 어디에도 흔적을 남기지 않고, 속하고 싶지 않다는 듯이 벽을 세우는 그녀를 막연하게나마 도와주고 싶었다.

그녀는 긴장이 되는지 면 트레이닝복 바지에 손을 한번 문질렀다. 흘끗 본 그녀의 손끝이 파르르 떨리고 있었다.

따뜻한 물로 샤워를 하고, 따뜻한 국물이 있는 음식을 먹었으니, 이제 손끝이 아까처럼 차갑지는 않겠지. 하지만 시린 바람에 흔들리는 마른 잎사귀처럼 진동하는 손끝을 보고 있자니, 손을 뻗어 그녀의 손을 따스하게 감싸 쥐고 싶은 충동이 일었다.

제멋대로 손이 움직일 것만 같아서 주먹을 꽉 움켜쥐었다. 먼저 조건을 내걸어 놓고도 생각을 정리할 시간이 필요한 건지, 아니면 신중하게 말을 고르고 있는 건지 그녀는 골몰하는 얼굴이다.

그녀가 준비될 때까지 잠자코 기다려 주기로 했다. 부담이 가지 않도록 집요하지 않은 가벼운 시선으로 천천히 그녀를 관찰했다.

새하얀 얼굴은 잡티 하나 없이 맑았지만, 이곳에 와서 고생한 탓인지 눈 밑에 그늘이 드리워져 있다. 아몬드형으로 커다란 눈매는 강한 인상을 주었지만, 그녀의 눈빛은 사냥꾼에게 상처 입은 순록처럼 애처로웠다.

높은 콧등과 버선코처럼 뾰족하게 솟아오른 콧날은 도도한 이미지를 풍겼지만, 어쩔 줄을 모르고 끊임없이 물어뜯어서 생채기가 난 입술은 그녀의 불안증을 대변하고 있었다.

불안 증세를 보이는 것 같으면서도 꼿꼿하게 등을 세우고 앉은 자세는 적당한 기품이 느껴졌고, 턱을 당기고 정면을 응시하는 모습은 우아했다. 흉내 낸 고아함이 아닌 몸에 밴 습관이었다.

벼랑 끝에 내몰린 것 같은 눈빛을 하고 있으면서도 끝까지 기품을 잃지 않는 그녀가 어떤 사람인지 궁금해서 심장이 일렁거렸다.

답답한 마음에 가벼운 한숨을 내쉰 순간, 그녀의 눈빛이 크게 일렁이는 게 눈에 들어왔다. 자신이 너무 오랫동안 아무 말도 하지 않았다는 사실을 이제야 깨달은 눈치였다.

"조건은요."

그녀는 마치 전장 한가운데 앉아서 지도를 펼쳐 놓고 전술을 다지는 책사처럼 비장한 얼굴을 했다. 무슨 말이든 들을 준비가 되어 있다는 듯이 다감한 시선으로 그녀를 응시했다.

"서로의 신상에 대해서는 아무것도 묻지 않는 거예요."

이름도 숨긴 채로 일본인인 척하는 데는 이유가 있을 거라고 생각했지만, 이렇게 단도직입적으로 자신에 대해 아무것도 묻지 말라고 할 줄은 몰랐다.

"이름, 직업, 사는 곳……. 이런 게 신상에 속하는 겁니까?"

일부러 그런 것은 아니었는데, 비밀스럽게 구는 그녀 때문에 안달이 난 탓인지 다소 딱딱한 목소리가 흘러나왔다. 그녀는 겁에 질린 눈빛으로 고개를 끄덕거렸다. 그녀에 대해 알아내려고 덤빌까 봐 불안한 눈치였다.

"그럼 좋아하는 색깔, 싫어하는 음식, 재미있게 본 영화, 즐겨 듣는 음악……. 이런 건 신상이 아닌 거죠?"

뒤이은 질문을 던질 때, 미소를 머금으며 부드러운 어조로 묻기 위해 노력했다. 그러자 잔뜩 긴장했던 그녀의 눈빛이 스르륵 풀어지는 게 보였다.

마치 길에서 만난 새끼 고양이를 지켜보는 기분이었다. 먹이를 던져 주고 지켜보는 이가 자신을 죽이기 위해 접근한 것인지, 아니면 살리기 위해 다가오는지 경계하는 모습과 비슷했다.

"좋아요. 그렇게 해요. 대신 나도 조건이 있어요."

그녀가 안심할 만한 조건을 내걸기로 했다.

"내가 그쪽 신상에 관해서 묻지 않는 대신, 그쪽도 내 신상에 관해 묻지 않는 거."

신상을 숨기고 싶어 하는 그녀에게 신상을 공개해 버린다면, 순수한 눈빛을 가진 그녀는 분명 그에 대한 죄책감을 느낄 것 같았다.

당신이 알려 주기 싫으면, 나도 알려 주기 싫어. 어때, 공평하지 않아?

정보 비대칭으로 인한 불안을 없애 버리려는 의도였다. 그게 통했는지 그녀의 얼굴에 은은한 미소가 떠올랐다.

저렇게 희미하게 웃는데도 예쁜데, 활짝 웃으면 얼마나 예쁠까?

저렇게 희미하게 웃는데도 가슴이 떨리는데, 활짝 웃으면 심장이 남아나기는 할까?

미약하게나마 밝아진 그녀의 얼굴을 진득하지 않은 시선으로 바라보려 노력했다. 아직은 자신이 그녀에게 마음을 빼앗겨 버렸다는 사실을 들키고 싶지 않았다. 그저 인간적인 호감 정도로만 여기기를 바랄 뿐이었다.

마음이 기울고 있다는 것을 눈치챘다면, 그녀가 부담스러워할 것 같아서.

그 부담감이 기껏 마음을 열고 있는 그녀를 멀어지게 할까 봐 두려웠다.

"좋아요. 그렇게 해요."

그리 말한 그녀가 치아 예닐곱 개가 보이도록 환하게 웃었다. 심장이 쿵 울렸다. 그리고 그녀가 아주 약간 신이 난 듯한 목소리로 덧붙였다.

"서로 신상에 대해 묻는 거 말고는, 다 해도 괜찮아요."

그녀가 내뱉은 말에 기주의 머릿속은 순식간에 음험한 상상으로 물들었다.

솔직히 그녀가 처음 방을 함께 쓰자고 했을 때, 이게 흔히들 말하는 여행지에서의 원나잇인가 했었다. 머릿속을 잠깐 스쳤던 위험한 생각은 금세 사그라졌지만.

그런데 방금 그녀가 내뱉은 말에 혼란에 빠지고 말았다. 이쪽은 혼란 속에 퐁당 빠뜨려 놓고 그녀는…… 무언가 하지 않고는 참을 수 없을 만큼 예쁘게 웃고 있었다.

"다 해도?"

기주는 약이 올라서 저도 모르게 시큰둥한 말투로 묻고 말았다. 그러자 그녀는 안 될 게 있느냐는 얼굴로 고개를 끄덕거렸다. 지금 그녀는 혈기왕성한 스물세 살의 남자, 신기주에게 어떤 자극을 가하고 있는 건지 모르는 눈치였다.

"그럼 내가 하자는 건, 다 할 거예요?"

가슴 앞에서 팔을 교차해서 팔짱을 끼며 의자 깊숙이 기대앉았다. 이제 어떻게 대답하나 두고 볼 생각이었다. 그녀는 잠시 생각에 빠진 것처럼 눈을 가늘게 뜨는가 싶더니, 눈에 보일 정도로 얼굴색을 달리하며 발긋하게 달아올라 버렸다.

이럴 줄 알았지, 내가.

가볍게 웃음을 터뜨리며 고개를 절레절레 내저었다.

"알다가도 모르겠네. 눈치가 빠른 것 같으면서도 무디고, 무딘 것 같으면서도 빠르고."

눈을 가늘게 뜬 그녀가 노려보기 시작했다.

"그런 쪽으로만 생각하는 그쪽이 더 좀 그렇거든요. 착한 것 같으면서 나쁘고, 나쁜 것 같으면서 착하고."

기주가 했던 화법을 그대로 빌려서 그녀가 구시렁거렸다. 그 모습이 기가 막히도록 귀여워서 또 한 번 가볍게 웃음을 터뜨렸다. 웃음을 터뜨릴 때마다 그녀의 얼굴은 더욱 새빨갛게 물들었다.

웃음을 멈춘 기주는 팔꿈치를 테이블 위에 올리며 상체를 숙이고는 빨갛게 익은 그녀의 얼굴을 들여다보며 진지하게 물었다.

"그런 쪽으로 생각한다고요, 내가?"

그러자 그녀가 새침하게 고개를 끄덕거렸다.

"그게 어떤 쪽인데요? 무슨 말인지 알아야 내가 반박을 하죠."

능청스럽게 대꾸하자, 그녀가 아무 말도 내뱉지 못하고 입만 벙긋거렸다. 그녀가 머릿속으로 무슨 깜찍한 상상을 했을지 생각하자, 단전 아래가 묵직해지는 기분이었다. 차오르는 열기를 식히려 가볍게 한숨을 내쉬었다.

그러자 그녀는 그래도 대답을 해야겠는지 소심하게 읊조렸다.

"그런 거 아니면 됐고요."

작게 읊조리는 목소리에서 실망한 기색이 느껴지는 건, 착각일까.

먹은 건 자기가 치우겠다고 말하며 자리에서 일어나는 그녀를 물끄러미 바라보았다. 이제까지와 같은 가벼운 시선이 아니었다. 일부러 그녀가 의식하도록 진득하고 무거운 시선으로 그녀를 응시했다.

테이블 위를 치우는 그녀의 손은 야무진 듯했지만, 이런 종류의 일은 해 본 적 없는 것처럼 보였다.

"행주 빨아서 식탁 위 닦아 본 적 한 번도 없죠?"

그녀의 어깨가 움찔 떨렸다.

"그럴 줄 알았어요. 둬요. 나머지는 내가 치울게."

덧붙인 말에 그녀는 오기 어린 말투로 대꾸했다.

"됐어요. 내가 하던 거니까, 마저 할게요."

"그냥 내가 치운다고요. 하는 거 보니까 너무 답답해요."

의자에서 몸을 일으킨 순간, 그녀가 기주를 노려보려고 고개를 획돌렸고, 두 사람의 시선이 너무 가까운 곳에서 마주쳤다. 조금만 고개를 내리면 서로의 숨결이 닿을 수 있을 만큼 가까운 거리였다.

더는 붉어질 수 없을 거라고 생각했던 그녀의 얼굴이 이제는 잘 익은 사과처럼 되어 버렸다. 피부가 투명한 탓인지 시시각각 붉어지는 모습은 선명했고, 탐스럽게 익은 뺨은 한 입 베어 물고 싶은 충동을 불러일으켰다. 달콤한 맛이 느껴질 것 같았다. 녹일 듯 뜨거울 것 같았다.

무지근한 시선으로 내려다보고 있는데도 그녀는 시선을 피하지 않은 채로 빤히 올려다보았다. 그러고는 아주 작은 목소리로 고집스럽게 말했다.

"내가 마저 치운다고요."

그녀의 더운 숨결이 턱 끝에 닿았다가 아스라이 사라졌다.

그녀의 시선을 내려다보며, 그녀의 손에 들려 있는 통조림 캔과 종이 사발을 제 손으로 가져왔다. 그러면서 제 손끝이 그녀의 손을 은근히 스치는 것을 느꼈다.

그녀의 눈빛이 일렁거리자, 심장이 기분 좋은 박자로 빠르게 뛰기 시작했다.

"내가 하겠다고요."

일부러 고개를 내려 그녀의 붉은 뺨 위에 자신의 숨결이 흩어지게 만들었다. 그러고는 당황한 그녀의 얼굴을 뒤로한 채 쓰레기를 들고 방 밖으로 나와 버렸다.

테이블 앞에 혼자 남겨진 그녀가 이번에는 머릿속으로 얼마나 깜찍한 상상을 하고 있을지 떠올려 보는 것만으로도 입가에 저절로 미소가 번졌다.

늦은 밤, 어디선가 들려오는 흐느끼는 소리에 눈을 떴다. 협탁 위를 더듬어 침대 헤드보드 뒤에 있는 간접 등을 켰다. 상체를 일으켜 세우며 옆 침대를 보니 그녀가 잔뜩 웅크린 자세로 흐느끼고 있었다.

천천히 일어나, 그녀가 누워 있는 침대 옆으로 다가갔다.

추운 날을 많이 걸어 다닌 탓에 우는 건가 싶었다. 그런데 그녀는 악몽을 꾸기라도 하는 듯 눈을 꼭 감은 채로 눈물을 흘리고 있었다.

그녀의 안쓰러운 뺨 위로 손을 뻗었다.

조금이라도 행복해지려는 기미가 보이면, 마치 신은 너에게 그럴 자격이 없다는 듯이 괴롭혔다. 꿈인 줄 알지만 깨어날 수 없는 가위눌림은 공포, 그 자체였다.

꿈이 시작되는 곳은 언제나 엄마의 서재였다. 엄마는 상아색 칠감을 입힌 고풍스러운 책상 앞에 앉아서 무언가를 쓰고 있다. 엄마의 오른손에 들린 상아색 만년필 끝에는 엄마의 예쁜 입술을 닮은 붉은색 루비가 박혀 있다.

선진은 아름다운 루비의 찬란함이 무서웠다. 아름답지만 독기를 내뿜는 엄마의 입술과 닮은 빛깔이어서 더 그런지도 모르겠다.

"엄마, 여기 계셨어요? 한참 찾았어요. 뭐 하세요?"

선진이 묻는다. 선진의 나이 고작 해 봐야 일곱 살이다. 엄마의 애정으로 커야 하는 나이지만, 엄마는 선진을 단 한 번도 애정이 어린 시선으로 봐 주지 않았다. 그렇다고 선진이 엄마라고 부르는 여자가 계모인 것도 아니었다.

엄마는 선진에게 시선조차 두지 않는다. 무언가를 쓰는 데 더 열중한 모습이었다. 선진은 엄마의 곁으로 한 발짝 더 다가갔다. 엄마가 열심히 쓰고 있는 것은 편지였다. 이제 더는 견딜 수 없다는 내용의 글이 이어지고 있는 참이었다.

"당장 여기서 나가지 못해!"

"이제 더는 여기서……."

저도 모르게 글자를 따라 읽었다. 선진이 해서는 안 될 짓을 하고 말았다는 것을 깨달은 것은 엄마가 선진을 향해 소리를 버럭 내지른 순간이었다.

분을 이기지 못한 엄마가 선진을 밀쳐 내며 오른팔을 휘둘렀고, 엄마의 손에 들려 있던 만년필이 선진을 오른쪽 눈을 긋고 지나갔다. 순간 눈앞에 검은 잉크가 번져 가는 게 보였다. 선진은 본능적으로 오른손을 들어 눈과 뺨을 가렸다.

너무 놀라서 울음조차 터져 나오지 않았다.

"엄마, 죄송해요. 잘못했어요. 괜찮으세요?"

오히려 선진은 엄마에게 사과의 말을 건네며 괜찮으냐고 물었다.

"소름 끼쳐."

엄마는 양손으로 팔뚝을 어루만지며 치가 떨린다는 듯이 고개를 내저었다. 그러는 엄마의 검지와 중지 사이에는 여전히 만년필이 끼워져 있었다.

"내가 너를 낳았다는 게 소름 끼쳐!"

금속성 가득한 듣기 싫은 목소리로 비명을 지른 엄마는 거친 숨을 내쉬며 덧붙였다.

"엄마라고 부르지 마. 네가 그럴 때마다 죽고 싶으니까."

겁에 질린 선진은 바닥에 주저앉은 채로, 뒤로 기다시피 해서 서재를 빠져나왔다. 엄마의 비명을 듣고 서재로 달려온 아버지는 겁에 질린 얼굴로 눈을 가리고 있는 선진을 발견하고는 무서운 표정을 지었다.

"눈은 왜 그러냐?"

아버지의 흉흉한 물음에 선진은 책장을 넘기다가 종이에 눈을 찔렸다는 핑계를 댔다. 아버지가 누군가를 불렀고, 아버지의 비서 중 한 명이었던 여자가 선진을 안과에 데려가 주었다.

다행히 각막이 살짝 긁혔을 뿐, 시력에는 지장이 없다고 의사는 말했다. 안과를 나오며 오늘 하루는 집에 들어가지 않는 게 좋겠다는 비서 이모의 말에 선진은 그녀의 집에서 하룻밤을 보냈다.

비서 이모는 엄마보다 훨씬 더 상냥하고 부드러운 사람이었다. 가끔 선진에게 책을 읽어 주기도 했고, 집에서는 절대 먹지 말라고 하는 젤리나 사탕을 손에 쥐여 주기도 했다.

그날 밤, 선진은 자신의 곁에서 잠들었던 비서 이모가 사라진 것을 발견했다.

선진은 조심스레 침실 문을 열었다. 침실 밖에서는 비서 이모가 끙끙 앓는 소리를 내고 있었다. 심장이 쿵쿵 울렸다. 이모가 자신을 돌봐 주다가 병에 걸린 건 아닌가 걱정되었다.

그런데 눈을 비비며 거실로 나왔을 때, 소파 위에서 이모의 위에 몸을 겹친 채로 이모를 아프게 하고 있는 사람은 아버지였다. 본능적으로 보지 말아야 할 것을 봤다는 생각이 든 선진은, 얼른 도로 침실로 들어왔다. 심장이 쿵쿵 뛰었다.

선진은 자신이 본 장면을 지워 내려 노력했다. 엄한 아버지였지만, 나쁜 사람은 아니라고 생각했다. 비서 이모를 아프게 한 일을 누군가에게 말한다면, 아버지를 나쁜 사람이라고 손가락질할까 봐 두려웠다. 다른 사람에게 절대 말하면 안 될 것 같았다. 선진은 입을 꾹 다물기로 결심했다.

그날 이후, 선진은 저도 모르게 말을 잃어버렸다. 입을 열 수는 있었지만, 목소리가 나오지 않았다. 소리를 지르고 싶었지만, 할 수가 없었다. 말을 할 수 있게 되면 아버지가 한 나쁜 일을 말하게 될까 봐 두려웠는지도 모른다.

서재에 있는 엄마에게 그렇게 다가가면 안 된다는 것을 알면서도, 엄마의 일을 방해한 자신은 아직 스스로를 제어할 수 없는 어린아이라는 것을 알았다. 그래서 아버지의 비밀을 지킬 수 있도록 신이 자신의 목소리를 앗아 갔다고 생각했다.

아버지는 선진이 말을 잃은 책임을 엄마에게로 돌렸다. 엄마가 선진에게 만년필을 휘두른 날 이후로 선진이 말을 잃었으니 그럴 만도 했다. 말을 잃는다는 것이 마냥 다행인 일은 아니라는 것을 그때 알게 되었다.

엄마에게는 잘못이 없다고, 아버지가 나쁜 사람이라는 것을 말하지 않기 위해 그런 거라고 설명할 수가 없었다. 글을 모르는 것은 아니었지만, 말을 잃은 이후로 선진은 단어 하나를 적는 것도 어려웠다. 선진의 세상에서 언어가 완전히 사라진 듯했다.

그래도 엄마에게 설명해야 할 것 같았다. 절대 엄마 탓이 아니라는 것을 전하고 싶었다.

오후 햇살이 엄마의 서재 안을 따스하게 비출 시간이었다. 엄마는 이 시간에 예쁜 잔을 채운 다홍빛 홍차를 마시며 서재에 앉아서 책을 읽는 것을 좋아했다.

서재 문은 빠끔히 열려 있었다. 엄마가 놀라지 않도록 기척을 내기 위해서 먼저 나무 문을 똑똑 두드렸다. 가벼운 충격에 문이 스르륵 밀리면서 열렸다.

언제나 엄마가 앉아 있던 의자 위로 엄마의 발이 덜렁거리는 모습이 눈에 들어왔다. 선진의 시선이 축 늘어진 엄마의 몸을 따라서 천천히 위로 올라갔다.

그날 그렇게 엄마가 떠났다. 차갑게 식은 홍차 잔을 발아래 두고. 선진의 눈을 그어 버린 만년필을 손에 꼭 쥔 채로.

엄마가 떠난 뒤, 선진은 기적처럼 목소리를 되찾았다. 아버지는 그렇게 떠난 엄마에 대한 적개심을 가감 없이 드러냈다. 선진은 목소리를 되찾았지만, 말할 수 없는 죄책감에 시달렸다. 자신 때문에 엄마가 세상을 떠났다는 생각을 떨칠 수가 없었다.

선진은 자라날수록 고아한 엄마의 자태를 닮아 갔다. 그런 선진의 모습에 아버지는 치를 떨었다. 예쁘게 피어나는 듯했지만, 선진은 속으로 시들어 갔다. 그러다 나이가 차고, 남녀 관계에 대해 알게 되면서 그날 비서 이모와 아버지의 일이 떠올랐다.

엄마의 죽음이 자신의 탓이 아니었다는 사실과 별개로 아버지가 두려웠다. 엄마를 죽음으로 내몰고도 파렴치하게 굴었던 아버지와 한 집에 살고 있다는 사실이 끔찍했다.

그러던 어느 늦은 밤이었다. 왜 엄마의 서재로 향하고 싶었는지 모를 일이다. 한 번도 살갑게 군 적 없었던 엄마였지만, 엄마의 흔적이 막연하게 그리웠는지도 모른다. 스무 살이 되고 처음 맞는 생일을 며칠 앞둔 이른 봄이었다.

엄마의 서재 앞에 다다랐을 때, 심장이 깊이를 알 수 없는 심연으로 가라앉는 듯했다. 일곱 살 때 들었던 앓는 소리가 서재 안에서 흘러나오고 있었다. 선진은 꼼짝도 하지 못하고, 그곳에 붙박인 듯 서 있었다.

앓는 소리가 멎고 안에서 말소리가 들려올 때까지도 선진은 움직이지 못했다. 이제는 입을 열어 말할 수 있는 나이였음에도.

부인을 잃은 남자가 한밤중에 여자와 정사를 벌인다고 해서 욕할 사람은 없을 것이다. 그게 죽은 부인이 아끼던 서재라는 게 문제라면 문제일까.

망연히 서 있는데, 서재 문이 벌컥 열렸다. 선진은 숨이 멎는 것을 느꼈다. 역겨운 정사의 냄새를 물씬 풍기며 나온 여자는, 며칠 전 선진과 같은 고등학교를 졸업한 동창이었다.

그길로 집을 뛰쳐나온 선진은 친조부를 찾아갔다. 엄마가 죽으면서 외가와는 완전히 연락이 끊겼기에, 선진이 찾아갈 수 있는 사람이라고는 작은아버지와 함께 사는 친조부뿐이었다. 남보다 조금 더 가까운 사이일 뿐, 어색하기는 마찬가지였지만 별수 없었다.

어릴 때부터 선진의 아픔을 알고 있던 작은아버지는 그녀가 미국 유학길에 오를 수 있도록 손을 써 주었다. 한국에서 대학을 다닐 생각이었지만, 아버지와 같은 하늘 아래 있다는 사실조차도 끔찍했기에 선진은 주저 없이 한국을 떠났다.

비행기를 타고 여러 개의 타임라인을 건너오면서 선진은 자신이 전혀 다른 사람이 된 것 같은 착각 속에 살았다. 서로 다른 언어를 쓰는 절친이 생겼고, 그녀와 소소한 것들을 공유하며 또래 여자아이들처럼 생활했다.

그리고 또다시, 분수를 알라는 듯이 비보가 날아들었다. 아버지가 죽었고, 그게 마치 자신이 한국을 떠나서 그렇게 된 것처럼 느껴졌다. 그리고 뒤이은 소식에 선진은 경악조차 하지 못했다.

어려울 때 도와준 은혜는 갚아야 하지 않겠느냐는 뉘앙스로 작은아버지는 선진에게 정혼을 제안했다. 스무 살인 선진보다 무려 열다섯 살이나 많은 제2금융권에 속한 종금사의 대표가 그 상대였다. 소문이 좋지 않은 남자였다. 조직폭력배 출신인 남자는 폭행을 일삼아 이혼한 전적도 있다고 했다.

미래를 보려면, 과거를 살피라는 말이 있다. 선진은 자신의 삶을 반추해 보았다. 20년은 불행했고, 앞으로의 20년도 행복하리라는 보장이 없었다. 부모와 같은 결혼 생활을 하면서 불행해지느니, 차라리 여기서 그만하는 게 낫겠다고 생각했다.

아버지가 세상을 뜨고 한 달도 채 되지 않아서 내린 결론이었고, 그길로 선진은 알래스카로 숨어들었다. 왜 자신은 행복해질 수 없는 건지 고민하는 것조차 유치하게 느껴질 정도였다.

결심을 굳힌 순간, 선진은 냉정해질 수 있었다. 하지만 그 와중에 고통이 반복되는 꿈은 선진을 서글프게 했다.

그런데 생전 느껴지지 않았던 생경하고 따뜻한 기운이 뺨을 감쌌다. 선진은 선뜻한 감각에 슬며시 눈을 떴다.

　눈앞에 걱정스러운 얼굴로 자신을 내려다보고 있는 남자가 보였다. 가슴이 이루 말할 수 없을 정도로 고통스럽게 죄였다.

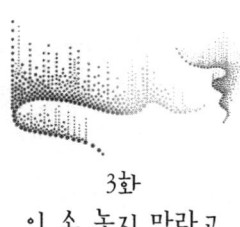

3화
이 손 놓지 말라고

현실을 직시하라는 듯이 과거를 반추하는 악몽에서 깨어났을 때, 마주하는 것은 언제나 깊은 어둠이었다. 사방을 둘러싸고 있는 어둠이 집어삼킬 듯이 시시각각 다가오는 것만 같아서, 천지 분간이 되지 않는 암흑 속에서 두려움에 떨곤 했었다.

"나쁜 꿈, 꿨어요?"

잠에서 막 깨어난 듯 그의 목소리 역시 깊게 잠겨 있었다. 낮게 가라앉은 목소리를 들으며 흐느끼는 것 외에는 할 수 있는 게 없었다. 단 한 번도 악몽에서 깨어난 자신의 손을 잡아 주었던 이가 없었기에, 어떻게 해야 하는지 혼란스러웠다.

그의 커다란 손이 눈물범벅이 된 뺨을 부드럽게 훔쳤다. 뺨 위에서 느껴지는 다정함이 감격스러워서 저절로 두 눈이 감겼다. 그의 따뜻한 손길이 주는 위안 때문인지 참을 수 없는 설움이 복받쳤다.

스무 해가 지나도록 가슴속에 차오르기만 했던 고름이 터져 나오는 듯 진득진득한 눈물이 흘러나왔다. 입 밖으로 내뱉지 못할 복잡다단한 감정 때문에 목구멍은 타들어 갔다. 뺨을 두어 번 훔치고 멀어지는 그의 손을 본능적으로 붙잡았다.

붙잡고 싶었다. 곁에 두고 싶었다. 아주 잠시만이라도 욕심을 내고 싶었다. 꺼져 가는 삶일지언정, 온기가 절실했다. 산타클로스 하우스에서 호화찬란하게 장식된 크리스마스트리를 보고 빈 소원이 이루어진 거라는 얄팍한 믿음에 기대고 싶었다.

마지막을 이 남자가 따뜻하게 만들어 줄 거라고.

눈을 꼭 감은 채로 그의 손을 끌어당긴 순간, 누워 있는 침대 옆으로 무게감이 느껴지는가 싶더니 이불이 낮게 펄럭였다. 목 아래로 그의 팔이 들어왔고, 모로 누워 있는 선진의 등허리를 그의 다른 팔이 감싸 안았다.

코끝이 그의 가슴팍에 닿을 듯 가까웠다. 우느라 코가 꽉 막혀 버린 듯했지만, 은은한 그의 향기만큼은 분명하게 느껴졌다.

"엄청 무서운 꿈을 꿨나 보네요."

그의 품 안에서 듣는 목소리는 훨씬 낮았지만, 부드럽게 울렸다. 거칠게 들까부르는 가슴을 어루만지듯 지극한 음성이었다. 깊은 한숨을 내쉬며 가만히 고개를 끄덕거렸다.

"꿈은 꿈일 뿐이에요."

꿈은 꿈일 뿐이라고 말하는 소리는 심리 치료를 받으면서 여러 번 들었다. 예지몽이니, 자각몽이니 하는 말을 신경 쓰지 말라는 소리도 들었다. 그저 노이로제의 한 증상이니, 그냥 무시하고 마음을 편하게 가지라고 심리 치료사는 말했었다.

여러 심리 전문가가 귀에 못이 박히도록 했던 말은 그 어떤 위안도 주지 못했었다. 그런데 마른 등을 천천히 쓸어내려 주며 꿈은 꿈일 뿐이라고 말하는 남자의 목소리에 마음이 평온해지는 듯했다.

"꿈에서 일어난 일이 현실에서도 똑같이 일어나는 일은 없을 거예요."

이미 일어난 일이니 다시 일어날 수도 없다는 말은 할 수가 없었다. 그리고 그와 비슷한 삶을 살게 될까 봐 두렵다는 말도 덧붙이지 못했다. 그렇게 되면 모든 이야기를 털어놔야 할 것 같아서, 그것 또한 두려웠다.

"예전에 일어났던 나쁜 일에 대한 꿈을 꾸는 거라면, 잊어요. 그건 이미 지나간 일이니까."

마치 그가 자신에게 마법을 걸고 있는 듯한 착각이 일었다. 이토록 자상한 목소리로 부드럽게 속삭이면 잊을 수 있을지도 모르겠다는 생각이 들었다. 흐느낌이 잦아들었다. 눈물이 멎어 가고 있었다.

그는 선진의 등허리를 쓰다듬던 손을 뒤로 뻗어서 간접 등을 꺼 버렸다. 사실 그가 스위치를 누르기 전까지 불이 켜져 있는 것도 깨닫지 못했다. 빛이 모조리 사라진 방 안은 어두컴컴했지만 더는 어둠이 두렵지 않았다. 그만큼 그의 품 안은 안온했다.

이름도 모르고, 나이도 모르고, 이 남자가 어떤 일을 하는지도 모른다. 하지만 그가 자상하고, 다정하며, 지극한 품성을 가진 사람이라는 것은 안다. 그렇기에 그의 품에 안겨 있는 지금, 태어나서 처음 행복해질 수 있을지도 모른다는 생각이 들었다.

만약 이런 남자가 자신의 곁을 지켜 준다면, 생을 이어 갈 수 있지 않을까?

간절함을 말로 내뱉을 수는 없었다. 그런데 그 간절함을 어떤 형태로든 보여 주고 싶다는 절실함에 손이 저절로 움직였다. 떨리는 손이 그의 허리춤에 있는 옷깃을 움켜잡은 순간, 등허리를 감싸 안고 있는 그의 팔에 힘이 들어가는 게 느껴졌다.

말하지 않아도 마음이 전해진 것만 같아서 심장이 묵직하게 차올랐다. 그의 고개가 어둠 속에서 움직이는 게 느껴졌다. 어둠 속에서 그의 얼굴을 보기 위해 애썼다.

가까운 곳에서 그의 보드라운 숨결이 느껴졌다. 숨결은 점점 더 가까워졌다. 그의 숨 내음이 주는 위안에 이끌려 얼굴을 내밀었다.

아랫입술을 깨무는 게 버릇이 되어 생채기가 난 까끌까끌한 입술 위로 그의 부드러운 입술이 닿았다. 상처를 어루만지듯 부드럽게 머금은 그는 잠시 그대로 있었다.

심장이 두근거렸다. 겨우 생을 이어 갈 수도 있지 않을까 가정했는데, 이대로 심장마비가 와서 죽어 버리면 어쩌나 하는 걱정이 될 정도였다.

등허리를 쓸어내리던 그의 커다란 손이 점점 위로 올라오는 게 느껴졌다. 다정한 손길이 뒷머리를 지그시 감싼 순간, 입안으로 뜨거운 기운이 부드럽게 밀려들어 왔다. 그의 허리춤을 잡은 손에 힘이 들어가서 파르르 떨렸다. 뒷무릎이 간질거리고, 발끝이 오므라들었다.

그로서는 까닭을 알 수 없는 울음에 지친 선진을 달래듯, 키스는 부드럽고 따뜻한 동시에 황홀했다. 타들어 갈 것처럼 메말랐던 목구멍은 그의 타액이 촉촉이 적셔 주었다. 선진은 치유의 선액이라도 넘어오는 양 그에게 매달리듯 몸을 바짝 밀착시켰다.

까무룩 잠이 들기 전까지 입맞춤은 오래도록 계속되었다.

아침에 눈을 떴을 때는 여전히 그의 품 안이었다. 새벽녘 잠을 설친 탓인지, 그는 여전히 혼곤한 잠에 빠진 것처럼 보였다. 허리춤에 놓인 그의 팔을 슬며시 들어 올리며, 침대에서 몸을 일으켰다.

"일어났어요?"

이불을 걷어 내고 카펫 위로 발을 내리려는 순간, 등 뒤에서 그의 목소리가 들려왔다.

"깼어요?"

되묻는 것으로 대답을 대신했다. 암막 커튼이 짙게 드리운 탓에 방은 깊은 밤처럼 어두컴컴했다.

"지금 몇 시죠?"

그는 시간을 묻고는 휴대전화를 들어서 시간을 확인했다.

"어, 벌써 10시네."

오랜만에 푹 잔 것 같다며 그가 먼저 침대 아래로 내려서 협탁 등을 켜고 기지개를 켰다.

"배고프죠? 우리 어제 너무 부실하게 먹은 것 같은데. 오늘 맛있는 거 먹어요."

마치 새벽에 있었던 일이 꿈처럼 느껴졌다. 눈을 뜬 순간 그를 어떻게 대해야 하나 걱정했는데, 그는 어제와 전혀 달라진 게 없다는 듯이 선진을 대했다.

새벽녘 키스를 나눴다고 해서 짓궂은 장난을 걸어오지는 않을까 걱정했는데, 그는 변함없이 반듯하고, 사려 깊은 모습이었다.

"근처에 맛있는 레스토랑 아는 데 있어요?"

가볍게 스트레칭을 하다 말고 그가 던진 질문에 선진은 당황했다. 딱히 이 근처에서 맛집이라고 할 만한 곳을 가 본 적이 없었다.

"그럴 줄 알았지, 내가. 먼저 씻어요. 얼른 나가게."

사실 끼니를 건너뛰는 것을 너무도 당연하게 생각했다. 모든 것이 너무 복잡하고 어지러워서 속이라도 비우고 싶은 심정이었는지도 모른다. 아무런 음식도 섭취하지 않아서 위가 텅 비어 있는 허허로움을 선진은 좋아했다.

그런 선진이 맛집을 알고 있을 리 만무했다. 어제 그와 마주쳤던 레스토랑도 호텔과 가깝다는 이유로 자주 들렀던 곳일 뿐이었다. 돌이켜 보니 그곳에서 제대로 된 식사를 했던 적도 없었다.

채비를 마치고 방을 나서는데, 문 앞에서 그가 선진을 향해 손을 내밀었다. 그에게 줘야 할 것이 있나 잠시 고민했다.

"내가 뭐 줘야 할 거 있어요?"

의아해서 물은 말에 그는 답답하다는 듯이 눈을 감으며 가볍게 한숨을 내쉬었다. 그러고는 맥없이 떨어져 있는 선진의 손을 움켜잡았다. 손가락 사이사이를 얽으며 손깍지가 끼워지자 귓불이 달아올랐다.

"이거 달라고요."

그는 그제야 만족스럽다는 듯이 웃고는 선진의 손을 붙잡은 채로 걷기 시작했다.

"잘 넘어지고, 잘 울고, 넋 놓고 돌아다니다가 길 잃고."

한심하다는 듯이 읊조리는 그의 어조에서 어쩐지 따스한 애정이 느껴지는 것만 같았다.

"그러니까 이 손 놓지 말라고요. 알겠죠?"

그가 선선한 눈빛으로 내려다보며 물었고, 선진은 얼른 고개를 끄덕거리고는 목도리 안으로 턱을 파묻었다.

배가 고파 죽겠다는 그가 선진을 안내한 곳은 한식당이었다. 생각해 보니, 어제 오전 허니 밀크를 마셨던 레스토랑에서 그는 생크림이 듬뿍 올라간 팬케이크에 손도 대지 않고 커피만 홀짝였다. 밤에도 룸서비스를 주문해 달라는 말에 그는 한국 인스턴트 식품을 꺼내 놓았었다.

"혹시 한식 아니면 못 먹어요?"

그는 민망하다는 듯이 웃기만 했다. 먹을 것에는 관심이 없는 여자와 한식이 아니면 못 먹는 남자의 여행이라니, 가관이라는 생각이 들었다. 허기져 보이는 그에게 주문을 맡겼더니, 어마어마한 음식들이 서빙되어 나왔다.

얼큰한 두부전골과 함께 열 가지 밑반찬과 커다란 부침개, 그리고 공깃밥 세 개가 테이블 위에 놓였다.

"이걸 둘이 어떻게 다 먹어요?"

"걱정 마요. 다 먹을 수 있으니까."

그는 스테인리스 밥그릇을 들고 아래위로 휙휙 흔들더니, 테이블 위에 올려놓은 뒤 뚜껑을 열고는 식사를 시작했다. 선진은 그를 똑같이 따라 하려다가 그릇이 너무 뜨거워서 그만두었다.

막 식사를 시작하려는데, 그의 물컵 옆에 놓인 휴대전화가 바르르 진동했다. 그가 휴대전화를 집어 들고는 미간을 찌푸렸다.

"나가서 전화 받고……."

선진이 말을 내뱉은 순간, 그가 검지를 입가에 가져다 대며 조용히 해 달라는 신호를 보내왔다.

"어, 누나."

전화를 받는 그의 목소리는 여느 때보다 다정했다.

선진은 가만히 그가 누나의 전화를 받는 모습을 지켜보았다. 어른스러운 모습만을 보여 주던 그의 얼굴에 장난기 가득한 미소가 번져 있었다.

— 야, 너 귀밖에 안 보이잖아.

누나의 목소리가 선진이 앉아 있는 곳까지 들릴 정도로 커다랗게 울렸다.

"어? 이거 페이스타임인가?"

음성통화가 아닌 영상통화라는 것을 그제야 눈치챈 그가 셀카를 찍는 것처럼 오른손으로 휴대전화를 들어 올렸다.

— 이렇게 덜떨어져서 혼자 여행은 어떻게 하고 있어?

이런 걸 두고 현실 남매라고 하나 보다고 선진은 생각했다. 그는 머쓱한 얼굴로 선진을 한번 흘끗거리고는 대꾸했다.

"잘하고 있거든. 걱정하지 마."

— 밥은 잘 먹고 다녀? 거기 한식당 있어?

"응, 지금 안 그래도 한식당에서 밥 먹는 중이야."

그는 그리 말하고는 선진을 향해 미안하다는 듯이 눈을 찡긋거렸다. 선진은 괜찮다며 고개를 절레절레 내저었다.

— 야, 똥강아지. 너 어딜 보고 그렇게 실실 쪼개냐? 너 앞에 누구 있지! 남자 아닌데? 여잔데?

그가 인상을 구기며 고개를 떨어뜨렸다가 다소 과장된 목소리로 대꾸했다.

"말도 안 되는 소리 하지 마. 여자는 무슨 여자야. 그리고 좀! 그렇게 부르지 좀 말라니까!"

선진은 그가 거짓말에는 소질이 없다고 생각했다. 격앙된 말투는 누가 들어도 여자와 함께 있는 것을 누나에게 딱 걸려서 당황한 남동생의 것이었다.

— 이게 귀신을 속이지, 누나를 속이냐? 너 잘하고 다녀. 괜한 사고 치지 말고.

"내가 어디 가서 사고 치는 거 봤어?"

— 그건 못 봤는데……. 남녀 사이에 나는 사고는 예고가 없는 거야.

휴대전화 너머에서 들려오는 누나의 목소리가 어딘지 모르게 힘이 없어 보였다.

"원래 예고 없이 나는 걸 사고라고 하는 거 아니고?"

선진을 대할 때는 기가 막히게 눈치가 빠른 남자였는데, 누나의 쓸쓸한 말투는 잡아내지 못하는 듯했다. 아니면 앞에 신상을 감추기로 한 사람이 앉아 있는 탓에 신경이 쓰여서 어수선해 보이는 것일지도.

— 보고 싶다, 우리 똥강아지.

누나의 목소리가 스산했다.

"여행 마치고 가서 봐."

— 더 빨리는 못 와?

그는 앞에 앉은 선진을 흘끗 보았다.

"어, 더 빨리는 못 가."

— 매정한 새끼.

"아, 진짜 누나……. 어!"

누나를 향해 과장된 고갯짓으로 앙탈을 부리던 그는 그만 휴대전화를 테이블 위로 떨어뜨렸다. 그가 당황한 나머지 급하게 휴대전화를 집어 들었는데, 화면이 잘못 터치되는 바람에 카메라 방향이 선진이 앉아 있는 쪽으로 전환되었다.

— 어머! 안녕하세요? 우리 똥강아지 능력 좋네! 어디서 이런 예쁜 아가씨를!

그는 당황해서 눈을 커다랗게 뜨며 휴대전화를 급히 내리고는 말을 내뱉었다.

"누나, 내가 또 전화할게. 나 잘 있으니까, 밥 잘 챙겨 먹고! 끊어!"

전화를 끊은 그는 깊은 한숨을 내쉬며, 진이 다 빠졌다는 듯이 의자 등받이에 기대앉았다. 어쩐지 어깨에 힘이 쪽 빠진 것 같은 모습이 풀이 죽은 대형견처럼 귀여워 보였다.

"나 지금 얼굴 팔린 거예요?"

장난스러운 물음에 그는 아랫입술을 꾹 깨물며 눈을 지그시 감고는 고개를 푹 숙였다.

"미안해요. 우리 누나가 좀 말이 많죠?"

"좋은 분 같았어요. 동생 많이 아끼는 것처럼 보였고. 부럽네요, 그런 누나."

그는 크게 숨을 들이마시며 눈썹을 추켜올리고는 등을 곧추세워 앉았다. 그러고는 이왕 이야기가 나왔으니 이것만 말하겠다는 투로 입을 열었다.

"누나랑 나이 차이가 좀 많이 나요. 나보다 열 살이 많거든요? 누나가 열한 살 때 내가 태어난 거죠. 누나가 사춘기에 접어들 때, 나는 기저귀 뗀 거고. 누나가 대학원서 쓰러 다닐 때, 나는 겨우 초등학교 2학년이었고. 그래서 맨날 이렇게 애 취급이에요."

"누나가 동생을 많이 보고 싶어 하는 것 같은데요?"

동생에게 보고 싶다고 말했던 누나의 쓸쓸한 목소리가 계속 맴돌 았다.

"맨날 그래요."

그는 밥 먹듯이 되풀이되는 일이라며 손사래를 쳤다.

"암튼 미안해요. 내가 핸드폰을 놓치는 바람에……."

그를 아끼는 누나의 존재가 부러웠다. 화목한 가정에서 자란 덕분에 그가 이렇게 번듯하고, 사려 깊은 사람으로 자란 게 아닐까 하는 생각도 들었다.

"나는 외동이에요. 그래서 좀 외롭게 컸어요."

그리고 믿기 힘들 정도로 솔직한 말이 술술 흘러나왔다. 그는 식사를 하다 말고 선진을 말끄러미 바라보았다. 또다시 의외의 말을 들었다는 얼굴이었지만, 눈빛만큼은 진지했다.

선진은 숟가락으로 밥을 뜨며, 그의 진중한 시선을 슬쩍 피했다. 어쩐지 저 깊은 눈동자를 마주하고 있으면 가슴속 깊은 곳에 묻어 둔 상처까지 술술 흘러나올 것만 같았다. 아무리 사려 깊은 사람이라고 한들, 모든 이야기를 털어놓는 것은 두려웠다.

"그래서 남매든, 자매든, 형제든…… 투덕거리는 거 보면 부럽더라고요."

덤덤하게 내뱉은 말에 그가 진지하게 대꾸했다.

"나중에 기회 되면 우리 누나 소개해 줄게요."

그가 던진 말에 하마터면 입안에 넣은 밥알이 튀어나올 뻔했다. 선진은 모래알처럼 입안을 돌아다니는 밥알을 꼭꼭 씹어서 삼키고는 입을 열었다.

"누나한테 날 뭐라고 소개하려고요?"

그러자 그가 미간을 구기며 시무룩한 표정을 지었다. 그의 얼굴이 너무 안쓰러운 나머지 '내 이름은 윤선진, 스무 살이고요. 뉴욕대 다녀요.' 하고 신상을 줄줄 읊을 뻔했다.

"그러게요. 우리 누나는 되게 영악해서 얕은수로 꼬셔도 안 넘어가는데."

마치 자신은 순수해서 선진의 얕은수에 넘어갔다는 의미 같았다.

"내가 그쪽 꼬셨어요?"

선진은 믿을 수 없다는 투로 물었다. 심장이 쿵쿵 울렸다. 이 남자가 지금 무슨 말을 하는 건지 모르겠다는 생각이 들었다. 남자를 유혹하겠다고 들이댄 적도 없는데, 이게 지금 무슨 상황인지 알 수가 없었다.

"그럼 안 꼬셨어요?"

그는 당연한 거 아니냐는 듯이 되물었고, 선진은 저도 모르게 콧방귀를 뀌고 말았다.

"내가 어떻게 꼬셨는데요?"

그러자 그는 기다렸다는 듯이 능청스럽게 대꾸했다.

"내 손 막 잡고."

그가 양손을 맞잡으며 말했다.

"여기도 막 끌어당기고."

그가 제 허리춤을 가리키며 말했다.

"그리고."

"그리고?"

그가 장난스러운 얼굴로 눈동자만 굴려서 주위를 한번 살피고는, 목소리를 낮추며 비밀스럽게 속삭였다.

"키스할 때, 먼저 입 벌리고."

미쳤나 봐!

입은 떡 벌어졌지만, 말이 나오질 않았다. 당황한 선진의 얼굴을 확인한 그는 재미있어 죽겠다는 듯한 표정을 지은 채로 젓가락질을 해서 김치부침개를 잘라 선진의 벌어진 입에 쏙 집어넣어 주었다.

"먹으라고요. 며칠 굶은 사람처럼 보이니까."

입안에 들어온 음식이니 씹기는 해야겠다 싶어서 선진은 미간을 구긴 채로 턱만 움직였다.

"그런 얼굴로 밥 먹으면 체해요."

짓궂은 장난도 치지 않고, 사려 깊으며, 반듯하다는 말, 취소다.

"그리고 우리 누나가 단점이 하나 있어요."

그는 심각한 문제라는 듯이 얼굴을 굳히며 고개를 절레절레 내저었다.

"뭔데요?"

별로 궁금하지는 않지만, 그가 저러는 데는 이유가 있을 것 같아서 물어보았다.

"우리 누나가 다 좋은데, 사람 보는 눈이 진짜 없어요."

그리 말한 그가 혼잣말인 것처럼 조용하게 읊조렸다.

"예쁘긴 뭐가 예뻐? 석 달 열흘 굶은 사람처럼 피골이 상접했는데."

"뭐요?"

태어나서 이렇게 약이 올라 본 적이 있었나, 하고 되짚어 보았지만, 기억이 나질 않았다.

"그래서 나 안 예쁘다고?"

선진은 검지로 제 얼굴을 가리키며 물었다. 고까운 마음에 반말이 툭 하고 튀어나와 버렸다. 살면서 이렇게 품위를 잃어 본 적이 있었나, 하고 되짚어 보았지만, 그것 또한 기억이 나질 않았다. 그리고 이제껏 어디 가서 외모 빠진단 소린 들어 본 적도 없었다.

"안 예쁜데 싸가지도 없는 건가? 내가 더 나이 많은 것 같은데, 먼저 말을 막 놓네?"

갑자기 지난밤이 몹시도 억울해지려고 했다. 태어나서 남자와 입을 맞춘 건 처음이었다. 게다가 이 남자 때문에 세상을 더 살아 볼 수도 있지 않을까, 하고 생각을 고쳐먹은 참이었는데…… 억울해서 다시 죽기로 결심해야 하나, 하는 신박한 생각이 들 정도였다.

"좀 많이 먹으면 예뻐질 것도 같고."

그가 고개를 갸우뚱 기울이며 선진을 바라보았다. 갑자기 전에 없던 오기가 생겨나려고 했다. 얼마나 예쁜지 증명해 보고 싶은 유치한 승부욕까지 일었다.

"지금 나랑 싸움이 안 돼서 막 눈이 이글이글 타오르는데, 싸움도 힘이 나야 하죠. 먹어요, 얼른."

그는 이미 밥 한 공기를 다 비우고, 옆에 놓인 새 밥공기를 집어 들고 있었다. 그가 오른손으로 스테인리스 밥공기를 움켜잡은 채로 칵테일 셰이커를 흔들 듯이 요란하게 흔들어 댔다. 선진은 그 모습을 빤히 지켜보았다.

"왜요? 이거 나눠 줄까요?"

"아뇨. 됐거든요. 더 먹을 거면 더 시키면 되죠."

유치한 기 싸움에 휘말린 줄도 모르고, 선진은 밥 한 공기를 다 비워 냈다. 어디서부터 이런 식욕이 솟아났는지 모르겠다는 생각이 들었다. 먹을 것에는 좀처럼 관심이 없었던 선진이었는데, 갑자기 위장을 가득 채우고 싶은 욕구가 생겨났다.

"잘 먹네. 밥 하나 더 시켜 줘요?"

그에게 대꾸하는 대신 공깃밥 하나를 더 주문했다. 이윽고 스테인리스 공깃밥이 하나 더 서빙되었다. 선진은 그가 했던 것처럼 해 보려고 한 손으로 그릇을 집어 들었다.

"앗! 뜨거워!"

도대체 이걸 잡고 어떻게 그렇게 현란하게 흔드는 건지 모르겠다.

"뜨겁죠? 그거 근데 세게 잡으면 안 뜨거워요."

그가 진짜라는 듯이 진지하게 말했다. 선진은 그가 말한 대로 해 보기 위해 그릇을 세게 움켜잡았다.

"아, 씨!"

하마터면 태어나서 처음으로 쌍욕을 내뱉을 뻔했다. 살면서 육두문자를 내뱉어 본 적 있나, 하고 되짚어 보았지만, 이 역시 기억이 나질 않았다.

남자가 웃었다. 이제껏 매혹적으로 보이던 웃음이, 사악해 보이기까지 했다. 그는 사악한 미소를 띤 채로 입을 열었다.

"왜 욕을 하고 그래요?"

"내가 언제 욕을 했다고 그래요?"

"눈으로 나한테 쌍욕했는데, 지금?"

극구 부인할 수 없을 정도로 너무 정확한 지적이었다.

선진은 당혹스러움을 숨기지 못하고 흠칫 놀란 얼굴로 그를 바라보았다. 그는 재미있다는 듯이 연신 웃고 있었다. 둘이 마주 앉아서 밥을 먹고 있는데, 한 명은 웃겨 죽겠고 다른 한 명은 약 올라 죽겠는 상황이었다.

선진이 점점 눈을 뾰족하게 만들며 남자를 노려보았다. 그러자 그가 흠흠 하고 목을 다듬고는 진지한 얼굴을 했다. 또 무슨 말을 하려고 저러나 싶어서 괜히 긴장될 정도였다.

"입으로 욕할 수 있을 때까지, 힘내요!"

그는 오른손을 들어서 주먹을 불끈 쥐어 보이기까지 했다. 기가 막혀서 말이 나오질 않는다. 눈썹을 한 번 추켜올렸다 내린 그가 빙그레 웃었다. 전에도 느낀 거지만 그의 웃음은 전염성이 짙었다.

선진은 그저 어이가 없다는 듯이 한숨처럼 웃었다. 이상한 일이었다. 그저 그를 따라 웃었을 뿐인데, 기분이 한결 나아졌다. 그리고 우스운 말을 진지하게 내뱉었던 그의 목소리가 귓가를 끊임없이 맴돌았다.

'입으로 욕할 수 있을 때까지, 힘내요!'

무슨 꿈을 꾸었냐, 왜 그렇게 힘들어 보이냐는 치부를 드러낼 만한 질문이 아닌, 깃털처럼 가볍게 날아든 위로의 말이 가슴을 간질였다.

가녀린 나비의 작은 날갯짓이 지구 반대편에서는 태풍이 되기도 한다. 가벼운 그의 위로가 선진의 삶에 구심점이 되어 버릴 것만 같은 예감이 들었다.

❀

일본 선박 회사의 중역이 기주를 만나자고 한 곳은 한식당이었다. 그것도 하필 얼큰한 두부전골을 전문으로 하는 음식점이다.

한식을 좋아하는 기주로서는 반가운 일이었지만, 두부전골은 기주가 그동안 꺼렸던 음식 중 하나였다. 페어뱅크스에서의 그날이 떠오르는 음식이기 때문이었다.

파랗게 얼어붙을 듯 추웠던 날씨, 식당 안을 가득 채웠던 구수하고

짭조름한 두부전골 냄새, 꼭 잡고 있는데도 파르르 떨렸던 작은 손, 조금 놀렸다고 입을 샐쭉하게 내밀며 눈을 뾰족하게 뜨고 예쁘게 굴었던 여자, 그리고 누나가 죽기 전 마지막으로 했던 영상통화.

모든 게 한데 어우러져 기주를 서글프게 했다. 그래서 기주는 한겨울의 새파란 하늘이 싫었고, 두부전골은 입에 대지도 않았다.

그런데 큰 계약을 앞둔 일본 선박 회사의 중역이 이곳에서 만나자는데 거절할 수가 없었다. 한국인인 기주를 배려해서 그쪽에서 식당 예약을 마친 상태였기에, 개인적인 이유로 이 음식은 먹을 수 없다며 비즈니스 자리에서 까탈스럽게 구는 미친놈이 될 수도 없는 노릇이었다.

기주는 약속 시각보다 일찍 식당에 도착해서 먼저 예약된 방에 자리를 잡고 앉았다. 기주가 한국으로 들어와 있다는 소식을 듣고, 동아시아권에서 KJ와 업무 제휴를 맺고 있는 회사들이 기주를 만나기 위해 미팅 제의를 해 왔다.

실무는 각 나라에 배치된 지사에서 진행되었다. 그럼에도 유기적인 관계 유지를 위한 미팅 요구가 쇄도했다. KJ에서 공식적인 직함을 갖고 있지 않지만, 기주가 실질적인 대표 임무를 수행한다는 것을 알 만한 사람은 다 알았다.

이번에 연락을 해 온 일본의 선박 회사 역시 KJ 일본 지사에서 업무 제휴 중인 곳 중 하나였다. 일본을 출발해서 동아시아를 도는 크루즈, 동태평양 크루즈, 알래스카 크루즈, 동남아 크루즈 등 크루즈 관광사업으로 크게 성공한 회사였다. 마침 한국을 찾은 선박 회사의 창업 2세대가 기주를 만나고 싶다고 했다.

후지사와 요지로, 환갑을 바라보는 나이에도 새로운 크루즈 행로 개척을 위해 정열적으로 세계를 돌아다니고 있는 인물이었다.

기주가 휴대전화에 저장된 인물 관련 정보를 훑고 있을 때였다. 밖에서 노크 소리가 들려오는가 싶더니, 식사실 문이 열렸다.

"제가 늦었나요?"

그리 물으며 식사실 안으로 들어선 사람은 후지사와 요지로가 아니었다.

"아버지가 바쁘셔서 제가 왔어요. 아니, 사실 제가 오고 싶다고 했어요."

당돌하게 말을 내뱉은 여자는 후지사와 요지로의 딸인 듯했다. 그녀에 대한 정보가 없었던 기주는 다소 당황스럽다는 얼굴로 자리에서 일어나 여자를 맞았다.

"반갑습니다. 신기주입니다. 한국말 잘하시네요."

"친한 친구가 한국 사람이거든요. 후지사와 아사미입니다."

뒤통수를 한 대 얻어맞은 것 같은 듯 얼얼한 기분이 되어 버렸다. 하필 윤선진이라는 이름을 가진 여자가 신분을 속일 때 사용했던 이름과 똑같은 '후지사와 아사미'가 눈앞에 서 있었다.

진주 단추가 포인트로 달린 흰색 와이드 칼라 블라우스에 풍성하게 디자인된 골든브라운 계열의 실크 플레어스커트를 입은 그녀의 복장은 비즈니스 자리에 나온 중역이라기보다, 선 자리에 나온 아가씨 같은 모습이었다.

"항상 궁금했어요. 제 또래라는 건 알았는데, 어떻게 생긴 분이신지."

그녀는 당당하게 본인이 이 자리에 나온 이유를 밝혔다.

"소문보다 훨씬 잘생기셨네요."

어깨를 넘어서는 잘 손질된 웨이브 머리를 귀 뒤로 넘긴 그녀는 수줍게 웃으며 얼굴을 붉혔다. 기주는 예의 그 덤덤한 미소를 지으며, 자리를 권했다.

"일단 앉으시죠."

뒤로 다가가 의자를 빼 주자, 그녀는 상냥한 미소를 지으며 고맙다고 인사했다. 그녀에게서 은은한 꽃향기가 났지만, 그뿐이었다. 아름다웠지만, 매혹될 만한 정도는 아니었다.

미리 주문해 둔 음식이 서빙될 때까지 시시콜콜한 이야기가 이어졌다. 그녀는 기주의 슈트와 타이를 칭찬했고, 기주는 그녀의 팔목에 차고 있는 팔찌 모양이 독특하다는 말을 건넸다.

"아까 말했던 친구랑 같이 맞춘 우정 팔찌예요."

그녀가 친구에 대해서 언급할 때마다 묘하게 그 여자의 얼굴이 떠올랐다. 이윽고 두부전골이 테이블 한가운데 놓였다.

페어뱅크스에서 만났던 그녀가 썼던 일본 이름을 가진 여자, 그리고 하필 그 음식을 전문으로 하는 식당에서의 만남은 누군가 기주를 놀리고 있는 게 아닌가 하는 생각이 들 정도로 아이러니하게 어우러졌다.

"두부전골 좋아하시나 봐요?"

"일본에도 두부나베가 있기는 한데, 저는 얼큰한 한국식이 더 좋아요. 그런데 제 한국인 친구는 질색을 하거든요. 내일 만나기로 했는데, 두부전골을 먹자고 했더니 또 단번에 싫다고 하더라고요."

그녀는 연신 신이 나서 떠들어 댔다. 작고 올망졸망한 인상을 주는 그녀는 사랑을 듬뿍 받고 자란 귀한 딸이라는 태가 나는 여자였다. 외로움에 지쳐서 제 자신이 누구인지도 모르는 것 같았던 여자와는 전혀 다른 부류.

그런 둘이 친구일 리가.

기주는 만약을 가정하는 것을 그만두어야 하나 싶었다.

"그래서 내일 그 친구한테는 비싼 거 얻어먹으려고요. 호텔 I에 이탈리안 셰프가 새로 들어왔는데, 그 맛이 일품이라고 일본에까지 소문이 났어요. 사실 저희 크루즈에 영입하려고 했던 셰프였는데, 호텔 I로

118

가 버렸더라고요."

두부를 조그맣게 잘라서 입에 넣으면서 여자는 조잘조잘 잘도 떠들었다. 말을 걸지 않으면 먼저 수다스럽게 떠드는 일이 없었던 그녀와는 판이했다.

서로 달라서 친구가 될 수 있었나.

만약 이 여자가 말하는 친구가 그녀라면, 그동안 어떻게 살아왔는지 꼬치꼬치 묻고 싶은 심정이었다. 앞에 앉은 여자는 쉴 새 없이 떠들어 댔지만, 기주는 만약의 만약을 가정하느라 그녀의 말이 귀에 하나도 들어오지 않았다.

그러다 그녀가 내뱉은 말에 기주는 숟가락질을 멈추었다.

"그 친구가 나한테 신세 진 일이 좀 있거든요. 항상 내가 먹자는 거는 다 먹는데, 이 두부전골은 지독하게 싫어해요."

그녀는 메뉴 선택의 이유를 들며 이야기를 가볍게 풀어가고자 하는 듯했다. 하지만 기주의 머릿속에는 '신세 진 일'라는 단어만이 각인되었다.

"그 친구분이 많이 어려울 때 도와주셨나 보네요."

왜 한국 음식을 선택했는지, 한국어는 왜 잘하는지 따위가 궁금한 게 아니었다.

기주의 말에 후지사와 아사미의 얼굴이 아주 잠시 슬픔에 잠겼다. 감정을 숨기지 않는 성격 같았다.

"다 옛날 일이죠. 지금은 잘살고 있어요."

이내 함박웃음을 짓는 여자를 향해 기주도 따라 웃어 주었다.

"그 친구분은 뭐 하시는 분입니까?"

기분이 나쁘지 않도록 물으려 애썼다. 그렇게 귀한 도움을 받은 사람은 누구인지 궁금하다는 뉘앙스로 가볍게 물었다.

실은 확인이 필요했다. 그녀와 윤선진이라는 이름을 가진 여자는 단순히 닮은 사람일지도 모르니 말이다. 후지사와 아사미의 도움을 받은 한국인 친구, 여자가 자신을 후지사와 아사미라고 소개한 순간부터 궁금했던 것.

"이제 한국에서 꽤 유명해질 사람이라, 함부로 말해도 되나 모르겠는데. 야망이 대단한 친구거든요."

기주는 저도 모르게 웃고 말았다. 혼자서는 밥을 먹는 것도 제대로 못 하던 여자가 '야망이 대단한 친구'가 되었다는 말이 믿기질 않았다.

"말씀하시기 곤란하시면 굳이 안 하셔도 되고요."

"저랑 식사 한 번 더 하겠다고 약속해 주시면, 그럼 알려 드릴게요."

여자는 기회를 놓치지 않고 조건을 걸었다. 굳이 여기서 기회를 물린다 하더라도, 다시 만날 날을 기약할 만한 성격의 여자였다. 후지사와의 뜻대로 다음 만남이 기약되는 것보다 그녀의 존재를 확인하기 위한 기회를 얻는 편이 낫겠다는 생각이 들었다.

"그러죠. 그 친구분 뭐 하시는 분입니까?"

기주는 이전과는 다른 어조로 진지하게 물었다. 기주에게서 풍기는 분위기와 온도가 미묘하게 다르다고 느꼈는지, 후지사와는 멈칫하는 듯하다가 미심쩍다는 듯이 조심스레 입을 열었다.

"부명그룹 이사예요. 윤선진이라고."

윤선진이라는 이름 석 자가 심장을 쿵 울렸다. 그녀가 사용하던 이름의 여자, 후지사와 아사미가 친구라고 말하는 그녀의 이름, 윤선진.

갑자기 약속이라도 한 듯 그녀의 존재가 여기저기서 발현되었다. 진작 한국을 찾을 걸 그랬나 하는 생각이 들 정도였다.

그렇다면 그녀는, 윤선진은…….

갑자기 화수분처럼 솟아나는 그녀의 정보에 혼란을 겪고 있는 상황인데, 그녀는 정말 아무렇지 않은 건지 궁금해졌다.

아스라이 사라질 것처럼 위태로운 얼굴로 호텔 로비에 서 있는 자신을 내려다보던 그녀의 모습이 눈에 선했다. 분명 그녀도 이쪽을 알아본 얼굴이었다.

그녀의 얼굴을 떠올리자 또다시 심장이 죄여 오는 듯했다. 신기주의 심장을 쥐락펴락할 수 있는 사람은, 그녀가 유일했다. 그렇다 보니 억울한 생각이 들었다. 그녀는 자신을 알은체할 생각이 없었는지 그대로 돌아서서 사라져 버렸다.

그녀는 그날들을 다 잊은 것일까?

후지사와 아사미와의 식사는 가볍게 끝이 났다. 이후 신변에 관한 시시콜콜한 것을 물어 왔지만, 기주는 적당히 선을 그으며 대답을 회피했다. 평소 개인적인 정보를 묻는 이들과 똑같이 대했을 뿐, 크게 의미를 두고 한 행동은 아니었다.

한식당을 벗어나 차에 오른 기주는 묵고 있는 호텔로 향하며 비서인 정은에게 전화를 걸었다. 일종의 유대 관계 유지를 위한 미팅에는 정은이 동행하지 않았기에, 정은은 지금 임시 오피스로 사용하고 있는 호텔 방에 있을 터였다.

– 네, 선배님.

공식적인 직급이 있는 것도 아니었으니, 정은은 기주를 꼬박꼬박 선배라고 불렀다. 대표라는 한국식 호칭도 어색하고, 보스라는 말은 다소 과격해 보여서 선배라고 부르는 것을 그냥 내버려 두었다.

"내일 일정 다 취소해."

호텔에 들어가서 전해도 되는 말이었지만, 마음이 급해서 빨리 일을 진행하고 싶었다. 할 수만 있다면 내일까지 시간을 단축해 버리고도 싶은 심정이다. 눈을 잠시 감았다가 뜨면, 내일 아침이 와 있었으면 하는 바람이었다.

– 네? 지금 무슨 말씀 하시는 거예요?

"내일 일정 다 취소하라고. 미루든지, 없애든지. 그건 알아서 하고."

– 선배…… 무슨 일 있어요? 어디 아파요? 지금 어디예요?

무언가 일이 틀어지고 있다고 생각했는지, 정은의 목소리가 다급했다.

기주는 일종의 워커홀릭이었다. 누나가 죽은 뒤, 팔로알토로 돌아간 이후로 일에만 매달렸다. 무언가에 집중하지 않으면 자신이 크게 잘못될까 봐 두려웠던 시기도 있었다.

한가해지면 불안했고, 일이 해결되면 초조했다. 그래서 일을 키우고, 만드는 데 온 힘을 쏟았다. 그 결과 대학 친구들과 만들었던 소셜 네트워크 서비스를 시작으로 거대 마케팅 솔루션 회사의 실세가 될 수 있었다.

그러면서도 어린 소년과 같은 두려움은 마음속 깊은 곳에 자리하고 있었다. 중요한 자리에 올라 대중 앞에 서게 되면, 누나와 관련된 일이 세간의 입에 오르내릴 것 같았다. 그건 죽은 누나를 더 아프게 하는 일이었다.

수염이 나기 전부터 지키고자 했던 누나였다. 그런 누나를 끝내 지켜 내지 못했다는 사실은 기주의 가슴속에 한으로 남았다. 비록 유명을 달리했지만, 누나에 대한 마음만은 변함이 없었다.

"아니, 없어. 그냥 쉬고 싶어서 그래. 모레 아침에 봅시다."

기주는 사무적인 어조로 통화를 마무리했다.

그녀를 찾기 위해 자신을 드러내야 하나 하는 생각도 해 본 적이 없었던 것은 아니었다. 하지만 그렇다고 해서 그녀가 제 발로 찾아오리라는 확신도 없었다. 홀연히 사라진 것은 기주가 아니라, 그녀였으니 말이다. 그녀를 떠올릴수록 머릿속은 복잡해졌고, 가슴은 타올랐다.

이제는 이런 지난한 일들의 매듭을 짓고 싶었다. 그녀를 만나서 이야기를 나누어 봐야겠다는 생각이 들었다. 그래서 부명의 제안을 받아들여 미팅을 잡았다.

그런데 지금에 와서 생각해 보니 그녀를 업무적인 이유로 만나서는 안 될 것 같다는 생각이 들었다. 자신을 피했던 그녀를 사업 파트너로서 만난다면, 자연스레 선이 그어질 게 분명했다.

기회는 왔을 때 잡아야 한다. 후지사와 아사미가 내일 호텔 I에서 그녀를 만난다고 했다. 언제 만나는지까지 꼬치꼬치 물을 수는 없는 노릇이었다. 내일 일정을 모두 취소한 기주는 무작정 호텔 I에서 그녀를 기다릴 생각이었다.

호텔 방에 도착하자마자, 기주는 독한 술을 들이부었다. 그동안 캄캄하게 어둡기만 했던 마음속에서 지옥 불 같은 열망이 치솟아 올라서 맨정신으로는 견딜 수가 없었다.

후지사와 아사미의 입에서 그녀의 이름이 흘러나오자 심장에 구멍이라도 난 듯했다. 부명에서 보내온 자료에 있는 사진에서 그녀를 발견했을 때와는 다른 충격이었다.

명백한 확인 사살.

'윤선진 이사는 부명 그룹의 창립자인 윤 회장의 손녀딸로, 미국 유학을 마치고 귀국하자마자 입사…….'

정은이 보고하던 소리가 귓가를 울리는 듯했다.

아니기를 바랐다. 그녀를 찾았을지도 모른다는 반가움과 함께, 기억 속 그녀가 윤선진이 아니기를 간절히 바랐다. 그런데 후지사와 아사미는 그녀가 자신이 찾던 여자가 맞다고 확인해 주었다.

왜 하필 부명인지, 왜 하필 그 남자의 딸인지…….

술기운에 쓰러지듯 잠이 들었다가 깨어나니 새벽 4시였다. 몸도 마음도 가만히 둘 수가 없었다. 호기심, 본능, 분노, 열패감이 한꺼번에 몰아닥쳐서 견딜 수 없게 만들었다.

어두운 새벽, 기주는 호텔 방을 나섰다. 여명도 밝지 않은 도로를 오랜 시간 달려서 도착한 곳은 구관사였다. 해도 뜨기 전에 누나를 찾은 기주를 스님은 모른 척했다.

기주는 아무리 노력해도 가라앉지 않는 가쁜 숨을 몰아쉬며, 누나의 위패를 바라보기만 했다.

두려운가, 그녀를 만나면 어쩔 수 없는 인력에 지배당할 것만 같아서 두려운 걸까.

아니면 감당하지 못할 감정을 터뜨리기 직전, 누군가에게 지극한 허락을 구하고 싶은 걸까.

자신이 그녀를 온전히 품을 수는 없는 거냐고 항의라도 하고 싶었을까.

나뭇잎에 새벽바람이 일고, 어두웠던 경내에 빛이 스미는 동안 기주는 꿈쩍도 할 수가 없었다. 그러다 눈꺼풀을 느리게 깜빡거리고 난 뒤 시선이 닿은 곳엔, 새벽빛을 받아 반짝거리는 스노우볼이 있었다.

머릿속은 속절없이 그녀와 함께했던 추운 겨울 어딘가의 기억을 더듬어 갔다.

상점 안은 온통 크리스마스와 관련된 상품들로 가득했다. 그녀는 자신과 전혀 상관없는 세계를 바라보는 듯, 낯선 눈빛으로 물건들을 바라보고 있었다. 처음 봤을 때보다는 공허함이 많이 옅어진 그녀였다.

하지만 여전히, 가끔은, 세상과 동떨어진 얼굴로 시선을 흐릿하게 두고 있는 것을 보고 있노라면 가슴 한구석이 시큰했다. 기주는 점퍼 주머니에 손을 찔러 넣고, 목도리에 턱을 묻은 채로 멍하니 서 있는 그녀에게 다가섰다.

"선물 하나만 골라 줘요."

그녀에게 할 일을 만들어 줘야겠다는 생각이 들었다. 무슨 생각에 잠겨 있는 건지 모르겠지만, 슬프고 아픈 기억이라면 잠시라도 벗어나게 해 주고 싶었다.

"무슨 선물이요?"

그녀가 고개를 돌려 기주를 올려다보며 물었다. 눈이 마주친 순간, 심장이 속절없이 내달리는 것을 느껴졌다. 내내 목도리 안에 파묻혀 있던 그녀의 입술이 눈에 들어온 것이다.

며칠 전 밤, 딱 한 번 그녀의 입술을 맛본 이후로는 손을 잡는 거 외에 이렇다 할 스킨십이 없었다. 아직은 더 다가가지 않는 편이 좋겠다는 생각이 들어서 기주는 가슴이 타들어 가도록 머뭇거리는 중이었다.

"누나 줄 선물이요. 아무래도 여자 선물은 여자가 고르는 게 좋을 것 같아서요."

기주의 말에 그녀가 일리가 있는 말이라는 듯한 표정을 지으며 고개를 끄덕거렸다.

"나는 이게 좋아요."

한참 걸릴 줄 알았는데, 그녀는 고민의 여지없이 손을 뻗었다. 그녀가 가리키고 있는 것은 그녀의 주먹만 한 크기의 스노우볼이었다.

금색 원기둥이 받치고 있는 투명한 유리볼 안에는 작은 집 한 채와 눈에 덮인 구상나무 세 그루의 모형이 들어차 있었다.

작은 모형이지만 제법 섬세하게 만들어진 집 모형의 차고 안에는 빨간색 자동차가 세워져 있었고, 노란빛이 뿜어져 나오는 것처럼 표현된 창문에는 세 가족의 단란한 그림자가 드리워져 있었다.

그녀는 스노우볼을 들어서 가볍게 흔들고는 내려놓았다. 그러자 눈발을 표현한 듯한 은색 가루와 핑크색 하트 조각이 흩날렸다.

기주는 어린아이가 장난감을 갖고 놀듯이 스노우볼을 관찰하고 있는 그녀의 얼굴을 빤히 들여다보았다. 기분 좋은 상상이라도 하는지 그녀의 뺨이 핑크빛으로 물들었고, 입가에는 옅은 미소가 번지고 있었다.

"이 집에 사는 사람들은 행복할 것 같지 않아요?"

딱히 대답을 원하는 것 같지는 않은 물음이었다.

"어떻게 눈도 하트 모양으로 내릴까."

그녀가 혼잣말인 듯 덧붙였다.

기주는 살며시 손을 들어서 그녀의 어깨를 감싸 안으며 물었다. 그녀의 오른쪽 어깨가 왼쪽 가슴팍에 닿았다. 움찔 놀라면 어쩌나 걱정했는데, 그녀는 미동도 없이 반짝이는 가루가 흩날리는 스노우볼만 바라볼 뿐이었다.

"이런 집에서 살고 싶어요?"

그녀의 신경을 끌어오고 싶은 마음에 던진 질문이었다. 그런데 그녀가 고개를 끄덕이는 바람에 그녀의 옆얼굴을 내려다보고 있던 기주의 시선도 스노우볼로 향했다.

전원에 있는 통나무집을 바라는 것은 아닌 듯했다. 눈보라가 휘몰아쳐도 행복한 웃음이 끊이지 않는 가정을 바라는 눈치였다.

그렇게 생각하자 갑자기 가슴이 벅차올랐다. 그녀가 원하는 것을 자신이 해 줄 수 있지 않을까 하는 순수한 마음이 불쑥 고개를 들었다.

행복한 가정을 만들고, 지켜 내는 것은 누구보다 잘 해낼 자신이 있었다. 기주가 평생을 희구해 온 것도 행복한 가정이기에.

"이런 집 사려면 돈 많이 벌어야겠다. 한국 집값 장난 아니잖아요?"

그런데 벅차오른 감정을 감당할 수 없었던 나머지 다소 장난스러운 말이 튀어나왔다. 그러자 그녀가 고개를 돌리며 노려보았다.

"내가 사람을 잘못 봤지."

그녀는 고개를 절레절레 내저었다. 요 며칠 제멋대로 두근대는 심장이 버거워서 긴장을 풀어 보고자 장난을 좀 걸었더니, 그녀는 종종 저렇게 어이가 없다는 듯이 혼잣말인 것처럼 기주를 나무랐다.

아니, 그렇다고 무턱대고 저 하얀 눈밭 위에 그림 같은 집을 짓고, 나랑 같이 삽시다! 할 수는 없지 않은가?

그런데 지금까지는 그녀의 혼잣말을 능청스럽게 웃어넘겼지만, 이번에는 묻고 싶어졌다.

"사람을 왜 잘못 봐요? 내가 그럼 어떤 사람인 줄 알았는데?"

그녀의 어깨를 아주 조금 당겨 안으며 물었다. 그녀는 그게 싫지 않은지 품 안에 더 가까이 들어왔다. 정확히 왼쪽 가슴에 그녀의 오른쪽 어깨가 닿아 있었다. 터질 듯 두근거리는 고동을 그녀도 느끼지 않을까 싶었다.

"좀 더 낭만적인 사람인 줄 알았죠."

솔직한 대답에 잠시 할 말을 잃었다.

인제 보니 그녀는 생각했던 것보다 훨씬 더 많이 달라진 것 같았다.

"그럼, 내가 돈 많이 모아서 저런 집 지어 놓고 살자고 하면, 같이 살래요?"

그녀가 웃었다. 어이가 없다는 듯이, 혹은 행복하다는 듯이.

웃음을 머금은 그녀가 고개를 돌려 기주를 올려다보았다. 그녀의 눈가가 촉촉이 젖어 있었다.

그녀의 예쁜 입술이 살짝 벌어졌다.

무슨 중요한 말을 하려나 싶어서 기주는 바짝 긴장해 버렸다. 그리고 그녀의 입술이 지독히도 예뻐서 큰일이다.

"빨리 계산이나 해요. 우리 오로라 투어 가기 전에 저녁 먹으려면 시간 없어요."

반짝반짝하는 눈으로 올려다보며 예쁜 입술을 오물오물 움직여서 내뱉은 말은 지극히도 현실적이었다. 하지만 알 수 있었다. 그녀가 기주와 같은 행복한 상상을 하며 떠들고 있음을 말이다.

상점을 나온 두 사람은 요 며칠 단골이 되다시피 한 한식당으로 향했다. 메뉴는 언제나 두부전골이었다. 질릴 법도 한데, 두 사람은 똑같은 메뉴를 잘도 먹었다. 한식당 사장은 매일같이 들르는 두 사람을 연인이라고 생각하는 듯했다.

"그럼 내가 프러포즈도 했는데, 우리 통성명이나 하죠?"

식사를 마친 기주가 능청스럽게 물었다. 이제 마음을 많이 연 것처럼 보였지만, 이걸 물어도 되나 싶은 생각에 밥 먹는 내내 고민하다가 던진 질문이었다.

그런데 앞에 말을 붙이지 말 걸 그랬나 보다. '내가 프러포즈도 했는데'라는 말 때문에 그녀는 장난으로 받아들인 듯한 표정을 짓고 있었다.

그녀는 따뜻한 보리차가 담긴 컵을 손에 든 채로 '이것 봐라?' 하는 얼굴을 했다. 그녀의 눈가에 일순간 장난기가 어렸다.

"부르고 싶은 대로 불러요."

그녀가 자신을 시험대에 올려놓은 듯했다. 아까 상점에서 낭만적이지 않다고 했던 그녀의 말이 계속 신경이 쓰였다. 뭐라고 대답하면 낭만적이라는 소리를 들을 수 있을까, 하는 기가 막힌 고민이 시작되었다.

미간이 저절로 찌푸려졌다. 일순간 진지해져 버린 기주를 바라보며 그녀는 못 참겠다는 듯이 맑은 웃음을 터뜨렸다. 그 모습이 너무도 예뻐서 기주는 저도 모르게 중얼거렸다.

"웃는 게 예쁘네."

작게 속삭인 말을 들었는지, 그녀가 뺨을 붉히며 당황했다. 그러더니 혼잣말인 것처럼 '언제는 안 예쁘다더니.' 하고 투덜거렸다.

"그러면 귀엽고."

이번에는 일부러 들으라고 조금 더 크게 말해 보았다. 그러자 그녀가 못 들었다는 듯이 딴청을 피우며 시선을 돌려 버렸다. 그런데 그녀의 뺨은 거짓말을 못 하는지 더욱 붉게 물들어 가고 있었다.

"홍옥."

기주는 작게 내뱉은 말을 강조하듯이 한 번 더 읊조렸다.

"홍옥."

그러자 어두운 창밖으로 향했던 그녀의 시선이 다시 기주에게로 돌아왔다.

"뭐라고요?"

기주는 검지로 제 볼을 톡톡 두드리며 말했다.

"볼이 꼭 빨간 사과 같아서요. 홍옥 어때요?"

과일 중에서도 사과를 가장 좋아했고, 그중에서도 홍옥을 가장 즐겨 먹었다. 빨갛고 매끈한 사과를 한 입 베어 물면 달콤한 과즙이 입 안 가득 퍼지는 느낌이 좋았다. 그녀의 뺨은 홍옥처럼 붉고 달콤해 보였다.

"나도 홍옥 좋아해요."

그녀가 싫지는 않다는 투로 대답했다. 어떻게 사람을 그렇게 부를 수 있느냐며 또 나무라고는 눈을 흘길 줄 알았다. 그런데 그녀는 아까처럼 예쁜 미소를 머금으며 고개를 끄덕거렸다.

알다가도 모를 여자다, 정말.

나무랄 것 같은 순간에는 얼굴을 붉히며 웃고, 장난을 되받아칠 것 같은 순간에는 토라져 버리고 만다. 그런 그녀의 모습이 기주를 들었다 놨다 한다는 것을 그녀는 모르는 것 같았다.

모르니까 저렇게 태연하지.

기주는 그저 흐뭇한 얼굴로 그녀를 바라보았다.

"이제 나가죠. 그 여행사 아주머니 좀 무섭지 않았어요? 늦게 가면 혼날 것 같은데."

그녀는 잠시 벗어 두었던 목도리를 집어 들며 말했다.

기주는 얼른 자리에서 일어나 그녀의 곁으로 성큼 다가갔다. 그 순간 그녀가 자리에서 일어났고, 하마터면 그녀의 얼굴이 기주의 가슴에 부딪힐 뻔했다.

그녀가 왜 이렇게 갑자기 다가왔느냐고 묻는 듯 의아한 얼굴로 올려다보았다.

기주는 제 목에 두르고 있던 목도리를 풀어서 그녀의 목에 단단히 동여매 주었다. 그러고는 그녀의 손에 들린 연분홍빛 목도리를 빼앗아서 제 목에 둘렀다. 그녀는 대체 무슨 짓을 하는 거냐는 표정이었다.

"내 목도리가 더 따뜻할 거예요. 그거 하고 있어요."

목도리에 열선이 심겨 있는 것도 아닌데, 그렇게 우겨 보았다. 목에 두른 연분홍색 목도리에는 그녀의 은은한 향기가 배어 있었다. 그녀 역시도 목도리에서 기주의 향수 냄새를 맡을 게 분명했다.

오로라를 보는 것은 흔한 일이 아니다. 그 일이 버킷리스트에 올라 있는 사람도 많았다. 기주는 그녀가 오로라를 올려다보는 순간을 제 향기로 기억하게 만들고 싶었다. 그리고 기주 자신도 그 순간을 그녀의 향기에 취해 있고 싶었다.

소풍 날 아침 설레는 공기의 냄새, 중요한 시험을 앞두고 도서관 열람실에서 맡은 열정 어린 종이 향, 바다를 처음 보았을 때 느꼈던 가슴이 뻥 뚫리는 짠 내음, 그런 것처럼 그녀의 기억에 남고 싶었다.

그녀의 시각과 청각을 모조리 지배할 수 없는 노릇이니, 그녀의 후각만큼은 저로 물들기를 바랐다. 또 바라건대, 훗날 이 순간을 함께 추억할 날이 있었으면 좋겠다는 생각도 들었다.

그녀가 기주의 뜻을 알아차렸는지는 모르겠지만, 목도리 위로 살짝 드러난 뺨 위쪽이 붉었다. 기주는 아무 말도 없이 목도리에 얼굴 반을 묻고 있는 그녀의 손을 붙잡고 식당을 나섰다.

오로라 투어가 시작된 곳은 페어뱅크스 근교에 있는 머피 돔이라는 곳이었다. 옷을 단단히 입기는 했지만, 알래스카의 밤 추위는 혹독했다. 자신도 이렇게 추운데, 그녀는 얼마나 추울까 하는 걱정이 일었다.

기주는 연신 하늘을 올려다보고 있는 그녀의 뒤로 슬며시 다가갔다. 기척을 느꼈는지 그녀가 기주를 돌아보았다. 검은 눈동자는 어둠 속에서도 반짝반짝 빛이 났다. 까만 하늘 따위 올려다보지 않고 그녀의 눈만 하염없이 바라보고 싶은 마음이 간절했다.

하지만 그녀는 이내 시선을 돌려 하늘을 올려다보았다. 몸이 작은 그녀가 기주의 품 안으로 쏙 들어왔고, 기주의 가슴에 그녀가 머리를 기댄 채로 하늘을 올려다보는 자세가 되었다.

아까 목도리를 바꿔 한 탓에 기주는 이미 그녀의 향기에 취해 있었지만, 그대로 고개를 내려 그녀의 목에 친친 감긴 제 목도리를 풀어헤치고 하얀 목덜미에 얼굴을 묻고 싶은 충동이 일었다.

"어? 저거 맞죠? 흐릿하게 회색으로 보이는 거."

그녀가 손을 들어 하늘을 가리켰다. 회색과 갈색이 오묘하게 섞인 아지랑이 같은 것이 하늘에서 일렁이는가 싶더니 점점 색깔이 분명한 짙은 녹색으로 물들어 갔다. 그 변화는 겨울에서 봄으로 태동하는 빛깔과 닮아 있었다.

"신기해. 꼭 나뭇잎 색깔이 변하는 것 같아."

그녀도 자신과 같은 생각을 하고 있다는 사실에 또다시 가슴이 벅차올랐다. 내가 이렇게 감상적인 인간이었나, 싶은 생각이 들 정도로 눅진눅진해진 감정에 취한 기주는 고개를 내려 그녀의 어깨에 턱을 기대었다.

그러자 그녀의 작은 몸이 움찔 떨리는 게 느껴졌다. 기주가 작은 목소리로 속삭였다.

"어떡하지? 큰일인데."

그러자 그녀가 조용한 목소리로 되물었다.

"왜요?"

기주의 목소리와 몸짓에서 분위기가 달라졌음을 느꼈는지 그녀의 말끝도 미세하게 떨렸다.

"키스하고 싶어서."

나지막이 읊조린 목소리가 약간 쉬어 있었다. 날이 추워서 온몸이 꽁꽁 얼어붙을 지경이었지만, 속에서부터 끓어오른 열기에 흘러나오는 음성마저 탁했다.

그녀는 잠시 대답이 없었다. 너무 직접적인 말을 했나 싶은 순간, 그녀가 천천히 돌아섰다.

기주는 무지근한 시선으로 그녀를 내려다보았다. 그러자 그녀가 기주의 눈 밑까지 올라와 있는 분홍색 목도리를 손으로 잡아 내렸다. 그러고는 제 뺨을 감싸고 있는 목도리도 끄집어 내렸다. 빨갛게 익은 그녀의 뺨과 붉은 입술이 눈에 들어온 순간, 정신이 나가 버렸다.

그녀가 먼저 발꿈치를 들어 올렸는지, 아니면 자신이 먼저 고개를 내렸는지 알 수 없었다. 입술이 맞닿음과 동시에 뜨겁고 달콤한 타액이 뒤섞였다. 그저 입술을 맞물리고 있을 뿐인데, 쾌락이 온몸을 뒤덮은 것처럼 신열이 올랐다.

머리 위로는 선명한 오로라가 흘러가고 있었다. 그녀의 팔이 허리를 감싸 왔고, 기주는 그녀를 품 안 가득 안기 위해 바짝 끌어당겼다. 서로의 호흡이 섞이는 소리가 뺨을 스쳤다. 차오르는 열기를 참고, 신음을 집어삼키기 위해 억눌린 숨결이었다.

차가운 대기 때문인지 맞닿은 그녀의 입술은 훨씬 더 뜨겁게 느껴졌다. 이대로는 안 되겠다 싶어서 천천히 입술을 떼어 냈다. 그러자 그녀가 한 발짝 물러나는가 싶더니 '악' 하는 소리를 내고는 허리를 구부리며, 아랫배를 움켜잡았다.

놀란 기주의 눈이 커다래졌다. 며칠 전 한밤중에 그녀가 생리통으로 고생했던 게 떠올라서 심장이 덜컥 내려앉았다.

"왜 그래요? 어디 아파요? 괜찮아요?"

기주는 그녀를 부축하며 상체를 숙여서 물었다. 그러자 그녀가 기어들어 가는 목소리로 기주의 귓가에 속삭였다.

"우리…… 그만 갈래요?"

그녀가 내뱉은 말에 잠시 사고의 흐름이 끊겨 버렸다. 귓가에 닿았다가 떨어진 그녀의 목소리와 숨결은 지나치게 자극적이었다. 갑자기 머리로 하는 생각이 불가능해졌다. 그보다 허리 아래의 의지가 더 강하게 부풀었다.

"무슨 말을 하는 거예요?"

걱정된다는 투로 되물었다. 그녀의 의도를 조금 더 분명히 하고 싶어졌다. 정수리가 쭈뼛 설 정도로 진득한 키스를 나누다가 말고 한다는 소리가 가자는 거였다.

이건 누가 들어도 가서 뭘 하자는 걸로 이해하지 않을까.

"호텔로 가자고요."

그녀가 조금 답답하다는 듯이 말했다.

기주는 심각한 일이라도 벌어진 양 그녀를 부축하는 척하며 현지 투어 가이드에게 양해를 구했다. 투어 팀은 새벽 4시까지 오로라 헌팅을 다닐 예정이었다.

그깟 오로라, 한 번 봤으면 됐다.

현지 투어 가이드는 병원에서 도움이 필요하면 연락하라며, 두 사람을 위해 택시를 불러 주었다. 택시 뒷좌석에 나란히 올라탄 두 사람은 차를 세워 둔 여행사 앞 주차장에 도착할 때까지 아무 말도 없었다.

단지 장갑 벗은 손을 꼭 맞잡은 채로 서로의 온기가 이어지고 있다는 것을 느끼기 위해 애썼다. 손가락 하나하나를 얽어서 깍지를 끼고 여린 살끼리 부딪치는 작고 미려한 감각에 도취해 두 사람의 얼굴은 발긋하게 달아올랐다.

주차장에 도착하자마자 잽싸게 택시에서 내린 두 사람은 얼른 그가 렌트한 차 안으로 뛰어들었다. 그리고 기주는 시동을 걸자마자, 조수석으로 시선을 돌렸다. 손을 뻗어 그녀의 뒷덜미를 움켜잡아 그대로 제 쪽으로 끌어당기며, 조수석 쪽으로 얼굴을 기울였다.

입술이 맞닿았다. 그녀의 작은 손이 기주의 점퍼를 움켜잡는 바람에 바스락거리는 소리가 났다. 오로라 아래에 있을 때도 벅차오른 숨결을 오롯이 느낄 수 있었는데, 밀폐된 차 안에 들어오자 억눌린 감정이 더 분명하게 드러났다.

더운 숨결이 흐르는 소리는 마치 서로의 뺨을 핥고 있는 듯 외설적이었다. 옷깃을 움켜잡고 있던 작은 손이 기주의 뺨 위에 오른 순간, 기주는 두 팔로 그녀를 강하게 껴안았다. 두꺼운 점퍼를 입고 있는데도 품 안에 쏙 들어오는 그녀의 몸이 미치도록 좋았다.

히터를 틀어 놓은 탓인지, 아니면 두 사람이 발산하는 열기로 데워진 것인지, 차창에 하얀 김이 서리도록 두 사람은 오랫동안 서로의 입술을 탐했다. 점퍼 지퍼를 내리지 않고서는 열기를 견뎌 내지 못하겠다 싶은 순간, 가까스로 입술이 떨어졌다.

"하아."

그녀가 밭은 숨을 내쉬며 파르르 떨었다. 기주는 빨갛게 부어오른 앙증맞은 입술을 달래듯 가볍게 입을 한 번 맞추고는 운전대를 잡았다.

상황이 복잡해지고 있는 것 같은데, 머릿속은 또렷해졌다.

이 여자가 겪고 있는 아픔이든, 괴로움이든, 업보든, 전부 자신이 짊어질 수 있을 것 같았다. 그녀가 이렇게 맑은 미소를 보여 주며, 곁에 있어 주기만 한다면 무엇이든 할 수 있겠다는 생각이 들었다.

운전하면서도 계속 더운 숨이 차올라서 천천히 차를 몰았다. 호텔 근처에 다다랐을 때, 그녀가 입을 열었다.

"그때 24시간 한다고 했던 드럭스토어가 어디예요?"

"어디 진짜 안 좋아요?"

더럭 걱정이 되어서 물었다.

"아니요. 그냥 좀 살 게 있어서……."

그녀가 수줍게 말끝을 흐렸다.

"여기서 별로 안 멀어요."

"그럼, 거기 먼저 들렀다가 호텔로 가요."

기주는 가까운 곳에 있는 드럭스토어 앞 주차장에 차를 세웠다.

"잠깐만 차에서 기다려 줄래요? 금방 갔다 나올게요."

운전석 벨트 버클을 풀려고 하는데, 그녀가 그리 말하고는 잽싸게 차에서 내려서 유리문 안으로 사라져 버렸다. 자신이 생리통 약까지 사다 준 적도 있는데, 대체 무엇을 사려고 직접 저러나 궁금했다. 그녀는 오래 지나지 않아서 드럭스토어에 들어갔던 모습 그대로 차로 돌아왔다.

"뭘 사긴 샀어요?"

기주의 물음에 그녀는 발그레한 볼을 빛내며 웃었다. 그러고는 새침하게 고개를 살짝 끄덕였다.

"뭐 샀어요? 혹시 혼자 슈퍼볼이나 메가볼 같은 거 샀어요? 당첨금 많대요?"

복권을 샀느냐는 물음에 그녀는 잠시 어안이 벙벙한 얼굴을 했다.

"아, 그것도 살걸."

혼잣말처럼 읊조리는 모습이 귀여워서 기주는 조수석 쪽으로 고개를 쭉 빼고 그녀의 뺨에 입을 맞췄다. 그러자 그녀가 기주를 흘끗 보고는 싱긋 미소를 머금었다.

노란색 털모자를 쓰고 있는 그녀의 모습은 마치 병아리 같았다. 이상한 의미가 아니라, 그녀는 자신을 볼 때 꼭 엄마 닭을 보는 듯한 병아리의 눈빛을 하고 있었다.

그만큼 그녀의 눈빛에서 절대적인 신뢰가 느껴졌다. 새로운 세상에서 눈을 떴는데, 그 세상에 존재하게끔 한 사람이 눈앞에 있는 남자라는 듯이 굴었다.

그런 그녀의 눈빛이 기주의 마음을 더 굳건하게 만들었다. 짧은 시간 속절없이 빠져 버렸다. 절대 이 여자를 놓치고 싶지 않다는 생각이 들었다.

호텔에 도착하자마자 그녀는 추운 몸을 얼른 녹이고 싶다며 욕실로 향했다. 오늘따라 욕실에 들어간 그녀를 기다리는 시간이 초조하게 느껴졌다. 빨리 그녀를 품에 가만히 안고 있고 싶었다.

전과 달리 그녀는 욕실에서 오랜 시간을 보냈다. 기분 탓이라고 여겼는데, 그녀는 욕실에 들어간 지 1시간이 지나서야 욕실 밖으로 나왔다. 머리를 말리고 나온 듯했지만, 촉촉한 모습은 사랑스러웠다.

티 없이 맑은 뺨은 복숭앗빛이었고, 붉은 입술을 자극적이었다. 늘 샤워를 마친 후에는 편한 복장으로 나오던 그녀였는데, 오늘은 호텔에 비치되어 있는 새하얀 샤워 가운을 걸친 모습이었다.

저 허리끈만 풀면…….

두 뺨이 화끈 달아오르는 것 같아서 얼른 고개를 내저었다. 그러는 사이 그녀가 곁으로 바짝 다가왔다. 그녀에게서 전에 나지 않았던 낯선 향기가 느껴졌다. 슬며시 눈을 뜨자 미소를 머금은 그녀가 기주를 올려다보고 있었다.

"안 씻어요?"

그저 왜 씻지 않느냐는 물음일 뿐인데, 그 물음이 지독히도 유혹적이었다. '씻어요.' 하고 말하고는 얼른 욕실 안으로 들어갔다.

하고 싶은 것도, 할 이야기도 많아서 얼른 샤워를 마치고 욕실 밖으로 향했다. 창가에 서 있는 그녀를 발견한 순간 가슴이 덜컥거리는 것을 느꼈다. 그 울림은 이전에도, 그리고 앞으로도 없을 큰 파장이라고 생각했다.

그녀는 샤워 가운을 입은 채로 이쪽을 등지고 서 있었다. 어떤 얼굴을 하고 있는지 궁금해서 성큼성큼 그녀의 뒤로 다가갔다. 한 걸음씩 내디딜 때마다 심장박동이 치솟았다. 그녀의 뒤로 바짝 다가서자, 그녀가 조용히 입을 열었다.

"내 샤워 가운 오른쪽 주머니에 있는 것 좀 꺼내 줄래요?"

그녀의 목소리가 파르르 떨렸다. 기주는 자신도 옷을 입지 말고 그냥 샤워 가운만 입고 나올 걸 그랬나 하는 생각과 이런 일에서 김칫국 들이마시면 범죄자가 될 수도 있다는 스스로에 대한 경고와 그녀의 주머니 속엔 대체 뭐가 들었나 싶은 궁금증에 혼란스러웠다.

기주는 그녀의 주머니 안으로 손을 집어넣었다. 그러면서 얇은 천을 사이에 두고 그녀의 몸에 손끝이 닿았다가 떨어졌다. 손에 전기라도 오른 것처럼 찌릿했다.

그녀의 주머니에서 정사각형 모양의 포일 포장에 둘러싸인 작은 물건을 꺼낸 기주는 고개를 갸웃거렸다. 방 안에 간접 등만 켜져 있는 탓에 그걸 비타민이라고 착각해 버리고 말았다. 기주가 아무런 말도 없자, 그녀가 조용히 물어 왔다.

"그거 쓰는 법 알죠?"

입에서 이상한 소리가 새어 나올까 싶어서 왼손으로 입을 틀어막았다. 그제야 그 물건이 뭔지 눈에 들어왔다.

그녀의 주머니에 들어 있던 물건이 어떻게 쓰이는지 모를 리가 없었다. 단지 한 번도 써 본 적이 없는 물건이라는 게 문제라면 문제였다.

"이거 사려고 아까⋯⋯?"

그녀는 대답 대신 고개를 끄덕거렸다. 그러니까 이 여자는 기주가 새까맣게 애를 태우고 있는 동안 이미 결심을 하고 드럭스토어에 들러서 이런 바람직한 물건까지 샀다는 거다.

기특하다고 머리라도 쓰다듬어 줘야 할 것 같았다.

"나한테 사라고 시키지."

"누가 사든 무슨 상관이에요."

그녀의 목소리가 희미하게 떨렸다. 그리고 이어진 말에 기주는 더이상 생각이란 걸 할 수가 없었다.

"나 지금 되게 용기 내고 있는 건데…… 그거 쓸 생각 없는 거예요?"

기주의 손이 그녀의 어깨를 감싸서 돌려세움과 동시에 입술이 맞물렸다. 그녀는 기다렸다는 듯이 기주의 목에 두 팔을 휘감고 매달리듯 했다.

두 팔로 그녀의 허리를 굳건하게 끌어당겨 안았다. 두 사람의 몸이 밀착되었지만, 부족했다. 기주는 그녀의 발이 동동 떠오르도록 안아 들고는 자신이 쓰던 침대로 뒷걸음질 쳤다.

무릎 뒤가 침대에 닿은 순간, 그녀를 받쳐 안고는 침대 위에 눕혔다. 입술은 떨어지지 않았고, 그녀의 팔 역시도 여전히 기주의 목에 감겨 있었다.

그녀가 입고 있는 가운 끈을 잡아당겼다. 예쁜 손으로 앙증맞게 묶어 놓은 리본이 풀리고 가운 깃이 젖혀졌다.

"흐음."

매끄러운 살갗에 손이 닿자, 그녀에게서 신음이 흘러나왔다. 그 소리가 미치도록 예뻐서 가슴이 타들어 갈 것만 같았다. 이 순간을 영원으로 만들고 싶었다. 소리가 새어 나오고, 살갗이 스치고, 더는 차오를 수 없는 열기가 연신 솟아오르는 순간들이 지극히 소중했다.

그녀가 고개를 비틀어 입술을 떼어 냈다. 왜 그러냐는 눈빛으로 그녀를 내려다보았다.

"숨이. 막혀서. 잠시만."

토막 난 말을 내뱉는 그녀의 목소리 또한 탁하게 쉬어 있었다. 단어 사이로 흘러나오는 숨결은 달콤했다. 기주는 그녀의 입술 대신 새하얀 목덜미에 입술을 묻었다. 그러자 그녀가 흡, 하고 숨을 들이마시는 게 느껴졌다.

그녀가 보이는 반응 하나하나가 귀하고 소중했다. 어떻게 이렇게 짧은 시간 동안 서로에게 빠져들 수 있는지, 세상에는 기적과도 같은 사랑이 있는 거라고 기주는 믿어 의심치 않았다.

입술에 닿는 그녀의 피부는 녹아 없어질 것처럼 부드러웠다. 부드러운 살결을 한껏 빨아들이자, 그녀가 허리를 들썩이며 더운 숨을 내뱉었다.

기주는 그녀가 숨을 고를 수 있도록 잠시 몸을 일으켰다. 그러고는 티셔츠를 벗어 던진 뒤, 말갛게 젖은 눈으로 자신을 올려다보고 있는 그녀를 내려다보았다.

얕은 숨을 거칠게 내쉬고 있는 입술이 살짝 벌어져 있었다. 가운 앞섶이 흐트러진 그녀의 모습은 참을 수 없을 만큼 뇌쇄적이었다.

기주는 얼른 상체를 기울여 그녀의 입술을 다시금 머금었다. 집어삼킬 듯이 빨아들이며 밀어붙인 순간, 단단한 몸에 말랑말랑하고 부드러운 여체가 닿았다. 황홀함에 정신을 잃을 것만 같은 순간이었다.

머리끝까지 차오른 희열을 그녀와 공감할 수 있다는 사실만으로 행복했다. 이윽고 그녀를 온전히 품에 안았을 때는 까만 밤 머리 위를 흐르던 오로라가 두 사람을 에워싼 듯한 착각에 빠졌다. 마치 이 세상에 존재하지 않는 종류의 열기가 두 사람 안에서 타오르는 듯했다.

기주는 미간을 찌푸린 채로 거친 숨을 고르고 있는 그녀의 뺨에 경건하게 입을 맞추었다. 서로를 가진 순간, 깨달았다. 이 여자를 위해 자신의 인생을 바칠 준비가 되어 있다는 것을 말이다.

혹여 그녀를 아프게 할까 걱정하며 온몸에 힘을 준 채로 그녀를 안은 탓에 몸 이곳저곳이 쑤셨다. 건장한 남자인 자신도 이렇게 힘에 부치는데, 가녀린 체구를 가진 그녀는 오죽할까 싶었다.

아침 10시를 막 넘어선 시각이었다. 기주는 천천히 침대에서 일어나 바닥에 정신없이 흩어져 있는 옷가지를 주워 입었다.

"으음."

기주의 빈자리를 금세 알아차렸는지, 그녀가 잠투정하는 소리가 들려왔다. 고개를 돌려 그녀가 누워 있는 자리를 바라보았다. 아슬아슬하게 드러나 있는 그녀의 어깨 위로 이불을 덮어 주자, 까맣고 기다란 속눈썹이 파르르 떨렸다.

그녀는 눈을 감은 채로 물었다.

"몇 시예요?"

"10시 좀 넘었어요."

기주의 대답에 그녀가 천천히 눈을 떴다. 누운 채로 기주를 올려다보며 피식 웃음 지었다.

"머리가 엉망이 됐네요."

이리저리 삐죽삐죽 튀어나온 기주의 머리를 향해 그녀가 손을 뻗었다. 마치 말 잘 듣는 강아지가 된 것처럼 그녀에게 머리를 기울였다. 이불이 고여 있는 그녀의 가슴팍에 얼굴을 묻자, 작은 손이 머리를 부드럽게 쓰다듬으며 정리해 주었다.

"머리카락 정말 부드럽다."

그리 말하는 그녀의 목소리가 나른하게 울렸다. 그 목소리에 안 그래도 아침이라 반응을 보이는 아랫도리가 묵직해졌다.

"어디 아픈 데 없어요?"

기주가 걱정스러운 목소리로 물었다. 내심 기대도 했다. 아픈 곳이 없다고 하면 한 번 더 해도 되나, 하는 생각도 했다.

"없을 리가."

그리 말한 그녀가 웃는 소리가 들려왔다.

그녀를 처음 만났을 때, 감정이 없는 사람일지도 모른다는 생각을 했었다.

그런데 지금은, 환한 미소를 짓고 있는 모습이 그저 눈이 부셨다.

말라비틀어졌던 아랫입술은 촉촉하게 빛났고, 홀쭉했던 볼도 잘 챙겨 먹은 덕분인지 요 며칠 뽀얗게 살이 오르고 있었다.

"배고프죠?"

그녀는 고개를 끄덕거리며 대답했다.

"너무 고파요. 뭐든 다 먹을 수 있을 것 같아."

그럼 지금 당장 나를 먹는 건 어떻겠냐는 헛소리를 지껄이려다가 관두었다. 그건 나중에, 더 친해진 다음에 해도 괜찮을 것 같았다.

그런데 이것보다 더 친해지려면 어떻게 해야 하나? 더 많이, 더 자주 하면 되나?

머릿속은 계속해서 그녀를 안는 상상으로 물들어 갔다. 보드라운 살결, 달콤한 입술, 아찔하고 좁은 밀부, 녹아내릴 듯한 신음까지. 이러다 머리가 어떻게 되겠다 싶어서 기주는 천천히 몸을 일으켜 앉았다.

그녀는 아쉬운 듯이 부드럽게 주먹을 말아 쥐며 기주를 올려다보았다. 탐스러운 머리카락이 침구 위로 흩어진 모습이 사랑스러웠다.

"나가서 먹을 것 좀 사 올게요."

"나 컵라면 먹어 보고 싶어요."

굳이 한국 마트가 아니어도 컵라면은 쉽게 구할 수 있었다. 그런데 그녀가 내뱉은 말은 '컵라면 먹고 싶어요.'가 아니라, '컵라면 먹어 보고 싶어요.'였다.

"혹시 태어나서 컵라면 한 번도 안 먹어 봤어요?"

그녀는 그럴 수도 있지 않느냐며 고개를 끄덕거렸다.

"몇 살이에요?"

이게 참 질문이 시의적절하지 못하다는 생각은 들었지만, 꽤 자연스럽다는 생각은 했다.

"스무 살이요."

"생각했던 것보다 더 어리네."

무심결에 내뱉은 말에 그녀가 발로 기주의 등을 한 번 가볍게 찼다.

"아! 생각했던 것보다 폭력적이기까지 하네."

"아이작은 몇 살이에요?"

"아이작?"

그녀가 제멋대로 기주에게 이름을 붙여 주었다.

"왜 내가 아이작이지?"

기주는 검지로 저를 가리키며 물었다.

"나보고 사과라면서요. 날 볼 때마다 뭔가 깊은 진리를 깨닫는 얼굴을 하고 있잖아요."

"아, 아이작 뉴턴?"

"만유인력의 법칙 뺨치는 이론이라도 발견한 줄 알았죠."

그녀가 장난스럽게 웃으며 몸을 뒤척였다. 그러는 바람에 그녀의 살결이 아슬아슬하게 드러났고, 기주의 시선이 잠시 그녀의 뽀얀 살갗 위에 머물렀다.

"내가 뭔가 발견을 하기는 했지."

기주가 젠체하며 말했다.

"뭔지 말 안 해 줄 분위기네? 그건 그렇고 나이는?"

"스물셋."

"생각했던 것보다 어리네."

그녀는 기주가 했던 말을 똑같이 따라 하고는 뭐가 그렇게 재미있는지 키드득 웃었다. 그 모습이 너무 예뻐서 넋을 놓고 그녀를 바라보았다. 종일 그녀의 얼굴만 바라본다고 해도 질리지 않을 것 같았다.

"아침 먹으면서, 다 이야기해 줄게요."

그녀가 어렵게 입을 열었다는 듯이 작게 속삭였다. 기주는 손을 뻗어 그녀의 머리카락을 움켜쥐고는 그 위에 입을 한 번 맞췄다.

"빨리 갔다 올게요."

그녀는 고개를 끄덕이는 것으로 대답을 대신했다.

"아, 그리고."

침대에서 일어나려는데, 그녀가 기주의 옷깃을 붙잡았다.

왜, 뭘 더 하고 싶은데요, 라고 음흉하게 물으려다가 이번에도 참았다.

"누나분하고는 언제 또 통화했어요?"

그녀의 물음은 어딘지 모르게 조심스러웠다.

"그때 영상통화가 마지막이었어요."

"아……."

밝았던 얼굴에 그늘이 드리웠다. 기주는 이제 어떤 형태로든 그녀가 저런 얼굴을 하는 걸 보고 싶지 않았다. 언제나 행복한 미소만을 지을 수 있도록 그녀의 곁을 굳건히 지킬 생각이었다.

"왜요? 우리 누나 때문에 불편한 거 있어요?"

그녀는 절대 그런 게 아니라는 듯이 단호하게 고개를 내저었다.

"나가면서 누나한테 전화 한 통 해 봐요."

"누나한테 전화 자주 안 하는데…… 이상하게 생각할 텐데?"

"아니, 그냥……."

누나에게 꼭 전화를 해 보라는 말을 하는 그녀의 부탁에 알겠다며 그녀를 안심시키고는 방을 나서려는데, 그녀가 이불을 몸에 만 채로 문 앞까지 따라 나왔다.

"왜요? 뭐 또 사 와요?"

기주의 물음에 그녀는 아랫입술을 꾹 깨물었다가 놓고는, 얼굴이 새빨개진 채로 읊조렸다.

"나는……."

그녀는 한숨을 크게 들이쉬었다. 그녀가 무슨 말을 하려는지는 모르겠지만, 수줍음에 뜸을 들이는 모습은 충분히 사랑스러웠다.

"우리 홍옥이가 뭐가 필요해서 이럴까?"

그녀의 긴장감을 풀어 주기 위해 장난을 걸어 보았다. 그러자 그녀는 '아' 하는 표정을 지으며 무언가 깨달은 얼굴로 입을 열었다.

"앞으로 나는 그쪽이 불러 준 이 이름, 평생 간직하고 살 거예요."

그럼, 더 이쁘게 지어 줄 걸 그랬네, 그리 생각하며 기주는 그녀의 이마에 입을 맞추고는 방문을 열었다.

호텔을 나서는데, 마치 모든 게 꿈처럼 느껴졌다. 알래스카에 와 있는 것도, 그녀를 만난 것도, 그리고 지난밤의 놀라운 일들도, 전부 꿈만 같았다.

그리고 그녀에게서 흘러나온 뜻밖의 말에 기주는 구름 위를 걷는 듯한 착각이 일었다.

어떻게 그녀의 마음을 더 열어야 하나 고심했다. 그녀가 이대로 비정상적인 관계의 유지를 바란다면 그때는 어떻게 해야 하는 건지 걱정도 했다. 그런데 아침 식사를 하면서 전부 털어놓겠다는 그녀의 말에 가슴이 말도 못 하게 벅차올랐다.

짧은 시간, 이렇게 많은 감동을 안겨 줬던 존재가 세상에 있었던가? 기억에 없는 것을 보니 그녀가 처음이었다.

기주는 가까운 마트로 걸어가며 누나에게 전화를 걸었다. 왠지 그녀가 시키는 대로 해야만 할 것 같았다. 그런데 신호가 끊길 때까지, 누나는 전화를 받지 않았다. 다시 한 번 해 보았지만, 마찬가지였다.

기주는 평소답지 않게 누나에게 살갑게 문자메시지를 보내 보았다. 어릴 때는 누나 곁에만 맴돌던 기주였는데, 괴물 같았던 아버지가 죽고, 끔찍한 환경에서 벗어난 뒤, 서로 안정이 된 이후로는 평범한 남매처럼 지냈다.

[누나, 전화 안 받네. 나 아직 페어뱅크스에 있어. 밥 잘 챙겨 먹고 있지? 바쁜 가 보네. 전화를 두 번이나 했는데도 안 받고. 메시지 보면 연락 줘.]

나도 보고 싶다, 라고 쓰려다가 낯이 간지러워서 그만두었다.

컵라면을 사서 돌아오는 길, 기주는 제 소개를 어떻게 하면 더 멋 있어 보일까 하는 고민에 빠졌다.0샌프란시스코 근교에 있는 팔로알 토 알아요? 나 거기 살아요. 미국에 온 지는 얼마 안 됐어요. 대학생 이고요. 어느 학교 다니냐고요? 아, 쑥스럽네. 스탠포드 다녀요…….

아으. 이런 소개는 손발이 오그라들어서 안 될 것 같고.

나도 어린 시절을 무척 힘들게 보냈어요. 어린 나이에 죽어 버릴 까, 하는 생각도 해 봤어요. 근데 죽지 못했던 건 누나 때문이었어요. 내가 아니면 아버지한테서 누나를 지켜 줄 사람이 없었거든요. 엄마 요? 내가 저금통 털어서 도망가라고 엄마 손에 쥐여 줬어요…….

이건 안 그래도 어두워 보이는 그녀의 심리를 부정적인 방법으로 건드릴 수 있으니 안 될 것 같고.

이런저런 생각을 정리하며, 호텔 유리문을 밀고 들어서는데, 프런 트 데스크 직원인 멜리사가 전과 달리 걱정이 가득한 얼굴로 기주를 바라보았다.

기주가 무슨 일이 있느냐는 눈빛을 보내자, 멜리사가 어색하게 웃 었다. 오늘 멜리사의 기분이 안 좋은가 보다고 생각하며, 방으로 향 했다. 센서에 카드키를 갖다 대는데 뭔지 모르게 오싹한 기분이 들었 다.

방문을 열고 들어가자, 한기가 느껴졌다. 바닥에는 그녀가 몸에 휘 감고 있던 이불이 널브러져 있었다. 그녀가 누워 있던 침대 위는 당연히 텅 비어 있었다.

불길한 예감이 엄습했다.

세상에 멈춘 듯 고요했다.

존재의 시간이 의심될 정도로 거짓말 같은 이별.

그녀가 홀연히 사라졌다.

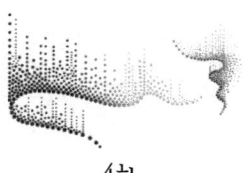

4화
거짓말 같은 이별

착각이라고 생각하고 싶었다. 그녀가 기주를 놀라게 해 주려고 잠시 어딘가에 몸을 숨기고 장난을 치고 있다고 여겼다.

"어디 있어요? 빨리 나와요."

텅 빈 방을 울리는 기주의 목소리보다 창에서 새어 들어오는 햇볕에 이는 먼지가 더 분명해 보일 정도였다. 그만큼 기주의 목소리에는 힘이 없었다.

이미 머리는 그녀가 사라졌다는 것을 인지하고 있었지만, 터질 듯이 뛰는 심장은 현실을 부정하기 위해 뛰느라 여념이 없었다.

지금 이 방에는 그녀의 흔적이 단 하나도 존재하지 않았다. TV 아래에 놓인 적갈색 칠감이 입혀진 서랍장 문을 거칠게 열어젖혔다. 그녀의 옷이 차곡차곡 쌓여 있던 곳이 텅 비어 있었다. 가슴이 반으로 쪼개어졌다.

서랍을 열어 둔 채로 곧장 욕실로 향했다. 그녀가 사용했던 목욕용

품도 흔적도 없이 사라졌다. 마치 그곳에 아무것도 없었던 것처럼 호텔에서 제공되는 어메니티만이 줄지어 서 있었다. 반으로 쪼개진 가슴이 다시 반으로 쪼개어졌다.

욕실 옆에 있는 옷장 문을 열자 그녀의 검은색 여행용 가방이 놓여 있던 곳 역시 말끔하게 정리되어 있었다. 그녀가 눈에 젖은 부츠와 장갑을 말리려고 올려 두었던 나무 건조대 위에는 기주의 카키색 장갑만이 덩그러니 놓여 있었다. 이제는 심장이 바스러져 버리는 듯했다.

방 입구에 선 기주는 오래전부터 자신이 혼자 사용한 것처럼 보이는 방을 망연히 바라보았다. 그때 불현듯 자신을 보고 울상 비슷한 미소를 지었던 프런트 데스크 직원 멜리사의 얼굴이 눈앞을 스쳤다.

기주는 한달음에 프런트 데스크로 달려갔다. 엘리베이터를 기다리는 시간도 아까워서 계단을 두세 개씩 성큼성큼 내려가다가 발이 꼬여서 구를 뻔하기도 했다. 프런트 데스크에 다다랐을 때, 멜리사는 기주를 경계하는 눈빛으로 바라보았다.

"Melisa."

이름을 내뱉는 기주의 목소리는 거친 숨과 뒤섞여 엉망진창이었다. 멜리사는 상냥한 표정을 지으려 노력하는 듯했지만, 그녀의 눈빛은 지극히 사무적이었다.

"I'm sorry but I can't tell you anything."

미안하다며 아무것도 말해 줄 수 없다는 멜리사의 눈빛은, 자신에게 아무것도 묻지 말았으면 한다는 얼굴이었다. 마트에 다녀온 시간은 고작 20분밖에 되지 않았다. 그런데 어떻게 여자 혼자서 그 많은 짐을 챙겨서 달아난단 말인가.

기주는 그녀가 사라진 정황상 누군가 개입되었다는 것을 확신했다. 그렇지 않고서야 말갛게 웃었던 그녀가 메시지 하나도 없이 사라졌을 리가 없었다.

기주는 일단 경찰에 신고해야겠다고 생각했다. 그리고 한국 영사관에도 연락해서 그녀의 실종을 알리고, 페어뱅크스 한국 교민 협회에도 도움을 청해야겠다.

그런데 기주는 자그마한 호텔 로비 한가운데 오도카니 멈춰 서고 말았다.

애석하게도 기주는 그녀에 대해 아는 게 없었다. 그녀의 이름, 출신, 국적 등 그녀의 정보가 전무했다.

일단 무작정 부딪쳐 보는 수밖에. 기주는 그길로 호텔을 나서 근처에 있는 페어뱅크스 경찰서로 향했다.

여행에 와서 우연히 만나 며칠을 함께 보낸 여자가 없어졌다고 하니, 경찰은 당황스러운 눈치였다. 이름을 묻는 말에 대답할 수 없었다. 국적을 묻는 말에 대답할 수도 없었다. 그녀의 연락처는 아느냐는 말에도 대답할 수가 없었다.

기주의 신고에 친절히 대응하려고 했지만, 기주가 주장하는 바에 의심을 품고 있는 것처럼 보였다. 그녀에 대해 아는 다른 사람이 있는지, 구체적으로 사라진 정황에 대해 입증할 수 있는지에 대한 질문이 이어졌다.

기주는 호텔 프런트 데스크에서 알고 있을 거라며, 그 자리에서 호텔로 전화를 걸었다. 그런데 기주에게 아무런 이야기도 할 수 없다고 했던 멜리사가 뜻밖의 말을 경찰에게 전했다.

일본인 후지사와 아사미는 여행 일정을 마치고 체크아웃 한 뒤, 돌아갔다고.

기주는 황망한 시선으로 그렇게 말하는 경찰의 얼굴을 바라보았다. 이제 경찰은 기주가 이상한 사람은 아닌지 의심하는 눈치였다.

무언가 잘못돼도 단단히 잘못되었다. 함께 식사하며 모든 이야기를 해 주겠다고 했던 그녀였다. 그리고 그녀는 수줍은 얼굴로 말했었다.

'앞으로 나는 그쪽이 불러 준 이 이름, 평생 간직하고 살 거예요.'

수줍은 고백이라고 생각했던 말이 이별의 메시지였다는 생각이 들자 억장이 무너지는 것만 같았다.

경찰서를 나선 기주는 어떻게든 그녀의 흔적을 찾아보기 위해 사방팔방으로 돌아다녔다. 오로라 현지 투어에 참가했었던 여행사에 찾아가 그녀가 제출한 여권 사본을 볼 수 있느냐고 물었지만, 불가하다는 답변만 받았다.

페어뱅크스의 역, 공항, 터미널 등을 모조리 뒤졌지만, 그녀와 비슷한 생김새를 가진 동양인을 봤다는 이는 아무도 없었다.

아무런 소득 없이 호텔로 돌아온 때는 밤 10시가 다 된 시각이었다. 그사이 메이드가 다녀갔는지, 방 안은 깨끗하게 정리되어 있었다. 그녀의 체취가 가득 묻어 있던 샤워 가운도 새것으로 교체되어 있었고, 전날 밤 그녀를 안았던 침구도 빳빳하게 세탁된 것으로 바뀌어 버렸다.

기주는 카펫 바닥에 주저앉아 버렸다. 멍하니 시선을 옮겨 간 협탁 위에는 그녀가 골라 준 누나의 선물이 놓여 있었다. 크리스마스 분위기가 물씬 풍기는 빨간색과 초록색이 어우러진 포장지가 주는 경쾌함이 서글펐다.

그 옆에는 지난밤, 그녀를 품에 안고 마셨던 모스카토 병이 놓여 있었다. 반쯤 남아 있는 모스카토 병을 바라보는데 갈증이 일었다. 기주는 천천히 손을 뻗어 미지근하게 식어 버린 병을 집어 들었다.

지난밤의 달콤했던 기억들이 칼날이 되어 가슴을 도려내는 듯했다. 기주는 눈을 꾹 감은 채로 모스카토 병에 입을 댔다. 김이 빠진 모스카토는 그저 달기만 했다. 너무 달아서 몸서리가 쳐질 정도였다.

어제 따스하고 부드러운 그녀를 한쪽 팔로 감싸 안은 채로 병을 주고받으며 갈증을 달랬던 청량감 가득한 느낌은 온데간데없었다.

'목이 너무 말라요.'

지쳐 누워 있던 그녀가 열에 달뜬 목소리로 목이 마르다고 했었다. 기주는 미니 바에서 모스카토 병을 집어 들었다. 와인 따개를 코르크 마개에 찔러 넣으며, 정사의 흔적을 고스란히 안은 채로 아슬아슬하게 침대에 누워 있는 그녀를 바라보았다.

코르크 마개를 제거한 기주는 병을 입에 물고 모스카토를 한 모금 들이켰다. 그러는 동안 기주는 그녀에게서 눈을 떼지 않았다. 끈적끈적하게 젖은 공기 중에서 두 사람의 시선이 밀도 높게 섞였다. 기주는 그녀의 곁으로 다가가 그대로 고개를 내렸다.

맞물린 입술 사이로 달콤한 액체를 흘려보내자, 그녀의 손이 기주의 목덜미를 끌어당겼다. 달콤한 청량감이 입안으로 퍼졌고, 그보다 더 달콤한 키스가 계속되었다.

기주는 미지근하게 식은 모스카토를 한 모금 더 들이켰다. 지난밤의 일들을 되짚고 있는 기주를 비웃기라도 하는 양, 모스카토의 향미가 역했다. 모스카토 병을 협탁 위에 도로 올려 둔 기주는 몸을 일으켜 카메라 가방 쪽으로 걸음을 옮겼다.

테스트 샷 핑계를 대며 그녀의 모습을 찍었던 사진이 카메라에 있을 터였다. 내일은 그 사진을 인쇄해서 역과 공항, 터미널 등에 다시 나가 볼까 하는 생각이 들었다. 그런데 카메라 전원을 켠 기주는 처참

한 기분을 가눌 수가 없었다.

카메라에 꽂혀 있던 메모리카드가 사라져 버렸다.

기주는 처음 이 방에 들어왔을 때, 그녀와 장난스럽게 나누었던 대화를 떠올려 보았다.

'지금, 내가 보여요?'

'뭐, 내가 그쪽 한이라도 풀어 줘야 하는 겁니까?'

쓴웃음이 흘러나왔다. 진짜 귀신에게 홀리기라도 한 것일까?

홀연히 사라진 그녀를 찾을 방법이 있기는 할까?

그녀는 내가 찾기를 바랄까?

찾지 말라고 사라져 버린 게 아닐까?

정리되지 않는 생각에 휩싸인 채로 기주는 그 후로 며칠 동안 페어뱅크스에 더 머물렀다. 멜리사는 그날 이후 몸이 좋지 않다며 근무를 쉬어서, 얼굴을 볼 수가 없었다. 다른 호텔 직원들도 기주에게 사무적인 친절만을 보일 뿐, 그녀에 대한 언급은 일절 피했다.

그러는 동안 눈이 많이 와서 페어뱅크스 시내는 아수라장이 되어 버렸다. 원래도 눈이 많이 오는 곳이기는 했지만, 몇십 년 만에 오는 이례적인 폭설이라고 했다. 폭설 때문에 고립되는 지역이 곳곳에서 생겨났고, 기주를 뺀 모든 이가 분주한 것처럼 보였다.

눈에 고립된 도시와 기억에 갇힌 기주는 그렇게 멍하니 시간이 흐르는 것을 바라보며 공존했다.

그로부터 며칠 후, 기주는 고립된 페어뱅크스를 어떻게든 벗어나기 위해 발을 동동 굴러야만 했다. 하나밖에 없는 누나의 부고 소식이 들려왔다.

기억은 어떠한 형태로든 왜곡된다. 그렇다고 무조건 미화되는 경우도, 무조건 악화되는 경우도 없다. 처한 환경과 시대의 흐름에 따라 달라지기 마련이다.

지금 기주는 분명한 기억 왜곡을 겪고 있었다.

오로지 기억이 나는 것은 평생토록 그녀를 지키고자 했던 자신의 순수했던 결심과 지독히도 아름다웠던 그녀 역시도 자신을 원하고 있었다는 것이었다. 그리고 그 모든 게 산산조각이 나서 흔적도 없이 사라져 버렸을 때 느꼈던 공허함은 뼛속 깊게 새겨져 있었다.

상처라는 말로는 가볍고, 상흔이라고 하기엔 아직 흔적이 되지 못한 아픔이었다.

업무적으로 만나기 전, 그녀를 만나 자초지종을 듣고 싶었다. 그녀가 컵라면을 먹으며 하려고 했었던 그 이야기들을 듣고 싶었다.

그래서 지금 기주는 호텔 I의 로비에 앉아, 이곳에서 후지사와 아사미를 만나기로 했다는 그녀를 무작정 기다리는 중이었다.

"신기주 씨?"

누군가 기주의 이름을 부르는 소리가 등 뒤에서 들려왔다.

기주의 이름을 부른 이의 목소리는 낮고 자신만만했다. 그렇다고 무례하게 상대를 도발하는 어조는 아니어서, 그의 부름에 대답해 줘야 한다는 의무감을 느끼게 할 만한 무게가 있었다.

기주가 고개를 돌려 상대를 확인하려는데, 상대의 움직임이 더 빨랐다. 남자는 맞은편 소파에 앉으며 여유로운 미소를 보였다.

"저를 아는 분이신 것 같은데, 저는 그쪽이 누군지 몰라서 기분이 썩 유쾌하지는 않네요."

남자는 실패라고는 단 한 번도 맛본 적 없다는 듯 자신감이 충만한 사업가의 얼굴을 하고 있었다.

"결례가 있었다면 죄송합니다. 반가운 마음에 제 소개도 하지 않고 알은체를 했네요."

그가 명함 한 장을 건네며 덧붙였다.

"인경개발 대표 연우석입니다."

호텔 I의 오닝 컴퍼니가 인경개발이라고 했고, 그 대표가 얼마 전 KJ 측에 만나자는 연락을 해 왔다고 듣기는 했었다.

"여러 번 찾아뵈려고 했었는데, 이렇게 뵙네요."

그러니 무례를 무릅쓰고 인사를 건넨 것을 양해해 달라는 뉘앙스였다. 기주의 시선은 마주 앉아 있는 남자의 등 뒤로 보이는 호텔 주 출입구로 향했다.

이탈리안 셰프가 새로 영입되었다는 레스토랑으로 향하려면 주 출입구를 이용하는 게 가장 빨랐다. 기사가 몰고 온 차에서 내린다면 주 출입구 앞에서 내릴 터였고, 직접 운전을 해 와서 발레파킹을 이용한다고 해도 주 출입구로 들어올 것이다.

"선약이 있으셨나 보네요."

연 대표의 물음에 기주는 긍정도, 부정도 하지 않았다. 이쪽에서 일방적으로 기다리고 있는 것이므로 약속이라는 말을 붙이는 데는 어폐가 있었다.

"아니면, 누구 기다리십니까?"

영민하고 눈치가 빨라 보였다.

"솔직히 말씀드리자면, 아침부터 죽 로비 바에 앉아 계신다는 연락을 받고 왔습니다. 호텔 I에 방문할 누군가를 기다리고 계시는 거라면, 제가 도와 드릴 수도 있을 것 같은데요."

연 대표는 목소리를 낮추며 말했다.

처음 한국에 올 때만 해도 이렇게 오래 머물 생각은 없었다. 미팅도 꼭 필요한 업체만 골라서 요령껏 할 계획이었다.

하지만 인생이 어디 계획대로만 흘러가던가?

그녀의 존재가 불쑥 나타나면서 기주는 거래처와의 미팅을 핑계로 출국을 차일피일 미루는 중이었다.

기주는 앞에 앉은 남자를 면면히 살폈다. 정은의 말에 의하면 인경 그룹은 재계 3순위 안을 굳건히 지키고 있는 거대 기업체라고 했다. 만약 그녀와의 인연이 긍정적인 방향으로 발전하여 한국에 계속 머무르게 된다면, 사업 파트너가 될 만한 사람과 미리 관계를 맺어 놓는 것도 나쁘지 않겠다 싶었다.

"여기 이탈리안 셰프를 새로 영입한 레스토랑이 있다고 들었습니다."

"이탈리안 셰프가 있는 레스토랑이 한 군데만 있는 것은 아닌데요."

연 대표는 이탈리안 비스트로와 브런치 뷔페, 라운지 클럽 등 이탈리안 셰프가 속해 있는 곳이 많다고 설명했다.

"문제가 생기지 않는 선에서 알아봐 드리겠습니다. 예약자 성함, 알고 계십니까?"

기주가 망설이고 있다는 것을 느꼈는지 연 대표가 목소리를 낮추며 물었다.

"여자분일 테고요."

그리고 덧붙인 말에 기주는 긍정도, 부정도 하지 않았다.

"주제넘었다면 죄송합니다. 얼마 전 제 모습과 비슷해서, 안타까운 마음에……"

쑥스럽다는 듯이 말하는 연 대표의 왼손 약지에는 결혼반지가 끼워져 있었다. 찬연한 빛을 내는 반지의 의미가 부러워서였을까?

"후지사와 아사미."

기주는 낮은 목소리로 그녀가 빌렸던 이름을 읊조렸다.

"그리고 윤선진."

마침내 그녀의 이름을 입 밖에 내자, 연 대표의 얼굴에 오묘한 미소가 떠올랐다.

"부명그룹 윤선진 이사, 말씀입니까?"

연 대표의 물음에 기주는 그저 고개를 한 번 끄덕이는 것으로 대답을 대신했다.

"일단 알아봐 드리죠. 그런데 나중에라도 제가 이거 알려 줬다는 말은 선진이한테 비밀로 하셔야 합니다."

그녀를 친근하게 부르는 연 대표는 윤선진이라는 여자와 잘 아는 사이인 듯 보였다.

"잘 아는 사이인 것처럼 말씀하시네요."

기주가 건조한 목소리를 내자, 연 대표는 그저 어릴 때부터 모임에서 봐 온 사이라는 말로 일축했다.

어릴 때부터…….

묻고 싶었다. 지금껏 그녀가 특별하게 여기는 사람은 없었는지.

유치하게 확인해 보고 싶었다. 한국으로 돌아온 이후로 잘 살아왔는지.

기주가 상념에 잠긴 사이, 연 대표는 F&B 총괄 지배인을 통해 얻은 예약 정보를 기주에게 알려 주었다.

"이 건물 31층에 있는 라운지 바, 디아망테에서 저녁 6시랍니다. 한 말씀 덧붙이자면……."

연 대표는 자신이 이 말을 해도 되는지, 아닌지 고민하는 듯 보였다.

"말씀하십시오. 담아 두지 않겠습니다."

기주의 대꾸에 연 대표는 은은한 미소를 머금으며 대꾸했다.

158

"8년 전쯤…… 집안 어른들끼리 윤선진 이사와 저를 두고 가볍게 혼담을 나누었던 적이 있습니다. 그저 식사 자리에서 흘러나온 이야기였고요. 그런데 얼마 후엔가, 윤선진 이사가 저를 찾아와서 그러더군요. 순수하기도 하고, 당돌하기도 하고."

연 대표는 그때 일이 떠오르는지 재미있다는 표정을 지어 보였다.

"사랑하는 사람이 있다고요. 그 사람이 자신을 찾아올 수도 있으니, 기다릴 거라는 말을 하더군요."

기주의 심장이 덜컥거렸다. 찾아올 사람, 기다리는 사람이 자신이길 바랐다.

"그러기 위해서는 모든 사람이 자신을 알아볼 수 있도록 열심히 살 거라고 했어요. 사업적 파트너 자리는 내줄 수 있지만, 결혼은 안 된다며 선을 긋더군요. 어찌나 당차던지. 뭐가 되도 되겠다 싶었는데, 부명에서 끈 떨어진 연 취급당하던 아이가 지금 최연소 이사 자리까지 갔죠."

끈 떨어진 연 취급당하던 아이……. 공허한 눈빛을 했던 그녀의 모습이 선연했다.

"윤선진 이사, 정말 악착같이 매달려서 그 자리까지 간 겁니다. 이왕 알려질 거 존경받는 기업인이 되어야 하지 않겠느냐며, 자기 관리를 얼마나 철저히 하는지 몰라요."

그는 마치 친동생을 대하는 듯한 말투로 선진에 관해 이야기를 했다.

"오해는 하지 마시고요. 저도 윤선진 이사한테는 별 관심 없었으니까."

연 대표는 이제 본론을 꺼내겠다는 듯이 엄정한 눈빛을 빛내며 말을 이었다.

"제가 신기주 씨한테 윤선진 이사에 대해 말씀드린 건…… 윤선진

159

이사가 찾아올 거라고 했던 사람이 신기주 씨 같다는 생각이 들었거든요."

남자의 통찰력에 기주는 의문을 품었다.

"그걸 어떻게 확신하십니까?"

"윤선진 이사가 대학교 때 도망을 쳤던 적이 있어요. 알래스카로. 오늘 저녁에 윤선진 이사가 만날 후지사와 아사미가 윤선진 이사를 도왔고요."

그는 꽤 정확한 것들을 알고 있었다.

"그리고…… 말씀드리기 죄송하지만, 저도 업무 제휴를 맺을 분들에 관한 신상을 알아보곤 합니다. 처음 미국에 가셨을 때는, 여행을 많이 다니셨더군요. 호텔 네트워크가 이래서 무섭습니다. 호텔 멤버십에 등록된 정보만 알아봐도 여러 기록이 나오거든요. 빅 데이터를 수집해서 그걸 기반으로 마케팅 사업을 하시니, 저보다 더 잘 아실 테죠. 이런 정보는 찾으려고 하면 얼마든지 찾을 수 있다는 거."

일면 일리가 있는 말이기는 해서 기주는 고개를 끄덕거렸다.

"이 정도면 제 추리가 좀 맞았습니까?"

연 대표는 마치 사건을 해결한 셜록 홈스와 같은 자신만만한 얼굴로 기주를 바라보았다. 이제 와 숨길 게 없었다.

"대충 맞는 것 같네요. 아직도 그 사람을 기다리고 있어야 할 텐데요."

"지금껏 혼자인 걸 보면 기다리다 지쳤든지, 기다리는 걸 잊었든지, 아니면 여전히 기다리는 중이지만…… 겁을 내고 있을 수도 있겠죠."

평범한 연인과 결혼한 그는 마치 사랑에 통달한 사람처럼 말했다.

"이왕 찾아오신 거, 좋은 방향으로 진전되길 응원하겠습니다. 윤선진 이사한테 큰 힘이 되어 주실 만하신 위치에도 있으시고요."

그가 해 주는 말이 큰 위안이 되었다.

"고맙습니다."

기주가 나직하게 감사 인사를 전하자, 그는 이때가 기회다 싶었는지 사무적인 목소리로 물어 왔다.

"그럼, 저희 인경개발과의 업무 협약 관련 미팅은 언제로 잡으면 좋을까요?"

새삼 눈앞에 있는 남자는 누구와 어떤 사랑을 하다가 결혼을 하게 되었는지 궁금해졌다. 사람을 옴짝달싹 못 하게 하는 걸 보니, 연애에서도 호락호락하지 않았을 성싶다. 온 게 있으니, 가는 것도 있어야 했다.

연 대표와의 미팅을 기약한 기주는 막연하게나마 희망을 품은 채로 자리에서 일어났다. 기다리고 있다고, 찾아올 거라고 했던 사람이 자신이기를 희구할 뿐이었다.

저녁 5시 반, 기주는 지배인의 도움으로 그녀들이 예약한 자리가 잘 보이는 구석진 자리에 앉았다.

진작 한국에서 사업을 벌였더라면, 한국에서 그녀를 만날 수 있었을까?

기주는 얼마 전 정은이 자신에게 보내 준 윤선진 이사에 관한 프로필을 훑어보았다. 모친은 어릴 때 자살했고, 부친은 사고로 목숨을 잃었다. 그녀의 부친이 사고로 목숨을 잃고 나서 두 달여가 지난 뒤에 기주의 누나도 스스로 목숨을 끊었더랬다.

작은아버지의 감시 속에서 살았지만, 선박 회사 후지사와가 그녀의 뒤를 봐주었다고도 했다. 윤선진 이사가 후지사와 아사미에게 큰 신세를 졌다는 말이 맞는 말이었나 보다. 뉴욕에서 MBA를 마친 그녀가 한국에서 본격적인 업무에 착수한 지는 고작 만 3년이었다.

그리고 그녀가 가까이하는 인물에 관한 정보에서 특기할 만한 점이 발견되었다.

강태욱, 그녀의 고등학교 선배라는 남자는 그녀를 가까이에서 보좌하고 있다고 했다. 그녀가 하는 일 중 까다로운 일은 모두 강태욱이 도맡아 한다고 했다. KJ에 처음 연락을 해 온 것도 강태욱이었다.

자신을 발견하고도 말을 걸지 않았던 이유가 이 남자 때문인 걸까.

무거운 마음으로 레스토랑 입구를 처연하게 바라보고 있는데, 마침내 그녀가 걸어 들어오는 모습이 눈에 들어왔다.

자주 오는 곳인지 지배인과 인사를 나누는 그녀의 얼굴에 걸린 미소는 전형적이었다. 감정을 싣고서도 환하게 웃는 것을 어색해하던 그녀였는데, 이제는 감정을 배제한 상황에서도 잘만 웃었다.

그 변화에 가슴이 시큰거렸다. 짧은 시간 동안 자신이 그녀의 변화를 끌어냈다고 생각했었다. 병아리가 어미 닭을 보는 듯한 신뢰 어린 눈으로 자신을 바라본다고 느꼈었다. 그래서 그녀가 홀연히 사라진 이후에 혹시나 힘겹게 살아가면 어쩌나, 아니면 생을 저버렸으면 어쩌나 하는 걱정을 했었다.

그런데 그녀는 그간의 걱정이 무색하리만큼 안정된 모습이었다. 그녀는 또각또각 구둣발 소리를 내며 기주가 앉아 있는 곳과 멀지 않은 곳에 있는 테이블까지 걸어갔다. 남색 코트 자락 아래로 상아빛 실크 원피스 밑단이 하늘거렸다. 대담해 보이는 검은색 메시 스타킹을 신었지만, 쭉 뻗은 다리는 우아하기만 했다.

갈색 가죽 핸드백을 의자 위에 올려 둔 그녀가 코트 단추를 풀어 내려가자, 가까운 곳에 서 있던 지배인이 다가와 그녀의 코트를 받아갔다.

코트를 벗은 그녀의 모습을 바라보며 기주는 마른침을 삼켰다. 아이보리색 실크가 상체의 유려한 곡선을 그려 냈고, 허리부터 퍼져 나간 스커트 자락은 무릎 바로 위에서 떨어졌다. U자 형태로 파인 원피스의 네크라인은 그녀의 아름다운 쇄골 선을 아찔하게 드러냈다.

그 쇄골 아래로 자리한 여체의 매혹적인 질감이 떠올라서 기주는 가볍게 한숨을 내쉬었다. 9년이나 지난 일이 믿을 수 없을 만큼 선명했다.

그녀는 기주가 지켜보고 있는 것도 모르고 입술을 샐쭉하게 내밀었다가, 볼을 빵빵하게 부풀리기도 하며 무료함을 달랬다.

일에 있어서는 바늘 하나 들어갈 틈 없이 빡빡하게 군다는 윤선진 이사에 대한 평이 무색하리만큼, 기주의 눈에는 그녀가 여전히 귀여워 보였다.

"선진 쨩!"

그녀의 모습만 주시하느라 후지사와 아사미가 레스토랑 안에 들어선 것도 미처 발견하지 못했다.

"아사미. 오랜만이네."

마침내 그녀의 목소리가 흐릿하게 들려왔다. 친구를 맞는 그녀의 목소리에는 아득한 그리움이 배어 있었다. 기주는 잠시 두 눈을 감았다. 언젠가 다시 들을 수 있을지도 모른다고 생각했지만, 그녀의 목소리가 귓가를 스친 순간 가슴이 저몄다.

자리에서 일어나서 발걸음을 몇 번 옮기기만 하면 손이 닿을 곳에 그녀가 있었다. 후지사와 아사미와의 식사 자리가 빨리 끝나기를 바랄 뿐이었다.

페어뱅크스에서 위태로워 보였던 그녀의 뒤를 쫓았던 것처럼, 이번에도 우연을 가장해서 그녀의 앞에 모습을 드러낼 생각이었다.

"나야 잘 지냈지."

후지사와가 환한 미소를 머금으며 대꾸했다. 선진은 마주 앉은 후지사와를 무지개 같은 사람이라고 생각했다. 비 온 뒤에 맑게 갠 하늘에 나타나는 무지개처럼, 그녀는 선진에게 더는 우울한 하늘 아래 서 있지 않아도 된다고 알려 주었다.

"근데 오자마자 누굴 만난 거야? 어제는 누구랑 저녁 먹었어?"

친구의 근황을 묻는 선진의 질문에 후지사와는 산뜻한 미소를 지으며 대답했다.

"잘생긴 남자."

"잘생긴 남자?"

선진이 미소를 머금은 채로 되물었다. 선진에게는 없었지만, 후지사와에게 연애사는 언제나 현재 진행형이었다. 남자에 대해서 별로 할 말이 없는 선진에 비해 후지사와는 늘 격량 어린 연애사를 늘어놓곤 했다.

이번에는 또 어떤 남자와 연애를 시작하려는 건지 모르겠지만, 후지사와가 그의 잘생긴 얼굴을 먼저 언급하며 호들갑을 떨어 댔다.

"혼또니, 혼또니! 잘생긴 남자!"

후지사와가 주먹까지 불끈 쥐어 가며 강조하는 말에 선진은 가볍게 웃음을 터뜨렸다.

"얼마나 잘생겼는데?"

"나중에 선진 짱 보여 줄게. 진짜 잘생겼어."

"지난번에 그 이탈리아 남자랑 헤어진 지 얼마 안 됐잖아. 벌써 다른 남자랑 연애해?"

선진의 질문에 후지사와는 아픈 곳을 건드렸다는 듯이 두 손으로 왼쪽 가슴을 지그시 누르며 시무룩한 표정을 지었다.

"미안해. 아사미."

"아니야. 선진 짱. 괜찮아. 그 이탈리아 시뇨르가 나한테 이탈리아 음식 맛있게 먹는 법을 가르쳐 줬으니까, 괜찮아. 주문 내가 할게!"

후지사와는 경쾌한 목소리로 말을 마치고는 식사를 주문하기 시작했다. 선진은 그 모습을 그저 흐뭇하게 바라보았다. 몸이 축 처질 만큼 고된 하루였는데도 오랜 친구를 마주하고 있으니 힘이 나는 것만 같았다.

그리고 불현듯 머릿속에 그 남자가 스치고 지나갔다.

왜 하필 지금.

요즘 시시때때로 그의 모습이 떠올라서 미쳐 버릴 지경이었다. 다른 생각을 떠올려 보려 아무리 애써도 소용이 없었다. 마치 숙련을 통해 몸에 밴 수의운동을 소뇌가 기억하고 있는 것처럼, 자전거 타는 법을 한번 익히면 절대 잊지 않는 것처럼, 깊숙한 곳에 담아 두었던 그의 모습이 요즘은 숨을 쉴 때마다 발현되었다.

선진은 생각을 떨쳐 내려 주문을 마친 후지사와에게 말을 건넸다.

"근데 왜 항상 홀에 있는 테이블에 앉는 거야? 조용히 이야기하려면 룸으로 가는 게 낫지 않아?"

"그래야 밥 먹으면서 잘생긴 한국 남자를 많이 보지."

"그래서 여기 들어와서 잘생긴 남자 봤어?"

후지사와는 얼른 그렇다며 고개를 끄덕거렸다.

"저기 구석에 앉아 있는 남자. 어두워서 얼굴은 안 보이는데, 분위기가 잘생겼어."

"세상에 분위기가 잘생긴 남자도 있어?"

"당연하지, 선진 짱! 남자한테 제일 중요한 건 분위기야. 어제 만났던 그 남자 아우라를 선진이 봐야 했는데."

선진은 그저 듣고 있다는 듯이 고개를 끄덕여 주었다.

"어제 나 선진 짱이 안 먹는 두부전골 먹었거든. 내 친구는 절대 두부전골 안 먹는다고 하니까, 그 남자가 친구는 뭐 하는 사람이냐고 묻더라?"

두부전골이라는 음식과 자신에 관해 물었다는 남자의 존재가 격렬하게 어우러지는 듯했다.

"그래서 한국에서 혼또니 유명한 사람이 될 이름이라고 잘 기억해 두라고 했지."

후지사와의 애교 섞인 말에 선진은 그저 웃고 말았다.

그 남자 이름은 뭐야, 라고 묻고 싶은 마음이 간절했다. 하지만 그 남자의 이름을 안다고 해서 달라지는 건 없었다. 그 남자의 진짜 이름을 선진은 모르니 말이다.

그때 물어보려고 했었다. 자신의 진짜 이름을 알려 주면서, 그의 이름도 물어보려고 했다. 그런데 그럴 수가 없었다.

❊

그가 컵라면을 사러 나가고 난 뒤, 선진은 도로 침대에 누워 버렸다. 베개에 얼굴을 파묻자 매혹적인 그의 체취가 폐부까지 새겨지는 듯했다.

침대에 몸을 기댔을 때, 느껴지는 포근한 냄새가 있다. 보송보송한 면 이불에서 나는 향긋한 섬유유연제 향, 나른함을 허락하는 향기 말이다. 그런데 거기에 사랑하는 이의 체취가 더해지면 더없이 행복해질 수 있다는 것을 선진은 깨달았다.

그와 함께 덮었던 이불을 몸에 친친 감은 채로 선진은 침대 위를 굴러다녔다. 벌어진 입이 다물어지질 않았다. 입안이 바짝 마르도록 선진은 혼자 웃어 댔다. 문득 갈증이 느껴져서 선진은 그와 나눠 마셨던 모스카토 병을 집어 들었다. 지난밤 느껴졌던 청량감은 사라지고 없었지만, 여전히 달콤하고 짜릿한 맛이었다.

모스카토를 한 모금 더 마신 선진은 협탁 위에 병을 그대로 올려

두었다. 그러고는 다시 침대에 몸을 누이며 생각을 정리했다.

지난밤, 그의 품에 안기며 확신했다. 자신은 이 남자를 위해서 살아갈 수 있노라고.

첫정을 나눈 상대에게 고결한 순정을 바치겠다는 순애보라고 비웃음당할지언정, 선진은 그를 위해 무엇이든 할 수 있을 것만 같았다. 선진이 그와 함께하겠다는 조건하에, 부명그룹에 관한 모든 권리를 포기하겠다고 하면 작은아버지도 찬성할지도 모른다.

세상을 다 안다고 구는 선진이었지만, 아직 어렸다. 이제 갓 소녀 티를 벗어 내고, 사랑과 운명에 눈이 먼 스무 살일 뿐이었다. 자신이 아무것도 욕심내지 않고, 이 남자의 곁에만 있겠다고 한다면 순순히 놓아줄 거라고 생각하며 단꿈에 젖었다.

그에게 부담이 되면 어쩌나 하는 걱정도 되었지만, 그 역시도 자신과 같은 마음이라는 것을 믿어 의심치 않았다. 어디서 나오는 확신이냐고 묻는다면, 명확하지는 않지만 그럴 거라고 대답할 것이다.

어디서부터 그에게 털어놓는 것이 좋을까 생각했다. 일단 뉴욕으로 돌아가 대학을 졸업해야 하는지, 아니면 그가 있는 곳으로 거처를 옮기는 게 좋을지도 고민해 보았다. 고민하고 결정할 게 너무도 많았다.

이대로 그와 헤어지는 것은 다시 죽음으로 내몰리는 것보다 더한 고통으로 여겨졌기에, 선진은 어떻게 해서든 그와 함께하고 싶었다. 생각이 많아졌다. 일단 그와 얼굴을 맞대고 상의하는 편이 좋을 거라고 여겼다.

그 순간 노크 소리가 들려왔다. 그가 방 카드키를 안 가지고 나간 건가 싶어서 선진은 이불을 몸에 친친 감은 채로 방문 가로 달려갔다.

"카드키 안 가지고 갔었나 봐요?"

방문을 열어젖힌 순간, 검은색 슈트를 차려입은 남자들이 방으로 우르르 들어왔다. 선진은 그들에게 떠밀려 방 한가운데 섰다. 심장이 쿵쿵 울렸다. 이불 하나만 두르고 있을 뿐, 선진은 알몸이었다.

"함께 가시죠."

그리 말하는 남자의 얼굴이 낯익었다. 작은아버지의 수하 중 한 명이었다. 방 안으로 밀려들어 온 남자들은 선진의 짐을 챙기기 위해 일사불란하게 움직였다. 그중 한 명이 그의 카메라 가방을 뒤적였다.

"뭐 하는 거예요?"

남자는 선진의 목소리는 들리지 않는다는 듯이 카메라에 찍힌 사진을 확인하고는 메모리카드를 꺼내서 주머니에 넣었다. 심장이 불안한 박자로 날뛰었다.

"옷 입으시죠."

눈물이 눈 안 가득 차올라 따끔따끔했다.

"그 사람은 지금 어디 있어요?"

"저희와 조용히 함께 가시면, 그 남자분께 별다른 일은 없을 겁니다."

상냥한 어조였지만, 그것은 분명 경고였다.

선진은 멍한 시선으로 남자를 바라보았다. 두꺼운 이마 밑으로 푹 꺼진 눈은 형형했고, 뺨을 따라 길게 그어진 흉터는 그의 인상을 더욱 흉악하게 보이도록 했다. 물리적인 힘으로 이길 수 없는 상대였다. 그렇다면 도망치는 수밖에는 방법이 없었다.

선진은 이 호텔 욕실에 작은 창문이 있는 것을 생각해 냈다. 남자가 선진의 발치에 던져 준 옷가지를 집어 들고는 욕실로 향하려고 하자, 남자가 가죽 장갑을 낀 손을 길게 뻗어서 그녀의 앞을 가로막았다.

"여기서, 입으시죠."

"뭐라고요?"

이불 안으로는 속옷조차도 걸치고 있지 않은 선진이었다. 선진은 남자를 노려보려 애썼다.

"돌아서 있겠습니다. 감히 아가씨 몸을 훔쳐볼 간 큰 새끼는 이 방에 없으니 안심하시고, 여기서 입으시죠."

녹이 슨 금속을 긁어 대는 듯 듣기 싫은 목소리를 흉흉하게 내뱉은 그는 천천히 선진을 등지고 섰다. 그러고 그는 고개를 내려 손목에 있는 시계를 확인했다.

"1분 드리겠습니다. 그 남자분께 무슨 일이 일어나기를 바라시는 게 아니라면 빨리 입으시는 게 좋을 것 같군요."

눈물이 카펫 위로 뚝뚝 떨어져 내렸다. 회색 카펫 위에 선진이 흘린 눈물이 얼룩졌다.

그가 눈물 자국을 발견하면 뭐라고 생각할까, 짐이 삽시간에 모조리 사라진 것을 발견하면 어떤 얼굴을 할까, 홀연히 사라진 것을 알면 화를 낼까, 아파할까.

불과 3분 전까지만 해도 선진은 그와의 행복한 미래를 그리며 침대 위를 구르고 있었다. 그런데 지금은 눈물이 그녀의 뺨 위를 굴렀다. 남자들이 가득한 방에서 옷을 주워 입는 상황은 치욕, 그 자체였다.

그가 빨리 방으로 돌아와서 자신을 구해 줬으면 하는 바람과 절대 그가 이 사람들과 마주쳐서 험한 꼴을 당하는 일이 없었으면 좋겠다는 상반되는 생각이 머릿속에서 휘감겼다. 그리고 마음은 알래스카로 떠나올 때보다 더 공허해졌다.

옷을 다 입자, 남자가 이제 나가자며 재촉했다. 남자들은 틈을 주지 않고 에워쌌다. 사방이 검은색 옷을 입은 자들로 막혀 있었다. 탈출구라고 생각했던 그의 모습은 그 어디에서도 찾아볼 수 없었다.

로비를 지나는데, 멜리사의 목소리가 들려왔다.

"Fujisawa!"

선진은 얼른 프런트 데스크 쪽으로 고개를 돌렸다. 어쩌면 멜리사에게 자신의 연락처를 남겨 주면 그에게 전달이 될지도 모른다는 생각도 들었지만 상황이 여의치 않았다.

멜리사가 걱정 가득한 얼굴로 선진을 바라보았다. 이대로 어딜 가는 거냐고 묻는 얼굴이었다. 한 달이 넘는 시간 동안 선진을 살뜰히 챙겨 줬던 그녀였다.

멜리사는 마치 팔려 가는 딸을 보는 어미와 같은 표정으로 선진을 바라보았다.

"Fujisawa, I have the message for you!"

그녀는 선진이 위험에 처했다고 생각했는지, 메시지가 있다며 말을 걸었다. 선진은 그녀를 향해 미소를 머금은 채로 고개를 내저었다. 눈물이 후드득 뺨을 타고 흘러내렸다. 얼굴에 칼자국이 있는 남자가 멜리사의 앞을 가로막고 섰다.

남자들에게 이끌려 가느라 점점 멀어지는 멜리사의 얼굴이 시시각각 공포로 물드는 게 눈에 들어왔다. 멜리사에게 미안하다는 말조차 하지 못한 채로 선진은 발걸음을 옮길 수밖에 없었다.

검은색 링컨 뒷좌석에 올라탄 건, 그가 컵라면을 사러 나가고 난 뒤 정확히 20분 후였다. 차는 야속하게 출발했다. 모든 게 아득한 꿈이었다는 듯이 차창에 뽀얀 김이 서렸다. 선진은 혹시나 그의 모습을 눈에 담을 수 있을까 싶어서 유리창을 손바닥으로 박박 닦아 냈다.

보인다.

참을 수 없는 울음이 터져 나왔다. 꽉 막힌 삶에서 유일한 탈출구가 될 수 있을 거라고 생각했던 남자가 차창 밖을 스쳐 지나가고 있었다. 문을 열어 보려 문고리를 마구 잡아당겨 보았지만 소용이 없었다. 차창이라도 부수고 싶어서 주먹으로 세차게 두드려 보았지만, 제 손만 아플 뿐이었다.

컵라면이 들어 있는 종이봉투를 끌어안은 그는 무슨 생각을 하는 건지, 행복한 미소를 지은 채로 호텔을 향해 걸어가고 있었다.

차가 속도를 내기 시작했다. 그의 모습이 멀어져 갔다. 어둠 속에서 찾은 비상구 등이 깜빡, 꺼져 버렸다.

"선진 짱, 많이 피곤해?"

상념에 젖어 있던 선진을 일깨운 것은 후지사와였다. 꿀을 찍은 빵에 살라미를 얹은 채로 선진은 멍하니 있었나 보다.

"미안해. 아사미."

"오늘 계속 미안하다는 말만 하네, 선진 짱."

후지사와는 눈치가 빨랐다. 선진에게 일어나는 미묘한 변화를 기가 막히게 눈치채는 친구였다.

그날 선진의 거처를 작은아버지에게 알려 준 이는 후지사와였다. 신용카드를 사용할 수 없는 지경이 되었는데도 불구하고, 아무런 연락이 없는 선진에게 무슨 큰일이라도 난 줄 알고 선진의 가족에게 연락을 했다고 말했다.

뉴욕으로 돌아온 선진을 안아 주며 눈물을 흘리던 후지사와를 선진은 나무랄 수가 없었다. 그리고 선진이 처해 있는 상황을 직감적으로 알아차린 후지사와는 자신의 부친에게 도움을 요청했다. 선진의 작은아버지가 선진을 괴롭힐 수 없도록 막아 달라는 말에, 그녀의 아버지는 선뜻 도움의 손길을 내밀었다.

부인 폭행으로 이혼 전과가 있는 남자에게 시집가는 것도 없었던 일이 되었고, 뉴욕에서 공부를 마치는 동안에는 그 어떤 간섭도 하지 않겠다고 작은아버지는 말했다. 중간에 인경그룹의 자제인 연우석과 가볍게 혼담이 오갔지만, 어릴 때부터 자신을 알고 지낸 터라 만나서 선을 그었다.

기다리는 사람이 있다고. 그 사람이 나를 반드시 찾을 거라고.

처음에는 그 사람이 절대 자신을 그냥 내버려 둘 리 없다는 확신에 차 있었다. 그런데 시간이 지날수록 확신은 흐릿해졌다. 그가 왜 마냥 자신을 찾아 헤맬 거라고만 여겼는지 모르겠다. 이상한 여자를 만났다고 화를 내고 잊었을 수도 있는데 말이다.

혹시 멜리사에게 남겨 두고 간 메시지는 없나 싶어서 호텔에 전화를 해 보았지만, 멜리사는 휴직 상태였다. 그때 얼굴에 칼자국이 있는 남자가 멜리사에게 어떤 말로 충격을 줬을지 걱정이 되었고, 그로 인한 죄책감에 시달리기도 했다.

시간이 지날수록 그리움은 짙어졌고, 언젠가는 만날 수도 있을 거라는 확신은 염원으로, 염원은 막연한 미몽으로 변해 갔다.

"선진 짱, 요즘 너무 일만 하는 거 아니야? 우리 선진 짱도 좋은 사람 만나서 연애도 하고 그래."

후지사와에게 그에 대해 털어놓은 적은 없었다. 그런데 오늘따라 그의 존재에 관해 이야기하고 싶어졌다. 누군가에게 그의 이야기를 털어놓지 않고는 가슴이 터질 것만 같았다.

"있잖아, 아사미."

선진이 입을 연 순간, 후지사와는 '잠시만' 하더니 자리에서 일어나 구석진 곳에 있는 테이블로 향했다. 아까 분위기가 잘생긴 남자가 앉아 있다고 한 곳이었다.

잠시 이야기를 나누고 온 후지사와의 얼굴에는 미소가 걸려 있었다.

"어제 만났던 그 남자야."

선진은 고개를 돌려 남자가 앉아 있는 곳을 바라보았다. 조명이 어두운 탓에 남자의 얼굴을 확인할 수는 없었다.

"나중에 우리 같이 식사할래, 선진 짱?"

밝은 미소를 짓고 있는 후지사와에게 암울한 이야기를 꺼낼 용기가 나질 않았다.

"그래, 그러자."

선진은 환히 웃으며 고개를 끄덕거렸다.

부친이 소유한 선박 회사의 체인 호텔에 머무는 후지사와는 일찍 호텔 방에 들어가지 않으면 아버지의 잔소리를 듣는다며 라운지 바를 떠났다. 선진은 호텔 로비에서 그녀를 배웅하고는 지하에 있는 바로 향했다.

회원제로만 운영되는 바 안은 조용했다. 바 스툴에 걸터앉은 선진은 한숨을 한 번 내쉬고는 바텐더를 불렀다.

"마티니 한 잔 줘요. 제일 독한 진으로. 가니시는 빼고."

바텐더는 선진의 분위기가 심상치 않다고 여겼는지 별다른 말을 건네지 않고 조용히 마티니 한 잔을 서빙했다.

한 잔을 비우자, 그의 얼굴이 더욱 선명하게 떠올랐다. 두 잔을 비우자, 기억 속에 아득하게 자리했던 그의 목소리가 귓가를 맴돌았다. 석 잔을 비우자, 가슴이 뭉클할 만큼 그가 그리워서 코끝이 시큰했다.

선진은 크게 한숨을 몰아쉬었다. 숨결에서 싸한 알코올 냄새가 섞여 나왔다. 바 안의 어두운 조명을 벗 삼아 가슴속이 어둡게 침잠했다.

"그때 가서 말이라도 걸어 볼걸. 바보같이 굳어서."

씁쓸하게 읊조리는데, 선진의 옆자리에 누군가 앉는 기척이 느껴졌다. 그리고 9년 동안 잊고 살았던 우디 향이 가슴을 훅 치고 들어왔다.

"그러게. 와서 말이라도 걸지. 바보같이 굳어서."

마티니 석 잔에 그의 신기루라도 불러낸 것 같은 착각이 들었다.

173

선진은 흔들리는 시선을 돌려 옆에 앉은 남자의 얼굴을 확인했다. 가슴이 터져 버릴 것만 같았다. 선진은 입을 벌린 채로 아무 말도 내뱉지 못하고 남자의 옆얼굴을 바라보았다.

그는 바텐더를 향해 은은한 미소를 지으며 말했다.

"같은 거로 두 잔 더."

바텐더에게 향했던 시선이 마침내 선진을 향해 왔다. 그의 깊고 다감한 눈동자는 여전했다. 선진은 눈가에 눈물이 가득 고이는 것을 느꼈다. 눈앞이 흐려졌다.

그가 무심한 말투로 물었다.

"이제 술 좀 늘었나?"

술만 늘었나, 나이도 늘고, 한숨도 늘고, 그리움도 늘었지.

선진은 그리 대답하지 못하고 입을 꾹 다물었다. 갑자기 불쑥 나타난 남자의 존재감에 가슴이 소란했다.

"날 못 알아보는 것 같았는데."

선진이 한숨처럼 말했다.

"처음엔 못 알아봤지. 그래서 삐졌나?"

그는 마치 선진에게 묻는 말이 아니라는 듯이, 혼잣말처럼 읊조렸다.

"삐진 거면 어떻게 풀어 줄 건데?"

어지러운 시야에 그가 미간을 찌푸리는 모습이 잡혔다. 그 모습은 이전처럼 지독히도 매혹적이어서 심장을 두근거리게 했다.

바텐더가 찰랑거리는 투명한 액체가 담긴 잔을 두 사람 앞에 각각 놓아 주었다. 침묵 속에서 시간은 계속해서 흘러갔다. 시간의 흐름이 덧없게 느껴졌다. 기억의 순간도 덧없기는 마찬가지였다.

그때의 자신과 지금의 자신은 너무도 다르다고 선진은 생각했다. 그리고 그때의 그 남자와 지금 옆에 앉은 남자도 다르다고 여겨지기는 마찬가지였다. 그때나 지금이나 매혹적인 얼굴이었지만, 매혹적인 미소 뒤에 숨겨진 감정은 달랐다.

아무렇지 않게 대하는 것을 보니 남자는 그때의 일들을 전혀 개의 치 않는 것처럼 보였다. 그리고 못 알아봤다는 그의 솔직한 발언이 가 슴을 콕콕 찔렀다. 얼마 전 그와 마주쳤던 이 호텔에 오면서 혹시나 또다시 우연이라도 마주치지는 않을까 하는 생각도 했었다.

상상 속의 그는 다정하거나, 친절하거나 둘 중 하나였다. 이렇게 뜨뜻미지근한 반응으로 사람을 무기력하게 만들 거라고는 상상조차 할 수 없었다.

그의 반응은 아무것도 남아 있는 게 없다는 듯이 의미가 없어 보였 다. 그저 한때 스쳐 지나갔던 이상한 인연을 다시 만나 안부를 건네는 것에 불과해 보였다.

가슴이 말도 못 하게 저몄다. 그를 바라고, 기다리고, 원했던 시간 이 허망했다. 덧없이 흘러가는 것이 인생이라고 하지만, 허허로운 가 슴을 가눌 길이 없었다.

눈가에 가득 고였던 눈물이 어느새 말라 버렸다. 운다고 해결되는 것은 없다는 것을 어릴 때 깨우쳤지만, 그럼에도 불구하고 눈물을 흘 릴 수 있다는 것을 알려 준 사람이었는데.

선진은 처연하게 잔을 집어 들었다. 쓴물이 목구멍을 타고 짜르르 넘어갔다. 술이 쓴 것을 보니 그만 마셔야겠다는 생각이 들었다. 아 니지, 한 잔 더 마실까?

입을 꾹 다문 채로 아무 말도 하지 않는 남자를 보니, 이만 자리를 떠야겠다는 생각이 들었다. 아니지, 한 번 더 말을 걸어 볼까?

선진은 아랫입술을 한 번 꾹 깨물었다 놓으며 입을 열었다.

"내가 삐진 거면 어떻게 풀어 줄 건데?"

아까 했던 말을 그대로 되풀이했다. 의미가 없어진 지난 시간에 관해 설명해 봤자 시간 낭비였다. 미숙했던 자신을 고백하고 이해를 강요하며 질척거리는 것으로 여겨질 테지. 그럴 바에는 차라리 지금에 집중하자는 생각이 들었다.

새로 기우면 다른 인연으로 엮어질까.

어리석은 바람으로 심장이 두근거렸다. 그는 아무런 말도 없이 슈트 재킷 안주머니를 더듬었다. 고개를 비스듬히 기울이며 무언가를 찾는 듯한 모습은 우아했다. 선진은 턱을 괸 채로 그 모습을 물끄러미 바라보았다.

그가 재킷 안주머니에서 무언가를 꺼내어 바 테이블 위에 놓더니 검지와 중지로 짚고는 선진이 턱을 괸 곳으로 밀어냈다. 선진의 시선이 그의 기다란 손가락을 따라 움직였다. 선진은 그가 내민 것을 가만히 내려다보았다.

그는 마티니 한 잔을 단숨에 입안으로 털어 넣고는 재킷 매무시를 고치며 자리에서 일어났다.

"어떻게 풀어 줄지 궁금하면, 올라와. 2201호."

방문 앞에 선 선진의 손이 파르르 떨렸다. 잘하는 것인지, 잘못하는 것인지……. 옳고 그름은 중요하지 않았다. 지금은 단지 그를 원한다는 사실만이 머릿속에 가득했다. 이렇게 자신을 감정적으로 몰아붙인 사람은 오직 이 남자뿐이었다.

아직도 그의 이름을 모른다는 사실이 우습기도 했지만, 이름이나, 지위 같은 허울 역시도 중요하지 않게 느껴졌다. 센서에 카드키를 가져다 대자 철컥, 하고 잠금쇠가 돌아가는 소리가 들려왔다.

선진은 천천히 문고리를 잡고 방문을 열었다. 술에 취한 탓인지 호텔 방문이 유독 무겁게 느껴진다 싶은 순간, 문이 확 열렸다. 그가 문이 열리는 소리를 듣고 다가온 것이었다. 갑작스러운 무게감 변화에 문고리를 잡고 있던 선진의 몸이 휘청 안쪽으로 기울었다.

넘어지려는 선진의 허리를 잡아 안은 것은 그의 단단한 팔뚝이었다. 그는 슈트 재킷을 벗고, 넥타이를 푼 채로 새하얀 드레스 셔츠만을 입고 있었다. 커프스 링크도 뺐는지, 소매가 팔뚝 언저리까지 접혀 올라가 있어서 잘 잡힌 근육이 도드라졌다.

선진은 손끝으로 그의 팔근육을 느끼며 상체를 일으켜 세웠다. 잠시 어지러움을 느낀 선진은 눈을 감은 채로 벽에 등을 기대어 섰다. 그가 바짝 다가왔다. 그의 손이 뺨 위로 흐트러진 선진의 머리카락을 귀 뒤로 넘겨 주었다.

선진은 천천히 눈꺼풀을 들어 올려서 그를 올려다보았다. 그의 어둡고 깊은 눈동자가 음욕으로 번들거리는 것 같았다. 선진은 입꼬리를 들어 올리며 미소를 머금었다. 어찌 되었건 그가 지금 자신을 원하고 있다는 사실만으로 흡족했다.

그의 얼굴이 천천히 다가오는 게 느껴졌다. 입을 살짝 벌린 채, 가라뜬 눈으로 그의 입술을 바라보았다. 마침내 그의 입술이 선진의 입술을 부드럽게 머금었을 때, 선진은 다시 눈을 감았다.

입안을 헤집는 집요한 움직임은 예전 그대로였다. 어쩔 줄 모르는 선진을 꼼짝 못 하게 옭아매고 이리저리 비벼 대는 것도 변함이 없었다. 선진은 그의 어깻죽지를 움켜잡으며 미간을 찌푸렸다. 순식간에 차오르는 열기에 몸이 바르르 떨린 순간, 입술이 떨어졌다.

선진의 뾰족한 입술선 근처에 그의 아랫입술이 닿을락 말락 했다. 더운 숨결은 좁은 공간을 사이에 두고 은밀하게 뒤섞였다.

"키스를 내가 가르쳐 준 대로만 하네, 기특하게."

그의 목소리에서 옅은 희열이 묻어났다. 선진은 미소를 머금은 채로 속삭였다.

"그쪽도 별로 나아진 건 없어."

여기서 더 나아질 수도 없는 키스였다. 그의 키스는 선진의 정신을 쏙 빼놓고, 영혼마저 뒤흔들어 놓을 정도로 뜨거웠다. 하지만 선진은 가쁜 숨을 몰아쉬며 자신을 놀려 대는 그에게 응수했다. 그러자 그가 고개를 비스듬히 기울이며 읊조렸다.

"너 외에 다른 여자랑 키스해 본 적 없으니까."

그가 낮게 속삭인 말에 심장이 쿵 울린 순간, 뜨거운 입술이 다시금 맞물렸다. 그의 손이 선진의 등허리를 더듬었다.

까치발을 든 채로 그의 목을 끌어안으며 매달렸다. 온 신경이 그의 입술을 탐하는 데 몰려 있었지만, 원피스 지퍼가 내려가는 소리는 선명하게 들려왔다.

방 안 온도가 적당한데도, 등 뒤에서 한기가 느껴졌다. 마치 그걸 안다는 듯이 그의 커다란 손이 선진의 맨등 위를 빠르게 오르내렸다. 그의 손길이 닿는 곳마다 화인이 찍히는 것처럼 뜨겁게 달아올랐다.

심장은 터질 듯 뛰었고, 숨은 계속해서 차올랐지만, 입술을 떼어 낼 수가 없었다. 선진이 몸을 한번 바르작거리자, 그가 숨통을 트여 주겠다는 듯이 입술을 떼어 냈다. 그의 입술이 목선을 따라 움직이는 동안, 원피스가 바닥으로 툭 떨어졌다.

목덜미에 입술을 묻고 있던 그가 고개를 들어 선진을 내려다보았다. 감상하듯 바라보는 눈빛은 정염에 젖어 침울하고 무거웠다. 갈빗대를 어루만지던 그의 손끝이 스타킹 밴드 위에 머물렀다.

검은색 메시 스타킹에 휘감긴 다리를 내려다보는 그의 얼굴을 감싼 선진은 얼른 제 얼굴 쪽으로 끌어당겼다. 그의 시선만으로 몸이 허물어져 내릴 것만 같아서 얼른 입술을 머금었다. 그러자 그가 팔을 내려 선진을 안아 들었다.

멀지 않은 곳에 침대가 있었고, 푹신한 침구 위에 금세 등이 닿았다. 그의 차오른 숨결이 몸 이곳저곳에 닿았다가 떨어졌다. 선진은 참지 못하고 연신 신음을 내질렀다.

결합은 깊었고, 뜨거웠으며, 밤이 끝날 때까지 계속되었다.

눈을 감고 있는데도 천장이 빙글빙글 도는 것만 같은 기분이었다. 어젯밤에 있었던 일이 꿈인지 생신지 구분이 되지 않았다. 마치 발정 난 짐승이라도 되는 양 서로를 탐했던 밤이 아득하게 느껴졌다.

자신을 알아보지 못한 죄로 그를 벌하려는 핑계였지만, 마치 그때의 일에 대해 속죄하듯 선진은 그에게 매달리고 울부짖었다. 선진은 저도 모르게 후, 하고 더운 숨을 내뱉었다. 지난밤을 떠올리는 것만으로도 열기가 치솟는 듯했다.

슬며시 눈을 뜨자, 기역 자로 된 통유리창을 통해 햇살이 들이치고 있었다. 선진은 이마에 손을 얹은 채로 몸을 일으켜 앉았다. 끙 하고 앓는 소리가 절로 흘러나올 정도로 숙취가 심했다. 지독한 갈증에 목구멍이 말라비틀어질 것만 같았다.

선진은 이불을 몸에 감은 채로 몸을 일으켜 미니 바로 다가갔다. 침대 위에는 그가 없었다. 방은 전실이 있는 코너 스위트룸이었고, 그는 밖에 있을지도 모른다고 막연히 생각했다. 생수 한 병을 집어 든 선진은 컵에 따를 생각도 하지 않고, 뚜껑을 따자마자 벌컥벌컥 들이켰다.

알몸을 휘감고 있는 이불, 병에 입을 대고 갈증을 해소하는 자신……. 꼭 9년 전의 페어뱅크스 호텔이 떠올라서 입가에 저절로 웃음이 번졌다. 터져 나온 웃음 때문에 몸이 슬쩍 흔들리자, 아랫배가 욱신 아파 왔다.

그러면서 그의 모습이 눈앞에 아른거렸다. 뜨거웠지만 거칠지 않았고, 다급해 보였지만 다정했다. 지극하게 자신을 안아 주었던 그를 떠올리자 심장이 뭉클해졌다.

무엇이 먼저든 상관없다는 생각이 들었다. 몸으로 먼저 확인했건, 마음을 먼저 확인했건……. 이제 그를 마주하고 앉아서 이야기를 시작해야겠다는 결심이 섰다.

침실 문을 열고 전실로 나아갔는데, 마치 원래부터 아무도 없었던 것처럼 텅 비어 있었다. 선진은 커다란 전실 한가운데 망연하게 멈춰 섰다. 차마 입을 열어 그를 불러 볼 엄두조차 나지 않았다.

그때 그의 감정을 그대로 돌려받고 말았다.

9년 전 그 호텔 방에서 자신이 사라진 것을 발견했을 때, 그도 지금의 자신과 같은 기분이었을까.

소파는 메이드가 정리해 놓은 이후로는 한 번도 사용한 흔적이 없는 듯 보였다. 흰색 리시안셔스, 노란색 폼폼, 아스틸베가 멋스럽게 어우러진 프렌치 스타일의 사방화가 놓여 있는 테이블 위 역시 먼지 한 톨 없이 깔끔했다.

말끔하게 정리된 공간이 오히려 선진을 당황스럽게 만들었다. 초점이 흐려진 시선으로 멍하니 허공을 바라보고 있는데, 전화벨 소리가 들려왔다. 선진은 앤티크한 인테리어와 기가 막히게 어우러지는 빈티지 유선 전화기의 수화기를 집어 들었다.

"네."

선진의 짧은 응대에 상냥한 목소리가 들려왔다. 소속과 이름을 밝힌 직원은 경쾌한 목소리로, 선진이 멍하니 서 있는 이곳이 아침 일찍 체크아웃 된 방이며 30분 후에는 방을 비워야 한다는 말을 전해 왔다.

"그럴게요. 고맙습니다."

사무적이지만 딱딱하지 않은 목소리로 선진이 대꾸했다. 선진은 혹시나 하는 마음에 전화 통화를 마무리하려는 직원에게 물었다.

"혹시 다른 메시지는 없었습니까?"

– 혹시 놓친 게 있나 확인해 보겠습니다. 잠시만 기다려 주십시오.

잠시 침묵이 흘렀다. 송화음을 차단한 채로 업무를 보는지, 수화기에서는 아무런 소리도 들려오지 않았다. 그 적막함에 소름이 돋아났다.

– 기다려 주셔서 감사합니다. 특별히 남아 있는 메시지는 없습니다.

호텔 직원이 말하는 '특별히'라는 단어가 가슴을 도려내는 듯했다.

'특별히…… 없습니다.'

지난밤에 대한 정의가 내려졌다.

＊

그로부터 2주의 시간이 흘렀다. 호텔 I 측에 은밀하게 요청해서 체크아웃을 진행한 사람의 정보를 알아낼까, 생각도 해 보았지만 부질없는 짓이라는 생각이 들었다. 그가 자신과의 인연을 이어 갈 생각이었다면 그렇게 사라지지 않았을 것이다.

그도 그렇게 생각했을까. 자신이 인연을 이어 갈 생각이 없어서, 사라졌다고 여겼을까?

지난날에 대한 앙갚음인가?

차라리 앙갚음으로 여길 수 있다면 좋을 성싶었다. 그 말인즉슨 그가 자신에게 일말의 감정이라도 남아 있다는 의미니까. 아무런 의미도 없이 무감한 것보다는 그편이 낫겠다는 생각이 들었다.

근데 그게 지금에 와서 무슨 소용이 있을까?

선진은 망하니 창밖을 내다보았다. 구름에 가려 있던 하늘이 회색빛일 거라고 생각했는데, 눈이 부실 정도로 쨍한 파란색이었다.

"커피를 왜 이렇게 많이 마셔? 자, 샷 추가한 아메리카노."

선진의 옆에 앉으며 뜨거운 아메리카노가 담긴 종이컵을 건넨 이는 태욱이었다.

"시차 적응이 안 되는지, 계속 졸리네."

선진은 아메리카노를 홀짝거리며 유유히 흘러가는 템스강을 내려다보았다. 하늘이 흐린 탓인지 내내 침울한 빛을 반영하던 강 위로 한 줄기 햇살이 내리자 반짝거리는 물결의 일렁거림이 눈에 들어왔다.

하지만 이내 구름이 새파란 하늘을 가려 버리자, 반짝이던 물결이 빛을 잃은 채로 흘러갔다. 잠시 보였던 쪽빛 하늘은 그와 같았고, 잠시 반짝거렸던 물결은 꼭 자신처럼 느껴졌다. 이제 어디로 흘러가야 하나, 하는 생각에 가슴이 울렁거렸다. 복잡한 기분 탓인지 아메리카노 향도 역하게 느껴졌다.

선진은 종이컵을 내려놓으며 한숨을 한 번 몰아쉬었다.

"얼굴이 많이 안 좋다."

"스트레스 때문인가."

태욱의 걱정스러운 말에 선진은 조용히 대꾸했다.

런던으로 날아온 선진은 결국 부명건설의 영국 지사를 총괄하는 GM에게 해고를 통보하고 오는 길이었다. 아무리 무능력한 사람이라고 한들, 누군가의 남편이고, 아이들의 아버지이며, 한 집안의 가장인 사람을 해고했다는 생각에 마음이 무거웠다.

선진의 기분을 기가 막히게 알아차린 태욱은 그녀를 테이트 모던 갤러리 10층에 있는 카페로 이끌었다. 유유히 흐르는 템스강을 오랜 시간 내려다봤을 세인트 폴 대성당이 맞은편에 보였고, 템스강 위에 놓인 밀레니엄 브리지, 런던 브리지, 타워 브리지 등이 줄지어 한눈에 들어오는 곳이었다. 런던 시내가 한눈에 내려다보이는 곳이라는 의미였다.

가슴이 뻥 뚫려야 하는 곳인데, 오히려 더 막막했다. 넓은 세상에 혼자 서 있는 것만 같은 기분을 떨칠 수가 없었다. 그럴수록 선진은 업무에 매진했지만, 일은 해결되면 그뿐이었다. GM을 해고하는 것으로 일단락되었고, 당분간은 공석으로 유지될 터였다.

"노 딜 브렉시트로 진행된다면 영국 시장 위험도는 높아질 게 뻔한데, 공석으로 둘 생각이야?"

왜인지 모르게 넋이 나가 있는 선진의 신경을 끌어오기 위해서였는지, 태욱이 업무와 관련한 이야기를 꺼내 들었다.

"다시 영국 내 인사를 채용하는 건 무리가 있을 것 같아."

선진은 차갑게 식은 손으로 따뜻한 아메리카노 잔을 감쌌다.

"소프트 브렉시트 쪽으로 기울어져 있는 체커스 계획대로만 진행된다면, 다시 영국 인사를 채용하는 것도 나쁘지는 않아."

그래서 선진이 주저하고 있다는 것을 안다는 듯이 태욱이 말했다.

"그렇다고 진전이 있을 때까지 공석으로 두고 기다릴 수만은 없고."

선진은 그리 대꾸하며 망연히 흐르는 템스강을 바라보던 시선을 태욱에게로 옮겨 갔다. 막 회의를 마치고 온 터라 태욱은 말쑥한 슈트 차림이었다.

얌전한 느낌의 갈색빛이 감도는 진회색 더블 재킷 슈트에 받쳐 입은 하늘색 잔 스트라이프 드레스 셔츠는 경쾌해 보였다. 거기에 간격이 넓은 사선 스트라이프 와이드 넥타이를 맨 태욱은 적당히 멋졌다. 스트라이프에 스트라이프를 매치했는데도 기가 막히게 어우러졌다.

하지만 그뿐이었다. 설레는 감정이 느껴질 만큼은 아니라는 의미다. 선진의 시선이 태욱의 왼쪽 가슴에 꽂힌 하얀색 실크 포켓치프로 옮겨 갔을 때, 태욱의 목소리가 들려왔다.

"아무리 생각해도 너무 멋있어?"

능청스러운 물음에 선진은 그를 향해 눈을 한번 흘기고는 물었다.

"영국 GM 자리, 어때?"

"당분간 공석으로 두고 싶으면 그렇게 해."

태욱에게 건넨 제안이라는 것을 알면서도, 그는 어물쩍 대답을 회피했다.

"그런 말 아니라는 거 알잖아."

커피를 한 모금 머금은 태욱이 한숨을 훅 몰아쉬며 회색 하늘을 응시했다.

"윤선진."

선진의 이름을 부르는 그의 목소리는 그 어느 때보다도 진지했다.

"이제 밀어내기로 작정한 거야?"

세상이 뒤바뀔 정도로 깜짝 놀랄 만한, 뜨거운 고백을 해 온 적도 없으면서 태욱은 그리 물었다.

선진은 아무런 대답 없이 태욱이 응시하고 있는 하늘을 바라보았다. 유유히 흐르는 구름과 유유히 흐르는 강물, 구름이 강물이 되고 강물이 구름이 되는 원리는 깨우친 지 오래였지만 구름과 강물은 영원히 평행선을 이루며 흐를 것만 같았다.

남자와 여자가 만나 인연을 만드는 이치도 알았지만, 태욱과 자신은 영원히 적당한 거리를 유지하며 지속될 평행선이라고 생각했다.

"내가 너한테 한 발 더 다가가겠다고 하면, 지금과는 다른 눈빛으로 너를 바라보겠다고 하면, 이제껏 꼭꼭 숨기고 있던 감정을 드러내겠다고 하면."

태욱이 진득한 시선을 선진에게 옮겨 왔다.

"내가 너 여자로 갖고 싶다고 하면, 어디 아프리카로 보내 버릴래?"

선진이 입을 열려는데, 태욱이 더 빨랐다.

"언제까지고 이런 관계여도 좋을 거라고 생각했어. 너랑 나, 주야 장천 평행선만 그려도 괜찮다고 생각했어. 근데 이제는 안 될 것 같 아."

입안에서 쓴맛이 돌았다. 인연이라는 게 참 우습다는 생각이 들었 다. 그토록 바라고 기다렸던 남자는 제 곁에 없었고, 곁을 아무리 지 켜도 마음이 움직이지 않는 남자는 애달픈 눈빛으로 자신을 바라보고 있었다.

"내가 각도를 1도만 기울일게. 그럼 언젠가는 너랑 닿겠지."

"그러지 마."

선진의 목소리는 조용했지만, 어조는 분명했다.

"기다릴게."

기다린다는 태욱의 말에 선진은 울컥해 버리고 말았다. 언제가 될 지 모르고 기다린다는 것이 얼마나 고달픈 일인지를 알기에 가슴이 시렸다. 그리고 희망고문이 얼마나 달콤한지, 희망고문조차도 사라졌 을 때는 얼마나 허망한지…….

그 모든 것을 알기에 그러라고 할 수가 없었다.

"난 분명히 그러지 말라고 했어."

선진은 태욱을 향해 노기 어린 목소리로 읊조렸다.

"안 되는 일이라고 스스로 설득해 보기도 했는데, 마음이 생각처럼 움직여지지 않더라."

마치 거울을 보고 있는 기분이었다. 제 마음을 대변하는 것만 같은 태욱의 모습이 안쓰러웠다. 하지만 그의 마음을 받아 줄 수는 없었 다.

순간 깨달았다. 자신이 태욱을 바라보는 마음이, 그가 자신을 바라 보는 마음과 닮은 것 같다고.

"몸이 멀어지면, 마음도 멀어진다잖아. 눈에 안 보이면, 아무것도

185

아니라는 생각이 들 거야."

그도 그랬겠지. 오랜 시간 눈에 보이지 않았던 사람, 아무것도 아니라고 생각했겠지.

"그러니까 영국 GM 자리 생각해 봐. 영국 지사에서 좀 있다가 다시 한국으로 들어오면 임원 루트도 더 쉬울 거야. 언제까지 사무실에 처박혀만 있을 거야?"

다그치는 선진의 말에 태욱이 더는 말이 통하지 않는다는 생각이 들었는지 아무런 반응도 보이지 않았다. 그리고 태욱에게 가시 돋친 말을 쏟아 내면서 선진은 자신의 심장을 찌르는 기분이었다.

구멍 뚫린 가슴에서 피가 철철 흘러나오고, 정리되지 않은 감정이 이리저리 흩어졌다. 이제 시간이 나설 차례였다. 상처가 아물 때까지 지루한 날들이 계속될 터였다.

"누구 맘대로 영국 GM을 해고해? 윤 회장님 손녀면 다야?"

노발대발 난리를 치는 이는 그룹 내에서 작은아버지 편에 서 있는 전무 중 한 명이었다.

"이제 어떻게 책임질 거야? 뾰족한 수라도 있어?"

선진은 교양 없이 소리만 지르고 있는 이에게 아무런 대응도 하지 않았다. 그 모습을 잠자코 지켜보기만 하던 윤정호 부회장이 인자한 미소를 머금으며 입을 열었다.

"윤선진 이사가 올바른 결정을 하고 돌아왔네요. 사실 영란은행 쪽과 유기적인 관계 융화를 통한 정보 조달을 목적으로 그 자리에 앉힌 사람 아니었습니까? 정보 조달은커녕 오히려 줄을 잘못 서는 바람에 영란은행 쪽과도 미묘한 분위기가 몇 달째 이어졌다고 들었는데요."

내내 선진을 몰아세우던 전무의 얼굴이 새파랗게 질렸다. 아니 새
파랗게 질린 척하고 있었다. 전무는 선진의 무능을 들추다 혼이 나
고, 윤정호 부회장은 선진을 감싸며 인자한 경영인의 모습을 연기하
는 중이었다. 전무는 지금 진행되고 있는 연극의 씬스틸러나 마찬가
지였다.

"하지만 자리를 비워 두는 것은 좋은 생각이 아닌 듯 보입니다. 한
번 영국 인사 채용으로 쓴맛을 봤으니, 본사 직원을 파견하는 게 낫지
않을까요. 윤 이사 생각은 어떻습니까?"

선진은 가만히 고개를 끄덕이며 대꾸했다.

"후보군 추려서 보고드리겠습니다."

"그래요. 그럼 다음 미팅 때 봅시다."

그룹 임원 회의 중에서도 가장 강도 높은 회의 중 하나였다. 신사
업 기획단에 몸을 담고 있는 임원들이 모이는 날이면 선진은 그 어
느 때보다 바짝 긴장했다. 그룹의 핵심 인사들이 모여 있는 곳이기에
그렇기도 했지만, 신사업 기획단에 속한 이들 중에 선진의 편에 서 있
는 사람은 단 한 명도 없었다.

윤 부회장을 포함한 열두 명의 인사 중 대부분이 윤 부회장의 편에
서 있었고, 그중 두어 명만 색을 구분할 수 없는 중립론자였다. 빈틈
을 보여서는 안 되는 자리였다. 그간 악착같이 살아남기 위해 버텨 온
세월이 한순간에 연기처럼 사라질 수도 있었다.

왜 이렇게 악착같이 살아왔는지에 대해 누군가 묻는다면, 그저 살
아남기 위해 살아왔다고밖에는 대답할 수 없었다. 처음 살기 위해 발
버둥 칠 때는 온 세상이 다 알아볼 정도의 위치에 올라서 그를 만날
수 있게 되기를 바랐다.

마치 동화 속 신데렐라가 무도회에 가서 왕자님의 눈에 드는 것처

럼 지극히 낭만적인 상상이었다. 하지만 낭만이 생존으로 변해 가는 것은 시간문제였다.

MBA를 마치고 한국에 들어오자마자, 윤 부회장은 보란 듯이 선진을 그룹 내 요직에 앉혔다. 결코, 선진을 곱게 보아서 그런 게 아니었다. 선진을 초장에 무너뜨리고 몰아낼 계략으로 그녀에게 주요한 업무들을 맡긴 것이었다.

그런데 그때, 마치 신데렐라의 변신을 도왔던 요정처럼 태욱이 나타났다. 선진과 같은 사립고등학교를 나온 태욱은 기가 막힌 업무 수행 능력을 갖추고 있었다.

선진을 돕는다면 그의 위치가 흔들릴 수도 있다고 경고했지만, 태욱은 전혀 개의치 않았다. 그만큼 스스로에게 자신 있는 사람이라는 의미였다.

그래서 선진은 KJ와의 미팅도 전적으로 태욱에게 위임했다. 사실 업무 제휴의 가능성이 제로에 수렴하는 KJ와의 미팅에 힘을 쏟을 만한 여력이 없는 것도 사실이었다.

미팅을 마치고 돌아온 집무실에는 이미 태욱이 기다리고 있었다.

"얼굴이 말이 아니네."

선진이 답답한 기분을 토해 내듯 한숨을 훅 내쉬며 대꾸했다.

"이번 출장은 왜 이렇게 시차 적응이 안 되지? 계속 눈이 감겨."

선진은 집무용 의자에 깊숙이 기대앉았다. 긴장했던 탓인지 명치도 꽉 막힌 기분이었다. 몸살이 오려는지 미열도 있는 듯했다.

"몸이 어디가 안 좋은 건 아니고?"

"그러게. 자꾸 처지네. 열도 나는 것 같고, 소화도 안 되고."

선진이 의자에 기댔던 몸을 세우며 가죽 데스크 패드 위에 놓인 마우스를 잡고 좌우로 한번 움직였다. PC 모니터에 가득 들어오는 화면에 눈앞이 어질어질했다. 선진은 저도 모르게 미간을 잔뜩 찌푸리고

188

말았다.

"병 키우지 말고. 미리 병원 갔다 오는 게 어때?"

"KJ 미팅은 잘 준비되고 있어?"

"신기주인지 신기루인지 확 잡아다가 줄 테니까, 걱정 마."

태욱의 장난스러운 어조에 잔뜩 굳어 있던 선진의 얼굴도 스르륵 풀어졌다.

"이제 오후 일정 특별한 거 없잖아? 병원 다녀와."

선진은 PC를 종료하며 고개를 끄덕거렸다. 아플 때 돌봐 줄 사람이 없다는 것은 진부한 서글픔이었다.

그래서 그렇게 마음을 빼앗겨 버렸던 걸까?

생리통으로 끙끙 앓던 자신을 위해 오밤중에 추운 거리로 나가 진통제와 핫팩을 사 왔던 그의 다정함이 떠올라 숨이 턱 막혀 왔다.

잊어 가고 있는 줄 알았는데, 큐피드는 선진을 향해 끊임없이 황금의 화살을 쏘아서 그의 존재를 일깨우려는 듯했다. 그는 요정 다프네가 그랬던 것처럼 납의 화살을 맞은 것일까.

감상이 지나쳤다. 사춘기 시절에도 하지 않았던 망상이 머릿속을 둥둥 떠다녔다. 절대자가 나타나 사랑 이전과 이후의 시간 중 하나를 고르라고 한다면, 선진은 주저 없이 그를 만나기 전의 시간을 고를 것이다.

그럼 나는 끝내 이 세상에 존재하지 않는 방법을 택하게 될까?

"뭐 해?"

감상적인 잡념에 빠져 있던 선진은 태욱의 말에 정신이 번쩍 드는 듯했다. 그리고 그저 태욱이 평소와 같이 불렀을 뿐인데, 심장이 이상한 박자로 날뛰었다. 입 밖으로 튀어나올 것처럼 뛰어 대서 당황스러울 정도였다.

"얼른 병원부터 가."

선진은 고개를 끄덕이며 자리에서 일어났다.

"마지막 생리 날짜가 언제죠?"

두 달에 한 번 하는 날도 있었고, 한 달에 한 번 하는 일도 있었다. 의사에 질문에 선진은 기억이 나질 않아서 휴대전화 애플리케이션을 들여다보았다.

"40일 정도 된 것 같은데요."

선진의 대답에 주치의는 잠시 머뭇거렸다.

"일단 소변 검사부터 해 보죠."

일을 시작하면서 정기검진을 꼬박꼬박 받아 왔다. 그러면서 몸에 조금이라도 이상이 있으면 예방의학과 박사인 주치의를 찾았다.

"어디 안 좋은가요?"

선진의 질문에 의사는 별거 아닐 거라며 고개를 내저었다. 소변 검사는 네모난 키트로 진행되었다. 선진이 지켜보는 앞에서 키트를 내려다보던 의사의 얼굴에 묘한 미소가 떠올랐다.

"산부인과 진료를 받아야 할 것 같네요."

자궁이나 난소에 이상이 생겼다고 보기에는 의사의 표정이 어둡지 않았다. 초음파를 본 것도 아니고, 이상이 생긴 것을 간단한 소변 검사로 밝혀낼 수 있을 리도 없었다.

"산부인과요?"

"방금 한 검사는 임신 반응 검사예요. 정확한 확인을 위해서는 산부인과로 가는 게 좋겠어요."

"잠시만요. 그러니까 제가 임신일 수도 있다는 말인가요?"

선진은 믿을 수 없다는 듯이 눈을 동그랗게 뜨고 물었다. 의사는 고개를 끄덕이는 것으로 대답을 대신했다.

"피임했는데……."

혼잣말처럼 읊조린 선진의 말에 의사는 피임이 임신을 100% 막을 수는 없다고 말했다. 하필 그 어려운 수치 안에 자신이 해당되었다고 생각하니 기가 막힐 노릇이었다.

진료실을 나선 선진은 주치의가 써 준 소견서를 들고, 아래층에 있는 산부인과로 향하려다 발걸음을 돌렸다. 이곳에서 산부인과 진료를 받는다면 작은아버지 귀에 들어가는 건 시간문제였다.

선진은 여의사가 진료한다는 개인 병원을 찾아갔다.

"임신 5주 정도 된 것 같네요."

초음파 화면을 보며 의사가 그리 말했다.

"여기 하얀 점처럼 보이는 게 아기집이고요. 2주 후쯤 다시 오시면 심장 소리도 들을 수 있어요."

태내에 있는 아기의 심장 소리를 들을 수 있다는 말에 심장이 쿵 내려앉는 듯했다. 속이 메스껍고, 지나친 감상에 젖고, 아무것도 아닌 일에 놀라서 심장이 뛰고, 시차 적응이 되지 않는 것처럼 졸리고, 미열이 나는 게 전부 저 작은 점 하나 때문이라고 의사는 말하고 있었다.

"2주 후에 다시 볼게요."

의사는 평범한 산모를 대하는 것처럼 선진을 대했다. 진료실을 나선 선진이 결제를 위해 접수대로 향하자, 푸근한 인상의 간호사가 이 것저것 설명해 주었다.

"이건 산모 수첩이고요, 엄마. 여기 쓰여 있는 대로 어플 깔고, QR 코드 인식하면 어플로도 볼 수 있어요. 엄마, 오늘부터 엽산 챙겨 먹어야 하고요."

간호사는 말끝마다 '엄마'라는 호칭을 붙였다. 그 호칭이 몹시 생경 해서 선진은 온몸에 소름이 돋아나는 것만 같았다.

병원에서 나와 산부인과 건물 1층에 있는 약국에 갔을 때는 더욱 기분이 이상했다. 산부인과와 산후조리원이 붙어 있는 탓인지, 약국 한쪽에는 육아용품을 파는 곳이 마련되어 있었다.

그곳에서 제 또래 여자가 남편에게 바짝 붙어 선 채로 배냇저고리를 고르는 모습을 선진은 넋을 놓고 바라보았다. 두 사람의 모습에 자신과 그 사람의 모습이 자연스레 겹쳐져서 선진은 얼른 눈을 꾹 감아 버렸다.

"윤선진 님."

"네!"

약사가 제 이름을 부르지 않았으면, 눈물을 쏟았을지도 모를 일이다.

"엽산이고요. 하루 한 알 드시는데, 입덧 증상 있으시면 밤에 자기 전에 복용하시는 게 덜 힘드실 거예요."

선진은 알았다고 고개를 끄덕거리며 약국을 나섰다. 약국 앞 보도블록에 멈춰 선 선진은 길을 잃은 사람처럼 멍한 시선으로 허공을 바라보았다. 세상일이 뜻대로만은 되지 않는다고 하지만, 어쩌다가 자신이 이런 상황에 놓였는지 이해가 되질 않았다.

연신 한숨을 내쉬고 있는데, 휴대전화가 울렸다. 발신인은 며칠 전 아버지의 호출로 일본으로 돌아간 후지사와였다.

"어, 아사미."

─ 목소리가 왜 그래, 선진 짱? 어디 아파?

"아냐. 계속 말을 안 하고 있었더니, 목소리가 잠겨서 그래. 잘 도착했어?"

─ 빨리도 물어보네. 선진 짱. 나 다음 주말에 다시 서울 갈 거야. 그때 말했던 그 남자, 같이 저녁 먹기로 했는데. 선진 짱, 시간 괜찮아?

"어, 괜찮아."

마음에 든 남자를 소개하겠다는 친구의 제안을 거절할 수가 없었다. 후지사와의 목소리는 그 어느 때보다 신이 난 것처럼 들렸다.

– 그래, 그럼 그때 봐.

후지사와가 애교 섞인 목소리로 인사하고는 전화를 끊었다.

이제 나는 어떻게 해야 하지?

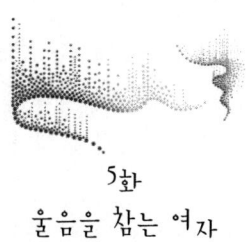

5화
울음을 참는 여자

마치 잠시 잠이 들었는데, 이상한 나라에 빠지고 만 앨리스가 된 기분이었다. 선진의 뒤를 졸졸 쫓아다니면서 자기가 원할 때 나타났다가, 홀연히 사라지는 그는 체셔 고양이 같았다.

선진은 천천히 걸음을 옮기기 시작했다. 가만히 서서 끝없이 자신을 옭아매는 생각 속에 갇혀 있을 수만은 없었다. 앨리스가 이상한 나라에서 빠져나오기 위해 노력했던 것처럼 선진도 방법을 강구해야 했다.

거리에는 내내 어두운 그림자가 드리워 있었는데, 그곳에 드리웠던 구름이 걷혔는지 햇살이 내리쬐기 시작했다. 빛과 그림자가 번갈아 나타나는 거리를 바라보며 선진은 은은한 미소를 머금었다.

과거를 향해 돌아선 채로 어두운 그림자만 내려다보며 비탄에 빠져 있을 수는 없었다.

한 발짝 돌아서면 피부에 햇살이 닿는 것을 느낄 수 있을 터였다.

얼마 전 런던 템스강에 드리운 햇살에 잠시 반짝이던 물결을 보고 했던 생각과는 판이했다.

똑같은 햇살과 똑같은 그림자인데도 생각이 달라졌다.

혼자 아이를 낳는다고 해도, 선진에게는 키울 수 있는 능력이 있었다. 9년 동안 자신에게 남아 있는 그의 흔적이 없어서 허전했던 선진이었다. 그런데 지금은 너무도 또렷한 존재가 제 속에 남아 있다. 가슴이 뭉클해졌다.

나중에 아이가 커서 아빠가 어떤 사람이냐고 물으면 어떻게 답해 줘야 할까?

체셔 고양이처럼 재치 넘치는 사람이었다고 말해 주면 알아들을까?

이상한 나라의 앨리스를 꼭 읽어 줘야겠다고, 선진은 다짐했다. 그와의 관계도, 상황도 전혀 달라진 게 없었다. 그룹 내에서 아슬아슬한 위치에 서 있는 윤선진 이사에게는 위기나 다름없었다. 그런데 인간 윤선진은 웬일인지 행복했다.

아무도 없었던 세상에 오롯한 제 편이 생길지도 모른다는 생각에 설레었다.

아이는 엄마를 조건 없이 사랑하니까.

핍박 속에 살았을지언정, 어린 선진은 엄마를 사랑했으니까.

배 속에 있는 아이도 자신을 사랑할 거라고 생각하자, 외로움이 가셨다. 자신이 부모에게 받지 못한 사랑을 아이에게 줄 생각이었다.

병원을 나설 때만 해도 '엄마'라는 단어가 혼란스러웠는데, 자신이 좋은 엄마가 될 수 있을지도 모른다는 생각에 가슴이 두근거렸다.

엄마는 이제 너를 위해 살아갈 거란다.

선진은 그리 생각하며 걸음을 옮겼다.

이튿날, KJ와의 미팅을 앞두고 태욱이 선진의 집무실을 찾았다.

"무슨 좋은 일 있어?"

한결 밝아진 선진의 얼굴을 보고 태욱이 선진의 분위기에 전염이라도 된 양 비슷한 미소를 지으며 물었다.

"있잖아, 선배."

"나는 네가 선배라고 부르면 무섭더라."

선진의 목소리가 전보다 쾌활하다고 느꼈는지, 태욱이 장난을 걸어왔다. 선진은 진한 미소를 머금은 채로 물었다.

"내가 낳은 아이의 아버지가 되어 달라고 하면, 어떡할래?"

순간 태욱의 얼굴이 발갛게 달아올랐다. 뭐라 대꾸하려고 입을 벙긋거리던 태욱의 얼굴이 이내 어두워졌다.

"윤선진."

선진을 잘 아는 태욱이었다. 태욱의 고백에 대한 긍정적인 대답을 에둘러서 표현한 게 아니라는 것을 간파한 얼굴이었다. 그의 얼굴이 시시각각 무섭게 변해 갔다.

"너 지금 뭐라고 한 거야?"

그의 눈빛에 발산하지 못할 분노가 일렁거렸다. 선진은 그를 마주하고 있던 시선을 옮겨 PC 모니터를 바라보았다.

"말한 그대로야. 아무리 각도를 기울인다고 해도, 그건 어렵잖아. 그렇지?"

대답을 듣기 위한 질문이 아니라는 것을 태욱은 알았다. 선진은 그리 단정 짓고 있는 거였다.

"그래서 어제."

태욱은 어제 선진의 증상과 병원 진료에 관해 묻고 있었다. 이왕 낳기로 결심한 거, 자신의 최측근이나 다름없는 태욱에게는 빨리 털어놓는 편이 좋았다.

"어. 임신 5주래."

선진이 건조하게 내뱉은 대답에 태욱은 믿을 수 없다는 듯이 커다란 손으로 이마를 짚고는 소파에 털썩 주저앉았다.

"설마 성탄절을 앞두고 한국에 예수가 재림했다는 어이없는 장난을 칠 건 아니지?"

태욱의 질문에 선진은 웃어 버렸다.

"지금 웃음이 나와?"

"내가 21세기 서울판 동정녀 마리아가 된 게 아니라, 임신 5주라고."

선진은 태욱에게 다시금 설명해 주었다. 그런데도 태욱은 여전히 이해하지 못하겠다는 얼굴로 선진을 바라보았다. 그의 눈에는 원망과 실망과 절망, 그리고 가망을 잃은 갈망이 공존했다.

"어떻게 할 생각이야?"

태욱의 물음은 진지했다.

"좋은 엄마가 될 생각이야."

선진의 대답 또한 진중했다. 태욱은 숨을 잠시 멈추었다가, 긴 잠수를 끝내고 수면 위로 올라온 사람처럼 한숨을 내뱉었다.

"널 이렇게 만든 새끼는? 그 새낀 어쩌고 나한테 아버지가 어쩌고 하는 건데?"

"입 조심해."

"뭐?"

"그 사람 욕하는 걸 나무라는 게 아니라, 애가 들어. 그 사람 욕은 딴 데서 하든지, 말든지."

"야, 윤선진!"

태욱은 미치고 팔짝 뛰겠다는 듯한 목소리를 냈다.

"큰 소리도 내지 말고."

선진은 나직한 어조로 경고했다.

"뭐 하는 사람이야? 너 이렇게 된 거 몰라? 지금 너 혼자 이러고 있는 거, 그놈은 알아?"

선진은 아무것도 대답할 수가 없었다. 모르는 사람이라고 할 수도 없었고, 그렇다고 그에게 알릴 수 없다고도 말할 수 없었다. 옛날에는 그에게 닿을 수 없다는 사실이 답답하기만 했는데, 지금은 아무렇지도 않은 게 이상하다면 이상한 일이었다.

인정해 버리면 이렇게 쉬운 거였나?

그동안에는 그가 자신을 저버렸을지도 모른다는 사실을 인정하기 싫어서 발버둥 치느라 힘들었는지도 모른다. 그의 존재를 지우기로 마음먹고 나니 오히려 편해졌다.

인연을 포기한 게 아니라, 이별을 인정한 거다.

선진은 PC 모니터 하단에 있는 시간을 한 번 확인했다. 오전 11시가 가까워지고 있었다.

"KJ 신기주 씨랑 오찬이 11시 40분이었지?"

그렇다며 고개를 끄덕이는 태욱은 정신이 완전히 나간 사람처럼 보였다.

"지금 나가야겠네. 미리 가 있으려면."

선진이 먼저 자리에서 일어나 집무실 문까지 걸어가는 동안, 태욱은 그 자리에서 꼼짝도 하지 않았다.

"안 가?"

선진이 묻는 말에 대답 없이 자리에서 일어난 태욱은 묵묵히 뒤를 따랐다.

차에 오른 선진은 태욱이 건넨 KJ 신기주에 관한 자료를 그제야 열어 보려고 태블릿 PC 화면을 활성화했다.

파일 아이콘을 터치하려는데, 태욱이 입을 열었다.

"할게."

선진의 손이 멈칫했다.

"뭘?"

의아한 목소리로 되묻자, 태욱이 운전대를 꽉 움켜쥐며 대꾸했다.

"네가 낳은 아이의 아버지."

선진은 가볍게 웃음을 터뜨리고 말았다.

"강태욱 씨, 돌았어?"

"윤선진, 너는 애 밴 여자가 한다는 말이 돌았어가 뭐냐? 앞으로 너도 입 조심해."

선진은 아까보다 더 크게 웃음을 터뜨렸다. 큰 소리를 내며 웃는 법이 잘 없는 선진을 태욱은 이상하다는 듯이 흘끗거렸다. 가까스로 웃음을 멈춘 선진은 찔끔 나온 눈물을 손가락 등으로 찍어 내며 말했다.

"미안해. 호르몬 때문인지, 내가 요즘 좀 감정 기복이 심해. 근데 나한테 애 밴 여자라고 하면서 선배가 화내는 게, 너무 웃겨서."

태욱은 어이가 없다는 듯이 고개를 절레절레 내저었다.

"그리고 나 애 낳고 나서 선배랑 플라토닉한 부부로 살 생각 없어."

일순간 태욱의 얼굴이 굳어 버렸다.

"너 그거 무슨 뜻이야?"

"내가 낳은 애의 아버지 될 필요 없다는 뜻이지."

"그럼 나한테 왜 네가 낳은 애의 아버지가 될 수 있느냐고 물었어?"

"그거야, 내가 대놓고 '애 밴 여자'가 됐다고 말하기는 민망해서."

선진은 그리 말하면서도 키득키득 웃었다.

"너는 임신한 게 즐겁냐?"

"안 즐거울 건 또 뭐 있어?"

태욱은 이제 포기했다는 듯이 한숨을 내쉬고는 덧붙였다.

"내가 잘할게."

"지금도 잘하고 있어."

"좋은 남편, 좋은 아버지 되겠다고."

"선배 부모님이 내가 다른 남자 아이 가졌는데, 결혼하겠다고 하면 허락하실까?"

선진의 질문에 태욱이 움찔하는 모습이 눈에 들어왔다. 잠시 어색한 침묵이 흘렀다. 태욱의 아버지는 서울 시내에 있는 고등학교에서 교장직을 맡고 있었고, 그의 어머니는 중학교의 교장직을 맡고 있었다. 하나밖에 없는 아들에게 끔찍한 부모이기도 했다.

"내가 엄마 입장에서 생각해 보니까…… 그런 불효가 없다, 선배?"

"내 아이라고 하면 되지. 안 그래도 장가가라고 성화신데, 얼마나 반가워하시겠어?"

"애가 만약에 파란 눈으로 태어나면 어쩌려고?"

선진의 농담에 태욱은 기가 찬다는 듯이 입을 벌렸다.

"윤선진, 적당히 해. 너 혼자 애 낳으면, 윤 부회장이 가만둘까?"

"나도 그게 좀 걱정이긴 한데, 잘되겠지. 뭐."

신기주에 대한 파일을 열어 볼 새도 없이 태욱의 차가 사직동에 있는 한식당 앞에 멈춰 섰다. 발레파킹 기사에게 차 키를 맡긴 태욱은 선진의 옆에서 나란히 걸으며 입을 뗐다.

"신기주 대표가 한식밖에 안 먹는대. 그래서 여기로 예약한 거야. 부모님 모시고 자주 왔는데, 괜찮더라고. 딱 10분 먼저 도착했네."

"한식밖에 안 먹는 양반이 외국 생활은 어떻게 했을까?"

갑자기 알래스카 페어뱅크스에서 한식당만을 고집했던 그가 떠올라서 선진은 혼잣말처럼 읊조렸다.

"외국에는 한식당 없나, 뭐."

"그렇긴 하지."

식당 종업원이 태욱의 얼굴을 알아보고는 두 사람을 별채에 있는 단독 식사실로 안내했다.

"일행분이 먼저 와 계십니다."

종업원의 말에 선진이 아랫입술을 꾹 깨물었다. 약속 시각에 늦은 것도 아닌데, 선수를 빼앗긴 기분이 들었다. 종업원이 노크한 뒤, 미닫이문을 단정하게 열어젖혔다.

"서둘러 왔는데도, 저희가 늦게 도착했네요. 죄송합니다."

선진은 전형적인 인사를 건네며 식사실 안으로 들어갔다.

"괜찮습니다. 제가 좀 일찍 도착했네요."

선진은 천천히 시선을 들어 올렸다.

목소리가 들려왔을 때, 그저 비슷한 음성일 거라 여겼다. 그런데 앉은 자리에서 일어나 선진을 마주하고 선 남자는 그가 분명했다.

"반갑습니다. 신기주입니다."

그에게서 듣지 못했던 이름, 신기주였다. 선진은 잠시 넋을 놓은 채로 그를 바라보았다. 우연이라고 여기기엔 지나치도록 독하게 얽힌 운명이었다. 하필 왜 이 자리에 이 사람이 서 있는 건지 도무지 이해가 되지 않았다.

그는 체셔 고양이가 분명하다는 생각도 들었다. 결정적인 순간에 나타나서 상황의 흐름을 바꿔 놓는 요망한 존재 말이다.

"반갑습니다. 윤선진입니다."

그에게 자신의 이름을 처음 내뱉는 자리가 업무 석상이 되리라고는 상상조차 하지 못했다. 선진이 소개를 마치자 그의 시선이 태욱에게로 향했다.

"처음 뵙겠습니다. 강태욱입니다."

세 사람이 모인 자리, '처음 뵙겠습니다'라는 인사로 자신을 소개한 사람은 태욱뿐이었다. 선진은 입안이 바짝 마르는 것만 같았다. 이제 어떻게든 얼굴을 보고 싶지 않은 남자에게 저를 잘 봐 달라며, 업무 제휴를 제안해야 한다고 생각하니 속이 거북할 지경이었다.

이별을 인정한 순간, 운명은 선진의 가여운 영혼을 저울질해 보겠다는 듯이 그의 앞에 세워 두었다. 그리고 그에게 자신을 어필하라며 강요하고 있었다. 잔인하도록 기가 막힌 타이밍이었다.

차라리 그와 밤을 보내기 전에 이런 자리가 있었더라면 더 나았을까 생각해 보았지만, 그랬다면 밤을 보내는 일도 없었을 거란 생각이 들었다. 지금 선진의 배 속에 자리한 아이도 이 세상에 존재하지 않았을 것이다.

지금 선진에게 그 무엇보다 소중한 것은 단 하나의 존재뿐이었다. 선진은 자리에 앉으며 아랫배에 가만히 손을 얹었다.

"주문은 제가 해도 될까요? 제대로 된 한식당에 오랜만에 와서요."

그는 종업원이 건넨 메뉴판을 들여다보며 말했다. 이미 정식 코스 요리를 예약해 둔 상태였지만, 태욱은 그러시라며 상냥한 어조로 대꾸했다.

"이게 좋겠네요."

그는 메뉴판을 테이블 위에 내려놓으며 종업원에게 보여 주었다. 그가 고른 요리는 손두부와 개성식 만두가 들어간 두부만두전골이었다. 유난히 두부전골을 좋아했던 사람이었다. 그가 고른 메뉴에 별다른 의미를 두지 말자고, 선진은 스스로를 다독였다.

"이렇게 아름다운 분이 나오실 줄 알았으면, 진작 미팅을 잡을 걸 그랬네요."

그는 마치 선진을 모르는 사람처럼 대했다. 어색한 미소를 머금느라 선진은 얼굴에 경련이 이는 것만 같았다.

"보내 드린 자료는 다 보셨습니까?"

상냥한 목소리를 내려 노력했지만, 무뚝뚝한 어조가 흘러나왔다. 선진의 질문에 그는 고개를 끄덕이며 대꾸했다.

"잘 봤습니다. KJ가 굳이 힘을 보태 드리지 않아도 될 것 같은데요."

선진은 부드럽게 거절 의사를 밝히는 그의 태도가 반가울 지경이었다. 그의 얼굴에는 여전히 여유로운 미소가 걸려 있었다. 그런데 옆에 앉은 태욱이 심각한 목소리를 냈다.

"부명그룹은 KJ가 없어도 괜찮습니다."

태욱의 발언에 재미있는 말을 들었다는 듯이 그가 천진한 미소를 머금었다. 그 미소를 보는 선진의 가슴에는 시큰한 바람이 새어 들어오도록 금이 갔다.

"여기 있는 윤선진 이사에게 힘이 되어 주셨으면 하는 바람에 마련한 자리입니다."

선진은 탄식을 집어삼켰다. 선진을 두둔하고 나서는 태욱을 그는 미묘한 시선으로 바라보았다.

"무슨 뜻인지 자세히 말씀해 주시지 않으면 이해하기가 어렵습니다만."

그는 더 설명해 보라는 듯한 눈빛으로 태욱을 응시했다. 모든 걸 다 내어 줄 수 있는 사람이라고 여겼던 남자였다. 이별을 결심한 이후로 오히려 홀가분해졌다고 생각했었다. 그런데 그를 마주하고 앉은 상황이 되자 심장이 욱신거렸다.

그에게 자신의 처지를 설명해야 하는 상황이 잔악무도했다.

"일단 식사부터 하고, 말씀 나누시죠."

태욱은 분위기를 부드럽게 풀어 나갔다. 만약 이 자리에 태욱이 나오지 않았더라면 어떻게 되었을지 상상조차 하고 싶지 않았다.

이윽고 그가 주문한 두부만두전골이 서빙되었다. 일인용 뚝배기에 소담하게 담겨 나온 전골이 각자의 앞에 놓였다.

조용히 숟가락을 움직이는 소리만이 식사실 안을 울렸다. 선진은 숟가락을 집어 들고는 모락모락 김이 오르는 만두를 하나 떠서 앞접시로 옮겼다.

만두를 잘라 내며 숟가락으로 헤집은 순간, 속이 뒤집히는 듯했다. 고기와 갖은 양념이 뒤섞인 냄새가 역했다. 선진은 숨을 꾹 참은 채로 어떻게 해야 하나 망설였다. 당장 숟가락을 내려놓고 화장실로 뛰어가고 싶었지만, 그럴 수가 없었다.

선진이 머뭇거리고 있는데, 태욱이 조심스레 선진의 앞접시로 손을 뻗으며 나직이 속삭였다.

"저희 이사님께서 어제 과음하셔서 속이 좀 거북하신가 봅니다."

눈치 빠르고 세심한 태욱은 선진의 앞접시에 있던 만두를 제 그릇으로 옮겨 담았다. 그러고는 선진의 앞에 놓인 뚝배기를 들어서 저만치 치워 버렸다.

"물냉면 같은 거, 어떠세요?"

"좋아요."

태욱의 질문에 선진은 간신히 대답을 내놓았다. 태욱은 문가에 자리한 호출 버튼을 누르다가, 종업원이 오지 않자 식사실 밖으로 나가 버렸다.

태욱이 나간 식사실 안에는 적막이 감돌았다. 선진은 빨리 태욱이 돌아오기를 바랄 뿐이었다. 그런데 태욱은 뭐가 그리 오래 걸리는지 한참이 지나도록 돌아오지 않았다.

조용히 식사를 하던 그는 삐뚜름한 미소를 머금은 채로 선진을 바라보았다. 선진은 그의 시선을 피하지 않고 받아 냈다.

"강태욱 수석은 윤선진 이사가 신기주랑 잔 거 압니까?"

그의 도발적인 질문에 선진은 잠시 멈칫했다. 목소리는 차가웠고, 어조는 비꼬는 게 분명했지만, 그의 눈빛은 상처로 물든 것처럼 스산했다. 그의 눈빛이 비수가 되어 선진의 심장을 도려내는 기분이었다.

선진은 한숨을 집어삼키고는 입을 열었다.

"우리, 할 이야기가 있을 것 같은데요."

애처로운 목소리를 내지 않으려 노력했다. 그렇다고 딱딱한 어조가 흘러나와서 그를 자극하지 않기를 바랐다. 제법 선선한 말투가 흘러나와서 선진은 다행이라고 여겼다. 그런데 그를 바라보는 눈빛에 담기는 애수만큼은 감출 수가 없었다.

그는 선진을 응시한 채로 가만히 있었다. 그가 만약 옛날 일을 갚아 주는 거라면 달게 받으리라 생각도 해 보았다. 하지만 그가 자신에게 화를 내고 있다고 여기기에는, 그의 눈빛이 자신보다 훨씬 더 많이 슬퍼 보였다.

"그날."

그렇게 떠나려고 한 게 아니었다는 말을 하려는데, 태욱이 식사실로 돌아왔다. 선진은 하려던 말을 멈추고 물을 한 모금 머금었고, 그는 아무 일도 없었던 양 태연하게 숟가락질을 이어 갔다.

"냉면이 없다는데, 어떡하죠?"

태욱이 걱정스러운 말투로 물었다. 두부만두전골을 제외하더라도 밑반찬이 훌륭한 식당이었다.

"다른 찬이랑 먹으면 돼요. 괜찮아요."

선진이 괜찮다며 웃어 보이자, 태욱의 얼굴에 근심이 짙어졌다. 선진은 그러지 말라는 눈빛을 태욱에게 보냈다. 그가 자신에게 비애 어린 눈빛을 보내지만 않았어도, 태욱이 어떻게 하든 개의치 않았을지도 모른다.

그런데 자신 때문에 흠집이 난 듯한 눈빛을 하고 있는 남자의 앞에서 태욱의 친절을 모두 받아 내는 것이 버거웠다.

선진은 조용히 식사를 시작했다. 하지만 참기름에 버무린 나물부터 들기름에 지진 부침개, 살짝 맛이 든 김치까지 역하지 않은 음식이 없었다. 아무렇지 않을 거라고 생각했던 맨밥을 입에 넣은 순간, 비릿한 쌀 냄새가 위장을 훑는 기분이었다.

저도 모르게 입을 틀어막은 선진은 얼른 자리를 박차고 일어났다. 두 남자의 위태로운 시선이 선진의 뒤를 좇는 게 느껴졌다.

화장실로 들어온 선진은 먹은 것도 없는 속을 게워 냈다. 눈알이 빠질 것처럼 압력이 차올라서 숨 쉬는 것조차 버거울 지경이었다.

속이 좀 진정되었다 싶어 화장실에서 나온 선진은 매무시를 고치며 한숨을 한 번 몰아쉬고는 다시 식사실로 향했다. 아까는 느끼지 못했는데, 식사실 안은 온갖 음식 냄새로 가득 차 있었다.

태욱이 식사실로 들어오는 선진을 안쓰러운 눈빛으로 바라보았고, 그 역시도 선진을 태욱과 비슷한 시선으로 바라보았다.

"윤 이사님, 컨디션이 많이 안 좋으신 것 같은데요. 괜찮으십니까?"

그가 건조한 목소리로 물어 왔다. 두 사람 사이에 진득한 화학작용이 일어나기 전에도 그는 선진에게 상냥했던 사람이었다. 그렇다고 무턱대고 여자를 꼬시기 위해 만들어 낸 친절도 아니었다.

선진이 대답을 내놓으려는데, 태욱이 더 빨랐다.

"죄송하지만, 오늘 자리는 여기서 마무리하는 게 좋을 것 같습니다."

"제 생각에도 그게 좋을 것 같군요."

그는 태욱을 향해 말하고 있었지만, 진득한 시선은 선진을 향해 있었다.

"그럼, 제가 먼저 일어나겠습니다. 천천히 일어나세요."

그리 말한 그는 유유히 식사실 밖으로 나가 버렸다.

"괜찮겠어?"

태욱의 물음에 선진은 한숨을 몰아쉬며 앓는 소리를 했다.

"죽겠네."

선진이 마른 목소리로 대꾸하자, 태욱은 고개를 절레절레 내젓고는 선진의 머리카락을 향해 손을 뻗었다.

"왜?"

피하려 하자 태욱이 가만히 있으라며 선진을 나무랐다.

"여기 뭐 묻었어. 화장실 다녀오면서 그랬나 보네."

태욱은 티슈를 뽑아서 선진의 머리카락에 묻어 있는 이물질을 닦아 주었다.

"됐어. 내가 할게."

"있어 봐. 어디 묻었는지 보이기나 해?"

태욱이 선진을 부드럽게 나무라는 사이, 기척을 느낀 선진의 시선이 빠끔히 열려 있는 식사실 입구로 향했다. 간 줄 알았던 그가 두 사람의 모습을 지켜보고 서 있었다. 선진의 시선에서 미묘한 분위기를 느꼈는지, 태욱이 문 쪽을 돌아보았다.

분명 원망 어린 시선을 하고 있던 그였다. 그런데 태욱이 돌아보자마자, 그의 눈빛은 감정을 숨기고 이내 건조해졌다.

"급히 나오느라 휴대전화를 두고 나왔네요."

그는 아무것도 보지 못했고, 그로 인해 아무것도 느끼지 못했다는 듯이 예사로운 목소리로 말하고는 다시 식사실 안으로 들어섰다. 선진은 그가 휴대전화를 집어 드는 모습을 가만히 바라보았다.

그가 흘끗 시선을 돌려 선진을 바라보았고, 허공에서 두 사람의 시선이 미묘하게 부딪쳤다. 자신을 탓하는 듯한 느낌이 스쳐서, 선진은 가슴이 울렁거렸다. 이내 태욱에게 시선을 돌린 그는 아무렇지 않다는 양 말했다.

"다음 미팅 날짜와 장소는 제가 연락드리는 거로 하겠습니다, 그럼."

그는 묵례를 하고는 식사실을 나섰다.

그의 모습이 시야에서 사라지고 나자, 선진은 저도 모르게 짙은 한숨을 내뱉었다. 입안이 바짝 말라 버려서 선진은 물컵을 집어 들었다. 물을 한 모금 마시려는데, 구역질이 났다. 맹물조차도 마실 수 없을 정도로 갑자기 후각이 예민해져 버렸다.

"물도 역해?"

태욱이 염려 가득한 얼굴로 물었다. 그녀는 물도 제대로 마시지 못하고 숨을 고르고 있었다. KJ의 신기주는 성깔이 만만치 않아 보였다. 그런 사람과의 대면이 쉽지 않았던 모양이다. 그리고 이제 시작한 듯 보이는 입덧도 만만치 않아 보이기는 마찬가지였다.

집무실에서 선진이 애아버지가 되어 줄 수 있느냐는 말을 꺼냈을 때, 장난인 줄 알았다. 그런데 선진이 그런 걸 가지고 장난을 칠 만한 성격이 못 된다는 것을 알기에 태욱은 억장이 무너져 버렸다.

대체 그녀를 이렇게 만든 남자가 누군지 알 길이 없었다. 그리고 그녀는 왜 그 남자에게 알리지 않는 것인지도 궁금했다.

그리고 그녀를 이렇게 만든 남자에게 알리지 못할 상황이라면, 제품을 내어 주기로 결심했다. 하지만 그녀의 성격상 자신에게 쉽게 기대지 않으리라는 것을 알기에, 태욱은 가슴이 시렸다.

"좀 쉬어야 하는 거 아니야? 요즘 계속 무리했잖아."

"있잖아, 선배."

그녀는 힘겹게 마른침을 한 번 삼키고는 말을 이었다.

"나 하나 지키는 데도 쉼 없이 달렸어. 근데 이제는 내가 지켜야 할 존재가 생겼어."

그녀는 쉴 수 없다는 말을 에둘러 했다. 할 수만 있다면, 영혼이라도 팔아서 그녀를 추월차선에 올려놓고 싶은 심정이었다.

신기주, 방금 언짢은 얼굴로 식사실을 떠난 그를 설득해서 그녀의 편으로 만들어 줘야 했다. 이제는 부명 내부에서 그녀의 편으로 끌어올 만한 인사도 없었다. 내부에서 찾을 수 없다면, 밖으로 시야를 돌려야 한다.

글로벌 마케팅 솔루션을 전문으로 하고, 세계 유수 기업들과의 업무 제휴를 통해 범세계적 네트워크를 소유하고 있는 그가 선진의 사업 파트너가 된다면, 그녀를 추월차선에 올려놓는 게 아니라 날개를 달아 주는 격이 될 터였다.

태욱은 신기주가 연락을 해 오기 전에 자신이 먼저 접촉해야겠다고 생각했다. 설득을 하건, 읍소를 하건, 그녀를 위해 태욱은 무엇이든 할 준비가 되어 있었다.

그녀의 부하 직원이든, 그녀가 낳을 아이의 아버지든, 뭐든지.

❋

부명그룹으로부터 다시 연락이 온 것은 그날 늦은 오후였다. 기주는 프랑스와 이탈리아를 기반으로 한 거대 패션 기업이 초청한 오페라의 마티네 공연을 관람하고 나오는 길이었다. 비서인 정은을 통하지 않고 자신에게 직접 연락을 해 온 이는 그녀의 곁에 있던 강태욱이라는 남자였다.

서로 신상이 공개된 상태이니 이제는 그녀가 직접 연락을 해 올지도 모른다는 생각도 했었다. 그리고 자신이 먼저 연락을 해 볼까, 하는 생각도 하고 있었다.

부명과의 업무 제휴가 앞으로 어떻게 진행될지 속단할 수 없는 상황이었고, 다음 미팅을 앞두고 있었기에 기주는 시간을 두고 감정을 정리해 볼 요량이었다.

그런데 뜻밖의 사람에게서 직접 연락이 왔고, 생각할 시간도 없이 너무 이른 접촉이기도 했다.

바에서 그녀를 만났을 때, 그녀가 풍기는 아슬아슬하고, 매혹적인 분위기에 이끌린 나머지 기주는 그녀를 밤새도록 품 안에 두었다. 그런데 제 감정은 드러내지 않고 몸을 맡기는 그녀가 야속했다. 9년 전의 감정을 보상받으려고 한 건 아니었지만 그렇게 그녀를 혼자 두고 호텔 방을 나왔다.

짧고 강렬했던 만남과 길고 지루했던 이별이었다. 긴 시간을 하룻밤의 정사로 면하기엔 무리가 있었다.

그리고 혼란스러웠다. 처음 그녀의 존재를 발견했을 때에는 무작정 그녀를 찾아가 묻고 싶은 바람뿐이었다. 그녀가 속한 곳이 어디든 상관이 없다는 생각도 들었다. 그녀가 누나를 죽음으로 내몬 부명의 딸이라고 해도 상관없었다.

그런데 왜 단둘이 있었던 그날 밤에는, 아무것도 설명하지 않았던 그녀가 오늘 이 남자의 곁에서는 자신에게 과거의 일을 말하려 했을까?

"네, 신기주입니다."

페어뱅크스에서 자신에게 보여 주었던, 신뢰를 담은 그녀의 눈빛은 이 남자를 향하고 있는 듯 보였다.

― 급히 연락드려 죄송합니다. 잠깐 통화 괜찮으십니까?

수화기 너머에서 들려오는 목소리에 기주는 미간을 찌푸렸다. 지금 가장 듣고 싶지 않은 목소리였고, 가장 피하고 싶은 상대였다.

"무슨 일이십니까? 다음 미팅은 제가 다시 연락드리겠다고 했을 텐데요."

기주의 목소리가 딱딱하게 흘러나오자, 옆에서 나란히 걷고 있던 정은의 어깨가 움찔 떨렸다. 정은이 잔뜩 긴장한 얼굴로 흘끗거리는 게 기주의 눈에 들어왔다.

— 무례인 줄 알면서, 먼저 연락드렸습니다. 죄송합니다.

사과의 말을 해 오는 남자의 목소리는 비굴하지 않았다. 적당한 신뢰가 담긴 목소리와 예의 바른 어조, 평소의 기주라면 별일 아닌 것처럼 넘겼을 것이다. 하지만 지금은 고까운 마음이 들어서 답답했다.

"용건 있으십니까?"

차가운 물음이 툭 튀어나오자, 옆에서 지켜보던 정은이 급기야 기주의 코트 자락을 잡아당겼다. 기주는 정은이 눈치를 주는 것에도 심사가 뒤틀렸다.

— 오늘 저녁에 시간 되십니까?

"저녁에는 식사 약속이 있습니다."

사실 오늘 저녁 시간은 비어 있었다. 정은은 무슨 약속이 있느냐는 얼굴로 기주를 올려다보았다. 오늘따라 정은이 왜 이렇게 사사건건 간섭하려 드는지 모르겠다.

— 그럼 저녁 식사 후에라도 시간을 내어 주시면…….

강태욱은 절실해 보였다. 그 절실함이 그녀 때문이라는 생각이 들자 만나야겠다는 생각이 들었다.

"그러시죠. 장소와 시간은 저희 비서가 알려 드릴 겁니다."

통화를 마치자마자 정은이 기주를 나무랐다.

"선배, 좀! 친절하지는 못하더라도, 그런 목소리는 좀 그래요."

"어떤 목소리?"

"꼭 마누라 뺏어 간 내연남 혼내 주는 목소리요."

정은의 표현에 기주는 기가 막혀서 가볍게 웃음을 터뜨렸다. 정말 귀신같은 촉이라고 칭찬이라도 해 줘야 하나 싶은 생각조차 든다. 마누라까지는 아니지만, 자신이 유일하게 품었던 여자를 애달픈 눈으로 보는 남자와의 통화였으니 기꺼울 리가 없었다.

"넌 말을 해도 참. 부명 강태욱 수석이랑 약속 잡아. 밤 9시쯤. 호텔 I 근처 괜찮은 바로."

"호텔에서 안 드시고요?"

그녀와 함께했던 장소에서 강태욱을 만나고 싶지 않았다. 기주는 고개를 내저었다. 정은은 별일을 다 보겠다는 표정을 숨기지 못하고 기주를 올려다보았다.

"왜 또?"

"아니, 호텔 밖으로 벗어나는 거 싫어하시는 분이 사직동 한식당도 가시고, 바도 호텔 말고 다른 데로 가시겠다고 하고……. 좀 이상해서요."

보통 촌각을 다투어 일정을 소화하다 보니, 출장을 가면 호텔을 벗어나는 일은 거의 드물었다. 그런데 한국에서는 아직 업무 제휴 중인 곳이 없기에 촌각을 다툴 필요도 없었다.

기주가 오랜만에 누나의 기일에 맞춰 한국에 머물고 있다는 것을 알기에, 본사 임원진도 기주를 가만히 두었다. 몇 년 동안 쉼 없이 달렸으니, 이 정도의 휴가는 보낼 수 있다고도 생각하는 눈치였다.

그런데 그녀와 얽힌 일들 때문에 뜻밖의 일정이 자꾸 생겨났다. 그걸 눈치 빠른 정은은 미심쩍게 여기는 듯했다.

"그만해라. 피곤하다. 오페라는 왜 이렇게 정신이 없어? 호텔 가서 좀 쉴 거니까. 연락 오는 거 연결하지 말고."

정은은 입을 삐쭉 내밀며 알겠다고 고개를 끄덕거렸다. 정말이지 피곤했다. 그녀를 만나기 전에는 자신을 어떤 얼굴로 볼까, 하는 생각으로 머릿속이 복잡해져서 피곤했고, 그녀를 만나고 난 이후에는 컨디션이 안 좋아 보였던 그녀의 안쓰러운 얼굴이 떠올라서 괴로웠다.

하마터면 휴대전화를 들고 자연스레 그녀에게 전화를 걸 뻔했다.

어디가 아픈 거냐고, 병원은 다녀왔냐고, 약은 먹었냐고, 오늘 오후 일정은 쉬어야 하지 않겠느냐고.

바보같이 페어뱅크스에서 했던 것처럼 약이라도 사 들고 달려가고 싶은 심정이었다. 감정이 널을 뛰었다. 복잡한 상념은 그칠 줄을 몰랐다.

"시간 내 주셔서 감사합니다."

지하 바에서도 가장 구석진 곳에 있는 룸에서 강태욱이 기다리고 있었다. 기주는 그와 마주 앉으며 온더록스 잔을 하나 집어 들었다. 기주가 얼음 집게에 손을 뻗자, 태욱이 제가 하겠다고 나섰다.

"그냥 편하게 마시죠."

기주의 말에 태욱은 묵례를 한번 하고는 물러났다. 차가운 얼음이 유리잔에 부딪히는 소리를 들으며 기주가 물었다.

"무슨 일 때문에, 윤선진 이사 없이 보자고 하셨습니까?"

"윤선진 이사 일로 뵙기를 청했습니다."

그에게선 자신만만한 강단이 느껴졌다. 기주는 그녀에 대해 모르는 척 물었다.

"윤선진 이사랑 특별한 사이라도 되십니까?"

기주의 질문에 태욱은 당황한 기색도 없이 대꾸했다.

"평생 곁에서 지켜 주고 싶은 여자죠."

기주는 차디찬 얼음 위로 독한 술을 들이부었다. 얼음에 암갈색 액체가 닿아서 쩍쩍 갈라지는 소리가 났다.

태욱은 앞에 놓인 잔에 얼음을 옮겨 넣으며 미소를 머금었다. 네모 반듯한 얼음이 부딪치며 내는 스산한 소리가 가슴을 선명하게 그어 버리는 것 같아서 기주는 당혹스러웠다.

"지켜 주고 싶은 여자요?"

기주의 물음에 그는 고개를 한 번 끄덕였다. 그의 얼굴에서는 무지근한 애정이 묻어났다.

"윤선진 이사를 처음 본 건 고등학교 때였습니다. 제가 3학년 때, 윤 이사가 1학년으로 들어왔죠."

그녀의 과거 모습에 대해 듣기 싫었다. 아니, 그녀가 고등학교 때는 얼마나 사랑스러운 소녀였을지 궁금했다. 감정을 배반하는 양가감정은 기주를 열심히 저울질했다. 기주는 그의 말에 아무런 대꾸도 하지 않았다.

"사실 고등학교 때는 모르는 사이나 다름없었습니다. 그냥 예쁘장하고, 공부 잘하는, 재벌 집 딸 정도로만 알았죠."

그에게서 가진 자의 여유가 느껴졌다.

"그러다 부명에 취직하면서 윤선진 이사를 다시 만났습니다."

"그래서요?"

개인적인 이야기를 자신이 들을 이유가 있느냐는 듯한 뉘앙스로 묻자, 태욱은 당황한 기색도 없이 은은한 미소를 머금은 채로 말을 이었다.

"사랑, 해 보셨습니까?"

선을 넘는 질문에 기주는 미간을 찌푸렸다. 사석에서 다소 노골적인 질문이 나온다 할지라도 당황하는 법이 없는 기주였다. 그런데 기주의 가슴에 유일하게 화인을 찍은 여자의 곁에 있는 남자가 던진 질문에 기주는 흔들렸다.

"사랑이라…….."

기주는 저도 모르게 혼잣말을 뇌까리듯 중얼거렸다.

"그 사람을 위해서는 뭐든 할 수 있을 것 같다는 생각, 해 보신 적 있으십니까?"

있다, 당신의 곁에 있는 그 여자 옆에서.

그의 눈을 바라보며 그렇게 말해 주고 싶은 것을 기주는 꾹 참았다. 9년 전, 페어뱅크스에서 기주는 그녀를 위해 자신의 인생을 기꺼이 바칠 수 있노라고 생각했었다.

"있었죠."

기주는 자조하듯 조용히 대꾸했다. 그리고 지금도 마찬가지였다. 만약 그녀가 이 남자와 앞날을 그리고 있는 거라면, 자신은 뒤로 물러나야겠다고 생각했다. 그녀의 행복을 지켜 주는 것, 그 사람을 위해서는 뭐든 할 수 있을 것 같다는 생각은…… 아마도 여전히 유효한가 보다.

"그렇다면 제가 드릴 말씀이 좀 더 쉬워질 것 같습니다."

그는 안심이 된다는 듯이 밝은 목소리로 말했다. 그러고는 절대자의 앞에서 소원이라도 고백하는 것처럼 진중하고, 간절한 얼굴로 덧붙였다.

"제가 지금 그런 심정입니다. 윤선진 이사를 위해서는 뭐든 할 수 있을 것 같거든요."

"그래서 뭘 하실 작정입니까?"

이 남자가 대체 무슨 말을 하려고, 사랑을 운운하면서 거창하고도 철학적인 포석을 까는 것인지 궁금해졌다.

"윤선진 이사의 힘이 되어 주셨으면 합니다."

그녀를 사랑한다는 남자가, 그녀에게 힘이 되어 달라고, 그녀를 사랑했던 혹은 지금도 사랑하고 있는지 모를 남자에게 부탁했다.

기주는 아무런 말도 할 수가 없어서 잠자코 있었다. 사업은 그런 시시한 감정에 움직이는 것이 아니라고 우스운 대답을 내놓기에는 그가 가진 감정의 무게와 자신이 가진 감정의 밀도가 지나치게 애달팠다.

"제가 힘이 되어 드릴 수 있을지 모르겠네요. 어떤 의미로 힘이 되어 주길 바라시는 겁니까?"

내가 그 여자를 차지하겠다고 나서면 어쩌려고?

뒷말은 붙이지 않았지만, 기주의 눈빛이 다소 도발적이었는지 태욱의 얼굴에 언뜻 당혹스러운 기색이 비쳤다가 사라졌다.

"윤선진 이사가 KJ와의 제휴를 성공적으로 이끌었다는 것만으로 충분할 겁니다. 물론 감정적인 호소로만 업무 제휴를 제안하는 것은 아닙니다."

그는 그녀에 대한 감정뿐 아니라, 사업적 측면에서 자신 있다며 기주를 설득했다. 이미 그가 보낸 여러 보고서와 자료를 통해 부명이 한 걸음 더 도약할 기회를 엿보고 있는 회사라는 것은 알고 있었다.

"윤선진 이사는 부명 창립자의 손녀가 아닙니까?"

한국의 재벌 세습 경영 행태는 세계적인 기업 경영 추세를 봤을 때, 특이한 경우다. 더욱 효율적인 부의 세습을 위해 그들은 서로의 자식들을 사고팔며 혼맥을 통한 빅딜도 서슴지 않는다. 그러니 한국에는 그들의 사회를 중심으로 한 엘리트 카르텔형 비리가 횡행했다.

기주가 한국을 사업에서 배제한 이유도 이것 때문이었다. 어떠한 형태로든 부명과 맞닿을 수 있기 때문이었다.

누나가 떠난 이후, 기주는 부명에 관한 소식이 들려오면 귀를 막고 눈을 감아 버렸다.

그렇기에 부명 창립자의 손녀이자, 최연소 이사인 그녀에 대한 정보조차 알 길이 없었던 것이었다.

그런데 그렇게 피하고자 했던 부명과 그녀를 통해 엮이고 있었다. 벗어나려고 발버둥 치기는커녕, 그녀가 앞으로 어떻게 나올지가 궁금해서 안달이 날 지경이었다.

사업에 감정을 섞을 수 없다는 경고는 자신에게 해야 하는 것이 아닌가, 하는 생각이 들었다.

"부명 창립자의 손녀는 맞습니다. 그리고 부명 창립자의 아들인……."

부명 창립자의 아들이라는 말에 기주는 가슴이 덜컥 내려앉아 버려서 당혹스러웠다. 감정에 동요된 나머지 그가 뒤이은 말조차 듣지 못했다.

"그래서 윤선진 이사를 도와주셨으면 하는 바람입니다."

일이라는 것이 언제나 수치에 따라 움직이지는 않는다. 또 사람 대 사람이 만나 이루어지는 것이다 보니 감정을 완전히 배제할 수는 없었다. 그런 면에서 볼 때, 태욱은 영민한 편에 속했다. 미팅이 있기 전, 기주의 마음을 기울이기 위해서 자리를 마련한 것처럼 보였다.

그게 아니라면…….

제 여자를 건드린 남자에 대한 본능적 방어기제가 발동한 나머지, 미리 경고하려고 한 것일까? 그 여자의 곁에는 자신이 있다고?

기주는 얼음에 적당히 희석된 암갈색 액체를 한 모금 머금었다. 술이 달다. 입맛이 써서 그런 건지 독한 술이 달게 느껴질 정도였다. 이래서 사람들은 인생사가 고될 때 술을 찾나 보다. 그는 대답을 원한다는 얼굴로 기주를 바라보았다.

"일단 다음 미팅에서 부명이 원하는 바를 구체적으로 들어 봤으면 합니다. 그 이전에 상대의 영업 비밀에 관한 상호 비밀 유지 협약이 있어야겠고요. 비밀 유지 협약이 진행된다고 해서 무조건 계약이 성립될 거라고는 생각하지 않으셨으면 합니다. 또한."

기주는 숨을 한 번 골랐다. 감정을 배제하고 사무적인 목소리를 내는 것이 힘겨울 정도였다.

마음 같아서는 이 남자에게 꼬치꼬치 묻고 싶은 지경이었다. 얼마 전 그 여자가 자신과 동침한 것을 아느냐며 비겁하게 남자를 자극하고 싶었다. 그래서 이 남자가 그녀를 야멸차게 버린다면 자신이 품어 버릴까, 하는 유치한 상상도 잠시 해 보았다.

"제가 도와야 할 사람이 윤선진 이사이니만큼, 그 설명은 윤선진 이사에게 직접 들었으면 합니다. 강태욱 수석이 대신하는 자리 말고요."

그녀가 신뢰 어린 눈빛으로 그를 바라보고, 그는 그녀의 신뢰에 보답하고자 최선을 다하는 모습을 지켜보며 멍청하게 앉아 있고 싶지 않았다.

아닌가, 지금도 충분히 멍청한 짓을 벌이고 있는 건가.

기주의 말을 긍정적인 의미로 받아들였는지, 그가 함박웃음을 지으며 대꾸했다.

"그럼 미팅 준비하도록 하겠습니다. 언제가 좋으실까요?"

"다음 주 월요일, 제가 머무는 호텔에서 진행하는 것으로 하겠습니다. 콘퍼런스 룸 예약은 부명 쪽에서 진행 부탁드립니다."

간단한 미팅 일정 협의를 끝으로 기주는 바를 나섰다.

취할 정도로 술을 마신 것도 아닌데, 취한 듯 어지러웠다. 공기가 정체되어 미세먼지가 끼었다는 서울 밤의 공기가 뿌옜다. 감정이 혼재하여 표현하기 어려운 기주의 마음도 뿌옇기는 마찬가지였다.

– 선진 짱, 오늘 약속 잊지 않았지?

219

일요일 오후 KJ와의 미팅 시뮬레이션을 위해 집무실을 지키고 앉아 있는데, 후지사와로부터 전화가 왔다. 후지사와의 목소리가 밝았다. 그녀가 전해 주는 맑은 기운에 선진의 기분마저 상쾌해지는 것 같았다.

"어, 오늘 몇 시라고 했지?"

– 오늘 저녁 6시. 도산대로 언덕에 있는 프렌치 레스토랑. 주소는 메시지로 한 번 더 보내 줄게.

"그래. 오랜만에 친구 덕에 좋은 데서 밥 먹네."

선진의 말에 후지사와는 깔깔 웃음을 터뜨렸다. 그녀의 웃음소리는 일본 순정 만화에 나오는 명랑한 여주인공 같았다.

– 선진 짱. 선진 짱이 그런 말을 하면 진정성이 없어 보여.

"내가 왜?"

– 선진 짱이 설마 나 없다고 이런 데서 밥을 못 먹겠어?

정색을 하고 묻는 질문에 선진이 대꾸했다.

"못 먹지. 나는 친구가 없잖아."

수화기 너머에서 '흐음' 하고 앓는 소리가 들려온다.

– 이래서 내가 한국을 자주 온다니까.

"그래, 이제 한국 남자랑 연애하면 더 자주 오려고, 일부러 그런 말 하는 거지?"

후지사와가 본심을 들켰다는 듯이 또 한 번 깔깔거리고는 대꾸했다.

– 선진 짱. 귀신같아!

무섭다며 호들갑을 떠는 후지사와의 목소리에는 웃음이 가득 묻어났다.

"그래, 이따 봐. 그럼."

– 응, 선진 짱! 오늘은 나보다 예쁘면 안 돼! 안 예쁘게 하고 나와야 해! 아!

그리고…….

"그리고?"

— 선진 짱……. 미안한데…… 내가 그 사람한테 친구가 나올 거라는 말은 안 했거든. 그냥 자연스럽게, 알지?

후지사와는 뉴욕에 있던 시절에도 이런 식으로 선진에게 자신의 남자 친구가 될 사람을 보여 준 적이 있었다. 그 남자를 선진에게 보여 주고, 이건 어떠냐, 저건 어떠냐, 의논하며 밤을 새운 게 한두 번이 아니었다.

그때가 떠올라 선진은 빙긋 미소를 머금었다. 요즘 입덧에, 회사 일에, 게다가 신기주 그 남자까지…… 선진을 혼란케 하는 것들이 너무 많았다. 선진은 오랜만에 친구와 만나, 상념을 잊고 밤새 수다를 떨고 싶은 심정이었다.

그리고 오늘 식사 자리에 들러리를 서 준 대가로 그 남자에 관한 이야기를 털어놓을까, 하는 생각도 해 보았다. 후지사와의 곁에 누가 앉게 될지도 모르고 말이다.

선진은 후지사와의 부탁대로 약속 시각인 6시보다 10분 늦은 6시 10분에 도산대로 언덕 위에 있는 프렌치 레스토랑에 도착했다.

발렛 기사에게 차 키를 맡기고 레스토랑 안으로 들어서자, 쿨 재즈 버전의 'La vie en rose'가 흘러나오고 있었다. 부드러운 재즈 선율이 감싸고 있는 레스토랑은 포근한 분위기였다.

레스토랑 중앙을 기점으로 성인 키 높이에서 일렬로 죽 늘어선 크리스털 샹들리에 옆에는 연인석이 놓여 있었고, 창가에는 4인석이 그리고 반대편에는 밀폐된 식사실이 있었다. 후지사와는 창가 자리 중간에 앉을 거라고 했다.

선진은 화장실에 들렀다가, 마치 다른 약속을 마치고 돌아가는 것처럼 후지사와의 곁을 지나칠 예정이었다. 심장이 콩콩 뛰었다. 치기 어렸던 20대 초반의 대학 시절로 돌아간 것 같은 기분이 들어서 어깨가 가벼웠다.

그와 우연히 마주치고 난 뒤 약 두 달간 감정의 격랑 속에 살아왔다. 오늘은 모든 걸 잊고 따뜻한 친구와 포근한 저녁 식사를 하고 싶었다.

남자가 유쾌했으면 좋겠다는 생각이 들었다. 또 후지사와의 마음을 완전히 빼앗아 버린 그가 친구를 많이 아껴 주었으면 좋겠다는 바람도 생겨났다. 언제나 자신을 위해 물심양면으로 신경을 써 주는 후지사와가 행복한 사랑을 했으면 좋겠다고…….

그런 생각을 하며 후지사와의 곁을 지나칠 때였다. 후지사와의 맞은편에 앉은 남자가 선진을 먼저 발견했다. 선진은 하마터면 그 자리에서 얼어붙을 뻔했다.

"선진 짱! 어머, 선진 짱 맞네!"

기척을 느낀 후지사와가 돌아봤고, 선진은 당혹스러운 표정을 숨기지 못하고 그녀를 바라보았다.

"여기서 만나네! 어떻게 왔어? 저녁 약속?"

"어, 그게……."

친한 친구인 후지사와를 오랜만에 만나는 척 반갑게 인사를 건네야 하는데, 선진은 입만 벙긋거렸다. 후지사와가 재치 있게 입을 열었다.

"이게 얼마 만이야, 선진 짱! 맨날 바빠서 못 보고. 얼마나 보고 싶었는지 알아? 근데 어쩌지? 나 내일 새벽 비행기로 돌아가는데…….."

후지사와는 시무룩한 얼굴을 했다가, 좋은 생각이 났다는 듯이 얼굴을 붉히며 말을 이었다.

"선진 짱, 저녁은 아직인 거지?"

선진은 대꾸 없이 고개만 까딱거렸다.

"나 좀 봐. 소개부터 해야지. 이쪽은 신기주 씨, 그리고 이쪽은 내 자매 같은 친구, 윤선진이에요."

후지사와가 두 사람에게 서로 인사하라며 손짓했다. 그는 그제야 자리에서 일어나 특유의 매혹적인 미소를 머금으며 입을 열었다.

"서울 참 좁아요. 그렇죠, 윤선진 이사님? 여기서 뵙게 될 줄은 몰랐네요."

어두운 조명 아래 그의 눈동자는 선연한 빛을 냈다. 그는 어두운 눈동자 색과 꼭 닮은 짙은색 캐시미어 니트를 입고 있었다. 미팅 자리에서 볼 때와는 확연히 다른 편안한 차림이었다. 그는 선진을 향해 인사를 건넨 뒤, 후지사와에게 미소가 가득 담긴 눈빛을 한번 보냈다.

그와 눈이 마주친 후지사와는 어쩔 줄 모르는 표정을 지으며 얼굴을 붉혔다. 연애가 처음인 소녀도 아닌데 저러는 것을 보면 후지사와가 그를 많이 좋아하는 것 같았다. 선진은 그가 한 말에 대꾸는 해야겠다 싶어서 입을 열었다.

"그러게요. 여기서 뵐 줄은 몰랐네요."

선진은 그에게 온통 정신이 빼앗겨 있기는 하지만 두 사람의 관계를 가늠하느라 열심인 후지사와에게 조용히 속삭였다.

"일 때문에."

후지사와는 입을 '아' 하는 모양으로 만들고는 선진과 그를 번갈아 보았다. '아' 하는 입모양을 하고 있는데도 불구하고 후지사와의 얼굴은 무척이나 사랑스러웠다. 이제야 알겠다는 듯이 고개를 끄덕이던 후지사와의 얼굴에 함박웃음이 자리했다.

집안의 사랑을 듬뿍 받고 자란 후지사와는 사랑을 주는 법도 잘 아는 여자였다. 자신처럼 뒤로 물러나서 겁먹은 채로 계산하느라 인연을 놓쳐 버리는 적도 없었고, 다가오는 인연에게 높은 벽을 세워서 어리석게 막아 내는 법도 없었다. 제 감정을 잘 알고 표현하는 데 익숙한 그녀였고, 선진은 감정도 모르고 표현하는 데에도 인색한 사람이었다.

후지사와는 선진이 어려울 때, 오랜 시간을 함께 아파했던 친구였다. 연애를 하면서 남자에게만 그러는 것이 아니라, 친구인 선진에게도 사랑을 가득 베푸는 심성이 곱고, 본성이 밝은 사람이었다. 그렇기에 선진은 후지사와를 아끼고, 사랑했다.

"식사 안 하셨으면, 같이 하시죠?"

후지사와의 입에서 나왔어야 할 제안이 그의 입에서 먼저 흘러나왔다. 후지사와는 반색하며 입을 열었다.

"그러자, 선진 짱! 저녁 안 먹었으면 같이 먹자, 우리랑."

우리랑…….

후지사와가 신나서 떠드는 말이 선진의 가슴을 붉게 그어 놓았다. 선진은 애써 미소를 머금으려 노력하며 고개만 끄덕거렸다.

테이블은 둥근 형태였고, 세 사람은 적당한 거리를 두고 둘러앉았다. 선진의 오른쪽에는 그가, 왼쪽에는 후지사와가 자리했다.

"오늘 특선 요리가 뵈프 부르기뇽이라네요. 와인은 프랑스 말벡 와인으로 주문하는 게 어떨까, 이야기 중이었는데. 어떠세요?"

그가 후지사와를 향해 둘이 이야기한 내용이 맞지 않느냐며 확인하듯이 웃어 주었다. 그의 매혹적인 미소를 바라보는데, 심장이 아렸다. 9년 전, 자신을 향해 지었던 미소와 똑같은 모양새였다.

"선진은 모스카토를 좋아해요. 모스카토로 바꿀까, 선진 짱?"

후지사와가 덧붙인 말에 그의 표정이 미묘하게 일렁거렸다. 선진은 동요되지 않으려 노력했다. 모스카토를 처음 맛본 건 그의 입을 통해서였다. 그 달콤함을 못 잊어 고달픈 밤이면 홀로 술잔을 기울인 적도 있었다.

"아냐, 괜찮아."

선진은 후지사와를 향해 은은한 미소를 머금었다. 그러고는 그를 향해 자신은 아무렇지 않다는 듯이 말했다.

"프랑스가 한동안 말벡 와인에 대한 자존심을 아르헨티나한테 빼앗겼었죠. 요즘 말벡 와인의 부흥을 위해서 프랑스 고산지대에 있는 와이너리들이 각고의 노력을 하는 중이라고 들었어요. 말벡 와인으로 하시죠."

사실 와인을 주문한다고 한들 입조차 댈 수 없는 선진이었다. 손목에 차고 있는 저주파 자극 팔찌 덕분에 입덧은 잦아들었지만, 술은 입에 댈 수 없는 산모다.

"와인 고르느라 애를 좀 먹었거든요. 둘 다 와인을 즐겨 마시지는 않아서요. 세 사람 중의 한 사람이라도 좋아하는 걸 고르는 게 현명한 거 아닐까요?"

그는 그리 말하고는 뵈프 부르기뇽이 들어간 디너 코스 요리와 모스카토 한 병을 주문했다. 숨이 턱턱 차오르는 기분이었다. 선진은 친구인 후지사와를 위해 애써 미소를 머금으려 노력했다.

무화과와 아보카도를 곁들인 전식이 나왔고, 뒤이어 오랫동안 볶은 양파의 단맛이 물씬 나는 수프와 따끈한 빵이 서빙 되었다. 선진은 소화가 잘되도록 천천히 조금씩 음식을 섭취했다.

"선진 짱, 어디 아파?"

후지사와가 선진에게 고개를 살짝 기울이며 말했다. 평소에도 음식을 많이 먹는 편은 아니었지만, 오늘따라 유독 먹는 게 시원찮아 보이는 선진을 걱정하는 다정한 말투였다.

"아니, 아까 여기서 다른 분이랑 가볍게 와인을 한잔했더니. 배가 좀 부르네."

그는 선진을 전혀 개의치 않는다는 듯이 다른 곳을 바라보고 있었지만, 후지사와는 여전히 신경이 쓰인다는 눈빛이었다.

"그래서 취하실까 봐, 안 드시는 겁니까?"

그는 선진이 입도 대지 않는 잔을 바라보며 물었다. 선진은 미소를 머금은 채로 입을 열었다.

"내일 중요한 미팅이 있어서, 술이 넘어가질 않네요."

선진이 그리 대꾸하자, 그는 가볍게 웃음을 터뜨렸다.

"후지사와 씨, 그거 아세요? 방금 윤 이사가 말한 중요한 미팅 상대가 저라는 거? 저 방금 후지사와 씨 친구한테 한 방 먹은 것 같은데요?"

그는 특유의 장난기 어린 표정을 지으며 후지사와에게 살갑게 굴었다. 그의 이런 모습을 다시 보게 될 줄은 꿈에도 몰랐다. 그것도 자신이 아닌 다른 여자에게, 가장 친한 친구인 후지사와에게 매혹적인 미소를 머금은 얼굴로 속삭이는 모습을 보게 될 줄은 정말이지 상상조차 하지 못했다.

"선진 짱, 우리 기주 씨 그렇게 나쁜 사람 아니야. 한국을 오래 떠나 있던 것뿐이지. 그렇죠, 기주 씨?"

후지사와가 그를 지칭하는 말에 가슴이 미어졌다. 선진은 일부러 더 밝은 목소리를 내기 위해 노력했다. 마치 자신도 가볍게 장난을 치고 있다는 어조를 보이고 싶었다.

"그래도 어려운 미팅 상대를 마주하고 있는 건 힘든 일이잖아."

그는 못 말리겠다는 듯이 웃음을 터뜨리며 후지사와를 향해 물었다.

"친구분이 보통이 아니시네요? 저를 들었다, 놨다 하시는데요? 이거 억울해서 어쩌죠?"

지금의 상황을 웃으며 말하는 듯했지만, 그의 말에는 뼈가 있었다.

"선진이 그런 사람 아니에요. 얘가 얼마나 순진한데."

후지사와가 선진의 역성을 들고 나섰다.

"순진…… 순진이라."

그는 단어를 곱씹으며 후지사와에게 향해 있던 시선을 선진에게 옮겨 왔다.

"그렇겠죠? 순수한 후지사와 씨 친구분이시면, 윤선진 이사님도 그런 거죠? 보통 비슷한 사람끼리 친구가 되잖아요. 안 그렇습니까, 윤 이사님?"

마치 당신은 그런 부류가 아니지 않느냐며 다그치는 듯했다. 후지사와는 그가 장난을 치고 있다고 생각했는지 까르르 웃음을 터뜨렸다. 그러고는 아버지에게서 전화가 왔다며 잠시 자리를 비웠다.

후지사와의 모습이 시야에서 사라지자마자, 선진은 한숨을 터뜨리며 입을 열었다.

"보셨다시피 순수하고 밝은 친구예요. 함부로 건드릴 생각 하지 마요."

심장이 쿵쿵 울렸다. 머릿속이 혼란스러웠다.

"그럼, 윤선진 이사는 타락해서 내가 건드려도 괜찮았다는 뜻입니까?"

그의 목소리가 날카롭게 선진의 가슴에 꽂혔다.

선진은 자신이 절대 그런 사람은 아니라고 부정하고 싶었지만, 그럴 수 없었다. 차라리 그가 그렇게 생각하는 편이 낫겠다 싶었다. 그러면 이대로 서로에게 지난하게 얽혔던 감정을 끝낼 수 있을 거라 여긴 것이었다.

"그래요. 나에 대해 어떻게 생각하든 상관없으니까. 후지사와에게는 진심으로 대해 줬으면 좋겠어요."

선진이 낮은 목소리로 빠르게 읊조리자 그가 차갑게 식어 버린 목소리로 되물었다.

"싫다면?"

되묻는 그의 목소리에서 느껴진 것은 차가운 열기였다. 시리도록 푸른 기운을 가진 목소리에서 아이러니하게도 간절한 열기가 느껴졌다. 마치 완전히 연소해 버리는 고온의 푸른 불꽃을 바라보고 있는 기분이었다. 서슬이 퍼런 그의 눈빛은 선진을 온전히 태워 버릴 것처럼 뜨거웠다.

"내 친구한테 상처 주면 가만 안 둘 거예요."

선진이 강단 있는 어조를 내기 위해 노력했다. 목소리가 제법 딱딱하게 흘러나왔고, 그 바람에 제 심장도 딱딱하게 굳는 기분이었다.

9년 전 그의 모습을 떠올린다면 퍽 안 어울리는 경고였다. 그는 사람에게 상처를 주는 법도, 아프게 하는 법도, 못되게 구는 법도 모르는 사람처럼 보였었다.

"혹시 말이에요. 귀하게 자란 부명 고명딸이라, 내가 어떤 놈인지 몰라서 겁이 났습니까? 그래서 도망갔나. 지금은 어때요? 계산기 한 번 두드려 보시죠. 이제 나 정도면 결혼을 해도 손색이 없을 텐데."

그의 도발에 선진은 숨이 턱 막혀 왔다.

그는 이제 달라진 걸까? 긴 세월이 그를 변하게 만들었나? 다정하고, 다감하고, 자상했던 그는 이제 더는 볼 수 없는 것일까?

선진은 속절없이 그의 도발에 휩쓸렸다.

"아무리 그래도 평생 살 맞대고 살 사람을 계산기 두드려서 사 오고, 팔려 가고 하는 거. 그게 정상적인 관계라고 생각해요? 인간성의 타락이죠, 그건."

"살 맞대고?"

음험한 포인트를 콕 집어내는 고약한 취미를 드러낸 남자가 사뭇 달라진 시선으로 선진을 마주했다.

"나랑 그 타락 한번 해 보는 건 어떻습니까, 윤선진 이사님? 나랑 살 맞대 봤을 때, 별로였나? 난 좋았는데."

얼굴색 하나 변하지 않고 던지는 그의 원색적인 제안에 심장이 기민하게 반응하기 시작한다. 진심으로 하는 말이 아니었다. 선진을 자극하기 위한 그의 말에도 흔들리는 자신이 스스로도 안쓰러울 지경이었다.

만약 저 사람과 결혼이란 걸 할 수 있다면……. 그건 그럼 타락 중에서도 착한 타락에 속할까.

고민해 봐야 부질없는 가정들이 머릿속을 어지럽혔다.

그는 가만히 선진을 응시하고 있었다. 후지사와에게 상처 주면 가만히 안 두겠다는 선진의 경고를 어떻게 받아들였는지 가늠할 수 없는 얼굴을 하고 있었다.

테이블 위를 감도는 적막을 견디기가 버거웠다. 헛구역질이 나올 것만 같아서 선진이 마른침을 삼킬 때였다.

"근데 가만히 생각해 보니까 내가 윤선진 씨한테 상처를 줬다는 것처럼 들리네요. 내가 윤선진 씨한테 상처 준 적 있습니까?"

그리 말하는 그의 눈빛에는 복잡한 감정이 뒤섞여 있는 듯했다. 죄책감, 연민, 상처, 원망 등 온갖 감정이 뒤섞여 일렁거렸다.

허공에서 두 사람의 시선이 힘겹게 얽혔다.

상처라……. 상처라면, 자신이 그의 곁을 떠나오면서 줬을 터였다.

"아니요. 그런 적 없어요."

선진은 단호하게 대꾸했다. 하지만 의지와 다르게 코끝이 찡해지며 눈가에 말간 눈물이 고여 버렸다. 당혹감이 밀려들었다.

애써 아무렇지 않은 척 노력했지만, 저도 모르게 눈살을 찌푸리는 모습을 그가 보고 말았다. 그저 몸 상태가 좋지 않다는 핑계를 대고 빨리 이 자리를 벗어나고 싶었다.

앞으로는 어떻게 해야 하나, 걱정도 되었다. 만약 그가 후지사와와 진심으로 서로를 대하는 사이가 된다면, 자신은 친한 친구 남편의 핏

줄을 이어받은 아이를 낳게 되는 거였다.

고독하고, 외롭게 살았던 인생에 내 편 하나가 생긴다고 좋아했었다. 그런데 이 아이를 포기해야 하나, 하는 생각에 가슴이 미어졌다. 갑자기 감정이 왈칵 치솟았다. 아둔하게 굴고 있는 스스로가 비참해질 지경이었다.

"그렇다면…… 다행이네요."

나직이 울리는 그의 목소리에서 뜨겁게 타오르던 전의가 사라졌다. 선진은 눈물이 삼켜지도록 고개의 일정한 각도를 유지하며 잠시 가만히 있었다.

평정은 금세 찾아왔다. 테이블 한가운데 놓인 사방화를 바라보던 선진의 시선이 그에게로 향했을 때, 선진은 심장이 멎는 듯했다.

그가 자신을 바라보는 눈빛이 달라져 있었다. 이제껏 온갖 부정적인 감정이 뒤섞여 있던 그의 눈빛에 이전과 같은 무지근한 애정이 어려 있는 듯한 착각이 일었다. 선진은 어찌할 바를 모르고 황급히 시선을 피했다.

"미안해요. 통화가 길어졌네."

후지사와가 미안하다는 말을 건네며 테이블로 다가왔을 때, 선진은 복잡한 감정을 갈무리하지 못한 상태였다.

왜 그런 눈으로 자신을 보느냐고 물었어야 했나, 아니면 그런 눈으로 보지 말라고 그를 나무랐어야 했나.

선진은 숨기고 있던 제 감정 한 자락을 그에게 온전히 들킨 것 같아서 신경이 곤두섰다.

그리고 감정을 갈무리하지 못한 것은 그도 마찬가지였다. 내내 밝은 분위기를 유지하던 그의 얼굴이 굳어 있는 것을 발견한 후지사와가 두 사람의 눈치를 보았다.

"미안, 아사미. 내가 일 얘기를 좀 했어."

선진은 시계를 확인하는 척 손목을 보았지만, 왼쪽 손목에는 저주파 자극기가 자리하고 있었다. 선진은 머쓱하게 휴대전화를 집어 들고는 화면을 한번 확인한 뒤 말을 이었다.

"지금 들어가 봐야 할 것 같아. 회사에 마무리 못 한 일이 있어서."

그녀는 친구에게 잘도 거짓말을 하고 있었다. 복받쳐 오른 감정이 버거워 도망을 치고 있으면서.

기주는 그 모습을 묵묵히 바라보았다. 자신이 어떤 눈빛으로 그녀를 바라보고 있는지도 모르고, 해쓱한 얼굴로 친구를 향해 애써 웃어 보이는 안쓰러운 그녀를 응시했다.

"그래? 그럼 어쩔 수 없지. 얼른 들어가 봐."

"응. 그럼 좋은 시간 보내. 좋은 시간 보내세요. 내일 미팅 때 뵙겠습니다."

그녀는 친구에게는 살가운 인사를, 그리고 자신에게는 아주 깍듯한 인사를 건넨 뒤 돌아섰다. 위태롭게 걸어가는 뒷모습을 기주는 넋을 놓고 바라보았다.

"저……."

시선을 옮긴 건 마주 앉은 후지사와의 목소리가 들려왔기 때문이었다.

"네?"

기주의 짧은 되물음에 후지사와는 아련한 미소를 머금었다. 체념한 듯 고개를 내젓는 행동에 기주는 미간에 주름을 잡았다.

"왜 그러십니까?"

"지금 목소리 톤이 완전히 바뀐 거, 모르시죠?"

후지사와의 물음에 기주는 당혹스러웠다. 언제 목소리 톤을 어떻게 바꿨는지 도통 모르겠다.

"아까 제 친구가 오기 전에는, 지금과 같은 목소리였어요. 그런데 제 친구가 있을 때만 목소리의 색깔이 분명해지더군요."

"제가 그랬습니까?"

후지사와는 고개를 한 번 끄덕이고는 대꾸했다.

"내년 여름이면 선진을 만난 지 10년이에요. 아마 그 친구의 가족보다 제가 더 그 친구를 잘 알 거예요."

기주는 후지사와가 하는 말을 잠자코 듣기만 했다.

"두 사람, 아는 사이죠?"

지레짐작하고 부정적인 방법으로 관계를 가늠해서 악담하는 아둔한 사람이 아니었다. 후지사와는 자신이 느낀 바를 솔직하게 말하고, 당사자에게 질문을 던지는 현명한 방법을 택했다.

"예전에 만난 적 있습니다."

기주의 말에 그녀는 눈을 가늘게 뜨고는 고개를 갸웃거렸다. 예전이라는 게 언제인지를 가늠하는 모습이었다.

"제 기억에 선진이 남자를 만났던 적은 없었어요."

약 10년간 그녀의 가장 친한 친구로 지냈다는 후지사와의 말에 기주는 심장이 두근, 하고 울리는 것을 느꼈다. 후지사와는 그녀가 그동안 자신 외에 다른 사람을 만나지 않았다는 것을 단언하고 있었다.

"강태욱이라는 사람은……."

기주가 채 말을 다 끝마치기도 전에 후지사와가 입을 열었다.

"괜찮은 사람이죠. 하지만 그 남자하고도 선진은 아무 사이 아니에요."

후지사와는 고개를 내저었지만, 자신이 본 모습은 달랐다.

"단지 그 사람이 선진에게 마음이 있기는 해요. 그래서 선진에게 다정하죠."

여전히 미심쩍은 부분은 있었다. 아무리 몸 상태가 안 좋다고 한들, 미팅 자리에서 음식을 바꾸는 성의까지 보이는 남자가 흔할 리 없었다.

"그래서 선진을 만난 곳이 어디예요?"

후지사와는 매우 자연스럽게 이야기를 이끌어 갔다. 이렇게 사람을 편하게 해 주는 점이 그녀의 오랜 친구 자리를 가능케 했을 것이라는 생각이 들 정도였다.

"9년 전, 알래스카 페어뱅크스요."

기주의 짧은 대답에 후지사와는 마치 알래스카의 빙하처럼 얼어붙어 버렸다.

"지금 뭐라고 했어요?"

"9년 전, 알래스카 페어뱅크스라고 했는데요."

후지사와는 크게 숨을 들이마시며 눈을 동그랗게 뜨고는 두 손으로 입을 가렸다. 이리저리 움직이는 눈동자가 혼란에 젖은 듯 보였다. 기주는 무슨 이야기를 어떻게 물어야 할지 몰라서 잠자코 있었다.

"선진이 페어뱅크스에서 돌아오고 나서 많이 힘들어했어요. 페어뱅크스로 떠나기 전보다 훨씬 더 많이……. 잠깐, 그러면 혹시 선진이 썼던 내 이름을 알고……. 그때 내 친구의 이름이 뭔지 물었던 거예요?"

기주는 머뭇거림 없이 고개를 끄덕였다.

"죄송합니다."

그리고 심심치 않은 사과의 말도 전했다. 그러자 후지사와는 심각한 얼굴로 손사래를 치며 아니라고 했다.

"아니에요. 제가 죄송해요."

잠시 침묵이 흘렀다.

"페어뱅크스에 갈 수 있도록 도운 사람이 나였지만, 선진이 돌아오도록 손을 쓴 사람도 나예요."

죄스러운 얼굴로 읊조리는 후지사와를 기주는 물끄러미 바라보았다. 기주의 표정은 평온했지만, 심장은 쿵쿵 울렸다.

"가족 몰래 여행을 하고 싶다고 해서, 제가 도와줬어요. 근데 제가 빌려준 신용카드가 정지되어서, 선진이 더는 제 신용카드를 사용할 수 없게 되었어요. 선진에게 다시 연락이 오면 현금을 보내 주려고 했는데, 선진에게서 연락이 없더라고요. 그래서…… 난……."

"죽으려고 하는 줄 알았습니까?"

기주의 건조한 물음에 후지사와가 울먹였다.

"돌아올 곳이 있다는 것을 알려 주고 싶었어요. 기다리는 사람이 있다고 말해 주고 싶었어요. 내가 애타게 기다리고 있다고, 선진은 나한테 돌아오면 된다고……. 제가 직접 갈 수는 없어서, 만약 선진이 잘못되더라도 법적으로 찾을 권리가 있는 가족에게 알렸는데……."

횡설수설 빠르게 말을 이으며 손가락 등으로 눈물을 찍어 내는 후지사와에게 손수건을 건네주자, 그녀는 눈물을 한번 닦아 내고는 말했다.

"선진의 작은아버지가 그 정도로 나쁜 사람일 줄은 몰랐어요. 호텔로 쳐들어가서 이불 하나만 몸에 감고 있는 선진에게 억지로 옷을 입히고 끌고 오듯이 했더라고요."

심장이 미칠 듯이 내달리기 시작했다. 차오르는 분노를 가눌 길이 없었다.

삽시간에 자취를 감춰 버린 게 이상하기는 했지만, 분노가 들끓을 만한 내막이 있을 거라고는 생각지도 못했다.

"이 이야기도 선진이 해 주질 않아서, 그 당시 짐을 싸느라 고용되었다는 남자에게 들었어요. 그때 선진이 얼마나 여렸는데……. 시키면 남자들이 둘러싼 상태에서 옷을 갈아입고, 끌려 나왔다고……."

기주는 현기증이 이는 것 같아서 이마를 한 번 짚었다. 그녀가 자신에게 정체를 숨기고, 쉽게 드러내지 못했던 이유도 이제는 알 것 같았다. 그녀는 자신과 엮일 모든 사람을 걱정했던 거다.

홀연히 사라지기 전, 모든 이야기를 해 주겠다던 그녀는 아마도 자신을…… 이름도, 출신도 몰랐던 남자를 전적으로 의지하고, 신뢰했던 것이었다. 그렇게 생각하자 가슴이 미어졌다. 그녀가 어떤 마음으로 페어뱅크스를 떠났을지, 감히 짐작조차 할 수 없었다.

기주는 복잡하게 차오르는 감정을 가눌 길이 없었다. 아무 말도 없이 잠자코 있자, 후지사와가 은은한 미소를 머금으며 입을 열었다.

"혹시 그때 만났던 이상한 여자라고, 선진을 생각하고 있나요? 그래서 아까 그렇게 짓궂게 하신 건가요? 혹시 페어뱅크스에서 만나기로 하고, 선진이 사라졌나요? 선진이 제 신용카드를 사용할 수 없을 때, 같이 있던 사람이 신기주 씨인가요?"

후지사와의 목소리는 기주를 나무라는 것도 같았고, 오래 지난 일이니 이제 나쁜 감정은 잊으라고 달래려는 것도 같았다.

"그런데요. 선진은 그런 사람이 아니에요. 페어뱅크스에서 돌아와서 며칠을 앓았다고 들었어요. 겨우 선진을 만났을 때, 정말 뼈밖에 안 남아 있더라고요. 여러 번 페어뱅크스 그 호텔에 전화하는 것 같았어요. 그때는 그 이유를 몰랐는데…… 왜 페어뱅크스로 떠날 때보다, 돌아와서 더 힘들어하는 건지……. 불러들인 저를 원망하는 것 같지는 않았지만, 힘들어하는 모습에 마음이 아팠어요."

"그 이후로 어떻게 지냈습니까?"

목이 바짝 탄 탓인지, 낮게 울리는 기주의 목소리가 미세하게 갈라졌다.

"아프지 않으려고 감정을 지운 사람처럼 지냈죠. 그거 알아요? 상실의 아픔이 두려워서 누구도 곁에 둘 수 없는 외로움?"

너무도 잘 아는 감정이었다. 그녀가 떠나고, 누나를 잃은 뒤, 기주는 그 누구에게도 마음을 내어 주지 않았다. 잃는 것이 두려워, 가지 않는 법을 택한 것이다.

"저는 그런 감정이 있을 수도 있다는 걸, 선진을 통해 배웠어요. 결코 선진이 어리석다거나, 소심하다거나, 이기적이어서 그런 게 아니에요. 단지 상처가 너무 아플 뿐인 거죠."

후지사와는 잠시 머뭇거리다가 입을 열었다.

"스스로 목숨을 끊은 엄마를 처음 발견한 사람이 어린 선진이었대요. 아버지가 사고로 죽고 나서, 작은아버지라는 사람은 선진을 못된 남자에게 팔아먹을 계획도 세웠었죠. 그러고 나서 선진이 떠난 곳이 페어뱅크스였어요."

혼이 나간 듯했던 그녀의 얼굴이 이제야 이해가 갔다. 무엇부터 물어야 할지, 그녀에 관한 이야기를 그녀의 친구에게서 전해 듣는 것이 맞는지 확신이 서질 않았다.

"아마 선진은 죽을 때까지 이런 이야기를 털어놓지 못할 거예요."

"그런데 후지사와 씨한테는 이야기했나 보네요."

"아마 죽으러 가기로 마음먹은 순간이었기 때문에 할 수 있었던 것 같아요. 상실 이전의 소멸을 택한 거죠. 진작 알아차렸어야 했는데, 신용카드가 끊기고 연락도 끊기고 나서야…… 알아차린 거죠."

상실 이전의 소멸, 누나를 잃었을 때 무너져 내렸던 자신과 비슷한 감정이었을까?

기주는 감히 그녀의 두려움을 짐작할 수가 없어서 한숨을 내쉬었다.

"선진은 눈물을 잘 흘리지 않아요. 우는 법이 별로 없어요. 눈물을 흘리고, 슬픔을 이겨 내야 마음이 편해지는데……. 선진은 그저 슬픔을 거부하는 방법을 택해요. 그런데 아까……."

후지사와는 진한 미소를 머금으며 덧붙였다.

"선진이 꼭 울음을 참고 있는 것처럼 보였어요."

그녀의 눈가에 눈물이 가득 고이는 모습을 기주 역시도 보았다. 그녀의 눈가에 맑은 물이 가득 차오르는 모습을 보는데, 겨울이 지나고 봄이 오기 전에 남아 있는 더러운 잔설 같았던 마음이 녹아내리는 것을 느꼈다.

"제가 울렸나 보네요."

기주의 입가에 어쩔 수 없는 미소가 머물렀다.

"울렸으니까, 이제 달래 주실 차례죠?"

후지사와의 물음에 기주는 가만히 고개를 끄덕거렸다. 이제 지난 한 감정 소모를 그만둘 때였다. 기주는 안타깝게 세상을 등진 누나에게는 나중에 용서를 빌기로 했다.

누나, 누나가 유일하게 보았던, 그리고 나에게 유일했고, 지금도 하나뿐인 여자야.

돌아갈 곳이 없다 느꼈던 그녀에게 자신은 새로운 희원이었고, 눈물을 보인 적 없다던 그녀가 밤새 얼굴을 묻고 울 수 있는 안락이었고, 지금껏 단 하나뿐인 인연이었다는 사실에 가슴이 벅차올랐다.

어쩌면 기주 자신도 상실이 두려워 시작을 머뭇거리고 있었는지도 모른다.

그녀의 곁을 차지하고 싶은 소유에 대한 갈망이 미련한 두려움을 집어삼켰다.

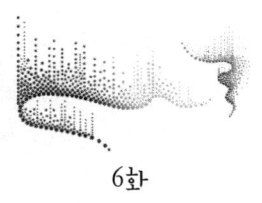

6화
당신과 사랑에 빠질 거라는 걸

어제 레스토랑을 그렇게 나온 뒤, 집에 돌아온 선진은 한숨도 자지 못했다. 혹시나 후지사와가 밝은 목소리로 전화해서 그에 대해 털어놓으면 어떡하나 싶어서 휴대전화의 전원도 꺼 두었었다.

어떤 상황에서건 기분을 좋게 만들 줄 아는 친구였지만, 그녀의 목소리를 빌려서 그의 소식을 듣는 것이 아직은 버거웠다. 익숙해져야 하는 상황인 걸까, 생각하며 선진은 지금보다 더 단단해져야겠다고 마음먹었다.

출근을 하고 임원 주간 미팅을 마친 뒤, 태욱이 리더로 있는 TF팀의 보고를 받고, 샐러드와 사과 주스로 간단한 점심 식사를 마치자, 그와의 미팅 시간이 코앞으로 다가왔다.

"뭐 좀 먹었어?"

선진의 집무실에 들어서며 태욱이 걱정스러운 목소리로 물었다.

"어, 그냥."

집무용 책상 위에 놓인 샐러드 포장 용기와 사과 주스 병을 확인한 태욱이 안도의 한숨을 내쉬었다.

"사과 주스가 참 용하다."

"그러게. 저건 참 잘 먹혀. 이 팔찌 덕분이기도 한 것 같고."

태욱은 어디서 알아봤는지, 입덧 완화 팔찌를 사다 선진의 팔목에 차게 했다. 처음엔 따끔한 저주파에 기분이 나빴지만, 구역질이 잦아 들자 손목에서 빼놓을 수가 없었다.

"이제 출발해야지?"

태욱의 물음에 선진은 고개를 끄덕거리며 대꾸했다.

"나 혼자 가도 되는데."

"강 수석 체면 좀 세워 주라. 이사님 보좌 좀 하게."

오늘따라 태욱의 기분이 좋아 보였다. 마치 저승길에 부처님이라 도 만난 것 같은 얼굴로 생글생글 웃고 있었다.

"뭐 좋은 일 있어?"

선진이 친근하게 묻는 말에 태욱은 심오하게 미간을 찌푸리고는 말했다.

"아무래도 신기주가 네 편 들어 줄 것 같아."

태욱이 내뱉은 말에 선진은 가볍게 한숨을 내쉬었다. 어제저녁에 있었던 일을 돌이켜 보면, 글쎄……. 모르겠다.

여기서 더 복잡하게 생각했다가는 머리가 터져 버릴 것만 같아서 선진은 아예 생각을 말자고 다짐했다. 오늘따라 여러 다짐을 하게 되 는 선진이었다.

"우리 아기, 태명은 지었어?"

"누구 마음대로 우리 아기야?"

선진이 기가 막힌다는 듯이 되물었다.

"윤선진, 잘 생각해 봐. 너 남편 필요할걸? 능력 좋지, 집안도 이만

하면 준수하지, 네가 다른 남자 애를 가졌어도 좋대. 이런 남자를 어디서 구해? 그리고 결정적으로……."

태욱이 뜸을 들이자, 선진은 괜히 입안이 바짝 말랐다. 또 어떤 신박한 헛소리를 하려나 싶어서 선진은 그를 물끄러미 바라보았다. 세상 점잖았던 사람이 고백한 이후에는 아예 다른 노선을 탔다. 이 남자가 이렇게 뻔뻔한 사람이었나, 싶을 정도다.

"너 나랑 자 본 적 없잖아. 내가 얼마나 잘할지 기대되지 않아?"

사특한 소리를 눈 하나 깜빡 안 하고 잘도 지껄여서, 선진은 제대로 들어 놓고도 잘못 들었나 싶은 생각이 들 정도였다.

"지금 뭐라고 했어?"

"못 들었으면 됐어."

뻔뻔하기까지 하다. 선진은 고개를 절레절레 내저으며 혀를 끌끌 찼다. 그래도 유쾌하게 헛소리를 해 대는 태욱 덕분에 선진은 쓸데없는 걱정일랑 다 잊을 수 있었다.

호텔 I에 도착하여 주 출입구로 걸어 들어가던 선진은 잠시 어지럼증을 느끼고 이마를 짚으며 멈춰 섰다.

"왜 그래? 괜찮아?"

"어, 괜찮아. 좀 어지럽네."

"얼굴이 사색인데?"

태욱은 선진의 안색을 살피고는 그녀의 어깨를 부축해서는 로비 의자에 앉혔다. 살갑고 다정한 손길에 미안한 마음이 들었다.

"아직 미팅 시작까지 시간 있으니까, 여기 좀 앉아 있어. 지하에 있는 호텔 베이커리 가서 사과 주스 포장해 올게."

"고마워."

선진은 어쩔 수 없이 고맙다는 대답을 내놓았다.

태욱이 자리를 비우고 난 뒤, 선진은 잠시 생각에 잠겼다. 자신에게 모든 것을 희생할 것처럼 구는 태욱을 말려야 했다. 지금 자신이 기댈 곳은 태욱밖에 없지만, 현실적으로 그의 마음을 받아 줄 수 없기에, 또다시 선을 분명히 그어야 할 것 같았다.

태욱은 자리를 비운 지 10분 만에 선진이 있는 곳으로 돌아왔다.

"다행히 사과 주스는 구하기도 쉽네."

마치 입덧하는 아내를 살뜰히 챙기는 남편처럼 군다.

"강태욱 수석님."

선진이 가만히 입을 열었다.

"이제 그만해. 나 이제 강 수석님한테 안 기댈 거예요."

"또 그 소리."

"현실적으로 불가능한 일이야. 선배까지 끌어들여서 엉망으로 만들고 싶지 않아. 결국은 우리 둘 다 힘들어질 거야. 우리 서로 감정이 깊게 섞일 만큼 본격적인 연애를 해 본 것도 아니잖아? 더 어려워지기 전에 이제 그만합시다, 강 수석님. 특진해야죠? 영국 안 가?"

선진의 말에 태욱은 입술을 말아 문 채로 잠자코 있었다.

"일단 들어가자."

이번 일에 태욱의 공로가 없는 것이 아니었다. KJ와의 미팅을 성사시켰다는 것만으로도 그의 공은 컸다. 하지만 그의 역할은 여기까지다. 선진은 자리에서 일어나며 태욱과 마주 섰다.

"나한테 모든 설명을 듣고 싶다고 했다며?"

태욱이 고개를 끄덕였다.

"나 혼자 갈게."

선진이 단호하게 말했다.

"야, 그래도."

"이거 후배 윤선진이 하는 말 아니고, 부명그룹 윤선진 이사가 하는 말입니다, 강 수석님. 그리고 더는 내 옆에 다가오지 말라는 말도,

부명그룹 윤선진 이사가 하는 말이고요."

"그럼 임신했다는 말은 왜 했어?"

"그럼, 선배가 나 포기할 줄 알았지."

태욱은 모든 상황에 기가 막힌다는 듯이 천장을 올려다보며 한숨 지었다.

"그럼, 저는 미팅 갑니다."

선진은 산뜻하게 말을 건넨 뒤, 그와 마주할 콘퍼런스 룸을 향해 걸음을 옮겼다.

미팅 시작 20분 전, 콘퍼런스 룸에 먼저 도착한 선진은 프로젝터에 랩톱을 연결하고, 가볍게 한숨을 한 번 내쉬었다. 어제 마주 앉은 자리에서 행복에 겨운 미소를 짓고 있던 후지사와의 얼굴을 떠올리며, 어리석은 감정을 지워 내기 위해 애썼다.

그가 이번에는 어떤 도발적인 언행으로 자신을 흔든다 할지라도 동요하지 않으리라.

어른이 되는 것은 '감정에 태연해지는 것'이라 여기며 살아왔었다. 기쁘고, 노엽고, 슬프고, 즐거운 감정을 남들이 다 알아볼 수 있도록 고스란히 드러내는 것은 아직 성숙하지 않은 어린아이들이나 하는 행동이었다.

일희일비하며, 지나가는 감정에 휩쓸려 욱하는 것이 얼마나 어리석은 것인지를 성숙한 인간이라면 누구나 다 안다. 하지만 적절히 감정을 드러내며 웃고, 눈물 흘리는 것도 중요하다고 사람들은 말한다.

선진은 '감정에 태연해지는 것'을 선망하며 살다 못해, 가까운 사람들과 함께 웃고, 우는 것에도 인색했다.

각박한 현실을 살아가는 현대인이라면 누구나 그럴 수 있다고 여길지도 모르겠지만, 우는 것에는 특히 더 그랬다. 생물학적으로 눈물샘이 말라 버린 것은 아닌가 하는 생각이 들 정도로 눈물이 핑 도는 일도 없었다.

그런데 어제 그를 마주한 자리에서 속절없이 눈가를 적시고 말았다. 자신이 가장 연약했던 시절에 만났던 사람이었다. 그 시절, 선진의 모습을 다 알고 있는 그가 그때처럼 안쓰럽다는 눈빛으로 선진을 바라보는데, 그 시선이 눈물샘을 건드려 버렸다.

눈가에 눈물이 고이는 것을 그도 보았고, 자신도 분명히 느꼈다. 서둘러 자리를 피하기는 했지만, 오늘 다시 그를 마주하려고 하니 심장이 두근거렸다. 긴장한 탓인지, 아랫배에서 알싸한 통증도 느껴졌다. 식은땀이라도 나는 듯 뒷머리와 목덜미가 축축해지는 기분이었다.

선진은 한숨을 몰아쉬며 평정을 유지하려 애썼다.

태연해지자. 여태 그렇게 살아왔던 것처럼.

어제 태욱과 함께 정리하고 여러 각도에서 시뮬레이션 한 자료를 프로젝터에 띄우자, 콘퍼런스 룸 문이 열리는 소리가 들려왔다. 선진은 프로젝터 스크린을 바라보던 시선을 문가로 옮겨 갔다. 심장이 쿵 하고 울렸다.

"신기주 님, 오셨습니다."

연회장 관리 담당 지배인이 비켜서자, 그의 모습이 드러났다. 아이보리 터틀넥 니트에 잿빛 플레이드 체크 코트를 입은 그는 어제만큼이나 캐주얼 한 모습이었다.

"고맙습니다."

그는 황홀하도록 매혹적인 미소를 지으며 지배인에게 고개를 한 번 숙여 보였다. 20대 중반쯤 되어 보이는 앳된 얼굴의 지배인은 얼굴을 붉히며 돌아섰다.

그의 미소는 누군가의 마음을 뒤흔들어 놓을 만큼 아름다웠다. 문제라면 '누군가'의 범주 안에 선진도 속한다는 게 문제였다.

콘퍼런스 룸 문이 닫히고 나자, 그가 문가에 머물렀던 시선을 선진에게로 옮겨 왔다. 그는 아름다운 미소를 거두지 않은 얼굴로 물었다.

"점심 먹었어요?"

내내 선진을 향해 가시 돋친 말만 골라 하던 그가 선선히 내뱉은 말에 선진은 잠시 당황했다. 머뭇거리며 서 있자, 그가 눈썹을 치뜨며 손목에 있는 시계를 한 번 확인하고는 다시 물었다.

"설마 미팅 때문에 못 먹었어요? 벌써 2신데?"

지나치게 다정한 어조여서 선진은 두 눈을 빠르게 깜빡거리며 대꾸했다.

"먹었어요. 회사에서."

"뭐 먹었어요?"

그는 지금 선진의 점심 메뉴가 가장 중요한 화젯거리인 것처럼 물었다. 선진은 그게 지금 왜 중요한지 의문이 들었다.

그리고 문득 또 다른 의문이 고개를 들었다.

선진이 죽고자 했던 마음을 바꿔 먹은 것도, 악착같이 매달려 이 자리까지 오고자 했던 것도 처음엔 이 남자 때문이었다.

그런데 지금은 자신이 무엇을 위해서 이 남자와 마주 서 있는 건지 모르겠다. 남자의 설득을 얻어서 자신이 더 나은 위치로 간다고 한들, 이 남자는 더는 자신을 위해 존재하는 인연이 아닐 터였다.

선진은 혼란에 빠졌다. 사랑을 위한 순수한 노력에서 생존을 위한 끈기로 바뀌었다고 생각했던 목적의식이 갑자기 불분명해졌다.

만약 그룹 일에서 물러선다고 하면 작은아버지는 선진을 가만둘까? 그게 아닐 테니, 더 버텨야 하나? 나는 무엇을 위해 이 남자를 설득해야 할까? 작은아버지의 마수에 걸리지 않고, 살아남기 위해서?

단지 작은아버지가 두렵다는 그 이유 하나로?

명예, 돈, 권력……. 그런 것들이 삶의 지향점이었던 적은 단 한 번도 없었다.

갑자기 무동력 배를 끌고 돛 하나에 의지한 채 망망대해에 떠 있는 기분이었다. 불어오는 바람에 속절없이 떠내려 갈 것 같은 위기감이 몰려왔다.

그 바람이 저 남자로부터 시작되지 않기만을 바랄 뿐이었다. 그가 짓는 매혹적인 미소와 다정한 어조에 선진은 잠시 눈을 감았다가 떴다.

그의 힐난에 흔들릴 거라고 확신했던 예상은 보기 좋게 빗나갔다. 그는 선진을 마치 추운 겨울날의 알래스카 외딴 마을에서 방이 없는데, 너그럽게 방을 셰어해 준 여자로 착각한 듯했다.

심장이 두근두근 울리기 시작했다. 이제껏 꼭꼭 숨겨 두었던 마음이 불쑥 튀어나와 버렸다. 그러면서 이곳에서 왜 이 남자와 마주하고 있는지에 대한 목적이 뚜렷해지는 듯했다.

잘 보이고 싶은 거였다.

사실 나는 당신이 오해했던 그런 여자가 아니라고, 나를 제대로 봐 달라고.

당신을 만나기 위해서 이 자리까지 오느라, 내가 얼마나 고생했는지 아느냐고.

오랜 시간이 지나도록 애틋한 마음을 간직하고 있던 멍청하도록 순진한 내가 보이지 않느냐고.

갑자기 울컥 감정이 치솟았다. 호르몬의 영향과 이 남자의 존재가 자꾸만 선진을 뒤흔들어 놓았다. 선진은 코끝이 찡해지는 감정을 지워 내려 가볍게 한숨을 몰아쉬고는 입을 열었다.

"샐러드랑 사과 주스 먹었어요."

솔직한 대답을 내놓는 것 외에는 그럴듯한 다른 말을 꾸며 낼 수도 없도록 선진은 당황한 상황이었다.

"겨우 그걸 먹고 일이 돼요?"

그의 얼굴에 걱정이 어렸다. 그가 하루아침에 선진을 대하는 태도를 바꿔 버렸다. 그는 회의를 위해 호텔 측이 준비한 간단한 다과류가 놓여 있는 테이블 위를 바라보았다.

"커피, 물, 주스, 쿠키, 초콜릿……. 이걸로는 어림도 없겠는데?"

그는 못마땅하다는 듯이 고개를 절레절레 내젓고는 문가에 놓인 전화기를 집어 들었다.

"네, 여기 신관 2층 콘퍼런스 룸 A-3호입니다. 소화 잘 되는 따뜻하고 부드러운 샌드위치랑 수프 부탁할게요."

콘퍼런스 룸에서 종종 간단한 오찬을 곁들여 회의를 진행하는 경우도 있었으나, 오늘은 아니었다. 선진은 되도록 빨리 부탁한다는 당부의 말을 끝으로 통화를 마치는 그를 말끄러미 바라보았다.

"끼니는 좀 잘 챙겨 먹고 다녀요. 며칠 전에 보니까 소화가 안 되는 것 같던데, 가벼운 거로 주문했으니까, 오면 좀 먹고 계속하는 거로 하죠. 일단 시작할까요?"

그의 물음에 선진은 그저 고개만 끄덕였다. 여기서 그가 주문한 식사에 관해 승강이를 하는 것은 별로 의미가 없어 보였다.

"여러 번 뵀지만, 다시 인사드리겠습니다. 부명그룹 윤선진입니다."

선진이 소개의 말을 건네자, 그는 재미있다는 듯이 웃으며 선진이 서 있는 곳과 가장 먼 자리에 앉았다. 콘퍼런스 룸은 디귿자로 배치된 테이블 앞에 최대 12명이 앉을 수 있는 곳이었다. 그는 창가를 등진 자리에 앉아서 선진을 바라보았다.

"여러 번 봤지만, 나도 인사 다시 해야겠네요. KJ 신기주입니다.

KJ가 내 이니셜에서 따온 거라는 건, 알겠죠?"

그는 그리 말하며 진한 미소를 머금었다. 그 미소는 여전히 지나치게 매혹적이었다. 선진은 가볍게 고개를 한 번 끄덕인 뒤, 말을 이었다.

"저희가 보내 드린 보고서는 모두 보셨습니까?"

선진의 딱딱한 질문에 그가 고개를 끄덕이며, 한 칸 옆으로 자리를 옮겼다.

"그럼, 보고서를 모두 보셨다는 전제하에 본론으로 들어가겠습니다. 부명건설에서는 현재 런던을 시작으로 로마, 파리, 마드리드 등의 유럽 주요 도시의 구도심 정비 사업에 뛰어들 준비를 하고 있습니다. 그 시작이 된 런던은⋯⋯."

선진이 말을 잇는데, 그가 한 칸 더 옆으로 자리를 옮겼다. 그의 눈빛은 아까보다 한층 더 짙어진 듯했다.

"화면이 잘 안 보이십니까?"

그는 고개를 내젓고는 단숨에 선진이 서 있는 곳 바로 앞에 있는 의자로 자리를 옮겼다.

"윤선진 씨 얼굴이 잘 안 보이네요."

처음부터 앞에 앉았으면 될 거 아니냐는 물음이 툭 튀어나올 것 같아서 선진은 아랫입술을 꾹 깨물었다. 그리고 등허리에서 식은땀이 주르륵 흘러내렸다. 그가 보이는 이전과는 다른 태도에 잔뜩 긴장한 탓이었다. 아랫배가 또다시 알싸하게 아팠다.

선진은 아랫배에 가볍게 손을 올리며 입을 열었다.

"그럼 속개하겠습니다. 런던에 있는 부명건설 지사의 GM 자리는 현재 공석이며, 적당한 인물을 물색 중입니다. 내부적으로는 인사 문제, 외부적으로는 노 딜 브렉시트라는 런던 부동산 시장에 큰 영향을 미칠 수 있는 요인으로 인해 사업이⋯⋯."

"나 안 보고 싶었어요?"

갑자기 그가 던진 질문에 선진은 하마터면 혀를 씹을 뻔했다.

"내 · 외부 요인으로 인해 사업이 난항을 겪고……."

"한 번도 내 생각 한 적 없어요?"

"난항을 겪고 있는 상황에서 부명건설이 지금 필요한 것은……."

"대답할 때까지 물어볼 것 같지 않아요?"

선진은 아랫입술을 꾹 깨물었다. 심장이 쿵쿵 울리고 식은땀이 났다. 이 남자가 이제는 다른 방식으로 자신을 괴롭히려는 것처럼 보였다. 후지사와 때문에 자신이 마음을 주지 못할 것을 알고, 이렇게 감정을 건드리는 방법으로 바꾼 것일까?

가볍게 한숨을 내쉰 선진은 낮게 읊조렸다.

"회의에 집중해 주셨으면 합니다."

선진이 가까스로 내뱉은 말에 그는 미간을 찌푸리며 팔짱을 꼈다. 여전히 그의 시선은 선진에게 머물고 있었다. 그는 한쪽 입꼬리만 뺨을 타고 오르도록 씁쓸한 미소를 머금으며 대꾸했다.

"윤선진 씨가 내 품에서 울부짖던 게 생각나서, 집중이 안 되는데?"

숨이 턱 막힐 정도로 매혹적인 눈빛이었다. 그 눈빛에 담긴 감정이 무엇인지 헷갈렸다. 정말로 자신을 원해서 저러는 것인지, 아니면 그저 도발하려는 목적인지 알 수 없었다. 만약 도발하려는 것이었다면, 꽤 성공적이었다.

선진의 가슴이 터질 듯이 내달리고 있었다. 그의 품에 안겼던 두 번의 밤이 떠올라서 얼굴에 화끈 열이 올랐다. 모든 것을 다 내던지고 저 남자에게 다시 한 번 안겨 볼까, 하는 충동까지 일었다.

숨을 고르고 입을 열려고 하는데, 그가 빨랐다.

"그렇다고 지금 당장 덤벼들 것 같은 얼굴은 하지 말고."

그에게 속을 빤히 들켜 버린 것 같아서 선진은 발끈하고 말았다.

"아니거든요. 지금 여기가 어디라고."

설득력이 부족한 목소리가 툭 튀어나왔다. 당황스럽게도 목소리가 파르르 떨려서 제 것처럼 느껴지지 않았다. 그를 체서 고양이 같다고 생각했었는데, 지금은 얼토당토않은 일로 앨리스를 괴롭혔던 여왕 같다는 생각이 들었다.

"나도 그러고 싶으니까. 마음에도 없는 부정은 하지 말고."

그는 다 안다는 듯이 웃어 댔다. 대체 뭘 알고, 그런 얼굴, 그런 눈빛, 그런 말투를 하고 있는 거냐고 따져 묻고 싶었다.

"신기주 씨, 아무리 내가 지금 당신 도움이 필요해서 이 자리에 있다고 해도, 좀 심하다고 생각하지 않아요?"

정색을 하고 묻자, 그가 멍한 표정으로 선진을 가만히 바라보았다. 방값 내놓으라고 했을 때, 선진을 올려다보던 그 눈빛과 비슷한 눈빛이었다. 맞는 말이기는 한데, 그 단호함에 놀라서 멍해진 얼굴이랄까? 선진은 멍해진 그의 얼굴을 보고 하마터면 웃음을 터뜨릴 뻔했다.

만약 진짜로 웃음을 터뜨렸다면, 상황은 걷잡을 수 없이 당혹스러워졌을 것이다. 선진은 아랫입술을 꾹 깨물며 그의 얼굴을 향해 있던 시선을 다른 데로 돌려 버렸다. 그러자 그가 조용히 읊조렸다.

"화, 많이 났어요?"

도대체 무슨 화를 말하는 거냐고 되물으려는데, 그가 더 빨랐다.

"내가 그날 아침에 아무 말도 없이 사라져서?"

선진은 저도 모르게 고개를 내저었다. 화난 적 없다는 선진의 행동에 그가 가볍게 웃는 소리가 들려왔다.

"나도 화는 안 났었어요."

그는 9년 전 일을 말하는 듯했다.

"대신."

그가 잠시 뜸을 들였다. 화가 나지 않는 대신 뭐가 어떻게 됐다는 건지 궁금해서 입안이 바짝 말랐다.

"걱정 많이 했죠."

아련하게 울리는 그의 목소리에 그만 눈물이 핑 돌고 말았다. 코끝이 찡해서 선진이 돌아선 순간, 노크 소리가 들려왔다. 그가 주문한 따뜻한 샌드위치와 수프가 도착한 듯했다. 지배인이 테이블 위에 음식을 세팅하는 동안 선진은 울컥한 감정을 잠재우기 위해 애썼다.

눈물이 쏙 들어가고 나자, 그가 지금 왜 그때의 일을 말하고 있는 건지 의문이 들었다.

아마도 후지사와 때문이겠지?

묵은 감정을 해소하지 않고 지나간다면, 후지사와에 대한 예의가 아니라고 생각했나 보다. 그렇다고 이런 식으로 그날의 감정을 일깨울 필요는 없지 않은가? 그렇게 생각하자, 그가 야속해졌다.

"일단 먹고 계속합시다."

그는 선진에게 앉으라며 자리를 권했다. 선진은 어깨가 들썩이도록 한숨을 내쉬고는 자리에 앉았다.

"위염이나, 위궤양 같은 거예요? 살이 계속 빠지는 것 같은데."

선진이 음식 섭취를 제대로 못 하고 있다는 것을 눈치챈 그가 걱정스럽다는 듯이 물었다.

"뭐 한국 사람이면 누구나 가벼운 위염 정도는 있죠."

"가벼운 위염인데, 그렇게 못 먹어요?"

"오늘은 바빠서 그랬어요. 오전 미팅이 늦게 끝나서, 식사할 시간을 확보 못 했어요."

"그럼, 나한테 점심 먹으면서 하자고 하지."

"그럼, 체할 것 같아서요."

저도 모르게 솔직한 말이 툭 튀어나와 버렸다. 선진이 내뱉은 말을 후회하며 아랫입술을 꾹 깨물자, 그가 어이없다는 듯이 가볍게 웃음을 터뜨렸다.

"일단 먹어요."

달걀과 다진 소고기 패티가 들어간 샌드위치는 부드럽고 맛있었다. 또 콩이 주재료로 보이는 토마토 수프는 샌드위치의 느끼함을 달아나게 할 만큼 상큼했다. 선진은 오랜만에 바닥이 다 보이도록 그릇을 비웠다.

선진이 맛있게 음식을 먹어 치우는 모습을 그는 흐뭇한 눈빛으로 바라보았다.

"더 먹을래요?"

그는 자신의 앞에 놓인 샌드위치와 수프에 손도 대지 않은 상태였다. 선진은 조심스럽게 고개를 끄덕거렸다. 무슨 일인지 모르겠지만, 그와 단둘이 있는 상황인데도 불구하고 음식이 잘도 넘어갔다. 아니, 너무 맛있어서 신기할 정도였다.

선진은 그가 내민 접시에 있는 샌드위치 두 조각과 토마토 수프도 말끔히 비웠다. 그는 '어이구, 잘 먹네.' 하면서 따뜻한 시선으로 선진을 바라보았다. 신기할 정도로 소화도 잘 되었고, 속이 따뜻하게 들어차는 기분이었다.

너도 이 남자가 아빠라는 걸, 아는 거니?

선진은 주스를 한 모금 머금으며 배 속에 자리한 작은 점에게 말을 걸었다. 그가 다정한 시선으로 자신을 바라봐 주고, 자신은 그의 앞에서 식사를 하는 상황은 눈물겹도록 현실감이 없었다.

그리고 순간에 감동한 호르몬 때문인지 눈가에 눈물이 가득 차올랐다. 선진은 아랫입술을 꾹 깨물었다.

점심 못 먹고 회의하다가, 사업 파트너가 될 수 있는 남자가 샌드위치를 주문해 줬는데, 그걸 다 먹고 울음을 터뜨렸다?

이건 아니지 싶었다. 선진은 눈물이 쏙 들어가도록, 눈꺼풀을 깜빡이지도 못하고 샌드위치 접시를 노려보았다. 그러자 그가 자리에서 일어나 선진의 곁으로 다가왔다. 지금 움직이면 눈물이 또르르 흘러내릴 것 같아서 선진은 어색하게 굳은 채로 있었다.

그의 손길이 선진의 어깨에 닿았다. 그는 선진의 어깨를 잡아 일으켜 세웠다. 커다랗게 뜬 눈 안에는 아직 흘러내리지 못한 눈물이 가득 차 있었다.

"웃지도 못하고, 울지도 못하고, 먹지도 못하고. 왜 이러고 살았어요?"

대답을 원하는 질문은 아닌 것 같았다.

"나 그렇게 버려두고 갔으면, 잘 살았어야지."

원망하는 듯한 말투였지만, 그의 얼굴에는 장난기가 가득했다.

"나는 이 여자, 저 여자 만나면서 잘 살았는데."

그가 얄밉게 속삭였다. 선진은 잠자코 그를 올려다보았다.

"이런 말에는 좀 화도 내고."

선진이 이내 고개를 떨궜다. 지금 이 상황을 어떻게 이해해야 하는 건지 혼란스러웠다. 후지사와 때문에 케케묵은 감정을 정리하려는 것치고는 다소 과격한 언행이 아닌가 싶었다.

만약 후지사와를 위해서 이러는 게 아니라면…….

"아이고, 또 삐졌나? 다른 여자 안 만났어요. 만날 여유도 없었어."

이 여자, 저 여자 만나면서 잘 살았다는 말에 기분이 상한 건 아니었지만, 다른 여자는 안 만났다는 변명일지도 모를 말에 심장이 두근거렸다.

"이제 우리 이런 거 그만하죠."

선진은 화들짝 놀란 얼굴로 그를 올려다보았다. 시야가 좁아진 듯한 느낌이었다. 사고도 단순해져 버렸다. 그가 말한 '이런 거'가 뭔지도 모르고, 그만하자는 말에 심장이 덜컥 내려앉았다. 이제 더는 그를 볼 수 없는 건가 싶어서 숨이 턱 막혀 왔다.

"나, 이런 거 잘 못 해요."

선진은 저도 모르게 고개를 내저었다. 그가 완전한 이별을 선언할 것만 같았다. 이제까지 지난 기억으로 힘들게 살아왔다면, 이제는 훌훌 털어 버리고 힘내서 살아가라고 말할 것만 같아서 가슴이 미어졌다.

"그만 오해하고, 그만 원망하고, 그만 미워하고."

눈물방울이 뺨을 타고 또르르 흘러내렸다. 그의 커다란 손이 선진의 뺨을 감쌌다. 엄지로 부드럽게 뺨을 쓸어 준 그가 안타까운 미소를 지었다.

"누가 윤선진 이사 안 운다고 했지? 이렇게 잘 우는데?"

놀리는 말투였지만, 그의 목소리에는 아련함이 배어났다.

"나 잘 안 운다고 누가 그랬어요?"

눈물기 섞인 목소리로 선진이 물었다.

"후지사와 씨가 그러던데. 잘 안 운다고."

친구의 이름이 불린 순간, 선진은 어깨에 오른 그의 손을 밀쳐 내고 돌아섰다.

"우리 이 일은 없었던 일로 하는 게 좋겠어요. 그게 아사미한테도 좋을 거고, 아사미 만나는 신기주 씨한테도 좋을 것 같으니까."

"후지사와 씨가 눈치 없다는 말은 안 해 줬는데……. 아, 남자 만나 본 적 없다는 말은 했었다. 연애를 못 해 봐서 내가 무슨 말을 하는지 이렇게 모르나? 그런 눈치로 부명그룹 이사 자리에는 어떻게 올랐어요?"

선진이 그를 향해 돌아서려는 순간, 그가 선진을 뒤에서 살며시 끌어안았다. 머피 돔에서 오로라를 올려다볼 때와 같은 자세였다. 심장이 쿵쿵 울렸다.

"후지사와 씨는 알던데, 내가 어떤 눈빛으로 당신을 바라보는지, 어떤 목소리로 당신한테 말을 거는지, 그리고 그게 어떤 감정인지."

선진은 크게 한숨을 들이마셨다가 내쉬었다.

"그리고 친구인 윤선진 씨에 대해서도 잘 알더라고요. 윤선진 씨가 어떤 눈빛으로 나를 보는지, 나 때문에 어떤 표정을 짓는지……. 근데 왜 우리는 그걸 서로 몰랐을까요?"

"그쪽도 연애 안 해 봤다면서요."

본의 아니게 감정이 섞인 목소리가 튀어나와서 당황스러웠다. 나무라는 선진의 말에 그가 웃음을 터뜨렸다. 등 뒤로 맞닿은 그의 가슴을 통해 전해지는 울림이 기분 좋았다. 자신에게서 나는 것인지, 맞닿은 그의 가슴에서 나는 것인지 두근두근 울리는 심장 소리도 느껴졌다.

"그럼 이제 해 봅시다, 까짓 연애."

분명히 제대로 들었음에도 그가 내뱉은 말을 잘못 들은 게 아닌가 하는 의문이 들었다.

"방금 뭐라고……?"

선진이 되묻자, 그가 자신만만한 어조로 대꾸했다.

"내가 연애는 한 번도 해 본 적 없는데, 잘할 자신은 있거든요?"

그의 목소리는 마치 9년 전으로 되돌아간 기분이었다. 선진은 그때 어려서부터 몸에 두르고 있던 딱딱한 껍질을 벗어던지고 연약한 살을 드러내고 있었다.

불한당 같은 아버지였지만 그래도 선진을 위하는 유일한 가족이었다는 걸 증명하듯, 아버지가 죽고 나자 선진은 자신을 보호할 그 무엇도 세상에 존재하지 않는다는 사실을 깨달았다.

알래스카로 향했던 선진은, 마치 탈피 후에 연한 속살을 내보이고 있는 갑각류 같았다. 그런 선진에게 다가온 그는 선진을 보호할 수 있는 딱딱한 껍질이 되어 줄 것처럼 굴었다.

그와 헤어진 후, 선진은 그와의 기약 없는 이별을 지나와야 했다. 그를 만날 수 있을 거라는 막연한 희원은 더 딱딱한 껍질을 만들어 제 몸에 두르게 만들었다.

9년 전과 같이 자신에게 다가오는 그였지만, 그때와 선진은 엄연히 다른 사람이었다.

"해 보지도 않았으면서 그걸 어떻게 알아요?"

"그럼, 잘하는지 못하는지 윤선진 씨가 나랑 연애해 보면 되겠다, 그죠?"

선진은 한숨을 내쉬었다. 그때의 연약하고 순수했던 자신과 다른 지금의 모습에 그가 실망하면 어쩌나 더럭 겁도 났다.

"똑같은 강에 두 번 들어갈 수는 없대요."

"판타 레이. 모든 것은 흐른다고 주장했던 헤라클레이토스가 한 말이네요."

귓가에서 들려오는 그의 목소리가 나직하게 울렸다.

"누가 한 말인지는 중요하지 않아요. 어떤 의미인지가 중요하지."

"헤라클레이토스를 언급하는 걸 보니까, 내가 보기엔 변한 게 없어 보이는데?"

선진이 의미하는 바를 그는 간파한 듯했다. 그때와 지금은 다르다는 말을 그는 인정하려고 들지 않았다.

"벌써 9년 전 일이에요. 나도 아마 당신도 많이 변했을 거예요. 짧았던 만남으로 미화된 기억 속에 있는 사람이랑 우린 다를지도 몰라요."

"누가 미화했대?"

그는 말꼬리를 잡으며 늘어졌지만, 목소리는 유쾌했다.

"네덜란드 위트레흐트 중앙 미술관에 가면 요하네스 모레엘스가 그린 헤라클레이토스 그림이 있어요. 그림 속에서 지구본을 앞에 두고, 두 손을 꼭 모아 쥔 채로 기도를 올리는 것 같은 헤라클레이토스는 눈물을 흘리고 있죠. 그런데 그 그림과 비슷한 그림이 하나 있어요. 요하네스 모레엘스가 그린 데모크리토스에 대한 그림이죠. 데모크리토스는 헤라클레이토스가 기도를 올리던 지구본 앞에서 손가락질을 하며 웃고 있거든요?"

잔잔히 읊조리는 그의 목소리가 듣기 좋아서 선진은 잠자코 있었다.

"그 그림들이 뭘 의미하는지 알아요?"

선진은 가만히 고개를 내저었다.

"요하네스 모레엘스가 활동하던 1630년대 네덜란드에서는 인생 무상이라는 주제가 유행하고 있었어요. 그는 그걸 이 그림들을 통해 표현하고자 한 거예요. 시대를 풍미한 철학자가 세상에 대한 염려와 걱정으로 울건, 또 다른 저명한 철학자가 세상을 향해 웃건, 그래 봤자 이 세상에 아무런 영향이 없다는 거죠."[*]

선진이 뭐라 대꾸하려는데 그가 더 빨랐다.

"같은 물에 두 번 들어갈 수도 없고, 그때와 지금은 같은 사람일 수도 없다고 물러나는 거, 겁이 나서 그러는 거죠? 내가 실망할까 봐. 그런데 나도 겁나요. 그때와는 다른 나를 발견하고 당신이 실망할까 봐."

그때보다 훨씬 더 넓어진 시야와 깊어진 시선을 가진 그였다. 자신이 그에게 실망할 일은 결코 없을 것 같았다.

"아니, 절대 그럴 일……."

---

[*] Google Art & culture, Johannes Moreelse.

"없을 거라고? 정말? 나도 그런 생각인데. 나도 윤선진 씨한테 내가 실망할 일 없을 것 같은데? 그래서 가슴이 떨리고, 설레지는 않아요?"

선진은 가볍게 한숨을 한번 내쉬었다. 그의 논리에 꼼짝없이 설득당했다.

"근데 연애 시작 전에 걱정이 돼서 눈물이 나건, 너무 기뻐서 웃음이 나건…… 부딪쳐 보지 않는 이상 뭐가 어떻게 될지는 아무도 모르는 거예요. 그때의 감정과 같지 않으면 어때, 지금의 감정으로 만나면 되는 건데."

그의 목소리에 엷은 웃음기가 배어났다.

"이래도 나랑 연애해 볼 생각 없어요?"

입술을 잘근 깨물자, 그의 눈빛이 살짝 일렁였다. 단호하게 말했으면서도 부정적인 대답을 내놓을까 봐 걱정하는 눈치.

그의 눈빛에 어린 상념을 지워 버리고 싶었을까.

못 이기는 척 그의 마음을 받아들이고 싶었을까.

이제는 그래도 되는 타이밍이라고 생각했을까.

더는 참지 못할 감정이 흐르기 시작했다. 그리고 떨리는 목소리가 조심스레 흘러나왔다.

"……있어요."

선진이 조용히 읊조린 말에 그가 선진을 부드럽게 돌려세웠다.

"와, 윤선진 이사님. 설득하기 어렵네. 내가 여자 꼬시려고 헤라클레이토스랑 데모크리토스를 끌어올 줄은 꿈에도 몰랐네."

골치깨나 아팠다는 듯이 이마를 짚어 보이는 그의 입가에는 매혹적인 미소가 머무르고 있었다.

"아사미가 정확히 뭐라고 했어요? 아사미는 괜찮아요?"

그는 장난스럽게 올렸던 손을 내려 선진의 어깨를 감싸 쥐고는 말했다.

"내가 울린 것 같으니까, 잘 달래 주라고 하던데요? 좋은 친구를 뒀더라고요. 그래, 생각해 보니까, 9년 전부터 아주 좋은 친구였네요? 아니, 뭘 믿고 신용카드며, 이름도 빌려줘?"

"좋은 친구 맞아요."

"농담을 들었으면 좀 웃어요."

긴장한 탓에 웃음도 쉽게 흘러나오질 않았다. 선진은 애써 입꼬리를 올리며 웃으려 노력했다. 그러자 그의 엄지가 어색한 미소를 머금은 선진의 입술 위를 한번 쓸었다.

"이렇게 웃으니까 얼마나 예뻐."

그리 말한 그의 얼굴이 점점 선진에게로 기울었다. 선진은 살포시 눈을 감았다. 살짝 벌어진 입술 위에 그의 입술이 부드럽게 내려앉았다. 그는 선진의 등허리를 다정하게 끌어안았다. 그의 품 안에서 느껴지는 안온함에 눈물이 왈칵 치솟았다.

선진이 울컥하는 것을 느꼈는지, 그의 입술이 살짝 멀어졌다. 입술과 입술이 아슬아슬하게 맞닿아 있는 상태에서 그가 속삭였다.

"자꾸 우니까, 내가 나쁜 놈 같잖아요. 그만 울어."

선진이 고개를 끄덕이자, 그의 입술이 다시 한 번 선진의 입술을 꾹 누르고는 떨어졌다.

"여기 띄운 자료는 내 이메일로 보내 주고요. 검토는 내가 알아서 할 테니까."

일 이야기를 꺼내자, 그녀가 바짝 긴장하는 모습이 눈에 들어왔다.

"공은 공이고, 사는 사지. 내가 연애한다고 일도 막 봐주고 그럴 것 같아요?"

딱딱하게 질문을 던지자 그녀가 아랫입술을 한 번 깨물었다. 마음 같아서는 그녀가 스스로 깨물고 있는 입술을, 기주는 자신이 깨물고 싶은 심정이었다. 그런데 다시 그녀와 입술이 닿으면 또 그녀를 데리고 방으로 올라가 버리고 싶어질 것 같아서 참았다.

연애를 선언했다고 해서, 무조건 그렇게 들이대면 그리 좋아하지 않을 성싶었다.

"봐 달라고 할 생각 없어요. 객관적으로 검토해 줘요. 내가 준비한 것 중에 부족한 게 뭔지, 강점과 약점을 제대로 파악하고 있는 건지, 외부 기회 요인과 위험 요소를 잘 숙지하고 덤벼든 건지."

그녀는 심각한 얼굴로 설명을 이어 갔다. 기주는 매혹적인 입술로 일 얘기를 또박또박 건네는 그녀를 가만히 바라보았다. 사실 지금 같아서는 그녀가 희대의 사기꾼이라고 해도 넘어가 줄 용의가 있었다. 거액을 투자해 달라며 꼬드기면, 당에 계좌 번호를 부르라고 할지도 모른다.

"알겠습니다, 윤선진 이사님."

기주가 고개를 한번 까닥하자, 긴장했던 그녀의 표정이 사르륵 풀어지는 게 눈에 들어왔다.

"그런데 식사는 왜 이렇게 못 해요, 정말?"

"아, 그게 소화가 좀 안 돼서요."

그의 질문에 선진은 곧이곧대로 말할 수가 없었다. 지금 막 연애를 하자고 합의 비슷한 것을 본 마당에―연애를 합의라고 일컫는 자신이 우스웠지만, 적절한 단어가 떠오르질 않는 선진이었다. 자신이 그의 아이를 가졌다고 바로 말하는 것은 선진으로서도 당혹스러운 일이었다.

지금 당장은 아니더라도, 조만간 서로에 대한 확신이 조금 더 자라난 후에 이야기해도 되지 않을까?

조심스레 다음을 기약하는 선진의 가슴이 두근거렸다. 아이를 가졌다고 하면 저 남자가 어떤 얼굴을 할지 감히 상상조차 할 수 없었다.

혹시 아이를 좋아하느냐고 물어보면, 이상하게 생각할까?

걱정이나 염려는 던져 놓으라고 했지만, 걱정을 안 하려야 안 할 수 없는 상황이었다. 혹자는 선진을 답답하다고 여길지도 모르겠지만, 입장 바꿔 생각해 보라. 이제 막 마음을 확인하고 연애를 시작한 상대가, '나 사실 당신 아이를 임신 중이랍니다!'라고 고백한다면, 얼마나 당혹스러울지.

오늘은 이 남자와 연애를 하기로 한 사실 자체만으로도 충분했다. 예상치 못한 일은 여기까지만 일어나는 게 나을 듯했다.

"건강검진은 언제 했어요? 위내시경 같은 거."

"회사에서 한 6개월 전쯤 받은 거 같네요."

"다시 해 보는 게 좋지 않겠어요?"

"아까 샌드위치랑 수프는 다 먹었잖아요."

"그러게. 신기하게 그건 잘 먹데?"

그가 의아하다는 얼굴로 고개를 갸우뚱 기울이더니, 매혹적인 미소를 머금으며 물었다.

"나랑 둘이 있어서 그랬나? 나만 보면 입맛이 막 돌아요? 그때 페어뱅크스에서 두부전골도 엄청 맛있게 잘 먹지 않았었나?"

장난기 어린 말이 전혀 얄밉지 않았다.

"그러게요."

선진도 그의 말에 동의한다는 듯이 웃으며 말했다.

"오후 일정은 어떻게 돼요?"

이제 회사로 복귀해서 오후 결재 서류만 보면 된다는 말을 하려고 했는데, 선진의 휴대전화가 짧게 울렸다.

"잠시만요."

KJ와 미팅을 진행하고 있다는 걸 알면서도 전화를 걸어 온 이는 표면적으로 선진의 비서직을 수행하고 있는 조 팀장이었다.

"네, 조 팀장."

– 이사님, 어디 계십니까?

"KJ 미팅에 와 있습니다."

– 미팅 끝나시면, 부회장실로 바로 오시라는 말씀이 있었습니다.

선진의 미간이 미세하게 구겨졌다. 그가 걱정스러운 눈빛으로 선진을 바라보고 있었다. 선진은 애써 미소를 머금으며 대꾸했다.

"알겠어요. 회사 돌아가면 들르죠."

심장이 쿵쿵 뛰었다. 친족인 것을 과시할 필요는 없다며, 선진을 불러들이는 일은 드문 작은아버지였다.

그것도 자신에게 직접 연락을 하지 않고, 조 팀장이라는 루트를 통해 호출을 하는 일을 더더욱 없었다.

조 팀장이 연락을 받으면, 선진을 담당하고 있는 비서팀 전원에게 알려질 터였고, 윤선진 이사가 윤 부회장을 독대하러 간다는 것은 공식적인 사안이 되어 버린다.

사람들은 왜 둘이 공식적인 자리를 가졌는지에 대해 의문을 품게 될 것이다. 특히 사내에서 윤선진 이사의 무서운 성장을 두려워하는 이들의 귀추가 주목될 터였다.

윤 부회장은 그런 자리를 통해 선진에게 세력이 실릴까 두려워했고, 선진은 그로 인해 자신이 노력 한 톨 없이 숙부의 위력으로 지금의 자리에 올랐다는 오명을 떠안고 싶지 않았다.

이러나저러나 서로에게는 득이 될 게 없는 공식적인 독대였다.

선진은 저도 모르게 통화를 마치며 가볍게 한숨을 내쉬었다. 그런 선진을 바라보는 그의 표정도 이상하게 침잠되어 있었다. 선진은 그를 바라보며 별일 아니라는 듯이 애써 미소를 머금었다.

앞으로 그에게 설명해야 할 일들이 많을 것 같았다.

"들어가 봐야 할 것 같은 분위기네요?"

"네."

질문을 던지는 그의 목소리도 짧게 대답하는 선진의 목소리도 아쉬운 감정이 담기기는 마찬가지였다.

"하나만 물어봐도 돼요?"

그의 질문에 선진은 그러라며 고개를 끄덕거렸다.

"우리 바에서 만났을 때요."

그는 술에 취해 호텔 방으로 올라갔던 그날을 이야기하고 있었다.

"그날, 왜 나한테 그렇게 떠났는지에 대해 말하지 않았어요?"

선진은 허탈하게 웃었다.

"아침에 일어나서 말하려고 했어요. 그런데 소심한 복수에 당할 줄은 몰랐죠."

"소심한 복수?"

그가 미간을 찌푸리며 되물었고, 선진은 웃으며 입을 열었다.

"우리 할 이야기가 정말 많은 것 같죠?"

후지사와에게서 어떤 이야기를 어디까지 들었는지 모르겠지만, 자신이 그에게 해야 할 이야기도 많았다.

"차차 하는 거로 하죠. 죽기 전에 다 할 수 있을지 모르겠지만. 워낙 성격이 신중하셔야지."

선진의 성격을 잘 안다는 듯이 그가 장난스럽게 말했다. 놀리는 말투가 분명한데도 기분이 나쁘지 않은 것은 그를 향해 품은 마음 때문인가 보다.

"이제 재는 거는 그만하죠. 서로 타이밍이 안 좋았던 것뿐이라고 생각하자고요. 소심한 복수나 하려고 그런 건 아니니까."

"표정은 그게 아닌 것 같은데요?"

절대 아니라고 말하고 있지만, 그는 아주 조금 당황한 기색을 내비쳤다.

"어차피 만날 거였는데, 뭐."

그렇게 말하는 그가 선진은 아주 조금 야속했다.

"나는 다시 만날 거라는 걸 몰랐잖아요."

그리고 생각해 보니 억울해졌다.

"그럼, 신기주 씨는 강태욱 수석이 처음 KJ에 접촉하는 이메일 보냈을 때부터, 나에 대해 알고 있었다는 거네요?"

"그걸 이제 깨닫다니, 굉장히 빠르시네요."

약 올리는 듯한 말투에 기가 막혔다.

"이 연애, 그냥 무를까요?"

선진이 기가 막힌다는 투로 되묻자, 그가 선진의 곁으로 바짝 다가섰다.

"아, 또 까칠하게 왜 이러실까, 윤선진 이사님."

"와, 신중하다고 놀림받을 건 내가 아닌 것 같은데요? 재고, 따지고 한 거는 신기주 씨가 더한 것 같은데?"

"나도 자존심이 있지. 나 버리고 간 여자 무작정 찾아가서, 아직 못 잊었다고 매달려요?"

그의 되물음에 선진은 조용히 대답했다.

"버리고 온 거 아니에요."

그러자 그가 가볍게 한숨을 내쉬고는 선진을 품에 안았다.

"알았어요. 오늘 오후에 별다른 일정 없으면 같이 있으려고 했는데, 회사에 들어가 봐야 하는 것 같으니까…… 다시 만나서 이야기해요."

꼬박꼬박 존댓말을 쓰는 그의 다정한 말투가 좋았다. 심리학적으로 사람은 자신을 만든 환경과 비슷한 곳을 선호한다고 들었다. 그래서 두려웠다. 선진에게 익숙했던 환경은 거부당하고, 밀쳐지며, 홀로 외로움과 싸워야 하는 곳이었다.

혹여 자신이 사랑하게 될 사람도 그런 사람이면 어쩌나 하는 걱정을 했었다. 스스로 거부당하고, 밀쳐지며, 외로움과 싸워야 하는 상황에 길들여져서 그런 나쁜 사람을 원하게 되면 어쩌나 염려하기도 했다.

그런데 그런 걱정과 염려가 무색하리만큼, 그는 마음을 확인한 이후로 선진에게 9년 전과 똑같이 세심하고, 다정하게 굴었다.

"고마워요. 이해해 줘서."

선진이 선선히 내뱉은 말에 그가 조용히 웃으며 이마에 입을 맞춰 주었다. 그의 가벼운 키스로 온몸에 온기가 퍼져 나가는 듯했다.

그와의 미팅을 마치고 호텔을 떠난 선진은 곧장 회사로 복귀했다. 집무실로 들어서자 조 팀장을 위시한 비서진이 잔뜩 긴장한 얼굴로 선진을 맞았다.

"지금, 바로 올라가 보시는 게 좋을 것 같습니다."

조 팀장의 목소리에 긴장감이 가득했다. 오늘따라 그런 조 팀장의 모습이 선진은 마음에 들지 않았다. 든든한 제 편이 생겼다는 생각이 들어서였을까, 선진은 저도 모르게 조 팀장을 쏘아붙이고 말았다.

"조 팀장."

"네, 이사님."

"작은아버지가 나한테 뭐라고 할지 알고 있는 얼굴이네요?"

선진의 물음에 조 팀장은 당혹스럽다는 듯이 얼굴을 붉혔다.

"아닙니다, 이사님. 저는 단지 이사님이 걱정되어서……."

"조 팀장이 언제부터 내 걱정을 했습니까?"

선진은 조 팀장을 물끄러미 바라보았다. 그러자 조 팀장이 빠끔히 열린 집무실 문을 한번 바라보고는 이내 선진에게로 시선을 옮겨 왔다.

"잠시 드릴 말씀이 있습니다."

밖에 듣는 귀가 있으니 문을 닫아도 되겠느냐는 물음이었다. 선진은 그렇게 하라며 고개를 끄덕이고는 집무실 책상 바로 앞에 놓인 소파 세트 상석에 자리를 잡고 앉았다.

"조 팀장이 거느린 팀원들이 들을까 두려운 이야기가 뭘까요?"

이제 막 선진의 대각선 맞은편에 착석한 조 팀장이 고개를 숙이며 대꾸했다.

"제가 윤 부회장이 발동한 인사권으로 이 자리에 있는 것은 맞습니다. 그래서 저를 신뢰하지 않으신다는 것도 잘 압니다."

그동안 선진의 뜻을 꿰뚫어 보고 있었다는 듯이 조 팀장이 말했다.

"그래서 저보다는 강태욱 수석을 더 신뢰하신다는 것도 잘 알고 있습니다."

"누구나 다 아는 사실을 마치 조 팀장님 혼자 아는 것처럼 말하는 거, 어리석어 보인다는 거 아시죠?"

선진의 단호한 물음에 조 팀장의 어깨가 움찔 떨렸다.

"이사님께서 저를 믿으실 수 있도록 앞으로 더욱 최선을 다하겠습니다."

이런 시시한 말을 하려고 문까지 닫은 거였나 싶었다.

"알았으니까, 그만."

나가 보라는 말을 꺼내려고 할 때였다.

"CH그룹 최지훈 이사가 지금 부회장님과 만나고 있습니다."

조 팀장의 말에 선진의 미간이 구겨졌다.

"CH그룹 최지훈 이사?"

선진의 되물음에 조 팀장은 고개를 끄덕거렸다.

"CH그룹에서 부명이 손대고 있는 도시 재생 사업에 눈독을 들이고 있는 것 같습니다. 그리고."

"그리고요?"

조 팀장의 입에서 그간 소문으로 떠돌던 말들이 술술 흘러나왔다.

"윤선웅 상무님께서는 CH그룹에서 시작한 신사업 중 하나인 연료 전지 사업에 관심을 보이고 있습니다."

윤선웅 상무는 윤 부회장의 외동아들이다.

"CH에서 원천 기술을 가지고 있는 사업부를 인수해서, 부명 신사업으로 추진시킬 거라는 소문이 돌고 있습니다."

"원천 기술을 그렇게 쉽게 내어 줄 CH가 아닐 텐데요?"

선진의 되물음에 조 팀장은 고개를 끄덕이며 대꾸했다.

"부명건설의 도시 재생 사업이 빅딜 대상이 될 거라고 합니다."

내내 잠잠했던 입덧이 갑작스러운 스트레스로 발현되려는지 속이 메스꺼웠다. 선진은 소파 옆에 있는 소형 테이블 위에 놓인 전화기의 버튼을 누르고 밖에 있는 비서를 호출했다.

— 네, 이사님.

"나 사과 주스 좀 부탁해요. 조 팀장은?"

"저는 괜찮습니다."

— 사과 주스 준비하겠습니다. 이사님.

이윽고 앳된 얼굴의 막내 비서가 사과 주스를 들고 집무실 안으로 들어왔다. 심각한 분위기를 감지했는지, 언제나 생글거리던 막내 비서의 얼굴에도 불안한 기색이 감돌았다. 그녀가 나가기도 전에 선진은 사과 주스를 벌컥벌컥 들이켰다.

"요즘 사과 주스만 드시네요."

조 팀장의 말에 선진은 별일 아니라며 손을 내젓고는 말했다.

"그래서 지금 부회장님하고 CH 최지훈 이사가 만나고 있다?"

"그렇습니다."

선진이 요즘 가장 열을 올리고 있던 사업이었다. 그걸 빼앗긴다면, 다시 다른 분야에서 성과를 내는 데까지는 시간이 걸릴 터였다.

"KJ와의 미팅은 순조로우셨습니까?"

조 팀장의 질문에 선진은 태연하게 대꾸했다.

"이제 시작인데, 순조롭다고 할 만한 게 있을까요?"

선진의 되물음에 조 팀장은 그저 가만히 고개를 끄덕였다.

"아니면 부명건설 영국 지사만 넘기고, 연료전지 사업을 이사님께서 가져오시는 건 어떨까요? 빅딜이 이루어진다면, 잃는 게 있는 쪽이 가져야 맞는 게 아닐까 생각합니다만."

틀린 말은 아니지만, 원천 기술이 있는 사업부를 넘긴다는 말이 이해가 되질 않았다.

"일단 부회장님 뵙고 오겠습니다."

더는 말을 흘리고 싶지 않아서 선진은 자리에서 일어섰다. 사실 조 팀장이 했던 말은 시장에서 공공연하게 돌고 있는 뜬소문이기도 했다. 그게 현실이 되려고 하니 문제라면 문제였다.

부회장실에 도착해 들어가니, 화기애애한 분위기 속에서 윤 부회장과 최지훈 이사 그리고 윤선웅 상무가 마주 앉아 있었다.

"늦어서 죄송합니다."

"늦기는. KJ 신기주랑 미팅하고 오는 길이라지?"

윤 부회장은 인자한 목소리로 물었다. 선진은 짧게 대꾸하며 고개를 끄덕였다.

"우리 윤 이사님 재주도 좋으시네요. 신기주 그 사람 누구든 쉽게 안 만나 주던데……. 신기주 씨도 저처럼 윤 이사님한테 반한 거 아닙니까?"

최지훈 이사의 너스레에 당황한 것은 선진뿐인 듯했다.

"허허, 이 사람 성격이 이렇게 급해서야, 원."

윤 부회장이 최 이사를 부드럽게 나무라며 웃었다.

선진은 윤 부회장의 손짓에 따라 최 이사의 옆으로 자리를 잡고 앉았다. 상석인 대각선 맞은편에 앉은 윤 부회장, 최 이사와 선진의 반대편에 앉은 윤선웅 상무는 흡족한 얼굴을 하고 있었다.

선진은 자신이 오기 전에 주요한 이야기가 오고 간 듯 보여서 기분이 언짢았다. 하지만 못마땅한 감정을 감춘 채로 분위기를 살피는 데 집중했다.

"두 사람 나란히 앉아 있으니까, 무척 잘 어울리네요."

사촌 오빠인 윤 상무의 친근한 농담에 선진의 미간에 미세한 주름이 잡혔다. 조 팀장이 이야기했던 것보다 이야기가 훨씬 더 심각한 쪽으로 돌아가려는 것처럼 보였다.

"그러게나 말이야. 선남선녀가 앉아 있으니, 그림이 되네."

윤 부회장이 제법 마음에 든다는 투로 말했다.

"최 이사님이 언짢아하시겠어요. 농담이 지나치십니다."

듣다 못한 선진이 은은한 미소를 머금으며 부드러운 어조로 말했다. 그러자 최 이사가 기다렸다는 듯이 끼어들었다.

"저는 윤 이사님 반응이 더 언짢은데요. 저랑 어울린다는 말이 싫으십니까?"

최 이사가 무례한 사람이라는 것은 익히 알고 있었다. 사업 수완이 좋고, 재계 서열에서도 밀리지 않는 CH그룹의 요직에 앉아 있으면서도, 혼사가 이루어지지 않은 데는 이유가 있었다.

하루가 멀다고 터지는 재벌가 추문에서 최 이사가 빠지는 법은 없었다. 증권가 찌라시를 통해 퍼진 소문을 빌리자면, 그가 성병을 앓고 있어서 CH그룹 산하 제약회사 연구진이 밤낮없이 치료 약 개발에 여념이 없다고 했다.

아무리 뛰어난 사업가라고 한들, 방탕하다 못해서 후천성 면역 결핍증을 앓고 있는 남자에게 딸을 시집보낼 집안은 없을 터였다.

최 이사가 선진을 노골적으로 훑는 시선이 느껴졌다. 윤 부회장과 윤 상무가 보고 있는데도, 아랑곳하지 않는 눈빛이었다.

선진의 얼굴에 가 있던 시선이 내려가는가 싶더니 가슴을 지나 스커트 아래로 살짝 드러난 무릎 사이에 머물렀다. 선진은 두 손을 포개 잡으며 무릎 사이를 가렸다. 시선만으로 더럽혀지는 기분이 역겨웠다.

"기대되네요. 윤 이사님이 어떤 분이실지."

음욕 가득한 목소리가 번들거렸다. 선진은 당장 이 치욕스러운 자리를 박차고 일어나고 싶었다.

"자세한 이야기는 차차 하기로 합시다. 오늘은 두 사람 이렇게 얼굴 본 거로 되겠지요?"

윤 부회장의 부드러운 물음에 최 이사는 아쉽다는 듯이 입맛을 다셨다. 욕심이 득실득실한 그의 얼굴에는 앓고 있는 병 탓인지 오돌토돌한 피부병이 징그럽게 올라와 있었다.

선진은 그와 가까이 앉아 있는 것만으로 소름이 돋을 지경이었다. 배 속에 있는 아이의 안위까지 생각하니, 오금이 저렸다.

"자세한 이야기는 제가 윤 이사님께 드리는 걸로 하겠습니다. 자리 마련해 주셔서 감사합니다."

최 이사는 윤 부회장을 향해 깍듯하게 인사를 건네고는, 선진을 향해 시선을 돌렸다. 노란 기가 도는 그의 거북한 시선을 피하고 싶었지만, 선진은 똑바로 마주했다. 시선을 피해 버리면 그의 기에 눌린 것으로 여겨질까 봐 싫었다.

"그럼, 윤 이사님. 잠시 윤 이사님 방에서 이야기를 나눌 수 있을까요?"

최 이사가 가식적인 목소리로 물었다. 그는 마치 선진을 대단히 배려하는 것처럼 묻고 있었지만, 그의 눈빛에서 '네가 내 부탁을 들어주지 않고는 못 배길 것이다.'는 속뜻이 묻어났다.

"그러시죠. 어려운 일도 아닌데요."

선진이 단호히 대답하자, 윤 부회장의 얼굴에 언짢은 기색이 이내 나타났다가 사라졌다. 윤 부회장이 원하는 일을 선진이 순순히 이뤄주지 않으리라는 것을 예감한 표정이 나타났다가 사라졌다는 의미다.

"그럼, 저는 이만 일어나겠습니다. 더 말씀 나누실 게 있으시면, 마무리하시고 제 집무실로 오시죠."

함께 집무실로 향하는 것조차 싫어서 선진은 서둘러 자리에서 일어났다. 집무실을 걸어 나오는 선진의 등 뒤로 윤 부회장의 인자한 목소리가 꽂혔다.

"보다시피 우리 선진이도 성격이 급하기는 마찬가질세. 두 사람 잘 어울리는구먼. 선진이 부친께서 돌아가신 지 오래니 나를 장인이라 여기게."

'장인'이라는 호칭에 숨이 턱 막혀 왔다. 저들이 그리고 있는 그림이 썩은 쓰레기를 보는 것처럼 메스꺼웠다.

집무실에 도착한 선진은 혹시나 일어날 불상사에 대비해 태욱에게 메시지를 보냈다.

[무슨 일이 있어도 15분 후에, 집무실로 와 줘. 꼭.]

왜 그러느냐고 물어야 할 태욱이 잠잠했다. 급한 마음에 선진은 태욱의 자리로 전화를 걸었다. 신호가 한참을 울렸지만 수화기 건너편은 묵묵부답이었다. 자꾸만 자동응답 메시지로 넘어가서 선진은 한숨을 한 번 몰아쉬고, 마지막이라고 여기며 번호를 눌렀다.

신호가 두 번도 채 울리지 않았을 때, 수화기 건너편에서 낯선 목소리가 들려왔다.

－ 강태욱 수석 대신 받았습니다. 이사님. TF팀 이준우 대리입니다.

"강태욱 수석 어디 갔습니까?"

선진의 물음에 수화기 너머에서 건조한 대답이 이어졌다.

－ 윤선웅 상무 호출받고, 올라간 것으로 알고 있습니다.

"아."

선진은 짧게 탄식했다. 자신이 누구에게 도움을 요청할지 정확히 알고 저쪽에서 움직인 것처럼 보였다. 그렇다면 이제 도움을 요청할 곳은 딱 한 사람뿐이었다. 절대적으로 선진의 편에 서서 보좌하고 있다고 어필했던 조 팀장을 떠올린 선진은 얼른 통화를 마친 뒤, 그를 호출했다.

"부르셨습니까, 이사님."

선진은 그에게 어떻게 말을 해야 하나 고민했다. 만약 그가 선진에게 환심을 산 뒤에 선진에게서 얻은 정보를 윗선에 보고하고 있는 거라면 조심해야 했다. 하지만 지금 하는 부탁은 보고가 들어간다고 한들 문제 될 것은 없어 보였다.

선진이 이 일을 거부하리라는 것을, 그들은 당연히 예상했을 것이다.

"최지훈 이사가 내려올 거예요. 5분에 한 번 나한테 중요한 미팅이 있는 것처럼 전화 부탁해요."

"알겠습니다, 이사님."

조 팀장은 고개를 한 번 꾸벅 숙여 보이고는 방을 나섰다.

심장이 기분 나쁜 박자로 쿵쾅거렸다. 최 이사나, 윤 부회장, 윤 상무 모두 돈을 위해서라면 뭐든 할 수 있는 족속들이었다. 그들의 거래

272

사이에 낀 희생양이 되었다고 생각하니 현기증이 일 것만 같았다.

숨을 고르고 있는데, 전화가 울렸다. 태욱이길 바랐건만, 발신인은 막내 비서였다. 연결 버튼을 누르자, 막내 비서의 앳된 목소리가 들려왔다.

― 이사님, CH그룹 최지훈 이사님 오셨습니다.

"안내해요."

전화가 끊기자마자 노크 소리가 들려왔다.

"들어와요."

선진은 집무실 책상 앞에 앉은 채로 그를 맞았다. 자리에서 일어나 그를 반기며 악수를 하고 싶은 생각조차 들지 않았다.

"이여. 윤 이사님 방 좋네요? 제 방보다 넓은 것 같아요. 전망도 아주 좋고, 윤 부회장님이 귀애하시는 티가 팍팍 납니다."

비꼬는 말인 줄 알면서도 선진은 애써 미소를 머금으며 되물었다.

"따로 하실 말씀이 있으시다고요?"

선진의 서릿발 선 목소리에 그는 콧방귀를 뀌며 비웃었다.

"윤선진 이사, 부명건설 영국 지사 나한테 넘겨야 할 것 같은데?"

선진은 어금니를 꾹 물었다.

"그렇게는 못 하겠는데요."

"내가 이미 우리 전지 사업 원천 기술 가진 연구실, 윤 부회장님의 귀한 외동 아드님이신 윤선웅 상무님 턱 앞에 갖다 바치기로 했거든."

선진보다 나이가 많다고 말을 놓아 버리는 가벼운 언변이 거슬렸다.

"거기다 바치든지 말든지, 그건 내 알 바 아니고."

선진은 거스르는 말투를 그대로 되돌려 주었다. 그러자 최 이사가 재미있다는 듯이 웃음을 터뜨렸다. 누런 눈만큼이나 그의 치아 역시

273

누르께했다.

"그럼, 이건 어때? 내가 원천 기술 가진 연구소는 갖다 바치는 대신에, 부명건설은 손 안 대는 거야."

"무슨 속셈인데?"

공으로 그럴 리 없는 인간이었다.

"윤선진이 내 와이프가 되는 거지."

기가 막혀서 선진은 헛웃음을 내뱉고 말았다.

"어? 이거 웃고 넘길 일 아닌데? 생각해 봐. 나랑 결혼하면, 윤 부회장 아들에게 신사업을 갖다 바치고 점수를 딴 남자가 당신 편이 되는 것과 더불어 당신이 목맨 사업도 지킬 수 있어. 또 알아? CH건설에서 당신 도와줄지?"

그는 사악해 보일 정도로 노골적인 미소를 지으며 말을 이었다.

"그런데 나랑 결혼을 안 한다고 칩시다? 그럼, 당신은 윤 부회장에게 잘 보인 남자인 나를 걷어찼다는 이유로 당신이 목맨 사업도 빼앗기겠지? 그렇게 되면 실적이 바닥난 능력 없는 이사를 주주들이 가만둘까? 그리고 윤 부회장이 원하는 바를 거부한 조카를 가만히 내버려 두실까?"

최 이사는 어깨를 으쓱해 보이고는 징그럽게 변색한 치아를 드러내며 웃었다.

"이게 바로 윈-윈이잖아, 안 그래? 여기저기 다 지속 가능한 경영을 해야 한다고 떠들어 대는데, 이거야말로 윤선진 이사의 앞길을 지속 가능하게 만드는 방법 아닙니까?"

비릿한 미소를 머금은 최 이사의 얼굴을 마주하는데 아랫배에 알싸한 통증이 느껴졌다. 5분에 한 번 전화를 달라고 했는데, 조 팀장은 잠잠했다.

"고민할 시간은 줘야겠지? 연락 줘요. 기다리고 있을게."

최 이사는 유유히 방을 나섰다. 그 뒷모습이 채 사라지기도 전에 선진은 두 눈을 질끈 감았다. 끙 하고 앓는 소리가 절로 튀어나왔다.

"윤 이사님?"

문가에서 들려온 목소리는 태욱의 것이었다. 15분 후에 꼭 와 달라는 메시지를 확인하자마자 달려온 듯했다. 문을 닫는 소리가 이어지는가 싶더니, 걱정스러운 목소리가 아득히 먼 곳에서 들려오는 듯했다.

"윤선진, 왜 그래? 어디 아파?"

심장이 빠르게 뛰기 시작하면서, 숨이 가빠 왔다. 눈을 떴는데, 시야가 흐릿했다. 휴대전화가 울리는 소리도 들려왔지만, 손을 뻗을 수가 없었다.

감았던 눈을 다시 떴을 때, 병원 천장이 눈에 들어왔다. 조도를 낮춘 탓에 실내가 어두웠지만 알싸한 약품 냄새가 퍼지고 있는 것으로 보아 병원이 분명했다. 숨을 크게 들이마시자 기침이 새어 나왔다.

"일어났어요?"

지척에서 들려오는 나직한 목소리에 선진은 천천히 고개를 돌렸다. 환우용 침대 옆에 앉아 있는 사람은 태욱이 아닌 기주였다.

분명 집무실에 들어섰던 사람은 이 남자가 아닌 태욱이었다. 그런데 태욱이 아닌 이 남자가 어떻게 곁을 지키고 있는 건지 의아했다.

"여기 어떻게 왔어요?"

선진이 상체를 일으키려 하자, 그가 일어나지 말라며 선진을 저지했다. 그러고는 한숨을 내쉬며, 선진에게 사과 주스를 내밀었다.

"일단 이것 좀 마셔요."

안쓰럽다는 얼굴로 사과 주스 병을 건네는 그의 목소리 역시 잠겨 있기는 마찬가지였다. 선진은 그가 건네는 주스 병을 일단 받아 들었다.

"한 모금이라도 마셔요, 어서."

선진이 고개만 옆으로 돌려서 빨대를 입에 물고 주스를 빨아들이는 모습을 그가 물끄러미 바라보았다.

"휴대전화로 전화했는데, 강태욱 수석이 전화를 받았어요."

그가 건조한 목소리로 말하고는 잠시 텀을 두었다. 선진이 그에게 주스 병을 건네자, 그는 작은 유리병을 받아서 들고는 허탈하다는 듯이 말을 이었다.

"아니, 어떻게 연애 시작하고 처음 전화를 걸었는데, 다른 남자가 전화를 받아?"

그는 기가 막힌다는 듯이 물었지만, 대답을 원하는 건 아닌 듯했다.

"그래서요?"

선진의 되물음에 그는 눈을 가느스름하게 뜨고는 말했다.

"나 삐졌거든요? 나중에 풀어 줘요."

"알겠어요. 그래서요?"

일이 어떻게 된 건지 듣는 게 우선이라며, 선진은 그를 채근했다.

"집무실에서 쓰러져서 병원으로 가고 있다잖아요, 강태욱 수석이. 내가 얼마나 놀랐는지 알아요?"

태욱이 그에게 순순히 자신이 아프다는 말을 건넸다는 게 의아했다.

"강태욱 수석이 본능적인 촉이 좋은 건지, 내가 절대적으로 윤선진 이사 편을 들 거라고 확신하고 있더라고요. 그 사람 나를 너무 믿네. 내가 어떻게 할 줄 알고."

그는 너스레를 떨며 말을 이었다.

"중요한 외부 미팅이 있다고, 별일 없으면 와서 자기가 퇴근하기 전까지만 윤선진 이사 곁에 있어 주면 안 되냐고 하더라고요. 그래서 왔죠, 여기."

선진은 한숨을 몰아쉬었다. 그러자 그가 되물었다.

"회사에서 쓰러졌는데, 병원까지 쫓아와서 지켜 줄 사람이 강태욱 수석 말고는 없어요?"

안타깝게도 없다. 선진은 그에게 괜히 미안한 마음이 들었고, 태욱의 마음은 받아 줄 수 없으면서 그에게 도움을 청해야 하는 현실이 서글펐다.

"그리고 나 강태욱 수석한테 한 대 맞을 것 같던데?"

선진은 흠칫 놀란 얼굴로 그를 바라보았다.

"왜요, 무슨 일 있었어요?"

"사실 사직동 한식당에서 만났던 날 밤에 강태욱 수석이랑 술 한잔 했어요."

그의 말에 선진은 당혹감을 감출 수 없었다.

"그때 윤선진 이사를 평생 지켜 주고 싶다고, 강태욱 수석이 나한테 얼굴 붉히면서 고백하던데?"

"아."

선진은 짧게 탄식하는 거 외에는 할 수 있는 게 없었다.

"나한테 사랑했던 여자가 있었냐고, 지켜 주고 싶은 여자가 있냐고 묻더라고요."

그는 웃음기 섞인 목소리로 덧붙였다.

"강태욱 수석이 지켜 주고 싶다는 여자, 내가 먼저 찜했는데? 할 수도 없고. 나는 그때 둘이 연애라도 하는 줄 알았으니까."

그의 어조가 스산했다. 마치 그때의 기분이 떠오르기라도 한 듯 슬픈 목소리였다.

"그때는 내가 강태욱 수석 한 대 때리고 싶었거든요. 근데 지금 와서 생각해 보니까, 강태욱 수석이 날 한 대 칠 것 같아."

이번에는 그의 목소리에 진한 웃음기가 감돌았다.

"설마 연애한다고 때리기야 하겠어요?"

그러자 그가 낮게 읊조렸다.

"심장 소리 잘 들리던데? 아무 이상 없대요. 눈뜨자마자 그게 제일 먼저 묻고 싶었지?"

그의 질문이 뜻하는 바를 잠시 이해할 수가 없어서 선진은 머뭇거렸다.

그가 말하는 심장 소리는 자신의 심장 소리가 아닌 것 같았다. 아무 이상이 없다는 말도 비단 선진만을 두고 하는 말이 아닌 듯했다. 그리고 선진이 눈을 뜨자마자 제일 걱정이 되었던 것은 배 속에 있는 존재였다.

침대 위에서 위태롭게 떨리고 있는 선진의 손을 그가 꼭 잡았다.

"언제 이야기하려고 했어요? 하긴 연애하자마자 임신했다고 말하기는 좀 그랬을 거야."

"좀 시간을 두고."

"시간을 두고 언제? 배가 남산같이 불러 오면?"

그가 묻는 말에 선진은 할 말이 없어져 버렸다.

"솔직하게 털어놔 봐요. 애아버지는 누구예요? 나는 당신이 낳은 아이라면, 내가 애아버지 노릇 해 줄 수 있으니까."

"무슨 말을 하는 거예요? 내가 신기주 씨 말고 요즘 들어서 같이 잔 남자가 있을 것 같아요?"

선진은 저도 모르게 화를 내고 말았다.

"요즘 들어서? 그럼 이전에는 있었어요?"

한숨이 새어 나왔다. 힘이 쭉 빠진 상태였는데, 그의 도발에 원기가 회복되는 기분이었다.

278

"마음대로 생각해요."

"강태욱 수석도 이랬죠? 당신이 낳은 아이라면, 내가 애아버지 해 줄게, 그랬죠?"

"누가 보면 강 수석이랑 사귀는 줄 알겠네요? 강 수석에 대해서 왜 그렇게 잘 알아?"

선진이 미안한 마음에 일부러 뾰로통하게 되묻자, 그가 혼잣말처럼 읊조렸다.

"아, 이거 애아버지가 나라고 하면 한 대로 안 끝나겠는데? 강 수석 운동 되게 열심히 한 몸이던데? 아프겠죠?"

너스레를 떠는 그의 모습에 웃음이 나왔다. 일부러 선진의 긴장을 풀어 주려고 그는 계속 실없는 농담을 해 댔다. 선진이 뭐라 대꾸를 하려는데, 그가 선진의 손을 끌어다 손등에 가만히 입을 맞추었다. 전해지는 온기에 괜한 눈물이 핑 돌았다.

"혼자 고민 많이 했죠?"

내내 장난을 치던 그의 목소리가 진중했다.

"만약 나와 이렇게 되지 않았더라면, 혼자 낳아서 키울 생각이었어요?"

대꾸 없이 가만히 그를 바라보기만 하자, 그가 쓰게 웃었다.

"와서 책임지라고 난리라도 치지 그랬어요. 이 몸을 하고 내 앞에 서서 아무렇지 않게 프레젠테이션을 하다니, 정말. 독하다고 해야 하는지, 미련하다고 해야 하는지."

그는 고개를 절레절레 젓고는 한숨을 내쉬었다.

"미안해요."

그에게 짐을 얹어 준 것 같은 마음에 사과의 말이 툭 튀어나왔다.

"뭐가 미안해요?"

눈썹을 늘어뜨리며 묻는 말에서는 감정이 느껴지지 않았다. 선진이 무엇을 미안해하는지 정말 궁금해하는 눈치였다.

"그날⋯⋯."

변명하려는데 목이 콱 막히는 듯했다.

"그날 당신을 방으로 불러올린 건 나야."

선진이 하려던 말을 그가 이어 했다.

"피임했지만, 내가 실수했을 수도 있는 거고. 책임이 있다면, 나한테 더 있죠."

그는 선진의 손에 얼굴을 묻으며 어깻숨을 내쉬고는 말을 이었다.

"미안하다는 말은 내가 해야지."

그가 어떤 표정을 짓고 있는지 보이지 않아서 답답했다. 그는 얼굴을 들지 않은 채로 말을 이었다.

"그런데 어쩌죠. 미안한데⋯⋯. 아이 심장 소리가 들리는데, 가슴이 떨리더라고요. 이제 다시는 바보짓 하고 헤어지지 말라고 아이가 급한 마음에 달려왔나, 하는 낭만적인 생각도 들었어요. 그리고 좋았어. 이제는 윤선진이 나한테서 도망치지 않을 것 같아서."

작은 손바닥에 얼굴을 묻고 있던 그가 천천히 고개를 들어 올렸다.

"내가 책임질 수 있는 상황이 되어서, 말로 다 할 수 없을 만큼 기뻐요. 그리고 미안해요. 혼자 고민하게 해서."

그의 눈가가 붉었다.

"미안하기도 하고, 기쁘기도 하고, 어쩌죠."

선진은 말없이 그의 눈을 바라보았다. 그도 잠시 아무런 말 없이 선진을 바라보기만 했다.

"무슨 일이 있어도 이제 도망 안 갈게요."

선진의 목소리에서 물기가 배어났다. 그는 선진의 눈가를 한번 부드럽게 어루만졌다.

"그리고 강 수석한테는 내가 이야기할게요."

선진이 나직이 속삭이자, 그가 가만히 고개를 끄덕였다. 마치 기다렸다는 듯이 노크 소리가 들려왔다. 노크 소리가 들리자마자, 그는 꼭 잡고 있던 선진의 손을 부드럽게 놓아주었다.

"일어났네?"

병실에 들어선 이는 역시나 태욱이었다.

"감사합니다. 제가 너무 늦었죠?"

태욱이 그에게 감사 인사를 전하며 고개를 숙였다.

"아닙니다."

그는 짧게 대꾸하고는 잠시 나갔다가 오겠다며 자리를 피해 주었다. 태욱은 걱정스러운 눈빛으로 선진의 안색을 살폈다.

"괜찮아? 어디 불편한 데는 없고?"

"좀 어지럽기는 한데, 이제 괜찮은 것 같아."

"아까 얼마나 놀랐는지 알아?"

"미안."

"미안할 일은 아니고."

태욱이 잔뜩 긴장한 얼굴로 한숨을 몰아쉬었다.

"일단 회사에는 과로인 것 같다고 이야기해 뒀어. 과로가 맞기도 하고. 아이는 괜찮대. 근데 유산기가 좀 있다고, 조심하라고 하더라."

"선배."

한국에 들어와서 일을 시작한 이후 가장 가까운 거리에서 자신의 곁을 지켰던 사람이었다. 하지만 그렇다고 해서 그 사람의 마음을 무턱대고 받아들일 수는 없었다. 사람의 감정과 사랑의 방향이 엇나가는 현실에 마음이 아팠다.

"애아버지가 알아 버렸어."

태욱은 선진을 바라본 채로 석상처럼 굳어 버렸다. 그는 아무것도 묻지 못하고 선진을 응시하기만 했다. 눈을 두어 번 깜빡거린 태욱이 조심스럽게 물었다.

"뭘?"

"뭐긴 뭐겠어. 애의 존재지."

"그래서?"

저렇게 물으니 딱히 할 말이 없다. 태연한 목소리로 '연애하기로 했어'라고 대답했다가는 태욱의 눈이 뒤집힐 것만 같았다.

"그래서긴 뭐가 그래서야."

선진이 말을 얼버무리자, 태욱이 기겁하며 되물었다.

"나쁜 새끼가 자기 애를 뱄다는데, 뭐 책임지겠다! 이런 말 안 해? 뭐래? 혼자 낳아서 키우래? 어떡하래? 이 새끼 지금 어디 있어? 이 새끼를 내가 잡아다가 진짜."

호들갑을 떠는 태욱을 보고 선진은 어이가 없어서 웃음을 터뜨렸다.

"선배, 그거 알아?"

"뭘?"

"선배는 나한테 고백은 했는데, 꼭 친오빠 같아. 내가 친오빠는 없지만, 친오빠가 있었으면 꼭 선배 같았을 것 같아."

그러자 이제는 포기했다는 듯이, 태욱이 한숨을 내쉬었다.

"너는 꼭 말을 해도 그렇게 하냐?"

"선배, 진심 아니었지? 내가 낳은 애 아버지가 될 수 있다는 말."

"진심이었어."

"근데 한편으론 아니었잖아. 나 안심시키려고 해 준 말이잖아. 아냐?"

꼭꼭 숨겨 두었던 마음을 읽혔다는 듯한 눈빛이었다.

"나 좀 무섭기도 했다? 아니 어떻게 다른 남자 애 가졌다는데도 안 물러서?"

"나도 내가 왜 그랬는지 모르겠다."

진짜 뭐에 씌기라도 했다는 듯이 태욱이 허탈하게 웃었다.

"그래서 애아버지한테는 어떻게 알렸는데? 전화로? 아직 얼굴은 못 봤을 거 아냐. 너 계속 바빴는데⋯⋯. 설마?"

설마, 하고 묻는 태욱의 표정에 선진은 지레 찔려서 되물었다.

"설마?"

"진짜 파란 눈 외국 사람이야? 외국에 있어서 전화로 알렸어? 아니, 한국에 있으면 만나서 말하면 되잖아. 근데 너 요즘 누구 따로 만난 적 없잖아."

"그러게."

"뭐 하는 사람이야? 그쪽에서는 뭐래? 오래 만난 사이도 아닌 것 같은데, 어떻게 할 생각이야?"

선진은 아무것도 대답하지 못하고 잠시 뜸을 들였다. 그때 병실 문을 두드리는 소리가 들려왔다.

"네, 들어오세요."

태욱의 대꾸에 문을 열고 들어온 이는 그 사람이었다. 그는 태욱이 앉아 있는 쪽의 반대편으로 걸어 들어와서는 선진의 손을 부드럽게 잡았다. 태욱이 그의 얼굴을 한 번, 그리고 꼭 잡힌 선진의 손을 한 번 바라보고는 물었다.

"뭐 하는 겁니까, 지금?"

묻는 목소리에 잔뜩 날이 서 있었다.

"납니다."

"뭐라고요?"

"나라고요. 애아버지."

그가 내뱉은 말에 태욱은 아까 선진이 애아버지에게 알렸다고 했을 때처럼 굳어 버렸다. 입만 벌린 채로 아무 말도 못 하는 태욱을 그는 미안하다는 듯한 미소를 머금은 눈빛으로 마주했다.

"한 대 칠 것 같은 표정인데, 산모 앞에서 폭력은 자제하는 게 좋을 것 같네요."

선진이 그러지 말라며 기주의 손을 한 번 꾹 잡았다 놓는 것으로 눈치를 주었다.

"닭 쫓던 개 지붕 쳐다본다는 말이 딱 이럴 때 쓰는 말이구나."

허탈한 얼굴로 허공을 응시하며 뇌까리는 태욱을 향해 선진이 물었다.

"그럼, 내가 닭이야?"

그러자 옆에 서 있던 그가 장난스럽게 덧붙였다.

"그럼, 나는 지붕인가? 닭이 지붕 위에 올라타서 개가 열 받는 거 맞죠?"

그가 떠드는 말에 선진이 이맛살을 구겼다. 그러자 태욱이 어이가 없다는 듯이 웃었다. 그러자 그가 제법 진지한 목소리를 냈다.

"그래요. 웃자고요. 지금 화내면 어쩌겠어요? 이렇게 됐는데……. 또 강태욱 씨가 원하는 대로 됐잖아요? 내가 윤선진 이사 편 됐잖아, 완전히."

태욱이 병원 천장을 한 번 올려다보며, '하아, 참' 하고 읊조렸다. 이내 천장을 향했던 시선을 내린 태욱이 선진을 바라보며 물었다.

"넌 이 남자 어디가 좋냐? 나는 도통 모르겠다."

"그걸 알면, 아마 강태욱 씨도 나한테 반했겠죠."

끝까지 깐족거리는 그를 향해 선진이 나무랐다.

"그만 좀 해요."

"아, 왜? 만날 때마다 강태욱 수석이 나 얼마나 열 받게 했는지 알아요, 윤선진 이사님?"

"그래서 소심하게 복수하는 거예요, 지금?"

선진이 되물은 말에 이제는 그가 어이없다는 듯이 천장을 한번 올려다보았다.

"뭐, 소심? 내가 진짜 소심했으면, 그날 사직동 한식당에서 그러고 나왔겠어요? 그날 밤, 강태욱 수석이 나 불러냈을 때, 나 진짜."

그가 억울하다는 듯이 내뱉은 말에 태욱이 두 손바닥을 쫙 펼쳐 보이며 두 사람을 진정시켰다.

"알겠으니까, 그만."

두 사람은 입을 꾹 다문 채로 태욱을 바라보았다. 그러자 태욱이 미간에 주름을 잡으며 심각한 목소리를 냈다.

"이제 앞으로 두 사람, 어떻게 할 계획이에요?"

태욱의 단도직입적인 질문에 선진은 입을 꾹 다물었다. 사실 그와 이렇다 할 계획을 세울 만한 여유가 없었다.

"아직 내 여자한테 보고 못 한 계획을 강태욱 수석한테 보고할 생각은 없는데."

그렇게 말한 그가 의아하다는 목소리로 선진에게 물었다.

"근데 한국 회사 직급으로 수석이면, 이사보다 낮은 거 아녜요? 이 사람은 왜 당신보다 윗사람인 것처럼 굴어?"

대답은 들을 생각이 없는 물음이었다. 그는 얄미운 목소리로 '이런 걸 보고 하극상이라고 하는 건가?'라고 중얼거렸다.

"선배, 그만 가요. 이러다 여기서 싸움 나겠다."

"안 그래도 가려고 했다. 쉬어. 나중에 봅시다, 신기주 씨."

"다른 사람들은 나중에 보자는 사람이 그렇게 안 무섭다는데, 나는 나중에 보자는 사람이 제일 무섭더라. 윤선진 이사님, 강태욱 수석이 나 괴롭히면 혼내 줄 거예요?"

그는 끝까지 깐족거리며, 태욱의 심기를 건드렸다.

"아오, 내가 진짜 오늘 사리 여러 개 생겼겠다."

태욱은 고개를 절레절레 내저으며, 몸조리 잘하라는 말과 함께 병실을 나섰다. 태욱이 나가고 난 뒤, 병실 문이 완전히 닫히자마자 선진은 그를 나무랐다.

"아니, 도대체 왜 그렇게 유치하게 구는 거예요? 와, 나 진짜! 내가 다 화가 나더라. 나 꼬실 때는 헤라클레이토스가 어쩌고, 데모크리토스가 저쩌고 하면서 세상 철학적인 척했던 사람이 어쩜 그래요?"

선진이 다소 흥분한 목소리로 묻자, 그가 침대를 반 바퀴 돌아서는 태욱이 앉아 있었던 자리에 앉으며 대답했다.

"원래 남자들은 유치한 거로 싸우고 그러는 거예요. 뭐 전쟁이 대단히 큰 이유로 나는 줄 알아요? 전쟁도 다 처음에는 유치한 이유가 도화선이 된다고요."

선진은 기가 막힌 나머지 뭐라고 대꾸해야 할지 몰라서 그를 멍하니 바라보았다.

"그래서 지금 잘했다는 거예요?"

"그럼, 잘했죠."

원래 이렇게 유치한 사람이었나, 싶었다. 선진은 그의 자상함과 어른스러운 배려심에 반했었다. 세월이 그를 이렇게 유치하게 만들었나, 아니면 벌써 콩깍지가 벗겨진 건가, 혼란 속에서 말문이 턱 막혀버렸다.

"아마 강태욱 수석 지금 집으로 돌아가면서, 윤선진 씨한테 차여서 가슴이 아픈 것보다 나를 죽이고 싶어서 미칠 거예요. 병실이어서 참았던 것도 억울하고, 그냥 한 대 칠 걸 그랬나 하는 생각도 들고. 아마 오늘 밤에는 열 받아서 잠도 못 잘 거야. 나한테 어떻게 갚아 줄까, 하는 생각 하면서. 윤선진 씨가 야속하다는 생각 전혀 못 할 거야, 내가 미워서."

장난스럽게 중얼거린 그가 이내 선진의 왼손을 끌어다 꼭 잡고는

286

손등에 입을 맞추며 말했다.

"이제 앞으로는 그 누구한테도 미움받고 살지 마요. 윤선진 씨 몫까지 내가 다 받을 테니까."

선진을 위해 일부러 그렇게 유치하고 굴고, 태욱을 자극했다는 의미였다. 선진은 그렇게까지 할 필요 없다는 말을 하려다 목이 메어서 입을 열 수가 없었다.

"감동한 눈치네. 겨우 이걸 가지고."

울컥 차오른 물기를 삼킨 선진이 젖은 목소리로 속삭였다.

"놀랐잖아요. 사람 변한 줄 알고. 예전에는 엄청 다정하고, 사려 깊은 사람이었는데……. 내가 사람을 잘못 본 건가, 아니면 세월이 변하게 했나 싶었어요."

선진이 진지하게 읊조린 말에 그도 진중한 목소리로 대꾸했다.

"사람 잘못 본 게 맞아요."

이건 또 무슨 소린가 싶어서 선진은 휘둥그레진 눈으로 그를 바라보았다.

"나는 원래 다정하고, 세심하고, 사려 깊은 사람이 아니에요."

선진은 그렇지 않다며 고개를 내저었다.

"그런데 나한테는 그랬잖아요."

자신한테는 다정하고, 세심하고, 사려 깊은 사람이었다고 선진은 말하고 있었다.

"알았으니까, 본능적으로."

선진을 바라보는 그의 눈동자가 매혹적으로 빛났다. 어둡고 깊은 시선, 선진이 무척이나 좋아했던 눈빛이 되살아나 있었다. 가슴이 두근거렸다. 다시 이 남자의 따뜻한 시선을 마주할 수 있다는 사실만으로 행복했다.

"뭘?"

선진이 조심스럽게 되물었다. 그가 본능적으로 알았다는 게 뭔지 알 것 같기도 하고, 모를 것 같기도 했다.

"내가 당신과 사랑에 빠질 거라는 걸."

그는 그리 말하며 아름다운 미소를 머금었다. 남자에게 아름답다는 표현은 다소 어색할 수도 있지만, 그의 미소를 아름답다는 말 말고는 표현할 길이 없었다. 선진은 그 미소에 매료된 채로 그를 잠자코 바라보았다. 그의 말이 아직 끝나지 않은 듯했다.

"그래서 당신에게만 다정하고, 세심하고, 사려 깊게 행동했던 거예요."

코끝이 시큰했다. 자신에게만 한정적으로 다정하고, 세심하고, 사려 깊었다는 말에 두근거리던 심장이 터질 듯이 내달렸다.

"당신 마음에 들고 싶어서, 당신에게 좋은 사람이 되고 싶어서, 당신이 날 사랑해 줬으면 해서."

그가 앉아 있던 자리에서 천천히 몸을 일으켜 세웠다. 그러고는 누워 있는 선진의 머리 옆을 짚으며 내려다보았다.

"알겠어요, 이제? 사람 잘못 봤다고요. 나는 앞으로도 윤선진 씨한테만 다정하고, 세심하고, 사려 깊은 사람일 거예요."

앞으로도 그러할 거라는 그의 약속에 눈꼬리를 타고 눈물이 또르르 흘러내렸다.

"무슨 말을 못 하겠네. 장난 좀 치면, 화내고. 진심 좀 말했다고, 울고."

그가 그리 말하며 선진의 눈가에 입을 맞췄다. 파르르 떨리는 눈꺼풀에 닿는 그의 입술은 따뜻했다. 눈꺼풀에 닿았던 입술이 뺨 위로 내려왔다. 붉게 달아오른 뺨 위에 두어 번 가볍게 입을 맞춘 그가 선진의 입술을 머금으려고 할 때였다. 병실 문 밖에서 노크 소리와 함께 간호사의 기척이 들려왔다.

"윤선진 님, 들어갈게요."

그는 아무 일도 없었던 것처럼 얼른 몸을 일으켜 세웠다.

"아직 주무시는 거 아니죠? 아까 깨어나셨다고 들었는데."

간호사와 함께 의사가 들어왔다.

"너무 무리하지 마시고요. 오늘 퇴원하셔도 되는데, 어떻게 하시겠어요?"

"퇴원할게요."

"하루 더 병원에 있는 게 낫지 않아요?"

그의 물음에 의사가 선진과 그의 얼굴을 번갈아 보았다.

"어떻게 하시겠어요?"

"집에서 편하게 쉬는 편이 나을 것 같아요. 계속 입원해 있어야 할 정도로 심각한 건 아니잖아요. 그렇죠?"

선진의 물음에 의사는 그렇다며 고개를 끄덕거렸다.

"대신 조심하셔야 해요. 보호자분 산모 곁 꼭 지키시고요."

"네."

그는 당연한 걸 당부한다는 듯한 표정을 지었다.

퇴원 절차를 밟고 병원을 나서는 길, 그는 자신의 차로 가자며 선진을 이끌었다.

"한국에 잠깐 들어온 줄 알았더니, 차가 있었어요?"

"이건 잠깐 렌트한 건데, 하나 마련하기는 해야겠네요. 집 주소 알려 줘요."

그는 휴대전화 내비게이션 앱을 실행하며 물었고, 선진은 집 주소를 순순히 불러 주었다.

"여기 혼자 살아요?"

애까지 가진 마당에 다소 어울리지 않는 신변에 관한 질문이기는 했지만, 두 사람은 서로에 대해 모르는 게 많았다. 선진은 고개를 끄덕이며 대꾸했다.

"혼자 살아요."

고개를 끄덕거리는 그는 무언가를 가늠하는 듯 골몰한 얼굴이었다.

"왜요?"

선진이 조심스럽게 묻자, 그가 시동을 걸며 심각한 목소리로 대답했다.

"아까 의사가 한 말 들었죠? 보호자분 산모 곁에 꼭 있으라고."

의사가 그렇게 말한 것 같기는 해서, 선진은 고개를 끄덕거렸다.

"당분간은 내가 거기서 생활해야겠네요."

"네? 아니 꼭 그럴 필요까지야, 정 안 좋으면 병원에 다시 가면 되고요."

선진이 당황스러워서 내뱉은 말에 그가 장난스럽게 대꾸했다.

"왜요? 또 방세 받으려고? 이제 형편도 나아지신 분이 왜 이러실까."

그는 너스레를 떨었지만, 선진은 얼굴이 새빨갛게 달아오르고 말았다.

"아니, 그래도……."

"입장 바꿔서 생각해 봐요. 내가 윤선진 씨고, 윤선진 씨가 나라면. 나 혼자 둘 수 있겠어요?"

절대 그럴 수는 없을 것 같았다. 만약 이 남자가 아프기라도 하면 열 일 제쳐 두고 달려가 평생 한 번도 해 본 적 없는 간호를 하겠다고 야단법석을 떨 것이다. 그러면 이 남자는 아무것도 하지 말고 가만히 있으라고 선진을 다독일지도 모를 일이다.

선진의 입가에 은은한 미소가 감돌았다. 만약을 상상하는 일, 이전에는 없었던 행복을 가정하며 미소 짓는 일은 이제 막 연애를 시작했다는 의미다.

선진은 운전대를 잡은 남자를 가만히 바라보았다. 이제 자신에게 무슨 일이 생기면 가장 먼저 달려와 줄 사람이 있다는 사실에 자꾸만 가슴이 뭉클거렸다.

주차장에 도착해서 그의 부축을 받으며 차에서 내렸다.

"이 정도는 아니에요."

선진이 얼굴을 붉히며 사방을 둘러보았다. 이웃과는 데면데면한 사이였지만, 누가 이런 모습을 볼까 봐 수줍은 마음이 들었다.

"내가 창피해요?"

그가 뾰로통한 목소리로 물었다. 선진은 그럴 리 있겠느냐며 고개를 내저었다.

"아니에요, 창피하긴."

"근데 주변을 왜 이렇게 의식해요? 누가 볼까 봐 겁내는 얼굴……."

그는 '흐음' 하는 소리를 내며 무언가 깨달았다는 얼굴을 했다.

"손쓰기 전에 윤 부회장 귀에 들어갈까 봐 겁나요?"

사실 지금 윤 부회장은 안중에도 없는 선진이었다. 그의 입에서 나온 윤 부회장이라는 말이 그들의 존재를 상기했고, 이제껏 어떻게 그들에 대해 걱정하지 않을 수 있었는지 스스로도 놀라울 따름이었다.

예전 같았으면 잔뜩 마음을 졸이며 이 상황을 어떻게 타진해 나가야 할지 머리를 싸매고 고민했을 것이다.

그런데 이상하리만큼 마음이 편했다. 무엇이 어떻게 되든 이 남자만 곁에 있어 준다면 될 것 같다는 순애보에 코끝이 찡할 지경이었다.

엘리베이터에 오르자, 그는 선진을 제 품에 기대게 한 뒤 물었다.

"몇 층?"

"꼭대기 층이요. 45층."

"와, 엘리베이터 고장 나면 엄청 고생하겠다."

이 엘리베이터에 올라서 누군가와 시시콜콜한 대화를 나눴던 적은 단 한 번도 없었다.

"엘리베이터가 고장 난 적은 없었는데……."

선진은 고개를 갸웃거리며 혼잣말을 중얼거렸다.

"농담이에요."

그는 가볍게 웃고는 선진의 이마에 부드럽게 입을 맞췄다. 어깨를 감싸고 있는 그의 손길이 따뜻했다. 그의 품 안도 따사롭기는 마찬가지였다.

불안하리만큼 진득한 행복에 몸서리가 날 지경이었다.

7화
모두 비슷한 이유의 행복

　선진에게 집은 그저 잠시 머무는 공간일 뿐이었다. 그 이상의 의미도, 그 이하의 의의도 가질 수 없는 공간, 잠을 자고 나가는 것 외에는 하는 것이 거의 없는 곳이기도 했다.

　한국으로 돌아온 뒤, 텅 빈 넓은 공간에 혼자 있는 게 싫어서 선진은 늘 회사 집무실에서 시간을 보냈다.

　선진은 자신을 찾는 이가 지척에 있는 곳에서 끊임없이 존재감을 확인하는 데 여념이 없었는지도 모른다. 평일에는 늦게까지 사무실에 있다가 퇴근해서 집으로 오는 일이 잦았고, 주말에도 특별한 약속이 없으면 집무실을 지켰다.

　막연하게나마 화목한 가족이 사는 따뜻한 집을 그려 볼 때면, 선진이 떠올리는 이미지는 늘 한결같았다.

　실내를 밝히는 오렌지빛 조명과 따뜻한 음식 냄새, 그리고 그 안을 채우는 가족 구성원의 웃음소리.

단 한 번도 화목한 가정 안에서 살았던 적이 없기에 선진이 그리는 이미지는 마치 동화 속 삽화에 나오는 것처럼 보편적인 모습이었다.

　텅 빈 집에 들어설 때마다 선진을 반겨 주는 것은 동체 인식 센서 등뿐이었다. 자동으로 켜지는 조명이 환하게 불을 밝힐 때마다, 집에 돌아왔다는 생각에 허우룩해졌다.

　집의 규모가 커서 공허감도 커지나 싶은 생각에 원룸형 오피스텔로 이사를 했던 적도 있었다. 하지만 집 안의 정경이 한눈에 들어오는 곳에 있으니 자신이 혼자 있다는 관념적 공허가 더욱 거세어졌다.

　그런 이유로 선진은 다시 넓은 집으로 되돌아왔다. 남들이 들으면 무서운 생각이라 여길지도 모르겠지만, 보이지 않는 곳 어딘가에 누군가 있을 것 같은 느낌이 선진을 안도하게 했다.

　"혼자 이 넓은 집에 살아요?"

　한강이 내려다보이는 거실로 함께 걸어 들어온 그가 눈을 휘둥그렇게 뜨며 물었다.

　"복층인가 보네? 위엔 뭐가 있어요?"

　"서재랑 테라스요."

　그는 고개를 끄덕거리며 가볍게 한숨을 한번 내쉬고는 말했다.

　"집 구경은 차차 하는 걸로 하고. 침실이 어디예요?"

　선진을 내려다보는 그의 눈빛은 다정했다. 그의 다정한 눈빛을 자신의 집 거실에서 마주하게 되리라고는 꿈에도 생각 못 했다. 감정이 복받친 나머지 선진은 발꿈치를 들어 그의 목에 팔을 두르며 꼭 끌어안았다.

　그러자 그가 가볍게 웃으며 곤란하다는 듯한 목소리를 냈다.

　"어허. 침실이 어디냐고 물었는데, 이렇게 안기면 나보고 어쩌라고."

　그는 선진의 등을 따뜻하게 감싸 안으며 다시 물었다.

"침실이 어디냐고요."

선진은 그의 가슴과 어깨 위에 얼굴을 비비며 손짓했다.

"저기 오른쪽 끝이요."

그러자 그가 선진을 번쩍 안아 들었다. 선진은 그의 목에 팔을 두른 채로 가슴에 얼굴을 기댔다.

"좀 많이 먹어야겠다. 키도 있는데, 왜 이렇게 가벼워요."

그가 걱정스러운 목소리로 나무랐다.

침실 문을 발로 밀며 안으로 들어선 그가 커다란 침대를 보고는 웃기 시작했다. 귀를 대고 있는 그의 가슴을 통해서 기분 좋은 울림이 퍼졌다.

"왜 웃어요?"

깨끗하게 정리된 침실은 별다를 게 없는 모습이었다. 흰색 침구 가장 자리에는 검은색 자수로 얇은 테두리가 수놓아져 있었고, 똑같은 디자인의 베개 네 개가 엔틱한 호두나무 헤드보드 앞에 차곡차곡 정리되어 있었다.

그는 대답 없이 선진을 침대 위에 앉혀 주고는, 이불을 걷어 내고 누우라며 손짓했다.

"나 일단 옷부터 갈아입고 싶은데……."

선진이 몸에 딱 맞는 스커트 슈트를 내려다보며 말하자 그가 선진의 앞에 대뜸 무릎을 꿇었다. 그러고는 선진이 입고 있는 재킷을 벗기고는 블라우스 단추를 하나씩 풀어 내려갔다.

"안에 뭐 입었네. 그냥 이것만 벗고 누워 있으면 되는 거 아니에요?"

주로 집에서는 면으로 된 트레이닝복을 입고 생활하는 편이었다. 그런데 블라우스 안에 받쳐 입은 베이지색 슬립 차림으로 침대 안에 들어가 있으라는데, 얼굴이 화끈 달아올랐다.

그는 아무렇지 않다는 듯이 선진이 입고 있던 상아색 블라우스를 벗겨 주었다. 그러고는 허리 뒤쪽에 있는 지퍼를 내리며 스커트까지 벗겼다.

옷이 하나둘씩 벗겨질 때마다 선진은 어깨가 움찔 떨릴 만큼 열기가 고이는 기분이었다. 그런데 그는 눈 하나 깜짝하지 않고 선진의 탈의를 도왔다.

이 남자는 아무렇지도 않은가, 싶은 생각에 선진은 의아한 시선으로 그를 바라보았다. 설마 임신했다고 이제 더는 여자로 보이지 않는 건가, 하는 생각이 들 정도로 그는 무심한 얼굴이었다.

아직 연애 비슷한 것도 시작해 보기 전에 임신을 해 버렸으니, 이 상황이 당황스러울 따름이었다.

그는 선진이 벗어 둔 옷을 모아서 정리하기 시작했다. 선진은 블라우스를 곱게 개고 있는 그를 향해 입을 열었다.

"아직 스타킹은 안 벗었는데요."

불안한 마음에 도발적인 말이 잘도 흘러나왔다. 선진의 말이 떨어지자마자, 그가 당황한 듯 블라우스를 정리하던 손짓을 멈추었다.

"몸도 성치 않은 사람이 적당히 해요."

그는 선진에게 눈도 마주치지 않고 대꾸했다. 그 모습이 야속해서 울컥거릴 정도였다. 이게 다 임신 호르몬의 영향 탓인 듯했다. 평소의 자신과 다르게 널을 뛰는 감정이 버거워 선진은 잠시 눈을 감았다.

그러자 그가 움직였는지 바람이 일었고, 이마 위에 그의 부드러운 입술이 닿았다.

"침실이 어디냐고 물었더니 안기질 않나, 침실에 들어왔더니 두 사람이 뒹굴고도 남을 정도로 큰 침대가 있질 않나. 빨리 누워서 쉬라고 옷 정리해 줬더니, 스타킹까지 벗겨 달라고 하면…… 그거 나 고문하는 거예요."

그의 입술이 선진의 매끄러운 어깨에 부드럽게 닿았다가 떨어졌다.

"의사가 안정될 때까지는 안 된다고 했어. 그러니까 도발도 적당히 해요."

의사가 뭘 안 된다고 했는지, 깨달은 순간 얼굴에 화르르 열이 올랐다. 선진은 그가 시키는 대로 순순히 이불 안으로 몸을 집어넣었다.

"스타킹은 스스로 벗고."

선진이 입고 있던 옷을 손에 든 그가 그리 말하고는 침실 밖으로 나갔다. 매일 누워서 잠을 청하던 익숙한 침구가 살갗에 닿는데도 야릇한 열기가 치솟았다.

선진은 멍하니 천장을 올려다보았다. 앞으로 당분간은 이 집에서 그와 지내야 한다는 사실이 현실감이 없어도 너무 없었다. 알래스카 페어뱅크스로 죽으러 간 여자가 우연히 만난 남자에게 방을 내어 주고 사랑에 빠지는 것보다 더 불가능한 이야기처럼 느껴졌다.

"아, 맞다. 스타킹."

선진이 침대에서 몸을 일으켜 세운 뒤, 스타킹을 벗기 위해 슬립 밑으로 손을 집어넣었을 때였다.

"이 밑에 마트가 있는 것 같네요?"

그가 슬립 스커트 밑으로 손을 넣고 있는 선진을 보자마자 굳어 버렸다. 스스로 생각해도 자세가 심각하게 야릇했다.

"아, 스타킹 벗으려고."

선진이 조용히 읊조리자, 그가 재빨리 시선을 옮기며 말했다.

"밑에 마트에 가서 장 좀 봐 올게요. 나도 갈아입을 옷이랑 속옷도 있어야 할 것 같고. 칫솔 여분은 있어요?"

선진은 시선을 피한 채로 중얼거리는 그를 바라보며 대답했다.

"네, 욕실에 있어요."

허공 어딘가를 바라보고 있는 그의 목덜미는 붉었고, 어찌할 바를 모르겠다는 듯이 구기고 있는 얼굴은 귀여웠다.

"알겠어요. 금방 다녀올 테니까, 쉬고 있어요. 무슨 일 있으면 전화하고."

그는 잽싸게 말을 내뱉고는 침실 밖으로 나가 버렸다.

선진은 그가 나간 방문을 멍하니 바라보았다. 지금 방금 무슨 일이 있었나 싶을 정도로 방 안은 고요하기만 했다.

스타킹을 벗느라 노골적인 자세를 취하고 있다가 들켜서 민망한 것은 선진이었다. 그런데 그는 자신이 더 빨갛게 얼굴을 물들이며 시선을 피해 버렸다.

선진의 입가에 진한 미소가 그려지는가 싶더니 가벼운 웃음이 터져 나왔다. 순간 그와 처음 밤을 보냈던 페어뱅크스의 호텔이 생각나서였다.

선진은 드럭스토어에서 구입한 피임 도구를 샤워 가운 주머니에 넣어 둔 채로 그가 씻고 나오기를 기다렸었다. 돌이켜 보니, 그보다 자신이 더 대담했던 것 같다.

욕실에서 나온 그는 상기된 얼굴로 선진에게 다가왔었다. 선진은 창가를 바라보며, 그를 등진 채로 서 있었기에 까맣게 물든 유리창으로 그의 표정을 관찰할 수 있었다.

잔뜩 긴장한 얼굴로 아랫입술을 잘근잘근 씹으며 다가오는 모습을 보고 선진도 가슴이 두근거려서 혼이 났었다.

'내 샤워 가운 오른쪽 주머니에 있는 것 좀 꺼내 줄래요?'

그가 머뭇거리는 모습을 보고 선진이 나직하게 속삭였다. 그때 자

298

신이 얼마나 많이 떨면서 그렇게 말했는지, 그가 알까 모르겠다.

그는 선진의 주머니에서 정사각형 모양의 포일 포장에 둘러싸인 작은 물건을 꺼내고는 고개를 갸웃거렸다. 답답해진 선진은 재차 물었다.

'그거 쓰는 법 알죠?'

선진은 창가에 비치는 그의 얼굴을 바라보고 있었다. 그는 눈을 휘둥그렇게 뜨며 왼손으로 입을 틀어막았다. 그게 뭔지 그제야 알아차렸다는 듯이 당황해하는 그의 모습을 지켜보는데, 웃음이 났다.

딱 지금처럼.

9년의 세월이 지났는데도 불구하고, 그는 변함이 없어 보였다. 선진을 보고 귀엽게 얼굴을 붉히고, 목덜미를 빨갛게 물들이는 모습도 여전했다. 임신한 탓에 그가 자신을 무심하게 보는 것은 아닌지 걱정했는데, 기우였다.

스타킹을 벗어서 침실에 달린 욕실 입구에 있는 세탁 바구니에 넣은 선진은 곧장 이불 속으로 들어갔다. 그저 익숙하고 부드러운 면 이불에 살갗이 닿은 것뿐인데, 마치 그가 자신을 안아 주고 있는 것처럼 얼굴이 달아올랐다. 심장이 기분 좋은 박자로 쿵쿵거렸다.

선진은 아랫배에 가만히 손을 얹었다. 종교가 있는 것은 아니었지만, 절대자에게 감사 기도를 올리고 싶은 순간이었다.

지켜 줘서, 곁에 두어서, 감사하다고.

가만히 눈을 감자, 수마가 몰려들었다. 병원에서 충분히 잔 것 같은데도 불구하고 솔솔 잠이 왔다. 어쩐지 기분 좋은 꿈을 꿀 수 있을 것만 같았다.

선진이 다시 눈을 뜬 건, 뺨 위에서 느껴지는 부드러운 감촉 때문이었다. 눈꺼풀이 파르르 떨리는 게 느껴질 정도로 사랑이 가득 담긴 손길이었다. 선진은 천천히 눈꺼풀을 들어 올렸다.

그는 모로 누워서 팔꿈치로 상체를 지탱한 채 선진을 바라보고 있었다. 샤워를 했는지, 그에게서 자신이 쓰는 보디용품 향기가 났다. 머리카락은 덜 말린 건지, 아니면 말리지 않은 것인지 물기에 젖어 촉촉했다.

아까 장을 보러 가면서 갈아입을 옷을 사 와야겠다고 했던 그는 회색 면 티셔츠에 검은색 트레이닝 바지를 입고 있었다. 마트에서 흔히 살 수 있는 옷이 그가 입으니 기가 막히게 태가 났다.

"뭐 좀 먹어야지. 계속 자면 어떡해."

그가 선진의 매끈한 뺨을 보드랍게 어루만지며 말했다. 먹어야 한다는 그의 말에 신기하게 허기가 졌다.

"배가 좀 고픈 것 같기도 하고."

선진이 조용히 읊조렸다. 잠이 깬 목소리는 낮게 잠겨 있었다.

"배가 고플 때도 됐지."

그는 그리 말하고는 선진의 이마에 가볍게 입을 맞췄다.

"자다 깬 목소리도 예쁘네."

그가 덧붙인 말에 선진은 진한 미소를 머금었다. 자신을 마냥 예쁘다고 해 줬던 사람이 있었나, 떠올려 보았지만 기억이 나질 않았다. 먼저 침대에서 몸을 일으킨 그는 선진이 일어나 앉을 수 있도록 도와주었다.

"뭐, 시켜 먹을까요? 냉장고에 아무것도 없을 텐데."

집안일을 돌봐 주는 가사 도우미는 선진이 집에서 거의 식사를 하지 않는다는 것을 알기에 반찬을 해 두거나 하는 일은 없었다. 초반에는 그래도 식사를 거르지 말라며 반찬을 조금씩 만들어 놓았었지만,

300

선진이 손도 대지 않자 요리하는 것을 그만두었다.

"냉장고 꽉꽉 채워 놨으니까, 걱정 말고."

그는 선진의 손을 꼭 잡은 채로 침대에서 일어섰다. 선진 역시도 그의 손을 잡은 채로 바닥에 발을 디뎠다. 선진이 가만히 그의 뒤를 따르려고 하자, 그가 선진을 흘끗 보고는 말했다.

"위에 뭐 좀 입어야 할 것 같은데."

그리 말하는 그의 목덜미가 또 붉었다. 선진은 그를 놀려 주고 싶은 마음에 아무렇지 않다는 듯이 읊조렸다.

"이게 편한데."

"고문도 적당히 하라고 했을 텐데."

"이게 왜 고문인지 모르겠는데."

그러자 앞서 걷던 그가 우뚝 멈춰 섰다. 그는 뒤따르는 선진을 돌아본 채로 눈을 가늘게 뜨며 야릇하게 가라앉은 목소리로 속삭였다.

"왜 고문인지 알려 줘?"

어떤 방식으로 알려 줄지 무척 기대되지만, 지금은 그걸 알아봤다가는 태아에게 좋지 않을 것 같았다. 선진은 시치미를 뚝 떼며 손바닥으로 팔뚝을 가볍게 쓸었다.

"좀 추운 것도 같네. 나 드레스룸에서 뭐 좀 걸치고 나올게요."

선진은 부엌으로 향하는 그를 두고 드레스룸으로 종종걸음을 옮겼다. 슬립 위에 긴 카디건을 하나 입을까 하다가, 고문도 정도껏 하라는 그의 말이 떠오른 선진은 슬립을 벗어 던졌다. 이왕 드레스룸에 들어온 거, 편한 트레이닝복으로 갈아입을 생각이었다.

선진이 트레이닝복이 정리된 서랍을 열었을 때였다,

"뭐 좀 걸치고 온다더니, 왜 이렇게 오래 걸려?"

성질 급한 그가 드레스룸으로 들어섰고, 선진은 속옷 차림 그대로 서랍장 안에서 트레이닝복을 꺼내다가 굳어 버렸다. 허공에서 두 사람의 시선이 마주쳤다. 선진이 숨을 고를 때마다 뽀얗게 살이 오른 가슴이 들썩거렸다. 안 그래도 어둡고 깊은 그의 시선이 시시각각 짙게 물드는 모습이 눈에 들어왔다.

"아니, 옷 갈아입고 가려고 했는데…….."

변명을 내뱉는 선진의 목소리가 파르르 떨렸다. 그는 천장을 올려다보며 한숨을 한 번 내쉬고는 선진이 서 있는 곳으로 성큼성큼 다가왔다. 선진은 서랍 문을 닫지도 못하고 멀뚱히 섰다.

발치까지 다가온 그가 선진을 가만히 내려다보았다. 선진은 그를 올려다보며 연신 얕은 숨을 내뱉었다. 열기가 차오르는 것은 어쩔 수가 없었다.

"키스만 하게 해 줘."

그가 허락을 구하듯 읊조렸다. 열기에 데이기라도 한 듯 낮게 쉰 그의 목소리가 듣기 좋았다.

선진은 가만히 고개를 끄덕거렸다. 그러자 그가 고개를 비스듬히 기울이며 입을 맞춰 왔다. 고개를 살짝 숙이고 있던 선진은 그의 입술에 더 깊게 닿고 싶어서 턱을 들어 올렸다.

윗입술과 아랫입술이 촘촘하게 맞물렸다가 떨어졌다 싶은 순간, 고개의 방향이 바뀌며 접촉이 깊어졌다. 입안 점막을 농밀하게 핥는 움직임은 황홀했다. 선진은 발꿈치를 살짝 들어 올려서 그의 목을 끌어안았다. 말랑말랑한 여체가 얇은 면 티셔츠를 사이에 두고 딱딱한 가슴팍에 닿았다.

그의 커다란 손이 선진의 맨등을 부드럽게 감쌌다. 등허리를 가볍게 안아 주는 손짓이 아쉬워서 선진은 맞닿아 있는 몸을 저도 모르게 비벼 댔다.

"흐음."

목에서 저절로 신음이 울린 순간, 입술이 떨어졌다.

"나 키스만 허락받았는데."

입술이 닿을 듯 말 듯 한 거리에서 그가 속삭였다.

"미치겠네, 진짜."

그가 열기를 발산하지 못해서 답답하다는 듯이 미간을 찌푸렸다. 그의 입가에서 흘러나오는 더운 숨에 홀린 듯 선진이 중얼거렸다.

"시간이 빨리 갔으면 좋겠다."

발칙한 고백을 내뱉는 목소리가 바르르 떨렸다. 그러자 그가 웃음을 머금으며 속삭였다.

"밝히기는."

언제 또 그렇게 밝혔냐고 반박을 할 수 없을 정도로, 선진은 이 남자를 마주할 때마다 그를 마음속 깊이 원했다. 제 마음을 부정하지 않고, 예쁘게 웃는 것으로 선진은 대답을 대신했다.

"예뻐 죽겠네."

그는 아까 옷을 벗겨 주었던 것처럼 서랍에서 트레이닝복을 꺼내서 손수 입혀 주었다. 평생을 살면서 이렇게 다정한 손길로 자신의 옷을 갈아입혀 주었던 사람은 없었다. 모친은 자신을 사랑으로 대하지 않았고, 선진을 위해 고용된 사람들에게서는 진심이나 성의를 찾아볼 수 없었다.

"사랑을 듬뿍 받고 자라는 어린아이가 된 것 같은 기분이야."

선진이 행복에 겨운 목소리로 속삭이자, 그가 말도 안 되는 소리를 한다며 웃었다. 말도 안 되는 소리라며 나무라던 그가 갑자기 얼굴을 달리하는가 싶더니, 선진의 어깨를 잡고 당부하듯 말했다.

"나한테 어리광 부리고 싶은 만큼 부려. 다 받아 줄게."

선진은 어리광 부리는 법을 잘 알지 못했다. 약한 모습을 드러내는 게 어색했는데, 선진이 가장 연약했던 시절을 알고 있는 그라면…….
그에게는 무엇이든 보여 줄 수 있을 것만 같은 용기가 생겨났다.

성격상 마냥 어리광만 부릴 깜냥도 되지 못했지만, 선진은 고개를 끄덕거렸다.

그의 손을 잡고 도착한 다이닝룸 식탁 위에는 먹음직스러운 저녁상이 차려져 있었다.

"소화 잘되는 거로 고르다 보니까."

그는 소고기가 담뿍 담긴 죽 그릇을 가리키며 말했다.

"이 근처에 죽집이 있던가?"

식탁 의자에 앉으며 던진 질문에 그는 실망스럽다는 듯이 미간을 구겼다.

"내가 끓인 거거든요."

"죽도 끓일 줄 알아요?"

그는 어서 먹기나 하라며 목덜미를 붉혔다. 예나 지금이나 소소한 공치사는 못 견디는 남자다. 선진이 막 숟가락을 집어 드는데, 식탁 위에 놓인 그의 휴대전화가 울렸다. 흘끗 본 발신인은 여자 이름이었다.

휴대전화를 집어 든 그는 미간을 찌푸리며 입술을 뾰족하게 모아서 한쪽으로 비틀었다. 마치 지금 상황에서는 받기 곤란한 전화를 마주하기라도 한 듯 그의 표정이 삽시간에 굳어 버렸다.

"안 받아요?"

선진은 열심히 숟가락질하며 물었다. 그는 휴대전화를 바지 주머니에 넣으며 대꾸했다.

"어, 안 받아도 돼."

표정을 보아하니 안 받아도 되는 전화 같지가 않았다. 휴대전화 화면에 나타났던 여자의 이름 석 자가 계속 눈앞에 아른거렸다.

[임정은]

304

어떤 관계를 맺은 사람이기에 이 자리에서 전화 받기를 꺼리는 건지, 신경이 곤두섰다. 친구일 수도 있고, 비서일 수도 있고, 혹은 자신이 그랬던 것처럼 업무선상에 있는 사람일 수도 있다. 함께 있는 시간을 방해받고 싶지 않아서 전화를 피한 것일 수도 있는데, 본능은 그게 아닐지도 모른다고 말하고 있었다.

누군지 물어볼까, 하다가 선진은 이내 그만두었다. 서로 모르는 게 많은 상황이었다. 따라서 서로 알아야 하는 것도 많은 두 사람이었다. 그런데 그런 시간을 굳이 타인에 관한 내용으로 채우고 싶지 않았다.

"나는요. 전복죽은 무슨 맛으로 먹는지 모르겠어요. 소고기 죽이 제일 맛있는 것 같아."

선진이 부러 밝은 목소리를 내기 위해 노력했다. 평소답지 않게 목소리가 통통 튀어 오르고 있다는 것이 스스로도 느껴질 정도였다. 그리고 신기하게도 기분도 훨씬 나아졌다. 은은한 미소를 머금고 자신을 사랑스럽다는 듯이 바라보고 있는 남자 덕분인 것도 같았다.

"그리고 내가 먹어 본 소고기 죽 중에 이게 젤 맛있는 것 같아요."

선진이 숟가락으로 소고기 죽을 담뿍 떠서 입에 넣고는 웃음 지었다. 그러자 마주 앉은 그가 손을 뻗어 선진의 입가에 묻은 음식물을 닦아 주었다.

"그래도 천천히 먹어. 체하겠네."

자상하게 읊조리는 그의 목소리가 듣기 좋았다. 누군가와 마주 앉아서 마음 편히 식사하는 게 얼마 만인가 싶었다. 그리고 이렇게 식욕이 도는 것도 참 오랜만이었다.

선진에게 음식은 그저 요기에 지나지 않았다.

친한 친구인 후지사와와 함께 있을 때도 음식을 음미하며 식욕을 돋우는 일은 드물었다. 허기진 배를 채우는 것 외에 음식은 특별한 역할을 하지 못했다.

"내가 하는 맛있다는 말이 얼마나 큰 칭찬인지 알아요?"

손수 소고기 죽을 만들어 준 그의 기분이 좋아지라고 꺼낸 말이 아니었다. 아까는 그의 기분이 자신처럼 좋아졌으면 하는 마음에 한 말이었지만, 지금은 아니다.

"왜?"

그는 숟가락질을 하며 자상한 눈빛으로 물었다.

"나는 먹는 데 별로 관심이 없었어요. 한 끼 건너뛰어도 그만인 거고. 굳이 뭘 찾아 먹을 생각도 잘 하지 않았고. 맛집 찾아다닌다는 말을 제일 이해할 수가 없었어요. 그냥 생존을 위한 허기만 채우면 되는 건데, 굳이 그럴 필요가 있나, 하는 생각을 했죠."

처음에는 가볍게 선진의 이야기를 받아들이던 그의 표정이 점점 어두워졌다. 특히 '생존을 위한'이라는 말을 내뱉을 때는 얼굴을 살짝 찡그리기까지 했다.

"근데 이제는 좀 이해가 가는 것도 같아."

선진은 신이 난다는 얼굴로 덧붙였다.

"신기주 씨랑 같이 맛집 다니고, 맛있는 거 먹으면 즐거울 것 같아요. 물론 혼자서 맛있는 거 찾아 먹으러 다니고 그러는 사람도 있겠지만, 나는 내가 먹는 거 흐뭇하게 봐 줄 사람이 필요했나 봐요."

그가 웃었다. 마치 세상에서 가장 달콤한 말을 들은 사내처럼 흐뭇하게 웃고 있었다. 그의 웃음은 예전부터 전염성이 짙었다. 선진은 그를 바라보며 자신도 모르게 활짝 미소 지었다. 분명 웃고 있는데 코끝이 찡하면서 눈물이 핑 돌았다.

건조했던 눈가가 마를 새 없는 요즘이다.

"얼른 다 먹어. 다 먹고, 소화 좀 시키고 얼른 자자."

선진은 고개를 끄덕인 후에, 죽 그릇이 바닥을 보이도록 싹 비웠다.

식사를 마치고 그가 간단히 부엌을 정리한 뒤, 함께 서재를 둘러보았다.

"책이 많네. 먹을 거에는 관심 없어도, 책 욕심은 많았나 봐."

"책은 나를 미워하지도, 배반하지도, 공격하지도 않으니까."

그는 크게 숨을 들이쉬며 선진의 어깨를 끌어안고는, 동그란 이마에 부드럽게 입을 맞췄다. 그가 이마에 입을 맞출 때마다 사랑이 충만해지는 기분이었다. 서재를 한참 둘러본 그는 양장본 소설이 꽂혀 있는 서가에서 톨스토이가 쓴 《안나 카레니나》를 집어 들었다.

선진을 의자에 앉힌 그는 그 앞에 서서 소설의 첫 문장을 읽어 내려갔다.

"행복한 가정은 모두 비슷한 이유로 행복하지만, 불행한 가정은 각기 다른 이유로 불행하다."

분명한 발음으로 책을 읽는 잔잔한 목소리는 무척이나 듣기 좋았다. 선진은 그를 올려다보며 미소 지었다. 첫 문장을 읽고 난 후, 그의 시선은 책장에 머물렀다. 눈으로 문장을 읽고 있는 것인지, 아니면 다른 생각을 하는 것인지 알 수 없었다.

그는 책을 덮고는 의자에 앉아 있는 선진의 앞에 무릎을 꿇고 앉았다. 선진의 시선은 그를 올려다보는 것에서 내려다보는 것으로 자연스레 바뀌었다.

"모두 비슷한 이유로 행복하다는 가정을 나는 가져 본 적이 없어요."

그의 고백에 가슴이 시큰거렸다. 차차 듣게 되겠지만 그에게는 무슨 사연이 있는 건지 궁금했다.

"내가 잘할 수 있을지 사실 잘 모르겠어요."

그리 말하는 그의 눈빛에는 두려움 비슷한 감정이 어려 있었다.

"같이 하면 돼요. 우리 잘할 수 있을 거예요. 나는 이제껏 나를 믿고 살아왔던 것만큼, 기주 씨 믿어요."

선진은 제 무릎 위에 오른 그의 손을 꼭 잡으며 말했다.

"고마워요. 나 믿어 줘서."

그는 눈이 사르르 접히도록 웃었다.

"이제 소화 다 됐죠? 너무 늦었네. 벌써 자정이 다 됐어요. 얼른 자 야겠어요."

선진의 손을 잡고 일으켜 세운 그는 자연스레 침실로 향했다. 늘 커다란 침대에서 베개를 끌어안고 자던 선진이었는데, 오늘부터는 그 의 팔을 베고 단단하고 따뜻한 품에 안겨 잠이 들 터였다.

그는 선진을 품에 안은 채로 낮게 허밍 했다. 무슨 노래인지 알 수 는 없지만, 은은하게 울려 퍼지는 음성이 무척이나 듣기 좋았다. 마 치 꿈을 꾸는 것처럼 행복한 밤이었다.

아침에 눈을 뜬 건, 그의 휴대전화 알람 소리 때문이었다. 알람을 끄고 끙 하는 신음 소리를 낸 그는 선진을 품에 더욱 끌어안았다. 잠 에서 깨어났음에도 불구하고, 선진은 가만히 그의 품에 안겨 눈을 꼭 감은 채로 가만히 있었다.

이윽고 협탁 위에 올려 둔 그의 휴대전화가 진동하는 소리가 들려 왔다. 휴대전화를 집어 든 그는 발신인을 확인하고 한숨을 한 번 몰아 쉬었다.

"어."

그가 조용히 전화를 받는 소리가 들려왔다. 선진이 팔을 베고 있는 탓에 움직이지는 못하고 목소리를 낮추어 전화를 받는 듯했다.

선진은 제 귀가 쫑긋 솟아오르는 것을 느꼈다. 귀 근육이 이렇게나 예민하고 가파르게 올라붙을 수 있는 건지 이제껏 알지 못했다.

─ 선배, 대체 어디에 있는 거예요? 호텔 방에도 없고. 밤새도록 연락도 안

308

되고. 내가 얼마나 걱정했는지 알아요? 밤새 한숨도 못 잤다고요!

그의 휴대전화 너머에서는 웬 여자가 그를 걱정하는 말을 쏟아 내며 화를 내고 있었다. 그리고 어제 식탁 위에 올려진 그의 휴대전화 화면을 통해 보았던 여자 이름이 선진의 머릿속에 떠올랐다.

임정은, 수화기 너머에서 화를 내고 있는 여자가 그 임정은이라는 확신이 들었다.

"안 죽고 살아 있으니까, 목소리 좀 낮춰."

— 아침에 연락 안 되면, 서울 시내 병원 다 뒤지려고 했어요. 새벽에 내가 경찰에 신고하려고 했다고요! 설마 사고라도 나서 어디 병원에 있는 거 아니죠? 무슨 일 있는 거 아니죠?

여자의 목소리에 걱정이 가득했다.

"으음."

선진은 저도 모르게 잠에서 깨어난 시늉을 해 버렸다.

"야, 너 소리 좀 지르지 마. 이따 다시 연락할 테니까, 일단 대기하고 있어."

— 이따 언제……!

여자의 목소리가 뚝 끊겼다. 통화를 마쳤는지, 그가 휴대전화를 협탁 위에 내려놓는 소리가 들려왔다. 그러고는 단단한 두 팔로 선진의 몸을 휘감듯 끌어안았다.

"내 침대 위에서 다른 여자 전화 받는 건 좀 그렇다."

선진이 뾰로통하게 속삭였다. 잠기운이 가득한 탓에 잠긴 목소리로 내뱉은 목소리는 잔뜩 토라진 것처럼 들렸다.

"비서예요. 그쪽도 강태욱 수석 같은 조무래기 있잖아."

"조무래기?"

선진은 황당하다는 듯이 되물었지만, 이내 웃음을 터뜨리고 말았다.

"오늘부터 일주일만 출근 안 할 수 있어요?"

몸을 일으키려는데 그가 선진을 다시 끌어당겨 안으며 물었다.

"어떻게 일주일을 출근을 안 해요?"

"윤선진 이사가 일주일 출근 안 한다고 해서 부명그룹이 망하지는 않으니까, 걱정 말고. 일주일만 여기 잠자코 있을 수 있겠어요?"

그리 말하는 그의 목소리가 하도 진지해서 선진은 잠자코 기다렸다. 더 설명해 줄 거란 기대감에서였다. 그런데 그는 선진의 대답을 먼저 듣겠다는 듯이 가만히 있었다.

"아예 불가능한 이야기는 아닌데, 왜요?"

사실 선진은 개인 휴가를 넉넉히 사용해 본 적 없었다. 쉬는 것조차도 마음대로 할 수 없는 퍽퍽한 생존이었다.

"시간이 좀 필요해요. 내 선에서 적당히 준비하려면."

"뭘 준비하는지는 알려 줄 거죠?"

"같이 해야 하는 일이니까 당연하죠."

그는 웃으며 대꾸했다.

"알겠어요. 신기주 씨가 하자고 하면 지옥이라도 접수하지, 뭐."

과장된 표현에 그가 그럴 필요까지는 없다며 고개를 내저었다.

"일단 내 비서 좀 여기로 오라고 해도 되죠?"

선진은 그렇게 하라며 고개를 끄덕거렸다. 신기주 버전의 강태욱이 등장하려는 건가, 싶어서 가슴이 이상하게 두근거렸다.

그는 정확히 어제 오후부터 연락이 되질 않았다. 오후에 연락이 닿지 않는 동안에는 그가 잠시 휴식을 취하고 있을 거라고 생각했다. 그리고 저녁에 식사는 어떻게 할 거냐고 묻는 메시지를 보냈는데도 그는 묵묵부답이었다.

정은은 그와 함께 일을 하면서 단 한 번도 아무런 언질 없이 연락이 끊겼던 적이 없었기에 당혹스러웠다. 밤늦도록 전화를 걸어 보았지만, 그는 끝내 전화를 받지 않았다.

어디 아픈가? 혹시 어디 혼자 나갔다가 사고라도 당한 거 아냐?

별의별 생각을 다 하며 밤을 지새우다, 도저히 안 되겠다 싶어서 새벽녘 그의 방으로 향했다. 업무적인 용도로 여분의 카드키를 가지고 있던 정은은 떨리는 손으로 방문을 열었다.

혹시 그가 몸이 아파서 연락도 하지 못하고 끙끙 앓고 있는 거라면, 그의 곁에 붙어서 간호할 생각이었다. 차라리 몸져누워서 방에 있었으면 좋겠다는 생각을 하며 방에 들어선 정은은 그 자리에서 굳어 버렸다.

방은 텅 비어 있었고, 침대는 메이드가 정리해 놓고 나간 깔끔한 상태 그대로였다. 정은은 초조한 마음으로 시간을 확인했다. 이제 새벽 5시가 막 넘은 시각이었다. 정은은 또다시 응답이 없는 그의 휴대전화로 전화를 걸었다.

휴대전화가 방전된 것인지 아니면 일부러 꺼 놓은 것인지, 통화 연결음이 울리지 않고 곧장 전화를 받을 수 없다는 메시지가 흘러나왔다.

심장이 쿵쿵 울렸다. 무슨 변고라도 당한 것은 아닐까 하는 생각에 가슴이 터질 듯이 두근거렸다. 심장이 입 밖으로 튀어나올지도 모른다는 생각이 들 정도였다.

너무 크게 뛰어 대는 심장 때문에 속이 울렁거리기까지 했다. 아침이 되면 경찰에 신고부터 하고, 병원 응급실을 뒤져야겠다고 생각했다.

"아, 선배. 대체 어디 있는 거야."

혹시 그가 보낸 메시지 같은 것을 자신이 발견하지 못한 게 있나,

싶어서 휴대전화를 샅샅이 뒤져 보았지만 허사였다.

누나의 기일에 맞춰 오랜만에 한국을 찾은 그는 어딘지 모르게 불안해 보였다. 미국으로 돌아갈 날을 차일피일 미루면서 한국에 머무는 것도 이상했다. 굳이 한국에서 사업을 시작할 것도 아닌데, 이 사람, 저 사람을 만나며 시간을 보내는 모습도 일전에는 찾아볼 수 없던 것이었다.

전과 다른 모습을 보일 때마다 정은은 불안했다. 그가 어떤 생각을 하고 있는지 알 수 없어서 답답했고, 그가 우울한 눈빛을 보일 때마다 해 줄 수 있는 게 없어서 착잡한 심정이었다. 태어나서 자신이 이렇게 무능력하고 무기력한 사람으로 여겨지기는 처음이었다.

정은은 아무도 없는 그의 호텔 방 소파에 앉아서 눈물을 훔쳤다. 혹시 누나의 위패를 모셔 둔 구관사에 간 것은 아닌지, 아침이 되면 절에도 연락을 해 보아야겠다고 생각했다.

까맣게 물든 서울의 밤하늘만큼이나, 정은의 마음도 새까맣게 그을렸다. 짙은 색으로 물들었던 하늘은 아침 7시가 되어서도 여전히 푸른 어둠을 다 떨치지 못한 모습이었다. 새벽녘에는 그를 찾아야 한다는 일념 하나에 불타올랐는데, 아침이 다가오자 막막했다.

어디서부터 시작해야 할지 감이 서질 않았다. 그리고 그를 찾아 움직이기엔 여전히 이른 시각이었다. 허공을 바라보며 한숨을 몰아쉬고 있는데, 손에 쥔 휴대전화가 부르르 진동했다.

순간 가슴이 철렁 내려앉았다. 이 시간에 자신에게 전화를 하는 이는 당연히 한 사람밖에 없다고 생각했다. 그런데 휴대전화 발신인을 확인한 정은은 짜증스러운 한숨을 내쉬었다.

"어, 엄마."

– 한국 왔다면서, 어떻게 코빼기도 안 보이니? 같은 서울 하늘 아래 있는데도 얼굴 보기가 이렇게 힘들어서야, 원.

잔소리를 쏟아 내는 사람은 엄마였다. 그를 따라 외국을 돌아다니며 일을 하고 있었지만, 그의 배려로 정은은 3개월에 한 번은 꼬박꼬박 홀로 한국에 들어왔다. 그때마다 한국에 같이 갈 생각이 없느냐고 물었지만, 그는 싫다며 고개를 내저었었다.

그런데 왜 하필 이번에는 같이 들어와서 이런 사달을 만들고 있단 말인가?

"바빠서 그래. 이번에는 나 혼자 들어온 거 아니라고 했잖아. 그리고 왜 이렇게 아침 일찍 전화를 하고 그래?"

괜한 신경질이 엄마를 향했다.

– 아침 일찍 전화 안 하면 목소리나 들을 수 있어? 맨날 바쁘다면서 전화 끊어 버리잖아.

"지금도 바빠."

– 고얀 것. 기주는?

어릴 때부터 한동네에서 자란 두 사람이었다. 하지만 정은과 기주는 데면데면한 사이였고, 서로 인사를 하고 지낸 건 고등학교 때부터였다.

"아, 몰라."

– 왜 몰라? 맨날 뒤꽁무니 졸졸 쫓아다니면서

"있어야 쫓아다니지."

정은은 저도 모르게 짜증을 팩 냈다.

– 기주 여자 생겼니?

엄마가 묻는 말에 정은은 입을 떡 벌리고 말았다.

"아니거든. 기주 오빠한테 나 말고 여자가 어딨어?"

– 아서. 너랑 정분날 거였으면 진작 났지. 기주한테 다른 비서 구하라고 하고, 너도 이제 한국에 정착해서 시집가. 그러고 있지 말고.

딸인 정은이 상처받을까 봐서 하는 말이기도 했지만, 정곡을 콕콕

313

찌르는 말이기도 해서 정은은 쏙 들어갔던 눈물이 왈칵 치솟는 것만 같았다.

"됐거든요. 내가 어디 가서 이런 연봉을 받아. 끊어요."

전화를 끊은 정은은 한숨을 크게 몰아쉬고는 손 부채질을 해 댔다. 눈물이 찔끔 나는 게 억울했다.

"지가 내 월급 주면 다야? 왜 이렇게 걱정을 시켜?"

정은은 짜증을 내며, 그에게 다시 전화를 걸었다.

— 어.

신호가 끊기기 직전 그가 전화를 받았다. 안도의 한숨과 함께 화가 치밀었다. 자신은 잠 한숨 못 자고 밤을 꼬박 지새웠는데, 그는 숙면을 취한 목소리였다. 연락 줄 테니 일단 대기하라는 말에 기가 찼다.

"내가 대기하나 봐라!"

말은 그렇게 하면서도 호텔 방을 비운 그가 옷도 갈아입지 못했을 것 같아서 정은은 말끔하게 세탁된 그의 슈트와 드레스 셔츠, 그리고 그에 어울리는 넥타이를 챙겼다. 속옷과 양말도 챙기고 난 뒤, 기다리는 그의 말에 잠자코 앉아 있기만 했다.

그와 통화를 한 뒤 1시간쯤 지나고 나서야 다시 연락이 왔다.

"무슨 일 있어요?"

— 일단 언론사에 뿌릴 자료부터 준비해. 오늘 오후에 바로 나가야 하니까, 빨리.

"어떤 자료요?"

— KJ에서 한국 사무소 개소를 준비하고 있다는 간단한 내용으로.

정은은 그가 무슨 말을 하고 있는 건지 잠시 혼란스러웠다.

"뭘, 어디서, 개소한다고요?"

— 여러 번 말할 시간 없으니까. 지금 8시네? 9시까지 보도자료 준비해서 일단 내 이메일로 보내. 컨펌하면 바로 뿌리고.

밤새도록 사라졌던 그가 하루아침에 경영 방침을 뒤집은 이유가 궁금했다.

"저기 설명을 좀."

– 나중에 설명할 테니까. 일단 그렇게 해. 만약에 언론사에서 인터뷰 요청이 들어오거나 하면 조만간 사업 설명회 겸 기자회견 할 거니까, 그때까지 기다려 달라고 하고.

"선배, 진심이에요? 어디 아픈 거 아니죠? 설마 나 지금 선배 몸값 준비해야 해요? 누구한테 잡혀서 한국에 지사 안 내면 죽인다고 협박당하고 있어요?"

정은의 질문에 그가 어이가 없다는 듯이 콧방귀를 뀌었다.

– 너는 생각을 해도 진짜.

"아니, 선배 목에 칼이 들어와도 한국에서는 일 안 할 것처럼 말했었잖아요."

심장이 두근두근 울렸다. 그가 왜 갑자기 마음을 바꾼 것인지 이해가 되지 않았다.

– 너 한국에서 일하고 싶지 않아?

그의 곁을 지키는 것은 좋았지만, 가족과 친구를 모두 떠나서 외국을 떠도는 일이 마냥 즐겁기만 했던 것은 아니었다.

"한국에서……."

정은은 차오른 숨을 가다듬고 말을 이었다.

"일하면 좋죠."

그가 한국에 정착하는 것을 결심한 것처럼 느껴졌다. 왜 그런 강한 의지가 생겨났는지 모르겠지만, 그의 물음이 계속 귓전을 맴돌았다.

'너 한국에서 일하고 싶지 않아?'

정은은 그리 말하는 그의 목소리가 마냥 달콤하다고 생각했다. 혹시 자신이 향수병을 앓고 있는 것을 알고 배려한 것일까? 그렇게 시작된 망상은 끝도 없이 이어졌다. 심장이 두근거리고, 가슴이 설레었다.

한국에서 그와 지내게 되면, 뭔가 다른 의미의 진전이 있지 않을까, 하는 기대감도 생겨났다. 그의 모든 것을 알고 있는 사람은 한국에서 자신이 유일했으니까.

그의 이메일로 보도자료를 보내자, 10분도 지나지 않아 컨펌이 떨어졌다. 정은은 주요 언론사에 KJ 공식 계정으로 보도자료를 뿌리고는 그에게 보고 이메일을 보냈다.

이메일을 전송하자마자, 그에게서 전화가 왔다.

– 여기 서울숲 근천데, 주소 보내 줄게. 이쪽으로 넘어와.

심장이 쿵쿵 울렸다. 그가 보낸 주소는 레스토랑이나 카페가 아닌 주상복합 아파트의 주소였다. 정은은 저도 모르게 입을 틀어막으며, 휴대전화 메시지로 받은 주소를 바라보았다.

그가 구한 집일 거라는 확신이 들었다. 그리고 이게 혹시 자신을 깜짝 놀라게 하려는 깜찍한 계획은 아닐까, 하는 생각도 들었다. 한국에 들어와서 이 모든 걸 계획하고 몰래 준비하느라, 자신에게 거리를 둔 것만 같았다.

정은은 한달음에 그가 알려 준 곳으로 달려갔다. 공동현관에 도착해 45층 1호를 누르자, 벨이 울린 지 얼마 안 돼서 그의 목소리가 들려왔다.

– 어, 열어 줄게.

그의 목소리가 전에 없이 다정했다. 이 남자가 이런 목소리도 낼 줄 아는 사람이었나 싶을 정도로 상냥한 음성이었다.

엘리베이터에 오른 정은은 거울에 비친 얼굴을 보며 한숨을 내쉬었다. 잠을 설친 탓에 안색이 좋지 않았다. 인생에서 중요한 순간을 맞기에는 아주 조금 아쉬운 상태였다.

하지만 기대감에 젖은 두 눈은 반짝반짝 빛났다. 엘리베이터에서 내려 현관 앞에 선 정은은 호흡을 한번 가다듬고 초인종을 눌렀다. 마치 안에서 기다리고 있었던 것처럼 바로 문이 열렸다.

"안 막혔나 보네, 빨리 온 걸 보니까. 들어와."

이 남자가 이렇게 세심한 사람이었나, 하는 생각을 하며 정은은 그의 뒤를 따랐다. 중문을 하나 더 지나 현관에 들어선 정은은 그대로 굳어 버렸다. 현관 바닥에 여자 구두가 놓여 있었다.

네모난 장식이 트레이드마크인 마놀로블라닉의 구두였다. 영화 주인공이라도 된 양 구두를 들고 프러포즈할 게 아니라면, 그 구두의 주인은 집 안에 따로 있는 듯했다. 정은은 침잠된 기분으로 그의 뒤를 따랐다.

그는 정은을 거실에 있는 소파로 안내했다.

"일단 앉아. 커피 마실래?"

"네."

정은은 이제껏 그와 일하면서 단 한 번도 그가 타 준 커피를 마셔 본 적이 없었다. 그런데 그는 마치 제집에 온 손님을 대접하겠다는 듯이 부엌이 있는 것 같은 방향으로 향했다. 그가 사라지고 난 뒤, 정은은 널찍한 집을 둘러보았다.

꽤 긴 시간 누군가 살고 있었던 것처럼 집은 잘 꾸며진 상태였다. 또 이 집의 주인은 여자라는 확신이 들었다. 그 순간 잠시 잊고 있던 이름 하나가 머릿속을 스쳤다.

윤선진, 그가 호텔 I에서 찾아 헤맸던 여자, 그가 부명과의 미팅을 준비하며 알아보라고 했던 여자…… . 그 여자와 미팅을 가진 후에도 특별히 달라진 게 없었기에 정은은 신경을 쓰지 않았다.

아니었나…….

그가 이상하게 불안한 모습을 보였던 것도, 출국 날짜를 차일피일 미루며 한국에 머물고 있는 것도, 다 그 여자 때문이었나?

정은은 숨이 턱 막히는 기분이었다. 왜 그걸 놓치고 있었는지, 한탄스러울 지경이었다. 부엌 쪽으로 향했던 그가 커피 잔 두 개와 주스가 담긴 듯한 유리잔 하나를 받친 쟁반을 들고 왔다.

"자, 커피."

그가 건넨 것은 새까만 아메리카노였다. 정은은 쓰디쓴 아메리카노를 마시지 않는다는 것을 그는 모르는 눈치였다.

"감사합니다. 선배가 내려 준 커피를 다 마시네요."

정은은 별일을 다 보겠다는 투로 말을 건넬 뿐이었다. 아메리카노를 한 모금 머금은 정은은 미간을 찌푸렸다. 쓰다. 써서 미쳐 버릴 만큼, 쓰다.

"이건 뭐예요?"

텁텁한 입맛을 다시며, 주스가 담긴 유리잔을 가리키자 그는 그저 빙긋이 웃기만 했다. 그의 웃음이 마냥 좋았던 시절도 있었는데, 지금은 그 소리 없는 웃음에 속이 터질 것만 같았.

쓰디쓴 커피라도 들이켜야 속이 진정될 것 같아서 아메리카노를 한 모금 더 머금었다.

"아뇨, 조 팀장님. 그건 화상회의로 대체하는 거로 하죠. CH에서 오는 모든 연락은 연결시키지 말아요……. 네……. 일신상의 이유로 잠시 자리를 비웠다고 하시고요. 부회장님이 물으시면, 그냥 모른다고 하세요. 급하게 휴가를 써서 어떤 이유인지 파악 못 했다고요."

정은이 와 있는 것을 모르는지, 어디선가 나타난 그녀가 이내 부엌이 있는 쪽으로 들어갔다. 그러자 그가 자리에서 잽싸게 일어나 그녀의 뒤를 따랐다. 뭐 마려운 강아지처럼 안절부절못하며 그녀의 뒤를 따르는 모습에 기가 찼다.

통화를 마친 건지, 아니면 목소리가 들리지 않은 공간까지 멀어진 건지 사위가 삽시간에 조용해졌다. 분명 집 안에 두 사람이 함께 있는데도 불구하고 집 안이 텅 빈 듯했다.

그 공허함이 허허로운 자신의 마음과 닮아 있는 듯하다는 다소 청승맞은 생각을 하고 있는데, 인기척이 느껴졌다.

"미안해요. 손님이 오신 줄도 몰랐네요."

부엌 쪽에서 나온 그녀는 정은을 향해 환히 웃으며 말했다. 순간 정은은 안타깝지만, 패배를 인정하고야 말았다.

그녀는 아름답고 단아했으며 기품이 넘쳤다. 게다가 상냥하고 안온한 느낌을 주는 음성은 상대의 마음을 편안하게 해 주는 매력이 있었다.

세상 참 불공평하지, 싶었다. 재벌가에서 나고 자란 것도 모자라 저런 얼굴과 분위기라니…….

키도 크고 늘씬한 그녀는 연한 베이지색 원피스를 입고 있었다. 그녀가 움직일 때마다 유려한 곡선이 드러나서 정은은 제 심장이 다 두근거릴 정도였다.

멀리서 보았을 때는 그저 차갑고 도도한 여자라고만 생각했었고, 그녀의 프로필 사진을 봤을 때는 포토샵이 만들어 낸 명작이 아닐까, 하는 생각도 했었다.

그런데 마주한 그녀는 아름답다는 말이 절로 나올 정도였다.

"반가워요. 윤선진입니다."

맑은 음성에서는 꾸미지 않은 강단이 느껴졌다. 일부러 힘주어 어필하지 않아도 상대의 이목을 끌 수 있을 만한 목소리였다.

"안녕하세요? 임정은입니다."

"말씀 많이 들었어요."

정은의 시선이 불안하게 떨리며 그에게로 향했다. 대체 이 여자한테 자신에 대해 무슨 말을 어떻게 했는지 궁금해서 머리에 쥐가 날 것만 같았다.

"워낙 업무 처리가 훌륭해서, 모든 업무를 믿고 맡긴다고 하더라고요."

그녀의 입에서 흘러나온 칭찬에 정은은 저도 모르게 얼굴을 붉히고 말았다.

"과찬이십니다. 할 일을 할 뿐입니다."

정은이 정색하고 건넨 말에 그녀는 은은한 미소를 머금었고, 그는 그녀의 옆에 서서 '픕' 하고 웃음을 터뜨렸다. 그러자 그녀가 그를 나무라듯 팔뚝을 한번 가볍게 쓸어내렸다. 그 모습이 너무도 자연스러워서 눈물이 핑 돌 것만 같았다.

정은이 저도 모르게 울상을 지은 순간, 그녀와 눈이 마주쳤다. 정은은 얼른 시선을 돌리며 입을 열었다.

"여기까지 부르신 특별한 이유가……."

말을 채 끝내기도 전에 그가 입을 열었다.

"오늘부터 결혼 준비를 좀 해야 할 것 같아."

그는 마치 '오늘부터 콜라 대신 사이다를 마셔야 할 것 같아.' 하는 목소리로 말했다.

무슨 결혼 이야기를 이렇게 예고도 없이 꺼내는 건지, 정은은 당혹스러웠다. 이 두 사람이 연애를 했냐고 하면 그것도 아니다.

하긴 이 여자를 만나기 전부터 알고 있었다고 했으니, 두 사람이 연애 비슷한 것을 했는지도 모른다. 그런데 어릴 때부터 그를 지켜본 정은이 기억하는 한, 그는 연애 근처에도 간 적이 없는 남자였다.

그러자 결론이 이상한 곳에 도달했다.

"혹시 뭐 계약서가 필요하다거나……."

정은이 조심스럽게 내뱉은 말에 두 사람은 똑같이 고개를 갸우뚱 기울이며, 무슨 말인지 모르겠다는 얼굴을 했다. 정은은 이 결혼이 사업적 우위를 선점하기 위한 일종의 쇼라고 여긴 것이었다.

그런데 그가 그녀의 어깨를 감싸 안으며 말했다.

"계약서가 왜 필요하지? 뭐 웨딩 플래닝 같은 거?"

그의 물음에 정은은 맞다고 고개를 끄덕이고 말았다. 그녀의 어깨를 친근하게 감싸는 몸짓만 봐도 이 결혼이 계약을 통해 유지되는 것이 아니라는 것을 알 수 있었다.

"두 분 언제 처음 만나셨어요?"

뜻밖의 질문인지 두 사람은 서로를 바라보며 웃었다. 그녀를 바라보는 그의 눈빛은 사랑으로 충만했고, 그를 바라보는 그녀의 눈빛에는 무한한 신뢰가 가득했다.

"9년 전."

정은은 9년 전에 있었던 일을 떠올려 보았다. 자신은 미국에서 대학을 다니며, 인턴십을 준비하느라 바쁠 때였다. 아마도 그는 그때……

여행에서 만났구나, 싶은 순간 입안에 쓴맛이 감돌았다.

'나 알래스카 갈 건데, 같이 갈래?'
'팔자 좋다. 여행도 다니고. 나 인턴십 때문에 바빠.'

가고 싶은 마음은 굴뚝같았지만 갈 수 없었다. 고등학교 시절 짝사랑이었던 그가 미국으로 건너갔다는 이야기를 듣고, 정은도 무작정 미국 유학길에 올랐다. 어려서부터 공부를 잘했던 그는 스탠포드에 진학했지만, 정은은 그가 진학한 학교에서 2시간은 떨어진 곳에 있는 칼리지에 들어갔다.

밤을 새워서 공부해야 겨우 수업을 따라갈 수 있는 정도였기에 여행은 꿈을 꿀 수도 없었다. 이미 격차가 많이 벌어진 상태였지만, 어떻게든 그의 곁에 있고 싶어서 정은은 각고의 노력을 했었다.

'그래? 같이 가면 재미있을 것 같은데. 알았다.'

그리고 그는 이후에도 몇 번이나 여행 갈 생각 없느냐고 물었지만, 정은은 단칼에 거절했다.

"혹시 알래스카에서 만나셨어요?"

정은이 던진 질문에 두 사람이 꼭 닮은 미소를 지었다. 그러고는 서로를 바라보며 더 진한 미소를 머금었다. 두 사람이 짓는 미소, 버릇까지 닮은 모습에 가슴이 시렸다.

오랜 세월을 함께했지만, 자신은 그를 닮을 수 없었다. 그런데 찰나의 순간을 함께했던 두 사람은 마치 서로를 위해 존재하는 것처럼 보일 정도였다.

"네, 알래스카에서 만났어요."

그녀가 부드러운 목소리로 대꾸했다. 만약 자신이 그를 따라 알래스카로 향했더라면, 지금 그 품 안에 있는 여자가 자신이 될 수 있었을까, 생각하며 정은은 쓰디쓴 커피를 한 모금 더 마셨다. 커피는 여전히 썼다.

오늘부터 아메리카노만 마셔야지.

자신이 처한 쓰디쓴 상황을 잊게 해 줄 만큼, 쓴 커피만 마시겠다고 정은은 다짐했다. 달콤한 시럽을 듬뿍 넣은 카페라테와는 이제 이별이다. 그리고 언젠가 그의 곁에 서게 될지도 모를 날을 꿈꾸었던 달콤한 20대가 아득하게 느껴졌다.

잘 가요, 나의 첫사랑 그리고 긴 짝사랑.

정은이 속으로 혼자 작별을 고했다. 올해로 꼭 서른이 된 정은이었다. 서른하나가 되기 전에 그에게 고백할 수 있으려나 했는데, 20대에 하지 못한 고백은 서른이 되어서도 답보 상태였다가 이제 완전히 불가능해져 버렸다.

"행복해 보이시네요. 축하드려요. 축하 인사 먼저 해야 했는데……. 죄송합니다."

"그래, 고맙다."

그가 환하게 웃었다. 이제껏 그의 곁을 지키면서 이렇게 아름답게 웃는 모습은 보질 못했다.

이 남자보다 더 멋진 남자를 만나는 게 가능할까?

가슴이 타들어 가는 듯했다.

"최대한 빨리 예식 올릴 수 있는 곳으로 알아봐 줘. 하객 규모는 양쪽 합쳐서 1500명 규모로 잡고. 날짜랑 장소 정해지자마자, RSVP 뿌리고. 참석 인원 정리되면 알려 주고. 그리고 KJ 신기주가 결혼 준비하고 있다는 소식이 퍼져 나가는 건, 막을 필요 없고."

짐작컨대 그는 이 결혼을 통해 옆에 있는 여자를 지키려는 것처럼 보였다. 바늘 하나 들어갈 틈 없이 촘촘했고, 서릿발처럼 차가웠던 남자의 변화가 놀랍기만 했다.

언젠가는 내 것이 될지도 모른다는 기약 없는 희망에 젖어 살았던 날들은 나름 행복했다. 누군가를 바라고, 원하고, 사랑할 수 있다는 것만으로도 행복할 수 있다는 사실을 알려 준 남자였다. 그가 자신을 바라지 않고, 원하지 않고, 사랑하지 않는다고 해도 정은은 곁에 있는 것만으로 기껍기만 했다.

그런데 그의 옆에서 웃음 짓고 있는 여자를 보니 이제는 그런 마음이 죄스러워졌다. 그의 곁에 있는 그녀에게 예의가 아닌 것 같다는 생각이 들었다.

"그럼, 말씀하신 대로 준비하겠습니다. 최대한 아름다운 결혼식이 될 수 있도록 최선을 다해서 준비할게요."

이게 자신이 그를 위해 해 줄 수 있는 마지막 선물인 것처럼 느껴졌다.

"결혼식 준비해 주고 꼭 사표 던질 것처럼 말하네."

눈치가 정말 없다, 싶다가도 이럴 때는 기가 막히게 알아차리는 남자다. 풋풋했던 시절까지 거슬러 올라가면, 그를 마음에 품었던 세월이 무려 13년이었다. 이별을 작정했다고 한들 쉽게 저버릴 수 있는 시간은 아니다.

결혼식이 끝나면 그의 말마따나 사표를 내던지고 그를 다시는 보지 않으려고 지금 막 마음먹었는데, 그는 정은의 속을 훤히 들여다보는 것처럼 콕 집어서 말했다.

얄밉다. 그러면서 내 마음은 왜 몰랐대?

정은은 아랫입술을 꾹 깨물었다. 아니라고 부정할 타이밍을 놓쳐 버렸다.

"정은 씨가 그만두면 이 사람 많이 서운할 거예요. 정은 씨도 계속 이 사람이랑 일했다고 들었는데……. 내가 연봉 많이 올려 주라고 할까요?"

옆에서 잠자코 바라보고 있던 여자가 입을 열었다. 충분히 얄미울 수 있는 상황인데도 그녀가 건네는 말은 전혀 밉지가 않았다. 선한 눈빛에는 진심이 담겨 있었고, 그녀는 진심으로 정은을 걱정하는 투로 말하고 있었다.

"그래 주시면 좋죠."

정은은 저도 모르게 그녀의 말에 동의하고 말았다. 그는 옆에서 '허, 참' 하고 어이없어하는 듯했다.

"일단 호텔 방에 있는 내 짐 좀 여기로 가져와 줘."

"네, 그럴게요. 아, 그리고 이거."

정은은 아까 호텔에서 챙긴 슈트가 담긴 케이스를 건넸다.

"갈아입을 옷 필요하실 것 같아서 대충 챙겨 왔어요. 오늘 일정은 어떻게 할까요?"

한국에 머무는 대만 쪽 반도체 파운더리 회사와 미팅이 예정되어 있었다.

"일단 한 일주일 정도는 일정 완전히 비워. 일정 잡아야 하면 알려 줄게."

정은은 내내 의문이 드는 것을 물어야 할지, 말아야 할지 잠시 고민했다. 어제부터 계속 여기 있었는지, 호텔에 들러서 옷을 갈아입을 시간이 없을 정도로 긴박하게 돌아가는 상황인 것인지……. 정은이 망설이는 모습을 보고 그가 먼저 입을 열었다.

"호텔 방은 짐 챙겨 오면서 체크아웃 하고. 방 정리하는 건 내가 직접 가서 해야 하는데, 이런 것까지 부탁해서 미안하다. 이 사람이 유산기가 있어서 내가 자리를 비울 수가 없어."

정은은 가만히 있다가 폭격이라도 맞은 기분이었다. 그가 한 말을 제대로 들은 건가 의심이 될 지경이었다.

유산? 누군가에게 물려받을 재산을 일컫는 말은 아닌 것 같았다. 정은은 그저 알겠다며 고개를 끄덕거렸다. 아니지, 축하의 인사를 건네야 하나?

"축하드려요. 겹경사네요."

축하 인사를 내뱉는 목소리는 자신이 듣기에도 무척이나 어색했다.

처음 이 여자를 마주했을 때는 그저 체념해야겠다는 생각을 했다. 그리고 결혼을 이야기할 때는 두 사람의 행복을 빌어 주는 멋진 여자가 되겠노라고 다짐했다. 끝내 두 사람의 임신 소식을 듣고 나서는 속된 말로 멘탈이 나가 버렸다.

이별을 정의하는 데 오랜 시간이 걸릴 거라고 생각했는데, 얼마 후 그가 애 아빠가 될 거라고 생각하니 뒷덜미에 소름이 끼쳤다. 13년 세월이 길다고 여겼는데, 그거 별거 아닌 거다. 만약 목숨을 내걸 정도로 좋아했으면, 어떻게든 고백을 하고 이 남자와 잘되기 위해 노력했을 거다.

그래, 나는 이 남자가 주는 넉넉한 연봉과 외국을 제집 드나들 듯 하면서 쌓은 커리어가 좋았던 건지도…… 그냥 이렇게 생각해야겠고, 이게 자신의 멘탈을 지키는 방법이라고 정은은 다짐했다.

정은이 돌아가고 난 뒤, 그녀는 눈을 가느스름하게 뜨며 기주의 얼굴을 들여다보았다.

"왜요?"

기주는 왜 그런 표정을 하고 있느냐고 물었다.

"정은 씨가 기주 씨 많이 좋아한 눈치던데."

"설마."

기주는 말도 안 되는 소리 하지 말라며 손사래를 쳤다.

"그랬으면 진작에 좋다고 말을 했겠죠."

"할 수 없었겠죠. 거절당하면 직장을 잃을 수도 있는데, 그게 쉽겠어요?"

"설마 내가 나한테 고백한다고 자르겠어요?"

자신은 그렇게 어리석은 부류가 아니라며 기주를 고개를 내저었다.

"정은 씨가 사표를 내겠죠. 기주 씨가 자르는 게 아니라."

그녀는 답답하다는 듯이 고개를 절레절레 내저었다.

"그럼, 윤선진 씨는 왜 정은이가 나 좋아한다는 티 내는데도, 거기서 화 안 냈어요?"

"뭐 하러 화를 내요?"

그녀는 의아하다는 듯이 되물었다. 화낼 일이 있었느냐는 듯이 묻는 얼굴이 너무 예뻐서 기주는 그녀의 입술에 가볍게 입을 맞추고는 대꾸했다.

"나는 강태욱 수석 볼 때마다, 신경질 나는데."

"경우가 다르죠. 정은 씨는 고백한 것도 아니고, 마음 숨기려고 노력하는 것 같은데……."

"그래도 보통 이 경우에는 막 닦달하고, 질투하고, 바가지 긁고 그러지 않나?"

기주는 이해할 수 없다는 듯이 물었다.

"뭘 닦달해요? 어떻게 했으면 비서가 당신을 그런 눈으로 보느냐고 닦달해?"

그녀의 질문에 기주는 고개를 끄덕거렸다.

"또…… 나하고는 지낸 시간이 적어서 서로 아는 것도 없는데, 정은 씨하고는 얼마나 잘 아는 사이냐고 질투해?"

이번에도 기주는 흡족하게 고개를 끄덕거렸다.

"그리고 아무리 비서라도 어떻게 호텔 방 키까지 가지고 있느냐고, 비서가 슈트를 챙겨 오는 건 이해하겠는데……. 어떻게 속옷까지 챙겨 오느냐고 바가지 긁어?"

그녀가 마지막 질문을 던질 때는 진심이 약간 느껴지는 것 같았다. 그녀는 이내 뾰로통한 얼굴로 기주를 노려보고 있었다. 질문을 던지면서 속마음이 드러났고, 슬슬 열이 받았던 모양이다. 기주는 그런 그녀의 모습조차 사랑스러웠다.

"사람 마음 내가 어떻게 할 수 있는 건 아니잖아요. 선진 씨도 강태욱 수석이 좋아하는 거 막을 수는 없었잖아. 또 소속 비서가 상관에 대해 아는 건 당연한 거죠. 그게 비서의 업무고. 그리고 업무적인 용도로 호텔 방 키를 가지고 있던 것뿐이에요."

그런데 속옷을 챙겨 온 것에 대해서는 할 말이 없었다. 생전 이런 일이 없었고, 처음 있는 일이었기에 뭐라고 설명을 해야 할지 감이 서질 않았다.

"내가 말했잖아요. 나한테 여자는 윤선진이 유일했다고. 그건 마음뿐 아니라, 몸도 마찬가지예요."

"누가 뭐래요?"

그녀는 눈을 홉뜨며 기주를 바라보았다. 그러더니 한숨을 한 번 내쉬고는 고개를 절레절레 내저으며 혼잣말인 듯 중얼거렸다.

"마음도 몸도 유일한 거, 말 안 해도 알아요. 그럴 것 같더라."

뭐지, 이 뉘앙스는?

기주는 어이가 없어서 다른 곳을 향해 있는 그녀의 시선을 돌리기 위해 두 손으로 그녀의 뺨을 감쌌다.

그녀의 고개를 부드럽게 제 쪽으로 돌렸는데도 불구하고 그녀는 다른 곳을 바라봤다. 그녀는 터져 나오려는 웃음을 참고 있는 듯 아랫입술을 꾹 깨물고 있었다.

"말해 봐요. 내가 못했어요?"

유치해서 미쳐 버릴 지경이었지만, 이거 하나만큼은 확인하고 싶었다. 또 그날 밤 자신의 품에 안겨서 숨이 넘어가도록 신음하던 게 누구냐고 묻고 싶었지만, 꾹 참았다.

"글쎄요. 나도 비교군이 없어서 잘 모르겠네."

그런데 안타깝게도 참고 있던 말이 툭 튀어나왔다.

"그날 밤 좋아 죽겠다고 나한테 매달린 건 다른 여자였나?"

"미쳤나 봐!"

그녀가 화들짝 놀라서는 눈을 휘둥그렇게 뜨고 얼굴을 붉히며 기주를 나무랐다.

"누가 그렇게 남자 자존심 건드리는 장난을 치랬어요?"

기주는 빨갛게 달아오른 그녀가 귀여워서 앙증맞은 입술에 입을 한번 맞추었다.

"정은 씨는 몇 살이에요?"

"올해 아마 서른일걸요."

"나보다 한 살 많네."

그녀는 혼잣말인 것처럼 중얼거렸다.

"강태욱 수석은 윤선진 이사보다 두 살 많죠?"

"어떻게 알았어요?"

뒷조사라도 했느냐는 듯이 그녀가 놀라서 되물었다.

"강태욱 수석 고3 때 윤선진 이사가 고등학교 입학했다고 그러더라고."

"둘이 별 이야기를 다 했네."

"그러니까 내가 열 받았겠어요, 안 받았겠어요?"

기주가 무서운 목소리로 묻자, 그녀는 아무것도 모른다는 듯이 해맑은 미소를 지으며 대꾸했다.

"내가 그런 거 아니잖아요."

"말이나 못 하면."

기주는 빙긋이 웃고 있는 그녀를 품에 끌어안으며 물었다. 좋은 분위기를 망치는 것 같아서 싫었지만, 지금은 그녀를 위해 정리해야 할 일들이 너무 많았다.

"CH 최지훈 이사가 접근했었다고 했죠?"

그녀는 고개를 끄덕거렸다.

"근 시일 내에 빅딜이 이뤄지진 않을 거예요. 그 시간을 우리는 벌었다고 생각하고, 더 빨리 움직여야 해요."

"영국 지사 GM은 어떡하죠?"

"내가 알아본 인사 중에 적절한 사람이 한 명 있어요. 총리가 지지하는 소프트 브렉시트를 예전부터 주장했던 인물 중 하나예요."

"그 사람 채용하려면 영국으로 직접 가야겠죠?"

그녀의 질문에 기주는 고개를 끄덕거렸다.

"윤선진 이사님. 그 일은 제가 합니다. 일단 몸이나 추슬러요."

기주는 그녀의 이마에 가볍게 입을 맞췄다. 최지훈 이사가 접근해 왔다는 말을 했을 뿐, 그녀는 말을 아꼈다. 그녀가 곁에 있어서 제대로 지시하지 못했는데, 정은에게 연락해서 일이 어떻게 돌아가고 있는 건지 알아보라고 해야겠다.

✻

선웅은 들고 있던 휴대전화를 바닥에 패대기쳤다.

어제 집무실에서 쓰러졌다는 사촌 동생 윤선진 이사가 오늘 출근을 하지 않았다. 어떻게 된 일인지 알아보라고 했지만, 보고하는 것들은 죄다 성에 차지 않는 소식들을 들고 왔다.

지금 선웅의 눈치를 살피며 휴대전화를 주워야 하나 말아야 하나 종종거리는 비서실장도 아무짝에도 쓸모없기는 마찬가지였다.

– 일신상의 이유로 잠시 휴가를 사용했다는 것 외에는 알려진 바가 없습니다.

인사과에 올라온 정보가 없나 싶어서 연락해 봤는데, 인사부장도 앵무새처럼 모르겠다는 말만 반복했다.

'휴가를 쓴 이유가 있을 것 아닙니까?'

330

－ 연차를 사용하셨고, 개인적인 이유라고 설명했을 뿐, 그 이상은 모릅니다.

으드득 소리가 날 정도로 이가 바득 갈렸다. 겨우 인사부장인 주제에 자신을 우습게 보는 것 같아서 약이 올라 돌아가실 판이었다.

선웅은 어제 CH그룹 최지훈 이사에게서 받은 만년필을 노려보았다. 뚜껑엔 다이아몬드가 박혀 있고, 펜촉은 24K 화이트골드로 만들어진 만년필에는 '윤선웅'이라고 제 이름 석 자가 각인되어 있었다.

최지훈 이사는 자신에게 선물이라며 이 만년필을 내밀었다.

'상무님, 저한테 연료전지 사업부 받으실 때 이걸로 사인하시죠.'

그리 말하는 목소리는 저를 깔보고 무시하는 듯했다. 부명그룹 부회장의 외아들이라는 놈이 그렇게 능력이 없어서 어디에 써먹겠냐는 듯한 눈빛을 견딜 수가 없었다.

선웅은 만년필을 집어 든 채로 거친 숨을 내쉬었다.

'저한테서 부명건설 받아 가실 때, 사인할 만년필도 필요하실 텐데. 저는 미처 준비를 못 했네요.'

선웅이 너그럽게 건넨 말에 최지훈 이사는 너털웃음을 터뜨리고는 말했다.

'저는 이런 사인이 처음이 아니라, 예전부터 사용했던 만년필이 있네요.'

비열해 보이는 만큼 사업 수완이 좋은 놈이었다. 그런 놈에게 고개를 조아리고 사업부를 사 와야 한다는 것도, 잘나가는 사촌 동생이 키워 놓은 부명건설을 빼앗아 와야 한다는 것도 선웅은 자존심이 상했다.

'뭐, 그리고 부명건설은 윤 상무님이 주시는 거 아니고, 우리 윤선진 이사가 주는 거 아닙니까?'

그리 말하는 최지훈 이사는 윤선진 이사가 꽤 마음에 드는 눈치였다.

하긴 객관적으로 보자면 사촌 동생인 윤선진 이사가 백배는 더 아까운 인사였다. 외모부터 학벌, 능력까지 두루 갖춘 재원이었기에 그런 선진을 탐내는 재벌가가 적지 않았다. 그동안 들어오는 혼사를 다 마다하고 저런 놈에게 가야 한다니 가엽다고 해야 하나, 쌤통이라고 해야 하나.

곰보처럼 일어난 얼굴은 이상한 빛깔로 번들거렸고, 누렇게 변한 흰자와 독사같이 푸르스름한 눈동자와 눈이 마주칠 때면 소름이 끼칠 정도로 끔찍한 인간이었다. 소문에 의하면 후천성 면역 결핍증 치료제의 부작용에 의한 것이라고 했다.

그렇게 잘난 척을 하더니, 결국 최지훈 같은 새끼한테 팔려 가게 될 줄은 몰랐겠지?

윤선진 이사가 부명건설을 빼앗기고 최지훈 이사와 결혼한다는 상상을 하는 것만으로 몸서리가 날 정도로 좋았다.

일은 계획대로 순조롭게 진행되고 있었다. 윤선진 이사의 능력을 높이 사기는 하지만 외아들인 선웅에게 힘을 실어 주고자 은근히 노력했던 윤 부회장도 이번 빅딜을 흡족하게 지켜보는 눈치였다.

이런 걸 보고 도랑 치고 가재 잡고, 임도 보고 뽕도 딴다고 하는 거다.

부명건설을 넘기면 윤선진 이사의 기세는 수그러들 것이고, 연료전지 원천 기술과 함께 해당 사업부가 손에 들어오면, 선웅은 승승장구할 터였다.

그리고 선진을 시집보내 버리면, 마치 결혼 때문에 그룹에서는 은퇴하는 그럴듯한 명분으로 내쫓을 수 있고, 그룹 내에서 선웅의 입지는 독보적으로 변할 터였다.

선웅은 자신이 그려 놓은 청사진을 날마다 들여다보며, 하루라도 빨리 눈앞에서 윤선진 이사가 사라지는 꼴을 보고 싶었다. 눈엣가시 같은 게 자꾸만 치고 올라오는 바람에 시시각각 자신의 무능력이 재조명되는 엿 같은 기분을 빨리 지워 버리고 싶었다.

그런데 그 머저리 같은 새끼가 일을 그르치고 말았다.

어제는 그저 겁을 주는 자리였다. 앞으로 목숨 부지하려면 조용히 자기가 하자는 대로 하는 게 좋을 거라는 일종의 경고와 같은 거였다. 그런데 최지훈 그놈이 일을 시작부터 꼬이게 했다.

선진이 집무실에서 쓰러져서 구급차에 실려 갔다는 소식을 들었을 때, 선웅은 속으로 쾌재를 불렀다. 임원진들과의 차담 자리에서 소식을 접한 선웅은 안타까운 어조를 내비쳤다.

'우리 윤선진 이사가 이렇게 약합니다. 그런 체력으로 경영 일선에서 어떻게 버티고 있는 건지, 원. 제가 사촌 오라비로서 걱정이 이만저만이 아닙니다.'

선웅이 그리 말하며 차를 한 모금 홀짝거리자, 그룹 내에서 선웅의 편도, 그렇다고 선진의 편에도 서 있지 않은 전무 중 한 명인 차 전무가 입을 열었다.

'윤선진 이사가 가족이 없지 않습니까? 하나뿐인 사촌 오라비이신 윤 상무가 병원에라도 가 봐야 하는 것 아닙니까?'

선웅은 은은하게 머금고 있던 미소를 거두고, 여봐란듯이 비서실 장을 향해 물었다.

'윤 이사가 실려 간 병원이 어딘지 알아보고 알려 줘요.'

그리 말한 선웅은 미간을 구기며, 염려스러운 목소리로 물었다.

'아니, 대체 무슨 일로 집무실에서 쓰러지기까지 한 겁니까? 부명건 설 쪽에 또 무슨 문제라도 터졌어요?'

임원진이 모인 자리에서 부명건설이 더는 사업성이 없다는 뉘앙스 를 풍기기 위한 포석이었다. 그런데 비서실장이 건넨 말에 선웅은 당 황하고 말았다.

'CH그룹 최지훈 이사와 면담하신 뒤에 쓰러지신 거로 알고 있습니 다. 강태욱 수석이 처음 발견했고요.'

임원진들이 의아한 눈빛으로 선웅을 바라보았다. 최지훈 이사와 요즘 골프 회동을 하며 막역하게 지내고 있다는 말을 선웅이 일전에 한 적이 있었다. 그러면서 그들의 연료전지 사업이 얼마나 우수한지 를 강조했었다.

그런데 임원진들의 눈빛은 선웅과 막역한 CH그룹의 최지훈 이사가 왜 선진을 만났으며, 또한 왜 쓰러졌는지 묻고 있었다.

'하하하. 둘이 사랑싸움이라도 했나 봅니다!'

선웅은 둘이 이미 결혼을 약속한 사이라는 뉘앙스를 풍기기 위해 너털웃음을 터뜨렸다. 그런데 차 전무가 미간을 구기며 못마땅하다는 표정을 지었다.

여기서 그만뒀어야 했다. 하지만 중립적인 시선으로 회사의 앞날을 바라보며 명확한 기준으로 옳고, 그름을 판단하는 탓에 사내에서 덕망이 높은 차 전무였기에 신경이 쓰일 수밖에 없었다.

'차 전무님, 어디 불편하십니까?'
'윤선진 이사에 대한 걱정이 이만저만이 아니라는 말씀이 썩 와닿지 않는군요.'

회의실 공기가 이상하게 물들었다. 먹다 남아서 미적지근하게 식어 버린 차처럼 차담회는 이도 저도 아니게 끝이 났다.

어제 일을 면피하려면 윤선진 이사가 왜 일주일이나 휴가를 쓴 것인지 알아내야만 했다. 인정하고 싶지는 않지만 윤선진 이사는 자신보다 사업 수완이 훨씬 더 좋은 사람이었다. 휴가를 핑계로 이번 일을 파투 내기 위한 계획을 세우고 있을지도 모른다는 생각이 들자 눈앞이 캄캄해졌다.

이러니까 내가 너를 건드리는 거 아냐, 윤선진. 그냥 적당히 지낼 수는 없나?

선웅이 분을 못 이겨 한숨을 몰아쉴 때였다.

"사, 상무님, 윤선진 이사 비서팀에 있는 조 팀장이 왔답니다."

부른 지가 언젠데 이제야 기어와?

선웅은 화를 억누르며 얼른 들여보내라고 비서실장을 채근했다.

"부르셨습니까, 상무님."

"윤선진 이사가 자리를 비웠다더니, 조 팀장 한가한가 봅니다?"

비꼬는 말을 던졌는데도 조 팀장의 안색은 변함이 없었다.

"늦어서 죄송합니다, 상무님. 급히 처리해야 할 업무가 있어서 늦었습니다. 무슨 용건으로 부르셨습니까?"

조 팀장은 선웅의 아버지인 윤정호 부회장이 선진의 곁에 손수 붙여 준 인사였다. 그렇기에 당연히 이쪽이 원하는 말이 흘러나올 거로 생각했다.

"윤선진 이사, 지금 어디서 뭐 하고 있습니까?"

빙빙 에두르는 시간도 아깝고, 그렇게 말을 꾸며 내는 노력도 아까워서 단도직입적으로 물었다.

"아마 댁에서 휴식을 취하고 계신 거로 압니다."

돌아온 조 팀장의 대답에 선웅은 화가 나서 머리를 거칠게 쓸어 넘겼다.

"그걸 내가 믿을 것 같아요? 지금 부명건설 내주고, 연료전지 사업 당겨오는 거 싫어서, 나 잘되는 꼴 보고 싶지 않아서 수 쓰고 있는 거 아니야?"

말귀를 못 알아먹는 건가 싶어서 크게 소리치자, 내내 허공을 향해 있던 조 팀장의 시선이 서서히 선웅에게로 향했다.

"지금 뭐라고 말씀하셨습니까?"

당연히 조 팀장은 알고 있다고 생각했다. 그런데 아직 저기까지 말이 들어갈 새가 없었나 보다.

"됐으니까, 가 봐요."

선웅은 꼴도 보기 싫다며 얼른 나가라고 손짓했다.

윤선웅 전무의 집무실을 나선 조 팀장은 한숨을 몰아쉬었다.

그간 윤선진 이사의 비서로 일하면서 못 볼 꼴은 다 봤다고 생각했는데, 이건 경우가 아니지 싶었다. 윤 부회장이 자신을 그 자리로 올려 둔 탓에 윤 이사가 자신을 신뢰하지 않는다는 것도 알았다.

조 팀장은 이제껏 최소한의 업무만을 수행하려고 노력했다. 사내 정치에 휘말려서 누구의 사람이네, 하는 소리는 듣고 싶지 않았다. 정도를 걷지 않으면 오래 버틸 수 없다는 것을 조 팀장은 잘 알았다.

어제 집무실에서 윤선진 이사가 쓰러지고 난 뒤, 집무실 안으로 전화를 걸지 않은 것에 죄책감이 일었다. 하필 누가 시키기라도 한 것처럼 인사부의 불시 방문이 있었다. 경영 건전성 재고를 위해 진행되는 일이었기에 인사부의 불시 방문에는 그 어떤 업무도 수행할 수가 없었다.

조 팀장은 휴대전화를 들고 누군가에게 전화를 걸었다. 윤선진 이사에게 자신이 중립적인 사람임을 주지하려 했지만, 윤 이사는 여전히 미심쩍다는 눈빛으로 자신을 바라보곤 했다.

이제 정도에서 조금 벗어날 때인 듯했다.

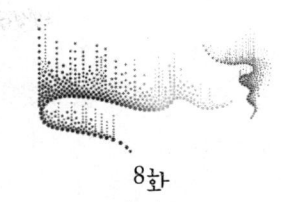

8화
서로에게 확신이 되는 삶

정은이 돌아간 뒤, 회사에서 전화가 걸려왔다.

"무슨 일입니까, 조 팀장."

– 휴가 중에 계속 연락드려 죄송합니다. 긴히 확인해야 할 사항이 있어서 연락드렸습니다.

"그래요."

– 부명건설과 CH의 연료전지 사업부 간의 빅딜이 예정되어 있다는 게, 사실입니까?"

두 사람 사이에 잠시 침묵이 흘렀다.

선진은 자신에게 전화해서 심각한 목소리로 사업 교환을 묻고 있는 조 팀장의 행동이 의아했지만, 미묘한 감정에 동요되지 않는 양 물었다.

"어디서 들었어요?"

선진이 단호하게 물었지만, 조 팀장은 당황한 기색도 없이 대꾸했다.

– 방금 윤선웅 상무 방에서 나오는 길입니다. 저한테 말한 걸 말실수처럼 여기는 눈치였습니다.

한심해서 헛웃음이 흘러나올 것만 같았다. 사촌 오라비인 선웅은 성격이 급하고, 교활하며, 수가 얕은 인간이었다. 상식은 접어 둔 인간이었기에 어디서, 어떻게 사고를 칠지도 가늠이 되질 않았다.

법망을 교묘하게 피해서 자신에게 유리한 쪽으로만 일을 처리하는 데도 선수였다. 물론 수면 위에서는 그렇다는 뜻이다. 보이지 않는 곳에서는 얼마나 많은 위법행위를 하고 있을지 가늠조차 할 수 없었다.

선진은 조 팀장이 한 말을 가만히 곱씹었다. 윤선웅 상무의 방에 불려 간 조 팀장은 선진이 지금 휴가를 내고 어디에서 무엇을 하고 있는지에 대한 추궁을 당했을 것이다. 그리고 그 과정에서 빅딜에 관한 이야기가 흘러나왔나 보다.

– 이사님께서는 개인적인 일로 휴가 중이시라는 말만 전달했습니다.

조 팀장의 목소리에서 거짓이 느껴지지는 않았다. 그런데 여태껏 사람 답답할 정도로 한만하게 굴던 조 팀장이 왜 갑자기 태도를 바꿨는지 궁금해졌다. 선진은 조 팀장의 입에서 그 이유가 흘러나오기를 기다렸다.

– 어제 집무실로 전화 못 드린 것은 정말 송구스럽습니다. 인사부의 불시 방문이 있어서 업무 진행이 어려웠습니다.

선진의 건강에 문제가 생긴 것 같으니, 제 밥줄이 끊어질까 봐 두려워서일까?

선진은 가만히 대꾸했다.

"그랬군요."

차갑고 짧은 대답에 조 팀장이 말을 받았다.

– 이사님께서 부명건설을 위해 얼마나 노력하셨는지 압니다. 지금 이사님께 힘을 실어 줄 사람들은 부명건설 임원 인사들일 것으로 생각됩니다.

"그룹 내 신사업 관련해서 제가 손을 댄 부명건설 영국 지사 쪽만 트레이딩 목록에 올라 있어요. 부명건설 임원이 나서지 않을 가능성도 있습니다. 국내 사업이나 다른 해외 사업 파트에는 큰 영향이 없을 테니까요."

선진이 회의적인 목소리로 이야기하자, 수화기 너머에서 조 팀장의 호소력 있는 목소리가 들려왔다.

– 그룹 내에서 윤선웅 상무의 눈치를 보느라, 못마땅한데도 나서지 않는 인사들이 대부분이었습니다. 은근히 윤 이사님께서 진행하시는 사업을 응원하는 이들도 있었고요. 부명건설 임원 중에 말이 통할 만한 사람과 미팅을 해 보는 건 어떠실까요?

그룹 내 지배 구조에서 우위를 차지하고 있는 윤선웅 상무에게 밉보이고 싶지는 않지만, 그것보다 자기 밥그릇 빼앗기는 게 더 싫은 인사를 찾아라…….

선진은 이번 일로 조 팀장의 역량을 시험해 보기로 했다.

"그럼, 조 팀장이 적절한 인사가 있나 찾아봐 줘요."

– 네, 알겠습니다.

조 팀장이 물색해 오는 인사와 자신이 생각하고 있는 사람이 동일인일지는 두고 볼 일이다.

"표정이 왜 그래요?"

조 팀장과의 통화를 마친 선진이 잠시 멍한 얼굴로 있자, 그가 미간을 찌푸리며 선진의 안색을 살폈다.

"무슨 안 좋은 일 있어요?"

"비서팀장이 아직 내가 일을 시켜도 되는 사람인지, 아닌지…… 확신이 안 서요. 미끼를 푸는 건지, 보좌를 하는 건지."

뜻하지 않게 스산한 목소리가 흘러나왔다. 그는 선진을 부드럽게 감싸 안으며 말했다.

"우리 윤선진 이사님, 회사에서 외톨이였나 보네. 강태욱 수석 말고는 정말 윤선진 이사 편이 하나도 없었나 봐요?"

"그러게요. 나 인기 너무 없었나 봐."

선진이 시무룩한 얼굴을 하자 그의 입술이 선진의 입술 위로 가볍게 내려왔다.

"그깟 인기 없으면 좀 어때."

그리 말한 그가 다시 한 번 입을 맞췄다.

"이제 평생 편들어 줄 남자가 옆에 있는데."

또다시 입을 맞춰 온 그의 입술은 따뜻하고 부드러웠다. 입술이 가볍게 여러 번 스쳤다. 선진의 통통한 아랫입술을 머금었다가 떼어 낸 그가 고개를 옆으로 살짝 기울였다. 그의 커다란 손이 선진의 턱을 움켜잡고는 살짝 끌어당겼다.

언제나처럼 기분 좋은 키스였다. 선진은 발꿈치를 살짝 들고는 그의 목에 팔을 둘렀다. 심장이 바르르 떨렸고, 발끝이 간질간질했다. 입안에 말캉한 것이 들어찬 순간, 그는 선진을 번쩍 들어 안고는 침실로 향했다.

다급히 입술을 떼어 낸 선진은 그의 목을 끌어안은 채로 입을 열었다.

"침실은, 왜요?"

입을 맞추느라 숨이 가빠진 탓에 말이 토막토막 끊겨 나왔다.

"좀 쉬라고. 안색이 좋지 않아요."

"나 종일 쉬었어요."

그의 비서인 정은이 다녀간 이후로 선진은 종일 아무것도 하지 않았다. 방금 조 팀장과 심각한 전화 통화를 한 통 했다고 해서 침대를 찾아야 할 만큼 몸이 고된 것도 아니었다.

그는 선진이 하는 말에는 아랑곳하지 않고 침실로 성큼성큼 걸어 들어갔다.

"나도 윤선진 씨 옆에 누워서 쉬고 싶거든."

그리 말한 그는 침대 위에 선진을 눕히고는, 그 옆에 자리를 잡고 누웠다.

팔베개가 당연한 것처럼 느껴졌다. 그가 몸을 뒤척이는데 자신이 쓰는 것과 똑같은 샴푸 냄새가 풍겼다. 같은 침대에 누워서, 같은 향기를 풍기는 사람이 그라는 사실이 여전히 믿기지 않았다.

그리고 그 익숙한 향기에 도취한 탓인지 침실로 오기 전에는 아무렇지 않았는데, 막상 침대에 몸을 눕히고 보니 노곤함이 몰려왔다.

"좀 졸린 것 같기도 하네."

선진이 조용히 읊조렸다. 그러자 그가 잔잔한 목소리로 속삭였다.

"혹시 결혼 전에 특별히 먼저 인사드려야 할 사람, 있어요?"

"작은아버지랑, 할아버지 정도요?"

그리 말하는 선진의 목소리가 썩 너그럽게 들리지는 않았다. 그걸 감지한 것인지, 그가 조용히 속삭이듯 말했다.

"마음 같아서는 그분들한테는 그냥 통보로 끝내고 싶은데."

"꼭 사고 치고 뒷수습 감당 안 돼서 일단 우기고 보는 어린애 같은 말투네요?"

선진이 그를 놀리듯 말했다.

"사고는 쳤지만, 어린애는 아니지."

매트리스에 등을 바로 대고 누워 있던 그가 선진을 향해 돌아누우며 웃었다. 그는 따뜻한 손길로 선진의 어깨를 어루만지며, 부드러운 눈빛으로 선진을 바라보았다.

"기주 씨는요? 누나한테 연락해야죠."

각별한 사이처럼 보였던 그의 누나 이야기를 꺼내자, 그의 눈빛이 삽시간에 어두워졌다. 그는 먹먹한 시선으로 선진을 바라보기만 했다. 왜 그러느냐고 물어야 하는데, 섣불리 입을 뗄 수 없을 만큼 그의 눈빛은 서글펐다.

"누나……. 이제 내 연락 못 받아요."

그는 홀몸이 아닌 선진이 놀랄까 싶어서 말을 고르고 또 고르는 눈치였다. 직감적으로 변고가 있었음이 느껴졌다.

"나 괜찮아요. 기주 씨가 하는 말이면 뭐든지 다 들어 줄 수 있어요. 나한테 이야기하는 거 망설이지 말아요."

선진은 그의 이마에 제 이마가 닿도록 붙이고는 코끝을 비볐다. 그러자 그가 선진의 입술에 가볍게 입을 맞췄다. 선진은 그에게 위로가 되고 싶은 마음에 바짝 다가갔다. 가볍게 닿기만 했던 입술 사이를 가르고 뜨거운 기운이 왈칵 넘어왔다.

뜨거운 혀가 입안을 촘촘히 훑었다. 혀뿌리가 아릴 정도로 빨아들이는 통에 숨이 턱 막혀 왔다. 갈구하는 듯한 그의 몸짓은 절박했다.

그는 선진을 품에 꼭 끌어안으며 키스를 퍼붓는 데 여념이 없었다.

심장이 쿵쿵 뛰었다. 발끝이 오므라들어 버릴 것만 같아서 선진이 다리를 움직인 순간, 그의 단단한 다리와 얽혀 버렸다. 홀몸이 아니라는 사실이 야속할 만큼 순식간에 열기가 차올랐다.

"으음."

선진이 차오른 열기를 못 이기고 신음하자, 입술이 떨어졌다. 축축하게 젖은 입술 위에서 느껴지는 한기에 몸서리가 날 지경이었다. 그와 한시도 떨어지고 싶지 않은 열망이 가슴속에 가득했고, 그의 모든 것을 알고 싶은 희원에 눈물이 차올랐다.

"너무 아프면 지금은 말 안 해도 괜찮아요. 대신 나중에 꼭 말해 줬으면 좋겠어요. 나는 당신에 대한 건 뭐든지 다 알고 싶어."

선진이 조용히 읊조린 말에 그가 웃었다. 그의 산뜻한 미소만으로 큰 위안이 되는 듯했다.

그 이유 때문이었을까.

선진은 제 이야기를 먼저 털어놔야겠다는 생각이 들었다.

"난요, 어렸을 때 우리 엄마가 세상에서 제일 예쁘다고 생각했어요. 물론 남들 눈에도 충분히 아름다운 사람이었고요."

"선진 씨는 어머니를 많이 닮았나 보네요. 이렇게 아름다운 걸 보니까."

"맞아요. 아버지는 하나도 안 닮았어요."

그리 말하자 그가 선진을 뚫어져라 바라보며 물었다.

"아버지는 어떤 분이셨어요?"

그의 목소리가 스산하게 느껴졌지만, 선진의 서글픈 기억을 더듬는 일이라 그럴 거라고 여겼다.

"나를 이 세상에 있게 만든 부모를 이렇게 말하면 안 되지만."

선진을 숨을 한 번 골랐다.

"나쁜 사람이었어요."

아버지의 생전 얼굴을 떠올리는데 소름이 끼칠 정도로 기분 나쁘게 웃던 최지훈 이사의 얼굴이 겹쳐졌다. 아버지가 죽고 난 이후에야 아버지도 비슷한 병을 앓고 있었단 사실을 알게 되었다.

방탕하고 이기적이며 교활한 삶이라는 점에서 두 사람은 똑 닮아 있었다.

"왜 이렇게 인상을 써요."

그가 구겨진 선진의 미간을 엄지로 꾹꾹 눌렀다.

"아버지에 대해선 좋은 기억이 없거든요. 암튼 우리 엄마는 무척 예뻤어요. 나는 그런 엄마를 많이 사랑했고요. 그래서 내가 낳을 내 아이도 날 사랑할 거라고 생각했어요."

그래서 혼자 낳을 결심까지 할 수 있었다고 말하는 순간, 그가 선진을 꼭 끌어안았다.

"아, 맞다! 결혼 전에 만나야 할 사람이 한 명 있어요!"

선진의 목소리는 살짝 들떠 있는 듯했지만, 희미한 우려가 섞여 있었다. 그는 미세한 파동을 기가 막히게 잡아낸 듯 선진을 품에 꼭 끌어안으며 물었다.

"누군데 이렇게 긴장을 할까?"

그의 목소리에도 걱정이 묻어났다. 선진은 조심스레 하나밖에 없는 친구의 이름을 읊조렸다.

"아사미요. 후지사와 아사미."

"그 친구랑은 얼마나 오랫동안 친구였어요?"

"내년 여름이면 10년 되겠네요."

선진은 잔잔한 목소리로 대꾸했다. 십년지기의 애틋한 눈빛을 떠올리자, 그의 품에 있는 게 괜히 미안해졌다. 후지사와가 자신과 이 남자의 관계를 지레짐작하고 있었다는 말을 전해 듣고 난 이후로 연락을 하지 못했다.

여러 일이 있었기에 그렇기도 했지만, 어떤 얼굴로 친구를 대해야 할지 어려웠다.

"친한 친구한테 결혼할 사람 소개하는 건 좋은 일 아닌가?"

"좋은 일 맞죠."

착한 후지사와는 두 사람의 결혼을 축복해 주고, 함께 기뻐할 것이다.

"근데 목소리가 왜 그래요? 친구한테 나 소개하는 게 좀 그래요? 내가 그렇게 부족한가?"

그가 마음이 상했다는 듯이 목소리를 누그러뜨리며 물었다. 선진은 절대 그런 게 아니라며 정색해서 그의 얼굴을 올려다보았다.

"그럴 리가 있어요! 기주 씨 같은 남자가 세상에 어디 있다고!"

자신의 우려 섞인 목소리 때문에 그가 괜한 오해를 한 것 같아서 선진이 절박한 목소리를 냈다. 어떤 이유에서건 그의 기분이 상한 모습은 보고 싶지 않았다.

내가 정말 사랑에 빠졌구나.

세상에서 가장 상처받은 사람은 자신이라고 생각했다. 그렇다고 오만한 피해 의식으로 남들에게 민폐를 끼친 적은 없었지만, 선진은 철저히 자신만을 생각하며 살아왔는지도 모른다. 보통의 사람이 그런 것처럼 남의 상처를 가끔은 못 알아본 척하기도 했고, 자신의 아픔에만 집중하기도 했었다.

그게 마음이 편하니까. 삶의 편의를 위한 선택적 이기심이라고 해야 하나?

애써 타인의 상처까지 돌보며 함께 아파하는 상냥한 인간은 아니었다. 그런데 그에게만큼은, 이 사람한테만큼은 그럴 수가 없었다. 그가 미간에 미세한 주름만 잡아도 심장이 바르르 떨렸다.

선진은 그의 입가에 가볍게 입을 맞추고는 말했다.

"그런 말 다시는 하지 말아요. 내 눈에는 기주 씨가 제일 멋있어."

기주는 침대 위에 누운 채로 자신의 품에 안겨서 부드럽게 입을 맞추며 겁도 없이 사랑스러운 말을 떠들어 대는 선진을 가만히 바라보았다. 그녀의 친구가 자신에게 이성적 관심을 보이는 것은 진작부터 느끼고 있었기에, 적당한 선을 그어 왔던 기주였다.

물론 도산대로 프렌치 레스토랑에서 이 여자를 자극하기 위해 충동적으로 이기심을 발동한 것은 크게 잘못한 일이었다. 그런데 초록은 동색이라고 하던가. 마음씨 고운 그녀의 곁에 머무는 그녀의 친구 또한 속이 깊었다.

그녀는 자신이 먼저 일어난 뒤, 프렌치 레스토랑에서 그녀의 친구

347

와 기주가 나눈 대화를 전혀 모를 터였다.

"그럼, 내일쯤 여기로 초대할까요?"

망설이는 기색이 역력한 얼굴이다. 아랫입술을 잘근 깨물었다가, 어떻게 하면 좋을지 몰라서 눈동자를 굴리는 모습이 사랑스러워 죽겠다. 하지만 기주는 귀여운 그녀를 더 놀려 주고 싶은 생각보다 그녀의 마음을 편하게 해 주고 싶은 마음이 더 컸다.

"후지사와 씨도 다 이해해 줄 거예요. 걱정 마요."

기주가 낮은 목소리로 속삭였다.

"그렇겠죠?"

마주한 그녀의 눈동자가 파르르 떨렸다. 친한 친구가 상처받을까 봐 두려운 마음에 이는 눈동자의 파동조차도 기주의 심장을 떨리게 했다.

기주는 가여운 눈빛을 하는 그녀의 뺨을 손으로 부드럽게 감쌌다. 말랑말랑한 뺨이 손에 닿는 순간, 그 감촉에 저절로 미소가 번졌다.

"그래도……."

그녀는 아랫입술을 한 번 더 잘근거리고는 말을 이었다.

"그냥 연애하는 것도 아니고…… 애까지 가졌다고 하면 후지사와가 많이 서운해할 것 같아요. 후지사와는 시시콜콜한 연애사까지 전부 나한테 말하거든요. 그런데 나는 당신에 대해서 숨겼으니까."

"아무리 친구라도 모르는 남자 애 가졌다고 말하는 건 어려웠겠죠."

그녀의 마음을 헤아리려 한 말이었는데, 놀리는 거로 알아들었는지 선진이 눈을 흘겼다.

"나빴어요. 진짜."

"어쨌든 근시일 내에 초대하는 거로 해요. 곧 소문 퍼질 테니까."

"어떤 소문이요?"

그녀가 눈을 휘둥그렇게 뜨고 기주를 바라보았다.

"오늘 내내 포털 사이트 실검 1위가 KJ 한국 사무소였던 거 알아요?"

그녀는 자신이 뿌듯하다는 듯이 고개를 끄덕거렸다.

"이제 나는 다음 주부터 주요 인사들과 미팅에 나설 거예요. 그 자리에서 결혼 때문에 한국에 정착한다는 이야기를 할 거고요. 그럼 후지사와 씨 귀에 들어가는 것도 시간문제일 텐데⋯⋯. 친구의 결혼 이야기인 것 같은 소식을 타인을 통해 듣는 건 기분이 나쁘겠죠."

그녀는 일리가 있는 말이라며 고개를 끄덕였다.

"그럼, 나 잠깐 후지사와랑 통화 좀 해도 돼요?"

"해요."

기주는 품에서 벗어나려는 그녀의 허리를 꼭 끌어안았다.

"어디 가려고?"

"통화하고 오려고요."

"여기서 하면 안 돼요?"

그녀는 빨갛게 달아오른 얼굴로 대꾸했다.

"좀 그래요."

"그럼, 여기서 해요. 내가 나가 있을게."

기주는 그리 말하고는 침실 밖으로 나왔다. 침실 문이 굳게 닫히는 것을 확인한 기주는 휴대전화를 들고 서재로 향했다.

오전에 이메일로 정은에게 지시한 사항을 보고받기 위함이었다. 진작에 전화를 달라는 정은의 메시지를 보았지만, 종일 그녀와 붙어 있느라 통화를 하는 게 여의치 않았다.

정은에게 전화를 걸자 신호가 채 한 번도 울리지 않고, 휴대전화 너머에서 목소리가 들려왔다.

─ 네, 선배.

"좀 알아봤어?"

- 네, CH그룹의 최지훈 이사라는 사람, 소문이 좋지 않더라고요.

당연히 예상하던 내용이었기에 기주는 대꾸 없이 다음 말이 흘러 나오기를 기다렸다.

- 일종의 숨은 기업 사냥꾼이에요. 그럴듯한 신사업을 꾸미며 부풀린 다음에 사업성이 좋아 보이는 다른 회사의 사업부와 맞교환을 하는 식이었어요. 수법이 교묘하고, 치밀해서 빅딜 대상이 되었던 회사들이 눈치를 채는 데 이제껏 시간이 좀 걸렸나 봐요.

"그래서?"

- 그 마지막 대상이 부명건설의 런던 도시 재생 사업이에요. 런던 사업을 성공적으로 이끌기만 한다면, 유럽 진출의 교두보가 될 테니까요. 신도시 개발 사업도 돈이 되기는 하지만, 유구한 역사를 지닌 도시의 옛 모습을 유지하면서 안정적인 개발을 이끈다면, 덤벼들 나라가 많아요. 오래된 건물을 그대로 두는 것이 관광 산업에는 좋지만, 지진과 같은 재해에 치명적이라는 걸 이탈리아 대지진 때 알게 되었잖아요. 그래서 밀집된 관광 시설에 대한 재진 설계 등 안전 재건 사업을 시행할 예정인데, 부명건설이 그쪽으로는 독보적이에요.

"CH그룹에서 부명건설을 건드리는 조건으로 내놓은 사업안은 뭔데?"

- 연료전지 사업이요. 유럽 일부 국가에서는 경유 차량 운행을 전면 금지하는 등의 환경 관련 지속 가능한 발전 대책을 내놓고 있어요. 곧 세계적인 추세가 될 거라며, 원천 기술 보유를 강조하고 사업성을 높이 평가받았다고 어필하는 중이죠.

"근데 문제가 있다?"

- 기술의 안정성을 증명할 만한 자료가 없어요. 아직 상용화 전 단계인 것들이 많아서 실제로 상품에 접목했을 때, 그 안전성을 입증할 만한 자료가 불

충분하죠.

"그걸 부명은 왜 사들이는 거야?"

기주가 의아하다는 듯이 물었다.

– 윤선웅 상무가 추진하는 중인데…….

정은은 도화선에 불을 붙이기 직전처럼 긴장한 목소리로 말끝을 흐렸다.

"눈엣가시인 사촌 동생이 힘을 쏟은 사업을 팔아 버려서 낙동강 오리알 만들고, 자기는 신사업 사들여서 승승장구하시겠다는 계획인 것 같은데…….."

그 정도는 기주도 예측했던 바라며 말했다. 그러자 휴대전화 너머에서 짙은 한숨 소리가 들려왔다.

– 윤선웅 상무의 목적은 윤선진 이사님의 사업을 빼앗는 게 아니라, 윤선진 이사를 그룹에서 내보내는 거예요. 최지훈 이사와의 결혼을 통해서.

기주는 황당함에 말을 잇지 못했다.

– 자신과 결혼하지 않으면, 사업도 빼앗기고 부명에서의 자리보전도 힘들어질 텐데. 그냥 결혼하고 떠나는 것처럼 보이는 게 좋지 않겠느냐고 윤선진 이사님을 자극한 것 같아요.

"언제?"

그리 묻는 기주의 목소리가 음산하게 가라앉았다. 물론 그게 언제인지 기주는 대강 짐작할 수 있었다. 아마도 그녀가 집무실에서 쓰러진 그날인 듯했다.

– 윤선진 이사님이 쓰러진 날이요.

정은은 착잡한 목소리로 대꾸했다.

"분명히 그쪽에서 먼저 연락이 올 거야. 부명 윤선웅이든, CH 최지훈이든. 연락 오면 약속 잡아 놔."

– 그럴게요. 윤선진 이사님은 괜찮아요?

"어, 많이 좋아졌어. 고맙다, 정은아."

휴대전화 너머에서 잠시 침묵이 흘렀다. 잠시 호흡을 고르는 듯했던 정은이 다시 입을 열었다.

– 결혼식은 호텔ㅣ 연우석 대표가 돕겠다고 나섰어요. 연우석 대표하고 미팅하기로 하셨다면서요?

이내 사무적인 목소리로 돌아온 정은이 자신도 모르게 미팅 약속을 잡았느냐며 나무라듯 물었다.

"그렇게 됐어."

– 일단 미팅은 결혼식 이후에 진행하는 거로 했어요. 결혼 전에 업무적 목적이 아닌 가벼운 식사 자리 정도는 괜찮다는 답변 보내 놨고요.

"그래, 그럼. 다른 일 생기면 연락 주고."

통화를 마친 기주는 마른세수를 하며 한숨을 몰아쉬었다. 그녀가 극도의 스트레스 상황에 놓여 있었을 거라는 예측을 하기는 했지만, 이 정도로 답답한 상황에 놓여 있는 줄은 몰랐다.

우매한 윤선웅 상무와 교활한 최지훈 이사를 상대할 사람은 이제 그녀가 아닌 자신이었다.

세상 모든 미움은 자신이 다 짊어지겠다고 했던 말은 듣기 좋으라고 한 말이 아니었다. 이제 앞으로는 그 어떤 비난, 고통, 슬픔, 고난도 그녀 인생에 존재하지 않기를 바랄 뿐이다.

기주가 그리 생각하며 서재를 나서려는데, 노크 소리가 들려왔다.

"네."

가볍게 대꾸하자 서재 문이 얌전히 열리고, 그녀가 고개를 빠끔히 내밀었다.

"통화 중이었나 봐요."

"일 때문에 잠깐."

그녀의 표정이 아주 잠시 어두워졌다.

"바쁜데 나 때문에 계속 여기 있는 거 아니에요?"

기주는 그녀의 어깨를 감싸 안은 채로 서재를 나섰다. 모든 것을 짊어지겠다고 다짐한 기주였다. 하지만 이렇게 자신을 걱정하는 그녀는 어떻게 할 도리가 없었다.

"아무리 바빠도 나는 이 세상에서 윤선진이 제일 중요한데?"

기주의 달콤한 말에 그녀가 금세 미소를 머금었다. 말만 그렇게 하는 게 아니라는 것을 안다는 듯이 그녀가 고맙다는 얼굴로 기주의 허리를 꼭 끌어안았다.

무한한 사랑을 보여 주는 것.

아마도 자신을 향한 그녀의 염려를 덜어 줄 방법은 안온한 애정일 터였다.

✽

"집으로 다 부르고, 무슨 일이야? 어디 안 좋아? 출근도 안 한 걸 보니."

후지사와의 생기발랄한 목소리가 현관을 울렸다. 어제 전화했을 때, 후지사와는 명동의 한 호텔에서 열린 오버투어리즘 예방 포럼에 참석하고 있었다. 통화를 길게 할 수는 없어서 집에서 점심 식사를 함께했으면 좋겠다는 말만 건네고는 전화를 끊었다.

빈손으로 올 수는 없었다는 후지사와의 손에는 얇게 저민 사과가 장미꽃 모양으로 올려져 있는 사과 파이가 들려 있었다.

"요즘 사과만 먹는다며? 선진 짱 다이어트 해?"

후지사와의 물음에 선진은 얼굴을 붉히며 고개를 저었다. 자신이 산모라는 사실을 어떻게 밝혀야 하나 난감할 따름이었다.

그리고 이제 그가 부엌에서 등장할 타이밍이 다가왔다. 평생 이런 수줍고 민망한 상황을 겪어 본 적이 없기에 선진은 손에 땀이 배어날 정도로 긴장하고 말았다.

"선진 짱 정말 어디 아파? 얼굴색이 너무 안 좋아."

"아픈 건 아니에요."

후지사와의 물음에 대답한 것은 선진이 아닌 그였다. 부엌 쪽에서 나오며 나직하고 듣기 좋은 음성으로 대꾸한 그는 빙긋이 웃으며 선진의 옆에 섰다. 후지사와는 선진과 그를 번갈아 보며 벙찐 표정을 지었다.

그러고는 이내 장난기 어린 미소를 머금으며 고개를 절레절레 내저었다.

"얌전한 호랑이 부뚜막에 먼저 올라간다더니."

"호랑이가 아니고 고양이겠죠."

그가 후지사와가 내뱉은 속담을 정정해 주자, 후지사와는 기분이 상했다는 얼굴로 미간을 찌푸리며 대꾸했다.

"우리 선진 짱이 겨우 고양이로 보여요? 이제 부명을 호령하는 호랑이가 될 텐데?"

후지사와는 그렇지 않으냐며 선진을 보고 특유의 깜찍한 표정을 지었다.

"일단 식사부터 할까?"

선진은 그제야 겨우 입을 열었다. 다행스럽게도 그의 등장은 어색하지 않았고, 후지사와는 별로 충격일 것도 없다는 듯이 두 사람을 대했다.

"그럼, 한 5분 후에 다이닝룸으로 와요."

그가 상차림을 마저 해야 한다며 식당으로 향하자, 후지사와가 10대 소녀처럼 발을 동동 구르며 얼굴을 붉혔다.

"어떻게 된 거야, 선진 짱? 왜 같이 있어?"

"이야기하자면 길어."

선진은 그가 없는 상황에서 두 사람의 이야기를 하는 게 어쩐지 부끄러웠다. 저절로 얼굴이 붉어지자, 후지사와는 신기루라도 보는 듯한 눈빛으로 선진을 바라보았다.

"세상에! 나 선진 짱이 이러는 거 처음 봐! 호랑이도 얼굴이 빨개지네!"

한국에 돌아온 이후, 선진은 기댈 곳 하나 없는 환경에서 꿋꿋이 버텨 냈다. 그런 모습을 보고 후지사와는 선진에게 호랑이 같다는 표현을 하곤 했다. 자신은 열심히 해서 가업을 물려받을 테니, 선진도 호랑이 같은 기상을 잃지 말고 부명을 호령하라는 말도 종종 했었다.

그런데 호랑이처럼 위풍당당했던 사람이 사랑에 빠진 모습을 그녀는 놀랍다는 듯이 바라보았다.

"하긴 호랑이도 짝짓기는 하니까."

후지사와가 내뱉은 말에 선진은 얼굴이 새빨갛게 달아올랐다.

"아사미는 정말 못 하는 말이 없어."

"내가 그동안 얼마나 답답했는지 알아?"

"대체 뭐가?"

그간 쌓인 게 많다는 듯이 후지사와는 한숨을 훅 내쉬었다.

"내가 그동안 플라토닉 한 연애만 했을 리는 없잖아? 대체 우리 선진 짱은 언제 연애하나……. 나는 언제쯤 우리 선진 짱이랑 어른의 연애를 말할 수 있을까……. 얼마나 기다렸는데."

친구의 사랑을 축하하는 방식이 독특하다고만 여겼다. 그런데 후지사와가 이어서 내뱉은 말에 선진은 입을 떡 벌리고 말았다.

"솔직히 잠자리가 맞지 않아서 헤어진 적도 있었거든."

후지사와가 한 말에 선진이 냉큼 대답했다.

"혹시 지난번에 홍콩에 갔다가 만났다던?"

후지사와는 맞다며 고개를 끄덕거렸다. 막 그 남자를 만나기 시작했을 때, 후지사와는 모든 게 완벽한 남자라며 그를 칭송했었다. 그런데 몇 개월 후 후지사와는 그냥 이유 없이 헤어졌다며 한숨을 내쉬었다.

"그렇구나."

선진도 이제야 그 이유를 알 것 같다며 고개를 끄덕거리자, 후지사와의 눈빛이 반짝거리기 시작했다. 후지사와의 눈빛이 이채를 띠면 경계해야 한다는 것을 선진은 잘 알았다. 아니나 다를까 후지사와가 아무렇지 않은 얼굴로 폭탄을 터뜨렸다.

"설마 둘이 같이 집에 있으면서……. 아무것도 안 한 건 아니지? 어땠어?"

후지사와가 목소리를 잔뜩 낮추고 부엌 쪽을 한번 흘끗하고는 물었다.

"글쎄. 비교군이 없어서 잘은 모르겠는데."

선진의 대답에 후지사와는 그럴 수도 있다며 고개를 끄덕거리며 덧붙였다.

"그렇지만 느낌이라는 게 있잖아, 응?"

순간 선진의 얼굴이 빨갛게 달아올랐다. 지난번에 호텔에서 그와 함께 보낸 밤이 삽시간에 머릿속을 잠식했다.

"나쁘지는 않았나 보네."

후지사와가 고개를 끄덕거리며 마치 언니라도 되는 양 선진의 어깨를 토닥거렸다.

"그게 잘은 모르겠는데, 무척 건강하기는 한 것 같아."

"에?"

후지사와는 그게 무슨 뜻이냐는 듯이 고개를 갸우뚱 기울였다.

"딱 하룻밤을 보냈는데, 내가 아기를 가졌거든."

이쯤이면 자연스러웠다고 생각했다. 그런데 후지사와는 마치 톡 건드리면 와르르 무너져 내릴 것처럼 굳은 채로 눈만 깜빡거렸다. 잠시 사고가 정지된 듯 보였다. 물론 선진 자신도 병원에서 임신 사실을 알았을 때, 이렇게 굳었었다.

"아기를, 가졌다?"

사실을 확인하는 목소리가 아니었다. 마치 게슈탈트 붕괴라도 온 사람처럼 문자의 조합을 괴이하게 여기는 듯했다. 선진은 그저 고개만 끄덕이는 것으로 대답을 대신했다. 그러자 후지사와가 미간을 찌푸리며 물었다.

"피임도 안 한 거야? 두 사람, 무슨 생각으로?"

"했어. 했는데……."

그러자 후지사와의 얼굴이 말도 안 되게 굳어 버렸다. 어떻게 이런 일이 있을 수 있느냐는 얼굴이었다. 후지사와는 놀란 감정을 갈무리하듯 고개를 한 번 내젓더니 조용히 물었다.

"두 사람이 안타까워서 아기가 빨리 온 건 아닐까?"

"그런가?"

"그럼, 선진 짱……. 그날도 혹시……."

술은 입에도 대지 않고, 식사를 제대로 하지 못했던 프렌치 레스토랑에서의 저녁 식사를 떠올리는 얼굴이었다.

"응, 맞아."

후지사와는 잔뜩 미안한 얼굴로 선진을 끌어안았다.

"나는 누구보다 선진 짱을 잘 안다고 생각했는데…… 미안해. 그날은 정말."

심성이 고운 후지사와는 그날 마음이 아팠을 선진을 걱정하며 사과를 해 왔다.

"아니야. 미안하긴."

선진이 선선히 대구하자, 후지사와가 그래도 자신이 두 사람을 연결하는 데 큰 역할을 했다며 입을 열었다.

"사실 두 사람 아는 사이 같아서. 내가 선진 짱 이야기를 좀 했어. 괜찮지?"

선진은 고개를 끄덕거렸다. 이제 와서 그에게 숨길 이야기는 없었다. 후지사와가 그에게 무슨 이야기를 했는지는 모르겠지만, 절대 자신을 곡해했을 친구가 아니라는 것을 알기에 선진은 편안한 미소를 머금었다.

"5분 후에 오라니까, 왜 안 와요?"

부엌에서 그가 두 사람을 부르는 소리가 들려왔다. 그러자 후지사와가 빙그레 웃으며 물었다.

"아기 이름은 정했어요?"

그는 마치 외계인이라도 본 것 같은 얼굴을 했다. 후지사와의 말에 당황한 그는 선진을 바라보며 도움을 요청하는 듯했다.

"아니, 아직 이름은 안 정했어. 성별도 모르고."

"그래도 배 속에 아가가 있을 때 부르는 별명 같은 거 있잖아."

후지사와는 태명을 말하는 듯했다.

"아, 태명."

그러자 그가 그리 읊조리고는 말을 이었다.

"생각도 못 했네요. 워낙 신경 쓸 일이 많아서."

그가 미안하다는 눈빛으로 선진을 바라보았다. 지금 자신을 위해 모든 것을 걸고 있는 남자가 태명 하나 못 지어 주었다고 큰 죄를 지은 듯한 얼굴을 하고 있다. 그 모습을 본 후지사와가 선진의 귀에 대고 조용히 속삭였다.

"선진 짱, 대단하다! KJ 신기주가 선진 짱한테 꼼짝도 못 해."

조용히 말한다고 했지만, 후지사와의 목소리는 생각보다 컸다.

"네, 제가 윤선진 씨한테 꼼짝도 못 하네요."

그가 당연하다는 듯이 웃으며 말했다. 선진은 그런 그의 모습이 사랑스러워서 하마터면 친구가 함께 있는 것도 잊고, 달려가서 와락 끌어안아 버릴 뻔했다.

사랑은 참 요망하다. 사람을 이렇게 변화시킬 수 있다는 사실이 놀라울 따름이다.

"그럼, 아이가 생겼으니까 결혼을 서둘러야겠네?"

후지사와의 물음에 그가 고개를 끄덕거렸다.

"안 그래도 후지사와 씨한테 부탁 좀 드리려고 했어요."

그가 두 사람을 식탁으로 안내하며 말했다.

"무슨 부탁이요?"

후지사와는 그리 물으며 식탁 위에 차려진 음식을 보고는 눈을 휘둥그렇게 떴다. 놀란 건 선진도 마찬가지였다. 아침부터 마트에서 배달 온 식재료를 도우미 아주머니와 열심히 정리하는가 싶더니, 그는 정리가 끝나자마자 아주머니를 돌려보냈다.

선진과 그녀의 친구에게 식사를 직접 대접하고 싶다는 게 그의 설명이었다. 식탁 위에는 제대로 된 가정식이 차려져 있었다.

조갯살과 배추를 넣은 된장국과 쌀밥, 칼칼한 갈치구이와 불고기가 소담하게 담긴 접시를 중심으로 갖은 밑반찬이 담긴 접시가 정갈하게 놓여 있었다.

"이걸 혼자 다 했어요?"

선진이 놀라서 물었다.

"내가 만들어 준 건 뭐든 잘 먹으니까. 잘 먹이고 싶어서."

"와, KJ 창립하고 할 일 없어서 요리만 했어요?"

후지사와가 혀를 내두르며 물었다.

"어릴 때부터 직접 해 먹어야 할 일이 많았어요. 그래서 이것저것

하다 보니까 손에 익은 거고."

그는 대수롭지 않다는 듯이 대꾸했다. 그러자 함박웃음을 머금은 후지사와가 선진의 귀에 대고 속삭였다.

"선진 짱, 너는 앞으로 요리 배우지 마. 이 남자가 다 하라고 해."

문제는 이번에도 그에게 들릴 만큼 후지사와의 목소리가 컸다는 거였다.

"안 그래도 그럴 거예요. 손에 물 한 방울 묻히는 일 없게 해야지."

그는 당연하다는 듯이 선진을 바라보았다.

"일단 들어요."

그가 식사를 권하자 숟가락을 들어 올리며 '이타다키마스!'라고 외친 후지사와가 국을 한술 뜨고는 으음 하고 감탄했다. 밖에서 음식을 사 먹을 때는 죽어라 헛구역질이 나왔었는데, 정말 신기하게도 그가 만들어 주는 음식은 전혀 역하지 않았다.

어느 정도 식사가 진행되었을 때, 후지사와가 호기심 어린 눈을 빛내며 물었다.

"그래서 나한테 부탁하고 싶은 게 뭐예요? 대단히 어려운 부탁일 것 같은데, 이렇게 손수 식사를 준비한 걸 보면?"

후지사와가 고개를 갸웃거리며 묻는 말에 그는 짐짓 심각한 얼굴을 했다.

"보통 결혼 준비할 때, 친정엄마가 돕는다고 하더라고요."

그는 상처를 들추려고 꺼낸 말은 아니라는 듯이 미안한 눈빛으로 선진을 한 번 바라봤다가 이내 후지사와에게 시선을 옮겨 갔다.

"후지사와 씨도 알다시피 우리가 그럴 형편은 못 돼요. 후지사와 씨가 도와줄 수 있을까 해서요. 바쁜 거 아는데, 이런 부탁 해서 미안해요."

선진은 울컥 목이 메는 것 같아서 잠시 숟가락질을 멈추었다. 자신에게만 세심한 남자, 그가 저런 생각까지 하고 있을 줄은 꿈에도 몰랐다. 아마 결혼을 준비하면서 웨딩드레스를 고르거나, 그릇을 사들이는 일들을 선진은 혼자 처리했을 것이다.

후지사와는 식사를 멈춘 선진의 손을 부드럽게 한 번 잡았다가 놓고는 물었다.

"이런 부탁을 선진이 못 할 걸 알아서 직접 말하는 건가요?"

후지사와의 물음에 그는 그렇다며 고개를 끄덕거렸다.

"그럼, 선진이 없는 곳에서 몰래 부탁하는 게 더 멋있지 않았을까?"

짓궂게 묻는 후지사와의 말에 그는 고개를 절레절레 내저었다.

"내가 공치사는 싫어하지만, 내 여자한테는 예쁨받고 싶거든요. 내가 이렇게 직접 말하는 걸 봐야, 내가 부탁한 걸 기억하고 날 예뻐해 주죠. 내가 몰래 부탁해서 후지사와 씨가 도와준다면, 그저 사려 깊은 친구의 도움이라고 여길 텐데요."

그가 한 말에 후지사와는 두 손, 두 발 다 들었다는 듯이 웃었다.

"내가 선진 짱한테 말해 줄 수도 있죠. 신기주 씨가 나한테 부탁했다고."

"그걸 어떻게 알아요? 우리 서로 윤선진 씨한테 목매고 있는 처진데. 그쪽은 십년지기, 나는 예비 신랑."

그가 내뱉은 말에 이번에는 후지사와가 와르르 웃음을 터뜨렸다.

"와, 나는 신기주 씨가 이런 사람인 줄 정말 몰랐어. 카리스마 대단했던 늑대 같은 사람이 리트리버가 됐잖아! 선진 짱 재주도 좋다!"

"지금 나 개 취급 한 거예요?"

정색하며 묻는 그의 눈빛에는 장난기가 가득했다.

"얼른 먹어요. 얼른 먹자, 후지사와. 음식 식겠다."

선진은 또 목이 멜세라 빠르게 말을 내뱉었다.

세상에서 자신을 가장 위해 주는 십년지기 친구와 평생 자신의 편이 되어 줄 남자의 대화에 밥을 먹지 않아도 배가 부른 것만 같았다. 행복에 겨운 눈물을 흘리고, 기쁨에 충만해서 웃음을 터뜨리는 날이 오리라고는 상상조차 하지 못했다.

지금의 자신을 있게 해 준 은인인 두 사람과 함께하는 시간은 천상의 것과 다름없게 느껴졌다.

식사를 마치고 후지사와가 들고 온 사과 타르트를 먹고 있는데, 초인종 소리가 들려왔다.

"또 누가 와요?"

선진이 기억하기에 오늘 집에 들르기로 한 사람은 없었다.

"강 수석."

그는 그리 대답하고는 현관으로 향했다. 태욱이 집 안으로 들어서면서 후지사와를 발견하고는 반갑게 인사를 건넸다.

"어, 아사미도 있었네."

"욱 짱! 오랜만!"

"그렇게 부르지 말라니까."

"맨날 나만 보면 그렇게 욱하니까."

후지사와는 오늘도 태욱을 놀려 댔다. 선진은 두 사람이 티격태격하는 모습을 보며 미소를 한번 짓고는, 태욱을 향해 물었다.

"연락도 없이, 왜?"

선진의 물음에 태욱이 대답할 틈도 없이 그가 끼어들었다.

"잠깐. 왜 공동현관에서 초인종 안 눌렀지?"

그가 태욱을 향해 눈을 부라렸다.

"공동현관 비밀번호를 아니까?"

태욱이 기세등등하게 대꾸했다. 그러자 그의 얼굴이 삽시간에 어두워졌다.

"여기 자주 왔습니까?"

"현관 비밀번호도 알 만큼 자주 왔을걸요. 근데 보통은 예의상 초인종을 누르죠."

그가 기가 막힌다는 표정으로 선진을 바라보며 입을 쩍 벌렸다.

"리트리버 화난 것 같은데?"

후지사와가 조용히 물었고, 선진이 그의 눈치를 살피며 간략히 설명했다.

"일 때문에 자주 왔었어요. 회사에서는 아무래도 보는 눈이 많아서, 불러서 이야기하는 데 한계가 있었으니까."

그는 여전히 못마땅하다는 듯한 얼굴이었다.

"정은 씨도 호텔 방 키 갖고 있었잖아요. 그거랑 같은 맥락이지, 뭐."

선진이 그리 말하자, 태욱이 얼른 끼어들었다.

"사랑싸움 구경하라고 나 불렀어요? 나 갈래, 그럼."

태욱은 돌아서지도 않고 그렇게 말했다. '붙잡지도 않네!'라고 읊조린 태욱은 여봐란듯이 선진의 옆에 앉으며 물었다.

"몸은 괜찮아? 화상회의도 하고 그런다며. 그냥 아무 생각 말고 쉬지."

"별수 있나. 당장 처리해야 할 일은 있으니까."

둘이 업무 이야기를 주고받는 모습을 가만히 지켜보던 기주가 입을 열었다.

"강태욱 씨, 잠깐 나랑 이야기 좀 하시죠."

"여기서는 하면 안 되는 이야깁니까?"

태욱은 선진에게 시선을 고정한 채로, 기주가 건넨 말에는 관심이 없다는 듯이 '점심은 좀 먹었어?'라고 물었다.

"여기서는 안 되는 이야기니까 내가 이러는 거 아니겠어요? 끌고 갈까요?"

선진은 한숨을 한 번 내쉬었다.

"기주 씨."

유치한 기 싸움은 그만하라는 눈빛을 보냈지만, 그는 아랑곳하지 않았다. 원래 전쟁은 유치한 이유로 나는 거라는 말이 떠올라서 한마디 하려는 순간, 그가 대꾸했다.

"걱정 마요. 세계 3차 대전 일으키려고 이러는 거 아니니까. 남자 대 남자로 이야기 좀 하시죠?"

그는 그리 말하고는 서재가 있는 윗층으로 향했다.

"사람 참 까칠하기는. 너는 저런 남자가 뭐가 좋다고."

태욱이 나무라자, 후지사와가 재빠르게 대꾸했다.

"선진 짱한테는 살살 녹아. 다른 사람들한테는 늑대인데, 선진 짱한테는 순한 리트리버야."

태욱은 못 들을 걸 들었다는 얼굴로 몸서리를 한 번 치고는 서재로 향했다. 저 둘을 말려야 하나 하는 생각을 했지만, 그럼 예민하게 구는 것처럼 보일까 봐 그만두었다. 설마하니 다 큰 성인이 치고받고 싸울 일은 없겠지 싶었다.

서재 방에 들어선 태욱은 평소와 다르게 심각한 얼굴을 하고 있는 남자를 바라보며 눈썹을 치떴다. 만날 때마다 으르렁댈 줄만 알았지, 사실 태욱은 이 남자의 진짜 얼굴을 본 적이 단 한 번도 없었다.

"강태욱 수석님."

아래층에서 유치한 치정극을 벌이며 우스운 말을 내뱉을 때와는 어조가 분명히 달랐다.

"왜 이렇게 심각하게 부릅니까?"

태욱의 물음에 그는 소리를 낮춘 조용한 음성으로 윤선웅 상무와 CH그룹의 최지훈 이사가 꾸미고 있는 일에 대해 설명하기 시작했다.

"최대한 빨리 움직이기는 할 겁니다. 하지만 당장 다음 주부터 선진 씨가 출근하면, 어려운 상황이 생길지도 몰라서 강태욱 수석한테 말해 두는 겁니다."

"그러니까 최지훈 이사가 또 행패를 부리거나, 윤선웅 상무가 선진이를 자극해서 또 쓰러지는 일이 생길까 봐, 잠깐 피하고 있는 거고."

태욱은 미간을 찌푸렸다. 그간 팽팽히 당겨진 줄처럼, 선진과 윤 상무와의 사이에서는 긴장감이 넘쳤다. 그런데 홀몸도 아닌 상황에서 그런 일을 겪어야 하는 건, 너무 가혹하게 느껴졌다.

"아직 날짜는 정해지지 않았지만 최대한 빨리 결혼식을 올릴 거고, 이제 윤선진 이사가 더는 혼자가 아니라는 걸 드러낼 겁니다. 강 수석 님은 윤선웅 상무가 진행했던 사업들에 대해서 조사 좀 해 줘요. 내가 부명그룹 사내 정보를 확인할 수는 없으니까. 윤선진 이사 말로는 TF팀 리더를 맡고 있으면서, 그룹 내 신사업 분석에 관해서는 전문가라고 하던데요."

태연하게 자신을 칭찬하는 남자가 아까 그 늑대니, 리트리버니 했던 남자가 맞나 싶다.

"쉽지는 않을 거예요. 나도 모든 자료에 관한 접근 권한을 가지고 있는 건 아니니까. 어쨌든 무슨 말을 하는지는 알겠어요. 그간 미심쩍게 여겼던 부분이 있어도 사실 그냥 지나친 게 많아요. 우리 쪽에서 터뜨려 봤자, 달걀로 바위를 치는 격이었으니까요."

태욱은 빙긋이 웃음을 머금으며 덧붙였다.

"꼭 그런 기분이네요."

그는 무슨 기분을 말하는 거냐고 묻는 듯한 눈빛으로 태욱을 바라보고 있었다. 그 눈빛에 신뢰가 가득 담겨 있어서 태욱은 당혹스러울 정도였다.

이래서 이 남자가 좋은 건가, 윤선진?

남다른 통찰력을 갖고 있으며, 적재적소에 사람을 배치하는 능력이 탁월해 보였다. 아직은 몸이 성치 않은 선진의 곁을 지키면서, 자신과 자연스레 이야기를 나누려고 일부러 후지사와와 함께 불렀을 테고, 아마 후지사와도 자신과 비슷한 종류의 부탁을 받았을지도 모른다는 생각이 들었다.

이 남자의 눈빛은 윤선진을 위해서라면, 그게 뭐든 다 할 수 있다고 말하는 듯 보였다. 그리고 연심을 품었던 남자라 할지라도 선진에게 도움이 된다면 제 편으로 만드는 탁월한 기술도 갖춘 듯했다.

"꼭 퀸스 메이커 같아서. 윤선진을 최고의 자리에 올려놓기 위해 모인 정예 사단 같은 느낌이랄까?"

"그만한 자리에 앉을 수 있는 능력이 되는 여자니까, 할 수 있는 일 아닐까요?"

겸손하게 읊조리는 남자의 진실 된 눈빛이 태욱은 마음에 들었다. 선진이 홀로 그 자리에 오르기까지 고군분투했다는 것을 기주가 모르는 바는 아니었다. 하지만 선진의 자리는 마치 외줄 위에 놓인 의자처럼 보였다.

거센 바람이라도 불어오면 천 길 낭떠러지로 추락할 것처럼 아슬아슬했다. 선진이 삐끗하기라도 한다면 개떼처럼 달려와서 물고 뜯으며 나락으로 처박아 버릴 인사들이 도처에 존재했다.

또 선진이 차지하는 위치가 높아질수록 태욱은 힘에 부치는 것을 느꼈다. 자신이 선진의 곁을 보좌하는 데도 한계가 있었다. 그 한계가 느껴질 때마다, 선진이 올라가 있는 줄이 점점 얇아지는 것 같아서 겁이 났다.

그런데 지금은 마치 그녀가 올라 있는 줄이 끊어져도 충분히 살아 남을 수 있다는 듯이 그녀의 등에 날개가 돋아난 기분이었다. KJ의 신기주라면 그녀에게 날개가 되어 주고도 남을 사람이니 말이다. 그 가 가진 범세계적 사업망과 선진의 야망이 결합된다면 눈부신 성과를 이뤄 내는 것은 시간문제일 것이다.

"지금으로써는 확신할 수 있는 계획이 없어요. 저들의 동태를 살펴 서 먼저 움직이고, 치고 빠지든가, 허를 찌르든가, 아니면 저들이 움 직이는 대로 하나하나 대응하면서 보수적으로 움직이든가. 만약 나 혼자 움직였으면 그냥 내 멋대로 했을 텐데……. 선진 씨가 있으니 아 무래도 보수적이 될 수밖에 없네요."

그가 무슨 말을 하는지 알 것 같았다. 자신의 처가 될 사람과 배 속의 아이까지 지켜야 하는 상황이니 섣불리 움직일 수는 없을 터였 다.

"그럼, 선진이는 다음 주부터 회사에 출근해서 어떻게 할 생각이라 던가요?"

"월요일에는 보통 내부 회의가 많아서, 윤선웅 상무가 움직이기 힘 들겠죠? 그쪽에서도 선진 씨가 왜 갑자기 휴가를 썼는지에 대한 궁금 증에 섣불리 움직이지는 않을 거예요. 되도록 그날 저녁에 윤선웅 상 무를 만나서 정신을 쏙 빼놓을 생각입니다."

"윤선웅 상무와 약속 잡으셨습니까?"

"아니요. 아마 오늘 저녁, 늦어도 내일은 연락이 오지 않을까, 생각 하고 있습니다. 정도正道를 모르고, 우매한 사람이니 KJ와 업무 제휴 를 통해 KJ의 명성에 무작정 편승하고 싶어 할 겁니다."

"그럼 긴밀하게 연락하는 거로 하죠."

그는 흡족하다는 얼굴로 고개를 까딱했다. 그리고 순간 그의 눈빛에 이채가 어렸다.

"윤선진 이사 편이 되어 달라는 말, 내가 들어줬네요. 그런데 어쩌나? 편이 되다 못해 남편까지 되게 생겼으니."

지금껏 그를 인정하며 속으로 생각했던 것을 다 취소해야 할까 싶다. 이 남자는 사랑에 눈이 멀어서 덜떨어진 유치한 인간이 맞는 것 같다.

※

"영화나 한 편 볼까요?"

후지사와와 태욱이 다녀가기는 했지만, 종일 집에만 있으려니 좀이 쑤셨다. 살면서 단 한 번도 이렇게 한가하게 시간을 보냈던 적은 없었던 선진이었다. 영화나 보자는 말에 그가 선진의 곁에 바짝 붙어 앉으며 물었다.

"무슨 영화 좋아해요?"

"나는 공포 영화 좋아해요."

선진이 내뱉은 말에 그는 할 말을 잃은 듯 잠시 머뭇거리더니, 이내 진한 미소를 머금으며 입을 열었다.

"장난하지 말고요. 무슨 영화 좋아해요?"

"공포 영화 좋아해요, 정말. 나 혼자 공포 영화 보는 거 되게 좋아하는데."

"진심이에요?"

그는 진지하게 묻고 있었고, 선진도 진지하게 대꾸했다.

"공포 영화를 보면 아드레날린 분비가 촉진돼서 스트레스가 풀리거든요."

"아니, 왜 스트레스를 공포 영화로 풀어요? 그거 너무 변태 같은데?"

그는 정말이지 이해가 안 된다는 표정으로 묻고 있었다. 선진은 이맛살을 구기며 되물었다.

"지금 뭐라고 했어요? 내가 변태라는 거예요, 그럼?"

자신이 말실수했다고 느꼈는지, 그는 헙 하고는 입을 꾹 다물었다. 선진은 그를 바라보았던 시선을 옮겨 허공을 멍하니 바라보았다. 웃고 넘어갈 수 있는 이야기인데도, 괜히 화가 났다. 이게 다 임신 호르몬 탓인가.

"몰라요. 나 그냥 잘래요."

선진은 유치하게 쿵쿵 소리가 나도록 발을 구르며 침실로 향했다. 후지사와의 말마따나 그는 주인을 뒤따르는 리트리버라도 된 것처럼 선진의 뒤를 조용히 따랐다. 선진이 침대에 몸을 눕히자, 그도 선진의 옆에 다소곳이 누웠다.

심장이 쿵쾅거렸다.

공포 영화 보면서 스트레스 좀 풀 수 있는 거지, 그걸로 변태라니! 허, 기가 막혀서!

"난 솔직히 말하면 공포 영화 못 봐요."

그가 사랑을 고백하듯 수줍은 어조로 말했다.

"너무 무섭잖아."

어리광을 부리는 듯한 목소리에 선진은 속절없이 웃음을 터뜨리고 말았다. 그가 누워 있는 쪽으로 몸을 돌리자, 잔뜩 겁에 질린 듯한 얼굴이 눈에 들어왔다.

"아니, 그거 다 가짠데, 뭐가 무서워요?"

"혼자 있을 때 생각나면 어떡해요?"

"혼자 있을 때 생각나도, 어쨌든 다 가짜잖아요."

"어디서 막 뭐가 튀어나올 것 같다는 생각은 안 해 봤어요?"

"글쎄요."

"그래도 임신 기간에는 공포 영화를 피하는 게 좋지 않을까요? 나는 멜로 영화가 좋은데."

산모가 즐거운 것이 태아한테도 좋은 것 아니냐는 말을 하려다가 관두었다. 그의 말대로 공포 영화가 태교에는 그리 좋을 것 같지 않았다. 그렇다고 지루한 멜로 영화는 보고 싶지가 않았다.

"그럼, 우리 여행 프로그램 볼래요?"

"여행 프로그램?"

"지금 당장은 못 가지만……. 같이 가고 싶은 곳이 나오는 여행 프로그램 봐요."

선진의 말에 그는 동의한다며 고개를 끄덕거렸다.

그런데 여행지를 고르는 데서도 난관에 봉착했다.

"나는 대도시가 좋아요. 시끌벅적하고 사람 많고."

그가 VOD 목록에서 대도시 여행을 중심으로 리모컨을 움직였다.

"나는 휴양지가 좋은데. 서울도 충분히 대도시예요. 여행까지 사람 많은 데로 가고 싶지는 않은데."

영화 취향에 이어, 여행 취향도 맞지 않는다는 사실에 어쩐지 속이 상했다.

"그럼, 책은요? 어떤 책 좋아해요?"

《안나 카레니나》를 들고 프러포즈를 했던 남자였다. 그도 고전소설에 취미가 있을지 모른다고 막연히 생각했다.

"나는 책 별로 안 좋아해요, 사실. 일 때문에 시장 동향 분석해 놓은 논문은 많이 읽는데."

"그때 나한테 안나 카레니나 첫 문장 읽어 주면서 프러포즈했잖아요. 그거 알고 그런 거 아녜요?"

"안나 카레니나 첫 문장은 워낙 인용된 데가 많아서 알고 있었죠. 그건 상식 수준이고."

선진은 저도 모르게 한숨을 집어삼켰다. 그러자 그가 선진의 어깨를 감싸 안으며 물었다.

"왜요? 좋아하는 게 하나도 안 비슷해서 실망했어요?"

"꼭 그런 건 아니고요."

실망 안 했다고는 못 하겠다. 운명처럼 만난 남자였기에, 운명처럼 들어맞을 거라고 생각했다.

"무섭기는 하지만 나는 앞으로 선진 씨 옆에 착 달라붙어서 공포 영화도 볼 거예요. 단, 아이가 태어나고 나서."

그가 하는 말에 선진은 이채를 띤 눈빛으로 그를 바라보았다.

"그리고 제일 재미있게 읽은 책이 뭐예요? 그건 나도 지금부터 읽어야겠다."

그가 하는 말이 이제야 무슨 뜻인지 알 것 같았다. 왜 그렇게 소심하게 굴었을까, 싶어서 선진은 얼굴이 붉어질 정도였다.

"서로 많이 다르다는 건, 그만큼 서로를 이해하기 위해 할 수 있는 일이 많다는 거잖아요. 나는 선진 씨를 위해 내가 노력할 수 있는 일이 많다는 게 기뻐요."

"어쩜 하는 말마다 이렇게 멋있을까."

"아까 변태 이야기는 정말 미안."

그가 진지하게 건넨 사과에 선진은 웃음을 터뜨렸다.

"알았어요. 나도 앞으로 멜로 영화도 볼게요. 나도 일 때문에 논문은 자주 찾아봐요."

그는 선진의 입에 쪽 소리가 나도록 입을 맞췄다. 가벼운 마찰음은 심장을 두근거리게 할 만큼 경쾌했다. 입술이 가볍게 달라붙었다가 떨어지자, 어쩐지 아쉬운 생각이 들었다. 선진은 그의 목을 끌어안으며 입술을 맞물렸다.

입술과 입술이 촘촘하게 얽힌 사이로 말캉하게 밀고 들어가자, 그가 선진의 허리를 당겨 안았다. 공포 영화고, 뭐고 종일 그와 입술만

대고 있어도 좋을 것 같았다. 깊은 곳까지 살살 어루만지며 달래는 듯한 움직임에 선진은 옅게 신음했다.

신음이 울린 순간, 어김없이 입술이 떨어졌다. 스킨십이 짙어질 기세가 보이면, 그는 선진을 위해 먼저 물러났다. 아쉬운 마음에 그의 입술에 가볍게 입을 맞추려는데, 그의 휴대전화가 울렸다.

"나 잠깐 전화 좀 받고 올게요."

"그래요."

기주는 휴대전화를 들고 침실 밖으로 나왔다.

"어, 무슨 일이야?"

– 윤선웅 상무 쪽에서 연락이 왔어요.

기주의 예상은 빗나가지 않고 정확했다.

– 근시일 내에 만났으면 좋겠다고 하는데요. 어떻게 할까요?

"일정이 빠듯해서 다음 주 월요일밖에 시간이 안 된다고 해."

침실 문이 열리는 소리가 들려왔고, 이윽고 기척이 느껴졌다.

"그래, 저녁 시간이 좋을 것 같고. 장소는 알아서 잡도록."

그녀가 침실 밖으로 나온 것 같아서, 기주는 서둘러 전화 통화를 마쳤다. 그녀가 뒤로 바짝 붙어 서는 게 느껴졌다. 이윽고 허리에 그녀의 가느다란 팔이 둘렸다. 그녀는 기주의 등에 얼굴을 비비며 말했다.

"인제 그만 무슨 일을 꾸미고 있는 건지 나한테도 털어놓는 게 어때요?"

그녀의 장난스러운 물음에 기주는 웃음을 터뜨렸다.

"웃고 넘어갈 생각 하지 말아요."

이번에 들려온 목소리는 뾰로통했다. 기주는 제 허리를 끌어안고 있는 그녀의 팔을 부드럽게 움켜잡으며 돌아섰다. 여전히 그녀의 팔은 기주의 허리에 둘려 있었고, 등에 닿았던 그녀의 얼굴이 기주의 가슴에 묻혔다.

"다음 주 월요일 저녁에 윤선웅 상무 만날 겁니다."

기주의 진중한 목소리에 그녀는 가볍게 한숨을 내뱉었다.

"그럴 줄 알았어요. KJ 한국 사무소 개소 소식에 가만히 있을 것 같지는 않았거든요."

"그리고 내일 중으로는 내가 한국 정착하려고 하는 이유가 결혼 때문이라는 추측성 보도들이 쏟아질 거예요."

그녀는 가슴에 묻었던 얼굴을 들어 올리며 기주를 올려다보았다.

"비슷한 걸 찾았어."

입가에 예쁜 미소를 그린 그녀는 흡족하다는 눈빛으로 기주를 바라보았다.

"뭔데요?"

기주는 고개를 내려 그녀의 앙증맞은 입술에 가볍게 키스했다. 입술이 맞닿은 상태에서 그녀가 속삭였다.

"용의주도함? 그리고……."

"그리고?"

기주는 그녀의 입술에 부드럽게 입을 한 번 더 맞추었다.

"주도면밀함?"

그녀는 미간에 주름까지 잡아 가며 심각한 목소리를 내기 위해 애쓰는 듯 보였지만, 눈동자에는 장난기가 가득했다. 늘 텅 빈 눈동자로 세상을 바라보던 여자가 그 안에 감정을 담고, 마음을 드러내기 시작했다.

그녀의 변화에 가슴이 두근거렸다. 긍정적인 변화가 반가워서이기도 했지만, 그런 변화를 끌어낸 사람이 자신이라는 사실에 뿌듯했다. 물론 자신도 그녀로 인해 다른 삶을 살 수 있다는 확신을 얻었다.

당신과 사랑에 빠질 거라는 걸. 이것과 같은 축복이 또 있을까.

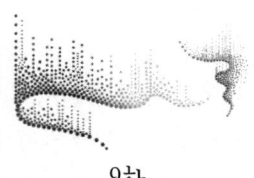

9화
무너져 내리는 건 가슴일 뿐

지난주, 그가 말했던 것처럼 KJ의 신기주가 한국 사무소의 대표 자격으로 한국에 머물게 되었다는 소식과 더불어 그의 한국 정착 이유가 결혼이라는 추측성 보도들이 쏟아졌다. 그가 자세히 말하지 않아도 어떻게 움직이려고 하는지 그림이 그려졌다.

앞을 내다보는 시각만큼은 자신과 똑 닮아 있는 사람이었다. 오후 회의까지 모두 마치고 집무실로 막 들어섰을 때, 조 팀장이 선진의 뒤를 따라 들어왔다.

"무슨 일이에요?"

선진의 목소리는 건조하기만 했다. 조 팀장은 선진이 그를 믿지 않는다는 사실을 아는 듯했다. 하지만 그렇다고 해서 자신은 그런 사람이 아니라고 선진을 이해시키려 들지는 않았다. 그럴 필요가 없다고 여기는 눈치였다.

그 이유를 곰곰이 생각해 보았는데, 이 사람은 사내 정치에 휩쓸리지 않고 정해진 업무 프로시저에 의해서만 움직이는 사람 같았다. 그렇기에 그는 종종 사람들의 오해를 사기도 하는 모양이었다. 물론 그 사람 중에는 선진도 포함된다.

선진 역시도 그가 윤 부회장의 끄나풀 역할을 충실히 하고 있다고 여겼다. 그런데 선진에게 먼저 전화를 걸어 빅딜에 관한 것을 물었다는 사실만으로도 조 팀장이 잡은 방향이 분명해 보였다.

"윤 부회장님께서 회의가 끝나는 대로 올라오시라 하셨습니다."

"이유는요?"

당연히 일주일간의 부재에 관해 추궁당할 터였다. 선진은 조 팀장이 뭐라고 할지 궁금해서 일부러 질문을 던져 보았다.

"아마도 휴가에 대해 물으실 것 같습니다."

"그리고요?"

"그리고 공석으로 있는 부명건설 영국 지사의 GM 자리 채용을 중지할 거라는 소문이 있습니다."

그 말에 선진은 데스크탑 전원 버튼을 누르려다 멈칫했다.

"그 이야기는 어디서 들었어요?"

선진의 시선이 그제야 조 팀장에게로 향했다. 조 팀장은 잠시 머뭇거리는 듯하다가 입을 열었다.

"인사팀 서 부장에게 들었습니다."

그간 사내 정치에 휩쓸리지 않았던 사람이라 그런지 깐깐한 인사 부장과도 연이 닿아 있는 듯 보였다.

"인사팀 서 부장도 윤 이사님을 지지하는 일종의 샤이(shy)−윤선진 세력이라고 볼 수 있습니다."

조 팀장의 낯간지러운 표현에 선진은 미간을 찌푸렸다.

"내가 무슨 정치인도 아니고 숨은 지지층이 있어요?"

"딱히 더 좋은 표현이 생각나지 않았습니다. 언짢으셨다면 죄송합

376

니다.”

조 팀장은 고개를 한 번 조아렸지만, 그 모습이 비굴해 보이지는 않았다.

“언짢을 정도는 아니고요. 부명건설 쪽 샤이 윤선진에는 누가 있던가요?”

선진은 조 팀장의 표현을 빌려 지시했던 내용을 확인했다.

“부명그룹 전무와 부명건설 국내 사장직을 맡고 있는 박지험 대표가 그에 속합니다.”

조 팀장의 보고에 선진은 의외라며 눈썹을 치떴다.

“그 양반 신사업 추진 관련해서 회의할 때마다 나를 못 잡아먹어서 안달이었는데?”

“아무래도 자신이 나서야 다른 사람들의 공격이 덜할 거라고 생각한 모양입니다. 사업적인 안목이 탁월한 사람입니다. 윤 이사님의 사업 방향이 마음에 들었을 겁니다.”

선진은 흐음 하고 한숨을 내쉬고는 잠시 침묵했다. 박지험 대표를 만나는 것은 정면승부나 다름없었다. 이제껏 나이 어린 선진이 부명건설 관련 업무를 좌지우지하는 것을 못마땅하게 여긴다고 생각했는데, 그건 또 아니었나 보다. 일단 독대를 해 보는 것도 나쁘지는 않겠다는 생각이 들었다.

“그럼, 모레쯤 저녁 약속을 잡는 걸로 하죠.”

“그렇게 하겠습니다.”

조 팀장이 집무실을 나서고 난 뒤, 선진도 곧장 윤 부회장의 방으로 향했다.

“부르셨습니까, 부회장님.”

선진이 건조한 인사를 건네자 작은아버지인 윤 부회장은 못마땅하다는 듯이 혀를 끌끌 찼다.

"너는 이런 자리에서도 나를 부회장님이라고 불러야 속이 시원하냐?"

윤 부회장은 고개를 절레절레 내저으며, 선진을 한심하다는 듯이 바라보았다.

"갑자기 휴가는 왜 쓴 거야? 요즘 회사가 얼마나 정신이 없는데, 그렇게 멋대로 일주일이나 쉬어?"

"제가 부회장님이 아닌 작은아버지라고 불러야 하는 분이시라면, 집무실에서 쓰러져서 구급차에 실려 간 조카의 건강부터 물으실 거라고 사료됩니다."

선진의 대찬 대답에 윤 부회장은 잠시 할 말을 잃은 표정이었다.

"만나야 할 사람이 있어서 잠시 휴가를 썼습니다. 자리를 비우는 동안에도 업무에는 지장 없게 처리했고요."

"지장이 없기는? 최지훈 이사가 몇 번이나 연락했는지 알아? 잔소리 말고, 상견례 준비해야 하니까, 그 멋대가리 없는 말투 좀 집어치우고. 여자가 좀 살갑게 굴어야지. 최지훈 이사가 하는 사업 우리가 가져오면 그 이익이 얼마나 될지 알아?"

"손해가 더 크겠죠. 안정성이 확보되지 않은 원천 기술을 기반으로 한 연료전지 사업은 미래가 불투명합니다."

선진의 말에 윤 부회장의 눈썹이 꿈틀거렸다.

"그게 무슨 말이야? 안정성이 확보가 되지 않았다니?"

"최근 몇 년간 최지훈 이사가 팔아넘긴 사업부에 문제가 있다는 사실이 속속 드러나고 있습니다. 최지훈 이사는 일종의 레몬마켓을 운영했던 거죠. 대상 기업들은 정보 비대칭 속에서 정치 놀음을 하다가 자기 꾀에 자기가 넘어간 거고요. 윤선웅 상무는 그렇게 사내 정치가 좋으면, 회사에 있지 말고 정치판에 나가라고 해 보시죠?"

선진이 한껏 비꼬자, 윤 부회장의 안색이 붉으락푸르락했다.

"그리고 제가 아직도 작은아버지가 두려워서 도망쳤던 스무 살 윤선진이라고 생각하시나요?"

"이게 어디 키워 준 은혜도 모르고!"

급기야 윤 부회장이 소리를 버럭 질렀다.

"아쉽게 됐네요. 저는 제가 알아서 컸거든요. 만약 작은아버지가 키워 주셨다면, 윤선웅 상무처럼 어리광 부리는 법부터 배웠겠죠. 작은아버지, 저도 갖고 싶은 사업체가 있는데 사 주실래요?"

선진이 건조한 목소리로 묻자, 윤 부회장은 몸을 들썩이며 어쩔 줄을 몰라 했다.

"너! 너! 너! 이!"

"소리 낮추세요. 비서진들 듣습니다. 품위는 지키셔야죠. 새파란 조카한테 농락당하는 거 들키고 싶으세요? 그리고 저, 결혼할 사람 있습니다. 제 혼사에는 참견 안 하셨으면 좋겠습니다."

"어디 근본 없이 어설픈 놈 데려와서 결혼하겠다고 하면, 너는! 우리 집안에 먹칠만 하면!"

"지금 집안에 먹칠하는 건 윤선웅 상무인 것 같습니다. 그 사람부터 내치시죠? 사업 성과도 제대로 조사하지 않고, 유행하는 옷 고르듯이 인수를 추진하는 건 근본 있는 경영 방식입니까?"

윤 부회장은 아랫입술을 꾹 깨물었다.

"내일 그 사람과 할아버지께 인사드리러 갈 겁니다. 시간 되시면 작은아버지도 함께 보시고요. 저는 밀린 업무가 많아 그만 돌아가겠습니다."

선진은 일방적으로 인사를 건넨 뒤, 윤 부회장의 집무실을 나섰다. 이제껏 살면서 이렇게 속이 후련했던 적은 없는 것 같았다. 하지만 이제 시작일 뿐이다. 선진은 반격을 늦출 생각이 없었다.

선진이 움직이고 있다는 것을 전혀 감지하지 못한 윤선웅 상무는 저녁에 신기주를 만날 생각에 들떠 있었다. 얼마 전 선진이 먼저 그를 만났다는 소문이 돌기는 했지만, 별 성과가 없었기에 자신을 만나는 거라고 여겼다.

저녁에 있을 회동에 대한 기대감에 콧노래를 부르고 있는데, 부회장실에서 전화가 들어왔다.

"네, 아버지."

— 최 이사랑 하는 사업, 접거라.

"그게 무슨 말씀이세요? 그게 얼마나 중요한 일인데요!"

— 긴말 안 한다. 당분간 조용히 있어.

일방적으로 전화가 끊겼다. 선웅은 으드득 소리가 나도록 이를 갈았다.

오늘 신기주만 내 편으로 만들면, 최지훈이 문제겠어?

선웅은 자신에게 치욕을 안겨 준 사람은 아버지라도 견딜 수가 없었다. 곧장 집무실을 박차고 나왔다. 어떻게 만든 빅딜인데, 여기서 무너지는 꼴은 볼 수 없었다.

일단 최지훈 이사를 만나야 했다. 최 이사에게 무슨 말이 들어가기 전에 자신이 먼저 움직여 관계를 더욱 공고히 해야겠다는 생각이 들었다.

"최 이사, 지금 어딥니까?"

급한 마음에 비서도 통하지 않고, 선웅은 곧장 최 이사에게 전화를 걸었다.

— 독일 자동차 회사 중역 만나고 돌아가는 길이에요. 아, 이미 유럽은 환경 문제와 관련하여 반反디젤 정책이 시행되면서 친환경 자동차 산업이 급성장 중인 거 아시죠? 독일 3사에서 모두 저희 연료전지 사업에 관심이 많아서⋯⋯. 이거 윤 상무님 드리기 너무 아까운데요?

수화기 너머에서 여유롭게 웃음을 터뜨리는 최 이사는 기세가 등등했다.

"지금 좀 만날 수 있을까요?"

─ 아, 이걸 어쩌나……. 제 일정이……. 잠시만요.

비서와 이야기를 나누는 건지 송화음이 차단되어 잠시 아무 소리도 들을 수 없었다. 오직 들려오는 것은 귓가를 울리고 있는 제 심장 소리였다.

심장이 쿵쿵 날뛰었다. 그룹 내에서 자리를 제대로 잡을 수 있는 절호의 기회인데, 이걸 잃어버릴 수는 없었다.

대체 아버지가 무슨 생각으로 이번 일을 철회하라고 하는 건지, 선웅은 못마땅했다. 아버지는 늘 저런 식이었다. 선웅이 두각을 나타낼 만한 일을 진행하면 태클을 걸고, 무산하는 일이 종종 있어 왔다.

호랑이 새끼를 키우는 게 두려우신 겁니까, 윤 부회장님? 인제 그만 내려오셔야죠?

조부가 노환으로 오랜 시간 자리를 비우고 있는데도 불구하고, 회장 자리에 오르지 못하고 부회장직에 머무르고 있는 건 부친의 능력 부족이다. 선웅은 속으로 부친을 한껏 비웃어 주었다.

그 자리에 제가 먼저 올라야겠습니다, 아버지.

다른 이들 눈은 속일 수 있었을지 모르지만, 부친의 비위非違를 선웅은 많이 알고 있었다. 그 뒤처리를 자신이 맡았던 적도 있었고, 한번은 자신이 뒤집어쓸 뻔한 적도 있었다. 그런 일이 있을 때마다, 그리고 자신의 사업을 막아설 때마다, 선웅은 생각했다.

아, 아버지가 나를 크게 키우기 위해 진정으로 애를 쓰시는구나, 라고. 귀한 자식일수록 엄하게 키워야 한다는 불문율을 지키는 거라고 여겼다.

그런데 이제 와 생각해 보니 그게 아니었다.

노인네가 나이 먹을수록 내가 두려우셨나?

아버지는 자신의 성장세가 두려워, 크게 도약하려고 할 때마다 일부러 날개를 꺾어 버리고 있다는 생각이 들었다. 평균 수명 100세를 바라보는 시대, 마냥 보고만 있으면 백수 노인이 될 때까지 회장직을 보며 침을 뚝뚝 흘리고 있을 판이다.

― 마침 오후 미팅이 하나가 취소되었다고 하네요. 아마 윤 상무님 만나려고 그랬나 봅니다. 어디서 뵐까요?

어떻게 된 게 사내에 있는 머저리 같은 인사들보다, 사외에 있는 최 이사가 말이 더 잘 통했다. 최 이사와 약속 장소를 잡은 뒤, 윤 상무는 곧장 제 비서에게 전화를 걸었다.

― 네, 상무님.

"오늘 최 이사가 독일 자동차 회사하고 미팅한 거 맞는지, 어디랑 했는지 좀 알아봐."

― 알아보고 연락드리겠습니다.

스스로 운전대를 잡은 선웅의 손이 바르르 떨렸다. 이제 반격을 시작할 때다. 최 이사의 손을 잡고, 신기주를 등에 업으면 무서울 게 없었다. 비서는 지시를 내리고 난 뒤, 5분도 지나지 않아 전화를 걸어왔다.

"벌써 확인됐어?"

― 최지훈 상무 인터뷰와 함께, 오늘 있었던 미팅에 관한 짤막한 기사가 게재되었습니다.

선웅은 사지로 걸어 들어가는 줄도 모르고 회심의 미소를 머금었다.

최 이사와의 미팅은 순조로웠다. 무슨 일이 있어도 부명과의 거래를 지킬 테니, 걱정하지 말라는 게 최 이사의 진언이었다. 그런데 최 이사와의 미팅 중에 실수로 신기주와의 미팅을 발설하고 말았다.

'KJ의 신기주 말씀입니까?'

최 이사가 격한 관심을 보이며 눈을 부라렸다. 절대 다른 인사를 대동하고 싶지는 않았다. 하지만 지금은 최 이사의 심기를 거스르는 일은 하면 안 되었기에 선웅은 신기주와의 미팅 자리에 최 이사를 데려가는 수밖에 없었다.

신기주와의 미팅은 동교동에 있는 한식당에서 진행되었다.

"반갑습니다. 신기주입니다."

듣던 대로 잘난 놈이었다. 자연스레 몸에 배어 있는 듯한 위풍당당함, 낮은 음성에서 비롯되는 호소력, 타의 추종을 불허하는 능력까지…… 쩨쩨하게 남을 부러워하는 일은 없는 선웅조차도 선망의 눈길로 신기주를 바라보았다.

"시간 내 주셔서 감사합니다."

"제가 감사하죠. 부명에서 높은 자리에 계신 분이 저를 찾으셨는데요."

거슬리지 않는 겸손함까지도 마음에 들었다.

"그런데 이분은."

신기주의 시선이 최지훈에게로 향했다.

"아, 소개가 늦었습니다. CH 최지훈 이사입니다."

신기주와 최지훈이 악수를 하며 인사를 나누는 모습을 선웅은 흡족하게 지켜보았다. 마치 삼국지에 나오는 도원결의라도 보는 기분이었다.

"자, 일단 앉아서 식사부터 하시죠."

저탄소 농수산물을 사용해 조리한다는 한식당에 관한 설명을 곁들이는 신기주는 환경 산업에도 관심이 많아 보였다. 과연 트렌드를 빨리 잡아내는 마케팅 솔루션 전문가다웠다.

"안 그래도 부명에서 환경 문제에 관심이 큽니다. 이번에 사실 최이사와의 빅딜을 진행 중에 있거든요."

사업에 관한 설명을 이어 가자, 신기주는 크게 관심을 보이며 선웅의 말에 귀를 기울였다.

"제가 한국을 오래 떠나 있었던 터라 한국 사정은 잘 모릅니다만, 두 분처럼 좋은 사업 파트너를 만나 뵙게 되어 영광입니다."

신기주는 정말 국내 사정에 대해서는 하나도 모르는 눈치였다. 그런 이유로 처음 보았던 견고한 이미지와 명성이 조금 의심스러울 지경이었지만, 어쨌든 신기주가 구축한 사업망은 절로 입맛이 다셔질 만큼 탐이 났다.

선웅은 최 이사와 함께 자신들의 사업에 관한 이야기를 열심히 쏟아 냈다. 신기주는 마치 경영학원론 수업을 들으러 온 학부 1학년생 같은 모습으로 두 사람의 이야기에 호기심을 보였다.

"한국 사무소 개소 이유가 결혼 때문이라는 소문이 있던데요?"

제법 친해졌다고 생각했는지 최 이사가 사적인 질문을 던졌다. 신기주는 다소 곤란한 내색을 내비치는 듯 보였지만, 부정하지는 않았다.

"네, 조만간 식을 올릴 예정입니다."

"축하드립니다. 아내 되실 분이 어떤 분인지 무척 궁금하네요."

선웅의 말에 신기주의 입꼬리가 묘한 모양새로 치솟았다.

"사실 저도 결혼을 앞두고 있거든요. 이거 참 비슷한 시기에 결혼하니, 나중에 저랑 사돈 맺으셔도 될 것 같습니다."

최 이사가 그새를 놓치지 않고 끼어들었다. 어떻게든 신기주와의 연을 만들고 싶어서 안달이 난 모습이었다.

"글쎄요. 앞일은 어떻게 될지 모르니 두고 봐야죠."

교묘하게 최 이사의 말을 피해 가는 신기주를 보는데, 쌤통이라는 생각이 들었다. 도원결의니 뭐니 했던 것도 다 자신을 중심으로 돌아가야 말이 맞는 거지, 최 이사가 주인공이 되는 건 용납할 수 없었다.

"그런데 부명은 회장님께서 자리를 오래 비우고 계신 것 같은데요. 부회장님 연세도 있으시고……."

조심스럽게 운을 떼는 신기주의 저의를 선웅은 알 것 같았다. 마주 앉은 자신을 떠보는 눈치였다.

"안 그래도 제가 걱정이 많습니다. 사실 제 부친이기는 하지만……. 제가 어려운 일을 많이 지켜보았거든요. 그리고 아무런 이유 없이 제가 추진하는 사업을 종종 무산하기도 하시고요."

"아마도 호랑이가 자라는 모습을 지켜보는 게 겁이 나셨나 봅니다."

선웅의 말을 거들고 나선 건, 최 이사였다. 윤 부회장 쪽에서 어떤 접촉을 해 와도 무시하라며, 빅딜 무산과 관련한 이야기를 미리 전한 덕에 최 이사는 제 편을 들고 있는 듯했다.

"제가 부명에서 무척 중요한 역할을 하고 계시는 분을 만나고 있는 거군요."

선웅은 미소를 머금었다. 신기주는 오늘 완벽하게 제 편이 된 것처럼 보였다.

"저, 죄송한 말씀이지만, 오늘 미팅은 극비리에 진행되었으니……."

"대외비로 해 달라는 말씀이시죠?"

세 사람이 함께 만났다는 사실이 아직 윤 부회장의 귀에 들어가면 안 됐다. 오랜 시간 준비하여 임한 전투에서 승리할 확률이 높은 법이니까.

선웅은 회심의 미소를 머금었다.

한 명은 멍청했고, 한 명은 교활했다. 교활한 놈은 멍청한 놈을 속이는 데 여념이 없었고, 멍청한 놈은 자신이 가장 잘난 줄 알고 떠들어 댔다. 멍청한 놈과 교활한 놈 사이에 앉아 있던 기주는 그들에게서 자신이 원하는 정보를 쏙쏙 빼내었다.

생각보다 훨씬 쉬운 싸움이 될 것 같아서 기주는 저도 모르게 허탈하게 웃어 버렸다.

"왜 웃어요?"

늦은 밤이었다. 잠자리에 들기 전, 그녀는 복잡한 머리를 정리하기 위해 책 한 구절을 읽고 자야겠다고 했다. 침대 헤드보드에 기댄 채로 시집을 보고 있던 그녀를 기주는 말끄러미 바라보는 중이었다.

"어떻게 시집을 보면서 생각을 정리할까?"

그녀는 책장을 덮어서 협탁 위에 올리고는 한숨을 내쉬었다.

"그러게요. 오늘은 이것도 도움이 안 되네."

오늘 윤 부회장을 한 방 먹이고 나왔던 그녀였다. 연료전지 사업에 문제가 있다는 것을 그녀도 알고 있었다는 사실에 웃음이 났다. 그리고 그녀는 내일 조부에게 자신을 인사시키겠다는 선전포고도 했다고. 타이밍이 기가 막히게 들어맞고 있었다.

"무슨 걱정이 그렇게 많은데?"

"작은아버지한테 속 시원히 말한 건 좋은데, 께름칙해요. 이런 게 처음이었으니까. 남편 믿고 나댄 것 같아서 좀 그래. 나 혼자일 때는 이런 거 꿈도 못 꿨는데."

남편이라고 말하는 그녀의 입술이 너무 예뻤다. 기주는 고개를 내밀어 그녀의 입술을 살짝 머금었다.

입술이 부드럽게 맞물렸다. 순순히 기주의 키스를 받아 내는 그녀가 무한히 좋아서 가슴이 두근거렸다.

기주는 얌전히 그녀의 입술을 누르고 있던 제 입술을 살짝 떼어 내고는 그녀를 바라보았다. 꼭 감긴 눈꺼풀 끝에 자리한 길고 새까만 속눈썹이 파르르 떨리는가 싶더니, 맑게 젖은 검은 눈동자가 기주를 향했다.

부드럽게 풀어진 그녀의 눈가를 바라보는데, 가슴이 벅차올랐다.

"아직도 믿기지 않네."

당신이 내 옆에 있다는 게.

뒷말은 붙이지 않았다. 굳이 말로 하지 않아도 자신이 무엇을 놀라워하는지 그녀도 아는 눈치였다. 기주가 가만히 그녀를 바라보고만 있자, 이번에는 그녀가 먼저 입술을 내밀었다. 기주는 살짝 벌어진 그녀의 입술을 깊게 머금고는 빨아들였다.

입술과 입술이 빈틈없이 맞물렸고 무지근한 열기가 감돌았다. 그녀의 작은 손이 기주의 목덜미에 올랐다. 기주는 그녀의 어깨를 감싸 안으며 헤드보드에 반쯤 기대 있던 몸을 낮췄다. 자연스레 두 사람은 얼굴을 마주한 자세로 침대 위에 몸을 눕혔다.

기주는 그녀의 목 아래로 팔을 집어넣어서는 제 쪽으로 더욱 가까이 끌어당겼다. 단단한 가슴에 그녀의 몸이 닿아서 바르작거리는 게 느껴지자 단전 아래로 힘이 들어가는 게 느껴졌다.

"으음."

그녀의 목울대에서 옅은 신음이 울렸다. 기주는 언제나 그녀가 야릇한 음성으로 앓는 소리를 내면 모든 것을 멈추었다. 기주는 이번에도 아쉽지만, 살며시 입술을 떼어 냈다. 그런데 입술을 떼자마자, 그녀가 기주의 입안을 순식간에 파고들었다.

입안으로 말캉한 혀가 밀려들어 왔다. 가장 안쪽에 있는 여린 살 끝까지 파고 들어온 그녀는 기주의 어깨를 밀어내며 몸을 일으키는가 싶더니, 순식간에 기주의 몸 위로 타고 올라왔다. 단단하게 굳은 몸 위로 말랑말랑한 여체가 느껴졌다.

임신의 영향인지 그녀의 가슴은 더욱 풍만하게 부풀어 있었기에 가슴팍에 닿는 부피감에 숨이 턱 막혀 왔다. 기주는 그녀의 등허리를 부드럽게 끌어안았다. 그녀의 등허리를 어루만지는 부드러운 손끝에는 다른 곳으로 향하고 싶은 격렬함이 깃들어 있었다.

달아오른 숨결이 서로의 뺨 위로 흩어졌다. 그녀가 신음할 때마다, 기주가 물러섰던 탓인지 그녀는 소리를 내지 않으려 애쓰는 듯했다.

가쁘게 차오른 더운 숨결 사이로 느껴지는 그녀의 억눌린 정염이 기주를 더욱 달아오르게 한다는 것을, 그녀는 모르는 눈치였다.

본능적인 몸짓인 듯 그녀가 다리를 넓게 벌리며 기주에게 하체를 바짝 붙여 왔다. 이미 단단해진 물건 위로 그녀의 비부가 맞닿았다. 옷이 쓸리는 소리가 야릇했다. 그녀는 천을 사이에 두고 천천히 몸을 바르작거리기 시작했다.

"으음."

기주에게서 낮은 신음이 흘러나왔다. 그녀가 오늘 기주의 인내심이 어느 정도인지 테스트하려는 것 같다는 생각마저 들 정도였다. 임계치에 다다랐음에도 불구하고 기주는 아무것도 할 수가 없었다.

아랫도리가 욱신거릴 정도였지만, 그녀의 등을 애틋하게 어루만지며 키스에만 열중했다. 거칠어진 두 사람의 숨소리가 청각을 예민하게 자극했다.

마치 사춘기 소년이 된 기분이었다. 끓어오르는 욕망을 주체할 수 없는데, 그렇다고 저를 괴롭히는 그녀에게 분출할 수도 없는 상황이었다.

기주가 더는 못 참겠다 싶어서 그녀를 어떻게 밀어내야 하나 고민하고 있을 때, 입술이 떨어졌다.

"하아."

그녀가 내뱉은 달콤하고 벅찬 숨결이 기주의 입술 위로 떨어졌다. 기주는 순간 숨을 멈추었다. 제 몸 위에 올라 있는 그녀를 번쩍 안아서, 제 몸 아래에 눕히고 사정없이 갖고 싶은 충동을 자제하느라 머릿속이 아찔했다.

"……미치겠어……."

정염에 젖은 가느다란 목소리로 그녀가 속삭였다. 대체 누가 해야 할 말을 그녀가 하는 건지 모르겠다는 생각을 하며 기주가 눈을 떠 그녀를 올려다보았다. 그녀는 미간을 찌푸린 채로 기주를 내려다보고 있었다.

"뭐가?"

짧게 묻는 기주의 음성은 분출되지 못한 정욕으로 낮게 쉬어 있었다.

"언제까지 참아야 해?"

그녀의 발칙한 물음에 기주는 잠시 어안이 벙벙했다. 그동안 가벼운 키스에만 만족하는 것처럼 정숙하게 굴었던 그녀였다. 그런데 지금은 가벼운 키스 외에는 아무것도 할 수 없다는 사실이 못마땅하다는 듯이 이맛살을 찌푸리고 있었다.

"글쎄. 병원 가서 물어볼까?"

진지한 되물음에 그녀는 그래야겠다며 고개를 끄덕거렸다.

오늘 윤 부회장을 찾아가서 처음으로 대거리를 하고 온 그녀였다. 그 일련의 사건이 그녀에게 묘한 해방감을 안겨 준 듯했다. 평생에 처음 겪어 보는 견디기 힘든 해방감에 휩싸인 그녀는 자신을 격하게 안아 줄 쾌락이 필요한 듯 보였다.

"신기한 여자야."

기주는 손을 뻗어 그녀의 머리카락을 다정하게 쓸어 넘겨 주었다.

그러자 그녀는 아쉽다는 표정으로 다시 제자리로 돌아갔다. 매트리스에 등을 딱 붙이고 누운 그녀는 아직도 열기가 가시지 않았는지 옅은 숨을 몰아쉬고 있었다.

"이게 시집보다 훨씬 나은 것 같아."

그녀는 조용한 목소리로 깜찍한 말을 잘도 내뱉었다. 만약 그녀가 아이를 가지지 않았다면, 지금쯤 질펀한 정사를 벌이고 있었을지도 모른다. 그런데 그럴 수 없다는 사실이 서로의 존재감을 더욱 공고히 하는 듯했다.

그리고 연인과 사랑을 나누는 행위가 안겨 주는 위무에 대해 두 사람은 절감하는 중이었다.

"평생 시집은 거들떠보지도 않게 해 줄게."

기주가 호언장담하자 그녀가 가볍게 웃음을 터뜨렸다. 열기로 달아올랐던 공기 중으로 잔잔한 파동이 이는 청량감 가득한 소리였다. 기주는 그녀에게로 돌아누우며 물었다.

"우리 키스만 더 할까?"

천장을 올려다보고 있던 시선이 기주에게로 향했다. 그녀의 눈이 사랑스럽게 웃고 있었다. 그녀는 베개 위로 머리카락이 흐트러지도록 고개를 끄덕거렸다. 기주는 천천히 그녀의 입가에 제 입술을 가져다 댔다.

또다시 아랫도리가 묵직해지는 기분이 났다.

설마 좀 참는다고, 살갗이 터지기야 할까.

기주는 그리 생각하며 그녀의 입안을 파고들었다.

❋

어제 그가 윤선웅 상무를 만나고 온 덕분인지, 길길이 날뛸 것 같앉던 윤선웅 상무 쪽이 조용했다. 조 팀장의 보고에 따르면 윤 부회장의 연락을 받은 윤 상무는 그길로 달려 나가 최 이사를 만났다고 했다.

아버지한테 혼나고 분을 못 이겨 집을 박차고 나가서 질이 나쁜 친구와 어울리는 치기 어린 10대의 반항심과 뭐가 다른가 하는 생각이 들었다. 선진은 저도 모르게 헛웃음을 흘렸다.

그동안 가만히 있었던 것은 두렵고 무서워서가 아니었다. 똥이 무서워서 피하는 건 아니지 않나. 단지 오물의 존재감이 너무 커서 어떻게 치워 버려야 할지 긴 시간 고민을 했었던 거다.

그리고 적절한 시기에 그가 나타났다. 마음 같아서는 혼자서 해치우고 싶었지만, 대업은 한 사람의 힘으로 이루어지는 법이 없다.

업무 능력이 탁월한 태욱과 남다른 성격으로 물밑에서 훌륭한 사내 정보망을 구축하고 조 팀장 그리고 무슨 일이 있더라도 선진의 편이 되어 줄 그가 있었다.

퇴근 시각이 가까워져 오는 늦은 오후였다. 윤 부회장은 어지간히 애가 닳았는지, 친히 선진의 집무실로 왕림했다.

"무슨 일이세요, 작은아버지?"

선진은 집무실 책상 앞에 앉은 채로 윤 부회장을 맞이했다.

"네 말이 사실이더구나."

"그럼, 제가 사업부 뺏길까 봐 거짓말하는 줄 아셨어요?"

여유로운 미소를 머금은 채로 되묻자, 윤 부회장은 씁쓸한 얼굴을 했다.

"결혼은 재고할 생각 없고?"

선진은 어깨를 한 번 으쓱해 보는 것으로 대답을 대신했다.

"알아보니, 내가 알 만한 집안의 재자才子 중에 너와 교제 중인 인물은 없는 것 같더구나."

시간이 촉박해서 뒷조사를 어설프게 했나 보다. 그에 대한 정보를 아직 윤 부회장이 접하지 못했다는 사실에 선진은 속으로 웃었다.

또 선진이 거주하는 곳은 윤 부회장이 아니라 대통령이 온다고 해도, 사생활이 지켜지는 공간이었다.

신기주가 그곳을 왔다 갔다 한다고 한들, 어디로 향하는지 윤 부회장이 알아낼 길이 없었다. 조카가 이미 그 남자와 살고 있다는 사실을, 윤 부회장은 당연히 모르는 눈치였다.

아마 자신을 눈곱만큼이라도 걱정했더라면 윤 부회장은 자신의 병문안을 왔을 것이고 그때 그와 마주치지 않았을까, 싶었다.

병원에도 환자 개인정보가 유출되었을 때, 어떤 일을 겪을 수 있는지 미리 경고해 둔 상태였다. 윤 부회장이 뒤늦게 병원에 연락을 취했다고 한들, 선진에 관한 정보는 얻을 수 없을 터였다.

그는 소셜 네트워킹 서비스를 기반으로 수집된 빅 데이터를 바탕으로 성공한 남자다. 정보를 다루는 능력은 타의 추종을 불허했다. 숨길 것은 숨기고, 드러내고 싶은 부분만 드러내는 데는 탁월한 능력을 발휘했다.

"아마 작은아버지가 아시는 집안은 아닐 겁니다."

윤 부회장이 어이가 없다는 듯이 한숨을 내쉬었다.

"어디까지 떨어지려고 하는 게냐?"

"네?"

선진이 이해하지 못하겠다는 투로 되물었다.

"대체 어디까지 타락해야 정신을 차릴 거야? 어제는 작은아비인 나한테 버릇없이 대들지를 않나."

타락이라……. 선진은 고개를 갸웃 기울인 채로 숙부를 바라보았다.

"한국에서 웬만한 집안은 내가 다 안다. 그 집안들 아니면, 여기서

그만두거라. 경영 일선에 있다는 아이가 더 큰 세상으로 나갈 생각을
해야지.”

“더 큰 세상에 나아가라고……. 근본 있는 최 이사 붙여 주시려고
하셨나 봐요?”

“네 아버지 그렇게 가고 나서 내가 너를!”

윤 부회장이 호통을 치는 바람에 선진은 미간을 찌푸렸다.

“타락이라고 하셨어요? 걱정하지 마세요. 타락해도, 전 여전히 착
한 조카니까요.”

선진은 그리 비꼬며 PC 전원을 종료하고 자리에서 일어났다.

“별일 없으시면, 좀 이따가 본가에서 인사드리겠습니다.”

인사를 꾸벅하자, 윤 부회장의 마뜩잖은 시선이 선진을 향했다. 이
제 시작이다. 대립각을 세운 윤 부회장과 윤 상무가 서로를 어떻게 물
어뜯으며 무너질지 두고 보는 일 말이다.

그는 회사 1층 주 출입구 앞에서 차를 세워 놓고 선진을 기다리고
있었다. 검은색 슈트 위에 테일러드 피코트를 입은 모습은 당장 본가
로 가는 게 아쉬울 정도로 멋졌다. 선진은 멀리서부터 그의 모습을 음
미하듯 바라보며 다가갔다.

그 역시도 진한 애정이 묻어나는 눈빛으로 선진을 바라보고 있었
다. 흰색 넥 칼라가 돋보이는 잿빛 원피스 위에 검은색 롱코트를 입은
선진의 복장은 그와 기가 막히게 어우러질 터였다.

바닥을 울리는 구둣발 소리가 점점 느려졌다. 그의 앞에 멈춰 선
순간, 그가 선진의 이마에 가볍게 입을 맞췄다. 워라벨 데이로 지정
된 날이어서 일찍 퇴근하는 사람들로 주 출입구 앞은 인산인해를 이
루고 있었다.

선진의 얼굴을 잘 알고 있는 직원들은 잘빠진 남자와 보란 듯이 연
애 감정을 나누고 있는 듯한 그녀의 모습을 흘끗거리며 지나갔다.

내일 회사에 바늘로 찔러도 피 한 방울 나지 않을 것처럼 생긴 윤선진 이사가 연애에 미쳐 있는 것 같더라고 소문이 날지도 모를 일이다. 아니, 이미 삼삼오오 모여 있는 단톡방을 중심으로 이야기가 퍼지고 있을 것이다.

선진은 보란 듯이 그의 팔에 팔짱을 끼며 물었다.

"오래 기다렸어요?"

"아니, 방금 왔지. 근데 왜 이렇게 기분이 좋아?"

바람결에 날려 뺨 위로 흩어지는 머리카락을 선진의 귀 뒤로 넘겨 주며 그가 물었다.

"회사 앞에서 보니까 새로워서?"

그는 진한 미소를 머금었다. 깊은 눈빛으로 바라보는 그의 시선은 언제나처럼 다정하고, 다감했다.

"이제 가실까요? 긴장되네. 처가에 처음 인사드리러 가는 길이라."

그는 비상등을 깜빡거리며 서 있는 차의 조수석 문을 열어 주며 선진이 차에 오를 수 있도록 도와주었다. 성큼성큼 걸어서 보닛 앞을 돌아 운전석에 오르는 그의 모습을 선진은 물끄러미 바라보았다.

차 안에는 마이클 부블레가 부르는 'Let it snow! Let it snow! Let it snow!'가 흘러나오고 있었다. 겨울의 낭만을 가득 담은 크리스마스 분위기가 물씬 풍기는 노래에 가슴이 설레었다. 그리고 차 안에는 가죽 냄새와 함께 그의 향수 냄새가 배어났다.

선진은 안온함을 안겨 주는 익숙한 향기를 폐부 깊숙이 들이마셨다. 순간 이대로 그와 함께 달아나고 싶은 충동이 일었다.

그가 비상등 버튼을 누르려는 순간, 선진이 조용히 속삭였다.

"도망가고 싶다."

그의 손이 움찔 떨리는 게 눈에 들어왔다.

"겁나요?"

그는 조수석에 앉은 선진을 걱정 가득한 시선으로 바라보며 물었다. 옆에 자신이 있는데 뭐가 걱정이냐고 묻는 듯한 눈빛이기도 했다.

"아뇨. 겁은 무슨. 이제 하나도 겁 안 나요. 예전에 겁냈던 게 우스울 만큼 겁 안 나."

선진은 조용하지만 단호한 어조로 읊조렸다.

"그럼, 한 손엔 사이다, 다른 한 손엔 병따개를 들고, 언제 터뜨릴까 고민하는 마당에 왜 도망을 가고 싶어요?"

그가 묻는 말에 선진은 저도 모르게 웃음을 터뜨렸다.

"웃지 말고. 나 지금 심각한데? 왜 도망가고 싶은데?"

전혀 심각하지 않게 물어 놓고 그는 선진을 채근했다.

"키스하고 싶어서."

선진이 선선히 내뱉은 말에 그가 당황했는지 아무 말도 하지 않았다. 이윽고 차가 출발했다.

선진은 운전에만 집중하고 있는 그의 옆모습을 물끄러미 바라보았다. 자연스레 흘러내린 머리카락 사이로 보이는 이마는 반듯했고, 이마 선을 따라 우뚝 솟아오른 콧날 아래로 깎아지를 듯 이어지는 인중, 그 아래 자리한 입술은 지독히도 매혹적인 붉은색이었다.

말을 내뱉고 나니 정말로 한번 머금고 싶어서 입안이 바짝 마르는 듯했다.

"이따 집에 가서 해 줄게."

선진의 시선을 느꼈는지 그가 자상한 어조로 말했다.

"내 얼굴 흘러내리겠다. 눈빛이 너무 뜨거워서."

마침 신호 대기로 차가 멈춰 섰고, 내내 도로를 향해 있던 그의 시선이 선진에게 옮겨왔다.

"설마 좀 쳐다본다고 흘러내리기야 하겠어요?"

선진은 고개를 갸웃 기울이며 그를 향해 웃었다. 그러자 그도 선진을 향해 빙긋이 웃어 주었다. 전염되는 미소에 가슴이 벅차올랐다. 자신이 사랑하는 남자를 데리고 본가로 향하는 날이 오리라고는 상상조차 하지 못했었다.

본가는 언제나 두려운 곳이었고, 그곳에 들어가면 적의 철옹성에 갇힌 전쟁 포로라도 되는 양 비참한 기분이었다. 그런데 지금은 달랐다. 참을 수 없는 웃음이 끊임없이 흘러나왔다.

계속 그의 얼굴을 바라보고 있으면, 키스하고 싶다고 말하며 도망가자고 조르게 될 것 같은 기분이 들어서 선진은 창문 밖으로 시선을 돌렸다. 잘 다듬은 새끼손톱 같은 그믐달이 떠 있는 밤이었다.

본가에 도착한 두 사람은 나란히 집 안으로 들어섰다. 두 사람을 맞은 이는 작은어머니였다.

"어서 와요. 안 그래도 기다리고 계세요."

그나마 이 집안에서 유일하게 인간다운 구석이 있는 인물이었다. 작은어머니 덕에 이 집안이 유지되고 있다 해도 과언이 아니었다.

작은어머니는 몸져누운 조부의 병수발을 당신 손으로 직접 하고 있었고, 까탈스러운 작은아버지의 성격도 무난히 맞추는 편이었다.

10년 전 이 집에서 머물던 시절, 작은아버지가 작은어머니에게 손찌검하는 것을 본 기억이 어렴풋이 났다. 참고 사는 건지 아니면 윤부회장의 사모라는 자리를 포기할 수 없어서 마지못해 살고 있는 것인지 알 길은 없었다.

"이쪽으로 와요."

작은어머니는 조부가 기다리고 있다는 서재로 두 사람을 안내했다. 서재 문을 두드리자, 안에서 들어오라는 조부의 음성이 들려왔다.

"안녕하셨어요, 할아버지."

조부는 커다란 마호가니 책상 앞에 앉아서 책을 보고 있었다. 선진의 인사 소리에 그는 고개를 들어 두 사람을 번갈아 보았다.

"앉으시게."

건강상의 문제를 이유로 자리를 비운 것치고 조부는 정정한 편이었다. 물론 자리를 비웠다고는 해도 회장직에서 아직 물러난 것은 아니었다. 회사에 나타나지만 않을 뿐, 그의 영향력은 건재했다.

이제 자식에게 물려주고 경영 일선에서 완전히 물러나도 될 테지만, 마치 왕좌를 쥐고 있는 왕의 최후처럼 조부는 물러날 생각이 없어 보였다.

"시집을 가겠다?"

인사를 올릴 여지도 주지 않고 조부가 단도직입적으로 물었다.

"네, 할아버지."

주름이 깊은 눈가에 어린 감정은 가늠하기가 어려웠다. 세월의 더께가 느껴지는 눈동자였다. 어떤 생각으로 두 사람을 바라보는지 알수가 없었다.

"최지훈이 그놈은 내가 영 아니라고 생각했지."

조부의 입에서 흘러나온 이름에 선진은 멈칫했다.

"내 손녀는 말한 적이 없는 눈친데, 자네는 알고 있는 눈치구먼. 뭐하는 분이신가?"

"사업을 하고 있습니다."

"사업하는 놈들은 죄 사기꾼에다 도둑놈이라지. 도둑질은 얼마나해 보셨나?"

그가 어떤 사업을 하는지를 묻는 조부였다.

"대도를 앞에 두고 감히 제가 어떤 말씀을 올려야 할지 감이 서질않습니다."

당돌한 대답이 그에게서 흘러나오자, 조부는 유쾌하다는 듯이 웃음을 터뜨렸다.

"자네 이름이 뭔가?"

"신기주라고 합니다."

조부는 이름만을 묻고는 더는 질문을 하지 않았다. 그를 바라보는 조부의 입꼬리는 중력을 이기지 못하고 아래로 축 처졌고, 그에 대비해 눈꼬리는 점점 치솟는 듯했다.

"허락받으려고 온 거 아니에요. 결혼하겠다고 말씀드리려고 온 거죠."

선진이 내뱉은 말에 조부가 혀를 끌끌 차며 고개를 절레절레 내저었다.

"분위기 파악 못 하고 뻗대는 게 뭐가 좋다고 결혼을 하신다 하셨나?"

손녀의 흉을 보며 던진 질문에 그는 빙긋이 웃음을 머금은 채로 속삭였다.

"저도 분위기 파악을 제대로 못 하는 바람에 덜컥 애가 들어섰습니다. 내년 초가을이면 증손자 보실 것 같습니다."

선진의 미간이 저절로 찌푸려졌다. 선진의 안전을 위해 결혼 전까지 임신 사실을 알리지 않기로 했었다. 그런데 조부 앞에서 선진이 홑몸이 아니라는 것을 털어놓는 그의 모습이 당혹스러웠다.

당혹스럽기는 조부 역시 마찬가지인 듯했다. 조부는 아무런 말도 하지 못하고 두 사람의 얼굴을 번갈아 보기만 했다.

"KJ가 스탠포드 재학 시절에 창립한 회사라고 했나?"

외부 활동을 일절 하지 않는 조부였지만, 세상사가 어떻게 돌아가는지는 훤히 꿰고 있는 듯했다. 그의 이름만으로 그가 어떤 사람인지 아는 눈치였다.

"네, 그렇습니다."

"그래, 회사 하나 세워 놓고 나니까 어떤 기분이 들던가?"

그는 잠시 숨을 고르고는 입을 열었다.

"처음 동기들과 사업을 시작할 때는 즐거웠습니다. 그런데 점점 규모가 커지면서 제가 만든 것에 집착하고 있다는 생각이 들었습니다. 창립자의 집착은 회사에 위협 요소가 되기에 잠시 물러서 있었습니다. 그런데."

"그런데?"

조부는 그의 이야기가 흥미롭다는 듯이 귀를 기울였다.

"제 아내 될 사람에게 힘을 실어 주기 위해서는 제가 공식적인 활동을 해야 한다고 생각을 고쳐먹었습니다. 스스로도 충분히 날아오를 수 있는 사람이지만, 날개를 꺾으려고 조준하고 있는 사람들이 보였거든요. 이제 그 사람들은 제 몫입니다."

"허허, 참."

고개를 끄덕거리며 조부가 기가 막힌다는 듯이 웃었다.

"꼭 젊은 사람한테 혼이 난 기분이야. 내가 잠시 물러나 있는 이유도 그와 같았네. 그런데 자네는 지금 자네 이야기를 하면서, 내 핏줄을 제대로 간수하지 못하는 나를 탓하는 겐가?"

그는 긍정도, 부정도 하지 않았다.

"그래서 내가 만약 손녀딸을 지키는 위치에 서지 않는다면, 자네를 상대해야 될 거라는 경고처럼 들리는데, 맞나?"

조부의 질문에 그는 동문서답했다.

"아까 말씀드린 증손자 관련 소식은 할아버님만 아셨으면 합니다. 제 아내 체면은 지켜 주고 싶어서요."

끝까지 손녀딸을 싸고도는 그를 조부는 흡족한 눈빛으로 바라보았다.

이윽고 노크 소리가 들려왔다.

"회장님, 저 왔습니다."

문밖에서 들려온 목소리는 윤선웅 상무의 것이었다.

"들어오너라."

조부는 두 사람을 대할 때와는 사뭇 다른 어조로 윤 상무를 불러들였다. 딱딱하고 경직된 어조는 조부가 손자를 대하는 것이 아닌, 회장이 부하 직원을 부리는 듯했다.

"강녕하셨습니까, 회장님."

서재 안에 들어선 윤 상무는 먼저 조부를 향해 깍듯이 인사를 건네고는 두 사람에게로 시선을 옮겨 오며 말을 이었다.

"오늘 선진이가 결혼할 사람을 데려온다고 했다고…….""

선진의 옆에 앉아 있는 남자가 신기주라는 것을 확인한 윤 상무의 눈동자가 바르르 떨리는 게 눈에 들어왔다.

"왜, 면식이 있는 사이냐?"

조부의 질문에 윤 상무는 당혹스럽다는 듯이 고개를 절레절레 내저었다.

"아닙니다, 회장님. 잠깐 닮은 사람과 착각한 것 같습니다."

윤 상무는 KJ의 신기주가 부탁한 대로 어제의 미팅을 비밀에 부치려고 하는 듯했다. 만약 자신이 KJ의 신기주를 등에 업었다는 사실을 부친에게 들킨다면, 계획이 수포로 돌아갈 가능성이 농후하기 때문이었다.

그런데 선진의 남편이 될 사람이 과연 제 편을 들어 줄지 의문인 얼굴이었다. 본인은 감추려고 애쓰는 듯 보였지만, 윤 상무의 머릿속에서 돌아가고 있는 상황들이 훤히 보였다.

"일단 식사부터 하시죠. 저녁 식사 준비 다 되었답니다."

윤 상무는 저녁 식사 자리로 조부를 모시고 오라는 윤 부회장의 심부름으로 서재에 온 모양이었다.

"내 5분쯤 있다가 갈 테니, 먼저 가."

조부의 말투는 묘하게 날이 서 있었다. 윤 상무는 안절부절못하며 허리 숙여 인사를 하고는 물러났다. 윤 상무가 서재에서 나가고 난 뒤, 잠시 침묵이 흘렀다. 모두 윤 상무의 아둔함을 각기 다른 방식으로 소화시키고 있는 듯했다.

먼저 입을 연 것은 조부였다.

"나한테는 현명한 손녀나 아둔한 손자나 똑같은 핏줄이네. 나는 누구 편도 들 생각이 없어."

"지당하신 말씀이십니다. 현명한 손녀 편은 평생 제가 들겠습니다."

조부가 하는 말에 한마디도 지지 않는 모습이었다. 선진은 그에게 이런 고집이 있는지는 미처 몰랐다. 당혹스러워하는 선진에 비해 조부는 흡족한 미소를 머금을 뿐이었다.

식사실에 도착하니, 윤 부회장 내외와 윤 상무가 세 사람을 맞이했다. 작은어머니는 무릎 관절이 좋지 않은 조부가 의자에 온전히 앉을 수 있도록 도왔다.

조부가 먼저 착석하고 나서, 조부의 맞은편에 윤 부회장이, 그리고 양옆으로 각각 선진과 기주, 작은어머니와 윤 상무가 마주 앉았다.

"일단 들지. 감사히 드시게."

조부를 시작으로 조용한 가운데 식사가 시작되었다. 윤 부회장은 호기심이 가득한 눈빛으로 그를 흘끗거렸다. 윤 부회장의 눈빛에는 못마땅해 죽겠다는 기색이 어려 있었다.

아둔하기로 소문난 아들의 혼사를 통해 원하는 혼맥을 얻을 수 없다면, 그나마 똘똘한 조카를 이용해 이득을 볼 참이었다.

그런데 어디서 듣도 보도 못한 놈이 같은 식탁 앞에 앉아 있다는 생각에 심기가 많이 불편한 얼굴이었다.

"그래, 자네 무슨 일 하나?"

혼기가 찬 재벌가 재자들은 전부 꿰고 있는 윤 부회장이었다. 그런데 선진이 말했던 것처럼 윤 부회장의 목록에 없는 얼굴이 식사 자리에 나타나서 더욱 못마땅한 듯했다.

"지금은 특별히 하는 일이 없습니다. 아직은 성과 없이 여러 사람을 만나는 중이고요."

그의 시선이 윤 상무에게 닿았다가 이내 윤 부회장을 향했다. 윤 상무는 간택이라도 받은 양 눈빛을 반짝거리며 그의 시선에 응했다. 상황이 점점 재미있게 돌아갔다. 그가 짜 놓은 판 안에서 곧 잡힐 말 두 마리가 열심히 날뛰는 모양새가 우스웠다.

윤 부회장은 그의 대답을 곧이곧대로 알아듣고 한심하다는 듯한 표정을 지었다.

"젊은 사람이 사회에 보탬이 되는 방법을 빨리 찾아야지. 만나고 있는 여자가 능력이 출중하다고 해서 거기 기댈 생각을 해서는 안 돼. 대체 요즘 젊은 사람들은 무슨 생각을 하고 사는 건지, 원."

"안 그래도 아내 될 사람에게 도움이 될 만한 방법을 찾느라 백방으로 뛰고 있습니다."

"백방으로 뛰기만 하면 뭐 하나? 세상에서 제일 한심한 말이 열심히 했으니 됐다는 말이야. 구체적인 성과가 없으면, 그게 돈 낭비, 시간 낭비, 인생 낭비……. 그보다 더 아까운 게 있을까?"

윤 부회장이 가시 돋친 말을 쏟아 낼 때마다 윤 상무의 얼굴에는 화색이 돌았다. 그런 아들의 모습을 윤 부회장은 잘못 해석한 듯 기세가 등등해서는 장광설을 이어 갔다.

"좋은 혼처 다 마다하고, 제 등골 빼먹을지도 모르는 남자한테 미쳐 있는 꼴이라니."

혀를 끌끌 차며 윤 부회장은 누군가 끼어들 틈도 없이 떠들어 댔다.

"그래, 앞으로 자네 계획이 어떻게 되나? 평생 선진이 도울 방법만 연구하다가 늙어 죽을 생각인가? 그리고 자네 나이는 몇 살이야? 선진이보다 위인 것처럼 보이는데, 나이도 어린 아내가 잘나가는 걸 지켜보고만 살 수 있겠어?"

"올해 서른둘입니다. 저는 제 아내가 더 높은 곳으로 올라가기를 바랄 뿐입니다."

"아버지, 무슨 말씀을 좀 해 보세요. 선진이가 이런 작자한테 시집가는 꼴을 지켜보고만 계실 겁니까? 아직 언론이고, 어디고 소문난 데 없으니 여기서 그만두시게. 격에 맞는 사람끼리 만나야 잘 사는 거라네."

선진은 윤 부회장이 자기만의 세계에 빠져서 허우적대는 꼴을 더 지켜볼까 하다가 입을 열었다.

"기주 씨, 옆에 있는 냅킨 좀 집어 줄래요?"

그는 다정한 눈빛을 선진에게 한 번 보내고는 냅킨을 집어서 선진에게 건네주었다.

"너는 네 옆에도 있는 걸, 왜."

윤 부회장은 선진을 나무라다 말고 멈칫했다.

"이 사람한테 말씀을 너무 험하게 하셔서, 제가 냅킨이 제 옆에 있는 것도 잊었네요."

그리 말한 선진이 다정한 미소를 짓고 있는 그를 향해 덧붙이듯 말했다.

"기주 씨, 너무 마음에 담아 두지 말아요. 작은아버지께서 노파심에 하시는 말씀이니까. 그거 알죠, 기주 씨?"

선진은 일부러 그의 이름을 강조해 말했다. 윤 상무의 아둔함은 지금 보니 윤 부회장을 닮은 듯했다. 어쩜 이리도 어리석은지, 선진은 제 얼굴이 다 민망할 정도였다.

"자네, 이름이……?"

윤 부회장이 설마 하는, 의심이 담긴 목소리로 물었다.

"신기주입니다."

무턱대고 무시하고 보느라 이름을 말할 기회도 주지 않은 건 조부나 숙부나 비슷했다. 하지만 연륜은 무시 못 하는 건지, 조부는 애먼 소리로 체통을 놓지는 않았다.

"혹시 자네가 선진이를 돕기 위해 한다는 일이……."

"아직은 구상 단계라 말씀드리기가 어려웠습니다. 한국 사무소 개소는 이르면 다음 달이 될 것 같고요. 개소 전에 먼저 윤선진 이사가 하는 일을 도울 생각입니다. 물론 다른 일도 같이할 수도 있고요."

그는 재빠르게 윤 상무를 한번 흘끗거렸다. 그와 윤 상무가 만났다는 사실을 알 리 없는 윤 부회장은 두 사람이 눈짓을 주고받는 모습을 전혀 알아차리지 못했다. 윤 상무는 그가 자신도 도울 거라는 생각에 들떠 있는 것처럼 보였다.

"본격적으로 사업에 착수하고 나서는 제 결혼식에 갈 시간조차 없을 것 같습니다. 허락만 해 주신다면 되도록 빨리 식을 올릴 생각입니다. 결혼식은 호텔 I 연우석 대표가 각별히 신경 써서 진행해 주겠다고 했습니다."

기주의 거침없는 말에 조부는 흡족한 미소를 짓고 있었고, 윤 상무는 기대감에 부푼 눈빛을 했고, 윤 부회장 혼자 혼란스러운 얼굴이었다.

"요새 젊은 사람들이 워낙 잘 알아서 해야지."

상냥한 목소리로 그리 말한 사람은 작은어머니셨다.

"아버님, 허락하시죠?"

며느리의 살가운 물음에 조부는 가만히 고개를 끄덕거렸다.

"별수 있겠나? 이러다 내 손녀딸 데리고 도망이라도 가면 어째. 알아서들 하게."

"감사합니다, 할아버님."

선진은 믿음직스러운 목소리로 대답하는 그를 말끄러미 바라보았다. 그로 인한 변화가 놀라웠다. 이 자리에서 자신이 이렇게 편안한 마음으로 웃으며 식사를 했던 적이 있나 하고 떠올려 보았지만, 기억에 없었다.

이 남자만 곁에 있다면 모든 불가능이 가능으로 돌아설 것처럼 느껴졌다. 그리고 말을 하지 않아도 합이 척척 들어맞는 게 놀라울 따름이었다.

스무 살, 그와의 우연한 만남을 통해 품었던 낭만적 감정이 고개를 들었다.

운명이 맞는 것 같다.

※

눈 소식이 있다는 오늘은 하늘이 엷은 회색으로 물들어 있었다. 곧 새하얀 눈송이를 뭉텅뭉텅 쏟아 낸다고 해도 어색하지 않을 것 같은 하늘이었다. 며칠 한파가 불어닥쳤다가, 눈이 온다는 오늘은 기온이 약간 오른 상태였다.

"눈길 조심하고, 감기도 조심하고."

"알았어요."

요즘 유독 조심하라는 게 많은 그였다. 그는 조수석 문을 열어 주며 등 뒤에 있는 건물을 한번 올려다보았다. 새하얀 외벽과 커다란 통

유리창을 통해 보이는 대형 샹들리에가 기가 막히게 어우러진 이곳은 웨딩드레스 샵이었다.

"이따 끝나면 연락 주고."

"아사미랑 같이 가도 되는데."

"데리러 올게. 같이 맛있는 거 먹자."

"그래요, 그럼."

그는 차에서 내려선 선진의 이마에 가볍게 입을 맞추었다. 떨어져 있다가 만났을 때, 짧은 헤어짐이 있을 때마다 그는 선진의 이마에 입을 맞췄다. 사랑스럽게 입술을 내리는 그의 얼굴은 언제나 근사했다.

"너무 예쁜 거로 고르지 마. 결혼식 날 내가 기절하면 곤란하니까."

그는 선진과 떨어지기 싫다는 듯이 손을 잡고 놓아주지 않았다.

"아사미 아까 와 있다고 했어요. 나 들어가야 해. 아사미 기다리는 거 되게 싫어해요."

"나도 윤선진이랑 떨어지는 거 싫은데, 어쩌죠? 그냥 웨딩드레스 같이 고를까?"

선진이 그건 안 된다며 단호하게 고개를 내저었다.

"알았어. 얼른 들어가."

그가 또다시 선진의 이마에 입술을 내리누르려는데, 후지사와의 목소리가 들려왔다.

"선진 짱 좀 그만 놔주면 안 돼요? 그러다 이마에 구멍 나겠다."

통통 튀는 후지사와의 목소리는 언제 들어도 기분이 좋았다.

"그러게, 좀 놔주지. 길바닥에서 꼴불견이 따로 없어."

후지사와의 등 뒤에서 나타난 사람은 태욱이었다. 그는 이맛살을 찌푸리며 선진에게 물었다.

"저놈은 여기 왜 있어?"

"나도 모르겠는데요."

선진이 짐짓 당황한 목소리로 대꾸했다. 태욱에게 알린 적이 없는데, 그가 왜 이 자리에 나와 있는지 의아했다.

"내가 불렀어, 짐꾼으로. 우리 이것저것 사려면 짐 들고 따라다녀야 할 사람 필요하잖아."

태욱도 어쩔 수 없었다는 듯 혼이 나간 눈빛이었다. 후지사와의 엉뚱함은 가끔 기묘한 화합을 불러일으키곤 한다. 오늘과 같은 조합에 당혹스러운 사람은 후지사와를 뺀 모두였지만, 당혹스러움은 잠시일 뿐 또 즐겁게 어울리는 일도 있었다.

지금은 단지 그가 이들과 함께 즐거이 어울릴 수 없는 상황이라는 게 문제라면 문제였다.

"그럼, 나도 같이 고를래."

그가 고집을 피웠다. 선진은 절대 안 된다며 고개를 내저었다. 이번만큼은 양보할 수 없었다. 결혼식장에서 드레스를 입은 자신의 모습을 보고 놀라 자빠질 것 같은 표정을 짓는 이 남자의 모습을 상상하는 것만으로도 요즘 힘이 났다.

"내가 말했잖아요."

일반적인 연애를 하지 못했고, 결혼도 서두르고 있지만…… 결혼까지 가는 짧은 과정이라 할지라도 충실해지고 싶다고.

웨딩드레스를 입은 모습은 식장에서 처음 보여 주고 싶다고.

그렇게 말을 했는데도 유치한 질투심에 눈이 먼 그는 심술을 부리기 직전의 얼굴을 하고 있었다.

"나, 배 속에 아이가 있는 몸이에요. 아니, 그런 질투는 안 할 때도 됐잖아요. 안 그래요?"

선진이 답답하다는 듯이 말했다. 이렇게까지 말이 안 통하던 사람이 아니었는데, 그가 갑자기 왜 이러는지 이해할 수가 없었다. 그가 한숨을 훅 내쉬었다.

"윤선진."

"왜요?"

진지하게 부르는 부름에 입술이 뾰족해지려는 찰나였다. 그가 선진의 앞에 대뜸 무릎을 꿇었다. 선진은 휘둥그레진 눈으로 그를 내려다보았고, 후지사와는 '에!' 하고 놀란 목소리를 냈고, 태욱은 '가지가지 한다.'라고 읊조렸다.

"결혼식 전에 당신이 평소에 아꼈던 사람들 앞에서 맹세하고 싶었어. 나는 평생 당신 곁을 지키며 살 거야. 내가 9년 전에 페어뱅크스에서 다짐했던 것처럼."

눈물이 핑 돌았다. 9년 전, 그가 자신의 곁을 지키겠다고 다짐했는지는 미처 몰랐다.

"이미 우린 결혼을 약속한 사이고, 결혼 날짜도 예정되어 있지만."

그가 코트 주머니에서 적색 상자를 꺼내고는 뚜껑을 열어 선진에게 보여 주었다.

"나랑 결혼해 줄래?"

포근한 목화솜처럼 보이는 눈송이가 소리 없이 흩날리기 시작했다. 거리의 나무를 감싸고 있는 꼬마전구에 반짝, 하고 불이 들어왔다. 눈부신 겨울 속에서 그가 무릎을 꿇은 채 선진을 갈구하는 눈빛으로 올려다보고 있었다.

선진은 고개를 가만히 끄덕거렸다. 눈가에 고여 있던 눈물방울이 쪼르륵 흘러내렸다. 그러자 그가 선진의 왼손 네 번째 손가락에 반지를 끼워 주고는 일어섰다. 그의 입술이 선진의 입술에 가볍게 닿았다가 떨어졌다.

물결이 흐르는 듯한 모양으로 디자인된 반지에는 초록색 에메랄드가 촘촘하게 박혀 있었다. 마치 그 모습은 머피 돔에서 함께 보았던 오로라를 연상케 했다.

"오로라처럼 생겼어요."

"맞아. 우리가 같이 봤던 거."

그날 밤 선진은 이 남자에 대한 확신으로 그의 품에 안겼다. 9년 만에 만난 두 사람이 서로의 인생을 함께할 반려자가 되었다는 사실이 여전히 믿기지 않았다.

"웨딩드레스 잘 고르고."

선진은 고개를 끄덕거렸다. 그가 선진에게서 멀어지려고 하자, 후지사와가 호들갑을 떨었다.

"스고이! 너무! 정말! 멋있어!"

그는 운전석에 오르려다 말고, 후지사와를 향해 외쳤다.

"주방용품은 고르지 마요."

"왜요?"

후지사와의 물음에 그는 매혹적인 미소를 머금으며 말했다.

"그런 건 쓸 사람이 골라야지. 주방 일은 내가 다 할 거니까."

그리 말한 그가 선진에게 눈인사를 건네고는 운전석에 올라갔다.

"맞다. 기주 씨 요리도 잘하지? 못하는 게 없네, 정말."

후지사와가 감탄하는 사이, 태욱이 다가왔다.

"뭐야, 나 그럼 짐꾼 안 해도 돼?"

"주방용품만 안 사는 거지, 살 거 되게 많아요. 선진 짱 오래 걸으면 안 되니까, 선진 짱은 앉혀 놓고 우리가 잘 보여 주고 해야 해."

"아, 뭐 그렇게까지 해요. 윤선진 돈도 많은데, 그냥 다 제일 비싼 거로 사라고 해요."

후지사와는 이래서 멋대가리 없는 남자는 안 된다는 둥, 예전에 태욱이랑 잘해 보라고 말했던 자신이 미쳤었던 거라는 둥, 기주 씨랑 결혼하길 잘했다는 둥, 솔로인 데는 이유가 있다는 둥 떠들어 댔다.

"거참. 그러는 후지사와 씨도 솔로잖아."

오늘 웨딩드레스를 고르고, 혼수품을 마련하는 일이 순탄치만은 않을 것 같다고 선진을 생각했다.

선진은 둘이 열심히 티격태격하는 동안 왼손 네 번째 손가락에 끼워진 반지를 내려다보았다. 희망을 꿈꾸었던 하늘의 형상이 손가락에 내려앉은 기분이었다. 선진은 그 희망을 꼭 그러쥐듯 주먹을 움켜쥐었다.

�֍

부명건설 대표로부터 연락이 온 건, 그로부터 며칠 후였다. 조 팀장은 생각보다 수월하게 부명건설 대표와의 미팅 자리를 마련했다.

"혼자 가도 괜찮겠어?"

기주는 그녀를 걱정 어린 눈빛으로 바라보았다. 얼마 전 정기검진에서 다행히 몸 상태가 안정을 찾았다고 했지만, 그녀가 홀로 스트레스 상황에 놓이는 것은 여전히 염려스러웠다.

마음을 확인한 이후로 기주가 그녀에게 고백했던 말이 진심이 아니었던 적은 한 번도 없었다.

세상 모든 아픔, 고난, 미움, 역경은 자신의 몫이었으면 하는 게 기주의 바람이었다. 그런데 이렇게 자신이 대신해 줄 수 없는 일이라며 선을 그어 올 때면, 그녀가 흔들리지 않을 거라 믿는 거 외에는 방법이 없었다.

"내가 혼자 해야 할 일이 맞아요."

"윤선진, 많이 강해졌다."

"누구 덕분에."

"아냐. 한국에서 다시 만난 이후로 쭉 강했어. 아니, 페어뱅크스에서 만났을 때도."

그녀는 흡족한 눈빛으로 기주를 올려다보았다.

"기주 씨, 연애 한 번도 해 본 적 없다는 말, 거짓말이죠?"

"그럴 리가."

기주는 정색하며 대꾸했다. 그녀가 이런 말을 해 올 때면 어떻게 반박을 해야 하는지 도무지 모르겠다. 요즘 기주를 곤란하게 만드는 존재는 그녀가 유일했다.

"근데 왜 이렇게 여자 자존감 세워 주는 방법을 잘 알지?"

한숨이 절로 흘러나왔다. 기주는 어깨를 축 늘어뜨렸다.

"나는 오로지 윤선진만 잘 아는 거야."

그 대답이 마음에 든다는 듯이 그녀가 웃었다. 기주는 고개를 내려 그녀의 입술을 깊이 머금었다. 이제 안정기에 접어들었으니, 더 진한 스킨십도 가능하다고 의사가 그랬다. 그런데 아무리 조심해서 안는다고 해도, 날마다 격무에 시달리는 그녀를 품을 수는 없었다.

오늘은 저녁 시간이 좀 한가하려나 했는데, 미팅 자리에 나서야 한다니 아쉬울 수밖에.

"근처에서 기다릴게. 얼른 들어가 봐."

"알았어요. 기주 씨도 여기서 마냥 차 세워 놓고 기다리지 말고, 뭐 좀 먹어요. 알았죠?"

기주는 가볍게 고개를 끄덕거렸다. 차체에 기댄 채로 그녀를 품에 잠시 안고 있던 기주는 레스토랑 입구까지 그녀를 에스코트해 주었다. 그녀의 모습이 레스토랑 안으로 사라지고 난 뒤, 기주는 근처에 와 있을 정은에게 전화를 걸었다.

─ 어, 선배. 어디예요?

"연남동, 너는?"

─ 저도요. 연락이 없으셔서 윤 이사님 미팅하실 레스토랑 근처에 있는 이탈리안 비스트로에 있어요.

411

"그쪽으로 갈게."

– 메뉴 괜찮으시겠어요?

"볼로네제 스파게티 한 끼 먹는다고 안 죽어."

정은이 알려 준 이탈리안 비스트로는 건널목을 건너기만 하면 되는 곳에 있었다. 테이블이 세 개밖에 되지 않는 식당 안은 조용했다.

"긴히 하실 말씀 있으신 거죠?"

기주의 분위기가 심상치 않다는 것을 정은은 눈치챈 모양이었다.

"결혼식 이후로 윤 부회장과 윤 상무 쪽에 문제가 생길 거야."

"어느 쪽이 먼저요?"

"윤 상무 쪽이. 아무래도 그쪽이 건드리기 쉬우니까. 윤 상무가 물꼬를 터 주면, 윤 부회장을 잡는 게 더 쉬울 거야."

그들의 악행은 예상했던 것 이상이었다. 기주는 하나씩 정보를 풀어 그들의 숨통을 조이다가 완전히 끊어 놓아야겠다고 생각했다.

"그럼 그쪽에서도 가만히 있지는 않겠죠."

"내 뒷조사를 아마 할 것 같은데. 지금쯤 시작했을지도 모르고."

사실 털어도 나오는 게 별로 없을 기주였다. 하지만 하필 부명과 부명에 속한 그녀의 곁에 있기에 치명적일 수 있는 일이 있었다.

"누나에 대한 정보가 새어 나가지 않게 특별히 조심했으면 좋겠어. 할 수 있다면 평생 누나에 대한 일은 그 누구도 몰랐으면 좋겠고."

정은은 의아한 얼굴이었다. 어릴 적부터 한동네에 살았고, 오랫동안 기주를 보았지만 사실 누나의 죽음에 얽힌 비화에 대해서는 정은도 알지 못했다. 기주가 그 누구에게도 발설하지 않았기에 가능한 일이었다.

"알겠어요."

"그리고 누나 위패도 서울에서 가까운 절로 옮겨 왔으면 해. 너무 멀리 있어서 자주 들여다보기 어려우니까. 되도록 주지 스님 한 분만 있는 작은 절로 알아봐 줘.”

새어 나갈 구멍이 없다 할지라도 켜켜이 방어막을 쌓아야 했다. 이제는 그 일이 세상에 알려져서 누나가 우습게 되어 버릴까 봐 두려운 게 아니었다. 그걸 그녀가 알게 될까 봐, 그게 가장 두려웠다.

할 수만 있다면 영원히 봉인해 버리고 싶었다.

누나의 위패는 생각보다 빨리 경기도 양평에 있는 절로 옮겨졌다. 결혼 전에 그녀가 누나에게 인사를 드리는 게 좋지 않겠냐며, 정은이 노력해 준 덕분이었다.

원래 누나의 위패가 있었던 구관사는 주차장에서 가파른 통나무 계단을 2km나 걸어 올라가야 했기에, 산모인 그녀를 데리고 다녀올 수가 없었다.

또 아이가 태어나고 난 뒤에도, 어린아이를 데리고 오르내리기에는 힘든 곳이었다. 한국에 정착해서 누나를 좀 더 가까이 두고 싶은 생각에 그런 결정을 내렸다는 말에 스님은 내심 안도한 목소리로 말했다.

– 귀한 인연을 만나셨나 봅니다.

휴대전화 너머에서 들려오는 스님의 목소리는 안온했다. 기주는 그제야 불안정했던 자신도 자리를 잡았다는 생각이 들었다. 가족, 가슴이 사무치게 그리웠던 존재가 이제 자신에게도 생길 예정이었다.

아리따운 아내와 두 사람을 꼭 닮은 아이를 데리고 산다는 상상만으로도 기주는 눈물이 날 것만 같았다.

서울을 출발한 지 1시간 30분 정도가 지났을 때, 두 사람이 오른 차는 양평에 있는 자그마한 절 앞에 도착했다.

그녀는 이곳으로 오는 내내 조용했다. 무슨 생각을 하는 건지 묻고 싶었지만, 그러면 누나에 관한 이야기가 흘러나올 것 같아서 기주 역시도 침묵했다.

아마도 그녀는 자신이 누나에 관한 이야기를 잘 하지 않는다는 것을 느끼고, 누나의 이야기를 꺼내는 것에 대한 준비가 되지 않았음을 어렴풋이 짐작하는 듯한 눈치였다.

"다 왔어."

"절이 참 예쁘네요."

지난밤, 눈이 오기는 했지만 제법 따사로운 햇살 덕분에 전부 녹아서 길이 미끄럽지는 않았다. 하지만 물기를 머금은 흙길이 혹여 미끄러울까 봐 걱정되어서 기주는 그녀의 어깨를 가볍게 감싼 채로 걸음을 옮겼다.

누나의 위패가 놓인 공간에 도착했을 때, 그녀는 불교의 예법을 모른다며 잠시 망설이다가 인사를 건넸다.

"안녕하세요, 윤선진입니다. 예전에 한번 뵀는데, 저 기억하세요?"

앞에 사람이 앉아 있는 것도 아닌데, 그녀의 목소리는 잔뜩 긴장한 것처럼 파르르 떨렸다.

"저한테 그때 예쁘다고 말씀해 주셨었는데……. 그때 제대로 인사 드리지 못해서 죄송해요. 자주 올게요. 이 사람 한국 떠나 있는 동안 외로우셨죠?"

그리 묻는 그녀의 목소리에서 물기가 배어났다. 외로움이 얼마나 큰 아픔인지 잘 아는 그녀였기에 울컥한 목소리였다.

"이 사람 바쁘면 저라도 자주 올게요. 그리고 그거 아세요? 여기 있는 이 스노우볼, 제가 고른 거예요. 마음에 드셨어요?"

그녀가 기억하지 못할 거라고 생각했다. 그런데 페어뱅크스 상점에서 골랐던 스노우볼을 고맙게도 알아봐 주었다.

"기억하고 있었네?"

"이걸 어떻게 잊어요? 내가 너무 갖고 싶어서 골랐던 건데."

"말을 하지, 그럼. 똑같은 거 두 개 샀을 텐데요."

그녀는 고개를 절레절레 내저으며 웃었다.

"아니, 스노우볼 말고."

기주는 아, 하고 탄식했다. 그녀가 말한 것은 스노우볼 안에 있는 집 창문에 비친 가족의 그림자였다.

"저는 이제 이 사람이랑……. 이거 가질 수 있을 것 같아요. 걱정하시지 않게, 잘 살게요."

조용한 목소리로 조곤조곤 속삭이는 그녀의 모습이 사랑스러워서 가슴이 벅차오를 지경이었다.

절을 나서는데, 잠시 근처를 둘러보고 싶다는 그녀의 말에 기주는 차에서 담요를 꺼내서 그녀의 어깨에 둘러 주었다.

"이 정도로 춥지는 않은데."

"걷다 보면 추울 수도 있어."

"너무 자상해서, 나중에 당신이 조금이라도 나한테서 관심이 떨어지면……. 나 되게 마음 아플 것 같아."

가지 위에 잔설이 남아 있는 숲길을 걸으며 그녀가 잔잔한 목소리로 속삭였다. 아련한 물기를 머금은 목소리가 어쩐지 쓸쓸하게 들려서 기주는 그녀의 어깨를 더욱 포근하게 감싸 안았다.

"걱정 마요. 나중에 나 귀찮다고 하지나 마. 껌딱지처럼 찰싹 달라붙어서 당신 뒤만 졸졸 쫓아다닐 거니까."

기주의 말에 그녀가 가볍게 웃음을 터뜨렸다. 아직 겨울이 한창인 숲에 봄빛을 닮은 그녀의 웃음소리가 아름답게 번졌다.

"9년 동안 어떻게 살았어요?"

"열심히 살았지."

그녀의 질문에 기주는 그렇게 대답할 수밖에 없었다. 기주는 누군가를 마음에 들이는 것이 두려워, 그 틈이 만들어지지 않도록 더 열심히 살았다. 9년 전, 그녀가 상실 이전의 소멸을 원했던 것처럼, 기주는 상실 이전의 무아無我를 택한 삶을 살았다.

"9년 동안 어떻게 살았어?"

기주의 질문에 그녀는 어떻게 말하면 좋을지 고민하는 눈치였다.

"악착같이 살았지."

하얀 입김 속에 배어 나온 회한이 공기 중으로 흩어졌다.

"이런 환경에 태어난 건 내가 선택한 게 아니잖아요. 어쩔 수 없이 나는 회사 일에 뛰어들어야 하는 상황이었고. 그런데 그게 너무 싫었던 날들이 있었는데."

그녀는 찬 공기 중에 말을 계속 잇는 게 불편한지 잠시 숨을 고르고는 덧붙였다.

"당신이랑 그렇게 헤어지고 나서 그런 생각이 드는 거예요. 내가 높은 자리까지 올라서 유명해지면 당신이 나를 찾을 수 있지 않을까 하는 생각. 어릴 때, 엄마도 없고 아빠는 나한테 관심이 없었고……. 그래서 다른 사람 앞에 나서는 게 두려웠어요. 한 번도 귀염받았던 기억이 없었으니까. 언론에 보도되는 그룹 내 행사에 참석해도, 당신을 만나기 전까지의 시간 동안은 내 사진이 남아 있는 게 없어요. 나는 부명일가에 속해 있기는 했지만, 대중에게는 없는 사람이나 마찬가지였어요. 그런데 당신을 만나고 난 이후에는, 내가 알려지면 당신이 날 찾을 수 있을 거라는 확신이 드는 거야."

그녀는 어디서 그런 용기가 나왔는지 모르겠다며 웃었다.

"결국 또 우연히 얽히기는 했지만."

"모든 게 다 우연이라고 생각해?"

그녀는 당연히 그렇다며 고개를 끄덕거렸다.

"만약 그 우연 중 일부가 내가 만든 필연이라면?"

천천히 걸음을 옮기던 그녀가 우뚝 멈춰 섰다. 기주는 낮고 조용한 음성으로 속삭이기 시작했다.

"페어뱅크스에서 그렇게 종일 마주쳤던 거 이상하지 않았어요? 호텔 I 바에서 내가 갑자기 나타난 건? 왜 KJ가 부명그룹 윤선진 이사하고 제일 먼저 미팅 일정을 잡았을까?"

그녀가 휘둥그레진 눈으로 기주를 올려다보았다. 눈꺼풀만 깜빡거리는 그녀의 모습을 내려다보는 기주의 눈빛에는 애정이 담뿍 담겨 있었다.

"그럼 페어뱅크스에서 나 미행했어요? 그날 호텔 I에 내가 있는 건 어떻게 알았어? 설마 연우석 대표? 그 사람 그거 안 되겠네!"

"안 되긴 뭐가 안 돼. 그 덕에 우리 아가도 생겼는데."

기주는 그녀의 이마에 쪽 소리가 나도록 입을 맞췄다.

"맨날 아가라고 부르는 건 좀 그렇다."

그녀는 입술을 삐죽 내밀었다.

"그럼 이참에 태명 하나 지어야겠다. 태명 짓는다고 하고 잊고 있었네."

완전한 남남이었던 남녀가 만나서 가족이 되어 가는 과정은 가슴이 뭉클할 만큼 따뜻했다. 덤덤한 목소리를 내려 노력했지만, 자꾸 가슴이 벅차오르고, 심장이 떨려서 들뜬 목소리가 흘러나왔다.

"뭐 생각해 둔 거 있어요?"

"글쎄. 한방이?"

고개를 갸우뚱 기울이며 진지하게 말하는 그녀의 모습에 기주는 웃음을 터뜨리고 말았다.

"그건 남들 앞에서 부르기가 좀."

"왜요? 자랑스럽지 않고요?"

가끔 이런 말을 서슴지 않는 걸 보면, 그녀도 보통 성격은 아니지 싶다.

"나 창작 능력 제로예요. 이름 짓고 그러는 거 되게 못해. 해 본 적도 없고……. 그래도 가장 그럴듯한 이름으로 지은 거였는데…… 별로예요?"

"응, 별로야."

그녀는 잔뜩 실망한 얼굴로 한숨을 폭 내쉬었다.

"홍옥이 하자."

"홍옥이?"

"입덧 심할 때 사과 주스로 버텼잖아. 그리고 기억 안 나?"

기주가 다소 마음이 상했다는 얼굴로 묻자 그녀가 얼굴을 붉히며 웃었다.

"왜 기억이 안 나요. 사과는 왜 그렇게 흔한 과일이야? 사과 볼 때마다 생각나서……. 내가 얼마나 힘들었는데."

힘들었다고 말하는 그녀의 지난 시간에 마음이 아파서 가슴이 저릿했다.

"이제 사과만 보면 힘 날걸?"

그녀는 고개를 끄덕이며 빙긋이 웃었다.

겨울인데도 앙상한 나뭇가지 새로 스며드는 햇살은 그녀의 미소처럼 따뜻했다.

❀

"신부 입장!"

버진로드를 걸어 들어가는 선진을 바라보는 그의 눈빛은 그저 멍했다. 이제껏 본 중에 가장 멍청한 표정을 지은 그가 선진을 바라보고 있었다.

홑몸이 아닌 탓에 웨딩드레스는 무겁지 않고 가벼운 소재로 골랐다. 아직 배가 많이 나오지는 않아서 엠파이어 드레스까지 입을 필요는 없었지만, 코르셋으로 배와 허리를 꽉 조이는 디자인은 피했다.

노출이 심한 디자인은 입고 싶지 않아서 쇄골까지 올라오는 튈 망에 작은 다이아몬드가 잎사귀 모양으로 장식되어 스퀘어 넥 라인을 이루는 디자인의 드레스를 입었다. 목 아래에서 시작된 다이아몬드 장식은 순백색 튈 드레스를 따라 무릎 아래까지 이어졌다.

선진이 움직일 때마다 수많은 다이아몬드가 조명에 반사되어 반짝반짝 빛이 났고, 머메이드 라인으로 퍼지는 드레스 자락은 하늘하늘 아름다운 곡선을 그려 냈다. 마침내 그의 앞에 서자, 심장이 지금까지와는 비교도 되지 않을 정도로 빠른 박자로 쿵쿵 울리기 시작했다.

그는 선진을 에스코트한 윤 부회장에게 형식적인 인사를 하고는 선진을 손을 건네받았다.

"기절할 뻔했잖아요. 너무 예뻐서."

그가 조용히 건네는 말에 선진의 입가에 미소가 번졌다.

결혼식은 성대했고, 모든 것이 아름다웠다. 축복은 기주와 선진을 아는 소수의 사람들이 해 주는 것으로도 충분했다. 오늘 이 자리는 KJ의 신기주와 부명그룹의 윤선진 이사가 그 누구보다도 끈끈한 연으로 맺어졌음을 증명하는 자리다.

두 사람의 결혼은 언론사 경제면을 중심으로 앞다투어 보도되었다. 부명그룹이 앞으로 한 걸음 더 도약할 기회라는 기사도 있었고, 그룹 지배 체제에 변화를 예견하는 기사들도 쏟아졌다.

또 건강상의 문제를 이유로 일절 외부 활동을 하지 않았던 윤 회장의 와병 상태에 관한 논쟁도 두 사람의 결혼식을 통해 일축되었다.

정정한 모습으로 결혼식장에 모습을 드러낸 윤 회장은 시종일관

무표정이었으나, 두 사람이 부부가 되어 행진할 때만큼은 흐뭇한 미소를 머금었다.

"역시 언니는 남다른 사람이랑 결혼할 줄 알았어."

결혼식장을 찾은 하윤은 선진이 사랑이 아닌 다른 목적을 이유로 KJ의 신기주와 백년가약을 맺었다고 여기는 눈치였다. 비단 하윤뿐만 아니라 결혼식장에 모인 대부분의 사람이 그렇게 생각하는 듯했다.

아니라고 부정할 생각은 없었다. 자신의 위치와 그의 능력이 결합하는 모습을 보며, 다른 이들이 그렇게 생각하는 것은 어쩌면 당연한 일인지도 모른다. 그것이 두 사람의 결혼을 이해하는 그들의 적절한 타협점일 터였다.

평생 독신으로 살 것 같았던, 감성이라고는 말라비틀어져서 사랑의 애틋함은 영원토록 알지 못할 것처럼 보였던 여자와 고국을 멀리 떠나 눈부신 사업적 성공을 이뤘음에도 한 번도 그의 나라는 찾지 않았던 남자의 만남. 그들은 이 두 사람의 결혼에 관한 개연성을 경제 논리로 이해하려고 들 것이다.

두 사람을 설명해 줄 수 있는 가장 근원적이고, 아름다운 단어는 사랑인 것을.

또 다른 이들이 어떻게 생각하건 상관없었다. 선진은 제 곁에 선 남자가 신기주라는 사실만으로 그저 행복했다.

"괜찮아요?"

하객들의 인사를 받으며 막 식장을 빠져나왔을 때였다. 그가 자상한 목소리로 선진의 귓가에 속삭였다. 선진의 몸이 고되지는 않은지 묻는 말이었다. 선진은 은은한 미소를 머금은 채로 고개를 끄덕거렸다.

그는 선진의 등허리를 부드럽게 감싸 안으며 그녀의 이마에 가볍게 입을 맞췄다. 두 사람을 향해 있던 카메라 플래시가 일제히 터지는 소리가 들려왔다.

결혼식은 성대했지만, 오랜 시간 지속되지는 않았다. 본식이 진행된 이후에 같은 연회장에서 식사를 겸한 간단한 피로연이 진행되었고, 두 사람은 피로연이 진행되는 동안 하객들에게 짧은 인사를 건넨 뒤 곧장 신혼여행길에 올랐다.

이제 안정기에 접어들었으니 가까운 곳으로 신혼여행을 가는 것 정도는 괜찮다는 의사의 말에 두 사람은 겨울의 제주로 향했다.

호텔 방에 도착하자마자 선진은 침대 위에 쓰러지듯 몸을 누였다.

"아, 결혼식 두 번은 못 해 먹겠다."

천장을 올려다보며 선진이 투덜거리자, 그가 선진의 곁으로 다가와 앉으며 웃었다.

"두 번 할 일 없을 테니까 걱정 마요."

그는 대자로 누워서 천장을 올려다보고 있는 선진의 이마에 쪽 소리가 나도록 입을 맞췄다.

"으음."

선진은 고개를 절레절레 내저으며 투정을 부렸다. 평생 이런 투정은 처음 부려 보는 선진이었다. 그런데 선진이 어떤 행동을 하건 그가 다 받아 주는 탓에 낯간지러운 어리광이 잘도 튀어나왔다.

"뭐가?"

그가 침대 위로 흐트러진 선진의 머리카락을 쓸어 넘기며 장난스러운 얼굴로 물었다.

"꼭 알면서 뭐냐고 묻더라."

"아니, 말을 안 하는데, 어떻게 알아. 왜?"

그는 왜 투정을 부렸는지 말하라며 선진을 채근했다.

"그걸 꼭 말로 해야 아나, 뭐."

그러자 그가 짐짓 심각한 얼굴로 입을 열었다.

"앙탈을 부릴 거면, 제대로 부려. 하다 말지 말고."

선진은 오른손 검지로 제 입술을 가리키며 미소를 머금었다. 그러자 그가 이쯤에서 져 주겠다는 식으로 얼굴을 내리며 그녀의 입술 위에 부드럽게 입을 맞췄다. 가볍게 시작된 키스는 점차 관능성을 띠며 무거워지기 시작했다.

말랑말랑한 입술 사이로 뜨겁고 말캉한 것이 밀려들어 오자, 선진은 손을 뻗어 그의 목덜미를 끌어안았다. 말캉하게 얽히며, 거칠게 비벼질 때마다 정염은 더욱 거세어졌다. 선진은 그의 목을 끌어안고 있던 손을 내려 허리춤에 있는 벨트 버클을 찾기 시작했다.

그러자 맞붙어 있던 입술이 떨어지며 야릇한 마찰음이 조용히 울렸다.

"성격 한번 급하기는."

그는 빙그레 웃더니 상체를 일으키고는 연하늘색 니트와 안에 입은 면 티셔츠까지 단번에 벗어 던졌다. 선진은 근육이 잘 잡힌 그의 상체를 올려다보며 가쁜 숨을 내쉬었다. 임신해서 결혼까지 한 사이지만, 선진에게 그의 벗은 몸이 익숙한 것은 아니었다.

그는 선진을 내려다보며 느릿한 동작으로 벨트 버클을 풀기 시작했다. 바지 지퍼가 내려가는 소리에 발끝이 오므라들 만큼 성적 긴장감이 대단했다. 그는 니트를 벗어 던졌을 때와 같이 바지와 속옷을 한번에 내렸다.

선진은 홉 하고 숨을 들이마셨다. 페어뱅크스에서는 처음이었기에 정신이 없었고, 한국에서 재회했을 때는 술에 취해 있었기에 기억 속에 분명히 남아 있지 않은 존재감이었다. 선진은 그의 쇄골 아래부터 두꺼운 가슴근육, 옹골차게 들어찬 복근에서 그 아래까지 천천히 시선을 옮겨 갔다.

"이제 내 차례지?"

자신이 선진의 몸을 바라볼 차례라고 말하는 것 같았다. 그는 지금 실오라기 하나 걸치지 않은 완벽한 나신이었고, 선진은 아이보리색 니트 원피스를 입고, 스타킹까지 신은 상태였다.

그가 손을 내려 선진의 치맛자락을 들추기 시작했다. 당연히 원피스 먼저 벗길 거라 예상했으나, 치맛자락을 들어 올린 그는 스타킹과 함께 선진의 속옷을 벗겨 내렸다.

돌돌 말려 올라온 치마는 선진의 배 부근에 고여 있었다.

"흐음."

그의 시선만으로도 밭은 신음이 흘러나왔다. 그의 입술이 허벅지에 닿는 게 느껴졌다. 선진은 눈을 질끈 감았다가 뜨며 달뜬 숨을 내뱉었다.

"하아, 기주 씨."

밭은 숨을 내쉬자, 그가 고개를 들더니 아쉬운 듯 중얼거렸다.

"너무 심한 자극은 안 된다고 하던데……. 못 견디겠으면 말해."

선진은 그를 올려다보며 고개를 끄덕거렸다. 그는 원피스 자락을 위로 들어 올려 벗겨 냈다. 엄마가 되는 과정에서 아름답게 부풀어 있는 가슴을 그는 집요한 시선으로 바라보았다. 지금 선진의 몸에 남아 있는 것은 가슴을 감싸고 있는 레이스 속옷뿐이었다.

그는 어깨가 들썩이도록 크게 숨을 들이쉬고는 고개를 숙여 선진의 입술을 머금었다. 딱딱하고 뜨거운 그의 몸에 부드러운 여체가 닿자, 누가 먼저랄 것도 없이 신음이 흘러나왔다. 그는 선진의 몸 위에 유일하게 남아 있던 천 조각을 들어 올리며 부드럽게 움켜잡았다.

관능에 휩쓸려 거세게 쥐어 버릴까 봐 조심하는 그의 손끝은 파르르 떨렸다. 그의 손은 살갗에 머무를 뿐인데, 마치 심장을 쥐고 있는 것처럼 가슴 깊은 곳까지 파동이 일었다. 그가 천천히 몸을 움직이기 시작했다. 결합한 곳에서 느껴지는 진득한 마찰에 선진은 신음했다.

그는 마치 공들여 탑을 쌓아 올리는 사람처럼 정성을 다해 선진을 안아 주었다. 선진의 몸을 쓰다듬는 손길은 다정했고, 입술을 머금을 때는 열렬했으며, 마침내 선진을 절정에 올려놓았을 때는 있는 힘껏 그녀를 껴안아 주었다.

"하아, 하아."

더운 숨을 고르는 선진의 뺨은 발갛게 달아올라 있었다. 그를 내려다보는 그의 뺨도 상기되어 있기는 마찬가지였다.

무척이나 생경하고도 신기한 기분이었다. 처음 페어뱅크스에서 그의 품에 안겼을 때는 세상 모든 일이 잘될 것 같다는 막연한 희망에 젖어 있었다. 그리고 두 번째 그의 품에 안겼을 때는 세상의 모든 상실을 떠안은 사람이 된 기분이었다.

그런데 지금은 그와 몸을 깊게 결합하고 행위를 나눌 때보다 훨씬 더 짜릿한 기분이었다. 사랑을 나눈 이후의 삶이 가능해졌다는 사실에 온몸에 전율이 흐르는 듯했다.

사랑을 나누다 함께 잠들어도 좋을 것 같았고, 일어나서 함께 샤워를 한다고 해도 괜찮을 것 같았다.

다음에 일어날 일을 기약할 수 있는 것. 막연하다거나, 잃어버릴까 걱정하는 것이 아니라 무엇이든 둘이 함께할 수 있다는 사실이 행복했다.

"무슨 생각 해?"

그가 아무 말도 하지 않고 빤히 올려다보고만 있는 선진을 보며 물었다.

"이제 뭐 할까, 생각했어."

그는 선진의 이마에 부드럽게 입술을 내리누르고는 대답했다.

"좀 쉴까? 아니면 샤워할까?"

"샤워부터 할래. 그러고 나와서 뭐 먹자."

"그래, 그럼."

그리 말한 그가 몸을 일으켜 세웠다. 이제까지 안을 채우고 있던 그가 빠져나가자 갑자기 말도 못 할 상실감이 몰려왔다. 형용할 수 없는 행복감에 젖어 있던 선진은 더럭 겁이 나는 상황이 당황스러웠다.

그는 선진을 번쩍 들어 안고는 욕실을 향해 걸음을 옮겼다.

"있잖아."

"음?"

"무슨 일이 있어도 나는 당신을 잃어버리지 않을 거야."

"윤선진 남자라고 써 놓고 다닐게. 안 잃어버리게."

뜻 모를 선진의 불안감을 잠재우려는 듯 그가 장난기 섞인 목소리로 대꾸했다.

갑자기 엄습한 두려움은 임신 호르몬으로 인해 예민해진 탓이라 여기며 선진은 애써 미소를 머금으려 노력했다.

이튿날 아침, 방으로 올라온 아침 식사를 하고 있는데 태욱에게서 전화가 걸려 왔다.

"누구?"

테이블 위에서 끊임없이 진동하는 휴대전화를 흘끗 바라본 그가 물었다.

"강 수석인데."

"아, 그 사람 일부러 그러는 거 아니야? 첫날밤 치르고 난 다음 날 아침부터 전화하는 건?"

"그러게."

선진이 받을까, 말까 고민하는 사이 그의 휴대전화가 울리기 시작했다.

"누구예요?"

"임 비서인데?"

두 사람의 시선이 허공에서 잠시 부딪쳤다. 뻔히 두 사람이 신혼여
행을 떠나와 있는 것을 잘 아는 태욱과 정은이 각각 이른 아침부터 전
화를 걸어왔다는 것은 무언가 일이 터졌다는 뜻이었다.

"어, 선배."

먼저 전화를 받은 것은 선진이었다. 서로 통화에 방해가 되지 않도
록 두 사람은 각각 전실과 침실에서 전화를 받았다.

– CH그룹에서 소유한 연료전지 사업부 연구실에서 폭발이 일어났어. 다행
히 사상자는 없는데, 이 일로 윤선웅 상무가 검찰 조사를 받게 될 것 같아.

"윤선웅 상무가 왜?"

– 윤선웅 상무가 제 뜻대로 될 것 같지 않으니까 다른 일을 꾸미고 있었던
모양이야. 금감원 허가를 받지 않은 상태에서 연료전지 사업 관련 투자 설명
회를 열고 펀드를 조성했나 봐. 실질적 주동자는 최지훈인데, 윤 상무가 다 뒤
집어쓸 상황이야. 연구소 폭발 때문에 이 일이 수면 위로 올라온 거고.

손 안 대고 코 푸는 격이라고 여겼다.

– 그런데 투자 설명회를 하는 과정에서 윤 상무가 신기주 대표의 이름도
빌린 것 같아.

"뭐?"

– 사실상 사람들이 CH그룹의 원천 기술과 윤 상무의 경영 능력보다는, 신
기주 대표가 한국에서 벌이는 신사업이라는 소리에 솔깃해서 투자를 많이 넣
었대.

"알았어. 일단 서울로 갈 테니까. 가서 이야기해."

– 그래. 신혼여행 중인데, 미안하다.

"아니야. 선배가 저지른 일도 아닌데, 뭐."

선진은 태욱과의 통화를 마치고 가벼운 한숨을 내쉬었다. 언젠가 일이 터질 거라고 생각은 했지만, 이렇게 빠를 줄은 몰랐다. 통화를 마친 선진이 전실로 나가자, 그가 어이없다는 얼굴로 웃고 있었다.

"정은 씨가 뭐래요?"

"내가 검찰 조사에 소환될지도 모르겠다고 하네."

"미안해요."

선진은 제 사촌이 저지른 일을 대신 사과했다.

"미안하긴. 사고 하나 칠 거라고 생각은 했는데, 이 정도일 줄은 몰랐지. 신혼 첫날부터 버라이어티 하다, 그치?"

그는 눈썹을 들어 올리고는 웃음을 머금은 채로 물었다. 심각한 일이 터졌는데도 불구하고 그의 눈빛에는 애정이 가득했다. 소파에 앉아 있는 그의 곁으로 다가서자 그가 팔을 활짝 벌리며 안기라는 시늉을 했다.

선진이 그의 옆에 앉으려고 하자, 그는 선진을 답싹 안아서는 무릎 위에 앉혔다. 자연스레 선진은 몸을 웅크리고 그의 가슴에 얼굴을 기대었다.

"고마워요. 아무렇지 않은 척해 줘서."

신혼 첫날 아침에 처가 때문에 검찰 조사를 받아야 하는 상황에 처한 새신랑 중 웃으며 신부를 안아 줄 수 있는 남자가 몇이나 될까, 싶은 생각이 들었다. 그는 선진의 몸에 팔을 두르고는 다독이듯 말했다.

"선진아."

그가 이렇게 이름을 부를 때며 뭔가 어른스러운 느낌이 났다. 그가 서른둘의 어른 남자임에도 불구하고, 선진의 머릿속에는 스물세 살 그의 모습이 각인되어 있기에 가끔 그가 자신보다 어린 것은 아닌가 하는 착각을 할 때도 있었다.

"그렇게 부르니까 오빠 같네."

"오빠 맞지. 세 살이나 많은데."

그가 당연한 거 아니냐는 듯한 목소리로 말했다.

"윤선진이 평생 혼자 다 짊어져야 하는 삶을 살아왔다는 건 내가 알아. 그래서 지금 상황에서도 당연히 그런 식으로밖에 생각할 수 없다는 것도 알고."

그는 선진의 성격에 대해 잘 아는 것처럼 말했다. 그리고 그가 하는 말 중에 틀린 말은 없었다. 혼자 죽으려고 했고, 혼자 살려고 발버둥 쳤고, 급기야 혼자 애까지 낳아서 키우려고 했으니 말이다.

"그런데 이제는 나를 좀 믿어 보는 게 어때?"

"믿어요. 내가 당신 안 믿는다고 했어?"

선진이 발끈해서 고개를 들어 올렸다. 자연스레 상체를 세우자 소파 등받이에 깊숙이 기대앉은 그를 내려다보는 자세가 되었다.

"그래, 믿겠지. 여기는."

그는 선진의 심장 언저리에 손을 가져다 대며 말했다.

"그런데, 여기는 아직인 것 같은데?"

두근거리는 심장 위에 머물던 그의 손이 선진의 머리 위로 향했다. 선진은 아무 말도 하지 못하고 잠자코 그를 바라보기만 했다. 지금 느끼고 있는 감정을 어떻게 설명해야 할지, 무슨 말부터 꺼내야 할지 모르겠다는 생각이 들었다.

잠시 두 사람의 시선이 허공에서 맞물렸다. 걱정스럽고 혼란스러운 눈빛을 한 선진과 그럼에도 안온한 눈빛을 하고 있는 그였다.

이윽고 침묵을 깬 사람은 선진이었다.

"내가 다치는 것보다, 나는 당신이 다치는 게 더 두려워서. 그래서 겁이 나서 그러나 봐. 당신을 못 믿고, 당신의 능력을 의심하는 게 아니라……. 이 일로 당신이 귀찮은 일에 휩쓸리고 힘든 조사를 받아야 하는 게……. 차라리 내가 받는 게 낫겠다는 생각을 했어요."

"역시 신은 공평해."

선진이 마음을 다해 내뱉은 말에 그는 엉뚱한 대꾸를 했다.

"여기서 지금 신 얘기가 왜 나와요?"

너무 어이가 없어서 선진은 하마터면 신경질을 부릴 뻔했다.

"나는 부모 복이 없는 사람이었어. 그런데 신이 아내 복으로 몰빵해 준 거였나 봐."

씁쓸한 이야기와 뒤섞인 칭찬에 선진은 웃어야 할지, 울어야 할지 모르는 얼굴로 그를 바라보았다.

"울라는 거야, 웃으라는 거야."

선진이 낮게 중얼거리자, 그가 선진의 가슴에 얼굴을 묻으며 와락 끌어안고는 대꾸했다.

"웃으라는 거지. 설마 울라고 했겠어?"

그리 말하는 그의 입술이 실크 가운 자락을 옆으로 밀어내며 가슴 언저리를 더듬었다.

"하아."

선진은 다리를 벌려서 그의 무릎 위에서 제대로 자리를 잡고 앉았다. 늘씬한 두 다리로 그의 허리를 감싸자, 그가 선진의 허리를 살짝 들어 올리고는 제 가운 자락을 들췄다. 아침에 샤워를 마치고 나와서 바로 식사를 하고 있었기에 두 사람 모두 가벼운 샤워 가운 차림이었다.

선진의 엉덩이를 받쳐 안은 그는, 달아오른 여체가 자신을 품을 수 있도록 주저앉혔다.

"아웃."

야릇한 신음이 절로 흘러나왔다. 선진은 그의 어깨에 두 손을 올린 채로 천천히 허리를 움직이기 시작했다.

"안 불편해?"

그가 조심스럽게 물었다. 선진은 재빨리 고개를 내저으며 허리를 움직였다. 그러자 그가 선진을 번쩍 안아 올리며 말했다.

"그래도 이건 안 되겠어. 네가 너무 힘들어."

그는 널찍한 소파 패드 위에 선진을 옆으로 눕히고는 그녀를 뒤에서 감싸 안았다. 선진의 마른 등 뒤로 그의 단단한 등이 닿았다.

"흐읏."

다시 시작된 마찰에 선진은 두 눈을 질끈 감았다가 떴다. 환한 햇살이 들어오는 커다란 창문 밖으로 푸른 제주 바다가 일렁이는 모습이 눈에 들어왔다. 잔잔한 파도가 끊임없이 밀려드는 것처럼, 얕은 만족감이 밀려들기 시작했다.

"아아."

차곡차곡 쌓이는 쾌락에 신음을 내지르자, 그가 선진의 목덜미에 입술을 묻으며 낮게 신음했다. 격하게 내달리지 못하는 탓에 그의 목소리는 잔뜩 억눌려 있는 것처럼 느껴졌다.

몸이 안정되기 전에는 그저 그의 품에 안기고 싶다는 열망만이 가득했는데, 막상 그의 품에 안기고 나니 더욱 격렬하게 끌어안고 싶은 마음이 들었다.

선진은 손을 뒤로 뻗어 그의 목에 둘렀다. 그는 선진의 몸을 감싸 안은 채로 조금 전보다 약간 빠르게 몸을 치받았다.

"하아."

"으음."

두 사람의 입에서 동시에 탄식이 쏟아져 나왔다. 선진은 고개를 돌려 가까운 곳에 있는 그의 입술을 머금었다. 그가 자신을 위해 희생하는 것처럼, 자신도 그를 위해서라면 무엇이든 할 수 있을 것 같았다.

검찰 조사는 생각보다 훨씬 빠르게 진행되었다. 그 과정에서 최지훈 이사의 비위가 속속 드러났다. 그는 CH 내에서도 횡령, 배임죄를 저지르고 있었다. 연료전지 사업부를 팔아 버리고 윤 상무에게 넘기고 난 뒤, 투자자의 돈을 들고 도피할 계획까지 세워 둔 상태였다고 한다.

"요즘 세상에 도망갈 데가 어디 있다고."

그녀는 차 안 라디오에서 흘러나오는 뉴스를 들으며 한심하다는 듯이 읊조렸다. 기주는 참고인 자격으로 검찰 조사를 받기는 했지만, 아무런 혐의점이 없었기에 별 탈 없이 조사를 마치고 나왔다.

그날 조사를 마치고 나오는 길, 기주는 잠시 휴식 시간을 가졌다가 다시 조사실로 들어가는 최지훈과 맞닥뜨렸다.

'능력 좋은 년이 침대 위에서 구르는 재주도 좋은가 보네.'

최지훈은 뱀같이 노란 눈을 굴리며 기주를 자극했다. 세 치 혀를 가볍게 놀리는 인간말종에 교활한 놈이라는 것은 알았지만, 기주는 순간 속된 말로 꼭지가 돌아 버리는 기분이었다.

'최지훈 씨.'

기주는 나직이 그의 이름 석 자를 불렀다. 최지훈은 자신만만한 표정을 지은 채로 기주를 노려보고 있었다. 인간을 타락하게 만든 뱀도 이보다 흉측한 표정을 지을 수는 없을 것이다.

'조사 충실히 받으시길 바라겠습니다.'

심심한 인사로 돌아서려던 때였다.

'그년이 다리 벌려 준 게 그쪽 하나라고 생각하지는 마. 나한테도 어찌나 앙앙대던지. 그 소리가 아직도 들리는 것 같네.'

기주는 놈의 멱살을 잡아서 바닥에 패대기치고 싶은 것을 간신히 참아 냈다. 돌아섰던 걸음을 뒤로 물린 기주는 최지훈의 코앞까지 다가섰다. 더러운 피부에 엉겨 붙은 고름 덩어리가 역겨웠다.

'지금부터 내가 하는 말 잘 들어.'

위압적인 목소리가 흘러나왔다.

'피고름 나는 네 상판처럼, 너는 평생을 감옥에서 썩게 될 거야.'

내내 웃음기를 머금고 비아냥거리던 최지훈의 얼굴이 삽시간에 일그러졌다. 기주는 비소를 띠며 음산하게 읊조렸다.

'이번에 들어갔다가 CH에서 손을 써서 풀려나오게 되더라도. 내가 다시 잡아 처넣을 거야. 지금까지 내가 쌓아 온 재력, 인맥, 정보력, 총동원해서 네놈 남은 인생 천천히 감옥에서 썩어 가게 해 줄게. 그러니까.'

기주는 슈트 재킷 매무시를 만지며 최지훈 쪽으로 기울였던 상체를 곧추세웠다. 그러고는 빙그레 미소를 머금었다.

'그러니까 최지훈 이사님. 인생 헛사느라 걸리신 병은 감옥 안에서도 잘 치료받으시길 바랍니다. 최지훈 이사님이 비명횡사하시는 건 제가 바라지 않거든요. 오래오래 사시면서 저의 관심과 노력을 지켜보셔야 하지 않겠습니까?'

겁도 없이 그녀를 향해 더러운 세 치 혀를 가볍게 놀린 대가를 평생 갚아 줄 생각이다. 말 한마디일지라도, 감히 그녀를 범하는 것은 용서할 수 없다.

라디오에서는 윤선웅 상무에 관한 소식도 흘러나오고 있었다. 검찰은 증거 인멸의 우려가 있다며 윤 상무에 대해 구속 영장을 신청한 상태라고.

영장 실질 심사가 들어갔고, 이르면 다음 주 월요일에는 구속 여부가 결정될 터였다. 참고인 조사가 있기 전, 윤 상무는 끊임없이 기주와 그녀에게 연락을 해 왔다. 윤 상무는 자신에게 유리한 증언을 해 달라며, 기주를 압박하려고 했다.

"한심하게 그런 데 가서 거짓말을 해 달라니."

그녀가 입술을 씰룩거리며 읊조렸다. 기주는 손을 뻗어 불끈 거머쥔 그녀의 작은 주먹을 부드럽게 감쌌다. 세상을 향해 주먹을 쥐어야 할 사람도, 그 주먹을 날릴 사람도 그녀가 아닌 자신이어야 했다.

그동안 힘들게 살아온 사람, 기주는 그녀가 제 품 안에서 안온하기만을 바랐다. 그녀가 기주를 향해 고개를 돌렸다.

"이제 좋은 것만 생각해요."

부드러운 그의 목소리에 선진은 고개를 끄덕이며 미소를 머금었지만, 마음은 여전히 무거웠다.

참고인 조사 이후 구속 영장이 신청되었기에 윤 상무는 그와 선진을 향해 길길이 날뛰었다. 죗값을 제대로 치르길 바란다는 그의 말에 윤 상무는 가만두지 않겠다며 폭언을 퍼붓는 것도 서슴지 않았다.

이 남자는 윤 상무와 최 이사가 따로 모의하고 있다는 것을 정말 몰랐을까?

그에게 물어보고 싶었지만, 듣는 귀가 너무 많았다.

"윤 상무 이번 일로 완전히 고꾸라질 것 같아. 윤 부회장은 제 아들 감싸려고 혈안이 되어 있는 것 같은데, 오늘 회사 인트라넷에 회장님 공지 올라온 거 알지?"

운전대를 잡은 태욱이 뒷좌석에 앉은 그와 선진을 향해 물었다. 조수석에 있던 정은이 혹시 보지 못했으면, 지금 확인해 보라며 태블릿 PC를 건네주었다.

"괜찮아요. 아침에 봤어요."

선진의 대꾸에 정은은 가볍게 묵례를 한 번 하고는 다시 시선을 앞으로 돌렸다. 얼마 지나지 않아 네 사람이 탄 차는 인천공항 제2청사 앞에 도착했다.

"런던 가면 연락 줘요."

"그래, 몸조심하고. 무슨 일 있으면 연락해 주고."

출국장으로 걸어 들어가는 그의 뒷모습을 바라보며 선진은 가볍게 한숨을 내쉬었다. 오늘부터 약 일주일간 그는 부명그룹 윤선진 이사의 대리인 자격으로 영국에 가서 런던 지사 전반을 살피고 올 예정이었다. 출장길에는 그의 비서인 정은이 동행했고, 그가 염두에 두었다는 GM 후보와의 미팅도 예정되어 있었다.

그의 모습이 완전히 사라지고 나자 허허로움이 순식간에 밀려들었다.

이상하리만큼 허전하다.

하염없이 출국장을 바라보고 서 있는 선진을 일깨운 사람은 태욱이었다.

"어이, 그러다 망부석 되겠다?"

태욱이 놀리듯 건넨 말에 선진은 허허로움 따위 잊고 피식 웃음을 터뜨렸다.

"윤선진 이사님도 회사 가셔서 일하셔야죠?"

"그래야죠. 강태욱 상무는 이사 갈구는 스킬이 일취월장하십니다?"

선진이 태욱을 올려다보며 나무라자, 태욱은 과장된 행동으로 허리를 숙이며 사과했다.

"하늘 같은 이사님께 무례를 범해서 죄송합니다."

"점심 먹자. 배고파."

입덧이 잦아들자, 미칠 듯이 식욕이 돌았다. 그는 잘 먹는 모습이 보기 좋다며 웃었지만, 선진은 조금씩 일어나는 신체적 변화에 약간의 우울감도 생겨났다. 이런 게 임신 우울증의 한 종류인가 싶었다.

"뭐 먹고 싶은데?"

"고등학교 때 먹던 급식."

선진이 태연하게 내뱉자, 나란히 걷던 태욱이 우뚝 멈춰 섰다.

"야, 내가 신기주 대표한테 너 잘 보살펴 달라는 부탁을 받기는 했지만, 고등학교 때 먹던 급식을 공수해다 줄 수는 없거든?"

"아쉽네. 우리 강태욱 수석 승진 기회 날아갔다."

장난스럽게 받아쳤는데, 태욱의 얼굴이 진지해졌다.

"야, 너 진짜. 그거 권력 남용이다!"

"농담이야. 그냥 여기 공항에서 먹자."

"공항 밥 맛없어. 나가자, 이 근처에 백반 기가 막히게 맛있는 데 알아."

태욱이 안내한 식당에서 파는 백반은 그의 말처럼 기가 막히게 맛있었다. 임신 전에는 공깃밥 반 그릇만 비워도 속이 부대껴서 고생했던 선진이 공깃밥 두 그릇을 비워 냈다. 태욱이 혀를 내두르며 물었다.

"야, 너 되게 잘 먹는다. 요즘 볼에 살도 좀 오른 것 같고?"

"살 얘기 하지 마."

선진이 미간을 찌푸리며 정색했다.

"왜 신기주가 살찌는 거 싫대?"

"무슨 소리야? 그 사람은 내가 데굴데굴 굴러다녀도 좋으니까, 많이 먹으래."

"근데 왜 살 얘기 하지 말래?"

"내가 싫으니까."

태욱이 이해 못 하겠다는 얼굴로 선진을 바라보았다.

"강태욱 수석님, 잘 알아 두세요. 내가 그 사람한테 잘 보이려고 내 외모 걱정하는 것처럼 보여? 아니거든! 임신 전하고 달라지는 내 모습이 나도 어색한 거야. 익숙해지는 데 시간이 필요한 거고. 내가 무조건 남자한테만 잘 보이려고 살 걱정 하는 여자로 보여?"

선진이 한 말에 태욱은 짐짓 미안한 표정을 지었다.

"미안해. 내가 윤선진을 모르나. 단지 신기주 씨한테 모든 걸 걸고 있는 것처럼 보이니까."

"모든 걸 걸었다고 해도, 나는 나야. 내가 나를 잃으면, 그 사람도 없는 거야."

태욱은 이내 흐뭇한 얼굴로 선진을 바라보았다.

"많이 컸네, 윤선진."

"나 원래 키는 컸어."

부명에 첫발을 내디딘 순간부터 곁을 지킨 태욱이었다. 태욱이 말하는 바가 무엇인지 알면서 선진은 낯이 간지러워서 농담으로 얼버무렸다. 식당을 나서는 길, 선진의 휴대전화가 울리기 시작했다.

발신인은 회사에 있을 조 팀장이었다.

"네, 조 팀장."

– 이사님, 회사로 오고 계십니까?

부명건설 대표와의 미팅 이후로 선진은 조 팀장을 완전히 신뢰했다.

만약 선진이 그른 방향으로 나아간다면 직언도 할 수 있는 사람이 필요했다. 하지만 오너 가의 일원인 선진에게 감히 그런 말을 하는 사람은 드물었다.

그런데 그 드문 인사에 속하는 사람이 조 팀장이 될 것 같았다. 조 팀장의 지나치게 공명정대하고 중립적인 성격은 단기적으로는 많은 이의 빈축을 살 수 있을지 모르겠지만, 장기적으로는 긍정적인 방향으로 향할 터였다.

"방금 점심 먹었어요. 이제 출발하려고. 왜요? 무슨 일 있어요?"

– 회장님께서 본가에 잠시 들르시라고 하셨습니다. 부명건설 영국 GM 관련해서 직접 보고받고 싶으시다고요.

업무를 진행함에서도 이제는 손발이 잘 맞아 가는 중이었다. 그동안에는 어쩌면 자신이 상사로서 좀 부족하지 않나 싶은 생각이 들 정도로 그는 노련하게 움직였다. 직원의 능력을 끌어올리는 것은 상사의 중요한 역할 중 하나이기에, 선진은 요즘 일어나는 조 팀장의 변화가 달가웠다.

"알겠어요. 그럼 그쪽으로 가죠."

– 혹시 필요하실지도 몰라, 관련자료 간략히 정리해서 이메일로 전송해 드렸습니다.

"고마워요. 이따 회사로 복귀할 수 있을지 모르겠네요. 일찍 퇴근
하시고요."

통화를 마친 선진을 태욱이 물끄러미 바라보았다.

"왜?"

"옛날에는 윤선진 편들어 주는 사람이 나 하나였는데."

그는 아쉽다는 듯이 말을 이었다.

"신기주, 그 사람이 나타나고 나서부터 마치 우주가 윤선진을 돕는
기분이네. 신기주 씨, 혹시 신기 있어? 이름이 그래서 신기주래? 우
주의 기를 모아서 너한테 준대?"

"또 무슨 헛소리래."

선진은 어이없다는 듯이 웃음을 터뜨렸다. 하지만 태욱의 말이 틀
린 것은 아니었다. 예전에는 정말 선진의 편을 들어 주는 사람이라고
는 태욱밖에 없었다. 물론 친한 친구인 후지사와가 있기는 했지만,
업무적인 측면에서는 태욱이 유일했다.

그런데 그가 나타나고 나서 모든 게 바뀌었다.

결혼식을 올리기 전, 선진은 너무 성대한 결혼식은 싫다고 말했던
적이 있었다. 그러자 그가 이렇게 말했다.

'이 결혼을 통해 신기주가 윤선진을 지키고 있다는 걸 많은 사람이 알
게 할 거야. 그리고 내가 절대적인 윤선진 편이지만, 윤선진이 원하는
거 다 할 수 있게 당신 편 더 많이 만들어 줄게.'

'근데 좀 속상한 것 같아. 내 능력이 결혼으로 재평가되는 것 같잖
아.'

'무슨 소리야? 내 능력이 재평가되는 거지? 천하의 윤선진을 내가 얻
었는데.'

결혼으로 인해 능력이 재평가되는 것 같다며 속상해하는 선진을 그는 그만의 방식으로 달래 주었다.

'나는 윤선진 남편이기도 하지만, 마케팅이 천직인 사람이야. 우리 결혼을 통해서 얻을 수 있는 건 확실히 얻어야지. 예를 들어 사랑과 정열 같은?'

언제나 그는 실없는 농담으로 공치사의 민망함에서 벗어나곤 했다.

흐뭇한 기억에 젖어 있는 동안 태욱이 운전하는 차는 어느새 본가에 속한 주차장에 도착해 있었다.

"내일 회사에서 봅시다, 강 수석님."

"네, 들어가세요. 이사님."

웃음을 머금은 채로 전형적인 인사를 건넨 선진은 본가 대문 앞에 섰다. 그와 조부께 인사드리러 왔던 날 이후로 첫 방문이었다.

심장박동이 아주 조금 빨리지는 게 느껴졌다. 하지만 옛날처럼 겁을 집어먹거나 도망가고 싶은 생각이 드는 것은 아니었다.

선진은 가볍게 한숨을 몰아쉬며 집 안으로 들어섰다. 선진을 맞은 이는 해사한 미소를 머금은 작은어머니셨다.

"어서 와요. 오는 데 고생 많았죠?"

"할아버지 뵈러 오는데, 고생은요."

"저, 아버님 뵙기 전에 나랑 잠깐 이야기 좀 할 수 있을까?"

작은어머니가 자신을 따로 불러서 이야기를 나눴던 적은 단 한 번도 없었다.

"네, 그러세요."

선진은 작은어머니를 따라 그녀의 손님맞이용 방으로 향했다. 두 사람이 마주 앉을 수 있는 테이블 위에는 이미 간단한 다과류가 준비되어 있었다.

"우선 좀 들어요. 속은 괜찮고?"

작은어머니의 물음에 선진은 흠칫 놀란 얼굴로 그녀를 바라보았다. 이미 다 알고 있다는 듯한 눈빛이었다.

"얼굴이 까칠해서 혹시나 했는데, 신경 좀 써 줬으면 좋겠다고 아버님이 말씀해 주셨어요. 걱정 마요. 아무한테도 말 안 했으니까. 그런데……."

작은어머니는 머뭇거리며 말끝을 흐렸다.

"감사합니다. 말씀드리기가 좀 어려웠어요. 말씀 마저 하세요, 작은어머니."

"아버님은 선진 양 도와주라고 하셨는데, 내가 염치없이 부탁하게 되네. 나 좀 도와줘요."

선진은 어떤 표정을 해야 할지 몰라서 감정을 지운 얼굴로 그녀를 응시했다.

"내가 이혼 준비를 하고 있어요. 나 더는 이 집에서 못 살겠어요. 아버님은 너무 좋으셔. 근데……."

10년 전 이 집에서 목도했던 장면이 머릿속을 스쳤다. 선진은 섣불리 알은체를 할 수 없어서 입을 꾹 다물고 작은어머니가 입을 열기를 기다렸다.

"선웅이도 내 아들 아닌 건 알죠? 아들은 아버지가 하는 짓을 꼭 닮는다더니……."

작은어머니가 목에 매고 있던 스카프를 풀어내자, 시꺼먼 멍이 눈에 들어왔다. 높은 담장 안에서 벌어지고 있는 무시무시한 일에 선진은 소름이 끼쳤다.

"윤 상무가 이런 겁니까? 윤 부회장은 그걸 알고도 눈감고 있고요?"

작은어머니는 고개를 끄덕거렸다.

"그런데 나 혼자 싸워서는 이길 재간이 없어. 선진 양이 나 좀 도와줄 수 있어요?"

선진은 알겠다며 고개를 끄덕거렸다. 아홉 살 때 서재 방에서 극단적인 선택을 했던 모친의 모습이 떠올라 숨이 턱 막혀 왔다.

아버지와는 다른 부류의 인간인 것처럼 고상한 얼굴로 살아온 작은아버지의 위선에 구역질이 나왔다. 원래 질이 좋지 않은 인간이라는 것을 알기는 했지만, 이 정도일 거라고는 상상조차 하지 못했다.

윤씨 집안 남자들에게 치가 떨렸다. 조부를 마주한 선진은 밝은 표정을 지어낼 수가 없었다. 아들들을 괴물같이 길러 낸 데는 조부의 잘못이 크지 않을까 하는 생각이 들어서였다.

선진은 조부가 아닌 상사를 대하는 태도로 보고를 올렸다.

"신 서방이 고생이 많구나."

"신 대표는 저와 계약을 맺은 업무 제휴 관계에 있는 사람이니까요."

그리 말한 선진을 재빨리 덧붙였다.

"윤 회장님이 회사 일을 속속들이 알고 계시는 것처럼, 할아버지는 이 집 안에서 일어나는 일을 전부 알고 계시겠죠?"

패륜을 묻는 말에 조부의 얼굴이 기분 나쁘게 꿈틀거렸다.

"너는 업무 제휴 관계에 있는 신 대표를 아는 것처럼, 신기주라는 사람을 전부 안다고 생각하느냐?"

조부의 질문에 선진은 당황했지만, 애써 태연한 척 되물었다.

"열 길 물속은 알아도, 한 길 사람 속은 모르는 법이죠. 무슨 말씀이 하고 싶은 거예요?"

선진의 물음에 조부는 축 처진 볼살이 올라붙도록 웃었다. 조부가 환한 웃음을 머금는 모습을 본 적이 드물었기에 선진은 오스스 소름이 돋아났다.

"원래 필요할 땐 취하고, 쓸모가 없어지면 버려지는 법이지."

선진은 조부가 한 말에 미간을 찌푸렸다.

"누가 버려질 거라는 말씀이신가요?"

"그게 네가 될지, 신 대표가 될지. 모르겠구나."

두 사람이 깊은 감정을 가지고 결혼한 것을 아는 조부였다. 그런데 손녀의 아픔을 예견하는 말을 하면서도 조부는 여전히 웃고 있었다.

"사랑이 중하냐?"

선진은 당당하게 대꾸했다.

"네, 중요합니다."

손녀의 대답이 어리석다는 듯이 윤 회장은 미간을 찌푸렸다.

"사랑을 중하게 생각하면, 어떻게 되는지 겪지 않았니? 네 어미도, 미련맞게 도망도 못 가고 버티는 네 작은어미도."

한숨을 한 번 내 지은 윤 회장이 거북한 말을 쏟아 냈다.

"사랑을 중하게 생각하지 않아야 이 자리에 앉을 수 있을 게다. 사랑에 미친 네 어미나, 작은어미도 못마땅하지만, 나는 돈에 미친 놈들한테도 이 자리 내어 줄 생각 없다."

"저도 그 자리에 앉고 싶은 생각 없습니다."

선진의 단호한 대답에 조부가 이맛살을 찌푸렸다.

"그럼 무에 그리 열심히 사는 것이냐?"

"할아버지는 왜 아직도 그 자리에 앉아 계신데요?"

"부명 임직원 수만 해도 8만 명이야. 거기에 달린 가족까지 헤아리면 얼마나 될까? 부명이 흔들리는 건, 가장이 실직할 수도 있다는 이야기고, 그 가족의 생계에 문제가 생길 수 있다는 의미다. 기업의 사회적 책임론을 논해야 할까?"

"아니요. 할아버지께서 그런 책임감으로 그 자리에 계신 줄은 몰랐어요.”

“너는 어떠냐, 그런 책임감으로 거기 앉아 있지 않았느냐? 단지 작은아비에 대한 복수심에 앉아 있느냐, 아니면 부명에서 태어났으니 어쩔 수 없이?”

선진은 묵묵부답으로 조부를 응시했다.

“좀 더 단단해지거라. 무슨 일이 생긴다고 해서, 네가 무너지면 그 여파가 어디까지 전해질지 고민하고.”

손녀를 걱정하는 조부의 방식이 남들과 조금 다른 것이라고 여겼다. 또 자신의 자리에 선진을 염두에 둔 말을 은근히 내비치는 뉘앙스였다.

“그만 돌아가거라. 작은어미 일은 이제 내가 알아서 할 테니. 너는 네 일에 충실해. 곁에 누가 없다고 해서, 혼자 해내지 못할 무능력한 이는 아니지 않아?”

선진은 묵례를 한 번 하고는 돌아섰다.

‘신기주라는 사람을 전부 안다고 생각하느냐?’

그리 물었던 조부의 목소리가 끊임없이 귓전을 맴돌았다. 선진이 본가 돌계단을 천천히 내려가고 있을 때였다. 주차장 쪽에서 올라오는 윤 상무의 모습이 눈에 들어왔다. 선진은 저도 모르게 윤 상무를 벌레 보듯 바라보았다.

“여, 잘나가는 사촌 누이가 오셨네?”

선진은 애써 윤 상무를 무시하며 걸음을 옮겼다.

“신기주 영국 갔다며? 윤선진한테 잘 보이려고 별의별 짓을 다 하네. 누가 보면 발도 핥아 주는 줄 알겠어.”

등 뒤에서 들려오는 역겨운 목소리에 선진은 천천히 돌아섰다.

"말조심해요. 곧 구속될 양반이 발악하는 게 참 안타깝네."

"아, 맞다. 내가 우리 사촌 누이한테 보여 줄 게 있었는데 깜빡했다. 잠깐 나 좀 보고 가지?"

선진은 윤 상무를 뚫어져라 응시하기만 할 뿐 이렇다 할 대답은 내놓지 않고, 가만히 서 있었다.

"아니, 신기주 대표를 그렇게 사랑해?"

왜 오늘따라 자신의 사랑을 시험하려 드는 이가 많은 건지 모르겠다.

"대단한 사랑이야. 하마터면 외삼촌이 될 뻔했던 남자랑 결혼하고 말이야."

선진이 이맛살을 와그작 구기며 되물었다.

"무슨 말을 하는 거야, 지금?"

"어? 몰랐어? 세상에! 몰랐구나!"

윤 상무가 호들갑을 떨며 선진의 곁으로 다가오더니 눈을 희번덕거리며 웃었다.

"궁금하면 따라와. 다 보여 줄게."

윤 상무는 본가 지하 1층에 있는 멀티미디어실로 선진을 이끌었다. 심장이 쿵쾅거렸다. 그는 자신의 누나에 관한 이야기를 꺼내는 것을 극도로 꺼렸다. 그리고 누나가 어떻게 죽었는지도 말한 적이 없었던 것 같다.

오랫동안 사용하지 않은 것처럼 느껴지는 멀티미디어실 안은 깔끔하게 정리되어 있었다.

"여기 내가 어렸을 때부터 모아 놓은 컬렉션이 있거든."

윤 상무는 열쇠로 잠긴 유리장 안에 있는 물건들을 가리키며 웃었다.

"아니, 근데 이 중에 내 물건이 아닌 게 하나 있는 거야. 그때는 그냥 그런가 보다 했지. 그런데 며칠 전에 이게 번뜩 생각이 나지, 뭐야."

그리 말한 윤 상무는 비디오테이프 하나를 꺼내서 낡은 비디오 기기에 집어넣었다.

"이게 아직 나오려나 모르겠네. 아, 이거 보여 주기 전에 잠깐!"

그는 리모컨을 들지 않은 다른 손으로 재킷 주머니에서 사진 한 장을 꺼내서 선진에게 건넸다. 사진 속에는 군복을 입고 있는 그의 모습과 그의 팔에 팔짱을 낀 채로 웃고 있는 여자가 한 명 있었다. 꼭 닮은 모습으로 유추하건대, 그의 옆에 서 있는 사람은 그의 누나인 듯했다.

"신기은. 신기주의 죽은 누나야. 스스로 목숨을 끊었다지, 아마? 큰아버지가 죽고 나서 두 달 뒤였나?"

숨이 가빠 오는 듯했다. 선진은 쿵쿵 울리는 심장을 가라앉히려 가볍게 한숨을 내쉬었다. '외삼촌이 될 뻔했던 남자'라고 음산하게 읊조렸던 윤 상무의 얼굴이 떠올라 구역질이 날 것 같은 순간, TV 화면에 비디오가 재생되기 시작했다.

– 아앙! 아아! 아앗!

적나라하게 들려오는 여자의 교성에 선진은 등줄기를 타고 식은땀이 흘러내리는 것만 같았다. 그리고 화면에 두 사람의 모습이 나타난 순간, 선진은 구역질을 해 버리고 말았다.

"아이고. 우리 사촌 누이가 충격을 많이 받았나 보네. 신기은. 큰아버지가 죽기 직전에 만났던 마지막 여자야. 이런 비디오까지 찍어 놓고, 큰아버지 취향도 참 독특해."

선진은 숨을 멈춘 채로 비디오 기기 앞까지 성큼성큼 다가섰다. 억지로 비디오테이프를 뽑아낸 선진은 안에 있는 필름을 모조리 뽑아서 엉망으로 만들었다. 그것도 모자라 핸드백에 욱여넣었다. 집에 가서 불에 태워 버릴 생각이었다.

"복사한 파일 있으면 내놔."

"그런 취미는 없으니까 걱정하지 마. 남들한테 터뜨릴 거면 진작 했겠지. 난 단지 내 사촌 누이가 걱정돼서."

윤 상무는 승리감에 도취된 얼굴로 덧붙였다.

"아니, 나는 신기주 대표가 왜 그렇게 부명그룹에 호의적인가 했지? 그런데 이번에 검찰 조사 받아 보니까 알겠더라고. 엿 먹이려고 한 거지, 뭐. 나는 사실 혐의가 그렇게 무겁지 않아서 금방 풀려날 것 같은데. 나와서 다시 일하는 데 뭐 문제 있나? 나야 이 정도로 끝나지만……."

자신이 저지른 죗값을 치르면서도 마치 그 사람이 죄를 뒤집어씌운 것처럼 윤 상무는 비열하게 읊조렸다.

"망자는 말이 없다니까 물을 수야 없겠지만, 큰아버지가 사고로 죽고 나서 여자가 따라 죽었어. 그런데 여자가 에이즈에 걸린 사실을 그때 알았나 봐? 그런데 제 누나를 그렇게 만든 남자의 딸을 사랑한다. 이건 너무 극적이잖아?"

입이 있어도 대답을 할 수가 없었다. 선진의 멍한 시선을 바라보는 윤 상무는 재미있어 죽겠다는 얼굴이었다. 언론에 뿌릴 생각은 없었다는 윤 상무의 말은 진심일 것이다. 윤 상무가 원하는 것은 선진이 무너지는 것일 테니 말이다.

"누나를 위해 복수의 칼을 갈고, 그 딸을 꼬셨다. 이건 말이 되지. 안 그래?"

선진은 한 손에는 그와 그의 누나가 환하게 웃고 있는 사진을 든 채로, 다른 한 손에는 엉망이 된 비디오테이프가 담긴 가방을 든 채로 본가를 빠져나왔다.

멍한 얼굴로 돌아서는 사촌 동생을 보는데, 인간 된 도리로서 아주 조금 안쓰러운 마음이 들기는 했다. 복사된 파일이 없다는 말은 사실이었다. 저런 더러운 장면을 세상에 공개해서 집안 망신을 시키고 싶지는 않았다.

사업을 하다 보면 실수가 있는 법이다. 자신이 저지른 실수는 펀드 모집 과정에서 법을 아주 약간 준수하지 못했다는 것뿐, 원천 기술 사기죄는 최지훈의 몫이었다. 설사 구속이 된다 하더라도, 벌금형으로 풀려날 가능성이 컸다. 아니, 벌금형으로 풀려날 생각이었다.

자숙의 시간을 조금 가진 뒤, 자신이 짊어져야 하는 부명이었다. 더러운 추문으로 물들이고 싶은 마음은 추호도 없었다. 단지 선웅이 원하는 것은 선진이 무너지는 꼴을 지켜보는 거였다.

사사건건 자신과 비교되는 잘난 선진이 영 마음에 들지 않았다. 하지만 선웅은 이번 일을 통해 인간은 누구나 각기 다른 분야에서 두각을 나타내게 되어 있고, 그만의 운기運氣라는 것도 있다고 생각했다.

사업 수완에서는 선진이 앞서는지 모르겠지만, 계략과 운기에서는 자신이 앞서는 듯했다. 신기주가 돌아섰다고 생각했을 때, 선웅은 신기주의 뒷조사를 시작했다. 그런데 정보를 다루는 업으로 시작한 이여서 그런지 아무리 털어도 먼지 하나 나오질 않았다.

'최근에 극비리에 누나의 위패를 옮겼다고 합니다.'

죽은 누나가 있다는 것은 알았지만, 어떤 사연이 있는지는 알 수 없었다. 선웅은 무작정 오랜 기간 누나의 위패가 있었다는 절로 찾아갔다. 선웅이 텅 비어 있는 공간을 바라보고 있는데, 가끔 절에 밥을 해 주러 온다는 아주머니가 말을 걸었다.

'총각 여기서 뭐 해요?'
'아, 여기 있던 위패가…….'
'아이고, 그 아가씨랑 알던 사이구먼. 동생이 옮겨 갔다고 하더라고.'

선웅은 안타깝다는 듯이 읊조렸다.

'위패라도 보고 싶었는데…….'

아련한 목소리로 읊조리자, 아주머니가 잠깐 기다리라며 선웅을 토닥였다. 한참 만에 나타난 아주머니는 예전에 절 마당에서 찍은 사진이 앨범에 있을 거라며, 앨범을 들고 나왔다. 그곳에는 신기주와 그의 누나가 찍은 사진이 한 장 있었다.

'이거 제가 가져가도 될까요? 저한테는 사진 한 장 남아 있질 않아서요.'

선웅이 쓸쓸하게 읊조리자, 아주머니는 덩달아 눈시울을 붉히며 사진을 빼 주었다. 어딘가 낯이 익은 여자였다. 그런데 이 여자를 어디서 봤는지 도무지 기억이 나질 않았다. 선웅은 여러 날을 고민했다.
자신이 만났던 여자도 아니고, 학교 동기나 선후배도 아니고, 그렇다고 부명 직원도 아니었다. 술집에서 봤나, 술 취해서 봐서 기억을 못 하나, 하면서 제가 올라탔던 여자들의 얼굴들을 떠올리다가 불현듯 오래전 보았던 비디오테이프가 떠올랐다.

큰아버지는 순진한 여자들을 꼬여다가 몹쓸 영상을 남기는 악취미가 있었다. 큰아버지가 남긴 컬렉션 중에 가장 마지막에 해당하는 게 이 여자였다. 몰래 찍은 화면인지, 문틈을 통해 촬영된 장면이었다.

두 사람이 깊은 사이도 아니었거니와 만난 지 얼마 되지 않은 사이라는 사실은 비디오테이프에 고스란히 녹화되어 있었다.

큰아버지는 자신을 대학교수라고 소개하고 있었다. 안식년을 보내고 있어서 학교를 잠시 떠난 상태라고도 했다. 사별한 이후 여자를 만난 적은 없지만, 그녀에게 한눈에 반해서 나이 차이가 많이 남에도 마음이 가는 것을 멈출 수가 없었다는 말을 그녀는 안쓰럽게도 믿는 듯했다.

– 나는 남동생이 하나 있어요. 어릴 때 엄마는 아빠 폭력에 못 이겨서 도망갔고, 그날 이후로 엄마에 대한 분노가 나를 향했어요. 그 짐승 같은 인간이 나한테 손찌검을 하려고 하면 동생이 막아섰어요. 나를 지켜 주려고 걔가 얼마나 맞았는지 몰라요.

아버지의 사랑을 받지 못한 그녀는 아버지 또래 남자가 주는 노련한 관심과 애정에 눈이 먼 듯했다. 아무리 교활한 선웅이라고 한들, 몹쓸 큰아버지의 꾐에 속아 안쓰럽게 스러져 간 여자가 인간적으로 불쌍하기는 했다.

그리고 어린 나이에 죽기 직전까지 맞으면서 지켜 냈던 누나가 스스로 목숨을 끊었을 때, 세상에 홀로 남겨진 신기주의 기분이 어땠을지 가늠조차 할 수 없었다.

그런 신기주가 누나를 죽음으로 내몬 남자의 딸인 윤선진을 사랑한다?

선웅으로서는 도저히 이해가 되지 않는 감정이었다. 사랑이 이 모든 것을 뛰어넘을 수 있다고?

혹시나 동생 선진이 자신을 무너뜨리기 위해 다 알고 있으면서도 신기주와 손을 잡은 건 아닌가, 하는 고민을 잠시 했다. 하지만 방금 여기서 선진이 보인 모든 반응은 그녀가 전혀 모르고 있었다고 말해 주었다.

사랑? 누가 그런 하찮은 거에 휩쓸려서 인생 조지래?

선웅은 비릿한 미소를 머금으며, 자신이 부명의 최고 자리에 오를 날을 꿈꿨다.

✳

집으로 돌아온 선진은 주방에 있는 스테인리스 쓰레기통에 필름이 엉망으로 비어져 나온 비디오테이프를 던져 넣었다. 주방 서랍에서 아무 기름이나 꺼낸 그녀는 쓰레기통 안이 흠뻑 젖도록 기름을 부었다. 그러고는 그 안에 불을 붙였다.

매캐한 연기를 내며 타오르는 불꽃을 선진은 가만히 바라보았다. 그 와중에도 연기 때문에 화재 경보가 울릴까 걱정이 되어 창문을 모두 열어젖혔다. 밖에는 눈이 되지 못한 비가 주룩주룩 내리고 있었다.

선진은 쓰레기통 안에 플라스틱 조각이 녹아서 달라붙을 때까지 노려보았다.

화가 나는 건지, 의심이 되는 건지, 서글픈 건지, 그래도 믿고 싶은 건지.

새까맣게 그을린 채로 녹아내린 플라스틱 조각처럼 감정은 형체를 잃었고, 마음은 새까맣게 물들었다.

선진은 쓰레기통을 뒤로하고 터덜터덜 걸어서 욕실로 향했다. 연기 앞에 오래 서 있었던 탓인지 몸에 역한 냄새가 가득 배어 있었다. 선진은 더러운 연기가 묻은 옷을 모두 집어 던졌다.

수전을 돌리자 미처 온도 조절이 되지 않은 차가운 물이 머리 위로 떨어졌다. 머릿속이 빠르게 씻겨 내려가는 기분이었다. 윤 상무의 말이 사실이라는 듯이 그는 자신의 누나에 관한 이야기를 전부 숨겼었다.

언제부터였을까?

자신이 누나의 죽음에 원인을 제공한 남자의 딸이라는 것은, 언제부터 알았을까?

아마도 그는 한국에 와서 자신의 이름은 안 순간부터 알았을 것이다.

그럼, 페어뱅크스에서는?

차가운 물줄기는 이미 뜨겁게 변해 있었지만, 가슴은 차갑게 얼어붙어 갔다.

더는 삶을 영위하는 것이 버거워서 찾아갔던 곳에서 만난 그는 선진을 이제껏 살게 한 남자였다. 그런데 그때의 일조차 자신에게 의도적으로 접근한 것은 아닐까, 하는 생각에 선진은 무너져 내렸다.

욕실 바닥에 주저앉은 채로 울지도 못하는 가슴은 갈기갈기 찢어졌다.

– 남녀 사이에 나는 사고는 예고가 없는 거야.

페어뱅크스에서 그와 그의 누나가 통화할 때, 한 말이 불현듯 머릿속에 떠올랐다. 동생과 장난을 치던 발랄한 목소리와 달리, 그리 말하는 그녀의 목소리는 어딘지 힘이 없어 보였다.

그리고 그녀가 자신을 향해서 했던 말.

– 어머! 안녕하세요? 우리 똥강아지 능력 좋네! 어디서 이런 예쁜 아가씨를!

만약 그의 누나가 아버지와 깊은 사이였다면, 선진의 얼굴을 알아보았을 것이다. 하지만 그녀는 선진을 못 알아보는 눈치였다.

그럼, 페어뱅크스에서는 진심이었던 그가 누나의 죽음 뒤에 달라진 걸까?

그에게 물어야 하는데, 무엇부터 물어야 하는지 알 수가 없었다. 그리고 그가 대답해 준다고 한들 그걸 진심으로 믿을 수 있는지도 알수 없었다.

차라리 그가 지금 곁에 있었더라면 어땠을까?

아니 차라리 감정이 가라앉은 후에 이성적으로 이야기하는 편이 나을 걸까?

……감정이 가라앉기는 할까?

샤워를 마친 선진은 물기도 제대로 닦아 내지 않은 채로 샤워 가운만 걸친 뒤, 침대 위에 쓰러져 잠이 들었다.

새벽녘 옆에서 들려오는 인기척에 선진은 고개를 돌렸다. 침대 옆에 선 낯선 여인이 선진을 내려다보고 있었다. 그녀는 희미한 웃음을 머금은 채로 입을 열었다.

'깊이 생각한다고 해서 답이 나오지는 않아요.'

목소리가 귀에 익었다. 자세히 보니 파리한 얼굴도 낯이 익었다. 선진을 내려다보고 있는 이는 그의 누나였다.

'죽으려고 마음먹어 봤으니까, 알죠? 그런 결심은 한 가지 이유에서 비롯되지 않아.'

입을 벌려 대답을 하고 싶었지만, 뜻대로 되질 않았다.

'벗어날 구멍이 없는 것 같을 때, 세상 모든 존재가 나를 부정하는 것 같을 때, 모든 사람이 나를 잊은 것 같다는 생각이 들 때, 이 세상에서 혼자 버텨 내느니, 차라리 없어지는 게 낫겠다는 생각이 들 때……. 만약 나도 기주처럼 손잡아 주는 사람이 있었으면 살았을 거야.'

눈꼬리를 타고 눈물이 또르르 흘러내리는 게 느껴졌다. 손을 뻗어 그녀의 손을 잡고 싶었지만 그럴 수 없었다. 대신 미안하다는 말을 건네는 것도 할 수가 없었다. 선진이 몸부림을 치며 움직이기 위해 애를 쓸 때였다.

'나한테 안 미안해도 돼요. 내가 약했던 탓이니까. 그리고…… 얘는 아직 세상에 나올 준비가 되지 않았대. 내가 잘 돌봐 줄 테니, 걱정 마요.'

그녀는 아이를 끌어안듯 허공을 끌어안은 채 방문 가로 걸어갔다.

안 돼!

선진은 목소리를 내기 위해 안간힘을 썼다.

"아…….'"

신음이 새어 나왔다.

"안 돼!"

겨우 목소리를 내뱉은 순간, 아랫배에서 극심한 통증이 느껴졌다.

❋

기주는 거의 탈진 상태에 가까웠다. 인천공항을 출발해서 런던 히스로 공항에 도착하자마자, 그녀에게 전화를 걸었지만 받지 않았다. 문자메시지를 남겨도 보았지만, 무슨 일인지 그녀는 확인하지 않았고, 그 뒤로도 며칠 동안 그녀는 연락이 되지 않았다.

잠도 못 잤고, 먹지도 못했다. 일주일의 출장 기간을 기주는 최대한 줄이려 밤잠을 설치며 일에 매달렸다. 기주의 보고에 대한 한국에서의 회신은 강태욱 수석이 맡았고, 그녀에게서 떨어지는 승인은 조팀장을 통해 이루어졌다.

직감적으로 그녀에게 무슨 문제가 생겼다는 것을 짐작했지만 그게 무엇인지 가늠할 길이 없었다.

어디가 심각하게 아픈가?

혹시 아이가……?

그녀의 건강에 이상이 생긴 거라면, 일은 제쳐 두고 당장에 한국으로 돌아가는 게 맞았다. 하지만 그녀의 소식을 물을 때마다 기계적인 대답이 돌아왔다.

– 업무가 많아서 연락이 어려울 겁니다. 제가 전달 드리겠습니다.

그리 말하는 강태욱 수석에게서도 거리가 느껴졌다. 건강상의 이유가 아닌 다른 이유가 있을 거라는 확신이 들었다. 불안이 엄습했다. 불현듯 누나의 얼굴이 눈앞을 스치고 지나갔다.

평생을 봉인해 버리고 싶었던 비밀이 새어 나온 것인가?

히스로 공항을 출발한 비행기가 인천에 닿자마자, 정은은 기주를 붙잡아 세웠다.

"선배."

"왜?"

아무 죄도 없는 정은을 향해 내뱉는 기주의 목소리가 곱지 않았다. 아니, 정은에게도 잘못이 있는 게 맞다. 정은은 그녀에 관해선 며칠 동안 입을 다물어 사람을 미치게 만들었다.

"할 말이 있어요."

"뭔데, 지금 꼭 해야 해?"

"지금 꼭 해야 해요."

기주는 한숨을 몰아쉬며 머리를 쓸어 넘겼다. 시계를 한번 확인한 기주는 빨리 말하라며 정은을 채근했다. 지금 출발하면, 적어도 오후 5시 이전에는 서울에 도착할 것 같았다.

"윤선진 씨가 유산을 했어요."

예상하지 못했던 바는 아니었지만, 정은의 입을 통해 흘러나오는 말은 생각했던 것보다 훨씬 더 충격이 컸다.

"그리고."

"또 뭐?"

"윤선진 씨 쪽에서 서류를 하나 보내왔어요."

"서류?"

기주가 미간을 찌푸리며 물었다. 정은은 마치 업무 보고를 하듯이 서류가 담긴 파일을 내밀었다. 정은의 눈빛에 담긴 감정이 복잡해 보였다. 자신이 의도한 것도 아닌데, 미안한 얼굴을 하고 있는 정은의 시선을 애써 무시하며, 기주는 서류 봉투를 열어 보았다.

"협의 이혼 신청서?"

억장이 무너지는 듯했다. 하지만 무너져 내리는 것은 기주의 가슴일 뿐, 공항을 오가는 사람들은 아무 일도 없다는 듯이 분주히 움직였고, 공항 안내 방송은 태연히 흘러나오고 있었다.

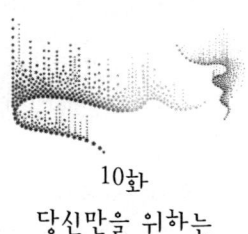

10화
당신만을 위하는

마치 자신만 동떨어진 세계에 서 있는 것처럼 느껴졌다. 이 느낌은 누나를 잃었을 때 느꼈던 것과 비슷했다. 그때처럼 세상은 아무렇지 않게 돌아갔다.

"지금 어디 있는지 알아?"

정은은 아랫입술 살며시 깨물며 기주의 시선을 피했다. 그녀가 어디에 있는지 아는 눈치였다.

"말해 봐. 지금 어디 있는지 아느냐고?"

"댁에서 기다리고 있다고 들었어요."

기주는 입만 벙긋거릴 뿐 말을 이을 수 없었다. 협의 이혼 서류를 보내 놓고 자신을 기다리고 있다는 것은…… 그녀가 원하는 이야기가 이 서류에 관한 것뿐이라는 의미였다. 어찌 되었건 우선 그녀를 먼저 만나야 했다.

단지 아이를 유산했다는 이유로 그녀가 이혼 서류를 내민 것은 아니라는 생각이 들었다. 그리고 그에 앞서 유산할 정도로 큰 충격을 받을 일이 있었을 거라는 생각도 들었다.

기주는 차창에 시선을 고정한 채로 연신 한숨을 내쉬었다. 차는 빠르게 달리고 있는데, 밀폐된 공간이 답답하기만 했다. 이제 다시, 이 세상 어디에도 자신의 마음을 둘 곳이 없어져 버릴지도 모른다는 생각에 마음이 무겁게 가라앉았다.

절대자가 있다면 빌고 싶었다. 누나가 극단적인 선택을 하기 전, 아니 누나가 어리석은 만남을 갖기 전으로 시간을 되돌려 달라고 빌고 싶었다. 페어뱅크스에서 다시 그녀를 만나게 된다면, 절대 그녀를 혼자 두지 않겠노라고, 무릎을 꿇고 빌고 싶은 심정이었다.

손바닥에 땀이 홍건하게 배어났다. 기주는 그녀를 잃을지도 모른다는 불안감에 젖어 미처 확인하지 못한 정보들을 정은에게 묻기 시작했다.

"언제 유산한 거야?"

"런던으로 출국한 그날 밤이요. 한 닷새 정도 됐겠네요."

"건강은 이상 없고?"

정은은 고개를 끄덕거렸다. 아픈 그녀의 곁을 지키지 못했다는 죄책감도 밀려들었다.

왜 그녀가 자신을 필요로 하는 순간마다, 자신은 그곳에 있을 수 없는지……. 현실이 한탄스러웠다.

인천을 출발하여 1시간여를 달린 차는 그녀와 기주가 함께 살고 있던 주상 복합 아파트 주차장에 도착했다.

결혼을 서두른 탓에 신접살림은 그녀가 살고 있던 곳에서 시작했다. 임신한 그녀를 데리고 이사를 하는 것은 무리가 있었기에, 그녀가 익숙한 공간에서 지낼 수 있도록 한 것이었다.

기주는 한숨을 몰아쉬며 현관문을 열고 들어섰다. 집 안을 휘감은 공기는 여전했다. 폐부를 뚫고 들어오는 익숙한 향기에 몸은 집에 돌아와서 안도한다는 듯한 반응을 보이고 있었다. 몸이 보이는 반응에 심장도 기민하게 속아 넘어가는지 두근두근 울리기 시작했다.

그리고 머리는 이 모든 일이 그녀가 기주를 놀려 주기 위한 쇼가 아닐까, 하는 말도 안 되는 가정을 꿈꾸기 시작했다.

"왔어요?"

마치 그 꿈이 진짜라도 되는 듯이 그녀가 평소와 같은 미소를 머금은 채로 기주를 맞이했다.

"어? 어."

오히려 당황한 것은 기주였다. 기주는 짧은 대답을 내뱉고는 중문 앞에 서서 머뭇거렸다.

"왔으면 얼른 들어와요. 거기 서 있지 말고."

그리 말한 그녀는 먼저 돌아서서 거실 쪽으로 향했다. 그녀의 걸음걸이는 평소보다 느릿했다. 엷은 화장을 하기는 했지만, 얼굴이 까칠하고 눈동자는 푸석거렸다.

기주는 아무 일도 없었던 것처럼, 공항에서 받았던 서류가 존재하지 않는 것처럼 그녀의 뒤를 바짝 따라붙었다.

그녀의 어깨를 감싸 안으려 손을 올리자, 그녀가 우뚝 멈춰 섰다. 기주는 그녀의 어깨에 살며시 손을 얹은 채로 그녀를 내려다보았다. 그녀는 숨을 한번 고르고는 입을 열었다.

"혹시…… 내가 보낸 서류 못 받았어요?"

그리 묻는 그녀의 표정은 기묘했다. 분명 미소를 머금은 얼굴인데, 울고 있는 것처럼 보였다.

"……받았어."

기주는 조용히 읊조리듯 대꾸했다.

"그럼."

그녀는 마치 사랑을 속삭일 때처럼 환히 미소 지으며 말했다.

"이러지 말아요."

어깨에 오른 기주의 손을 그녀가 가볍게 밀쳐 냈다.

"선진아."

"우리 해야 할 이야기가 많은 것 같죠? 일단 앉아요. 차 좀 내올게요."

"내가 할게. 몸은 괜찮은 거야?"

부엌으로 향하는 그녀의 앞을 막아서며 묻는데, 기주의 목소리에서 물기가 배어났다. 그녀가 보이는 태도는 이미 모든 것을 결정한 것처럼 보였다.

"내가 하게 해 줘요. 나 지금까지 당신한테 아무것도 해 준 게 없더라. 주스 한 잔 따라 준 기억도 없는 것 같아. 몸은 괜찮아요. 차 정도는 혼자 준비할 수 있어."

그녀는 붙박인 듯 그녀를 가로막고 서 있는 기주를 돌아서 부엌으로 향했다. 이제껏 아무것도 해 준 적이 없으니, 마지막으로 차는 직접 준비하고 싶다는 게 그녀가 한 말의 의미였다.

기주는 갑작스러운 상황이 전부 믿을 수 없었다. 런던으로 향하는 비행기에서 잠이 들었고, 그래서 악몽을 꾸는 거라고 여기고 싶었다.

뒤늦게 부엌으로 향한 기주는 그녀가 싱크대 앞을 왔다 갔다 하는 모습을 물끄러미 바라보았다. 이 집에서 지냈던 여러 날 동안 그녀가 부엌 앞에 서 있는 모습은 단 한 번도 본 적이 없었다.

그녀는 찻물이 끓어오르기를 기다리며 조용히 읊조렸다. 멀찍이 떨어져 있음에도 그녀의 목소리는 선명하게 들려왔다.

"솔직히 기주 씨 좀 짜게 먹더라. 나는 싱겁게 먹는 게 좋거든요. 그리고 보면 우린 음식 취향도 참 안 맞았어. 기주 씨는 한식 좋아하죠? 나는 사실 한식 별로 안 좋아해."

물이 끓어오르자 그녀는 예쁜 홍차 잔에 뜨거운 물을 부었다.

"홍차도 티백밖에 없더라. 나는 우리 집에 뭐가 있는지도 여태 모르고 살았고. 나 참 바보 같아."

그렇게 말한 그녀가 서글픈 목소리로 읊조렸다.

"집에 뭐가 있는지도 모르고, 남편이…… 어떤 사람인지도 모르고."

"선진아."

기주는 애절한 목소리로 그녀의 이름을 불렀다.

"앉아요. 여기서 이야기하자."

그녀가 먼저 의자를 빼고 앉으며, 기주에게 맞은편 자리를 권했다. 소파보다 식탁에 마주 앉는 게 적절한 거리를 유지하는 데에는 도움이 될 거라고 생각했나 보다.

그녀는 예쁜 입으로 뜨거운 차를 호호 불어 가며 조금씩 나누어 마셨다. 기주는 그녀가 내준 찻잔을 물끄러미 내려다보았다. 파란색과 흰색의 격자무늬가 조화로운 잔의 테두리는 금빛으로 마감되어 있었다.

그 안에 그녀가 자신에게 처음이자 마지막으로 대접한다는 따뜻한 차가 담겨 있었다. 기주는 아무 말도 없이 야속하도록 아름다운 빛깔을 내는 수색을 내려다보았다.

"아무래도 내가 먼저 말을 꺼내는 게 좋겠죠?"

그리 말한 그녀는 식탁 위에 사진 한 장을 올리고는 기주가 볼 수 있도록 손가락으로 밀었다. 그녀가 내민 사진은 군대에서 첫 휴가를 나와서 누나와 찍은 것이었다.

"이걸 어디서 구했어?"

자신에게도 없는 사진이었다.

"신기은 씨의 위패가 원래 모셔져 있던 절에서 나온 거래요."

기주는 한숨을 몰아쉬었다.

"누가 줬는데?"

사진을 바라보는 기주의 시선이 그녀를 향했다. 그녀는 이렇게 된 마당에 숨길 이유가 없다는 듯이 대답했다.

"윤선웅 상무가 줬어요."

그녀는 그리 말하고는 입안이 마르는지 빈 잔을 한 번 들었다가 놨다. 그러고는 본가 멀티미디어실에서 봤다는 영상에 대해 말했다. 애써 평정을 유지하려는 듯 보였지만, 그녀는 괴로운 듯한 눈빛을 하고 있었다.

"어쩌면 기주 씨가 나한테 새 외삼촌이 될 수도 있었다고 하더라고요."

그녀가 건네는 말이 기가 막혔다. 기주는 천장을 한 번 올려다보고는 자리에서 일어나 그녀가 앉아 있는 의자 옆에 무릎을 꿇었다.

"아니야. 절대 아니야. 누나가 어리석었어. 아버지 사랑을 받아 본 적이 없어서, 나이 많은 남자가 하는 감언이설에는 사족을 못 썼어. 당신 아버지도 그냥 그렇게 만난 거야. 가볍게 몇 번 만난 거지. 그게 깊은 뜻이 있다거나."

"이래서 내가 이혼하자고 한 거예요."

그녀는 여전히 테이블 위 어딘가에 시선을 고정한 채였다.

"윤선진, 나 보고 말해."

그녀는 숨을 한 번 고르고는 기주를 향해 고개를 돌렸다.

"나, 페어뱅크스에서 당신이 누나랑 통화할 때 어떤 표정이었는지 똑똑히 기억해. 당신한테 누나가 어떤 존재였는지 너무 잘 알아. 근데 지금 나랑 살겠다고 그런 누나를 부정하고 있잖아. 나보고 그런 당신을 마주하고 살라고? 내가 뭔데? 왜 나를 위해서 그렇게까지 해요."

그녀의 눈가에 눈물이 가득 고여 있었다.

"어릴 때, 누나를 지키기 위해 살았던 거잖아요. 그렇게 당신이 지켜 낸 누나를 망친 게 내 아버지라는 사람인 거고. 근데 지금 당신은 누나를 탓하고 있어. 당신에게 단 하나뿐인 가족이었던 누나를 욕보이고 있다고요, 나 때문에."

감히 눈물을 흘릴 자격도 없다는 듯이 그녀는 눈을 부릅뜬 채로 눈을 깜빡거리지도 않았다. 눈물이 흘러내리는 것을 어떻게든 막으려고 애쓰는 것처럼 보였다.

"나는 당신이 아픈 모습 보면서는 못 살 것 같아. 당신은 나를 볼 때마다 내 아버지가 원망스러울 거고."

"그렇지 않다고."

격앙된 목소리가 흘러나왔다.

"나는 당신을 볼 때마다 이 남자가 나를 어떻게 생각할까 싶어서 불안할 거야."

"네가 걱정하는 그런 생각, 안 해."

설득이 되지 않을 것을 알면서도 기주는 그녀의 마음을 되돌리기 위해 애썼다.

"사랑은 유효기간이 있다잖아요. 감정이 식고 나면, 우리는 어떻게 될까?"

그녀의 물음에 기주는 힘주어 대답했다.

"없어. 그런 거. 우리를 봐. 9년 만에 다시 만나서 행복했잖아."

"행복……했었죠."

과거형으로 말하는 그녀의 말에 가슴이 쪼개졌다.

"그래서 우린 평범한 커플들처럼 안 되는 거예요. 변했어야 해. 9년 전하고 감정이 그대로였으면 안 되는 거였어. 그랬다면 우리는 서로에게 아픈 기억을 남길 일도 없었을 테고, 20대 초반에 있었던 꿈

같은 기억을 벗 삼아서 평생을 살았을 거야."

그녀는 이제 마지막 말을 하겠다는 듯이 자리에서 일어났다. 기주도 그녀를 따라 일어섰다. 그녀는 기주를 올려다보며 선선히 말했다.

"많이 사랑해요, 신기주 씨. 그래서 안 될 것 같아. 아니, 안 되겠어. 내가 가장 사랑하는 사람이 지독하게 아파했던 기억을 나를 통해 떠올리는 거, 그런 죄책감에 시달리면서 사는 거, 우리 그런 거 하지 말아요."

터져 나오려는 감정을 막으려는 듯 입술을 한 번 깨물었다가 놓은 그녀가 이별을 고했다.

"내가……. 미안해요."

그녀를 붙잡을 방법이 생각나지 않아서, 이 모든 상황이 억울하고 비참해서, 이제야 겨우 만났는데 이미 이 세상 사람이 아닌 둘이 원망스러워서…….

돌이킬 수 없는 시간과 변하지 않을 과거.

또다시 울음을 참는 그녀의 모습이 안타까워서 괴로웠다.

✱

하필 왜 여기야.

피하고 싶었지만 피할 수가 없었다. 선진은 페어뱅크스보다는 좀 부산스럽지만, 알래스카의 대표 도시 중 하나인 앵커리지에 지금 막 도착한 참이다. 다행스럽게도 페어뱅크스를 찾았던 계절과는 상반된 계절이어서 그런지, 앵커리지는 우리나라의 초봄과 같은 날씨였다.

알래스카는 온통 눈으로 뒤덮여 있는 줄로만 알았는데, 7월의 앵커리지에는 푸르른 초목과 알록달록한 꽃이 길가에 가득했다.

다행이다.

눈으로 뒤덮인 알래스카의 풍경을 마주했다면, 아마 그가 떠올랐을 것이다. 아니지, 이미 페어뱅크스와는 다르다고 생각하며 선진은 그를 떠올리고 있었다.

이별을 고한 날, 그는 인정할 수 없다는 듯이 선진의 앞에서 버텼다. 선진은 그에게 처음이자, 마지막이 될 사랑을 고백한 뒤 침실에 들어가 방문을 걸어 잠갔다.

침실 문 밖에서 그의 목소리가 들려왔다.

'네 잘못도, 그렇다고 내 잘못도 아닌 일이야. 이럴 필요 없잖아.'

그가 했던 말이 가슴에 사무쳤다. 때로는 내 잘못이 아닌 일에 억울하게 세상으로부터 혼이 날 때가 있다. 잘못한 사람들은 따로 있는데, 왜 내가 아파해야 하는지 분하고 답답해서 가슴을 쳐 봐도 변하지 않는 것들이 있다.

그와 자신과의 관계는 그런 것이라 여겼다. 아무리 애쓴다 해도 그녀의 누나가 살아 돌아올 리는 없다. 기억을 모조리 지워 버리는 최면이라도 걸 게 아니라면, 잊을 수도 없는 일이다.

잊히는 것도 괴롭지만, 잊을 수 없다는 사실도 괴롭기는 마찬가지다.

한국을 바로 떠날 것 같았던 그는 여전히 한국에 머무는 중이었다. 선진은 일부러 재계 인사가 모이는 자리는 피했다. 그와 어색한 대면을 하고 싶지는 않아서였다. 그로부터 6개월의 시간이 흘렀지만, 마음은 여전히 그 시절에 머무는 것처럼 아팠다.

"호텔 체크인 하고 뭐 할 거야?"

옆에서 질문을 던진 이는 태욱이었다.

"글쎄. 배고파서 밥이나 먹어야 할 것 같은데."

"그래? 나는 앵커리지 시내 구경 갈 건데, 같이 갈래?"

"아니. 낼모레 출국해야 하는데, 그냥 쉴래."

앵커리지에서는 오늘 만찬을 시작으로 지속 가능 경영 포럼이 열린다. 지구 이상 기후와 더불어 북극 환경 문제가 주된 주제였기에 행사 장소가 알래스카, 앵커리지로 정해졌다고 한다. 선진은 태욱과 함께 부명그룹의 대표 자격으로 이 자리에 참석했다.

검찰 구속된 윤선웅은 다시 회사로 돌아오지 못했다. 구속 수감된 신분으로 여러 비위에 대한 재판이 진행되고 있었다.

윤 부회장 또한 아들의 비위를 눈감아 주면서 재산을 축소 신고하고, 횡령에 가담한 죄로 구속 수감되었다. 이와 더불어 그는 작은어머니와의 이혼으로 인한 재산분할소송에도 휘말려 있었다.

졸지에 부회장의 자리가 비었지만, 부명은 흔들리지 않았다. 오너 일가의 기업 경영인이 구속 수사를 받고 있다고 해서 자리를 물리는 경우는 드물었다. 보통은 그 사람이 돌아올 때까지 대리 경영 체제를 유지하며, 자리를 그대로 두었다.

하지만 윤 회장의 생각은 달랐다. 두 사람의 자리를 부명에서 지워 낸 윤 회장은 선진을 전무 자리에 앉히고는 본격적인 경영 승계 과정에 돌입했다. 지난 6개월 동안 선진이 눈코 뜰 새 없이 바쁜 이유였다.

그런데 이상하게도 바빠서 미칠 것 같은 순간, 위안을 삼기 위해 떠올리는 얼굴은 언제나 그 사람이었다.

그 사람이라면 어떻게 대처했을까, 내가 이러고 있는 모습을 보면 어떤 말을 해 주었을까, 힘들어하는 나를 꼭 안아 주었겠지.

따뜻했던 그의 품을 떠올릴 때마다 이상하게 마음이 편안해졌다.

그가 어떻게 지내나 궁금해할 필요도 없었다. 심심치 않게 그에 대한 소식을 들을 수 있었고, 대외적인 시선을 고려하여 아직 업무 관계를 끊지 않았기에 태욱을 통해서도 그의 이야기가 들려왔다.

그리고 아직 세상은 두 사람의 이혼 사실을 몰랐다. 그가 한국에서 사업을 시작하기 직전, 부명그룹의 윤선진 이사와 결혼했다가 사업이 잘되니 이혼했다는 말을 듣는 것은 선진이 원치 않았다. 선진 또한 야망을 위해 그의 손을 잠시 잡았었다는 말이 들려오는 것은 싫었다.

결혼하는 순간에는 잘 살 거라는 자신감이 있었기에 사람들이 어떤 시선으로 보든 상관이 없었는지도 모른다. 그런데 이혼한 순간에는 사람들이 두 사람의 이혼을 곡해하는 것을 보고 싶지 않았다. 3년쯤 시간이 흐른 뒤에, 성격 차이로 헤어졌다고 발표하기로 두 사람은 합의를 보았다.

호텔 체크인을 마치고, 방으로 가서 간단한 복장으로 갈아입은 선진은 곧장 호텔 1층 로비에 있는 라운지로 향했다. 이제 막 오후 3시를 넘긴 시각이었고, 6시 반부터 만찬이 진행될 예정이었기에 무거운 식사는 할 수가 없었다. 라운지에서 가볍게 샌드위치나 먹을 생각이었다.

웨이터에게 샌드위치와 아이스 아메리카노를 주문한 선진은 주변 테이블을 천천히 둘러보았다. 아는 얼굴이 몇 있어서 가볍게 눈인사도 나누었지만, 합석은 하고 싶지 않았다. 간단한 음식이어서 그런지 샌드위치와 아이스 아메리카노는 금세 서빙되었다.

선진이 아이스 아메리카노가 가득 담긴 유리잔을 집어 들 때였다.

"방이 없네."

테이블 옆에 그림자가 지는가 싶더니, 가슴 시리도록 익숙한 음성이 들려왔다.

"여기 무슨 행사 하나 봐요, 그렇죠? 그래서 그런지 근처 호텔이 다 만실이네."

능청스럽게 떠든 그는 선진의 맞은편에 자리를 잡고 앉았다. 하늘색 니트에 회색 정장 바지를 입은 그는 살이 조금 빠진 얼굴이었다. 그리고 그가 입고 있는 하늘색 니트는 제주도로 신혼여행을 갈 때, 그가 입었던 옷이었다.

"방값 낼게요. 나랑 방 셰어할래요?"

그가 10년 전과 닮은 미소를 머금으며 물었다. 선진은 눈을 지그시 감았다가 뜨고는 그를 다시 바라보았다. 혹시 꿈을 꾸고 있는 건 아닌가, 하는 생각이 들 정도로 그는 아무렇지 않은 미소를 머금고 있었다.

가슴은 그의 목소리가 들려온 순간부터 요동을 쳐 댔다. 떨리는 음성을 내지 않기 위해 가볍게 숨을 들이마시고는 천천히 입을 열었다.

"여기서 뭐 하는 거예요?"

두근거리는 심장과 달리 목소리는 무덤덤하게 흘러나왔다. 무덤덤할 뿐 아니라, 감정을 지나치게 지워 낸 탓에 다소 거북하게 들릴 정도였다.

"포럼 왔죠."

당연한 것을 묻냐는 듯한 대답에 웃음기가 묻어났다.

"어머, 두 사람 같이 있는 거 오랜만에 보네요."

아까 눈인사를 나누었던 사람 중 한 명이 두 사람의 곁을 스치고 지나가며 말을 건네 왔다. 선진은 빙긋이 웃으며 지나가는 사람에게 다시 한 번 눈인사를 건넸다.

천천히 그에게로 시선을 옮기자, 그는 여전히 은은한 미소를 머금은 채로 선진을 바라보고 있었다. 향기가 날 것 같은 미소, 지나치게 매혹적인 미소에 선진은 하마터면 이맛살을 찌푸릴 뻔했다.

그는 마치 어제 보고 또 보는 사이처럼, 여전히 부부 사이인 것처럼 다정하고 친근한 눈빛이었다.

"아직 사람들은 우리가 이혼한 걸 모르는데, 공식적으로 부부인 우리가 포럼에 참석해서 각방을 쓰면 그거 너무 이상하지 않겠어요?"

듣고 보니 그럴듯한 말이기는 했지만, 그렇다고 그와 방을 셰어할 수는 없었다.

"그리고 생각해 봐요. 저렇게 벌써 우리 알아보는 사람이 있는데, 우리가 포럼에서 데면데면하면 얼마나 웃길까?"

심장이 쿵쿵 울렸다. 그와 마주 앉아서 이야기하게 될 거라고는 상상조차 하지 못했다. 오랜 시간이 흐른 뒤, 그와의 재회를 상상해 보기는 했지만 그뿐이었다. 자신과 함께하지 않는 그의 미래를 떠올리는 것만으로도 가슴이 아팠기에, 재회의 장면은 구체적이지 않았다.

과거에 그가 주었던 안온함은 그리웠지만, 그의 미래는 더는 자신과 나눌 수 있는 것이 아니기에.

혹여 그가 다른 여자를 사랑하게 되고, 자신과 그랬던 것처럼 애틋한 감정을 나누는 여자가 그의 곁에 있는 것을 마주하게 된다면…….
상상만으로도 아팠다.

살다 보면 이별에 무뎌지고, 새로운 사랑을 할 수도 있을 것이다. 그가 없이는 퍽퍽하게만 살아왔던 자신에게는 불가능한 이야기지만, 매력적인 그에게는 가능한 이야기일 거라고 생각했다.

그렇다고 그의 새로운 사랑이 두려워 이별을 후회했던 적은 없었다. 이제 자신은 감히 그의 곁에 머물 수 없는 사람이라고만 여겼다.

상처가 많은 이에게 자신의 존재 자체가 상처가 될 테니까.

그런데 뜻하지 않은 곳에서 다시 만난 그는 아무렇지 않은 얼굴로, 이전과 다를 바 없는 눈빛으로 선진을 바라보았다.

"그래서 지금 부부인 척 연기를 하자는 거예요?"

선진은 기가 막힌다는 듯이 물었다. 그는 고개를 끄덕거리며 대꾸했다.

"바로 그거지. 부부 연기."

숨이 턱 막혀 왔다. 천장을 한번 올려다보고는 가볍게 한숨을 내쉬어 보았다. 가벼운 한숨으로는 해결이 안 될 막막함이 밀려들었다.

"방이 어디예요? 얼른 올라가죠. 나 마드리드에서 미팅 끝내고 나서, 홍콩으로 날아가서 미팅하고 여기까지 오느라 지금 48시간 넘게 못 씻었어요. 나한테서 시체 냄새 나는 것 같으니까, 빨리 방으로 가요."

그가 너무 뻔뻔하고도 자연스럽게 요구해서 선진은 저도 모르게 자리에서 일어났다.

"샌드위치는 챙겨야죠. 이거 룸차지 한 거 아냐? 돈 많다고 막 쓰네, 이제."

그는 두 조각으로 나뉘어 있는 샌드위치 중에 한 조각은 제 입에 물고, 다른 한 조각은 선진의 입에 물려 주었다. 선진은 그가 입에 물려 준 샌드위치를 들고 오물오물 씹기 시작했다.

얼결에 엘리베이터에 올라서 방이 있는 7층 버튼을 누르는데, 아는 얼굴이 엘리베이터 안으로 들어왔다. 호텔 I의 연우석 대표였다.

"두 사람 오랜만이네요. 잘 지내죠?"

그의 곁에는 아내로 보이는 아리따운 여자가 서 있었다.

"네, 잘 지내죠."

샌드위치를 입에 물고 있는 선진 대신에 그가 대꾸했다.

"7층이에요? 우리도 7층인데."

연 대표는 두 사람을 향해 싱긋 웃고는 아내의 어깨를 부드럽게 감싸 안았다.

"만찬 가기 전에 앵커리지 시내 구경할래요?"

"시내가 다 똑같지. 우리가 얼마 만에 이렇게 나오는 건데, 밖엘 나가?"

아내의 물음에 연 대표가 너스레를 떨었고, 그의 아내는 체통을 지키라고 옆구리를 쿡 찔러 댔다.

"보기 좋으시네요."

그가 그렇게 말하며 선진의 어깨를 자연스레 감싸 안았다. 그의 손이 닿은 어깨에 열기가 고이기 시작하고 심장이 쿵쿵 울렸다. 선진은 고개를 비스듬히 기울여 그를 올려다보았다.

이게 뭐 하는 거냐는 눈빛을 보내자, 그는 안 될 거 있느냐는 듯이 눈썹을 한 번 들썩거렸다.

엘리베이터에서 내리고 보니, 하필 연 대표 부부의 방이 선진의 방과 나란히 붙어 있었다. 꼼짝없이 방 입구까지 선진은 그와 부부 행세를 해야만 했다.

선진은 방문을 열고 들어서자마자 속사포같이 말을 쏟아 냈다.

"여기 나 오는 거 알았어요? 그런데 왔……?"

그런데 왔느냐고, 좀 피하지 그랬느냐고, 이게 뭐 하는 짓이냐고, 물으려고 했다. 그런데 그가 커다란 손으로 선진의 입을 막아 버렸다.

"지금 옆방에서 연 대표 웃는 소리 어렴풋이 들리죠?"

뭐가 그리 좋은지 크게 웃는 소리가 흐릿하게 들려왔다. 선진은 고개를 끄덕거렸다.

"그럼, 우리 싸우는 소리도 들릴까, 안 들릴까?"

그가 고개를 갸웃하며 묻고는 선진의 입에서 손을 떼어 냈다.

"들리겠네요."

선진이 작게 읊조렸다.

471

"조심해요. 연 대표 눈치가 얼마나 빠른지 모르죠?"

그는 자연스럽게 장 문을 열고는 캐리어를 정리하기 시작했다.

"그러니까 조심하자고요. 우리 서로 합의한 게 있잖아."

합의를 들먹이는 그의 목소리가 퍽 낭만적이지 않았는데도, 심장이 두근거렸다.

앞으로 앵커리지에서 머물게 될 2박 3일이 걱정이다.

당장 만찬장에서부터 시련은 불어닥쳤다. 선진은 당연하다는 듯이 그의 팔에 팔짱을 끼고는 만찬장에 들어서야만 했다. 저 멀리서 태욱이 다가오는 게 눈에 들어왔다.

"이여!"

그는 주변을 의식한 듯 크게 놀라지는 않은 척했다. 그러고는 두 사람을 향해 조용히 속삭였다.

"이게 무슨 그림?"

두 사람이 이혼했다는 사실을 아는 몇 안 되는 사람 중 하나가 태욱이었다.

"뭐, 잘 어울리는 그림?"

그가 너무도 태연히 대답해서 선진은 고개를 돌려 그를 바라보았다. 잘생긴 옆얼굴을 올려다보는데, 심장이 떨렸다. 그리고 그가 얄밉고, 야속해서 미쳐 버릴 것만 같았다.

아무리 이혼한 사이라고 한들, 자신은 이렇게 가슴이 떨려서 죽겠는데 그는 아무렇지도 않은 얼굴이었다. 마치 그는 두 사람 사이에 그동안 아무 일도 없었던 것처럼 굴었다.

"이제 시작할 것 같네요. 우리 자리로 가죠."

우리 자리? 라고 되물어야 하는데, 서둘러 착석해 달라는 방송 때문에 타이밍을 놓쳐 버렸다.

행사 진행 요원에게 자리를 안내받은 선진은 망연해졌다. 그가 로비 라운지에서 말을 걸지 않았더라면, 만찬장 테이블에서 맞닥뜨릴 뻔했다. 사전 정보가 어떻게 전달되었는지, 두 사람의 자리가 같은 테이블에 마련되어 있었다.

이윽고 알래스카 주지사의 건배사를 시작으로 행사가 시작되었다.

10명이 둘러앉은 테이블에 두 사람의 결혼식을 지켜본 이가 없다는 게 다행이라는 생각이 들려는 찰나, 샴페인을 한 모금 머금은 그가 선진의 귓가에 대고 속삭였다.

"나 살 좀 빠진 것 같지 않아요?"

그는 그리 질문하고는 선진을 바라보았다. 선진은 고개를 돌려 가까이에 있는 그의 얼굴을 확인하고는 고개를 살짝 끄덕거렸다. 그러자 그가 선진의 귓가에 다시 귓속말을 해 왔다.

"잘 못 먹었어요. 잠도 잘 못 잤고. 미친 듯이 일만 했어. 바쁘면 생각 안 날까, 싶어서."

그의 따뜻한 숨결이 귓가를 간질였다.

"그런데……. 그래도 생각나더라. 많이."

그는 가감 없이 감정을 드러냈다. 갑자기 치솟은 감정에 눈물이 왈칵 쏟아질 것만 같아서 선진은 두 눈을 빠르게 깜빡거렸다.

"오늘은 잘 먹을 수 있을 것 같네. 윤선진이 내 옆에 앉아 있어서."

그는 그렇게 속삭이고는 식사를 시작했다. 그가 그동안 잘 먹지 못했다는 말이 선진은 계속 신경 쓰였다. 그래서 그랬는지, 선진은 저도 모르게 계속 그가 먹는 모습을 흘끗거렸다. 자꾸만 그에게 시선이 가는 것을 막을 수가 없었다.

그걸 그도 느꼈는지, 선진의 귀에 대고 또다시 귓속말을 해 왔다.

"너무 신경 쓰지 마요. 윤선진이 옆에 있는 동안은 나 멀쩡해."

그럼, 내가 없는 동안은?

그렇게 물을 수가 없었다. 그가 자신의 곁에 없는 동안 멀쩡하지 않았던 자신의 모습을 선진은 너무도 잘 알고 있었다. 툭하면 그의 생각을 하느라 넋을 놓았고, 그가 그리워서 밤을 꼬박 지새운 적도 많았다.

그도 그랬을까?

자꾸 흘끗거리면 그가 불편해할 것 같아서 선진은 접시만 내려다보려고 애썼다.

두 사람이 앉아 있는 테이블에는 중국의 전자 회사에서 온 사람들과 이탈리아의 자동차 회사에서 온 사람들 그리고 일본의 화장품 회사에서 온 사람들이 앉아 있었다. 선진은 모두 처음 보는 얼굴들이었지만, 그는 그들 중 일부를 알고 있는 듯했다.

선진을 아내라고 소개하는 그의 얼굴에는 행복한 미소가 어려 있었다. 그 미소를 바라보는데, 가슴이 뻐근해서 제대로 숨을 쉴 수조차 없었다. 선진은 그의 귓가에 입술을 가까이 대고 낮게 속삭였다.

"굳이 이 사람들한테 내가 아내라고 할 필요는 없었잖아요."

"그럼 같은 방 쓰는 여자를 뭐라고 소개해요? 이혼한 전 부인이라고 해?"

선진은 더 묻는 것을 그만두었다. 선진이 할 말을 잃은 표정으로 그를 바라보자, 그는 따뜻한 시선으로 선진을 바라보았다.

안온한 그의 시선을 바라보는 것은 오랜만이었다. 그리고 이렇게 가까이에서 그의 향기를 느끼는 것 또한 마찬가지였다. 폐부 깊숙이 각인된 그의 익숙한 향기에 숨이 막힐 듯했다.

그는 선진의 눈을 응시한 채로 어깻숨을 내쉬었다. 왜 그러느냐는 눈빛을 보내자, 그가 조용히 속삭였다.

"여기서 정색하고 화내면 이상한 거 알죠?"

화내지 말라는 말이었다.

"아무 이유 없이 정색하고 화내는 건 이상하죠."

이유 없이 화내지 않을 거라고 대꾸했다.

"아무 이유가 없지는 않을 것 같아서."

그렇게 말한 그가 고개를 내미는가 싶더니, 그의 부드러운 입술이 선진의 이마에 가볍게 닿았다가 떨어졌다. 이혼 전에는 선진의 이마에 입을 맞추는 일이 많았던 그였다. 그리고 그가 이마에 입을 맞출 때마다 선진은 가슴이 뭉클 차오르는 듯했다.

애석하게도, 지금도 가슴이 뭉근하게 차오르기 시작했다.

선진은 얼른 고개를 돌려 접시를 내려다보았다. 정작 그동안 식사를 제대로 하지 못했다는 그는 잘 먹고 있는데, 선진은 잔뜩 긴장한 나머지 식사에 집중할 수가 없었다.

부부 연기? 부부 행세? 이런 짓에 왜 동의했을까?

차라리 포럼 참석을 취소하고 당장 한국으로 돌아갈까 싶은 충동적인 생각도 들었다. 견디기 힘들었다. 버거운 감정이 밀려와서 가슴이 턱 막혀 왔다.

이제 더는 그의 곁에 나 같은 사람이……

감정을 다스리려 노력하는데, 그가 선진의 귓가에 다시 속삭였다.

"알래스카 오면서 내 생각 안 했어요? 나는 윤선진 씨 생각 많이 했어. 평소보다 훨씬 더 많이."

이제 더는 견딜 수가 없었다.

선진은 접시 위로 눈물방울이 떨어질 것 같은 순간, 자리를 박차고 일어났다. 뒤에서 그가 테이블에 앉은 이들에게 양해를 구하는 소리가 들려왔다.

도망가 봤자 곧 붙잡힐 테지만, 선진은 당장에 그 자리를 벗어나고 싶어서 빠르게 걸음을 옮기기 시작했다.

"선진아."

뒤에서 자신을 부르는 나직한 소리가 들려왔다. 지독히도 그리웠던 목소리, 가슴이 미어졌다.

선진은 만찬이 열리고 있는 연회장 앞 회랑에 우뚝 멈춰 섰다. 그가 가까이 다가오는 기척이 느껴졌다.

"미안해."

그는 다짜고짜 사과를 해 왔다. 선진은 눈물이 흘러내리지 않도록 천장을 한번 올려다보고는 마주 선 그에게로 시선을 옮겼다.

"뭐가 미안한데요?"

"나도 어쩔 수가 없어."

그는 안쓰러운 얼굴로 말했다. 각국에서 모인 인사들이 만찬에 참석하고 있는 탓에 회랑을 지나다니는 사람들이 많았다.

"방으로 가요."

선진은 짧게 읊조리고는 먼저 걸음을 옮겼다. 어쩔 수가 없다는 그의 말을 이해할 수가 없었다. 자신은 어찌할 바를 알아서 그동안 견디면서 살아왔는지 아느냐고 따져 묻고 싶었다.

그가 자신처럼 힘들어하는지 궁금하기도 했지만, 이렇게 그의 입을 통해 직접 듣고 싶지는 않았다. 그는 왜 자신의 앞에 다시 나타나서 혼란하게 만드는지 따질 생각이었다.

호텔 방에 들어선 선진은 뒤따라 들어온 그를 노려보았다. 그는 '나도 어쩔 수가 없어.'라고 말했을 때와 같은 표정을 짓고 있을 뿐이었다. 만찬장 안에서 태연하게 남편 연기를 하던 남자는 온데간데없이 지독한 사랑에 데여 상처 입은 얼굴이었다.

화가 나는데, 당장에 달려가서 그의 안쓰러운 얼굴을 보듬어 주고 싶은 충동도 일었다. 걷잡을 수 없는 감정이 치솟아서 선진은 그저 한숨을 내쉬며, 그를 노려보는 것밖에는 할 수 없었다.

인생은 긴데, 그 긴 삶 속에서 겨우 몇 년 힘들면 되는 거 아니냐고 따져야 할까?

왜 이별의 과정을 무시하고 불쑥 나타나서 처음보다 더 복잡한 상황을 만드는 거냐고 물어야 할까?

다른 여자를 만나라는, 제 가슴도 그어 버리는 모진 말을 내뱉어야 할까?

그 역시도 선진을 가만히 바라보기만 했다.

"할 말 있으면 더 해 봐요."

선진은 분노와 애증으로 가쁜 숨을 고르며 말했다.

"할 말 없어."

"어쩔 수가 없다며, 어쩔 수가 없는 이유를 말해 보라고!"

그를 다그치는 목소리가 치솟아 올랐다. 격앙되는 감정이 화가 나서인지, 그리움이 폭발해서인지 알 수 없었다.

"그냥, 견딜 수가 없어서."

"뭐라고요?"

우연이라도 자신을 마주친 상황을 견딜 수 없다고 말하는 걸까?

"윤선진이 내 옆에 있는 게."

그가 안타깝도록 흐릿한 목소리로 읊조렸다. 울음이 터져 나올 것만 같았다.

내가 어떻게 견디고 있는데! 내가 어떻게 참고 있는데, 내 앞에서 그런 말을 해!

"내가 옆에 있는 게 견딜 수가 없으면! 당신이 피하면 되잖아!"

그를 나무라는 목소리가 흔들렸다. 그는 눈을 꼭 감은 채로 조용히 읊조렸다. 말을 하나하나 머금었다가 곱씹고 진심을 새겨 내뱉는 것처럼.

"윤선진이 내 옆에 있다는 사실이 견딜 수 없이 좋아서……."

그리 말하는 그의 목소리에서 울음기가 배어났다.

"그래서 어쩔 수가 없었어."

저절로 발이 움직였다. 그의 앞에 선 선진은 안쓰러운 얼굴을 두 손을 감쌌다. 그가 천천히 눈꺼풀을 들어 올렸다. 까만 속눈썹이 물기에 젖어 더욱 까맣게 보였다. 선진은 그 모습을 올려다보며 발꿈치를 들어 올렸다.

젖은 입술이 살짝 스쳤다. 입술을 맞댄 채로 그가 속삭였다.

"이거 봐, 너도 어쩔 수 없지?"

그리 묻는 목소리에 이번에는 웃음기가 배어 있었다. 선진은 놀리듯 묻는 그가 얄미워서 뺨을 감싸고 있던 손을 떼며 한 발짝 뒤로 물러섰다.

그러자 그가 멀어진 거리만큼 가까이 다가오며 선진의 허리를 단단한 팔로 감아 안았다. 선진의 입술 위에 그의 입술이 내려앉았다. 입안을 가르고 들어온 그는 예전보다 훨씬 더 뜨겁고 달콤했다. 손을 올려 그의 어깨를 있는 힘껏 껴안았다.

키스가 거세어지자 선진의 상체가 뒤로 꺾이기 시작했다. 서로 열렬하게 달라붙어 있었지만, 그가 몰아붙이는 힘이 더 거셌기에 그럴 수밖에 없었다.

어딘가에 몸을 의지하려 본능적으로 뒷걸음질 쳤다. 무릎 뒤가 침대에 닿은 것이 느껴진 순간, 몸이 풀썩 침대 위로 쓰러졌다. 검은색 칵테일 드레스가 순식간에 바닥으로 떨어졌다. 입안 깊은 곳까지 샅샅이 훑어 댄 그는 뜨겁게 젖은 입술을 선진의 목덜미로 옮겨 갔다.

"그리웠어. 여기 코를 묻으면 나는 살 내음이 미치도록."

"흐읏!"

옅은 신음이 울리자, 그가 선진의 가슴을 거세게 움켜잡았다.

"손안에 가득 감기는 부드러운 살결도."

마지막으로 그의 품에 안겼을 때는 선진이 홑몸이 아닐 때였다. 그렇기에 이렇게 격정적으로 서로를 품고자 했던 적이 있었나 싶었다. 술기운을 빌렸던 그 밤은 제외하고 말이다.

목덜미를 배회하던 그의 입술이 점점 아래로 내려갔다.

"내가 입술을 댈 수 있었던 네 모든 것들이, 다."

예민한 끝이 그의 입안으로 빨려 들어갔다. 선진은 부드러운 그의 머리카락을 손으로 움켜잡으며 허리를 뒤챘다. 그의 팔이 허리 아래로 들어오는 게 느껴졌다. 그는 마치 온 호흡으로 선진을 들이마셔 버릴 것처럼 선진의 몸에 키스를 퍼부었다.

그의 입술이 마침내 선진의 발등에 닿았을 때, 그가 슈트를 벗어던졌다.

"으읏!"

그토록 그리워했던 그의 품에 안겨 있다는 감상에 젖을 수도 없을 만큼 아찔하고, 깊었다.

"이렇게 애가 달아서 날 올려다보는 눈빛도."

그가 선진의 눈가에 입을 맞추었다. 눈물이 눈가를 타고 흘러내렸다. 그는 혀를 내밀어 눈물을 살짝 핥고는 덧붙였다.

"이제 내 앞에서 다시 울 수 있게 됐네."

우는 모습을 보이는 게 기쁘다는 말투였다. 숨이 벅차올랐다. 그가 허리를 뒤로 물렸다가 단번에 한계까지 밀고 들어왔다.

연신 가쁜 숨과 함께 신음을 내뱉는 것 외에는 할 수 있는 게 없었다.

지난밤의 여파로 온몸이 욱신욱신 아팠다. 그의 손길과 입술이 닿았던 곳마다 데인 듯 뜨거웠다. 오늘 포럼 중간에 예정된 연설을 점검하려면 얼른 일어나야 했다. 그런데 쉽게 몸이 일으켜지지가 않는다.

선진은 눈을 감은 채로 어제 있었던 일들을 가만히 되짚어 보았다.

알래스카에 오면서 그의 생각으로 혼란스러운 와중에 거짓말처럼 그가 눈앞에 나타났다. 방이 없다며 능청을 떨던 모습부터, 견딜 수가 없이 좋다고 고백하던 그의 안쓰러운 목소리까지…….

어제 일어난 모든 일이 꿈처럼 아득하기도 하고, 조금 전에 일어난 일처럼 선명하기도 했다.

어떤 얼굴로 그를 마주해야 할지 감이 서질 않았다. 어젯밤에는 격정적인 감정에 휩쓸려 서로를 안았지만, 아침이 되니 지난밤에는 잠시 자취를 감췄던 이성이 나타나 대체 왜 또 이런 거냐며 선진을 다그치고 있었다.

글쎄. 어젯밤에는 왜…….

그보다 지난겨울엔 또 왜…….

그리고 10년 전 이곳 알래스카에서는…….

똑같은 일이 세 번이나 반복되었다.

각기 다른 남자와 이런 사고를 쳤더라면 좀 나았으려나?

10년 동안 지겹기도 않은지, 선진은 오로지 한 남자와 반복해서 사랑에 빠지고 말았다.

자신이 곁에 있다는 사실만으로 견딜 수 없이 좋아서 어쩔 수 없었다는 남자를 사랑하지 않을 수 있을까? 그것도 날마다 그리워했던 남자가 안쓰러운 목소리로 그리 고백하는데 말이다.

선진은 어제의 일에 대해 스스로를 설득하려 애썼다. 그런데 사랑과 이별은 이성적 설득을 통해 이해 가능한 게 아니라는 생각이 들었다. 눈 감고 고민하면 뭐 하나 싶어서, 선진은 꼭 감고 있던 눈꺼풀을 천천히 들어 올렸다.

그런데 당연히 그가 누워 있어야 하는 자리가 텅 비어 있었다. 텅 빈 침대 위를 보는데, 마치 데자뷰를 보는 듯해서 가슴이 덜컥 내려앉았다.

선진은 이불을 몸에 두른 채로 욕실로 향했다. 만약 욕실에 있는 거라면 물소리나 다른 기척이 들려야 하는데 조용했다.

"기주 씨, 안에 있어요?"

잠에서 막 깨어난 탓에 약간 잠겨 있는 선진의 목소리만이 방 안을 위태롭게 울렸다. 선진은 텅 빈 공간을 둘러보았다. 어제 그와 함께 올라왔을 때는 몰랐는데, 지금 보니 무척이나 생경했다. 그 생소함이 선진을 더욱 위축시켰다.

선진은 아침이 되어 제대로 돌아온 정신을 다독이며 이성적 사고를 해 보기 위해 애썼다. 오늘부터 본격적인 포럼이 시작되었기에 그가 예전처럼 홀연히 사라졌을 리는 없을 터였다. 하지만 그리 생각하면서도 심장은 불안한 박자로 날뛰었다.

일단 그의 짐이 남아 있는지부터 확인해야겠다 싶은 생각에 걸음을 옮기려는데, 낯선 소리가 들려왔다. 그게 방 밖에서 누르는 초인종 소리라는 것을 감지하는 수초가 걸렸다.

경고음처럼 울리는 소리에 선진은 붙박인 듯 굳어서 움직일 수가 없었다. 10년 전 페어뱅크스에서의 악몽 같았던 일이 떠올라 온몸에 마비가 온 듯했다. 숨이 가빠 오고 입술이 파르르 떨렸다. 더는 자신을 잡으러 올 사람이 없는데도 불구하고 겁이 났다.

방 안에서 아무런 대답이 없자, 이번에는 문을 두드리는 소리가 들려왔다. 선진은 마른침을 삼키며 천천히 문가로 다가갔다. 누구냐는 물음을 던지려는 찰나였다.

"선진 씨, 아직 자요?"

문밖에서 들려오는 목소리에 선진은 안도의 한숨을 길게 내쉬었다. 그녀의 이름을 부르며, 아직 자느냐고 묻는 목소리는 당연히 그 사람의 것이었다.

방문을 열어젖히자, 멀끔한 모습의 그가 얼른 방 안으로 들어왔다.

그는 진한 베이지색 면바지에 체크무늬 후드 티셔츠를 입고 있었다. 캐주얼한 복장 탓인지, 그는 나이보다 훨씬 어려 보였고 마치 10년 전으로 돌아간 듯한 착각이 일었다.

"어디 갔다 왔어요?"

"포럼 가기 전에 조식 먹을 시간이 여의치 않을 것 같아서, 얼른 밑에 카페 갔다 왔어요. 아침 시간에 룸서비스는 전날 예약을 해야 한다고 하더라고요."

다감한 말투로 대답하는 목소리를 듣는데, 왈칵 눈물이 치솟았다. 페어뱅크스 호텔에서 컵라면을 사러 나갔다가 돌아온 그를 맞이하는 기분이었다.

"근데 안색이 왜 이래요? 어디 안 좋아요?"

그의 품에는 종이봉투가 안겨져 있었다. 선진이 그를 부르기 위해서 차 안에서 발버둥 쳤던 그날과 똑같았다. 그 모습을 마주하니 눈가에 고여 있던 눈물이 와르르 쏟아져 내렸다.

"왜 우는데, 응?"

그는 빵이 든 봉투를 툭 소리가 나도록 바닥에 떨구고는 두 손으로 선진의 뺨을 감쌌다. 하염없이 눈물이 쏟아졌다. 그런 선진을 바라보며 그는 어쩔 줄을 몰라 했다. 선진은 그간 쌓여 있던 서러움이 한꺼번에 폭발하기라도 한 것처럼 울었다.

페어뱅크스에서 그와 헤어진 것도 서러웠고, 그와 겨우 만났다가 이혼한 것도 서러웠고, 이렇게 그의 앞에서 바보같이 눈물을 뚝뚝 떨구고 있는 것도 서러웠다.

10년 전에 페어뱅크스 호텔에서 그가 사 온 음식을 먹으며 이야기를 나눴었더라면, 우리는 이렇게 빙 돌아올 필요가 없지 않았을까.

"말을 하고 나갔어야지."

선진은 그의 가슴팍을 주먹으로 내리치며 나무랐다.

"깜짝 놀랐잖아! 일어났는데 없어서 얼마나 놀랐는데, 내가!"

그는 작은 주먹이 그의 단단한 가슴을 내려치도록 내버려 두었다.

"미안해."

"앞으로 다시는 이러지 마."

"알았어, 안 그럴게."

그는 다정한 미소를 머금은 채로 선진을 내려다보았다.

"다시는, 그러니까 다시는."

"응, 다시는."

선진은 가쁜 숨을 고르며 겨우 말을 내뱉었다.

"내 허락 없이, 내 눈앞에서 사라지지 마."

그는 잠시 멍한 표정으로 선진을 내려다보았다. 말을 잃은 사람처럼 입만 한 번 벙긋거린 그는 이내 선진을 끌어당겨 품에 가득 안았다. 그의 품 안은 안온했다. 마치 길을 잃었던 어린아이가 엄마를 찾고는 품에 안겨 엉엉 우는 것처럼 선진은 그의 품에 안겨 목 놓아 울었다.

그가 선진의 등을 가만히 다독여 주었다. 그저 커다란 손으로 등을 가만히 토닥토닥 두드려 주는 것뿐인데도, 간단한 손짓이 주는 위안이 대단했다.

"고맙다."

그가 물기 어린 목소리로 속삭였다. 선진은 세상에 이런 바보 천치가 또 있나 생각했다. 이혼한 전 부인이 허락 없이 자기 눈앞에서 사라지지 말라는 이상한 말을 하며 화를 냈는데, 도망은 가지 않고 고맙단다.

"정말 바보 아니야?"

선진이 그를 나무라자, 그의 입술이 선진의 이마에 부드럽게 내려앉았다. 눈물이 나고, 신경질이 나고, 미칠 것 같은 상황이었는데, 이마에 그의 입술이 내려앉은 순간, 고삐 풀린 망아지처럼 날뛰던 감정이 순한 양처럼 보드랍게 가라앉아 버렸다.

물기 어린 목소리로 선진이 속삭였다.

"너무 그리웠어."

"뭐가?"

"이거. 이마뽀뽀."

"이것만 그리웠어?"

선진은 고개를 절레절레 내저었다. 그와 결혼하기까지 짧은 시간, 그리고 그보다 더 짧았던 결혼 기간, 선진은 그에게 너무나도 많이 익숙해져 있었다.

그의 다정한 웃음, 나직한 목소리, 단단하고 따뜻한 품 안, 달콤한 숨결, 보드라운 입술, 위안을 주는 커다란 손길, 귀를 대면 두근두근 울리는 심장, 애정 가득한 눈빛……. 그리웠던 것을 다 말하려면 밤을 새워도 부족했다.

이제 그를 놓치고 싶지 않았다. 그때는 미처 몰랐다. 그저 그와 자신을 위해 서로 헤어지는 것만이 옳은 방법이라고 생각했다. 그런데 잠시 떨어져 있던 시간이, 다시 돌아온 그의 존재감이, 그를 절실하게 했고, 선진을 절박하게 만들었다.

'네 잘못도, 그렇다고 내 잘못도 아닌 일이야. 이럴 필요 없잖아.'

그가 했던 말을 선진은 이제야 이해할 수 있을 것 같았다. 서로의 잘못이 아닌 이유로 헤어졌던 게 억울하기까지 했다. 지난 시간을 어떻게 되돌려야 할까 싶었다. 그와 부부 행세를 하는 게 아니라 예전처럼 진짜 부부이고 싶었다.

이제 어리석은 이별을 고하지 않고, 마음껏 사랑할 수 있을 것 같은데.

"근데 우리 어떡하죠? 혼인신고 다시 해?"

선진이 코를 훌쩍이며 진지하게 던진 질문에 그는 웃음을 터뜨렸다.

"왜 웃어요? 내말이 웃겨?"

"어, 웃겨. 이마뽀뽀가 그리웠다고 엉엉 울던 여자가 갑자기 혼인신고 얘기하는데 안 웃겨?"

그는 유쾌한 웃음을 머금고 있었다. 그가 즐거워하는 모습을 마주하자 발가락 끝에서 정수리까지 전율이 흐를 정도로 좋았다.

"나는 하나도 안 웃긴데? 현실적으로 생각해야죠. 아니면 그냥 연애나 할까?"

선진은 잘생긴 그의 얼굴을 올려다보며 물었다.

"윤선진, 그건 안 될 것 같은데."

그는 짐짓 심각한 얼굴을 했다. 이제 와서 안 될 것 같다는 그의 말에 덜컥 겁이 나서 물었다.

"왜?"

그는 잠시 뜸을 들였다. 어떻게 말을 해야 하나 고민을 하는 건지, 일부러 저러는 건지 모르겠지만 사람 미치게 하는 재주도 가지가지라고 선진은 생각했다.

"빨리 말해."

선진은 참다못해 그를 채근했다.

"우린 아직 부부니까."

그가 근사한 미소를 머금으며 듣기 좋은 나직한 음성으로 속삭였다.

"그게 무슨 말이에요?"

선진의 물음에 그는 한숨을 한 번 내쉬고는 대답했다.

"이혼 결정 나고 나면, 기한 내에 가까운 구청, 시청 같은 기관에 이혼 확인 서류를 제출해야 하는데……. 둘 중 한 사람만 내면 되거든. 근데 기한 내에 그걸 안 냈더라, 우리 둘 다."

선진은 멍하게 입을 벌린 채로 그를 올려다보았다.

"우리 진짜……. 멍청이야."

어이가 없어서 웃음이 나왔다.

처음 만났을 때, 통성명하고 연락처도 주고받았다면 서로를 놓치는 멍청한 짓은 하지 않았을까.

결혼하고 서로의 치부를 솔직히 털어놓았더라면 협의 이혼 서류에 사인하는 멍청한 짓은 안 하지 않았을까.

누군가 이혼 확인 서류를 제대로 제출했더라면, 평범한 연애 비슷한 것을 하고 다시 혼인신고서에 도장을 찍는 멍청한 짓을 저질렀을까.

만약을 가정하는 것이 얼마나 어리석은 일인지 알기에 선진은 그간 있었던 모든 일이 두 사람이 영원토록 함께하기 위한 전초전이었다고 생각하기로 했다.

그런데 문득 궁금했다. 그가 왜 이혼 확인 서류를 제출하지 않았는지.

"기주 씨는 그 서류 왜 안 냈어?"

"그러고 싶지 않았으니까. 나는 윤선진하고 남남이 되고 싶지 않았으니까."

그의 솔직한 대답에 가슴이 뭉클 차올랐다.

"당신은 왜 안 냈어?"

그의 물음에 선진은 잠시 고민하다가 입을 열었다.

"우리 프렌치 레스토랑에서 만났던 날, 기억해? 기주 씨가 나랑 타락 한번 해 보자고 나 꼬셨잖아."

"그랬나?"

그는 빙긋이 웃으며 되물었다.

"기주 씨랑 타락했던 시간이 내 인생에서 제일 행복했으니까. 이 정도면 꽤 바람직하고 착한 타락인 것 같아서, 그냥 타락해 버리자 싶었지."

"말이나 못하면. 그냥 잊어버린 거잖아. 그런 거 신경도 안 쓴 거고. 아냐?"

그는 선진의 이마에 부드럽게 입을 맞추었다. 선진은 몸을 살랑살랑 흔들며 그의 품에 안겼다.

"바람직하고 착한 타락이라니, 기가 막혀서."

그가 혼잣말인 듯 중얼거리는 소리가 듣기 좋았다. 그의 따뜻하고 단단한 품 안에 다시 안길 수 있다는 사실에 행복했고, 그와 여전히 부부라는 사실에 감사했다. 자신을 다시 찾아와 준 그가 고마웠고, 자신과 남남이 되고 싶지 않았다는 그는 애틋했다.

좋고, 행복하고, 감사하고, 고맙고, 애틋한 사람…….

그 무엇보다 이제는 영원토록 그를 사랑하며 살 수 있다는 사실이…… 가장 벅찼다.

✹

"휴가 좀 써야 할 것 같아요, 조 팀장."

한국에 있는 조 팀장에게 전화를 건 것은 다분히 충동적이었다. 콘퍼런스장에서 포럼 공식 폐막 연설이 끝나자마자 휴대전화를 집어 들었다.

– 무슨 일 있으십니까, 전무님?

갑작스러운 휴가 통보에 조 팀장의 목소리가 가라앉았다.

"그냥 좀 피곤해서요. 여기서 좀 쉬다 가려고요. 오래 걸리진 않을 거고."

– 얼마나 계실 예정입니까?

"한 일주일 정도."

휴대전화 너머에서 아무런 대꾸도 들려오지 않았다. 빡빡한 일정으로 포럼에 참석했다가, 사전 조율도 없이 일주일간의 휴가를 쓰는 것은 조 팀장에게 있어 상식을 벗어나는 업무 진행일 터였다.

– 즐거운 시간 보내시길 바라겠습니다.

그런데 이윽고 들려온 조 팀장의 대꾸에 선진은 멈칫했다. 상사인 선진에게 즐거운 휴가를 보내라며 인사 정도야 할 수 있는 거지만, 조 팀장의 목소리에서 이상한 분위기가 감지되었기 때문이다.

마치 선진이 휴가 낼 것을 예견하고 있었던 느낌이랄까.

일주일 동안 업무 보고는 어떻게 할 건지, 예정되었던 일정을 어떻게 조율해야 하는지에 대한 물음이 없는 것도 이상했다.

"조 팀장."

– 네, 전무님.

"나 휴가 낼 거 혹시 알고 있었어요?"

다소 이상한 질문이었다. 자신도 지금 충동적으로 전화를 걸어서 휴가 통보를 해 놓고는, 그걸 조 팀장에게 알고 있었느냐고 묻고 있다.

– 네, 강 수석이 아마 그럴지도 모른다고 이야기해 주고 갔습니다.

"강 수석이요?"

뒤통수를 한 대 얻어맞았다는 말은 이럴 때 하는 건가 보다. 만찬 장에서 자신과 함께 있는 그를 보고도 강 수석은 별로 놀라지 않은 눈치였었다.

설마 강 수석은 그가 올 것을 미리 알고 있었다는 건가?

조 팀장과 짧은 통화를 마친 선진은 콘퍼런스장 입구에 마주 보고 서서 업무 이야기를 하고 있는 그와 강 수석 앞으로 걸어갔다. 무슨 심각한 이야기를 하는지, 두 사람의 표정이 좋지 않았다.

"아무래도 눈치챈 것 같은데요."

그의 목소리가 먼저 들려왔다.

"아, 조 팀장 말하지 말라니까, 했나 보네요. 윤 전무 눈에 불을 켰네."

태욱의 대꾸에 선진은 기가 막혀 왔다. 두 사람이 심각하게 이야기하고 있었던 것은 업무 관련 이슈가 아니라, 선진에 관한 것이었나 보다.

"둘이 무슨 작당을 한 거야, 대체?"

선진이 팔짱을 끼며 고까운 투로 물었다.

"나 먼저 갑니다. 알아서 수습해요."

태욱이 자리를 뜨려 하자, 선진이 그의 팔뚝을 붙잡았다.

"어딜 가?"

선진이 스산하게 읊조린 말에 반응을 보인 건 태욱이 아니었다.

"지금 내 앞에서 다른 남자 붙잡은 겁니까?"

그의 시선이 태욱의 팔을 붙잡고 있는 선진의 손으로 향했다. 시시각각 분노와 질투가 차오르는 게 보일 정도로 그는 안색을 달리했다.

"아니, 그게 아니라."

선진이 한숨을 내뱉은 읊조렸다.

"아니긴 뭐가 아니에요? 그 손 못 놔요? 누가 내 앞에서 다른 남자 몸에 손을 대래?"

듣고 보니 이상해서 선진은 발끈하고 말았다.

"내가 언제 다른 남자 몸에 손을 댔다고 그래요?"

"그럼, 강태욱 수석이 여잡니까? 지금 붙들고 있는 건, 남자 몸 아니고 뭡니까?"

그가 목소리를 한껏 낮추며 음산하게 물었다. 기가 막히지만, 여기서 물러서면 이 둘이 무슨 짓을 꾸몄던 건지 밝히지 못하게 될 것 같았다. 선진은 물러서지 않겠다는 듯이 태욱의 팔을 끌어당겨 그와 자신의 사이에 세웠다.

"아, 나 진짜 미치겠네. 사랑싸움은 이제 둘이 해요. 만나게 해 줬으면 알아서 해야지. 둘이 방도 같이 썼으면서. 이제 와서 나는 왜 끌어들여?"

태욱이 너스레를 떨며 선진의 손을 털어 냈다.

"강 수석님, 내가 휴가 쓸 거라고 조 팀장한테 말했다면서요?"

선진의 목소리가 뾰족하게 흘러나왔다.

"휴가 썼어요? 왜?"

그가 걱정스러운 눈으로 선진을 향해 묻고는 대뜸 태욱에게로 시선을 옮겨갔다.

"그걸 강 수석은 어떻게 알고 있었고?"

아까는 장난으로 으름장을 놓는 것 같았는데, 이제는 진심으로 분노하는 것 같기도 했다.

"아, 둘이 만나면 회포도 오래 풀어야 할 것 같아서, 휴가 쓸 것 같다고 했죠."

태욱이 이제는 귀찮다는 투로 대꾸했다.

"우리 둘이 만날 걸 어떻게 알고?"

이번에는 선진이 되물었다. 그러자 태욱이 깊게 한숨을 내쉬고는 고개를 절레절레 내저으며 대꾸했다.

"둘 다 죽을 둥 살 둥 해서, 내가 신 대표 여기로 불렀어."

선진은 잠시 할 말을 잃었다. 언제는 애아버지가 되어 주겠다고 난리를 치던 태욱이 직접 그를 앵커리지로 불렀다는 거다.

"이제 그만하고, 둘이 그냥 살아라. 아주 양쪽에서 치이느라 내가 아주 죽는 줄 알았어."

태욱이 넌덜머리가 난다는 듯이 고개를 뒤흔들었다.

"얘는 허구한 날 한숨만 쉬면서 땅굴 파고 있지."

태욱이 턱짓으로 선진을 가리켰다.

"이 남자는 진짜 죽을상을 하고 다니지."

이번에는 그를 눈짓으로 가리켰다.

"이제 제발 그냥 둘이 살아라. 내가 다 말라 죽겠다. 둘이 살 거 아니면, 나 사표 씁니다, 전무님. 더는 내가 중간에서."

"살 거야."

이러고는 못 살겠다고 읍소하는 태욱의 말을 조용히 끊어 낸 이는 선진이었다. 태욱의 얼굴에 희미한 미소가 걸렸다.

"고마워."

선진이 작게 속삭이듯 말했다.

"암, 고마워야지. 너 나한테 평생 고마워야 한다. 휴가 잘 보내고. 나, 이제 정말 간다."

태욱은 그에게도 비슷한 인사를 건넨 뒤, 먼저 콘퍼런스장을 떠났다. 콘퍼런스장에는 아직도 많은 사람이 있었지만, 마치 둘만 있는 것처럼 시공간이 멈춘 듯했다.

선진은 조심스럽게 입을 열었다.

"부른다고 왔어요?"

울음인 듯, 웃음인 듯 목소리가 떨렸다.

"불러 주길 얼마나 바랐는데, 와야지."

대꾸하는 그의 목소리도 떨리기는 마찬가지였다.

"휴가는 왜?"

그와 함께 이틀 밤을 보내기는 했지만, 부족했다. 그와 재회한 순간을 조금만 더 만끽하고 싶어서 충동적으로 휴가를 냈다. 페어뱅크스가 멀지 않은 곳에 있으니, 그곳에 가도 좋을 거라고 생각했다.

"같이 있고 싶어서."

더는 숨길 것도, 재고 따질 것도 없었다. 선진은 가감 없이 솔직하게 감정을 드러냈다. 그가 웃으며 선진의 어깨를 당겨 안았다. 그의 웃음소리가 잔잔히 울렸다. 가슴이 간질간질 떨렸다.

"페어뱅크스 다시 가 보지 않을래요?"

그의 품에 안긴 채로 선진이 조용히 물었다. 그가 선진의 어깨에 고개를 묻으며 대답했다.

"어디든 윤선진이 가자는 곳은 다 가야지."

그리 말하는 그의 목소리는 한없이 다정했다.

이제 다시 이 사람과 미래를 꿈꿀 수 있다는 사실이 꿈만 같았다.

❀

페어뱅크스 역시 두 사람이 방문했던 10년 전과는 다르게 따뜻한 날씨였다. 강산이 변하는 계절을 지나왔는데도 알래스카의 소도시는 별로 달라진 게 없어 보였다. 두 사람은 당연하다는 듯이 10년 전에 함께 묵었던 호텔로 향했다.

외관은 그때와 차이가 없었지만, 실내는 레노베이션을 했는지 달라진 모습이었다. 그에게 방을 함께 쓰자고 제안했던 레스토랑 자리는 스파 시설로 바뀌어 있었다.

"저기서 차 한잔하려고 했는데."

체크인하며 선진이 건넨 말에 그가 연한 웃음을 머금었다. 선진이 아쉬워하는 감정을 자신도 고스란히 느낀다는 듯이 그는 선진의 이마에 가볍게 입을 맞추었다.

"두부전골 잘하던 한식당은 그대로 있을까? 오로라 투어 했던 서울여행사도 여전히 하려나? 팬케이크 맛집은 아직도 아침에만 팬케이크 팔겠죠?"

급하게 식을 올린 뒤, 신혼여행도 다녀오지 못했었다. 그래서인지 갑작스럽게 진행된 휴가에 선진은 마냥 기분이 들떴다.

"글쎄. 하나하나 찾아볼까요?"

선진은 빙긋이 웃으며 고개를 끄덕거렸다.

1층에 있는 공용 시설은 그 모습이 달랐지만, 객실은 10년 전 그대로였다. 방문을 열고 입구에 선 두 사람은 잠시 할 말을 잃었다. 그때와 다를 바 없는 모습이 감상에 젖게 했다.

"나는 여기서 다시 살 결심을 했어요."

선진이 조용히 읊조렸다.

"나는 여기서 당신을 위해 내 삶을 바칠 수도 있다고 생각했다고, 말했었죠?"

그가 선진을 자신 쪽으로 돌려세우며 읊조렸다. 선진은 만감이 교차하는 얼굴을 하고 있는 그를 올려다보았다.

"나도 당신이 허락만 해 준다면, 모든 걸 다 버리고 당신 따라가려고 했었어요. 여기서 내 이름도 말해 주고, 내가 살아온 이야기도 해 주고. 왜 페어뱅크스까지 왔는지 다 털어놓고."

그때 그 감정이 되살아나는 듯해서 목이 메었다. 선진이 숨을 고르고, 눈동자를 여러 번 깜빡이며 감정을 추스르는 동안 그는 가만히 기다려 주었다.

그때 하지 못한 말을 다 하라는 듯이.

지금이라도 다 듣고 싶다는 얼굴로.

"여행이 끝나더라도, 같이 있고 싶다는 말을 하고 싶었어요."

목을 가다듬고 간신히 내뱉은 10년 묵은 진심을 털어놓았다. 그가 환하게 웃었다. 선진은 홀린 듯 그의 미소를 바라보았다.

다시는 보지 못 할 미소라고 여겼었다. 가슴이 죄여 왔다. 심장 언저리에서 느껴지는 통증에 선진이 미간을 슬쩍 찌푸렸다.

"왜 그래?"

그가 걱정스러운 투로 물었다.

"다시 못 볼지도 모른다고 생각했어요. 당신 웃는 거. 그래서 지금이 너무 소중해서."

말을 채 끝내기도 전에 그의 입술이 선진의 입술 위에 살포시 내려앉았다. 방문이 닫히는 소리가 들려왔다.

선진은 그의 목에 팔을 두르며 발꿈치를 들었다. 커다란 손이 등허리를 단단하게 감싸 안았다. 그는 선진을 가볍게 안아든 채로 침대로 걸음을 옮겼다.

선진은 그의 목을 안고 있던 손을 내려 재킷 단추를 끌렀다. 손길이 다급해졌다. 선진의 코트를 벗기는 그의 손길도 성마르긴 마찬가지였다.

달아오른 감정은 순식간에 폭발할 듯했다. 잠시 입술이 떨어졌다. 두 사람은 약속이라도 한 것처럼 동시에 옷을 벗어 던졌다. 민망하기도 하고, 우습기도 하고, 행복하기도 해서, 선진이 가볍게 웃음을 터뜨렸다.

그러자 그가 웃고 있는 선진을 바라보며 미간을 찌푸렸다.

"지금 웃음이 나오네?"

그의 질문에 선진을 진한 미소를 머금었다.

"너무 좋아서."

작은 대꾸에 그가 한숨을 몰아쉬었다.

"나는 지금 죽을 것 같은데."

그의 목소리 끝이 탁하게 쉬어 갈라졌다. 그는 선진의 어깨를 감싸 안고는 매트리스에 몸을 눕혔다. 선진은 그의 팔에 머리를 기댄 채였다.

"당장 하고 싶은데, 윤선진이 엉엉 울면서 제발 안아 달라고 매달리는 것도 보고 싶고."

선진이 놀란 눈을 동그랗게 뜬 순간 입술이 맞물렸다.

"으음."

키스는 깊었다. 기주는 그녀의 입술을 가르고 들어가 머뭇거리는 혀를 휘감아 빨아 댔다. 자잘한 돌기에 휘감기는 익숙한 열기에 애가 달았다. 당장에 그녀의 다리를 벌리고 뜨거운 살점을 파고들고 싶은 충동이 일었지만, 그녀를 한계까지 몰아붙이고 싶은 욕구도 강했다.

기주는 열기로 들썩이는 그녀의 가슴을 움켜잡았다. 손바닥에 가득 감기는 살결은 보드랍고 말랑거렸지만, 그 끝은 단단했다. 달콤한 그녀의 입술을 거세게 한번 빨아들인 기주는 살며시 입술을 떼어 냈다.

"흐으."

그녀의 밭은 숨소리를 들으며, 고개를 내려 단단하게 솟아오른 가슴 끝을 입에 물었다.

"아아."

그녀가 허리를 휘며 신음을 내뱉었다. 이로 아프지 않게 살살 깨물었다가 혀로 부드럽게 핥아 올리자 그녀의 몸이 바르르 떨렸다. 제 품에 안겨서 몸을 떠는 여자가 그녀라는 사실이 아직도 믿기지 않았다.

기주는 입안이 가득 차도록 가슴을 빨아 문 채로 그녀의 얼굴을 올려다보았다. 흥분으로 붉어진 얼굴이 예뻤다. 기주는 그녀의 입안으로 검지를 밀어 넣었다. 그녀의 입에 키스하고 싶지만, 가슴을 놓아

주고 싶지 않았다.

그녀가 기주의 손가락에 혀를 감고 열심히 빨아 대기 시작했다. 손가락을 핥아 올리며 신음하는 그녀의 목소리는 정수리가 쭈뼛 설 정도로 뇌쇄적이었다. 아랫도리는 이미 한계까지 부풀어 올랐다.

"으음. 으으."

앓는 소리가 점점 짙어졌다. 기주는 그녀의 새하얀 젖무덤 위에 붉은 자국을 여러 개 만들고는 몸을 일으켜 세웠다. 그녀가 아쉬운 듯한 눈빛으로 기주를 올려다보았다. 애가 달아 풀어진 눈빛은 아름답다는 말로 부족할 정도다.

그녀는 풍만한 가슴이 오르락내리락하도록 숨을 몰아쉬며 채근하는 눈빛으로 기주를 올려다보았다. 기주가 몸을 숙이자, 그녀가 입을 벌린 채로 기대감에 젖은 표정을 지었다. 하지만 기주는 아직 그녀를 충족시켜 줄 생각이 없었다.

그녀의 뒷무릎을 잡고 밀어 올렸다. 드러난 밀부에 입술을 묻자, 그녀가 허리를 뒤틀었다. 허벅지 안쪽을 바르르 떨 때까지 그녀를 밀어붙였다.

"흐흐. 아아앗! 으응."

그녀는 두 발을 기주의 어깨 너머에 올린 채로 연신 신음을 쏟아냈다.

"아아, 이제 그만."

그만하라는 의미는 아닐 거다.

"제발……. 기주 씨. 응?"

그녀가 허리를 들썩거리며 애원했다. 기주는 그제야 몸을 일으켜 세웠다. 그녀의 젖은 눈동자를 내려다보며 기주는 몸을 숙였다.

"으읏."

앵커리지에 있는 이틀 동안에도 쉼 없이 몸을 섞었지만, 그 느낌이

사뭇 달랐다. 처음 그녀를 안았던 공간, 그 기억이 주는 설렘에 가슴
이 뻐근할 정도로 심장이 뛰어 댔다.

"사랑해."

그녀의 눈꺼풀 위에 입을 맞추며 속삭였다.

"나도, 사랑해."

그녀가 젖은 목소리로 답했다.

사랑을 속삭이는 순간, 모든 게 완전해졌다.

❋

"오로라 다시 보고 싶은데, 지금은 오로라를 볼 수 있는 계절이 아
니네."

백야 현상으로 인해 깊은 밤에도 해가 보였다. 흐릿한 오로라가 관
측되기도 한다지만 발견하기 어려운 게 사실이었다.

선진은 아쉽다는 듯 입술을 오므리고는 관광 기념품 구경에 여념
이 없었다.

"겨울에 다시 와요. 오로라 보러."

"사실 오로라는 한 번 봤으니 됐는데."

"됐는데?"

그가 선진의 말끝을 따라 하며 되물었다.

"그날 밤, 그 기분을 다시 느끼고 싶어서. 우리 같이 있으려고 현지
투어에서 도망 왔잖아요. 내가 꾀병 부리면서."

선진이 장난스럽게 웃자, 그가 유쾌한 미소를 머금었다. 다시 떠올
리기 힘든 기억일 거라고 여겼었다. 그와 페어뱅크스에 마주 서서 그
날을 회상하게 되리라고는.

서로를 바라보며 한참을 웃었다. 그저 바라보고 있는 것만으로 좋

앞다. 두부전골을 하는 한인 식당은 그대로였고, 서울여행사 역시 같은 자리에 있었다. 그리고 그의 누나에게 줄 선물을 골랐던 이곳 기념품점도 변함없이 자리하고 있었다.

"강 수석 줄 선물도 좀 사야 할 것 같고. 조 팀장도 기념품 하나 사다 줘야겠다. 정은 씨는 잘 지내죠?"

그가 고개를 끄덕거린 순간이었다.

"Fujisawa?"

등 뒤에서 들려온 목소리에 선진의 표정이 살짝 굳었다. 여기서 저이름을 말할 사람은 한 명밖에 없다는 생각이 들어서였다. 그의 시선은 이미 선진의 등 뒤로 향해 있었고, 아련한 미소를 머금은 채였다.

"Melisa?"

선진이 천천히 돌아섰다.

"Oh, my dear!"

기념품점 문가에 서 있던 멜리사가 단숨에 달려와 선진을 끌어안았다. 눈앞이 흐릿해졌다. 그날 이후로 걱정이 되어서 잠도 이루지 못했다는 멜리사의 말에 코끝이 시큰했다.

아슬아슬했던 선진을 붙잡아 준 또 다른 한 사람, 강제로 페어뱅크스를 떠났던 이후로 멜리사를 찾기 위해 노력했지만 찾을 수 없었다. 그때의 충격으로 호텔을 그만둔 것은 아닌가, 하는 걱정을 했었다.

그래서 미안하고, 또 미안한 사람. 이렇게 다시 만나게 된 건, 그때 일을 설명하고 사과하라는 신의 뜻인 듯했다.

"I have to apologize to you for……."

사과의 말을 꺼내려는데, 멜리사는 아니라며 고개를 내저었다. 이렇게 무사히 페어뱅크스를 다시 찾은 것만으로도 다행이라며 선진을 다시 한 번 꼭 안아 주었다.

신분을 속인 채로 여행했던 것에 관해서는 멜리사도 대충 아는 눈치였다. 선진이 뒤에 서 있는 그를 소개하려던 때였다.

"Is he a K-pop Idol?"

10년 전에 했던 질문을 멜리사가 똑같이 해 와서, 선진은 작게 웃음을 터뜨렸다. 그는 이제 아이돌 할 나이는 아니라며 너스레를 떨고는 멜리사와 인사를 나누었다.

멜리사는 호텔을 그만두고 기념품점을 하는 남자와 결혼을 해서 이미 두 아이의 엄마가 되었다고. 선진과 기주가 결혼한 사이라는 말에 그녀는 잠시만 기다리라며 수선을 떨었다.

잠시 후 나타난 멜리사의 손에는 알래스카산 옥으로 만든 수공예품이 들려 있었다. 알래스카 원주민이 만든 공예품으로 두 남녀가 서로를 부둥켜안고 있는 조각이었다.

척박한 땅 알래스카를 상징하는 보석인 옥으로 만들어진 조각상을 보며, 삶이 힘들지라도 서로를 보듬으며 살아가라는 의미에서 주는 선물이라고 했다.

고맙다는 말로는 부족했다. 선진이 눈시울을 붉히는 사이, 그가 입을 열었다.

"Melissa, how about going to Seoul? There will be a huge K-Pop concert this summer."

그는 멜리사의 가족이 한국에 방문할 수 있도록 모든 지원을 해 주겠다며 웃었다. 멜리사는 그런 큰 선물을 바란 게 아니라며 손사래를 쳤지만, 선진도 그녀를 서울로 초대하고 싶었다. 멜리사는 얼굴을 붉히며 환하게 웃고는 남편과 상의해 보겠다고 했다.

기념품점을 나오는 길, 내내 마음에 걸렸던 짐을 내려놓은 듯 후련했다.

"멜리사를 여기서 만나게 될 거라고는 꿈에도 몰랐어요, 정말. 자꾸 꿈같은 일이 일어나. 신기해."

선진은 신이 나서 폴짝폴짝 뛸 수도 있을 것만 같았다.

"그러게, 신기하네. 혹시 여기 오게 되면 만날 수 있을지도 모르겠다, 하고 생각만 했었는데."

두 사람이 손을 꼭 붙잡은 채로 건널목 앞에 섰을 때였다.

"저기."

그가 건널목 반대편에 서 있는 사람을 가리키며 고개를 갸우뚱 기울였다. 선진은 그의 손이 가리키는 방향으로 시선을 옮겨 갔다. 시선의 끝에 의외의 인물들이 서 있었다.

호텔 I의 연우석 대표와 그 부인이었다.

"어? 저 두 사람 왜 여기 있지?"

건널목을 건너가야 하는지, 여기서 기다렸다가 이야기를 나누어야 하는지 망설이는데, 저쪽이 더 빨랐다. 마치 기다리라는 듯이 연 대표가 손짓을 해 댔다. 신호가 바뀌자마자, 그들이 4차선 도로를 성큼성큼 건너왔다.

연 대표의 표정은 분노인지, 흥분인지 모를 감정으로 잔뜩 상기되어 있었고, 옆에 선 부인은 웃음을 참고 있는 듯한 얼굴이었다.

"안녕하세요? 여기서 다 뵙네요."

기주가 먼저 인사를 건넸다.

"경황이 없어서 인사도 제대로 못 나눴네요. 이지수입니다."

연 대표의 부인이 산뜻한 목소리를 냈다. 그런데 연 대표의 표정은 영 떨떠름했다.

"여긴 무슨 일이세요? 저흰 포럼 끝나고 여행 왔는데."

선진이 두 사람의 면면을 살피며 물었다.

"저희도 여행 왔어요."

그리 덧붙인 지수가 환히 웃었다. 가까이서 보니 연 대표는 화를 삭이는 얼굴이었다.

"혹시 여기 맛있는 한식당 어딘지 아세요?"

"저희도 마침 식사하러 가던 길인데, 같이 가실래요?"

지수의 질문에 선진이 동의를 구하듯 물었다. 그러자 지수가 잘됐다는 듯이 고개를 끄덕거렸다. 연 대표는 화가 난 듯 보였지만, 아내의 말을 묵묵히 따랐다.

천하의 연우석이 왜 저렇게 골이 났는지 궁금해서 선진은 입안이 바짝 마르는 기분이었다. 포커페이스로는 세상에서 둘째가라면 서러울 남자가 연우석이다. 그런데 지금은 폭발하려는 감정을 추스르느라 애를 쓰는 듯 보였고, 그의 부인인 지수는 그저 그를 귀엽다고 여기는 듯했다.

남녀상열지사에 관심을 가졌던 적은 없었다. 그런데 사랑에 물든 탓일까, 그들의 묘한 분위기에 자꾸만 관심이 갔다.

한식당에 들어서서 자리를 잡고 두부전골을 주문하자마자, 연 대표는 왕왕 울리는 휴대전화를 집어 들었다.

"어, 홍 실장."

어금니를 꾹 깨문 채로 읊조리며 연 대표는 잠시 자리를 비우겠다는 듯 양해를 구하고는 식당 밖으로 나가 버렸다. 그러자 내내 참고 있었다는 듯 지수가 웃음을 터뜨렸다. 선진은 분위기를 타 빙그레 미소를 머금으며 물었다.

"두 분 무슨 일 있으셨어요?"

선진의 질문에 지수는 두 눈을 반짝거렸다. 첫인상은 차갑고 도도해 보였는데, 장난기 어린 눈동자는 귀여워 보이기까지 했다.

"이야기 나누세요. 저도 잠시 전화 좀."

편하게 이야기를 나누라는 듯이 그가 눈치껏 자리를 비켜 주었다. 테이블 앞에는 선진과 지수만이 남았다. 그가 식당 밖으로 나가고 나자, 지수가 먼저 입을 열었다.

"신 대표님 눈치 엄청 빠르시네요."

그녀는 엄지를 치켜들며 눈썹을 들썩거렸다. 남편에 대한 칭찬에 기분이 좋아진 선진은 미소를 머금은 채로 다시 물었다.

"무슨 일인데요?"

그러자 그녀가 머루 같은 눈동자를 한 바퀴 굴렸다.

"제가 북극에 가 보는 게 소원이거든요. 근데 당장 북극까지는 어렵고, 알래스카까지 왔으니 잠시 여행이나 하다가 가자고 하더라고요."

그녀는 대단히 재미있는 이야기를 털어놓을 것처럼 목소리를 낮추었다.

"그래서요?"

선진은 적당한 추임새를 넣으며 지수를 바라보았다. 결혼식 때 보고, 앵커리지 포럼장에서 본 뒤, 오늘이 세 번째 만남이다. 짧게 지나칠 때는 몰랐지만, 얼굴을 마주하고 앉으니 느낌이 좋은 사람이라는 생각이 들었다.

솔직하고, 유쾌하고, 당차고, 즐거운 사람.

눈웃음을 가득 머금은 눈을 반짝반짝 빛내며 이야기하는 그녀의 모습은 상당히 매력적이다. 여자인 자신도 그녀를 더 알고 싶다는 생각이 들 정도인데, 연우석 대표는 오죽할까 싶다.

"비서 중에 홍 실장이라고 있어요. 그런데 우리 홍 실장님이 일은 참 잘하는데, 가끔 굉장히 좀, 뭔가 일이 뜻하지 않게 꼬일 때가 있어요."

그녀는 비밀이라는 듯이 목소리를 더욱 낮추었다.

"홍 실장이 개 썰매를 현지 투어 통해서 예약해 줬는데요."

뭔가 흥미진진한 이야기가 튀어나올 것 같다. 연우석과 개 썰매라니 참으로 어울리지 않는 조합이다. 아마 앞에 앉아 있는 여자 덕에 그가 썰매 투어에 참여했을 것이다.

"썰매 타러 갔는데, 개가 안 움직이는 거예요."

벌써 웃으면 안 될 것 같은데, 웃기다. 선진은 터져 나오려는 웃음을 참으며 지수가 하는 말에 귀를 기울였다.

"거기까지는 좋았어요. 그런 경우도 있으니까. 그런데 개 움직이라고 건넨 간식을 글쎄."

곰이라도 나타났나 싶었다.

"무스가 와서 먹어 버렸어요."

"무스요?"

선진이 고개를 갸웃거리며 되물었다.

"여기 많이 사는 야생동물 있어요. 말코손바닥사슴이라고, 얼굴은 말처럼 생기고 뿔은 손바닥 펼친 모양으로 생긴 동물이요."

뭔가 알 것 같기도 하고, 모르겠다.

"그런데 자기 먹이를 빼앗아 먹었으니, 개들이 가만히 있겠어요? 그때부터 갑자기 개들이 도망치는 무스를 잡으려고 전력 질주를 하는데, 썰매가 길을 벗어나는 거예요. 와, 나는 겨울왕국 안나고, 그이는 크리스토프 된 줄. 개 썰매 타고 스벤을 쫓아가는 기분이었죠. 결국, 썰매가 반파되고 나서야 멈췄다니까요."

"스벤 크라머가 빠르긴 하죠."

선진이 선선히 웃으며 대꾸하자, 그녀가 아니라는 듯이 고개를 내저었다.

"스피드 스케이팅 선수 말고요. 겨울왕국에 나오는 순록이요. 그 순록 이름이 스벤이거든요. 스벤은 순록인데, 개들 간식 빼앗아 간 말코손바닥사슴하고 묘하게 닮았더라고요."

온 국민이 렛 잇 고를 불러 젖히던 시절이 있었는데, 애니메이션을 보지 않은 탓에 캐릭터에 대한 정보가 없는 선진은 그녀의 상냥한 설명에 그저 고개를 끄덕거리기만 했다.

그녀는 대단한 모험이었다고 장난스럽게 웃으며 덧붙였다.

"근데 문제는, 여기서 끝이 아니라는 거예요. 홍 실장이 개 썰매 탄 후에는 자작나무 숲길 트레킹을 꼭 하라고 하더라고요. 제가 개 썰매 즐겁게 탔으니 좋지 않으냐고 달래서 자작나무 숲길엘 갔어요."

세상 평온할 것 같은 자작나무 숲길 트레킹에서 또 무슨 사달이 났나 보다. 어느새 선진의 그녀의 이야기에 푹 빠져 버렸다. 유쾌하고 장난스러운 말솜씨를 듣고 있자니, 절로 웃음이 나는 것만 같았다.

친해지고 싶은 사람, 친구가 되고 싶은 사람을 만난 건 정말이지 오랜만이다.

"그런데 거기서 또 무스를 만났네? 근데 아까 걔야! 문제는 걔도 우리를 알아봤네요! 우리가 걔를 미친 듯이 쫓아갔으니, 화가 났을 만도 하죠? 이번에는 그 무스가 진짜 미친 듯이 우리를 쫓는데, 아까는 정말 자작나무 숲에서 무스 밥 되는 줄 알았어요."

그녀가 고개를 절레절레 내저으며 몸서리를 한번 치고는 매력적인 눈웃음을 머금었다.

"그래서 개 썰매 투어와 자작나무 숲길 트레킹을 권한 홍 실장하고 통화 중인 거예요. 사실 따지고 보면 홍 실장이 잘못한 것도 아니고. 그냥 우리가 운이 없었던 것뿐이고. 이런 것도 여행의 추억이 될 수 있는 건데. 성격 아시죠?"

그녀가 연 대표의 완벽주의자적 성향을 잘 알지 않느냐는 듯이 선진을 향해 물었다.

"알죠. 어릴 때부터 장난 아니었어요."

잘 알고 있다며 심각하게 고개까지 끄덕여 주자, 그녀는 이제야 임자를 만났다는 듯이 속사포 랩을 하듯 읊조렸다.

"맞아요, 진짜 장난 아니에요. 이렇게 나온 게 얼마 만인데, 엉망이 됐다고 속상해서 저래요."

"화난 게 아니고요?"

"속상해서 울려고 하더라고요. 어릴 때도 잘 울었어요? 눈물이 얼마나 많은지 몰라요."

연우석이 눈물이 많다? 바늘로 찔러도 피 한 방울 나오지 않을 것 같이 생긴 남자다. 완벽 그 자체를 추구하는 남자, 지구의 자전축은 자신이고, 우주도 자신을 중심으로 돌아간다고 생각할 만한 사람이었다.

그런데 그런 남자가 눈물이 많아? 울어?

선진은 그럴 리 없다는 듯이 고개를 흔들었다.

"어렸을 때도 우는 건 한 번도 못 봤어요."

그러자 그녀가 한숨을 내쉬며 혼잣말인 듯 읊조렸다.

"그럼, 또 내가 울렸나 보네."

이건 대체 무슨 조화인지, 선진은 웃음이 터져 나올 것만 같아서 입 안쪽 말캉한 살을 짓씹었다.

같은 시각, 식당 밖에선 남자들의 분위기 또한 식당 안과 별반 다르지 않았다.

"그러니까, 무스가 물고 도망친 간식 주머니 안에 목걸이가 들어 있었다고요?"

무려 총 6.82 캐럿의 다이아몬드가 세팅된 목걸이라고 했다.

"안사람이 동생 일로 마음고생이 많았어요. 우리도 그리 평범한 결혼을 한 건 아니라, 특별한 이벤트를 해 주고 싶었는데."

그는 한숨을 내쉬며 시리도록 푸른 알래스카 하늘을 올려다보았다.

"만약 그놈이 목걸이를 삼켰다면 알래스카에서 몸값이 가장 비싼 무스가 되었을 겁니다."

한숨을 몰아쉬는 그는 심각한 표정을 짓고 있었다. 고뇌와 번민이 가득 찬 얼굴은 진지했다. 그런데 옆에서 그를 지켜보는 기주는 웃음이 터져 나올 것만 같아서 어금니를 사리물었다.

"이벤트 망해 본 적 있어요?"

그가 스산한 목소리로 물었다.

"아뇨."

생각해 보니 그녀에게 이렇다 할 이벤트를 해 준 적도 없었다.

"평범한 연애도 못 해 봐서요. 이벤트는 꿈에도 생각 못 했네요."

그러자 그가 한심하다는 눈빛으로 기주를 바라보았다.

"이 사람 아직 멀었네."

고개를 절레절레 내젓는 그가 아까보다 더 진한 한숨을 내쉬었다.

"사실 윤선진 전무가 가진 게 많아서, 어떤 이벤트를 해 줘야 할지도 잘 모르겠고요."

"가진 게 많은 것과 사랑하는 사람이 주는 선물은 다르죠."

그는 마치 자신이 가진 이벤트 노하우라도 전수해 줄 것처럼 굴었다. 보기 좋게 망해 놓고선.

"프러포즈는 어떻게 했어요?"

초록색 에메랄드를 촘촘히 박아서 오로라를 형상화한 디자인의 반지를 무릎 꿇고 전해 주었다. 그전에는 《안나 카레니나》의 문장을 인용하기도 했고. 그런데 어쩐지 낯이 간지러워서 시시콜콜하게 설명할 수가 없었다.

"연 대표님은 어떻게 하셨는데요?"

그는 자신이 프러포즈를 위해 어떤 준비를 했는지를 설명하며 열변을 토했다.

"근데 선진 씨가 그런 이벤트를 좋아할까요?"

기주는 선진의 성격을 잘 알았다. 요란하고 화려한 이벤트는 좋아하지 않을 것 같다.

그는 기주의 어깨를 토닥거리며 덧붙였다.

"소소하게 하는 이벤트도 있는 거고. 어쨌든 다시 만났으니, 잘 해 봐요."

마치 둘 사이에 있었던 일을 다 알고 있다는 투였다. 두 사람이 이혼 서류를 주고받았다는 사실을 아는 외부인은 없었다. 기주는 의아하다는 듯이 그를 바라보았다.

"윤선진 전무 한동안 갑자기 또 일만 하더라고. 두 사람 무슨 일 있었죠? 공식 석상에 둘이 나오지도 않고. 두 사람이 쇼하느라 결혼한 것도 아닌데, 자리를 피하는 걸 보고 무슨 일이 있었겠구나 싶었어요."

"눈치가 빠르시네요."

기주가 부인하지 않고 수긍했다.

"통찰력과 직관력이 좋은 거죠."

듣기 좋으라고 한 말을 허투루 넘기는 법이 없는 남자다. 세상 자신만만한 사람이 사랑하는 아내를 위해 준비한 이벤트가 망했다고 울상을 짓고 있는 모습이라니. 사랑이 위대한 거라고 여겨야 하는지, 연우석 대표를 이렇게 만든 이지수라는 사람이 대단하다고 봐야 하는지 모르겠다.

"나도 개 썰매 타는 데 가 보고 싶어요."

한식당에서 식사를 마치고 나와, 연우석 대표 내외와 차도 한잔 마시고 난 뒤, 호텔로 향하는 길이었다.

'개 썰매를 타보고 싶다'도 아니고, '타는 데 가 보고 싶다'?

기주는 나란히 걷고 있는 그녀를 내려다보며 물었다.

507

"개 썰매 타 보고 싶어요?"

그녀는 고개를 절레절레 내저었다.

"아뇨, 타는 건 싫어요. 생존을 위해서 인류가 가축을 기르고 이용한 것과 관광을 목적으로 개 썰매를 타는 건 다른 것 같아서요."

의외의 발언에 기주는 고개를 갸우뚱 기울였다.

"아까 지수 씨도 그러더라고요. 개들이 많이 지쳐 보여서 안쓰러웠다고. 힘들어서 달리지 못하는 것처럼 보였다고요."

"연우석 대표도 사실 개 썰매가 목적은 아니었대요."

그녀가 그럼 뭐가 목적이었느냐고 묻는 듯한 얼굴로 기주를 올려다보았다.

"개들 간식 주머니, 거기에 다이아몬드 목걸이가 들어 있었다더라고요."

"세상에! 그럼 그걸 무스가 들고 튄 거예요? 그러다 그 무스한테 쫓기고?"

"그렇다네요."

"와, 그 부자가, 호텔 대표가! 다이아몬드 목걸이 아까워서 그런 표정이었던 거예요?"

있는 사람이 더 하다며, 그녀가 고개를 절레절레 내저었다.

"아니요. 아내 위해서 특별한 이벤트를 준비했는데, 그게 망해서 속상해서 그런 거래요."

그녀가 이해 못 하겠다는 듯이 고개를 좌우로 번갈아 가며 기울였다.

"연우석 대표가 그럴 사람이 아닌데. 이벤트 망쳐서 그런 얼굴이었다고요?"

재차 확인하듯 묻는 말에 기주는 그렇다며 고개를 끄덕거려 주었다.

"와, 사람이 변하기도 하는구나."

그녀가 신기하다는 듯이 읊조렸다.

"우리도 변하지 않았어요?"

기주는 동의를 구하듯 멈춰 섰다. 그녀는 뭐가 변했느냐는 듯이 묻는 얼굴로 기주를 바라보았다.

"10년 전에 이곳에 처음 왔을 때랑은 아주 다르잖아요."

그녀의 얼굴에 아련한 미소가 떠올랐다. 과거의 어느 시점을 곱씹고 있는 듯한 표정이다.

"그렇네요. 나도 많이 변했네. 기주 씨 덕분에."

"나도 많이 변했어요. 선진 씨 덕분에."

두 사람이 서로에게서 끌어낸 긍정적인 변화가 놀라울 따름이었다.

"기주 씨 만나고 나도 많이 변했는데, 연우석 대표도 그런 마음으로 변했을 거라고는 생각 못 했어요. 왜 그런 거 있잖아요. 내가 하는 사랑이 가장 특별해 보여서, 남이 하는 사랑은 나와 같지 않을 것 같다는 생각 드는 거요."

그녀가 얼굴을 살짝 붉히며 말을 이었다.

"나는 그렇게 생각하거든요. 우리 관계가, 우리 마음이 세상에서 가장 특별하다고. 세상에서 가장 흔한 게 사랑이라는 말도 있기는 하지만, 그 형태나 속성이 전부 다를 거라고만 여겼죠."

"다르기는 하죠. 각기 다른 사람들인데."

기주가 웃으며 덧붙였다. 두 사람의 사랑을 가장 소중하고, 특별하다고 여긴다는 그녀가 어여뻐서 가슴이 간질거렸다. 기주는 가만히 고개를 내려 그녀의 입술을 가볍게 한번 머금었다.

"고마워요. 특별하다고 말해 줘서. 앞으로도 그렇게 여겨 줘요."

그녀가 고개를 끄덕이며 웃었다.

"나 사실 기주 씨 만나기 전에는 드라마도 되게 좋아했어요. 그런데 기주 씨 만난 뒤로는 드라마 속 사랑 이야기가 전혀 재미있지가 않더라고요. 내 사랑이 세상에서 제일 흥미진진해서."

"나 때문에 취미 하나 잃은 거 아녜요?"

안타깝다는 듯이 과장된 표정으로 묻자, 그녀가 빙긋 웃으며 기주의 허리를 끌어안았다. 그녀가 품 안에 쏙 들어오자, 향긋한 꽃내음이 함께 밀려왔다. 심장이 기분 좋게 두근거렸다.

"괜찮아요. 신기주 씨를 내 평생 취미로 삼으면 되니까."

유쾌한 웃음이 흘러나왔다.

"그럼, 날 취미 삼아서 뭘 하는 게 가장 즐거워요?"

다소 음험하게 속삭이자, 그녀가 품 안에서 바르작거리는 게 느껴졌다. 말 안 해도 뭔지 알 것 같아서 아랫도리가 묵직해져 버렸다.

"개 썰매 타는 곳 같이 가 줄 거예요?"

그녀가 부끄러운 듯 말을 돌렸다.

"가죠. 어려울 거 있나. 근데 썰매는 안 탈 거라면서요."

"썰매 끄는 개들 멋있더라고요."

"개 좋아해요?"

그녀가 고개를 끄덕거렸다. 의외의 반응에 기주는 품에 안은 그녀와 거리를 벌리며 내려다보았다.

"한국 가면 개 한 마리 키울까?"

그녀는 아니라며 고개를 내저었다.

"개보다는……."

"개보다는? 그럼 고양이?"

새침하게 구는 그녀의 모습은 고양이와 닮은 듯했다. 그녀를 닮은 앙칼진 고양이를 키우는 것도 나쁘지 않다고 생각했는데.

"동물보단 사람을 먼저 키워 보고 싶은데."

"사람을…… 키워?"

잠시 그 뜻을 이해하지 못하고 기주는 심각하게 되물었다. 철없는 짓을 하는 남편을 흔히 큰아들이라 놀리고는 한다는 이야기를 들은 적 있기는 한데.

"아이 먼저 낳아서 키우다가, 개든 고양이든 우리 아이와 같이 상의해서 결정해요."

그녀는 뭐가 그렇게 부끄러운지 얼굴을 잔뜩 붉혔다. 달아오른 얼굴을 핥으면 단맛이 느껴질 것 같은 착각이 일었다. 두꺼운 옷 안에 감춰진 그녀의 뽀얀 피부도 매혹적인 빛깔로 달아올라 있을 거라 생각하니 열기가 치솟았다.

"그럼, 빨리 애부터 낳아야겠네."

기주는 능청을 떨며 그녀의 어깨를 끌어안고는 호텔 방향으로 빠르게 발걸음을 옮겼다.

"으읏, 기주 씨. 아아. 너무…… 깊어. 하으으. 아앗!"

몸이 빨려 들어가는 기분이었다. 마음을 확인한 뒤로는 그녀의 품 안에 몸을 묻을 때마다 정신을 차릴 수 없게 된다. 그녀의 살결을 핥고 빨아들이고, 밀부에 깊이 파묻는 것으로도 부족했다.

더 깊이 파고들고, 온몸을 삼켜 버리고 싶을 만큼 애가 달았다. 안고 또 안아도 부족한 듯해서 기주는 그녀를 한계까지 몰아붙였다.

"흐흐읏."

그녀가 흐느끼며 기주의 어깨를 끌어안았다. 목덜미에 얼굴을 묻은 그녀가 연신 신음을 흘리며 울부짖었다. 녹아내릴 듯 달콤한 소리와 함께 절정으로 치달았다.

기주는 그녀의 가슴팍에 얼굴을 묻은 채로 숨을 골랐다. 예민하게 달아오른 살결이 오르락내리락하는 모습에 또다시 아래가 반응했다.

"이제, 그만."

아직 결합을 풀지 않은 탓에 변화를 고스란히 느낀 그녀가 나무라듯 읊조렸다.

"이러다 죽을 것 같아."

"설마 죽기야 하겠어?"

기주가 몸을 빼내자, 그녀가 옅은 신음을 내뱉으며 몸을 떨었다. 눈을 감은 채로 후희에 젖어 있는 그녀를 내려다보며, 기주는 침대 옆 협탁으로 손을 뻗었다. 챠르르 하는 투명한 소리와 함께 은목걸이가 늘어졌다.

그 소리를 그녀도 들었는지 젖은 눈동자가 기주를 올려다보고 있었다.

"그게 뭐예요?"

그녀의 입가에 미소가 번졌다.

"선물."

기주가 목걸이 잠금쇠를 풀자 그녀가 상체를 일으켜 세워 앉았다. 은으로 세밀하게 세공된 목걸이 줄 가운데에는 하얀 옥으로 만들어진 타원형의 메달이 달려 있었다.

기주는 그녀의 목에 목걸이를 걸어 주었다. 새하얀 매달이 그녀의 가슴골 사이로 늘어지며 심장 가까이에 자리했다.

그녀가 메달을 만지며 미소를 머금었다.

"어? 이거 열리네?"

두 겹으로 된 메달이 옆으로 벌어졌고, 안에는 사진이 담겨 있었다. 페어뱅크스에 도착해서 찍은 두 사람의 사진 중 하나였다.

"멜리사한테 도움 좀 받았어."

이벤트가 익숙하지 않은 기주가 어색하다는 듯이 덧붙였다.

"너무 예쁘다. 고마워요."

"여기, 이제 완전히 내 사람이라는 의미야."

풍만한 가슴 아래에 있는 심장을 짚으며 기주가 속삭였다.

"그리고 이것도 내 거라는 의미고."

그러고는 커다란 손으로 그녀의 말랑말랑한 젖가슴을 움켜잡았다.

"으음."

여린 신음을 집어삼키듯 입술을 맞물렸다. 혀를 비비고, 예민한 살점을 핥고 빨았다. 그녀가 기주의 가슴에 말랑말랑하고 뜨거운 여체를 바짝 붙이고는 슬며시 입술을 뗐다.

"그럼, 이건 내 건가?"

그녀가 기주의 왼쪽 가슴에 손을 올리며 물었다. 기주는 빙그레 웃으며 고개를 끄덕거리고는 시선을 아래로 향했다. 묵직하게 부풀어 오른 물건을 눈짓으로 가리켰다.

"이것도 가져야지."

조금 전에는 힘들다며 이러다 죽을 것 같다고 말한 그녀였는데, 기주를 단숨에 밀어 넘어뜨리고는 그 위에 가볍게 올라탔다.

"하아."

갑작스럽게 자신을 품고 주저앉아 버린 그녀의 몸짓에 기주는 탁한 숨소리를 내뱉었다. 그녀가 허리를 움직일 때마다 숨이 턱 막혀 오는 듯했다. 탄력 있게 움직이는 가슴 사이로 하얀 메달이 달랑거렸다.

"으응."

제 허리를 움직이며 신음을 내지르는 그녀의 모습은 무척이나 외설적이었다. 기주는 손을 뻗어 그녀의 가슴을 움켜쥐며 허리를 쳐올렸다.

"으아아, 으으읏. 아아!"

그녀가 고개를 뒤로 젖히며 눈을 감았다. 기주는 얼른 상체를 일으켜 그녀를 끌어안은 채로 자세를 역전시켰다.

어떻게 하면 서로를 더 깊이 가질 수 있을까, 이보다 더 서로를 원하게 될 수도 있을까, 싶은 생각이 들 정도로 가슴이 타들어 가고, 머릿속이 녹아내렸다.

그녀는 몸을 바르르 떨며 기주의 목을 꼭 끌어안았다. 그녀의 몸 안 깊숙한 곳에 파정하며 생각했다.

그녀가 원하는 결실이 빨리 다시 왔으면 좋겠다고 말이다.

"기주 씨."

"응."

다정하게 이름을 불러 주는 것만으로도 달콤했다.

"일부러 이벤트 같은 거 하려고 안 해도 돼. 아까 연 대표 때문에 이런 거 준비한 거예요?"

"그런 것도 없지 않아 있기는 한데……. 생각해 보니까 이런 소소한 선물도 주고받은 적 없는 것 같아서."

그녀가 기쁘다는 듯이 환한 미소를 머금었다.

"사실 기주 씨랑 함께 있는 것만으로도 나는 좋다고 생각했어. 거창하건, 소소하건 이벤트 같은 거 없어도. 매 순간이 이벤트처럼 반짝거리는 것 같았거든."

목걸이 메달을 만지작거리며 그녀가 수줍은 듯 덧붙였다.

"그런데 이런 것도 좋네. 정말 너무 좋아. 선물도 좋지만, 날 위해 고민하고, 노력했다는 거잖아요. 이거 준비하느라. 아, 이래서 이벤트를 좋아하는 거구나 싶은 생각도 들고."

솔직한 말에 기주는 믿음직스러운 미소를 지으며 입을 열었다.

"죽는 날까지, 당신만을 위해서 고민하고, 노력하는 남자가 될게."

그녀가 눈시울을 붉혔다.

"감동인데?"

목소리에도 물기가 어렸다.

"나도 죽는 날까지, 당신만을 위하는 여자가 될게."

듣고 싶었던 말이었다는 듯 기주는 고개를 끄덕이며 그녀의 이마에 다정하게 입을 맞추었다.

세상에 공짜로 얻어지는 것은 없다. 사람과 사람 사이의 관계와 감정도 노력으로 깊어지고, 진해진다. 사랑에 있어, 서로만을 위해 충실히 노력하겠다는 두 사람의 약속은 서로를 처음으로 마음에 품었던 곳에서 완전해졌다.

-The end-

에필로그 I
외설적인 왕

"단기 성과만을 바라보며 달려가는 건 제조 경쟁력을 떨어뜨리는 지름길이죠. 조직 구조 설계부터 잘못됐어요. 6시그마 TF팀은 오늘부로 해산시키세요."

대회의실 스피커를 통해 흘러나오는 선진의 목소리는 고저가 없었다.

사활을 걸고 추진해 온 일이라며 생산 본부를 맡은 배 전무가 안달복달했지만, 가능성이 없는 TF팀에 인재들을 묶어 두고 있는 것은 회사로서는 대단한 손실 요인이었다.

"강 담당이 오늘부터 TF팀 다시 모으도록 하세요. 구조도는 사전에 나한테 보고하고요."

수석에서 담당으로 승진한 태욱을 향해 선진이 사무적인 시선을 보냈다. 태욱은 알겠다고 짧게 대답하며 고개를 끄덕거렸다.

"오늘 회의는 이것으로 마치겠습니다."

선진에게 털어놓을 지청구를 가득 품고 있던 임원들의 눈빛에 노기가 어렸다.

"아, 제가 잊은 게 하나 있네요."

태블릿PC 덮개를 닫으며, 선진이 회의실에 모인 임원들의 얼굴을 한번 훑어보았다.

"앞으로 쓸데없는 회의는 전부 생략합니다. 회의실 사용 시간이 가장 긴 사업부에 대해선 다음번 인사고과에 반영하도록 하겠습니다."

임원들의 얼굴이 굳어 갔다. 회사에서 자리 차지하고 앉아서, 의미 없는 회의만 되풀이하고 높은 임금을 축내고 있는 자들이 여럿이었다.

"철없는 불평이나 해 대자고 만들어 놓은 회의실 아니거든요. 쓸데없는 임원 조찬 모임과 오찬, 정찬 모임도 불허합니다. 워크숍이라는 미명하에 단합한답시고 임직원 괴롭히는 작태들도 더는 용납하지 않겠습니다. 장기 자랑? 누가 아이돌 춤 연습해서 보여 주자고 몇백 대 1 경쟁률 뚫고 입사했겠습니까? 그럴 거면 부명에 입사할 게 아니라 대국민 오디션 프로그램에 참가했겠죠. 전부 엔터테인먼트 사업하시려고 그 자리에 앉아 계십니까?"

선진의 칼날 같은 질문에 다들 고개를 돌렸다. 특히 여직원, 남직원 할 거 없이 이상한 춤을 연습해 오라고 시키며 직원들의 원성을 샀던 전무 하나는 얼굴이 벌겋게 익어서 씩씩거리고 있었다.

"배성원 전무."

선진이 해당 전무의 이름을 콕 집어서 불렀다.

"예?"

자신과는 전혀 상관없는 말이라며 무구한 표정을 지은 저 **뻔뻔함**이라니. 선진은 빙긋이 웃으며 물었다.

"젊은이들과 소통을 즐기시나 봅니다."

분위기 파악을 하지 못한 배 전무가 웃음을 머금었다.

"연세도 있으신데, 디제잉 기계 필요하다고 하셨다면서요?"

이어진 질문에 배 전무를 고깝게 여기는 이들의 얼굴에 화색이 돌기 시작했다.

"부명이 강남 바닥에 널린 클럽입니까?"

선진이 미간을 찌푸리며 배 전무를 노려보았다.

"클럽을 회사처럼 여기고 다니시든지요. 배 전무 연봉이면 신입 사원 몇 명 더 뽑을 수 있는지 아세요?"

"아니, 거 말씀이 좀."

"더 해 볼까요? 디제잉 기계를 사서 안겨도 젊은 신입 사원이 더 잘 다룰 것 같네요. 취미 생활은 집에서 하세요. 인사부 핫라인 통해서 들어온 성추행 신고 관련 조사가 진행될 예정입니다. 당분간 나오지 마세요."

선전포고와 같은 정직 처분에 배 전무의 얼굴이 하얗게 질려 버렸다.

"아니, 나는 다 같이 재미있자고 한 거고. 내가 누구 추행하고 그럴 사람으로 보입니까? 윤 부회장 너무한 거 아니요? 그 자리에 앉은 지 얼마나 됐다고! 우리 형님이 부명 개국 공신이나 다름없는 고故 배성식 옹이신데! 어딜 감히!"

궁지에 몰려 고양이를 무는 쥐처럼 배 전무가 발악했다.

"개국 공신."

선진이 피식 웃으며 덧붙였다.

"배 전무님, 제가 작위 내려 드린 적 없는데, 귀족이라도 되시는 것처럼 말씀하시네요."

일부 임원들은 웃음을 참느라 어금니를 사리물었다.

"다 같이 재미있자고 한 일이, 치명적인 범죄가 될 수 있는 겁니다. 제가 너무한 건지, 아니면 배 전무 말이 맞는지는 두고 보겠습니다. 회의 여기서 마치죠."

선진은 임원회의를 마치겠다는 말을 끝으로 가장 먼저 회의실을 나섰다. 시계를 보니 벌써 퇴근 시간을 훌쩍 넘기고 말았다. 선진이 서둘러 퇴근하기 위해 집무실로 향하는데, 태욱이 따라붙었다.

"어우, 부회장님 요즘 무서워서 말도 못 붙이겠어."

태욱이 목소리를 낮추며 엄살을 부리듯 몸을 떨었다.

"방금 배 전무 발악하는 거 보고도 그래?"

"지렁이도 밟으면 꿈틀하는 법이야. 제대로 몰아붙이던데?"

"허튼수작 부리지 않게 단번에 끊어 내야지. TF팀 다시 조성하는 거, 신경 좀 써 줘."

"It's my honor, your highness."

무릎까지 굽히며 과장된 인사를 하는 태욱을 바라보며 선진을 고개를 절레절레 내저었다.

"언제 철들래?"

"윤 부회장님이 너무 빡세게 굴려서, 일만 하느라 내가 철들 시간이 없네. 바로 퇴근?"

"어. 오늘 그 사람 생일인데, 늦었네."

"얼른 들어가 봐."

챙겨 줄 사람이라고는 선진이 유일한 그였다. 선진은 서둘러 집으로 향했다. 손수 미역국이라도 끓여 주려고 했는데, 시곗바늘은 7시를 가리키고 있다.

집 앞에 도착하자마자, 선진은 매무시를 가다듬고 한숨을 한 번 내쉬었다. 여전히 그의 앞에 설 생각을 하면 긴장이 되고, 수줍어진다. 이제 익숙해질 때도 됐는데, 아직도 가슴이 떨리고, 심장이 속절없이 두근거린다.

대문 안으로 들어서자, 잔디밭 위에 알록달록한 장난감 모래 놀이

세트가 여기저기 흩어져 있다. 요즘 아이와 마당에서 보내는 시간이 많은 그다. 아이가 생기고 나서, 두 사람은 삼성동에 위치한 단독주택으로 이사부터 했다.

부명 본사와 그리 멀지 않은 곳에 위치한 이곳은 문인화로 유명했던 화가가 살던 곳이었다고. 특유의 검박한 아름다움이 묻어나는 위풍당당한 한옥의 풍채에 매료되어 집을 보자마자 계약서에 도장을 찍었다.

한옥의 아름다움과 편리성을 절충한 집은 세 식구가 단란한 가정을 꾸리기에 부족함이 없었다. 현관문을 열고 들어서자, 안온하고 따뜻한 집 안 냄새가 폐부 깊숙이 들어왔다.

사람 사는 냄새, 사람 사는 집.

그를 만나기 전까지는 결코 갖지 못했던 감수성을 선진은 얻게 되었다. 만약 냄새에도 색깔이 있다면, 집 안에서 풍기는 푸근한 냄새는 백열전구처럼 따뜻한 온기를 품은 노란색일 것 같다.

선진은 깊게 숨을 들이마시고는 중문을 열고 들어섰다.

"나 왔어요."

퇴근을 알리며 기척을 내자, 우당탕탕하는 소리가 들려왔다. 이윽고 아이의 울음소리가 이어졌다.

"으아앙!"

놀란 선진이 우는 소리가 들려오는 곳으로 달려갔다. 아이는 아빠와 함께 놀이방에 있었다. 그는 우는 아이를 안은 채로 달래는 데 여념이 없었다.

"응, 아프지. 아빠도 알아요. 우리 해율이 많이 아프지요."

선진은 흐뭇한 미소를 머금으며 그의 곁으로 다가섰다.

"해율이 엄마 온 거 알고 급하게 뛰어나오다가 그랬어?"

입술 끝을 아래로 늘어뜨린 아이가 턱 언저리를 실룩거리며 고개를 끄덕거렸다. 커다란 눈망울에는 눈물이 그렁그렁했다. 올해로 다섯 살이 된 해율은 두 사람의 딸이다.

해율을 가진 뒤, 선진의 배가 눈에 띄게 불러오기 시작하자 그는 업무량을 대폭 줄였다. 아이를 낳고 나서는 업무 대부분을 집에서 처리하며 육아를 도맡아 했다.

태욱은 그를 외조의 신이라 일컫고는 했다. 외조의 신이라 그를 부를 때마다, 그는 한술 더 떠서 안타깝다는 듯이 말했다.

'애도 내가 낳을 수 있었으면 좋았을 텐데.'

태욱은 혀를 내둘렀다. 그러면 그는 언제나 태욱에게 한결같은 말을 했다.

'결혼해 봐요. 내 심정 이해할 수 있을걸.'

결혼한 모든 남자가 신기주 같지는 않을 거라며 태욱은 반박했지만, 그는 확고했다. 윤선진을 위해서라면 신에게 영혼을 팔아 대신 잉태하고 싶다는 말을 서슴지 않았다. 정말 신에게 영혼을 팔겠다고 용한 무당을 찾아서 굿이라도 하는 것은 아닌지 걱정될 정도였다.

해율을 낳던 날, 그는 둘째는 절대 안 되겠다고 선언했다. 진통하는 모습을 두 번은 볼 수 없다며, 해율이만 잘 키우면 된다고 둘째에 대한 여지를 없애 버렸다. 해율이 태어난 지 3개월째 되는 날, 그는 스스로 비뇨기과에 가서 정관 수술을 받았다.

'당신만을 위해서 고민하고 노력할 거야.'

그는 자신이 한 약속을 충실히 지키는 중이다. 물론 그는 하나뿐인 딸인 해율도 끔찍이 위했다.

"오늘 힘들었죠? 안 피곤해요?"

새벽녘, 샌프란시스코와의 콘퍼런스 콜 때문에 잠을 이루지 못한 그였다.

"아까 해율이 유치원 갔을 때, 좀 잤어. 괜찮아."

선진은 선선한 미소를 지으며 그를 바라보았다.

"저녁 먹어야죠. 잠깐만 기다려 줄래요?"

반찬이야 도우미 아주머니께서 마련해 주신다지만, 미역국만큼은 직접 끓여 주고 싶었다.

"저녁을 당신이 왜 해? 얼른 씻고 나와."

번번이 그는 부엌으로 향하려는 선진을 막아섰다.

"다른 날은 몰라도 오늘 당신 생일이잖아요."

"나 미역국 안 먹고 싶어요."

그는 고개를 절레절레 내젓고는 해율에게 속삭였다.

"우리 해율이 손 씻고, 세수하고 올래요? 해율이가 할 수 있죠?"

그는 해율이에게도 꼬박꼬박 존댓말을 썼다.

"네. 해율이 세수 혼자 할 수 있어요."

해율이 그와 꼭 닮은 말투로 대꾸했다. 사랑스러워서 눈물이 핑 돌 수도 있다는 것을 해율이 알려 주었다. 그리고 이 남자도. 해율이 놀이방에 있는 욕실에 들어가자, 그가 선진의 허리를 당겨 안으며 입을 맞추었다.

"나는 미역국 말고 이거."

허리를 휘감고 있던 그의 손이 아래로 향하는가 싶더니 선진의 엉덩이를 부드럽게 움켜쥐었다. 몸에 적당히 피트 되는 스커트 슈트를 입은 선진의 모습은 애 엄마가 된 지금도 충분히 유려했다.

"그래도 생일인데."

"생일이면, 내가 갖고 싶은 걸 받아야죠. 안 그래?"

"아니, 어제도."

콘퍼런스 콜이 걸려오기 직전까지 그는 선진을 몰아붙였다. 지난밤의 열기가 떠올라서 선진의 볼이 예쁘게 상기되었다.

"무슨 상상을 하는데, 얼굴을 붉히실까?"

"미역국 끓여야 하는데."

당황하면 어설프게 말을 돌리는 버릇이 생겨 버렸다. 그는 짓궂은 장난을 치다가도 선진이 얼굴을 붉히면 물러서곤 했다. 그러다 가끔 선진을 집요하게 놀리는 날도 있기는 했다.

"미끈거리는 미역국보다는."

그의 손이 선진의 스커트 안으로 들어왔다.

"난 여기가 미끈거리는 게 좋더라."

기주가 손가락으로 선진의 허벅지 안을 어루만질 때였다.

"아빠, 수건 없어요!"

해율이 욕실에서 그를 다급하게 부르는 소리가 들려왔다.

"어, 아빠 갑니다."

다정한 목소리로 대꾸한 그는 선진의 귓가에 음험하게 속삭였다.

"아무튼, 난 미역국은 싫다고. 얼른 씻고 나와요. 저녁 먹게."

이번 생일도 선진이 상을 차리는 것은 실패했다. 생일상 차리는 게 뭐가 그렇게 중요하냐며 그는 신경 쓰지 말라고 했지만, 선진은 그의 생일상이라도 직접 차려 주고 싶었다. 선진은 그와 살면서 단 한 번도 제 손으로 상차림을 해 본 적이 없었다.

'바깥일로도 힘든 사람이 왜 굳이 부엌엘 들어와요?'

'당신도 일 안 하는 거 아니잖아요. 도우미 아주머니 계시니까, 당신

도 집안일 손대지 말든지.'

'선진 씨, 나보다 힘세요? 나보다 체력 좋아요? 나는 집안일 더 한다고 해서 안 피곤해요. 몸 축나지도 않고. 근데 선진 씨는 안 그렇잖아. 그리고 내 아내랑, 내 딸 위해서 하고 싶은 일이야. 내가 범죄를 저지르는 것도 아닌데, 못하게 하는 거 부당한데?'

선진의 어깃장을 그는 가볍게 눌러 버렸다. 그날 이후 선진은 부엌 출입을 할 수 없었다. 싱크대 안에 어떤 물건이 들어차 있는지도 몰랐다. 그에 비해 그는 집 안 구석구석을 세심하게 살폈다. 도우미 아주머니가 긴장할 정도로 그는 집안일에 능했다.

그렇다고 일을 아예 안 하는 것도 아닌데. 일의 양을 줄였을 뿐, KJ에서 그의 위치는 변함없었다.

샤워를 마친 뒤, 다이닝룸에 들어서자 해율이 고사리 같은 손으로 식탁 위에 수저를 놓고 있었다.

"와, 우리 해율이가 이런 것도 할 줄 알아?"

자신에게는 손도 못 대게 하면서 딸한테는 이런 걸 시키다니.

선진이 접시를 나르는 데 여념이 없는 그를 바라보았다.

"오늘 아빠 생일이잖아요. 그래서 해율이가 아빠 도와주는 거예요."

"엄마도 그럼 같이 도울까요?"

선진이 빙긋이 웃으며 묻자, 해율이 단호하게 고개를 내저었다.

"엄마는 이런 거 하는 거 아니라고 아빠가 그랬어요."

이제는 애한테까지 이런 말을 하다니.

"그럼 해율이는 해도 되는 거고요?"

선진이 해율에게 물으며 그를 흘끗 보았다.

"오늘 유치원에서 물체의 길이에 대해서 배웠어요. 젓가락이 더

길다."

마치 배운 내용을 복습한다는 듯이 해율이 능청을 떨었다. 그러자 그가 해율을 향해 환하게 웃으며 대꾸했다.

"와! 우리 해율이 재미있는 거 배웠네요. 이따 아빠랑 우리 집에서 뭐가 제일 길고, 뭐가 가장 짧은지 찾아볼까요?"

해율이 신이 나서 폴짝폴짝 뛰어 댔다. 고심해서 수저의 오와 열을 맞추기 위해 열중하는 해율을 바라보며, 선진이 그를 향해 낮게 속삭였다.

"해율이는 되고, 왜 나는 안 돼요?"

그러자 그가 선진의 관자놀이에 입술을 누르며 속삭였다.

"해율이는 배울 게 많은 나이니까. 우리 선진이도 배우고 싶은 게 많은가? 아직 안 해 본 체위에는 관심 없어요?"

조그맣게 속삭이는 소리에 선진의 입이 떡 벌어졌다. 선진은 그를 향해 밉지 않게 눈을 흘겼다.

식사를 마친 뒤, 해율은 일찍 잠자리에 들었다.

"일찍 재우려고 오늘 마당을 몇 바퀴를 돌았나 몰라, 내가."

그는 고생스러웠다는 듯이 손등으로 이마를 닦아 내는 시늉을 했다.

"피곤하면 일찍 자요."

선진이 마음에도 없는 소리를 하자, 그가 눈살을 찌푸리며 엄정한 투로 읊조렸다.

"어허. 무엄하오!"

그가 내뱉은 예스러운 말투에 선진은 잊고 있던 작년 생일의 기억이 떠올랐다.

526

'각자 생일에 왕이 되는 거예요. 하고 싶은 대로 다 들어주기. 어때요?'

그 약속을 할 때는 선진의 생일 바로 전날이었기에 흔쾌히 응했다. 그런데 문제는 그의 생일이었다. 그는 매우 외설적인 왕이었다.

"이리 와요."

그는 선진의 팔을 끌어당겨 침대에 눕혔다. 어쩔 수 없는 기대감에 열기가 차올랐다. 아이가 다섯 살이 되었는데도 여전히 뜨겁고, 여전히 설렌다.

언젠가 이 사람이 지닌 열기가 식는 날이 올까? 그땐 참 슬플 것 같다.

선진이 그의 목을 꼭 끌어안자, 몸속 깊은 곳까지 그가 채우고 들어왔다.

"생일 축하해요. 태어나 줘서 고마워."

매해 생일 그에게 건네는 축하 인사지만, 그는 그때마다 진심으로 감동한 눈빛을 했다.

"태어나길 잘했어. 나는 윤선진 만나려고 태어난 게 분명해."

오랜 설움과 고난은 선진을 만나기 위한 포석이었다고 말하는 남자, 모든 감동의 이유를 선진이라고 말하는 남자.

이 남자의 열기는 절대 식지 않을 것 같다.

에필로그 II
유일한 사람

해율이 초등학교에 들어가던 해, 윤 회장이 서거했다. 윤정호 전 부회장과 그의 아들은 여전히 수감 중이었기에 빈소를 지키는 가족은 그녀와 기주뿐이었지만, 윤 회장의 별세 소식을 듣고 몰려온 애도객으로 빈소는 붐볐다.

할아버지처럼 푸근한 분이셨다며 빈소에서 눈시울을 붉히던 직원, 부명에서 만든 장학재단을 통해 대학까지 졸업하고 사람다운 삶을 살고 있다며 오열하던 시민에 이르기까지. 윤 회장은 수많은 이들의 애도 속에서 세상을 떠났다.

장례는 고인이 살아생전에 가깝게 지내던 성균관 의례부 관계자의 지도로 진행되었다. 내내 울음을 삼키는 듯 보였던 그녀는 조부에게 절을 올리며 눈물을 보였다.

감정을 터뜨리는 것보다 감정을 집어삼키는 것이 훨씬 어려운 일이다. 조부의 죽음으로 인해 그녀가 결정해야 할 일이 많았기에 그녀는 감정을 억누르고 있는 듯 보였었다. 그래서 그녀가 흘린 소리 없는 눈물이 얼마나 깊고 무거운 슬픔을 담고 있을지 감히 상상조차 할 수 없었다.

모든 의례를 마치고 집으로 돌아왔을 때, 그녀는 실신 직전이었다. 장례식이 거행되는 내내 기주는 그녀가 쓰러지지는 않을까 노심초사 했었다.

"의사 불렀어요. 잠들어 있는 동안 영양제 하나 놓을게요."

기주가 침대에 몸을 눕힌 그녀의 이마에 부드럽게 입을 맞추었다.

"해율이는 작은어머님이 보고 계시니까, 걱정하지 말고."

수감 중인 윤정호 전 부회장의 전 부인인 그녀의 작은어머니, 장영흔 여사는 이혼 후에 그녀와 더욱 가깝게 지냈다. 어색한 관계를 정리하고 나니 오히려 편해졌다는 게 그녀의 설명이었다.

아이를 낳아 본 적 없다는 장 여사는 해율을 친손녀처럼 아꼈다. 해율 역시 친할머니처럼 장 여사를 따르곤 했다.

"그럼, 그냥 의사 오지 말라고 하고. 내 옆에 좀 있어 줘요."

그녀가 아스라한 목소리로 속삭였다. 오랫동안 눈물을 삼킨 탓인지, 목소리가 탁하게 쉬어 있었다.

"의사는 그대로 오게 할 거고. 여기 있을게."

걱정 어린 말투에 그녀가 희미한 미소를 머금었다. 기주는 그녀의 옆에 누우며 부서질 듯 바르르 떨고 있는 몸을 품 안으로 꼭 끌어당겨 안았다. 그녀가 기주의 단단한 품 안을 파고들며 말했다.

"따뜻하다."

목소리에 물기가 배어났다.

"나 잘 할 수 있겠죠?"

기주는 그녀의 등을 쓸어내리며 대꾸했다.

"그럼요. 당연하죠."

그녀는 잠시 뜸을 들이고는 입을 열었다.

"좋은 분이셨어요."

그리 말하는 목소리 끝이 파들거렸다.

"보통의 할아버지와 손녀딸의 관계는 아니었지만."

감정이 북받쳐 오르는지 숨을 한 번 고른 그녀가 조용히 말을 이었다.

"좋은 분이셨어요, 정말."

분명한 울음기, 깊이를 가늠할 수 없는 슬픔이 느껴져 기주는 그녀를 더욱 꼭 안아 주었다.

"서운하게 생각하지 말고 들어 줘요."

"응."

"나를 다시 살게 해 준 사람은 당신이지만, 나를, 윤선진을 만들어 준 사람은 할아버지셨어요."

천둥벌거숭이 같았던 자신을 어엿한 기업인으로 만들어 준 조부였다며, 그녀는 울음을 토해 냈다.

"아마 할아버지가 안 계셨으면, 지금의 나도 없었을 거예요. 그런데 이제."

부명에 중차대한 일이 발생할 때마다 그녀는 서거한 윤 회장을 찾았다. 부회장 자리에 오르고 난 뒤, 윤 회장의 혜안을 절대적으로 믿고 따르던 그녀였다.

"한때는 피도 눈물도 없는 노인네라고 생각했어요. 어쩌면 저렇게 모진 말을 아무렇지 않게 할 수 있을까, 하는 생각도 했고요. 계산대로 움직이지 않으면 직성이 풀리지 않는 이해 타산적인 인간이라고 욕했죠. 그런데 할아버지는."

잠시 말을 멈춘 그녀가 울음을 한번 삼키고는 다시 말을 이었다.

"너무 훌륭한 기업인이셨어요. 자신의 위치를 잘 아셨고, 사회를 바라보는 직관력도 뛰어나셨고, 산업을 이해하는 통찰력도 남다르셨죠. 자기 사람은 끝까지 책임져야 한다는 책임감도 지니셨고. 그 모든 걸."

"가르쳐 주셨다고요?"

그녀는 고개를 끄덕거렸다.

"나 잘 할 수 있을까요? 할아버지 없이도 괜찮을까?"

기주는 그녀의 이마에 가볍게 입을 맞추고는 대꾸했다.

"아마 할아버님은 모든 이에게 동등한 기회를 주셨을 거예요. 그런데 봐요. 윤 전 부회장이나, 윤선웅이나. 가르친 걸 모두 받아들일 만한 그릇이 못 됐죠. 그 일을 당신은 해낸 거고. 할아버님, 장점이 또 있어요."

"뭔데요?"

"사람 보는 눈이 뛰어나셨어. 그러니까 당신을 그 자리에 앉히셨지. 그리고 나를 하나뿐인 손서孫壻로 여기겠다고 하셨겠죠."

내내 품 안에 얼굴을 묻고 있던 그녀가 슬며시 고개를 들어 올렸다. 그녀의 눈동자가 쉼 없이 흔들렸다.

"그게 무슨 말이에요?"

자신이 모르는 일이 벌어졌었다는 것을 감지한 눈빛이었다.

"당신이 나한테 이혼하자고 했을 때, 우리가 잠시 떨어져 지냈을 때. 거의 매주 할아버님을 찾아뵀어요."

그녀가 몸을 일으켜 앉았다.

"자세히 말해 줘요."

할아버지에 관한 이야기를 듣고 싶어 하는 눈치였다.

서거 소식을 듣자마자, 금고에서 꺼내 와 협탁 서랍 안에 넣어 두었던 편지를 꺼내 들었다. 편지를 바라보는 그녀의 커다란 눈가에 눈물이 가득 고였다.

"그게 뭐예요?"

"읽어 봐요."

윤 회장의 유서는 윤 회장 개인 법무팀의 입회하에 몇 시간 전 공개되었다. 그녀의 손에 들린 편지는 부명의 수장이었던 윤 회장의 유서가 아닌, 그녀 할아버지의 마지막 편지였다.

두꺼운 한지로 만든 미색 봉투를 건네받는 그녀의 손끝이 바르르 떨렸다. 떨리는 손끝으로 봉투를 연 그녀는 새하얀 종이 한 장을 꺼내었다.

「선진아. 내 하나뿐인 소중한 손녀딸아.

내 너를 얼마나 귀애하는지 한 번도 표현해 본 적 없구나.

그게 너에게 상처가 되었다면 용서해 다오.

늙은이가 오랜 세월을 살아오며 만든 습관은 쉬이 고치기가 어렵구나.

네가 나처럼 외로운 삶을 살지 않았으면 하는 생각에 몇 자 적는다.

너를 외로운 자리에 앉혀 놓고 이런 말을 한다는 게 우습지만 말이다.

내가 앉은 자리는 분명 외로운 자리다.

네 처지를 온전히 이해해 줄 사람은 아마 없을 게다.

외롭고 서글퍼질 때면, 그럴 땐 가족을 향하거라.

옆에 있는 신 서방이 너를 보듬어 줄 게다.

똑똑한 해율이는 엄마인 너를 무한히 응원해 줄 게다.

그리고 할아버지가 손녀딸을 얼마나 귀애하고, 믿었는지 기억해 주려무나.」

내용은 간결했지만, 필체에서 특유의 힘이 느껴졌다. 선진은 두 눈을 꼭 감은 채로 잠시 감정을 음미했다.

알고 있었다고 말씀드리고 싶었다. 조부가 자신을 얼마나 귀애했는지, 알고 있었다고. 그리고 표현이 서툴렀던 건 자신도 마찬가지라고.

"당신한테 상처 주면 천벌을 내리실 거라고 했어요."

내내 울음을 삼키던 선진이 작게 웃음을 터뜨리고 말았다. 그에게 으름장을 놓았을 조부의 표정이 선연히 떠올라서 가슴이 뭉클 차오르기도 했다.

"그리고 당신에게 상처 주려는 사람들은 내가 다 해치우기로 약조도 드렸고."

그는 눈물에 젖은 선진의 뺨을 보드랍게 어루만져 주었다.

"고마워요. 꼭 다 해치워 줘요."

고개를 끄덕이는 모습이 믿음직스러웠다. 그를 물끄러미 바라보는데, 노크 소리가 들려왔다.

"네."

그의 대답에 문을 빠끔히 열고 들어온 사람은 해율이었다.

"엄마."

초등학교 1학년인데도 해율은 제법 의젓했다. 가끔은 아이 같지 않은 모습에 신경이 쓰이기도 했다. 자신이 어렸을 때처럼 해율도 감정을 절제하고 사는 것은 아닌지 우려스럽기도 했다.

"해율이 엄마 보고 싶어서 왔어요?"

하지만 언제나 그는 기우라는 것을 알려 주듯이 해율과 선진을 보듬어 주었다. 그는 단숨에 문가로 다가가 해율을 끌어안고는 침대 가로 데려왔다.

선진은 손을 뻗어 해율을 건네받았다. 선진의 품에 안긴 해율이 원피스 주머니에서 무언가를 꺼내 보였다.

하얀 종이 위에는 알록달록한 하트가 여러 개 그려져 있었다.

"편지예요."

"편지?"

"응. 엄마한테 드리는 편지요."

선진이 은은한 미소를 머금으며 접힌 종이를 펼쳐보았다.

「엄마. 많이 힘들어요? 해율이의 힘을 나눠 줄게요! 받으세요! 파잇! 엄마한테 해율이의 힘이 잘 옮겨 갔을 거예요. 사랑해요. 조금만 울어요. 엄마가 많이 울면 증조할아버지 마음도 아프실 거예요.」

연필로 꼭꼭 눌러쓴 편지에 담긴 진심에 선진은 그만 울음을 터뜨리고 말았다. 해율은 덩달아 울먹이며 선진의 목을 꼭 끌어안았다.

"고마워, 우리 딸. 우리 해율이가 최고야."

"나는? 나는 최고 아니고?"

그가 미간을 찌푸리며 끼어들었다.

"당신은 말 안 해도 알잖아요."

"아니요. 모르거든요. 표현해야 알지. 마음속에 있는 걸 어떻게 다 알아요?"

그의 물음에 대꾸한 이는 해율이었다.

"맞아요. 마음은 표현해야 아는 거라고 준후가 그랬어요."

그리 말한 해율이 아차 싶은 표정을 짓고는 얼른 딴청을 부렸다.

"아빠, 나 배고파요."

"점심 아까 먹지 않았어요?"

"간식 먹고 싶어요."

"아까 할머니랑 먹지 않았어요?"

"그랬나……. 그래도 배고파요!"

당황해서 말을 돌리려고 했는데, 배고프다는 말밖에는 생각이 나지 않았나 보다.

"준후가 또 뭐라고 했어요?"

그가 평소와 같지 않은 엄정한 목소리로 물었다.

"아, 맞다. 나 숙제 안 했다요."

당황했는지 말이 꼬인 해율이 후다닥 방 밖으로 나가 버렸다.

"미치겠네, 정말."

"왜요? 준후가 누구였더라?"

"연 대표 아들."

"아, 맞다. 지수네 쌍둥이 첫째 이름이 준후였지."

페어뱅크스에서 만난 이후로 선진은 지수와 각별히 지냈다.

"준후가 왜요? 준후가 우리 해율이 좋아한대?"

"어."

그가 퉁명스러운 목소리로 대답했다.

"어머머!"

감정을 숨기는 건 아닐까, 했던 걱정은 완벽한 기우였다.

"증조할아버지 돌아가셔서 엄청 슬프지 않으냐고, 해율이 위로해 줬대요."

"그걸 당신은 어떻게 알았어요? 나랑 내내 같이 있었으면서…….당신, 설마!"

초등학교 1학년 딸의 친구에게 사람이라도 붙였나 싶은 위험한 생각이 들었다.

"작은어머님이 말씀해 주셨어요. 둘이 한참 통화했다고."

선진은 희미한 미소를 머금었다. 외롭고, 고단하고, 힘들 때 가족을 향하라고 했던 조부의 말은 백 번, 천 번 맞는 말이라는 생각이 들었다.

조부의 서거로 허우룩해졌던 가슴에 따뜻한 바람이 부는 듯했다.

눈물겹도록 고마운 존재, 가까이에 있어서 그 소중함을 깨닫지 못하는 가족.

가족을 향하라는 조부의 말씀이 가슴 깊이 새겨졌다.

감사합니다, 할아버지. 저, 이 사람 보면서, 해율이 보면서 힘낼게요. 잘 해낼게요. 할아버지가 평생 일궈 오신 부명, 잘 꾸려 나갈게요. 그리고 행복할게요.

조부에게 전하지 못한 진심을 마음속으로 읊조렸다.

"준후보다는 윤후가 훨씬 의젓하던데."

그는 팔짱을 끼며 쌍둥이 형제에 관한 이야기를 시작했다.

"벌써 사위 후보 고르는 거예요?"

"누가 우리 해율이 시집보낸댔나?"

그가 미간을 와그작 찌푸렸다.

"그럼, 평생 해율이 데리고 살려고요? 해율이가 독립이라도 한다고 하면, 바짓가랑이 붙들고 늘어질 거야? 막 아픈 척하면서 자식 붙들고 그러는 쇼는 안 할 거죠? 사람 붙이는 것도 적당히 해요."

노파심에 건넨 말인데, 그는 진심으로 찔리는 눈치였다.

"당신 같은 남자 만나면 되잖아."

선진이 그를 달래려 덧붙였다.

"세상에 나 같은 남자는 나 하나야."

그는 절대 자신 같은 남자가 또 있을 리 없다며 고개를 내저었다.

"연 대표가 지수한테 하는 거 보면, 얼마나 잘하는데요. 그 아들들도 똑같이 배울걸요."

"그러니까 나는 준후보다 윤후가 더."

"해율이 앞에서 절대 그런 말 하면 안 되는 거 알죠?"

"해율이가 말한 건데요?"

엄마 앞에서는 속을 숨겨 놓고, 아빠한테는 또 다 털어놨나 보다.

"해율이가 뭐라는데?"

"준후는 장난이 너무 심하대. 다정하기는 한데, 장난이 심하대요. 해율이 곁을 떠날 줄을 모르나 봐. 근데 윤후는 엄청 얌전하대요. 준후는 복도 뛰어다니면서 해율이 옆을 뱅글뱅글 돈다나. 그런데 윤후는 해율이가 도서관에서 읽는 책 같이 읽고 그런다대."

유난히 책을 좋아하는 해율이는 아빠와도 한 줄씩 번갈아서 책을 읽는 것을 좋아했다.

"우리 해율이 쌍둥이랑 삼각관계 되면 골치 꽤 아프겠네요."

"엄마, 아빠 좋은 점만 쏙 빼닮아서 애가 워낙 훌륭하잖아요. 삼각관계면 다행이게? 우리 해율이 매일 편지 받아 오는 거 모르죠?"

"근데 왜 해율이는 나한테는 말을 안 하지? 왜 당신한테만 말해요?"

서운한 마음이 들어서 물은 말에 그가 빙그레 웃었다.

"아무래도 해율이는 나와 보낸 시간이 더 많으니까 그런 거겠죠. 그런데 시간이 지나고, 나이가 차서 진짜 사랑을 알게 되면, 엄마한테 상담할 거예요. 아마."

가슴이 벅차올랐다. 진짜 사랑을 알게 된 딸의 상담이라니. 상상만으로도 가슴이 뭉클했다.

"우리 해율이가 진짜 사랑을 아는 나이가 될 때까지, 우리는 변하지 않을 수 있을까요?"

"그럴 리가."

선진이 다소 실망했다는 표정을 짓자 그가 마른 입술에 가볍에 입을 맞추고는 대꾸했다.

"지금보다 더 많이 사랑하고, 지금보다 더 많이 아껴 주고, 지금보다 더 숙성된 감정을 나누고 있겠지."

그를 와락 끌어안았다.

가장 소중한 사람, 가장 소중한 내 남편.
숙성되어 가는 감정을 나눌 유일한 사람.
그의 존재로, 매일을 감사하며 살 수 있을 것이다.

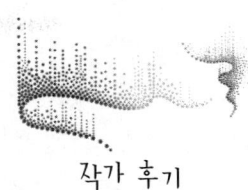

작가 후기

　지난여름 휴가를 계획하면서, 남편에게 어디에 가고 싶냐고 물었습니다.
　"북극."
　주저 없는 남편의 대답에 저는 할 말을 잃었습니다.
　"아, 장난하지 말고."
　"진짜 북극."
　직업적 특성상 출장을 많이 다닌 남편은 이제 북극과 아프리카만 다녀오면 될 것 같다는 말을 했습니다.
　"그렇다고 여름휴가로 북극에 갈 수는 없잖아."
　"왜 못 가? 한번 알아보자."
　그렇게 북극 여행을 목적으로 여행지를 찾아보았습니다. 북극을 키워드로 놓고 찾다 보니, 북극의 관문이라 불리는 노르웨이의 트롬쇠라는 도시가 물망에 올랐습니다.

"오로라, 낭만적인데?"

제 물음에 남편은 그걸 이제야 알겠느냐는 투로 덧붙였습니다.

"흑야가 계속되는 겨울 하늘을 밝히는 오로라를 떠올려 봐."

저는 잠시 생각해 보고는 입을 열었습니다.

"오지게 춥겠다."

낭만이라고는 1도 없는 대답이 자연스레 흘러나왔습니다.

"옷 두껍게 입고 가자. 구스 다운으로 된 바지도 팔아. 그런 거 입으면 돼."

"여행 한 번 가자고 구스 다운으로 된 바지를 사? 그거 비쌀 것 같은데."

"그럼, 여러 번 가면 되지."

남편이 내린 명쾌한 결론에 저도 모르게 고개를 끄덕이고 말았습니다. 어떻게 이렇게 맨날 낚이는지.

그러다 문득, 남녀 주인공을 트롬쇠에 먼저 보내야겠다는 생각이 들더라고요. 그래서 시작된 글이 착한 타락이랍니다. 초고에는 페어뱅크스가 아닌, 트롬쇠가 배경 도시였습니다. 그런데 미국에서 유학 중인 선진이 후지사와의 신분을 빌려 노르웨이까지 날아간다는 설정의 벽에 부딪혔습니다.

노르웨이의 트롬쇠는 미국 알래스카의 페어뱅크스로 수정해야겠다고 결론을 내린 순간, 눈앞이 캄캄해졌습니다. 진행된 모든 이야기를 바꿔야 했으니까요. 불행 중 다행이라고 여겨야 하는 건지, 배경 도시를 바꾼 이후에 글이 더 자연스럽게 풀렸답니다.

이제 유독 마음이 쓰였던 외로운 캐릭터 선진과 무한히 여주를 바라보았던 기주의 이야기를 온전하게 끝냈습니다. 연재 호흡으로 쓰인 글을 종이책으로 수정하면서, 여러 번 손을 보았는데도 아쉬움이 남습니다.

진득한 아쉬움 기억하며, 다음에는 더 좋은 글을 보여 드릴 수 있는 작가가 되기 위해 노력하겠습니다.

언제나 큰 응원 보내 주시는 독자님들께 감사드립니다.

그리고 정시연 팀장님, 가벼운 바람에도 일렁거리는 못난 작가의 마음을 다잡아 주셔서 감사합니다.

이은정 대리님, 오랜만에 함께하는 작업, 즐거웠습니다!

겨울에 시작한 글인데, 벌써 봄이네요.

행복한 봄날 만끽하시길 바랍니다.

2019. 03.
요안나 드림